书缘人生

行走在哲学与出版的路途上

（第二版）

杨 耕 编著

四川人民出版社

图书在版编目（CIP）数据

书缘人生：行走在哲学与出版的路途上 / 杨耕编著.
—成都：四川人民出版社，2022.1
ISBN 978-7-220-12101-2

Ⅰ．①书… Ⅱ．①杨… Ⅲ．①随笔－作品集－
中国－当代 Ⅳ．①I267.1

中国版本图书馆 CIP 数据核字（2021）第 166556 号

SHUYUAN RENSHENG XINGZOU ZAI ZHEXUE YU CHUBAN DE LUTU SHANG

书缘人生——行走在哲学与出版的路途上

杨耕　编著

出 版 人	黄立新
策划统筹	章　涛
责任编辑	戴黎莎
封面设计	李其飞
版式设计	戴雨虹
责任印制	周　奇
出版发行	四川人民出版社（成都槐树街 2 号）
网　　址	http://www.scpph.com
E-mail	scrmcbs@sina.com
新浪微博	@四川人民出版社
微信公众号	四川人民出版社
发行部业务电话	（028）86259624　86259453
防盗版举报电话	（028）86259624
印　　刷	成都东江印务有限公司
成品尺寸	155mm×240mm
印　　张	40
字　　数	520 千
版　　次	2022 年 1 月第 1 版
印　　次	2022 年 1 月第 1 次印刷
书　　号	ISBN 978-7-220-12101-2
定　　价	188.00 元

自　序

　　呈现在读者面前的这部著作，是我的《书缘人生——行走在哲学与出版的路途上》的第二版。

　　这个世界充满着偶然性。这部著作的出版就纯属偶然。一次，我在查找资料的过程中，偶然发现《光明日报》（1998年12月2日）的"名师剪影"栏目介绍了我的"教学艺术"，《中国人民大学学报》（1998年第1期）的"哲学家"栏目介绍了我的科研成果。在"名师"和"哲学家"这两个"头衔"的"鼓舞"下，我的"虚荣心"大发，于是，我开始"不辞辛苦""不知疲倦"地在记忆中搜索、在资料中寻找报刊对我的介绍、思想评价、理论访谈以及我的学术自述、学术演讲。当这些介绍、评价、访谈、自述和演讲稿端放在写字台上时，我又偶发奇想，对这些介绍、评价、访谈、自述、演讲稿进行筛选、整理，加以编辑、出版。于是，便有了这部著作，即《书缘人生——行走在哲学与出版的路途上》。

　　同这部著作第一版相比，第二版有了较大的变化：一是把"学术自述""思想介绍""理论对话""哲学演讲"

4个部分，调整为"学术自述""人物介绍""思想评介""理论对话""哲学演讲""出版实践"6个部分；二是删去了《谋求图书结构转型》《书里书外的马克思》《当代学林：杨耕》（《学术研究》2008年第4期）3篇文章；三是增加了《从往事门前走过》《出版企业家：杨耕》《杨耕：哲学之"旅"》《用创造性思维进行马克思主义研究》《以深入的学理把握现实中的时代》《重建马克思主义哲学体系》《未来不能没有马克思》《哲学的位置在哪里》《向现代出版企业迈进》《来自北师大出版集团的体制改革报告》等27篇文章。收入这部著作的"学术自述""人物介绍""思想评介""理论对话""哲学演讲""出版实践"，以一种缩影的形式展示了我的哲学之"旅"、出版之"旅"乃至人生之"旅"，那就是：读书、教书、写书、出书。所以，我把这部著作定名为《书缘人生——行走在哲学与出版的路途上》。

中国有句古话，叫作"光阴似箭"。这句话，年轻时只是说说而已，年老时确感如此。从1977年我考入安徽大学哲学系学习哲学到今天，"光阴"已40多年。40多年来，我一直在哲学这片神奇的土地上辛勤耕耘，在人生的道路上艰辛跋涉，不断地走向远方。"我们走向并珍爱每一处风光，我们不停地走着，不停地走着的我们也成了一处风光。"（汪国真）我至今也没有成为"一处风光"，但我的确"珍爱"着我走过的"每一处风光"。

当这部著作的定稿端放在写字台上时，我心中想的已不是这部著作了。它既然已经定稿，那么，它就是这样了。此时，我的思绪却和采访过我的记者朋友、为我的著作撰写书评的导师和朋友的名字连接起来了。《光明日报》的梁枢、《中国新闻出版报》的冯文礼、《中华读书报》的陈香、《哲学动态》的李立新等报刊的记者不厌其烦地听完我的"故事"；我的导师、中国人民大学陈先达教授、北京大学丰子义教授、复旦大学吴晓明教授等学者不惜屈尊为我的著作写下了思想深刻的书评；北京师范大学出版集团邢自兴、杜丽娟编辑不辞辛苦，为我查找资料、打印书稿；四川人民出版社社长黄立新编审、社长助理章涛副编审不嫌浅陋，将这本书列入出版计划，责任编辑戴黎莎为这本书的出版付出了辛勤的劳动。在此，一并表达我的深深的谢意。

人是社会存在物，需要朋友，"朋友多了路好走"。一个人如果没有朋友，那么，他即使生活在像"北上广"这样的经济发达、人口密集、高楼耸立的地方，他也会感到孤独，产生孤独感。在我看来，孤独不一定有孤独感，孤独感反映的不是空间的距离，而是一种人与人的关系。"一个篱笆三个桩，一个好汉三人帮。"我不是"好汉"，更需要帮。所以，在这部集中反映我的哲学之"旅"、出版之"旅"乃至人生之"旅"的著作出版之际，我不由自主地想起了我的朋友、师长和亲人，没有他们的友情和亲情，我不可能成长。同时，我也想到由于种种原因对我产生误解、偏见甚至"敌视"的人，没有他们的误解和责难，我不可能成熟。"被人误会，是我们人类的命运。"（歌德）对我来说，友情与亲情、理解与误解、委屈与磨难，都是一笔财富，一笔不可缺少的财富。

实际上，经历本身就是一笔财富。当然，这里存在一个矛盾，那就是，当你有了相当的经历以及由此形成的经验时，你可能已经步入中年甚至老年阶段了，属于你的时间已经不多了；当你年轻而拥有充分的时间时，你往往又缺少经历，缺乏经验，所以，越年轻，越容易犯错误。这部著作实际上只是反映了我的哲学之"旅"、出版之"旅"乃至人生之"旅"的成功之处，而没有反映这一过程的失误、错误之处。实际上，我经常犯错误。这使我想起了卢梭的一句话："要认识我，就要了解我的一切方面，好的方面和坏的方面。"

人的一生可以"过五关"，也可能"走麦城"；可能掌握了某些真理，也往往陷入错误之中。人与错误的关系，就像浮士德与海伦的关系："谁认识了她，谁就不能同她分离。"（歌德）同时，失败又是成功之母，错误往往是发现真理的先导，"真理之川从它的错误之渠中流过"（泰戈尔）。波普尔甚至认为，科学的历史是一部"不可靠的猜测的历史，是一部错误的历史"，因此，应"从错误中学习"。这颇有哲理。海涅说的同样有哲理，即"谁若为我们指出了走不通的道路，那么，他就像那个为我们指点了正确道路的人一样，对我们做了一件同样的好事"。我们只有正视错误，才能正视生活。

我们经常听到一句"宽宏大量"的话，那就是，"允许犯错误"。在我看来，这是一句"废话"。这是因为，不管你允许不允许，是人，都会犯错误。"不犯错误的人没有。"（邓小平）我们也都知道这样一句格言，那就是："人非圣贤，孰能无过。"在我看来，这句格言同西方的一句格言，即"教皇无谬误"一样，本身就是谬误。这是因为，它有一句"潜台词"，那就是，"圣人"不会犯错误，而"凡人"必然会犯错误。实际上，只要是人，无论是"凡人"，还是"圣人"，都会犯错误。"人要学会走路，也得学会摔跤，而且只有经过摔跤，才能学会走路。"马克思的这句话才是真理，颠扑不破的真理。如果非要说"有的人不犯错误，那是因为他从来不去做任何值得做的事"（歌德）。

当这部《书缘人生——行走在哲学与出版的路途上》定稿时，已是 2020 年的秋天了。秋天是一个落叶的季节，是一个容易让人感伤的季节，即使王安石这样的政治家也"悲秋"："别馆寒砧，孤城画角，一派秋声入寥廓。"秋天又是一个收获的季节，是一个往往让人憧憬的季节。所以，当这部著作的定稿端放在写字台上时，我又不由自主地想起了唐代诗人刘禹锡的《秋词》："自古逢秋悲寂寥，我言秋日胜春朝。晴空一鹤排云上，便引诗情到碧霄。"

杨　耕

2020 年 10 月 1 日中秋节、国庆节于北京

目录

| 学术自述 |

从往事门前走过
　　——我的学术自述/003
马克思的思维方式与马克思哲学的存在方式
　　——我的马克思主义哲学观/017

| 人物介绍 |

名师剪影：杨　耕/031
哲学家：杨　耕/032
著名哲学家：杨　耕/036
出版企业家：杨　耕/041
学术名家：杨　耕/043
封面人物：杨　耕/055
当代学林：杨　耕/058

首席专家：杨　耕/060

学　者：杨　耕/062

杨　耕："钟情"哲学/065

杨　耕：重读马克思/068

杨　耕：重读·重建·重生/070

杨　耕：学问人生/075

杨　耕：与哲学连成一体/081

杨　耕：哲学之"旅"/092

杨　耕：把哲学融入生命活动之中/105

| 思想评介 |

用创造性思维进行马克思主义研究/111

以深入的学理把握现实中的时代

　　——读《杨耕作品系列》/115

实践、历史和中国式现代化的哲学沉思

　　——《杨耕作品系列》的意义和地位/123

需要勇气的对话性探索/146

构筑马克思主义哲学的理论高地

　　——读《马克思主义哲学基础理论研究》/148

以实践本体论为基础重构马克思主义哲学/151

重建马克思主义哲学体系/157

非体系化哲学的体系化建构

　　——《马克思主义哲学体系研究：历史演变与基本问题》的学

　　术主题与理论意义/167

突破"原著导读"的局限性/184

马克思主义哲学文本群的全景展现及深层研究/187

让马克思哲学"活"在当代 / 190

有为的价值取向

　　——读《理性与激情》 / 197

| 理论对话 |

建构哲学空间　雕塑思维个性 / 203

"光荣的路是狭窄的"

　　——访杨耕教授 / 214

哲学对我足够"深情"

　　——访杨耕教授 / 228

马克思：从"天上"回到"人间"

　　——杨耕教授谈《马克思传》 / 243

马克思：现代哲学的开创者 / 252

马克思历史观：本质特征和当代意义

　　——访杨耕博士 / 255

马克思哲学：我们时代的真理和良心

　　——访杨耕教授 / 263

今天马克思仍然"在场" / 274

未来不能没有马克思 / 281

哲学家的当代良心和使命

　　——访杨耕教授 / 283

深化对社会主义历史进程的认识 / 287

"三个代表"重要思想和全面建设小康社会

　　——杨耕教授解读中共十六大报告的主线、灵魂和主题 / 295

| 哲学演讲 |

马克思主义研究中的五个重大问题
　　——在南京大学的演讲 / 311

哲学的位置在哪里
　　——在武汉大学的演讲 / 345

哲学的显著特点和马克思主义哲学的本质特征
　　——在北京大学的演讲 / 368

哲学理论主题的根本转换与理论空间的重新建构
　　——在日本一桥大学的演讲 / 391

历史规律研究中的三个重大问题
　　——在中山大学的演讲 / 405

"人的问题"研究中的五个重大问题
　　——在中国人民大学的演讲 / 432

苏联马克思主义哲学模式的形成、特征和缺陷
　　——在复旦大学的演讲 / 462

后现代主义的实质及其历史背景
　　——在吉林大学的演讲 / 476

| 出版实践 |

杨　耕：行走在哲学与出版的路途上 / 493

在学术传播与市场运作之间 / 499

体制创新：开启出版产业发展之路 / 507

大学出版社：抓住机遇与破解困局 / 512

向现代出版企业迈进
　　——北京师范大学出版集团组建一周年纪实 / 518

创新激发出版活力 / 523

改出活力实力竞争力

　　——写在北京师范大学出版集团成立一周年之际 / 529

破茧成蝶的美丽蜕变 / 549

京师样板：巨变与跨越 / 562

来自北师大出版集团的体制改革报告 / 584

复盘北师大出版集团变革系列 / 596

杨　耕：书缘人生皆风景 / 607

哲学的力量

　　——评点《杨耕：书缘人生皆风景》 / 623

XUESHU ZISHU 学术自述

从往事门前走过

——我的学术自述

　　每个人都有自己的往事。有的人的往事灿烂辉煌、波澜壮阔，有的人的往事黯淡无光、平淡无奇；有的人的往事彰显着伟大，然而，在伟大中又透显出令人扼腕叹息的瑕疵；有的人的往事凸现着平凡，可是，在平凡中又透显出令人叹为观止的伟大……不管往事如何，往事并不如烟，我们每一个人都应当反思往事。"深深地沉思往事的意义，我们才能发现未来的意义。"（赫尔岑）于是，我从往事门前走过，"深深地沉思往事"，并向我的"上帝"——读者呈上"我的学术自述"。

　　1956 年，我出生在一个普通教师家庭。我和我的同龄人一样，经历了共和国的风风雨雨、"天灾人祸"……我并不认为我"生不逢时"，相反，我非常庆幸我有这样一段特殊的经历。正是这段特殊的经历使我对社会与人生有了深刻的体认，并对我的哲学研究和学术生涯产生了极大的影响。实际上，"经历"本身就是一笔财富。当然，我们这一代不同于老一代。老一代在战争年代，在血与火的考验中度过，我们这一代在和平年代，在不断地精神磨炼中生存；老一代敢"问苍茫大地，谁主沉浮"，我们这一代"敢问路在何方"。我们这一代有我们这一代人的苦苦追求。

感谢邓小平，正是他老人家的拨乱反正、改革开放，使"九死一生"的中国现代化运动奇迹般地走出了历史的沼泽地，并为我们这一代人的发展开辟了新的天和地。1977年，在那个"解冻"的年代，我走进了安徽大学哲学系，成为高校招生改革后的第一届大学生，并从此与哲学结下了"不解之缘"。1986年，汪永祥教授把我领进了我向往已久的中国人民大学哲学系攻读硕士学位，从此，我进入哲学研究的"快车道"；1988年，陈先达教授把我留在中国人民大学哲学系任教，同时，哲学系推荐我破格免试直接攻读博士学位，从此，我走向哲学的深处；陈志良教授宽广的视野和无私的帮助，使我在一个新的平台上展开了哲学研究，从此，我在哲学研究中一发而不可收。我忘不了我的两位导师和这位挚友。从他们那里，我不仅看到了哲学家的文采，而且看到了哲学家的风采；不仅学到了文品，而且学到了人品，由此，我想起了《天真汉》中的天真汉对博学老人高尔同的礼赞："要是没有你，我在这里就陷入一片虚无。"

实际上，我最初选择哲学实属"误入歧途"。中学时期，我主要的兴趣是在数理化方面，并且成绩优异；高考之前我担任过中学数学老师。所以，我最初志向是报考理科。然而，在高考前夕，一位哲学先行者——陈宗明老师告诉我：哲学是一个诱人的智慧王国，中国需要哲学，而你的天赋更适合学哲学。就是这一次谈话，竟使我"鬼使神差"般地在高考前夕改变了最初的志向，选择了哲学。从此，我踏上一块神奇的土地，至今仍无怨无悔。今天，我已与哲学连成一体，或者说哲学已融入我的生命活动之中。哲学适合我，我也适合哲学，离开哲学我不知如何生存。当然，我也深知，哲学思维极其艰深，谁要选择哲学并想站在这一领域的制高点上，谁就必然在精神上乃至物质上选择一条苦行僧的道路。"光荣的路是狭窄的。"（莎士比亚）

　　我之所以从"误入"哲学到"钟情"哲学，并不是因为哲学"博学"，无所不知，实际上，"博学并不能使人智慧"（赫拉克利特），而无所不知的只能是神学，历史已经证明，凡是以无所不知自诩的思想体系，如同希图万世一系的封建王朝一样，无一不走向没落；并不是因为哲学是关于自然、社会和思维运动一般规律的科学，或者说，是关于世界普遍联系的科学，实际上，哲学并不等于科学，现代科学的发展已经使"关于总联系的任何特殊科学"成为"多余"的了（恩格斯），用海德格尔的话来说就是，"对哲学能力的本质做这样的期望和要求未免过于奢求"；并不是因为哲学"爱"智慧，实际上，哲学本身就是一种智慧，它给人以生存和发展的智慧与勇气，这是一种"大智大勇"。如果说爱情是文学的主题，那么，"人生之谜"就是哲学的主题。

　　从"误入"哲学到"钟情"哲学，我的这一心路历程的牵引线就是，哲学与人和"人生之谜"密切相关。无论哲学是把目光投向人与自然的关系，还是转向人与社会的关系，归根到底，关注的仍是人在世界中的位置、人的价值和意义，显示的仍是人的自我形象。哲学之所以使哲学家们不停思索、寝食难安，就是因为它在总体上始终关注着人，而"在某一意义上说，我们之所以不能认识人类，正是由于研究人类的缘故"（卢梭）。一幕没有主角的戏是无法上演的。如果哲学甘愿把自己的主角——人让渡给其他学科，那么，它就会像浮士德一样，把自己抵押给魔鬼墨菲斯特了。

　　"哲学关注人"并不是说它要研究人的方方面面。对哲学来说，重要的是要解答"人生之谜"。在我看来，人生观是个哲学问题，而不是科学问题，数学、物理学、化学、医学、生物学、考古学等都不可能解答"人生之谜"，倍数再高的显微镜看不透这个问题，再好的望远镜看不到这个问题，再先进的计算机算不出这个问题……人生观也不仅仅是一个伦理学问题，不仅仅是一个对待人生的态度问题，更重要的，它是一个如何看待和处理人与自然、人与社会关系，即人与世界的关系问题。这就是说，人生观也就是世界观，世界观从根本上说也就是人生观。在我看来，哲学既是世界观，又是人生观，是世界观和人生观的高度统一，或者说，在哲学中，人生观和世界观高度统一，已经融为一体了。

在人与自我的关系中，必然渗透着人与自然、人与社会的关系，对人生的不同看法必然包含着对人与自然、人与社会关系的不同理解。"人生自古谁无死，留取丹心照汗青"，这一千古绝句表明，人的生与死本身属于自然规律，而生与死的意义却属于历史规律。英雄与小丑、流芳百世与遗臭万年的分界线就在于，如何处理人与历史规律的关系。凡是顺历史规律而动、推动社会发展者，是英雄，流芳百世；凡是逆历史规律而动、阻碍社会发展者，是小丑，遗臭万年；凡是主观愿望好，但行为不符合甚至违背历史规律、壮志未酬者，是历史中的悲剧性人物。谭嗣同绝命北京菜市口，"有心杀贼，无力回天"（谭嗣同），就属于历史中的悲剧性人物。历史已经证明，任何伟大人物一旦违背历史规律并同群众相对立，其结果只有一个——"霸王别姬"。"人生之谜"是哲学问题。反过来说，哲学只有关注人并解答"人生之谜"，才能既可信，又可爱。

我的研究方向是马克思主义哲学。如果用一句话来概括我的哲学研究和学术生涯，那就是，重读马克思。

重读马克思并不是"无事生非"，而是当代实践、科学和哲学本身发展的需要。实际上，"重读"是思想史上常见的现象。黑格尔重读柏拉图，皮尔士重读康德，歌德重读拉斐尔……都是为了从永垂不朽的大师那里汲取巨大的灵感和超卓的智慧。伟人是这样，凡人更应如此了。历史常常出现这样一种奇特的现象，即一个伟大思想家的某个理论以至整个学说往往在其身后，在经历了较长时间的历史运动之后，才充分显示出它的内在价值，重新引起人们的关注。马克思哲学的历史命运也是如此。20世纪的历史运动以及当代哲学的发展困境，使马克思哲学的内在价值和当代意义凸显出来了，哲学家们不由自主地把目光一次又一次地转向马克思。从一定意义上说，在伦敦海洛特公墓中安息的马克思，比生前在伦敦大英博物馆埋头著述的马克思更加吸引人们的目光。

存在主义大师海德格尔认为，"马克思在体会到异化的时候深入到历史的本质性维度中去了，所以，马克思主义关于历史的观点比其他的历史学优越"。只有在这一"本质性维度"中，才可能"有资格和马克思主义对话"。另一位存在主义大师萨特坦言："历史唯物主义是我们这个时代唯一不可超越的哲学。"

后现代主义思想家福柯认为，在现时，历史研究要想超越由马克思所定义和描写的思想地平线是不可能的。另一位后现代主义思想家杰姆逊指出，马克思哲学"是我们当今用以恢复自身与存在之间关系的认知方式"，它提供了一种"不可超越的意义视界"，即"整体社会的视界"，从而"让那些互不相容，似乎缺乏通约性的批评方式各就其位，确认它们局部的正当性，它既消化又保留了它们"。还有一位后现代主义思想家德里达断言："不能没有马克思，没有马克思，没有对马克思的记忆，没有马克思的遗产，也就没有将来。""不去阅读且反复阅读和讨论马克思……而且是超越学者式的'阅读'和'讨论'，将永远都是一个错误，而且越来越成为一个错误，一个理论的、哲学的和政治的责任方面的错误。"

海德格尔、萨特、福柯、杰姆逊、德里达对马克思哲学的评价是真诚且公正的。在当代，无论是用实证主义、结构主义、新托马斯主义，还是用存在主义、弗洛伊德主义、后现代主义乃至新儒学主义来对抗马克思主义，都注定是苍白无力的。在我看来，这种对抗犹如当年的庞贝城与维苏威火山岩浆的对抗。

在重读马克思的过程中，我经历了从马克思哲学到马克思主义哲学史、西方哲学史，再到现代西方哲学、当代社会发展理论，然后再返回到马克思哲学，这样一个不断深化的求索过程，其意在于，把马克思的哲学置放到一个广阔的理论空间中去研究。我认为，对马克思哲学的研究离不开对马克思主义哲学史的研究，只有把握马克思的心路历程，把握马克思以后的马克思主义哲学的演变过程，才能真正把握马克思哲学的真谛，真正理解马克思哲学在何处以及何种程度上被误读了；只有把马克思哲学放到西方哲学史的流程中去研究，才能真正把握马克思哲学对传统哲学变革的实质，真正理解马克思哲学划时代的贡献；只有把马克思哲学与现代西方哲学、当代社会发展理论进行比较研究，才可知晓马克思哲学的局限性，同时进一步理解马克思哲学的伟大所在，真正理解马克思哲学为什么是我们这个时代"不可超越的哲学"。

在这样一个重读马克思的过程中，我的面前便矗立起一座巨大的英雄雕像群，我深深地体验到思想家们追求真理的悲壮之美。

在重读马克思的过程中，我涉猎了社会主义思想史，同时进行政治经济学和伦理学的"补课"。精神生产不同于肉体的物质生产，以基因为遗传物质的生物延续是同种相生，而哲学思维则可以通过对不同学科成果的吸收、消化和再创造，形成新的哲学形态。正像亲缘繁殖不利于种的发育一样，一种创造性的哲学一定会突破从哲学到哲学的局限。马克思的哲学就是如此。马克思在创立新唯物主义的过程中，对经济学、历史学、政治学都进行过批判性研究和哲学的反思。不仅德国古典哲学，而且英国古典经济学、法国复辟时代历史学、英法"批判的空想的社会主义"都构成了马克思哲学的理论来源。

更重要的是，在马克思的哲学中，哲学批判不仅与意识形态批判密切相关、融为一体，而且与政治经济学批判，即资本批判密切相关、融为一体。马克思以商品为起点范畴，以资本为核心范畴展开的对资本主义社会的批判，本质上是一种存在论或本体论意义上的批判。这就是说，马克思的哲学批判、意识形态批判是通过资本批判，通过商品拜物教、货币拜物教和资本拜物教批判实现的。反过来说，马克思的资本批判又是在马克思的哲学批判、意识形态批判这一理论背景中展开的。在我看来，哲学批判、意识形态批判和资本批判的高度关联、融为一体，是马克思独特的思维方式，是马克思哲学独特的存在方式。由此，我们也就不难理解，马克思为什么把自己的哲学称为"批判的哲学""批判的世界观"了。

重读马克思，使我得出了一个新的关于马克思哲学的总体认识，那就是，马克思的哲学是实践唯物主义。

与传统哲学关注整个世界不同，马克思哲学关注的是现存世界，即人类世界，关注的是消除人的异化，实现无产阶级和人类解放，实现人的自由而全面发展。对于马克思的哲学来说，"全部问题都在于使现存世界革命化"，即以现实的人及其发展为坐标来重新"安排周围世界"。这样，马克思哲学的创立就使哲学的主题发生了根本的转换，即从"世界何以可能"转向"人类解放何以可能"。

当马克思把目光转向人类世界、人类解放时，他就同时在寻找理解、解释和把握人类世界、人类解放的依据和本体。这个依据终于被发现，那就是人类实践活动。按照马克思的观点，人是在实践活动中得以生存，是在实践过程中自我塑造、自我改变、自我发展的，实践因此构成了人的存在方式，即人的生存本体；人又是通过实践使自然成为"社会的自然"，从而为自己创造了一个自然与社会"二位一体"的人类世界，在人类世界的运动中，实践具有导向作用，即人通过自己的实践活动"为天地立心"，"重整河山"，在物质实践的基础上重建世界，实践因此又构成了人类世界的本体。这是一个动态的、不断发展、不断生成的本体。由此，我们也就不难理解马克思哲学的本体论为什么是实践本体论了。

从哲学史上看，马克思之所以能够发动一次震撼人类思想史的哲学革命，关键就在于，他以科学的实践观为基础正确地解决了人与自然、人与社会的关系问题。

按照马克思的观点，在物质实践中，人是以物的方式去活动并同自然发生关系的，得到的却是自然或物以人的方式而存在，即成为"人化自然""为我之物"。换言之,实践使人与自然的关系成为一种"为我而存在"的关系(马克思)。这种"为我而存在"的关系是一种否定性的矛盾关系:人类要维持自身的存在,即肯定自身,就要对自然界进行否定性的活动,即改变自然界的原生态,使之成为"人化自然""为我之物"。在这个过程中,人是以自身的活动引起、调整和控制人与自然之间物质变换的,同时,人与人之间也进行着活动互换,从而以群体的形式、"类"的资格去从事改造自然的活动;人与自然之间不仅要结成一定的关系,而且人与人之间也要结成一定的社会关系,实践是社会关系的发源地,并构成了全部社会生活的本质;人与自然的关系制约着人与人的关系,人与人的关系又制约着人与自然的关系,人们总是在一定的社会关系中去从事改造自然的活动。通过实践,人在不断改造、创造自然的同时,又不断改造、创造着人本身——他的肉体组织、思维结构和社会关系。这是同一个过程的两个方面。

"黑人就是黑人。只有在一定的关系下,他才成为奴隶。纺纱机就是纺棉花的机器,只有在一定的关系下,它才成为资本。"(马克思)在现实性上,人的本质是社会关系的总和。"只有在社会中,自然界才是人自己的人的存在的基础。"(马克思)所以,人们总是在一定的社会关系中,在不断制造与自然的对立关系中获得与自然的统一关系的。这样一种矛盾关系使人与自然的关系转变为社会与自然的关系,成为主体与客体的关系。应该说,在各种矛盾关系中,这是一种具有特殊而复杂内涵的"为我而存在"的关系,这种"为我而存在"的关系是最深刻、最复杂的矛盾关系。正是这种矛盾关系"引无数英雄竞折腰",致使唯物主义对人的主体性"望洋兴叹",唯物主义与辩证法遥遥相对,唯物主义自然观与唯物主义历史观"咫尺天涯"。马克思哲学高出一筹的地方就在于:通过对实践深入而全面的剖析,科学地解答了人与自然、人与社会之间的真实关系,从而使唯物主义和人的主体性"吻合"起来了,唯物主义和辩证法、唯物主义自然观和历史观因此也结合起来了。

我注意到，在"传统"的马克思主义哲学体系中，"实践"有其一席之地。但问题在于，在"传统"的马克思主义哲学体系中，实践仅仅是作为认识论的范畴而被阐述的；在认识论之外，即使提到实践，也只是一种应酬式的热情。实际上，在马克思哲学的"文本"中，实践的权威是全方位的，它不仅体现在认识论之中，而且搏动于自然观、历史观以及辩证法之中。在自然观中，实践是自在自然与人化自然分化和统一的基础，实践扬弃了人与自然之间的二元对立；在历史观中，实践是人的存在方式和社会的本质，是"历史的自然"和"自然的历史""二位一体"的基础，实践消除了"物质的自然"与"精神的历史"对立的神话；在辩证法中，实践是主观辩证法与客观辩证法、自然辩证法与历史辩证法分化和统一的基础，而且实践活动本身就是一种否定性的辩证法，实践使主观辩证法与客观辩证法、自然辩证法与历史辩证法之间达到了真正的和解；在认识论中，实践是认识的基础，"实践反思法"构成了马克思的认识论的根本特征，并填平了一般认识论与历史认识论之间的鸿沟。

正因为实践具有本体论或世界观的意义，所以，马克思把"对象、现象、感性""当作实践去理解"，并以此为基础建构新唯物主义。实践是马克思哲学之魂。只有把实践作为主旋律导入马克思主义哲学这一宏伟的交响乐中，它才能表现为美妙的和谐。对于马克思哲学来说，实践唯物主义是一种全局性、根本性的定义，它所要表明的不仅仅是一种要把理论付诸行动的哲学态度，更重要的是指，实践的观点是马克思哲学首要的和基本的观点，实践是马克思主义哲学的建构原则。在我看来，实践唯物主义构成了马克思哲学的本质特征，辩证唯物主义、历史唯物主义这两个重要特征都是从实践唯物主义这一本质特征引申出来的，是这一本质特征必然展开的内在逻辑和理论表现。

在重读马克思的过程中，我感到需要重新审视、理解和解释马克思的唯物主义。

我不能同意"传统"的马克思主义哲学解释系统对"马克思主义唯物主义的基本特征"的三点概括：（1）世界按其本质说来是物质的；（2）物质第一性，意识第二性，意识是物质的反映；（3）世界及其规律是完全可以认识的。"传统"的马克思主义哲学解释系统在说明"马克思主义唯物主义的基本特征"时，引用了《神圣家族》中的一句话，即"物质是一切变化的主体"。实际上，这是一个误引，因为它把马克思对霍布斯思想的复述当成马克思本人的见解，把马克思批判的观点当成马克思赞赏的观点。马克思之所以要复述、批判霍布斯的这一观点，是因为这一观点集中体现了旧唯物主义的缺点："忽视人"甚至"敌视人"，认为"人和自然都服从于同样的规律"（马克思）。在我看来，这一误引并不是偶然的疏忽，它实际上表明，"传统"的马克思主义哲学解释系统已经混淆了新唯物主义与旧唯物主义，或者说，没有清楚地意识到马克思的唯物主义与"从前的一切唯物主义"的本质区别。在"传统"的马克思主义哲学解释系统中，我看到的是一个被误读的马克思。

实际上，"传统"的马克思主义哲学解释系统在概括"马克思主义唯物主义的基本特征"时，只是说明了马克思的新唯物主义与旧唯物主义的共性，而没有说明新唯物主义本身的特征，即没有说明新唯物主义的"唯物"之所在，或新唯物主义的"新"之所在。这是因为，承认自然界的"优先性"或物质第一性，这只是新唯物主义与旧唯物主义的共性，它并未构成新唯物主义本身的特征。确认实践所引起的人与自然之间的物质变换构成了人类世界的基础，这才是新唯物主义的"唯物"之所在，或者说，是新唯物主义的"新"之所在。

"实物是为人的存在，是人的实物存在，同时也就是人为他人的定在，是他对他人的关系，是人对人的社会关系。"马克思的这一论述表明，在人类世界中，物不仅体现着人与自然的关系，而且体现着人与人的社会关系，物与物的关系背后是人与人的社会关系。对于马克思的哲学来说，那种脱离社会历史，脱离人的活动，与人无关的物或自然是"无"，是"不存在的存在"。与"那种排除历史过程的、抽象的自然科学的唯物主义"（马克思）不同，马克思的新唯物主义关注的不是"抽象的物质"，更不是以经院哲学的方式抽象地谈论世界的物质统一性，而是从人的存在方式——物质实践出发解释人与自然、人与社会的关系，即人与世界的关系，通过资本批判以及"拜物教"的批判，揭示出被物与物的关系掩蔽着的人与人的关系，揭示出被物的自然属性遮蔽着的人的社会属性，从而"把人的世界和人的关系还给人自己"（马克思）。

这样，我们就回到了马克思的巨像之前，真正体验到马克思哲学为什么是新唯物主义，为什么是现代唯物主义。

当马克思哲学实现了哲学主题的转换，即从"世界何以可能"转向"人类解放何以可能"，并从人的实践活动出发去理解、把握人与世界的关系时，就标志着哲学的转轨，即从传统哲学转向现代哲学。从总体上看，现代西方哲学的发展日趋"现实的生活世界"，关注人与世界的关系。用雅斯贝尔斯的话来说就是，"哲学所力求的目标在于领悟人的现实境况中的那个实在"。从关注焦点而不是从阶级属性看，就理论整体而不就个别派别而言，整个现代西方哲学的运行都是以马克思哲学所实现的主题转换为方向的。不管现代西方哲学的其他派别是否意识到或是否承认，马克思的确是西方传统哲学的终结者和现代哲学的开创者，马克思哲学是现代唯物主义，并具有内在的当代意义。

以上，就是我重读马克思的心路历程，以及在这个过程中所获得的对马克思哲学的总体认识。

显然，我的这种认识不同于人们所"熟知"的马克思，不同于"常识"。问题在于，熟知并非真知，而常识既"是一个时代的思想方式"，同时又"包含着这个时代的一切偏见"（黑格尔）。由此造成这样一种奇特的现象，即人们最熟悉的往往又是他们最不了解的。马克思的名字在中国可谓家喻户晓，而自"工农兵学哲学"以来，马克思主义哲学似乎人所共知，已成为一种"常识"。然而，我却认为，马克思的哲学在这种"常识"中被误读了。常识往往窒息思想的发展，我不能"跟着感觉走"。于是，我重读马克思，并得出了上述不同于"常识"的认识。

我并不认为我的这种认识完全恢复了马克思的"本来面目"，这种解释完全符合马克思哲学的"文本"，因为我深知"一切历史都是当代史"的合理性，深知我的这种认识受到我本人的知识结构、哲学修养以及价值观念的制约，而且马克思离我们的时代越远，对他认识的分歧也就越大，就像行人远去，越远越难辨认一样。但是，我又不能不指出，我的这种认识的确是我 15 年来上下求索的结果，是我重读马克思的心灵写照和诚实记录。这里，我力图"放言无惮，为前人所不敢言"（鲁迅）。

马克思的哲学不是"学院派"，它志在改变世界，其"笔落惊风雨，诗成泣鬼神"（杜甫）。重读马克思不能仅仅从文本到文本，从哲学到哲学史，更重要的，是从理论到现实，再从现实到理论。换言之，我是在理论与现实的结合中重读马克思的。

哲学当然需要思辨，但哲学不应是脱离现实的思辨王国，始终停留在"阿门塞斯的阴影"之中。无论哲学家多么清高、多么超凡入圣，他都不能不食人间烟火，不能不在现实的条件下进行认识活动、提出问题并拟定解决问题的方案。无论哲学在形式上多么抽象，都可以在其中捕捉到现实问题。所谓哲学的超前性或超越性，实际上是对现实中的可能性的充分揭示。哲学思维当然可以也应该放飞抽象的翅膀，但这种抽象必须立足现实的社会。哲学不能仅仅成为哲学家之间的对话，更不能成为哲学家个人的"自言自语"，哲学应该也必须同现实"对话"，这是哲学得以生存和发展的根基。离开了现实，哲学只能是无根的浮萍、无病的呻吟、无魂的躯壳。我们不能"只用心观察天上的情况，却看不见地上的东西"（《伊索寓言》）。

理论联系现实是一个双向运动过程：为了理解和把握现实，必须突破原有的理论模式；而为了突破原有的理论模式，又必须接触并深入现实。同时，在联系现实的过程中，哲学不应失去自己的独立性、反思性和批判性，不能把自己降低为现实的附庸或仅仅成为现实的解释者。"透过玻璃看东西，太近了就会碰上自己的脑袋。"（马克思）哲学趋向现实太近，反而看不清现实。"凡是现实的都是合理的"，不是马克思哲学的思维方式，而是黑格尔哲学的思维方式。一种仅仅适应现实的哲学是不可能高瞻远瞩的。哲学既要入世，又要出世；既要深入现实，又要超越现实；既要反思历史，又要预示未来。哲学不仅仅是猫头鹰的黄昏晚飞，更应是高卢雄鸡的清晨晓唱。

作为一个中国学者，重读马克思不能忘记同当代中国的现实进行"对话"。当代中国最基本的现实，就是改革开放和现代化建设，这一现实的最突出的特征和最重要的意义就在于，它把现代化、市场化和社会主义改革这三重重大的社会变革浓缩在同一个时空进行，构成了一场前无古人、特殊复杂而又波澜壮阔的伟大的革命性变革，它必然引发一系列重大而深刻的哲学问题，必然为人们的哲学思维提供一个广阔的社会空间。透过当代中国的改革开放和现代化建设，尤其是社会主义市场经济实践的不断拓展和深化，我深深地体悟到，马克思不是离我们越来越远了，而是越来越近了。所以，我深切地关注着当代中国的改革开放和现代化建设，期望在重读马克思的过程中走上理论的制高点，走进现实的深处。我的全部研究工作的根本目的，就是为了中华民族的伟大复兴。

在理论联系现实的过程中，我充分体悟到马克思哲学的当代意义，深刻感受到马克思哲学在当代的不可超越性。在我看来，马克思的哲学之所以在当代不可超越，是因为马克思哲学抓住了人的存在方式——实践，并从这一根本出发向人类世界的各个方面、各个层次、各种关系发散出去，形成一个思维整体，提供了"整体社会的视界"；是因为马克思哲学关注的问题，以及一些以萌芽或胚胎形式存在的观点契合当代世界的重大问题，从根本上说，当代哲学提出的问题并没有超越马克思哲学的问题域。发展马克思主义哲学，就是要使这些观点，包括以萌芽或胚胎形式包含在马克思哲学中的观点凸显出来，并以当代实践和科学为基础予以系统而深入地研究，使之上升为成熟的观点，并同马克思哲学中原有的成熟观点融为一体。

可以看出，我重读马克思的工作是沿着三个方向进行的，即理论与文本的结合、理论与历史的结合、理论与现实的结合。在这个过程中，我所追求的理论目标，就是求新与求真的统一；我所追求的理论形式，就是诗一般的语言，铁一般的逻辑；我所追求的理论境界，就是建构哲学空间，雕塑思维个性。我真诚希望，我的哲学研究能为中华民族理论思维水平的提高做出贡献；我的确希望，我的哲学研究能为世纪之交的马克思主义哲学研究提供一块希望的田野。但我也深知，我"心有余而力不足"，深知我的知识结构和专业素养的不足。我衷心欢迎一切善意的批评与指责，但不想宽容出自恶意的攻击与嘲讽。对于后者，我的答复只能是：

> 我要忠实地停留在我自己的世界上，
> 我就是我的地狱和天堂。（席勒）

载《静水深流：哲学遐思与文化断想》，
北京师范大学出版社 2015 年版。

马克思的思维方式与马克思哲学的存在方式

——我的马克思主义哲学观

我的职业、专业、事业乃至信仰都是马克思主义哲学。在众多的哲学体系中，我之所以选择马克思主义哲学，并不是因为马克思主义哲学是关于自然、社会和思维运动一般规律的科学，是"唯一"科学的哲学。实际上，哲学并不等于科学。现代科学的发展已经使"关于总联系的任何特殊科学"成为"多余"的了（恩格斯），而无论是从哲学史上看，还是从科学史上看，都不存在所谓的"唯一"科学的哲学。历史已经并正在证明，凡是以"唯一"科学自诩的思想体系，如同希图万世一系的封建王朝一样，无一不走向没落。我之所以选择了马克思主义哲学，是因为马克思主义哲学是关于无产阶级和人类解放的学说。正是在马克思主义哲学中，我看到一种对资本主义制度的彻底的批判精神，透视出一种对人类生存异化状态的深切的关注之情，领悟到一种旨在实现无产阶级和人类解放的强烈的使命意识，感受到一种对人的现实存在和终极存在的双重关怀。这是全部哲学史上最激动人心的关怀。我断然拒绝这样一种观点，即马克思主义哲学"见物不见人"。这是"傲慢与偏见"。

我同样不能同意这样一种观点，即马克思主义哲学产生于"维多利亚时代"，距今160多年，已经"过时"。这同样是一种"傲慢与偏见"。我们不能依据某种学说创立的时间来判断它是否"过时"，是否具有真理性。"新"的未必就是真的，"老"的未必就是假的。阿基米德原理创立的时间尽管很久远了，但今天的造船业无论多么发达也不能违背这个原理。如果违背这一原理，那么，造出的船无论多么"现代"，也将必沉无疑。由于深刻地把握了人与世界的关系，由于所关注和解答的问题契合着当代的重大问题，所以产生于19世纪中叶的马克思主义哲学又超越了19世纪这个特定的时代，具有内在的当代意义。如果用一句话来概括我的研究主题，那就是探讨马克思主义哲学的当代意义，建构马克思主义哲学的当代形态。

围绕这一研究主题，我从哲学——哲学史、哲学——政治经济学、哲学——当代实际这三个维度或三条路径，展开了我的马克思主义哲学研究。

在马克思主义哲学研究中，我经历了从马克思哲学到马克思主义哲学史，从马克思主义哲学到西方哲学史、现代西方哲学，然后再返回到马克思哲学这样一个不断深化的求索过程。其意在于，把马克思主义哲学置放到一个广阔的理论空间中去研究。在我看来，对马克思哲学的研究离不开对马克思主义哲学史的研究，只有把握马克思以后的马克思主义哲学的演变过程，才能真正把握马克思哲学的真谛，真正理解马克思哲学在何处以及何种程度上被误读了；只有把马克思哲学放到西方哲学史的流程中去研究，才能真正理解马克思哲学对传统哲学变革的实质，真正理解马克思哲学划时代的贡献；只有把马克思哲学与现代西方哲学进行比较研究，才可知晓马克思哲学的历史局限和伟大所在，真正理解马克思主义哲学为什么是"当代不可超越的视界"。

在马克思主义哲学研究中，我进行了政治经济学的"补课"。在创立马克思主义的过程中，马克思对政治经济学进行过批判性研究和哲学的反思，不仅德国古典哲学，而且英国古典经济学也构成了马克思主义哲学的理论来源；马克思主义经济学不仅是一种关于资本的理论，而且是对资本的理论批判，它所揭示的被物的自然属性所掩蔽着的人的社会属性，以及被物与物的关系所掩蔽着的人与人的关系，它所揭示的资本是现代社会的存在方式，以及对商品拜物教、货币拜物教和资本拜物教的批判，等等，都超出传统经济学意义，具有重要的哲学内涵，马克思主义哲学正是在批判资本的过程中生成的。"马克思的思想发展可以被总结如下：首先，他通过哲学批判了宗教；然后，他通过政治批判了宗教和哲学；最后，他通过经济学批判了宗教、哲学、政治和所有其他意识形态。"（柯尔施）

在马克思主义哲学研究中，我还关注着当代实际，力图使现实问题上升为理论问题。马克思不仅是把哲学课题化的专业哲学家，他既是哲学家，又是革命家，是二者完美的结合；马克思主义哲学不是"学院派"，马克思主义哲学既是解释世界的哲学，又是改造世界的哲学，是二者完美的统一。因此，研究马克思主义哲学不能仅仅从文本到文本，从哲学到哲学，从理论到理论，重要的是从理论到现实，再从现实到理论。哲学的论证方式是抽象的，哲学的问题却是现实的。马克思主义哲学研究绝对不能像马克思所批判的那样，"醉心于淡漠的自我直观"，"若有其事地念着谁也听不懂的咒语"。当代马克思主义哲学研究必须"超越学者式的阅读和讨论"，高度关注当代资本主义的新变化和当代社会主义的新实践，以一种自觉的哲学意识、敏锐的政治眼光和彻底的批判精神，深入现实、超越现实并引导现实运动。这是马克思主义哲学的使命。

在这样一个研究马克思主义哲学的过程中，我的面前便矗立起一座巨大的英雄雕像群，我深深地体验到哲学家们追求真理和信念的悲壮之美；我的脑海映现出一个作为哲学家和革命家完美结合的马克思，作为形而上学批判、意识形态批判和资本批判高度统一的马克思主义哲学。

通过哲学——哲学史、哲学——政治经济学、哲学——当代实际这三条路径研究马克思主义哲学，我认识到，马克思主义哲学在哲学史上所造成的革命性变革，是从本体论的层面上发动并展开的，而这一革命性变革又是同形而上学批判密切相关、融为一体的。

如果说马克思之前的哲学关注的是"世界何以可能"，那么，马克思的哲学关注的则是"人类解放何以可能"；而要解答"人类解放何以可能"，就必须首先把握人的存在方式和生存本体。按照马克思的观点，人是在利用工具改造自然的过程中维持自己生存，在实践过程中实现自我发展的。因此，实践成为人的生命之根和立命之本，构成了人类特殊的生命形式，即构成了人的存在方式和生存本体。同时，人通过实践使自然成为人化自然、"社会的自然"，从而为自己创造出一个自然与社会"二位一体"的人类世界。实践是自在世界与属人世界分化与统一的根本途径和现实基础，并在人类世界的运动中具有导向作用，即人通过自己的实践活动"为天地立心"，重建世界。因此，实践又构成了人类世界得以存在的本体。这就是说，实践既是人的生存的本体，又是人类世界的本体。在这个意义上，马克思主义哲学是实践本体论。

正因为实践具有本体论的意义，所以，马克思不仅从客体的形式去理解"对象、现实、感性"，而且"从主体方面去理解""对象、现实、感性"，更重要的是，"把它们当作感性的人的活动，当作实践去理解"（马克思）。马克思主义哲学关注的不是所谓的世界的终极存在，而是"对象、现实、感性"何以成为这样的存在，人和人的世界何以异化。在我看来，马克思的实践本体论与传统本体论的根本区别就在于，传统本体论是以一种抽象的、超时空的方式去理解和把握存在问题，而实践本体论从实践出发去理解和把握人的存在，从人的存在即社会存在出发去解读存在的意义。

我不能同意这样一种观点，即马克思没有论述过本体论问题，马克思主义哲学只是世界观而不是本体论。这是一种无原则的糊涂观念。任何一种哲学都不可能没有自己的本体论，至少有"本体论承诺"。马克思主义哲学当然有自己的本体论。在《博士论文》中，马克思就提出过本体论问题，论述了"本体论的证明"和"本体论的规定"；在《1844年经济学哲学手稿》中，马克思提出了"本体论的肯定的问题"，认为"人的感觉、激情等等不仅仅是在［狭隘］意义上的人类学规定，而且是真正本体论的本质（自然）肯定"；在《德意志意识形态》中，马克思集中论述了人的存在的问题，这实际上就是本体论问题。卢卡奇正确指出，马克思没有写过专门的本体论著作，但马克思哲学"在最终的意义上都是关于存在的论述，即都是纯粹的本体论"。

马克思对本体论的重建是与对形而上学的批判密切相关、融为一体的。"形而上学就是一种超出存在者之外的追问，以求回过头来获得对存在者之为存在者以及存在者整体的理解。""形而上学是包含人类认识所把握的东西之最基本根据的科学。"（海德格尔）海德格尔的这一见解正确而深刻。形而上学形成之初，研究的就是"存在的存在"，力图把握的就是"最基本的事物"和"不动变的本体"。这就是说，形而上学一开始就与本体论密切相关，或者说，作为"论述各种有的抽象的、完全普遍的哲学范畴"，本体论"就是抽象的形而上学"（黑格尔）。从历史上看，形而上学在对世界终极存在的探究中确立一种严格的逻辑规则，即从公理、定理出发，按照推理规则得出必然结论。这无疑具有积极意义，标志着作为理论形态的哲学的形成。然而，在形而上学的发展中，哲学家们又把形而上学中的存在日益引向脱离了现实的人及其活动的存在，成为一种抽象的存在。无论是近代唯心主义哲学中的抽象的"理念"，还是近代唯物主义哲学中的"抽象的物质"，都是一种抽象的本体。

因此，到了19世纪中叶，随着自然科学"给自己划定了单独的活动范围"，随着社会的发展"把人们的全部注意力集中到自己身上"，形而上学不仅"在理论上威信扫地"，而且"在实践上已经威信扫地"，于是，西方掀起了反对形而上学的浪潮。孔德和马克思同时举起了批判形而上学的大旗，马克思在《神圣家族》中明确提出："反对一切形而上学。"孔德对形而上学的批判与马克思对形而上学的批判在时代性上是一致的，但在指向性上又有本质的不同：孔德认为，批判形而上学之后，哲学应趋向自然科学，并把哲学局限于现象、知识以及可证实的范围内，力图用实证科学的精神来改造和超越传统哲学；马克思则认为，批判形而上学之后，哲学应趋向人的世界和人的存在，对人的异化了的生存状态给予深刻批判，对人的解放和全面发展给予深切关注，从而建构"为思辨本身的活动所完善化并和人道主义相吻合的唯物主义"。

这样，马克思便使哲学的主题从"世界何以可能"转向"人类解放何以可能"，从宇宙本体转向人的生存和人类世界的本体，从重在"认识世界何以可能"转向"改变世界何以可能"，由此，马克思主义哲学"颠倒"了形而上学。

马克思对形而上学的批判并没有停留在"纯粹哲学"的层面上，而是将这种批判同意识形态批判结合起来了。在马克思那里，形而上学批判是与意识形态批判密切相关、融为一体的。按照马克思的观点，就意识形态表现为自在的存在、"独立性的外观"而言，它是虚假的；就意识形态与现实社会生活的必然关联性而言，它又是真实的。在资本主义社会，形而上学就是资产阶级的意识形态，是以意识形态的方式发挥其政治功能，从而为统治阶级的政治统治辩护和服务。所以，马克思提出："真理的彼岸世界消逝以后，历史的任务就是确立此岸世界的真理。人的自我异化的神圣形象被揭穿以后，揭露具有非神圣形象的自我异化，就成了为历史服务的哲学的迫切任务。于是，对天国的批判变成对尘世的批判，对宗教的批判变成对法的批判，对神学的批判变成对政治的批判。"

形而上学之所以成为资产阶级意识形态，是因为形而上学中的抽象存在与资本主义社会中"个人受抽象的统治"具有同一性。"个人现在受抽象统治，而他们以前是互相依赖的。但是，抽象或观念，无非是那些统治个人的物质关系的理论表现。"（马克思）"统治阶级的思想在每一时代都是占统治地位的思想。这就是说，一个阶级是社会上占统治地位的物质力量，同时也是社会上占统治地位的精神力量。支配着物质生活资料的阶级，同时也支配着精神生产资料……占统治地位的思想不过是占统治地位的物质关系在观念上的表现，不过是以思想的形式表现出来的占统治地位的物质关系；因而，这就是那些使某一个阶级成为统治阶级在观念上的表现，因而这也就是这个阶级的统治的思想。"（马克思）这就说明，现实社会中抽象关系的统治与形而上学中抽象观念的统治具有必然关联性及其同一性。用阿多诺的话来说就是，形而上学的同一性原则与现实社会生活中的同一性原则不仅对应，而且同源，正是在商品交换中，同一性原则获得了它的社会形式，离开了同一性原则这种社会形式便不能存在。所以，形而上学的同一性就是资产阶级意识形态，或者说，形而上学的同一性以意识形态的方式在资本主义社会发挥其政治功能。

"哲学只有通过作用于现存的一整套矛盾着的意识形态之上，并通过它们作用于全部社会实践及其取向之上，作用于阶级斗争及其历史能动性的背景之上，才能获得自我满足。"阿尔都塞的这一见解是正确的。哲学总是以抽象的概念体系体现着特定的社会关系，体现着特定阶级的利益和价值诉求，追求的既是真理，又是某种信念。哲学既是知识体系，又是意识形态。马克思自觉地意识到这一点，所以，在马克思那里，形而上学批判进行到一定程度必然展开意识形态批判。在这种双重批判中建立起来的马克思主义哲学，不仅是客观认知某种规律的知识体系，更重要的，是批判资本主义的意识形态。我们不能从西方传统哲学、"学院哲学"的视角去理解马克思主义哲学，而应从形而上学批判与意识形态批判双重批判的视野，从无产阶级和人类解放这一新的实践出发去理解马克思主义哲学。"马克思留给（后来的）马克思主义哲学家的任务就是去创造新的哲学介入的形式，以加速资产阶级意识形态霸权的终结。"（阿尔都塞）

马克思的形而上学批判、意识形态批判又与资本批判密切相关、融为一体。在马克思看来，无论是对形而上学的批判，还是对意识形态的批判，都应延伸到对现实生活过程的批判。这是因为，"意识在任何时候都只能被意识到了的存在，而人们的存在就是他们的现实生活过程。如果在全部意识形态中，人们和他们的关系就像在照相机中一样是倒立成像的，那么这种现象也是从人们生活的历史过程中产生的，正像物体在视网膜上的倒影是直接从人们生活的生理过程中产生的一样"（马克思）。在马克思的时代，对"现实生活过程"的批判首先就是对资本主义生产方式的批判，即资本批判。这是其一。

其二，历史已经过去，在认识历史的活动中，认识主体无法直接面对认识客体；同时，历史中的各种关系又以"遗物""残片""萎缩"或"发展"的形式存在于现实社会中。所以，认识历史应该也只能"从事后开始"，即"从发展过程的完成的结果开始"（马克思）。在马克思的时代，这种"发展过程的完成的结果"就是资本主义社会。"资产阶级社会是最发达的和最多样性的历史的生产组织。因此，那些表现它的各种关系的范畴以及对于它的结构的理解，同时也能使我们透视一切已经覆灭的社会形式的结构和生产关系。"（马克思）因此，要真正认识历史，把握人类历史运动的一般规律，就必须对资本主义的生产方式进行批判，即对资本展开批判。"基督教只有在它的自我批判在一定程度上，可说是在可能范围内完成时，才有助于对早期神话作客观的理解。同样，资产阶级经济学只有在资产阶级社会的自我批判已经开始时，才能理解封建的、古代的和东方的经济。"（马克思）

按照马克思的观点，"资本不是物，而是一定的、社会的、属于一定历史社会形态的生产关系，它体现在一个物上，并赋予这个物以独特的社会性质。资本不是物质的和生产出来的生产资料的总和"。这就是说，资本不是物本身，但又是通过物并在物中而存在的。同时，作为一种特定的社会生产关系，资本赋予物以独特的社会性质，具有支配一切的权利和"伟大的文明作用"。在资本主义社会，资本是最基本和最高的社会存在物，它自在自为地运动着，建构着这样一个具有独特性质的社会形态："如果说以资本为基础的生产，一方面创造出一个普遍的劳动——即剩余劳动，创造价值的劳动，——那么，另一方面也创造出一个普遍利用自然属性和人的属性的体系，创造出一个普遍有用性的体系，甚至科学也同人的一切物质的和精神的属性一样，表现为这个普遍有用性体系的体现者，而再也没有什么东西在这个社会生产和交换的范围之外表现为自在的更高的东西，表现为自为的合理的东西。因此，只有资本才创造出资产阶级社会，并创造出社会成员对自然界和社会联系本身的普遍占有。由此产生了资本的伟大的文明作用；它创造了这样一个社会阶段，与这个社会阶段相比，以前的一切社会阶段都只表现为人类的地方性发展和对自然的崇拜。只有在资本主义制度下自然界才不过是人的对象，不过是有用物；它不再被认为是自为的力量；而对自然界的独立规律的理论认识本身不过表现为狡猾，其目的是使自然界（不管是作为消费品，还是作为生产资料）服从人的需要。资本按照自己的这种趋势，既要克服民族界限和民族偏见，又要克服把自然神化的现象，克服流传下来的、在一定界限内闭关自守地满足于现有需要和重复旧生活方式的状况。资本破坏这一切并使之不断革命化，摧毁一切阻碍生产力、扩大需要、使生产多样化、利用和交换自然力量和精神力量的限制。"（马克思）

在资本主义社会，资本不仅是物与物之间的关系，而且是人与物和人与人之间一种内在的关系，更重要的是，人与人的关系"采取了一种物的形式，以致人和人在他们的劳动中的关系表现为物与物彼此之间的和物与人的关系"（马克思）。资本是一个不断自我建构和扩张的自组织过程，在这个过程中，资本不仅改变了人与自然的关系，而且改变了人与人的关系，资本家只是资本的人格化，雇佣工人不过是资本自我增值的工具；资本不仅改变了与人相关的自然界的属性，而且改变了人类社会的存在形态，创造了资本主义社会。"这种有机体制本身作为一个总体有自己的各种前提，而它向总体的发展过程就在于：使社会的一切要素从属于自己，或者把自己还缺乏的器官从社会中创造出来。"（马克思）正是资本使资本主义社会总体化了。由此可见，资本本身就是一种独特的社会存在，就是现代社会的根本规定、存在形式和建构原则，构成了资本主义社会的基本建制。

因此，马克思以商品为起点范畴，以资本为核心范畴展开的对资本主义社会的批判，本质上是一种存在论意义上的批判。换言之，马克思的本体论重建、形而上学批判是通过资本批判实现的。正是在这种批判过程中，马克思扬弃了抽象的存在，发现了现实的社会存在，发现了资本主义社会存在的秘密，并由此"透视出一切已经覆灭的社会形式的结构"，发现了人与人的关系以物化的方式而存在的秘密，并透视出人的自我异化的逻辑，从而开辟了"从本体论认识现实的道路"（卢卡奇），并把本体论与人间的苦难和幸福结合起来了，使无产阶级和人类解放得到了本体论的证明。

这表明，马克思的资本批判理论不仅具有重大的经济学意义，而且具有重大的哲学意义。我们既不能从西方传统哲学、"学院哲学"的视角去认识马克思的资本批判理论，也不能从西方传统经济学、"学院经济学"的视角去理解马克思的资本批判理论。实际上，马克思的资本批判已经超出了经济学的边界，越过了政治学的领土，而到达了哲学的"首府"——存在论或本体论。马克思的资本批判不仅存在着哲学的维度，而且意味着"政治经济学理论的严格表述所不可缺少的理论（哲学）概念的产生"（阿尔都塞）。马克思哲学的意义只有同马克思经济学即资本批判理论的关联中才能显示出来；反之，马克思经济学即资本批判理论只有在马克思哲学这一更大的概念背景下才能得到真正理解，只有在无产阶级和人类解放这一更大的意识形态背景下才能得到真正理解。"就这种批判代表一个阶级而论，它能代表的只是这样一个阶级，这个阶级的历史使命是推翻资本主义生产方式和最后消灭阶级。这个阶级就是无产阶级。"（马克思）在我看来，形而上学批判、意识形态批判和资本批判的高度统一，这是马克思独特的思维方式，是马克思哲学独特的存在方式。这就是我的马克思主义哲学观。

"文明的一切进步，或者换句话说，社会生产力（也可以说劳动本身的生产力）的任何增长，——例如科学、发明、劳动的分工和结合、交通工具的改善、世界市场的开辟、机器等等，——都不会使工人致富，而只会使资本致富，也就是只会使支配劳动的权力更加增大，只会使资本的生产力增长。因为资本是工人的对立面，所以文明的进步只会增大支配劳动的客观权力。"（马克思）当代世界市场体系、国际政治结构和主流意识形态，都证明了马克思这一观点的真理性、深刻性及其超前性，并表明我们仍处在资本支配一切的时代。在当代，无论是对科学技术、价值观念和政治制度的分析，还是对个人存在方式、社会生产方式、国际交往方式的分析，都必须明白资本仍然是当代社会的基本建制，必经领会资本的存在论或本体论意义。否则，任何理论都会成为无根的浮萍。

这标志着以资本批判为理论基础的马克思主义哲学的当代意义，同时又昭示我们，建构马克思主义哲学的当代形态必须立足当代实际，以无产阶级和人类解放为理论主题，以资本批判为理论基础，以形而上学批判、意识形态批判和资本批判的统一为理论形式。在我看来，这是坚持和发展马克思主义哲学，建构马克思主义哲学当代形态的唯一道路，另谋"出路"是没有出路的。可以预言，在不久的将来，以资本批判为理论基础，以形而上学批判、意识形态批判和资本批判的统一为理论形式去重建马克思主义哲学将会"洛阳纸贵",成为哲学家之间的一个重要话题。

载《社会科学战线》2011 年第 9 期,
标题原为《形而上学批判、意识形态批判和
资本批判的统———我的马克思主义哲学观》。

名师剪影：杨　耕

　　杨耕，1956 年生，哲学博士。现为中国人民大学哲学系教授、博士生导师。15 年来，杨耕先后发表论文 200 余篇，出版专著 8 部。其科研成果 6 次获国家级奖，7 次获省级奖。在教学中杨耕把科研成果和教学艺术融为一体，其教学内容深刻、逻辑清晰、语言生动，深受学生欢迎。1997 年他被授予北京市优秀教师称号。

载《光明日报》1998 年 12 月 2 日。

哲学家：杨　耕

杨耕，1956年2月生，安徽合肥人。1977年，杨耕考入安徽大学哲学系。1986年，考入中国人民大学哲学系，攻读硕士学位，师从汪永祥教授。由于成绩优异、科研成果突出，1988年被推荐免试攻读博士学位，师从陈先达教授，同时留校任教。现为《教学与研究》杂志总编辑，中国人民大学哲学系教授、博士生导师，兼任北京市哲学社会科学规划委员会委员、北京市哲学社会科学系列高级职称评审委员会委员。

从事哲学研究、教学10多年来，杨耕先后撰写了《马克思的社会发展理论及其当代意义》《马克思的社会研究方法及其当代意义》《"危机"中的重建——历史唯物主义的现代阐释》等论著，编写了《实践唯物主义研究》（主编之一）《马克思主义哲学全书》（副主编），参与编著《历史唯物主义原理》（哲学专业教材）、《辩证唯物主义和历史唯物主义原理》（高校文科教材）等，并在《中国社会科学》《哲学研究》《马克思主义研究》《光明日报》等报刊上发表论文200余篇，其中大部分被《新华文摘》

《中国哲学年鉴》《文摘报》以及其他报刊所转载。这些论著既表明了他对理论的深刻思考和洞见，也体现出他对现实的深切关注，展示了一种新的理论态势。为此，他的论著曾获得过6个国家级奖，7个省部级奖。他先后开设过"哲学专题研究""唯物史观和社会发展研究""马克思主义发展史""当代社会科学方法"等课程，融科研成果和教学内容于一体，深受学生欢迎。

理论与现实结合，是杨耕学术研究的一个重要特点。在学术研究中，杨耕经历了从历史唯物主义理论到马克思主义史、西方历史哲学史，再到现代西方历史哲学、当代社会发展理论，然后再返回到历史唯物主义理论研究这样一个不断深化的求索过程，力图把历史唯物主义放到一个更广阔的空间中去研究。在杨耕看来，对马克思主义哲学的研究离不开对马克思主义哲学史的研究，只有真正把握了马克思的思想历程，才能真正把握马克思主义哲学的真谛；只有把马克思主义哲学放到西方哲学史中去研究，才能把握马克思对旧哲学变革的实质，真正理解马克思主义哲学的创立在人类思想史上所产生的伟大变革；只有把马克思主义哲学与现代西方哲学，尤其是现代西方历史哲学以及社会发展理论进行比较研究，才可知晓马克思主义哲学为什么是"现代唯物主义"，才能真正理解马克思主义哲学为什么是我们时代不可超越的真理。

《马克思的社会研究方法及其当代意义》提出，方法是唯物史观的本质规定，而不仅仅是唯物史观的一种功能；社会本体论和社会方法论的统一是唯物史观的安身立命之根和安心立命之本，把握了这个根本也就把握了唯物史观的生命线。从这一观点出发，《马克思的社会研究方法及其当代意义》从西方社会科学方法的发生、进化和范式系统，以及当代社会科学方法走向的宏大背景中，全面探讨了马克思的社会研究方法，并指出，当代西方社会科学方法都可以在马克思的社会研究方法中找到相应的源头或萌芽，但当代社会科学方法和马克思主义社会科学方法的走向却是相反的：前者是一派否定另一派，后者则是从自身的内核中不断发散出去。产生这种现象的根本原因是，马克思抓住了社会发展的根本，从这一根本出发自然会辐射到社会的各个侧面、方面、层次、环节中去，而当代西方社会科学的各个流派则从各个侧面、方面、层次、环节出发，因而它们的联系运动，不断地相互否定才构成整体。专家们对此书给予较高的评价，认为"这部著作具有开拓性"，"填补了唯物史观研究中的一项空白"。

《马克思的社会发展理论及其当代意义》从西方近代社会发展理论和当代社会发展理论的背景中考察了马克思的社会发展理论，认为马克思社会发展理论的基本特征是：（1）确认实践是社会的本体和存在方式，时间是人类发展的空间；（2）从客体的角度把社会发展区分为原生形态、次生形态和再生形态，从主体的角度把社会发展区分为人的依赖形态、以物的依赖为基础的人的独立形态和自由个性形态；（3）从社会需要如何产生和满足的角度揭示了物质生产、人的生产和精神生产怎样维系着社会的生存和发展，即揭示了社会发展的内在机制；（4）揭示了从传统社会转向现代社会的途径，即从自然经济转向商品经济、从个体生产转向社会化生产、从简单的劳动过程转向科学的生产过程、从民族历史走向世界历史；（5）揭示了社会发展的基本类型，即"内源"发展、"派生"发展和"超越"发展。专家们认为，这是一个研究问题的新视角，较为全面而深刻地揭示了马克思的社会发展理论及其当代意义，具有"独到见解和创新精神"，"极富时代精神和现实感"。

理论与现实的结合，是杨耕学术研究的又一重要特点。在他看来，哲学需要思辨，但哲学不应是脱离现实的思辨王国，它必须关注现实，将理论触角深入到现实深处，而改革开放和社会现代化建设是当今中国的最大现实。正因为如此，杨耕关注着中国的改革开放，认为这是中国走向现代化的必由之路，从总体上把握改革开放。由此引发对民族生存方式和社会发展的哲学思考，则是哲学工作者应有的良心和使命。《关于落后国家社会主义革命必然性的历史沉思》一文从一个新的视角,即生产力与生产关系矛盾运动的民族性和世界性相互作用的辩证法出发,深刻地说明了中国走向社会主义的历史必然性。这篇论文发表后在理论界引起了较大的反响,其中的观点已被同人们基本认同。《邓小平与当代中国》一书则以较大的历史跨度再现了中国改革开放和社会主义现代化的历程,并凸显出"总设计师"独特的哲学思维方式,即彻底的唯物主义、全面运筹的社会活动辩证法和开放的唯物史观。在理论与实际相结合的过程中,杨耕深切感受到自己经济学和伦理学知识的不足,为此,他非常注意经济学领域的研究动态,并注重吸取伦理学界的最新成果,从而更为系统地考察当代社会发展进程,更好地从事关于中国现代化问题的研究。

目前,杨耕正在撰写《重读马克思》一书。在该书中,他将阐发这样一些思想:马克思是现代哲学的开拓者,就内容而不是就表现形式而言,整个现代哲学都是以马克思哲学所实现的主题转换和指出的方向运行的;马克思哲学具有后现代意蕴,在批判、解构资本主义制度的问题上,马克思哲学与后现代主义具有相通之处,当然,二者又有本质的不同。同时,他致力于马克思主义哲学中国化的理论研究,力图深入到中国哲学史的流程之中,根据中国哲学的特点、思维方式的实际,全面把握中国哲学和马克思主义哲学的关系。

载《中国人民大学学报》1998 年第 1 期,
作者为中国人民大学哲学系博士张立波。

著名哲学家：杨　耕

　　杨耕，1956 年生，安徽合肥人。1982 年毕业于安徽大学哲学系，获哲学学士学位；1991 年毕业于中国人民大学哲学系，先后获哲学硕士、哲学博士学位。现为北京师范大学哲学系教授、博士生导师，教育部跨世纪学科带头人，教育部人文社会科学重点攻关项目首席专家。先后发表论文 200 余篇，出版专著 10 部，代表作为《为马克思辩护：对马克思哲学的一种新解读》《"危机"中的重建：

历史唯物主义的现代阐释》《杨耕集》。这些论著以其崭新的理论视角、宽广的理论空间、独到的理论见解，展示出一种新的理论态势，引起哲学界、理论界的广泛关注。在建构新的马克思主义哲学教学体系方面取得了突破性进展，在探讨马克思主义哲学当代形态方面取得了重要进展，被认为"提供了一种新的马克思哲学的理解途径，突破了传统的马克思主义哲学的理论框架，建构了新的马克思主义哲学体系，对我国哲学体系的改革和建设具有突破性意义"。

关于"时间是人的生命尺度和发展空间"的断想

"时间是人的生命尺度"既是马克思关于时间理论的重要命题，也是马克思关于人的全面而自由发展的重要命题。马克思首次提出"时间是人的生命尺度"这一思想是在《1857—1858 年经济学手稿》中。在《1861—1863 年经济学手稿》中，马克思明确地把这一思想概括为："时间实际上是人的积极存在，它不仅是人的生命的尺度，而且是人的发展的空间。"时间之所以能够成为人的生命尺度，是因为时间能够体现人的生命特点和生命价值，表现为人类生命价值的生成。具体地说，人能够按照自身的标准来减少不能体现自己生命价值的活动时间，增加能够体现自己生命价值的活动时间，从而为实现自己的生命意义创造条件。

在生物学中，人与动物往往被作为"同类"的生命现象进行考察，但实际上，人的生命现象与动物的生命现象有着本质的不同。"动物和它的生命活动是直接同一的。动物不把自己同自己的生命活动区别开来。它就是这种生命活动。人则使自己的生命活动本身变成自己的意志和意识的对象。他的生命活动是有意识的。"正是这种"有意识的生命活动把人同动物的生命活动直接区别开来"（马克思）。动物的本质与它的生命活动是直接同一的，它们在获得了生命的同时就具备了它们的本质。动物的种的特性是自然赋予的前定性质和先天规定，同动物个体的后天活动没有直接关系。人"是这样一种存在物，它把类看作自己的本质，或者说把自身看作类存在物"（马克思）。动物的生命活动体现的是"种"的本质，人的生命活动体现的是"类"的本质。把"类"作为人的存在特性，凸显的是人的本质的后天生成性、自我否定性及其价值。

马克思认为，使人之所以为人，不在于他的单纯的自然生命，而在于他的社会的实践活动。人的生命活动不是动物式的"生存"活动，而是人"把自己的生活活动本身变成自己的意志和意识的对象"的活动。正是在这种活动中，产生了生命尺度的问题，即人的生命活动是有价值的还是无价值的问题。马克思之所以强调，"动物只是按照它所属的那个种的尺度和需要来进行建造"，而人"则懂得按照任何种的尺度来进行生产"，并且随时随地用自身的内在尺度来衡量对象，就是为了说明，人只有获得"价值生命"，超越自然生命，才能称其为"人"。按照马克思的观点，劳动是价值的唯一源泉，劳动者的剩余劳动生产出剩余劳动时间和自由时间。问题在于，在资本主义社会，这种自由时间为不劳动者所占有和支配。"在资本方面表现为剩余价值的东西，正好在工人方面表现为超过他作为工人的需要，即超过他维持生命力的直接需要而形成的剩余劳动。"（马克思）"剩余产品把时间游离出来，给不劳动阶级提供了发展其他能力的自由支配的时间。因此，在一方产生剩余劳动时间，同时在另一方产生自由时间。整个人类的发展，就其超出对人的自然存在直接需要的发展来说，无非是对这种自由时间的运用，并且整个人类发展的前提就是把这种自由时间的运用作为必要的基础"。（马克思）

按照马克思的观点，"增加自由时间，即增加使个人得到充分发展的时间，而个人的充分发展又作为最大的生产力反作用于劳动生产力。从直接生产过程的角度来看，节约劳动时间可以看作生产固定资本，这种固定资本就是人本身"（马克思）。问题在于，在资本主义社会，工人阶级不能占有和支配自由时间，其时间主要体现为迫于生计而进行的必要劳动时间，工人的发展牺牲在必要劳动时间内；同时，资本主义生产方式产生出大量的剩余劳动，在一定程度上又为人的全面发展提供了物质前提。"资本的伟大的历史方面就是创造这种剩余劳动，即从单纯使用价值的观点，从单纯生存的观点来看的多余劳动。"（马克思）资本不断缩减必要劳动时间、增加剩余劳动时间的本性，使自由时间不断增加，从而为剩余劳动产品不断满足人们的普遍需要，为人们普遍占有和支配自由时间，实现自由发展提供了物质前提。

按照马克思的观点，人类解放的实质和目标就是实现人的全面而自由发展，而要实现人类解放和人的全面而自由发展，就必须使联合起来的个人占有和支配自由时间。为了实现人类解放和人的全面而自由发展，就要缩短劳动时间，增加人的自由时间。联合起来的个人占有和支配自由时间是实现人类解放和人的全面而自由发展的根本条件。如果人的全部时间都用于生产性支出而没有自由时间的话，那么，就不会有人的全面而自由发展，因为"整个人类发展的前提就是把这种自由时间的运用作为必要的基础"。"所有自由时间都是供自由发展的时间"，而人的自由发展就是"超出对人的自然存在直接需要的发展"。这种支撑自由发展的自由活动不再是维持单纯的生存、体现人的生存的自然必然性的活动，而是人占有自己的本质活动，发展自己能力本身的活动。"在这个必然王国的彼岸，作为目的本身的人类能力的发展，真正的自由王国，就开始了。但是，这个自由王国只有建立在必然王国的基础上，才能繁荣起来。工作日的缩短是根本条件。"（马克思）

按照马克思的观点，自由时间的多少直接决定着人的发展空间的大小，而自由时间在量上又直接取决于剩余劳动时间，"剩余劳动一方面是社会的自由时间的基础，从而另一方面是整个社会发展和全部文化的物质基础"（马克思）。发展生产力，提高劳动生产率，实际上就是缩短必要劳动时间，增加自由时间，从而扩大个人的发展空间。对个人来说,自由时间的扩大实际上是提供了一个新的发展舞台,舞台越大,发展的空间也就越大;就人类而言,整个人类的发展无非是对这种自由时间的运用,并且整个人类发展的前提就是把这种自由时间的运用作为必要的基础,有了更多的自由时间,才有人类的更大发展,才有社会的更大进步。"正像单个人的情况一样,社会发展、社会享用和社会活动的全面性,都取决于时间的节省。一切节约归根到底都是时间的节约。"(马克思)因此,时间节约规律便成为实现个人发展和调节社会生活的"首要的经济规律"。

从根本上说,时间是人的生命的尺度,就在于自由时间的不断增多必然带来活动空间和发展空间的不断扩大,通过提高劳动生产率而节约必要劳动时间,实际上就是创造了人的发展的空间。但是,在阶级社会中,自由时间的创造与占有并不是统一的,相反,二者却是背离的。"社会的自由时间的产生是靠非自由时间的产生,是靠工人超出维持他们本身的生存所需要的劳动时间而延长的劳动时间的产生。同一方的自由时间相应的是另一方的被奴役的时间。"(马克思)这就是说,劳动者创造了自由时间,却不能占有和支配自由时间,因而没有获得相应的发展空间;不劳动者却凭借占有生产资料的地位,通过侵占剩余劳动而占有和支配自由时间,由此获得了相应的发展空间。换言之,在阶级社会中,少数人的发展空间是以掠夺众多劳动者的剩余劳动时间和自由时间为基础的,少数人的发展是以多数人的不发展、片面发展甚至畸形发展为代价的。这种自由时间创造与占有上的分离,在资本主义社会达到了极端程度,资本的自由就是建立在劳动的不自由的基础上的。正如马克思所说:"在资产阶级社会里,资本具有独立性和个性,而活动着的个人却没有独立性和个性。"因此,必须推翻资本主义社会,消除劳动时间与自由时间的对立,从而实现人的全面而自由发展。

载《学术界》2008 年第 2 期。

出版企业家：杨　耕

入选辞：具有哲学情怀的杨耕，对出版业发展提出了前瞻性思考，锐意改革、开拓创新，推动了大学出版业体制改革。在领导和经营管理、图书选题策划编辑、资本运作和资源整合方面长袖善舞，为北师大出版社、出版集团的跨越式发展做出突出贡献。

杨耕，博士、教授，从事新闻出版行业 16 年来，具有强烈的事业心和高度的责任感，热爱出版业，恪守职业道德，具有较高的领导水平和较强的管理能力，积极推动体制改革，创新管理理念，善于经营管理，对出版业的发展具有前瞻性的思考，取得了突出的成绩。

在实际工作中，杨耕始终把出版社的企业属性、教育属性和文化属性结合起来，尊重市场规律、教育规律和出版规律；把改革的力度、发展的速度和员工可接受的程度结合起来；把扩大生产规模、提高经济效益和改善员工生活结合起来，并做到任何一项改革措施的出台都使思想成熟、条件成熟和时机成熟三个要素结合起来。在北师大出版集团改革发展的过程中，杨耕果断提出，加大力度、加快速度推进图书结构转型和营销体系重建，为出版集团的发展确定了两个"一体两翼"、四个"适时、适度"的发展定位，即以图书出版为主体，以音像电子网络出版和印刷产业为两翼，以教育出版为主体，以专业出版和大众出版为两翼，适时、适度进行跨地区经营，适时、适度进行跨所有制经营，适时、适度进行跨媒体经营，适时、适度进行多元化经营，取得了令人瞩目的成绩。

2008 年，杨耕被评为首批全国新闻出版行业领军人才；2009年，被授予中国百名优秀出版企业家称号；2010 年，被评为中国出版政府奖优秀出版人物奖。杨耕还担任国务院学位委员会学科评议组成员、国家社会科学基金学科评审组成员、教育部社会科学委员会学部委员、教育部跨世纪学科带头人、中国辩证唯物主义学会副会长、中央实施马克思主义理论研究和建设工程首席专家、教育部人文社会科学重大项目首席专家。

载《中国图书商报》2011 年 3 月 18 日、4 月 12 日。

学术名家：杨 耕

　　我的职业和事业都是哲学。如果说当初是我选择了哲学，那么，后来就是哲学选择了我，哲学对我足够深情。在我看来，哲学适合我，我也适合哲学。哲学已成为我的安身立命之根和安心立命之本，或者说，哲学已融入我的生命活动之中，离开哲学我不知如何生存。

　　我之所以如此"钟情"哲学，并不是因为哲学爱"智慧"，实际上，哲学本身就是一种智慧，它给人以生存和发展的智慧。如果说宗教是逃避痛苦的痛苦，那么，哲学则是通向智慧的痛苦；如果说宗教是关于人的死的，是讲生如何痛苦、死后如何升天堂，那么，哲学则是关于人的生的，是教人如何生活、如何生得有价值、有意义。我之所以如此"钟情"哲学，并不是因为哲学"博学"，无所不知，"博学并不能使人智慧"，而无所不知只能是神学。哲学不可能是自然科学与社会科学的概括和总结，当代科学的发展已经使"关于总联系的任何特殊科学"成为"多余"的了，在当代，企图在科学之上再建构一种所谓的关于整个世界一般规律的科学，只能是"形而上学"在当代条件下的"复辟"。用海德格尔的话来说就是，"对哲学能力的本质做这样的期望和要求未免过于奢求"。

哲学关注的是人在世界中的位置，显示的是人的自我形象。马克思哲学的理论主题就是现实的人及其发展，就是无产阶级和人类解放。马克思主义哲学以实践观为基础，从人与自然、人与社会的双重关系中去把握现实的人及其发展，关注的是"重建个人所有制"和"确立有个性的个人"，以实现人的全面而自由发展。这是对人的现实存在和终极存在的双重关怀。在我看来，这是全部哲学史中最激动人心的关怀。因此，在众多的哲学体系中，我选择了马克思的哲学。

我的研究方向也是马克思的哲学。如果用一句话来概括我的哲学研究，那就是，重读马克思。

重读马克思并不是"无事生非"或"无病呻吟"，而是当代实践、科学以及哲学本身发展的需要。历史常常出现这样一种奇特的现象，即一个伟大思想家的某个观点以至整个学说，往往在其身后，在经历了较长时间的历史运动之后，才充分显示出它的本真精神和内在价值，重新引起人们的关注。所以，"重读"成为思想史上常见的现象。黑格尔重读柏拉图，皮尔士重读康德，歌德重读拉斐尔……从一定意义上说，一部思想史就是后人不断"重读"前人的历史。所以，思想史、哲学史被不断地"重写"。更重要的是，后人之所以不断地"重读"前人，都是为了从永垂不朽的大师那里汲取巨大的灵感和超卓的智慧，"风流犹拍古人肩"。这使我不禁想起了叔本华的一句话："谁要是向往哲学，就得亲自到原著那肃穆的圣地去找永垂不朽的大师。"

马克思哲学的历史命运也是如此。20世纪的历史运动以及当代哲学的发展困境，使马克思哲学的内在价值和当代意义凸显出来了，哲学家们不由自主地把目光转向马克思哲学。后现代主义思想家杰姆逊指出，马克思哲学"是我们当今用以恢复自身与存在之间关系的认知方式"，"马克思主义的'特权'在于它总是介入并斡旋于不同的理论符号之间，其深入全面，远非这些符号本身所能及"，所以它"让那些互不相容，似乎缺乏通约性的批评方式各就其位，确认他们局部的正当性，既消化又保留了它们"。因此，马克思哲学是当代"不可超越的意义视界"。从萨特提出马克思哲学是当代"唯一不可超越的哲学"到杰姆逊提出马克思哲学是当代"不可超越的意义视界"，这一时间跨度再次表明，马克思哲学仍是我们时代的真理和良心。在当代，无论是用实证主义、结构主义、新托马斯主义，还是用存在主义、弗洛伊德主义、后现代主义乃至现代新儒学来对抗马克思哲学，都注定是苍白无力的。在我看来，这种对抗犹如当年的庞贝城与维苏威火山岩浆的对抗。

在重读马克思的过程中，我经历了从马克思哲学到马克思主义哲学史、西方哲学史，再到现代西方哲学，然后再返回到马克思哲学这样一个不断深化的求索过程。其意在于，把马克思哲学放置到一个广阔的历史背景和理论空间中去研究。我认为，对马克思哲学的研究离不开对马克思主义哲学史的研究，只有把握马克思的心路历程，把握马克思以后的马克思主义哲学的演变过程，才能真正把握马克思哲学的真谛，真正理解马克思哲学在何处以及在何种程度上被误读了；只有把马克思哲学放到西方哲学史的流程中去研究，才能真正把握马克思哲学对传统哲学变革的实质，真正理解马克思哲学划时代的贡献；只有把马克思哲学与现代西方哲学进行比较研究，才可知晓马克思哲学的局限性，同时进一步理解马克思哲学的伟大所在，真正理解马克思哲学为什么是当代"不可超越的哲学"，是当代"不可超越的意义视界"。

在重读马克思的过程中，我同时进行了政治经济学的"补课"，从而意识到马克思的经济学不仅是一种关于资本的理论，而且是对资本的理论批判或批判理论，它所揭示的具体劳动与抽象劳动、商品的自然存在形式与社会存在形式，以及资本不是物而是社会关系的理论，它所揭示的被物的自然属性掩蔽着的人的社会属性，以及被物与物的关系掩蔽着的人与人的关系的理论，具有重大的哲学意义。精神生产不同于肉体的物质生产。以基因为遗传物质的生物延续是同种相传，而哲学思维可以、也应该通过对不同学科成果的吸收、消化和再创造，形成新的哲学形态。从历史上看，马克思哲学在创立和发展过程中，对经济学、历史学、政治学以及人类学都进行过批判性研究和哲学反思。不仅德国古典哲学，而且英国古典经济学、法国复辟时代历史学、英法"批判的空想的社会主义"以至人类学也构成了马克思哲学的理论来源。正像亲缘繁殖不利于种的发育一样，一种创造性的哲学一定会突破从哲学到哲学的局限。马克思的哲学就是这样一种创造性的哲学。

在重读马克思的过程中，我看到了一种对资本主义制度的彻底的批判精神，透视出一种对人类生存异化状态的深切的关注之情，领悟到一种旨在实现无产阶级和人类解放、每个人全面而自由发展的强烈的使命意识。马克思的哲学不是"学院派"，它志在改变世界，其"笔落惊风雨，诗成泣鬼神"（杜甫）。重读马克思不能仅仅从书本到书本，从哲学到哲学史，更重要的，是从理论到现实，再从现实到理论。哲学当然需要思辨，但哲学不应是脱离现实的思辨王国，始终停留在"阿门塞斯的阴影"之中。哲学家不应像沙漠里的高僧那样，腹藏机锋、口吐偈语、空谈智慧，说着一些毫无用处的话；哲学家不应像舞台上的魔术师那样，若有其事地念着咒语，说着一些谁也听不懂的话；哲学家也不应像吐丝织网的蜘蛛那样，看着自己精心编织的思辨之网，自我欣赏、自我陶醉，处于"自恋"之中。水中的月亮是天上的月亮，眼中的人是眼前的人。哲学不能脱离现实，否则，只能是水中捞月一场空。

哲学之所以给人们造成一种艰涩隐晦、与现实无关的印象，是由于哲学的论证方式，即哲学在形式上表现为一种抽象的概念运动造成的。问题在于，这种抽象的概念运动的背后是现实的社会问题。换言之，哲学的论证方式是抽象的，哲学的问题却是现实的。不管哲学在形式上多么抽象，实际上都可以从中捕捉到现实问题。无论哲学家如何"超凡入圣"，他们都不能不食人间烟火，都是在特定的现实社会中提出特定的问题、特定的解决问题的方式和答案。即使表面上看来荒诞不经、信奉"语言游戏论"的后现代主义，实际上是对"后工业社会"的一种文化反映。用杰姆逊的话来说就是，后现代主义"是在一个已经忘记如何进行历史性思考的时代里去历史地思考现实的一种努力"。哲学必须从人间升到"天国"，即进入纯概念领域，否则，就不是哲学；哲学又必须由"天国"降到人间，直面现实问题，并以哲学的方式解答时代课题，否则，将成为无根的浮萍、无病的呻吟、无魂的躯壳。

我始终认为，哲学研究不能脱离现实，仅仅成为哲学家之间的"对话"，更不能成为哲学家个人的"自言自语"。马克思的哲学是"入世"的，它坚决反对远离人生、远离生活、远离矛盾，去寻找一个所谓的超然物外、安身立命的精神工具。马克思不是书生，相反，马克思既是哲学家，又是革命家，是二者完美的结合；马克思的哲学不是"书斋里的哲学"，相反，马克思的哲学既是解释世界的哲学，又是改变世界的哲学，是二者高度的统一。马克思始终关注着"现存世界革命化"，马克思的哲学始终关注着无产阶级和人类解放。所以，重读马克思不能仅仅同"文本"进行"对话"，不能仅仅同哲学进行"对话",重要的也是根本的,是同现实进行"对话"。

当今中国最基本的现实就是改革开放和现代化建设。这一社会实践最突出的特征和最重要的意义就在于,它把现代化、市场化和社会主义改革这三种重大的社会变革浓缩在同一个时空中进行,从而构成了一场极其特殊、异常艰难而又波澜壮阔的社会变迁。这一重大的社会变迁必然引起一系列深刻的哲学问题,必然为人们的哲学思考提供一个广阔的社会空间。关注这一现实,从总体上把握当代中国的改革开放和现代化建设,由此引发对民族的思维方式、生存方式、活动方式以及价值观念的哲学思考,反过来,以一种面向21世纪的哲学理念引导现实运动,这是当代中国哲学家应有的良心和使命。

就我个人而言,正是当代中国的改革开放和现代化建设,尤其是社会主义市场经济的实践促使我重读马克思的。从时间上看,马克思离我们越来越远了,而且马克思离我们的时间越远,对他认识的分歧也就越大,就像行人远去,越远越难辨认一样;从空间上看,马克思却离我们越来越近了,马克思的哲学本身就是在市场经济的背景中产生的,随着社会主义市场经济实践的不断拓展,一个"鲜活"的马克思正在向我们走来,离我们不是越来越远,而是越来越近了。一句话,马克思与我们同行,马克思的哲学仍具有"令人震惊的空间感"。在我看来,马克思的哲学之所以在当代"不可超越",仍具有"令人震惊的空间感",是因为它抓住了人与世界关系的根本——实践,并从这一根本出发向人与世界的各个方面、各个环节发散出去,提供了"整体社会的视界";是因为它从物与物关系透视出人与人的关系,看出资本不是物而是社会关系,物的异化的背后是人的活动的异化,这些观点契合着当代世界的重大问题。

重读马克思,使我得出了一个新的关于马克思哲学的总体认识,那就是,马克思哲学在哲学史上所造成的革命变革是从本体论的层面上发动并展开的,它以实践观为基础科学地解答了人与自然、人与社会的关系；马克思哲学所造成的革命变革的实质就在于，它实现了哲学主题的根本转换，那就是，从整个世界转向人类世界，从宇宙本体转向人的生存的本体。在我看来，马克思哲学的主题就是，消除人的生存的异化状态，实现人类解放、人的全面而自由的发展。一句话，马克思哲学以人为本。

当马克思把目光从整个世界转向人类世界时，它就同时在寻找理解、解释和把握人类世界的依据。这个依据终于被发现，那就是人类实践活动。按照马克思的观点，人通过实践使自然成为"社会的自然"，从而为自己创造出自然与社会"二位一体"的人类世界；在人类世界的运动中，实践具有导向作用，即人通过自己的实践活动"为天地立心"，"重整山河"，在物质实践的基础上重建世界。换言之，实践构成了人类世界得以存在和发展的基础，是人类世界真正的本体。这是一个动态的、不断发展、不断生成的本体，人类世界因此成为一个不断形成更大规模、更多层次的开放性体系。

从哲学史上看，马克思之所以能够发动一场震撼人类思想史的哲学革命，关键就在于，它以实践观为基础科学地解答了人与自然的关系这一本体论问题。按照马克思的观点，在物质实践中，人是以物的方式去活动并同自然发生关系的，得到的却是自然或物以人的方式而存在，即使"自在之物"成为"为我之物"。换言之，实践使人与自然的关系成为一种"为我而存在"的关系。这种"为我而存在"的关系是一种否定性的矛盾关系：人要维持自身的存在，即肯定自身，就要对自然界进行否定性的活动，使之成为"人化自然""社会的物"；"社会的物"是一种特殊的"可感觉而又超感觉"的物（马克思），而之所以"超感觉"是因为这种物中蕴含着、承载着社会关系的内涵。这样一种特殊的矛盾关系使人与自然的关系成为主体与客体的关系，二者处于双向运动中：人通过实践在不断改造自然、创造人化自然的同时，又不断改造、创造着人的社会关系。这是同一个过程的两个方面，因而物成为"社会的物"，自然成为"历史的自然"。

与此同时，马克思揭示出实践是人的存在方式。按照马克思的观点，人是在利用工具积极改造自然的过程中维持自己生存的，实践因此成为人的生命之根和立命之本，构成了人类特殊的生命形式，即构成了人的存在方式和生存的本体。人的存在，包含其生存状态的异化及其扬弃，都是在实践活动的过程中发生和完成的。马克思在确认实践是人类世界本体的同时，又确认人通过实践创造了"人们的存在"，实践是人的生存的本体。在这个意义上，马克思哲学是生存论的本体论，即实践本体论。

马克思哲学的本体论不同于传统哲学的本体论。传统的本体论的弊端就在于，它所追求的宇宙本体是一个"不动的原动者"，是所谓的一切现实事物背后的"终极存在"。在我看来，不管这种本体是"抽象的精神"还是"抽象的物质"，都是一种脱离现实的社会、现实的人及其活动的抽象本体。从这种抽象的存在、本体出发，无法认识现实。马克思的本体论不是以一种抽象的、超时空的方式去理解和把握存在问题，而是从实践出发去理解和把握人的存在，从人的存在出发去解读存在的意义，并凸显了存在的根本特征——历史性。换言之，马克思哲学把人的存在本身作为哲学所追寻的目标，它不是探求所谓的"终极存在"，而是探求"对象、现实、感性"的存在何以成为这样的存在，换言之，"对象、现实、感性"与人的生存实践是连接在一起的，本体论与人的生存实践密切相关。所以，马克思认为，对"对象、现实、感性"不能仅仅从客体的形式去理解，而要同时"把它们当作感性的人的活动，当作实践去理解"，"从主体方面去理解"。

这样，马克思的实践本体论便开辟了一条从本体论认识现实的道路，同时使哲学的聚焦点从"世界何以可能"转换为"人类解放何以可能"，而对"人类解放何以可能"的探讨又必然引起对"改变世界何以可能"的探讨。由此，我们也就不难理解"哲学家们只是用不同的方式解释世界，问题在于改变世界"（马克思）这一命题的真实而深刻的内涵了。

本体论与"形而上学"密切相关。对马克思哲学本体论的深入研究引导我对马克思哲学与"形而上学"的关系进行深入而全面的探讨。1989年，我提出："拒斥形而上学是马克思哲学的基本原则。"从那时到现在已经15年过去了，现在我仍然坚持这一观点，而且认识比以前更深刻了。

从历史上看，"形而上学"在对存在的本质和世界的终极存在的探究中确立了一种严格的逻辑规则，即从公理、定理出发，按照推理规则得出必然结论。这无疑具有积极意义，标志着作为理论形态的哲学的形成。然而，在亚里士多德之后，哲学家们把形而上学中的存在日益引向脱离现实事物、现实的人的存在，成为一种完全抽象化的本体。因此，到了19世纪中叶，随着自然科学"给自己划定了单独的活动范围"，随着社会的发展"把人们的全部注意力集中到自己身上"，西方哲学掀起了反形而上学的浪潮。孔德和马克思同时举起了反对形而上学的大旗。

孔德从自然科学的可证实原则出发批判了形而上学，马克思则从人的存在方式——实践出发批判了形而上学。马克思的反对形而上学与孔德的拒斥形而上学在时代性上是一致的，即都是现代精神对近代精神和古代精神的批判，所以，孔德和马克思同为西方传统哲学的终结者和现代哲学的开创者，马克思哲学是现代唯物主义。但是，孔德的拒斥形而上学与马克思的反对形而上学在指向性上又具有本质的不同：孔德认为，拒斥形而上学之后，哲学应趋向自然科学，并把哲学局限于现象、知识以及可证实的范围内，力图用实证科学精神来改造和超越传统哲学；马克思提出另外一条思路，即反对形而上学之后，哲学应趋向人的存在，对人的异化了的生存状态给予深刻批判，对人的价值、解放和全面发展给予深切关注。为此，马克思创立了一种新的哲学形态，那就是历史唯物主义。

1989 年，我明确提出，马克思主义哲学是实践唯物主义，是实践本体论。之后，一直到 20 世纪末我一直坚持并不断深化这一观点。但是，这一时期我有意回避了实践唯物主义与历史唯物主义的关系。可是，这个问题不解决，马克思主义哲学的"一体化"也就不可能彻底解决。于是，我开始重新审视历史唯物主义的理论空间。从 2001 年开始，我对历史唯物主义的性质和职能有了新的认识，即马克思哲学就是历史唯物主义，历史唯物主义本身就是一个完整的哲学形态，是一种"批判的世界观"。

从表面上看，历史唯物主义研究的仅仅是人类社会或人类历史，似乎与自然无关，但问题在于，社会是在人与自然之间的物质变换过程中形成和发展起来的，而为了实现人与自然之间的物质变换，人与人之间必须互换其活动。这就是说，人们的生存实践活动和实际日常生活始终包含着并展现为人与自然的关系和人与人的关系，或者说包含着并展现为人与自然的矛盾和人与人的矛盾。历史唯物主义所关注和所要解决的基本问题，就是人们的生存实践活动、实际日常生活所包含和展现出来的人与自然的关系和人与人的关系，即人与世界的关系问题。

全部社会生活在本质上是实践的，历史不过是人的实践活动在时间中的展开。用马克思的话来说就是，历史不过是追求着自己目的的人的活动而已。因此，历史唯物主义概念中的"历史"是人的活动及其内在矛盾，即人与自然、人与人的矛盾得以展开的境域。以现实的人及其发展为思维坐标，以实践为出发点和建构原则，去探讨人与自然的关系和人与人的关系，使历史唯物主义展现出一个新的理论空间，即一个自足而又完整、唯物而又辩证的世界图景。这就是说，历史唯物主义不仅是一种历史观，更重要的是一种唯物主义世界观。由于历史唯物主义内含着"否定性的辩证法"，所以，马克思又称之为"真正批判的世界观"。

在我看来，马克思哲学就是历史唯物主义，辩证唯物主义不过是历史唯物主义的代名词。"辩证法在对现存事物的肯定的理解中同时包含着对现存事物的否定的理解,即对现存事物的必然灭亡的理解","按其本质来说,辩证法是批判的和革命的"(马克思)。无疑,历史唯物主义本身就是唯物主义和辩证法的统一,本身就蕴含着这种批判的、革命的"否定性的辩证法"把辩证唯物主义看作是历史唯物主义的代名词,就是为了凸显历史唯物主义所内含的辩证法维度及其批判性和革命性。这也就是说,在马克思哲学体系中,不存在一个独立的、仅仅作为理论基础的辩证唯物主义,也不存在一个独立的、仅仅具有应用性质的历史唯物主义。同时,实践唯物主义是历史唯物主义的又一代名词。"对实践的唯物主义即共产主义者来说,全部问题都在于使现存世界革命化,实际的反对并改变现存的事物。"(马克思)把实践唯物主义看作历史唯物主义的又一代名词,则是为了凸显历史唯物主义所内含的实践维度及其首要性和基本性。这就是说,在马克思哲学体系中,不存在一个独立的、仅仅作为理论基础的实践唯物主义,也不存在一个独立的、仅仅具有应用性质的历史唯物主义。由此,我进一步理解了"历史唯物主义是马克思的第一个伟大发现"这一命题的深刻内涵。

以上,就是我重读马克思的心路历程,以及在这个过程中所获得的一种新的对马克思哲学的总体认识。

显然,我的这种认识不同于人们所"熟知"的马克思,不同于已成为"常识"的马克思的哲学。问题在于,熟知并非真知,而常识既"是一个时代的思想方式",同时又"包含着这个时代的一切偏见"(黑格尔)。由此造成这样一种奇特的现象,即人们最熟悉的往往又是他们最不了解的。马克思的名字在中国可谓家喻户晓,而自"工农兵学哲学"以来,马克思的哲学思想似乎人所共知,已成为一种"常识"。然而,我认为,马克思的哲学在这种"常识"中在相当大的程度上被误读。常识往往窒息思想的发展,我不能"跟着感觉走"。于是,我重读马克思并得出了上述不同于"常识"的认识。

　　我并不认为我的这种认识完全恢复了马克思的"本来面目",这种解释完全符合马克思哲学的"文本",因为我深知"一切历史都是当代史"的合理性,深知我的这种认识受到我本人的知识结构、哲学素养以及价值观念的制约,甚至是"心有余而力不足"。但我又不能不指出,我的这种认识的确是我 20 年来上下求索的结果,是我重读马克思的心灵写照和诚实记录。在这个过程中,既有迷惑,也有独创:

　　　　不经过迷惑,你总不会聪明;
　　　　没有独创,你不可能成长。(歌德)

载《社会科学战线》2005 年第 2 期,
标题原为《重读马克思:我的学术自述》。

封面人物：杨　耕

　　杨耕，1956 年生，安徽合肥人。1982 年毕业于安徽
大学哲学系，获哲学学士学位；1991 年毕业于中国人民大
学哲学系，先后获哲学硕士、哲学博士学位；现为北京师
范大学哲学系教授、博士生导师，国务院学位委员会学科
评议组成员，国家社会科学基金学科评议组成员，教育部

社会科学委员会学部委员，教育部跨世纪学科带头人，中国辩证唯物主义学会副会长。先后在《中国社会科学》《哲学研究》《求是》《人民日报》《光明日报》《唯物论研究》（日本）等报刊上发表论文200余篇；出版专著12部，其中代表作为《为马克思辩护：对马克思哲学的一种新解读》《"危机"中的重建：历史唯物主义的现代阐释》《东方的崛起：关于中国式现代化的哲学反思》。先后获国家级教学成果奖等国家级奖6项。

杨耕的专业、职业和事业都是马克思主义哲学。杨耕之所以如此"钟情"马克思主义哲学，用他自己的话来说就是，马克思主义哲学是"关于现实的人及其历史发展"的学说。正是在马克思主义哲学中，他看到了一种对资本主义制度的彻底的批判精神，透视出一种对人的生存异化状态的深切的关注之情，领悟到一种旨在实现无产阶级和人类解放的强烈的使命意识。在杨耕看来，以"有生命的个人"为前提，以改变世界、实现人类解放为己任，以"重建个人所有制"和"确立有个性的个人"为目标，马克思主义哲学展示出一个新的理论空间，一种对人的现实存在和终极存在的双重关怀。

在"重读马克思"的过程中，杨耕明确提出：马克思主义哲学的创立使哲学的理论主题从"世界何以可能"转向"人类解放何以可能"。使哲学的理论基础从整个世界的本体转向人的生存的本体，使哲学的理论职能从重在"认识世界何以可能"转向"改变世界何以可能"，从而实现了哲学的革命性变革；马克思主义哲学创立了一种新的本体论，即实践本体论，确认实践是自在世界和人类世界分化与统一的根本途径，是人的存在方式、社会生活的本质和人类世界的基础，具有本体论意义，马克思主义哲学是实践本体论，并开辟了从本体论认识现实的道路；马克思主义哲学就是历史唯物主义，历史唯物主义是一种"批判的世界观"，以实践观为基础探讨人与自然、人与社会的关系，即人与世界的关系，使历史唯物主义呈现出一种唯物而又辩证的世界图景；马克思主义哲学是现代唯物主义，马克思与孔德同为西方传统哲学的终结者和西方现代哲学的开创者，"反对一切形而上学"是马克思主义哲学的基本原则，马克思主义哲学属于现代哲学，并具有后现代意蕴。

在哲学研究中，杨耕追求的理论目标，是求新与求真的统一；追求的理论形式，是诗一般的语言、铁一般的逻辑；追求的理论境界，是建构哲学空间、雕塑思维个性，从而以一种崭新的理论视角、宽广的理论空间、独到的理论见解，展示出一种新的理论态势，引起了哲学界、理论界的关注。《光明日报》4次采访、介绍杨耕的学术研究及其成果，《哲学动态》《学术研究》《学术月刊》《学术界》《中国教育报》《中华读书报》等报刊先后发表对杨耕的学术采访。《理论前沿》发表署名文章认为，杨耕为马克思主义哲学的解读范式"提供了一种新的马克思主义哲学的理解途径，突破了传统的马克思主义哲学的理论框架，建构了新的马克思主义哲学体系，对于我国哲学体系的改革和建设具有突破性意义"。

载《江汉论坛》2010年第9期。

当代学林：杨　耕

　　杨耕，1956年生，安徽合肥人。1982年毕业于安徽大学哲学系，获哲学学士学位；1991年毕业于中国人民大学哲学系，先后获哲学硕士、哲学博士学位。现任北京师范大学副校长、哲学系教授、博士生导师，国务院学位委员会学科评议组（哲学）组长，国家社会科学基金学科评审组成员，教育部社会科学委员会学部委员，教育部高等学校马克思主义理论类专业教学指导委员会主任委员，教育部跨世纪学科带头人，教育部长江学者特聘教授。全国新闻出版行业领军人才，中国出版政府奖优秀人物奖获得者，韬奋出版奖获得者，中国辩证唯物主义学会副会长，中国马克思主义哲学史学会副会长。

先后在《中国社会科学》《哲学研究》《求是》《人民日报》《光明日报》等报刊上发表论文 200 余篇，其中，代表作为《当前马克思主义研究中的五个重大问题》《历史规律研究中的三个重大问题》《关于马克思主义哲学理论主题和理论特征的再思考》；先后出版《为马克思辩护：对马克思哲学的一种新解读》《危机中的重建：唯物主义历史观的现代阐释》《东方的崛起：关于中国式现代化的哲学反思》《杨耕集》等学术著作 12 部；先后获国家级教学成果奖、中国出版政府奖图书奖等国家级奖 8 项。

研究方向为马克思主义哲学。在哲学研究中，杨耕追求的理论目标，是求新与求真的统一；追求的理论形式，是诗一般的语言、铁一般的逻辑；追求的理论境界，是建构哲学空间、雕塑思维个性，从而以一种崭新的理论视角、宽广的理论空间、独到的理论见解，展示出一种新的理论态势，引起了哲学界、理论界的关注。《理论前沿》发表署名文章认为，杨耕为马克思主义哲学的解读范式"提供了一种新的马克思主义哲学的理解途径，突破了传统的马克思主义哲学的理论框架，建构了新的马克思主义哲学体系，对于我国哲学体系的改革和建设具有突破性意义"。

载《学术研究》2015 年第 1 期。

首席专家：杨　耕

　　杨耕，1956 年生，安徽合肥人。1982 年毕业于安徽大学，获哲学学士学位；1991 年毕业于中国人民大学，先后获哲学硕士、哲学博士学位。曾任中国人民大学哲学系教授、博士生导师，北京师范大学副校长。现为北京师范大学哲学学院教授、博士生导师，教育部长江学者特聘教授。兼任国务院学位委员会学科评议组（哲学）组长，教育部社会科学委员会学部委员，教育部高等学校马克思主义理论类专业教学指导委员会主任委员，北京市社会科学界联合会副主席，马克思主义理论研究和建设工程"中国文化概论"课题组首席专家，"马克思主义哲学"课题组主要成员。

主要著作有：《为马克思辩护：对马克思哲学的一种新解读》《危机中的重建：唯物主义历史观的现代阐释》《重建中的反思：重新理解历史唯物主义》《东方的崛起：关于中国式现代化的哲学反思》《马克思主义哲学基础理论研究》《马克思主义哲学文本导读》《马克思主义哲学原理》《静水深流：哲学遐思与文化断想》《杨耕集》《杨耕自选集》。教学科研成果获国家级教学成果奖、中国出版政府奖图书奖等国家级奖 8 项，省部级奖 7 项。获评北京市优秀教师，教育部跨世纪学科带头人，全国新闻出版行业领军人才；荣获中国出版政府奖优秀出版人物奖，韬奋出版奖，全国文化体制改革工作先进个人、国务院特殊津贴专家等奖项和称号。

载《红旗文稿》2016 年第 9 期。

学　者：杨　耕

　　杨耕，1956年生，安徽合肥人。1982年毕业于安徽大学哲学系，获哲学学士学位；1991年毕业于中国人民大学哲学系，先后获哲学硕士、哲学博士学位。曾任中国人民大学哲学系教授、博士生导师，《教学与研究》杂志社总编辑，北京师范大学出版集团党委书记、董事长，北京师范大学党委常委、副校长，教育部普通高等学校马克思主义理论类专业教学指导委员会主任。现为北京师范大学哲学学院教授、博士生导师。兼任国务院学位委员会学科评议组（哲学）组长，教育部社会科学委员会学部委员，北京市社会科学界联合会副主席，中国辩证唯物主义学会副会长，中国马克思恩格斯研究会副会长。先后被评为教育部跨世纪学科带头人，"长江学者"特聘教授，全国新闻出版行业领军人才，中国优秀出版企业家，全国文化体制改革先进个人；获得中国出版政府奖优秀出版人物奖、韬奋出版奖。

先后在《人民日报》《光明日报》《求是》《中国社会科学》《哲学研究》《学习与探索》等报刊上发表学术论文 240 余篇，在《学习与探索》发表的文章是《关于马克思主义理论主题、理论基础和理论结构的再思考》（2020 年第 7 期）、《对象意识与自我意识及其客观性：一个再思考》（2002 年第 1 期）、《关于马克思东方社会理论的再思考》（1998 年第 2 期）、《论马克思的社会有机体方法》（1994 年第 1 期）、《从历史主客体关系的视角认识历史唯物主义》（1987 年第 3 期）；先后出版学术著作 20 部，代表作为《为马克思辩护：对马克思哲学的一种新解读》（中文、英文、德文、俄文）、《危机中的重建：唯物主义历史观的现代阐释》《重建中的反思：重新理解历史唯物主义》《东方的崛起：关于中国式现代化的哲学反思》；先后主持国家社会科学基金重大项目、国家出版基金重大项目、教育部哲学社会科学重大课题攻关项目等科研项目 7 项；先后获国家级教学成果奖、国家精品课程奖、中国出版政府奖图书奖等国家级奖 8 项。

研究方向为马克思主义哲学。在哲学研究中，杨耕经历了从马克思主义哲学回到马克思的哲学，从马克思的哲学拓展到马克思主义哲学史、西方哲学史，从西方哲学史延伸到现代西方哲学，然后再返回到马克思的哲学这样一个不断求索的过程，同时，进行了政治经济学、社会发展理论的"补课"。在这个过程中，杨耕追求的理论目标，是求新与求真的统一；追求的理论形式，是铁一般的逻辑、诗一般的语言；追求的理论境界，是建构哲学空间、雕塑思维个性，从而展示出一种新的理论态势。《理论前沿》发表署名文章认为，杨耕为马克思主义哲学的解读范式"提供了一种新的马克思主义哲学的理解途径，突破了传统的马克思主义哲学的理论框架，建构了新的马克思主义哲学体系，对于我国哲学体系的改革和建设具有突破性意义"。

载《学习与探索》2020 年第 7 期。

杨　耕:"钟情"哲学

　　1977年的一天，一位哲学先行者告诉他，哲学是一个诱人的智慧王国，中国需要哲学，而你的天赋更适合学哲学。这一次谈话竟"鬼使神差"，使他在高考前夕改变了报考理科的志向，选择了哲学。从此，他步入了哲学领域，至今仍无怨无悔。于是，中国哲学界便多了一位颇有影响的青年学者。他就是年方40岁的中国人民大学哲学系教授、《教学与研究》杂志总编辑——杨耕。

　　杨耕与哲学"一见钟情"，为了哲学，他放弃了许多，也做了许多在别人看来"不可理喻"的事情。早在上大学期间，他就与电影"绝交"，从 1978 年到 1995 年，整整 17 个年头，他没有看过一场电影，除了新闻之外，他基本上不看电视，因为他深知生活的辩证法，有所得必有所失。

歌德说过，壮志与热情是伟业的辅翼。对事业的强烈热爱和百分之百的投入，使杨耕与哲学已连成一体。用他的话来说，就是"哲学适合我，我也适合哲学。离开哲学我不知如何生存"。哲学已融入他的生命，他是坐着看书，走着思考，再坐下来写作，而且在任何嘈杂的环境，他都可以很快进入自己的"角色"，遨游在哲学的王国中。有了这份"定力"、热爱和投入，再加上不薄的天赋，杨耕的脱颖而出，确乎是"顺理成章"的事：硕士生期间被破格推荐免试攻读博士学位，然后是破格评为副教授、教授。

"建构哲学空间，雕塑思维个性"，是杨耕追求的理论境界，为此他经历了一个独特的学术研究过程，即从历史唯物主义理论追溯到马克思主义史以及西方近代历史哲学，拓展到现代西方历史哲学和当代社会发展理论，然后又返回到历史唯物主义理论，试图在一个广阔的理论空间中把握历史唯物主义及其当代意义。他的百余篇论文都是围绕这一主题展开的，研究成果主要凝结为 4 部著作：《马克思的社会发展理论及其当代意义》《马克思的社会研究方法及其当代意义》《马克思的历史认识论及其当代意义》《"危机"中的重建：历史唯物主义的现代阐释》。不要以为杨耕是一个"书斋"里的"书呆子"。他善于哲学思辨，但更关注现实，探讨当代中国社会发展问题是他目前的理论兴奋点和理论研究的终极目标。当然，他以一种"独特的"方式关注现实。在杨耕看来，在理论与现实相结合的过程中，哲学不能失去自己的独立性、反思性和批判性，"凡是现实的都是合理的"并不是马克思主义的思维方式。哲学既要入世，又要出世，一种仅仅适应现实的哲学是不可能高瞻远瞩的。他打了个非常通俗、恰当的比喻，"犹如透过玻璃看东西，挨得太近就会碰上自己的鼻子。哲学趋向现实太近，反而会看不清现实"。

　　杨耕为自己确定了一条联结丰富多彩的现实生活与抽象思辨的哲学王国的有效途径，这就是从问题出发，对理论和现实进行双重批判。对现实的关注以及理论研究上的史与论的结合，使得杨耕的理论视域非常宽阔，并造就了其著述的大气磅礴之势。《邓小平与当代中国》一书，把真实的描述和深刻的反思结合起来，力图把改革开放历程，将12亿中国人如何从东南西北悲壮奋起的宏大历史场面展示出来。即将完成的《东方的崛起》一书则追溯中国百余年来的历史，结合着西方的"现代化"理论、"世界体系"理论、第三世界的"依附"理论，力图以一个新的理论视角、较大的历史跨度，再现中国现代化历史的轨迹及其内在逻辑，再现中国社会主义现代化这一"黄河之水天上来"的历史必然性。

　　"钟情"于哲学的杨耕得到了哲学的厚爱。10多年的辛勤努力、不辍耕耘，使刚届不惑之年的杨耕不仅在中国哲学界有了一定的声望，而且在国际学术界也有了一定的影响。他的一些论著，如《论马克思主义哲学的主题和体系特征》《唯物主义的现代形态》《历史唯物主义研究概览》《邓小平与当代中国》等被译为日、英、俄等多国文字，《国际名人传记辞典》（第23、24版）收入了杨耕的名字及其主要科研成果。

　　谈到自己的成就，杨耕深情地提到了他的两位导师——汪永祥教授、陈先达教授。两位导师的悉心指教使他具备了坚实的理论功底，养成了严谨的学风，导师提出的"求真与求新的统一"已成为他理论研究的准则。杨耕深深地感谢这两位导师，感谢中国人民大学对他的培养和厚爱。

　　"个人的发展离不开社会，个人只有在推动社会进步的过程中才能求得自己的发展。"采访结束时，杨耕以这样一句颇有哲理的话向我们诉说了一个青年学者的心声。

载《前线》1996 年第 6 期，

标题原为《"钟情"哲学的杨耕》，作者为《前线》记者王梅。

杨　耕：重读马克思

　　1977 年，杨耕考入安徽大学哲学系，成为"文革"后的第一届大学生。1986 年，他又考入中国人民大学哲学系，攻读硕士学位。1988 年破格免试直接攻读博士学位，同时留校任教。此后，杨耕一路"破格"：被评为副教授、教授。杨耕现为《教学与研究》杂志总编辑，中国人民大学哲学系教授、博士生导师。在中国人民大学，40 岁的博士生导师并不多见。

　　如果用一句话概括杨耕教授的事业，那就是：重读马克思。杨耕说，在中国，马克思可以说是无人不知、无人不晓，但重读马克思不是"无事生非"，而是时代的需要。

通过重读马克思，杨耕得出一个结论，马克思是现代哲学的开拓者，马克思哲学是现代唯物主义，就内容而不是就表现形式而言，整个现代哲学都是以马克思哲学所实现的主题转换和指出的方向运行的。不仅如此，马克思哲学具有后现代主义，后现代主义的主旨就是批判现代化的负面效应，重塑现代性，而马克思哲学同样重在批判现代化的负面效应，在批判、解构资本主义制度的问题上，马克思哲学与后现代主义具有相通之处。当然，二者又有本质的不同。目前，杨耕正在写《重读马克思》一书，他想以此向人们展现马克思的真实面目。

为了重读马克思，杨耕从马克思的哲学一直追到西方哲学史、现代西方历史哲学，然后，把研究领域又拓展到当代社会发展理论，最后又回归到马克思哲学。他认为，只有这样，对马克思哲学的理解才能深入。在杨耕看来，把马克思与当代哲学家相比较，可以看到马克思哲学的超越性和伟大性。杨耕说："哲学需要思辨，但不能成为脱离现实的玄思。哲学也不能仅仅成为哲学家之间的对话，更不能成为哲学家个人的喃喃自语。哲学要与历史对话，更要与现实对话。"

"诗一般的语言，铁一般的逻辑"，这是杨耕对自己著述的要求；而"建构新的理论空间，雕塑思维个性"，则是他追求的理论境界。

写了6本专著，200多篇文章，获得过6个国家级奖，7个省部级奖，杨耕认为这一切固然跟个人努力有关，但他忘不了自己的硕士导师、博士导师汪永祥、陈先达教授，并认为只有在社会发展的过程中，才能求得个人的发展。

载《中华读书报》1997年9月17日，
作者为《光明日报》记者宫苏艺。

杨 耕：重读·重建·重生

　　杨耕，哲学博士，现任中国人民大学哲学系教授、博士生导师、《教学与研究》总编辑。代表著作有《马克思的社会发展理论及其当代意义》《马克思的社会研究方法及其当代意义》《"危机"中的重建：历史唯物主义的现代阐释》等，发表论文200余篇。其科研成果6次获国家级奖，7次获省部级奖。

　　杨耕，1956年出生在一个普通教师家庭。1977年恢复高考后"偶然"地步入了哲学的殿堂,在哲学的园地里辛勤耕耘了15个春秋,如今已硕果累累,声名鹊起。究其原因,除了天分和勤奋,还有一份对哲学的执着和对思想的自信。

在一个温暖的冬日,杨耕教授如约接受了记者的采访,谈到了他的人生经历、心路历程和学术之旅。对这样一位以哲学探索为己任的学者来说,这三者是相当一致的。在他深沉而又不乏激情的谈吐中,我逐渐读出了一个思想三部曲:重读、重建、重生。

在杨耕看来,"敢问路在何方"是在和平时代、在精神苦炼中成长起来的他和他们这一代人所苦苦探寻的问题,这也就是"人生之谜"的问题。现象学大师胡塞尔曾说,主体性之谜是一切谜的谜中之谜。可以说,真正的哲学都是在各种不同的层面和路向上关注并解答"人生之谜",而杨耕选择的是马克思的哲学。

这并不是一条坦途。马克思哲学作为一种世界哲学、实践哲学,深刻地影响了20世纪的人类历史进程和几乎所有的哲学体系;反过来,不同民族的社会主义实践对马克思哲学的诠释,既有发展马克思哲学的一面,也有误读马克思哲学的一面。如何恢复马克思哲学的本真面貌、回应现时代对马克思哲学的挑战,便成为杨耕重读马克思的主旨。

重读意味着不断的遭遇和对话,视域的不断融合,效果的不断深化,这是避免误解和成见的有效手段。在这方面,杨耕所下的功夫之深是惊人的,他对马克思主义经典著作的熟稔,使他能说出任何一个重要观点所在的卷次甚至页码。还不仅仅如此。在重读马克思的过程中,杨耕经历了从马克思到马克思主义哲学史、西方哲学史,再到现代西方哲学、西方马克思主义、当代社会发展理论,然后再返回马克思哲学这样一个不断深化的过程,其意把马克思的哲学放置到一个广阔的哲学空间和理论视域中去研究,形成一个不断融合的开放式架构。唯其如此,才能够理解马克思哲学的某种局限性，同时进一步理解马克思哲学的伟大所在，理解马克思哲学为什么是我们这个时代"唯一不可超越的哲学"（萨特）。

基于这样一个解读过程，杨耕得出了一个新的关于马克思哲学的总体认识，即马克思的哲学是实践唯物主义。对于马克思哲学来说，"全部问题都在于使现存世界革命化"，即以现实的人及其发展为坐标来重新"安排周围世界"（马克思）。于是，哲学的理论主题便发生了根本转换，即从整个世界转向人类世界，从宇宙本体转向人类的生存本体。实践是人的存在方式，并具有世界观意义，人通过实践使自然成为"社会的自然"，从而为自己创造了一个自然与社会"二位一体"的人类世界；实践构成了人类世界得以存在和发展的基础，是其真正的、不断发展和生成的本体，人类世界因此成为一个不断形成更大规模、更多层次的开放性体系。

"传统"的马克思主义哲学解释系统对"马克思主义哲学唯物主义的基本特征"有三点概括：世界就其本质来说是物质的；物质第一性，意识第二性，意识是对物质的反映；世界及其规律是完全可以认识的。在杨耕看来，这只是说明了马克思的"新唯物主义"与"旧唯物主义"的共性，并没有说明新唯物主义的"新"之所在或新唯物主义的"唯物"之所在。只有确认实践所引起的人与自然之间的物质变换构成了人类世界的基础，实践观点是马克思哲学首要的和基本的观点，才能真正理解马克思新唯物主义的本质特征。从人的活动本身去理解人与世界的关系，去把握物与物关系背后的人与人的关系，以及被物的自然属性掩蔽着的人的社会属性，这正是马克思哲学高出一筹的地方。这样，柏拉图、黑格尔式的形而上学便在马克思手中终结了，哲学由此从传统形态转向现代形态。马克思是现代哲学的开创者，马克思哲学是现代唯物主义。

这一重读的结论富有革命性，在很大程度上突破了以往的马克思主义哲学解释系统，就像杨耕所欣赏的鲁迅的那句话："放言无惮，为前人所不敢言。""放言"的成果结晶为他的几部重要的著作：

《马克思的社会发展理论及其当代意义》《马克思的社会研究方法及其当代意义》《马克思的历史认识论及其当代意义》，以及正在潜心撰写的《重读马克思》一书。

以此为基础，杨耕力图重建马克思主义哲学。重建是对重读的系统化和理论化。

这一工作虽然非常艰苦，但意义也极为重大。它不仅深化了马克思哲学的基本理论，而且凸显了马克思哲学的现代性和当代价值，使之在现时代焕发出新的生命之光。正是在这一意义上，实现马克思哲学的重生。

重生的契机就是把握马克思哲学在当代的理论生长点。杨耕认为，这一生长点既是马克思有所论述但又未具体展开的萌芽式的问题，又是当代社会中的"热点"问题，同时当代实践、科学和哲学本身的发展又为解决这些问题提供了现实的可能性。在杨耕看来，把握马克思哲学在当代的理论生长点，需要从两个方面展开：一是使马克思的哲学与当代中国的改革开放相结合。如何使马克思哲学与当代中国的改革开放形成良性互动，如何把马克思哲学的发展与中华民族的复兴统一起来，是这一研究的主旨；二是使马克思的哲学与当代西方的后工业社会相结合。后工业社会是当代西方社会的重要特征，体现了资本主义发展的趋势，而后现代主义则是对后工业社会的理论反映和理论批判。后现代主义从世界到中国的风行，形成了一个重要的文化景观，如何回应其挑战，便是这一研究的主题。

杨耕一方面拒绝了所谓的"后现代主义的马克思主义"；另一方面又认为，马克思主义与后现代主义在对资本主义的批判上，在对待人与自然、东方与西方的关系问题上有相似性。马克思所具有的后现代意蕴就在于，现代性的逻辑是在必然王国中获得有限自由的逻辑，人的自由而全面的发展或"有个性的个人"以此为前提，但并非现成地内含于其中，而是在它的"彼岸"——自由王国。这种诠释是非常富有独创性的。

从杨耕对马克思哲学重读、重建、重生的思想三部曲中，我们可以体会到一个钟情于哲学、极富理论个性的青年哲学家的执着追求。"我要忠实地停留在我自己的世界上，我就是我自己的地狱和天堂。"席勒的诗句道出了杨耕教授的决心。

载《中华读书报》1998 年 3 月 11 日，
标题原为《马克思哲学：重读·重建·重生》，
作者为《中华读书报》特约记者顾君。

杨　耕：学问人生

　　杨耕，1956年生，安徽合肥人。现为北京师范大学哲学系教授、博士生导师，系国务院学位委员会学科评议组成员、国家社会科学基金学科评审组成员、教育部社会科学委员会委员、教育部跨世纪学科带头人、中央实施马克思主义理论研究和建设工程首席专家、教育部人文社会科学重大攻关项目首席专家、中国辩证唯物主义学会副会长。先后在《中国社会科学》《哲学研究》等刊物上发表论文 200 余篇，出版专著 12 部，其中，代表作为《杨耕集》《为马克思辩护：对马克思哲学的一种新解读》《东方的崛起：关于中国式现代化的哲学反思》。先后获国家级奖 6 项。

我的专业、职业和事业都是马克思主义哲学。我之所以如此"钟情"马克思主义哲学，是因为马克思主义哲学是关于"现实的人及其历史发展"的学说。正是在马克思主义哲学中，我看到了一种对资本主义制度的彻底批判精神，透视出一种对人类生存异化状态的深切关注之情，领悟到一种旨在实现工人阶级和人类解放的强烈使命意识。以"有生命的个人"为前提，以改变世界为己任，以实现人类解放、"确立有个性的个人"为目标，马克思主义哲学向我们展示出对人的现实存在和终极存在的双重关怀。这是全部哲学史上最激动人心的关怀。

当然，我注意到，对马克思主义哲学的争论持久而激烈。从历史上看，一个伟大的哲学家逝世之后，对他的学说进行新的探讨并引起争论，不乏先例，但像马克思主义哲学这样在世界范围引起广泛、持久、激烈的争论却是罕见的。马克思的"形象"在其身后处在不断地变换中，而且马克思离我们的时代越远，对他认识的分歧就越大，就像行人远去，越远越难辨认一样。于是，我开始重读马克思，并企望走近马克思。

在重读马克思的过程中，我经历了从马克思主义哲学到马克思主义史、西方哲学史，再到现代西方哲学、当代社会发展理论，然后再返回到马克思主义哲学这样一个不断深化的求索过程。其意在于，把马克思主义哲学置放到一个广阔的理论空间中去研究。我以为，对马克思主义哲学的研究离不开对马克思主义史的研究，只有把握马克思以后的马克思主义哲学的演变过程，才能真正把握马克思主义哲学的真谛，真正理解马克思主义哲学在何处以及何种程度上被误读了；只有把马克思主义哲学放到西方哲学史的流程中去研究，才能真正把握马克思主义哲学对传统哲学变革的实质，真正理解马克思主义哲学的划时代贡献；只有把马克思主义哲学与现代西方哲学、当代社会发展理论进行比较研究，才可知晓马克思主义哲学的伟大所在，真正理解马克思主义哲学为什么是我们这个时代的真理和良心，为什么在当代"不去阅读且反复阅读和讨论马克思……而且是超越学者式的阅读和讨论，将永远是一个错误"（德里达）。

在这样一个重读马克思的过程中，我的面前便矗立起一座巨大的英雄雕像群，我深深地体验到哲学家们追求真理和信念的悲壮之美；我的脑海映现出一个多维视域中的马克思，我深深地理解在世纪之交、千年更替之际，马克思为什么被人们评为"千年来最有影响的思想家"。

重读马克思，使我认识到，马克思主义哲学终结了传统哲学，并把哲学的理论主题从"世界何以可能"转换为"人类解放何以可能"。对"人类解放何以可能"的探讨引导着马克思探讨人的生存本体，这就使哲学从聚焦宇宙本体转向聚焦人的生存本体；对人的生存本体的探讨又引导着马克思探讨如何改变世界，这又使哲学从重在"认识世界何以可能"转向重在"改变世界何以可能"。由此，马克思主义哲学便终结了传统哲学，开创了现代哲学，马克思主义哲学是现代唯物主义。

重读马克思，使我认识到，马克思主义哲学是生存论的本体论，即实践本体论。人是在改造自然的过程中维持自己生存，在实践过程中实现自我发展的，因此，实践构成了人的特殊的生命形式，即构成了人的存在方式和生存本体。同时，实践是自在世界与属人世界分化与统一的根本途径和现实基础，人通过实践为自己创造出一个自然与社会"二位一体"的人类世界，人类世界是实践的存在。因此，"全部问题都在于使现存世界革命化，实际的反对并改变现存的事物"（马克思）。这样，马克思主义哲学便使本体论从"天上"来到"人间"，把本体论与人间的苦难和幸福结合起来，从而开辟了

"从本体论认识现实的道路"，使工人阶级和人类解放得到了本体论的证明。

重读马克思，使我认识到，历史唯物主义是世界观，马克思主义哲学就是历史唯物主义。历史唯物主义要把握人类社会发展的一般规律，就必须研究人与自然和人与社会的关系，即人与世界的关系。以实践观为基础去探讨人与自然和人与社会的关系即人与世界的关系，使历史唯物主义展现出一个新的理论空间，一个唯物而又辩证的世界图景。历史唯物主义不仅是一种历史观，更重要的，是一种"唯物主义世界观"，一种"真正批判的世界观"（马克思）。这就是说，历史唯物主义本身就是认识世界与改造世界的统一、唯物论与辩证法的统一，内含着实践维度及其首要性和基本性，内含着辩证法维度及其批判性和革命性。正是在这个意义上，辩证唯物主义、实践唯物主义不过是历史唯物主义这一"批判的世界观"的不同表述。由此，我进一步理解"历史唯物主义是马克思的第一个伟大发现"这一命题的深刻内涵了。

在重读马克思的过程中，我深深地体会到，马克思主义哲学仍然是我们这个时代的真理和良心。我不能同意这样一种观点，即马克思主义哲学产生在"维多利亚时代"，距今 160 年，已经"过时"。这是"傲慢与偏见"，而且是一种无端的傲慢与偏见。我们不能依据某种学说创立的时间来判断它是否过时，是否具有真理性。正是由于深刻地把握了人类社会发展的一般规律以及人与世界的关系，所以产生于 19 世纪中叶的马克思主义哲学又超越了 19 世纪这个特定的时代；正是由于所关注和解答的问题契合着当代世界的重大现实问题，所以马克思主义哲学又具有内在的当代意义。我深深地体会到什么叫"死而不亡"，马克思"死而不亡"，马克思主义哲学仍然是我们这个时代的"唯一不可超越的哲学"（萨特）。

在重读马克思的过程中，我深深地体会到，马克思主义哲学要在中国这块古老的土地上生根发芽、开花结果，就应当也必须中国化。马克思主义哲学的中国化不是简单地把马克思主义哲学的范畴转换为中国传统哲学的范畴，把矛盾变成阴阳、规律变成道、物质变成气……只能是语言游戏；更不是使马克思主义哲学去迎合中国传统哲学，用中国传统哲学去"化"马克思主义哲学，这种迎合和"化"的结果只能使马克思主义哲学"空心化"。从根本上说，马克思主义哲学中国化就是使马克思主义哲学同中国具体实际相结合，用马克思主义哲学去分析现实中的问题，并使现实中的问题上升为哲学中的问题；同时，在这个过程中使马克思主义哲学同中国传统哲学相结合，使马克思主义哲学"取得民族形式"，否则，就难以中国化。

在重读马克思的过程中，我深深地体会到，哲学研究不能仅仅成为哲学家之间的"对话"，更不能成为哲学家个人的"自言自语"，哲学应该也必须同现实"对话"。在我看来，哲学的论证方式是抽象的，哲学的问题却是现实的。即使表面上看来荒诞不经、信奉"语言游戏论"的后现代主义，实际上是对"后工业社会"的一种理论反映。哲学应该由人间升到"天国"，即进入纯概念领域，否则，就不是哲学；哲学又必须由"天国"降到人间，直面现实问题，否则，将成为无根的浮萍。我们不能把马克思主义哲学研究仅仅变成一种"文本学"研究，相反，我们应当结合现实研究"文本"，并把现实中的问题创造性地转换为哲学中的问题，从而坚持和发展马克思主义哲学。

在重读马克思的过程中，我深深地体会到，哲学既是世界观，又是人生观。哲学问题总是关于"人生在世"的大问题，探索天、地、人的人与自然关系之思，反思你、我、他的人与社会关系之析，追寻真、善、美的人与生活关系之辨，熔铸着对人的生存方式的关注，对人的发展境遇的焦虑，对人的现实命运的关切，凝结为对"人生之谜"的深层理解和把握。世界观就是人生观，人生观就是世界观。对人生的不同态度必然包含着对人与自然、人与社会的关系，即人与世界关系的不同理解。哲学并不神秘，离人并非遥远，它就在我们的生活之中。人们当然不是按照哲学去生活，但生活中确实有哲学。哲学源于生活，又高于生活。生与死、福与祸、理与欲、成与败、荣与辱、善与恶……这些都是生活中的哲学问题，而哲学恰恰能使我们从这些对立中看到同一，从同一中看到对立，从肯定中看到否定，从有限中看到无限……哲学总是以反思的精神、批判的态度和超越的情怀理解生活、把握人生。今天，哲学已经融入我的生命活动之中，马克思主义哲学已经成为我的人生的"最高支撑点"，构成了我的"安身立命"之根和"安心立命"之本。

载《光明日报》2010 年 6 月 1 日，
标题原为《重读马克思：我的学术自述》。

杨　耕：与哲学连成一体

　　我注意到，学者杨耕只穿两种颜色，白色和深蓝，这是一个严谨而又执着的人。就像我对他的数次采访，他从不愿谈自己、说故事，总是执着地把话题转向他的职业、专业和事业。我费劲地从他的话语间隙敲打着我所想探求的"隐私"和情绪，但他从不给我机会。

　　但你若认为他就是一个"铁皮桶"，那你就错了。当谈论学术的时候，严谨的杨耕消失了，话语充满激情、不容置驳，并伴着不自觉的手势，我甚至都插不进问题。了解杨耕的人都说，这是一个没有爱好的人，一不抽烟，二不喝酒，三不打麻将，四也不"喝咖啡"（鲁迅言，他把别人喝咖啡的时间都用在了写作上），除了哲学，他唯一的爱好就是交响乐，因为从中，他有一种"形而上"的领悟。这是一个将事业视若生命的人。我信。

每次我来，即使像我这样的小辈，杨耕也会亲手给我泡上上好的黄山毛峰，这是他的家乡茶。这样的细致每每叫人感动。

这就是杨耕。一个具有宏观思维，却又心细如发的人。

"误入"哲学

1956 年，杨耕出生在安徽的一个教师家庭。和他的同龄人一样，杨耕经历了共和国的风风雨雨、"天灾人祸"……但是，杨耕并不认为自己生不逢时，相反，他庆幸自己有了一段特殊的经历。"正是这段特殊的经历，使我对社会与人生有了深刻的体认，并对我的学术生涯产生了极大的影响。"杨耕把他的学术生涯称为"不断的精神磨炼"。

对于杨耕，选择哲学似乎是一个偶然。"上大学前，我是中学的数学教师。当时一位师长陈仲明，也是邻居，是学哲学的，他对我说，你有哲学天赋，学哲学可能比你学数学更有发展空间。经不起他的'忽悠'，我改变了报考志愿，把数学改成了哲学。"于是，杨耕于 1977 年考入安徽大学哲学系，"由此，我踏上一块神奇的土地"。所以，每谈到选择哲学时，杨耕总是戏言他"误入歧途"。

如果说杨耕选择哲学是一种偶然，那么，他选择马克思主义哲学则是一种必然。在杨耕的视野中，马克思主义哲学是关于"现实的人及其历史发展"的学说，以"有生命的个人"为前提，以改变世界为己任，以实现人类解放、"确立有个性的个人"为目标，使马克思主义哲学展示出一种对人的现实存在和终极存在的双重关怀。杨耕认为，这是全部哲学史上最激动人心的关怀。在大学四年学习过程中，一只"无形的手"，牵引着他不断走近马克思主义哲学。

1986年，杨耕考入中国人民大学哲学系，师从汪永祥教授攻读硕士学位，专业是马克思主义哲学。从此以后，杨耕就在中国人民大学一路"破"了下去：1988年，被破格推荐免试提前攻读博士学位，师从陈先达教授，专业仍然是马克思主义哲学；留校任教后，又先后被破格评为副教授、教授、博士生导师。至今，朋友还戏称他是"破"博士、"破"教授。

对于杨耕来说，哲学不仅是他的职业、专业，而且是他的事业。从"误入"哲学到"钟情"哲学，用杨耕自己的话来说，就是因为哲学本身是一种智慧，它给人的生存和发展以智慧与勇气，这是一种"大智大勇"。如果说宗教是关于人之"死"的观念，是讲生前如何痛苦、死后如何升天堂的，那么，哲学则是关于人之"生"的智慧，是教人如何生活，如何生活得有价值和有意义。"哲学问题总是关于'人生在世'的大问题，探索天、地、人的人与自然之思，反思你、我、他的人与社会之析，追寻真、善、美的人与生活之辨，熔铸着对人类生存方式的关注，对人类发展境遇的焦虑，对人类现实命运的关切，凝结为对人生之谜的深层理解与把握。"

谈到自己的哲学生涯，杨耕最忘不了的就是导师与挚友。"我忘不了我的两位导师和一位挚友。汪永祥教授把我领进了我向往已久的中国人民大学哲学系，他的学术引导力引导我走进'哲学门'；陈先达教授把我留在人大哲学系，他的思维穿透力引导着我走向哲学的深处；陈志良教授的'宏大叙事'能力引导着我走上哲学研究的'快车道'。"杨耕回忆，三位教授的思想力量和人格魅力形成一种"合力"，深深而持久地影响着他。从此，杨耕在哲学研究上一发而不可收。

的确是"一发而不可收"。从在中国人民大学哲学系攻读硕士学位以来，杨耕先后出版专著 12 部，其中，《为马克思辩护：对马克思哲学的一种新解读》先后印刷 6 次，销售数量已达 2 万余册，对一本哲学专著来说，实属不易；先后在《中国社会科学》《哲学研究》《马克思主义研究》《人民日报》《光明日报》《求是》《唯物论研究》（日本）等报刊上发表论文 200 余篇；先后获国家级教学成果奖等国家级奖 6 项，省部级奖 7 项。这些论著以其崭新的理论视角、宽广的理论空间、独到的理论见解，展示出一种新的理论态势，引起了哲学界、理论界的关注，产生了较大的社会影响。《光明日报》曾 3 次采访、介绍杨耕的学术研究及其成果；《哲学动态》《学术月刊》《学术研究》《学术界》《社会科学战线》《中国教育报》《中国时报》《大公报》（香港）及本报等报刊先后发表对杨耕的学术采访；《新华文摘》《中国社会科学文摘》不断转载杨耕的论文。

在哲学研究中，杨耕追求的理论目标，是求新与求真的统一；追求的理论形式，是铁一般的逻辑，诗一般的语言；追求的理论境界，是建构哲学空间，雕塑思维个性。"我深深地爱着我的祖国，我的全部研究工作的根本目的，就是为了中华民族的复兴做出自己应有的贡献。"这位学者的哲学研究是"在希望的田野上"，但杨耕自己却说，他"心有余而力不足"，所以，努力而勤奋工作是他唯一的选择。

除了担任北京师范大学哲学系教授、博士生导师，教育部跨世纪学科带头人之外，杨耕还兼任着国务院学位委员会学科评议组成员、国家社会科学基金学科评审组成员、教育部社会科学委员会委员、中央实施马克思主义研究和建设工程首席专家、教育部人文社会科学重大攻关项目首席专家、中国辩证唯物主义学会副会长。杨耕自我解嘲说："盛名之下，有些其实难副。"

重读马克思

从历史上看，一个伟大哲学家逝世之后，对他的学说进行新的探讨并引起争论，不乏先例，但像马克思哲学这样，在世界范围内引起如此广泛、持久、激烈的争论，却是罕见的。而且，马克思离我们这个时代越远，对他认识的分歧就越大，就像行人远去，越远越难辨认一样。于是，杨耕开始重读马克思。1995年，他在本报明确提出："重读马克思。"

在重读马克思的过程中，杨耕经历了从马克思哲学到马克思主义哲学史、西方哲学史，再到现代西方哲学，然后再返回到马克思哲学这样一个不断深化的求索过程。杨耕回忆，这样一个"重读"过程完全是被研究的逻辑牵引着、不自觉地走过来的。当这个"重读"结束后，他意识到，对马克思哲学的研究离不开对马克思主义哲学史的研究，只有把握马克思以后的马克思主义哲学的演变过程，才能真正把握马克思哲学的真谛，真正理解马克思哲学在何处以及何种程度上被误读；只有把马克思哲学放到西方哲学史的流程中去研究，才能真正把握马克思哲学对传统哲学变革的实质，真正理解马克思哲学划时代的贡献；只有把马克思哲学与现代西方哲学进行比较研究，才可知晓马克思哲学的历史局限和伟大所在，真正理解马克思主义哲学为什么是我们这个时代的真理和良心。

在重读马克思的过程中，杨耕还涉猎了社会主义思想史，并进行历史学、理论经济学和发展社会学的"补课"。在杨耕看来，精神生产不同于肉体的物质生产。以基因为遗传物质的生物延续是同种相生，而哲学研究可以通过对不同学科成果的吸收、消化和再创造，形成新的哲学形态。从马克思主义哲学的创立过程看，马克思对历史学、经济学、政治学都进行过批判性研究和哲学的反思，不仅德国古典哲学，而且法国复辟时代历史学、英国古典经济学、英国法国"批判的空想的社会主义"都构成了马克思主义哲学的理论来源。从马克思主义本身的内容上看,马克思主义哲学是在阐述科学社会主义的过程中生成的,实现人的全面发展既是马克思主义哲学的终极目标,又是科学社会主义的最高原则;马克思主义经济学不仅是一种关于资本的理论,而且是对资本的理论批判或批判理论,它所揭示的被物的自然属性所掩蔽着的人的社会属性,以及被物与物的关系所掩蔽着的人与人的关系,具有重大的哲学意义。就此,杨耕说了这样一句形象而又深刻的话:"正像亲缘繁殖不利于种的发育一样,一种创造性的哲学一定会突破从哲学到哲学的局限。"

据此,杨耕提出了他对马克思主义哲学的新的总体看法。

一是马克思主义哲学终结了传统哲学,并把哲学的理论主题从"世界何以可能"转换为"人类解放何以可能"。传统哲学在对世界终极存在的探究中使存在成为脱离了现实的人及其活动的存在,马克思主义哲学则关注人的存在,对人的异化了的生存状态给予深刻批判,对人的解放和全面发展给予深切关怀。为此,马克思把哲学的理论主题从"世界何以可能"转换为"人类解放何以可能",并使哲学从关注宇宙本体转向关注人的生存本体,从重在"认识世界何以可能"转向重在"改造世界何以可能"。由此,马克思主义哲学便终结了传统哲学,开创了现代哲学。马克思主义哲学是现代唯物主义。

二是马克思主义哲学是生存论的本体论,即实践本体论。人是在改造自然的过程中维持自己生存,在实践过程中实现自我发展的,因此,实践构成了人的特殊的生命活动形式,即构成了人的存在方式和生存本体。同时,实践是自在世界和属人世界分化与统一的现实基础,人通过实践为自己创造出一个自然与社会"二位一体"的人类世界,人类世界是实践的存在。因此,实践既是人的生存的本体,又是人类世界的本体。这样,马克思主义哲学便使本体论从"天上"来到"人间",把本体论与人间的苦难和幸福结合起来了,从而开辟了"从本体论认识现实的道路",使工人阶级和人类解放得到了本体论的证明。

三是历史唯物主义是世界观,马克思主义哲学就是历史唯物主义。社会是在人与自然之间的物质变换过程中形成和发展起来的,同时,为了实现人与自然之间的物质变换,人与人之间必须互换其活动并结成一定的社会关系。因此,历史唯物主义要把握人类社会发展的一般规律,就必须研究人与自然和人与社会的关系,即人与世界的关系。以实践观为基础去探讨人与自然和人与社会的关系,即人与世界的关系,使历史唯物主义展现出一个新的理论空间,一个唯物而又辩证的世界图景。换句话说,历史唯物主义不仅是一种历史观,更重要的,是一种"唯物主义世界观",一种"真正批判的世界观"。在杨耕看来,辩证唯物主义、实践唯物主义不过是历史唯物主义这一"批判的世界观"的不同表述。

马克思"死而不亡"

有人认为,世界是物质的,物质是运动的,运动是有规律的,规律是可以认识的,这就是马克思主义哲学的基本观点,所以,马克思主义哲学"见物不见人"。听到这个观点,杨耕笑了笑说,这是一种"傲慢与偏见",而且是一种无端的"傲慢与偏见"。为了说明这个问题,杨耕简要回顾了马克思的思想进程。

在《1844年经济学哲学手稿》中,马克思提出,共产主义就是私有财产即人的自我异化的积极扬弃,是通过人并且为了人而对人的本质的真正占有,或者说,人以一种"全面的方式",作为一个"完整的人",占有自己的"全面的本质"。在《德意志意识形态》中,马克思提出,要消除人本身的活动对人来说成为一种异己的、同他相对立并压迫他的力量这一现象,从而"确立有个性的个人"。在《共产党宣言》中,马克思又提出,共产主义社会将是一个"联合体"，在那里，每个人的自由发展是一切人的自由发展的条件。在《资本论》中，马克思再次重申，共产主义社会就是要确立人的"自由个性"，实现人的全面发展。可以看出，马克思毕生关注的就是消除人的生存的异化状况，实现工人阶级和人类解放。

"由此，我不由自主地想起了马克思在《青年在选择职业时的考虑》中所说的一段至理名言：'如果我们选择了最能为人类福利而劳动的职业，那么，重担就不能把我们压倒，因为这是为大家而献身；那么，我们所感到的就不是可怜的、有限的、自私的乐趣，我们的幸福将属于千百万人，我们的事业将默默地、但是永恒发挥作用地存在下去，而面对我们的骨灰，高尚的人将洒下热泪。'一个刚刚中学毕业、年仅17岁的青年，似乎为自己写下了墓志铭，实际上是为一种新的思想竖起了凯旋门。这是一个崇高的选择。这个选择从精神上和方向上决定了马克思的一生。实现人类解放让马克思一生魂牵梦萦。正是在马克思主义哲学的'文本'中，我看到了一种对资本主义制度的彻底的批判精神，透视出一种对人类生存异化状态的深切的关注之情，领悟到一种旨在实现工人阶级和人类解放的强烈的使命意识，体会到一种对人的现实存在和终极存在的双重关怀。这是'见物不见人'吗?"杨耕反问道。

马克思主义哲学产生在"维多利亚时代"，距今已经160多年。据此，有人断言，马克思主义哲学已经"过时"。对此观点，杨耕说，"这是一种理解的肤浅和理论的近视"。在杨耕看来，不能依据某种学说创立的时间来判断它是否过时，是否具有真理性。"新"未必就是真的，"老"未必就是假的。阿基米德原理创立的时间尽管很久远了，但今天的造船业无论怎样发达也不能违背这个原理。如果违背了这一原理，无论造出的船多么"现代"，也必沉无疑。

正是由于深刻地把握了人与世界的关系以及人类社会发展的一般规律，所以产生于19世纪中叶的马克思主义哲学又超越了19世纪这个特定的时代；正是由于所关注和解答的问题契合着当代世界的重大社会问题，所以马克思主义哲学又具有内在的当代意义。也正因为如此，每当世界出现重大社会问题时，人们总是不由自主地把目光转向马克思。杨耕说了这样一段耐人寻味的话："从一定意义上说，在伦敦海格特公墓安息的马克思，比生前在伦敦大英博物馆埋头著述的马克思，更加吸引世界的目光。我深深地体会到什么叫'死而不亡'，马克思'死而不亡'。"

我注意到，杨耕对马克思主义哲学的解读范式在学界引起了高度的关注，《理论前沿》发表署名文章评论道：杨耕的解读范式"提供了一种新的马克思哲学的理解途径，突破了传统的马克思主义哲学的理论框架，建构了新的马克思主义哲学体系，对于我国哲学体系的改革和建设具有突破性意义"。可杨耕自己却说，这个评价过高，他实在不敢当。

哲学人生

在与杨耕的接触与交谈中，我感到，哲学并不神秘，离人并不遥远，相反，哲学就在我们的生活中。"的确如此。人们当然不是按照哲学生活，但生活中的确处处有哲学，好与坏、福与祸、理与欲、成与败、荣与辱、生与死……问题的关键就在于，哲学家看问题有自己独到的眼界。正是这种独到的眼界，使哲学家能够从个别中看到一般，从对立中看到同一，从同一中看到对立，从肯定中看到否定……哲学总是以反思的精神，批判的态度和超越的情怀理解生活、把握人生。"

作为一位哲学教授，杨耕是如何看待人生的呢？

涉及个人生活的观点往往被看作是轻松的话题，但在杨耕看来，这个问题不但不轻松，相反，还有些沉重。

"人的一生可以有不同的追求，但有一点可能是共同的，即人的一生可以'过五关'，也可能'走麦城'。借用莎士比亚的话，那就是

'光荣的路是狭窄的'。"在杨耕看来，"过关斩将"固然可喜，但"走麦城"也不可怕，可怕的是你不能正确地对待它。这里的关键是，要做到"荣辱不惊、波澜不惊"。要做到这一点，需要有一定的修养，而要达到这种修养，需要学哲学和具有一定的经历。只有哲学才能真正"看破红尘""看透人生"，而经历本身就是一笔财富。

"当然，这里有一个矛盾，那就是，当你具有一定的经历以及由此形成的经验时，你可能已经步入中年甚至老年了，属于你的时间已经不多了；当你年轻且拥有充分的时间时，你往往没有经历，缺乏经验，所以，越年轻越容易犯错误。经常听到这样一句'宽宏大量'的话：允许犯错误。实际上，不管你允许不允许，是人总要犯错误。问题只是在于，我们不要犯同一个错误，更重要的是，要善于'学习'别人的错误，因为我们没有时间去犯所有的错误。"

生活中，不如意事十之八九，无法凭借努力而改变现状的例子比比皆是。假如生活对自己不公，哲学教授会持一种什么样的态度呢？杨耕的回答是，相信时间，学会忍耐。"做人必须学会忍耐，有时甚至要忍受你不能忍受的东西，但忍耐是一个人获得精神平衡的基础。"一位朋友向杨耕解释何为"高人"："痛到肠断忍得住，屈到愤极受得起。"杨耕说他自己不是"高人"而是凡人，但他非常喜欢并践行着这两句充满哲理的话。

有人的地方就有是非，所谓"人言可畏"者。如何看待他人对自己的议论和评价呢？杨耕的回答是："我不太在乎别人对我的议论、评价。如果别人说的的确是我的缺点，我努力改正就是了；如果别人说的不是我的缺点甚至是'恶毒攻击'时，我也不在乎，因为这不是我的过错。"杨耕非常喜欢但丁的格言："走你的路，让人们去说吧！"套用现在时髦的话来说，就是"我就是我"。"所以，当我被别人误解时，一般不去解释，因为对明白人，你不解释他也明白；而对不明白的人，你越解释他越不明白。在我看来，随着时间的推移，尘埃会落定，而'公道自在人心'。"

　　马克思说过这样一句话:"人要学会走路，就要经过摔跤，而且只有经过摔跤，才能学会走路。"杨耕认为这句话很朴实，但很深刻，充满着辩证法。"就我而言，友情与亲情、委屈与磨难，都是一笔财富，一笔不可缺少的财富。没有友情与亲情，我不可能成长；没有误解与责难，我不可能成熟。我非常喜欢国外一句箴言，那就是，一个成功的人善于把别人扔向他的砖头砌成他的事业的基础。"

　　看过英国电影《红菱艳》的人都会记得片中那双神奇的红舞鞋，一个舞蹈演员一旦穿上这双红舞鞋，就永远无法停下自己的舞步。杨耕说，从他踏上哲学这个思想舞台的那一刻起，他就穿上了这样一双"红舞鞋"，哲学使他不停思索、寝食难安。的确，哲学已经融入杨耕的日常生活、思维方式和生命活动之中，构成了他的"安身立命"之根和"安心立命"之本。"正是哲学，使我'看破红尘''看透人生''波澜不惊''荣辱不惊'。哲学适合我，我也适合哲学。我与哲学已连成一体，离开哲学我不知如何生存。"杨耕以这样的话结束了采访。

　　其实，生活中的杨耕还有一个身份，就是北京师范大学出版集团总经理。北师大出版集团这几年来持续快速的发展有目共睹，引起出版界、教育界、学术界的高度关注。杨耕本人也确实是一位优秀的管理者和成功的经营者，2008年被新闻出版总署授予"全国新闻出版行业领军人才"称号，2009年被新闻出版总署授予"中国优秀出版企业家"称号。可是，杨耕总不愿意谈工作，总是说这是全体员工努力的结果。据记者所知，自担任北师大出版社总编辑、社长，北师大出版集团总经理的7年来，杨耕从未就工作问题接受过媒体采访。但明眼人总是能感觉到，在他的管理中，处处体现了哲学的力量。事实上，繁重的日常经营管理工作外，依然保持学术研究成果不辍，除了惊人的毅力，一位哲学学者处理"矛盾问题"的功力也尽在于此了。

载《中华读书报》2010年3月31日，
作者为《中华读书报》记者陈香。

杨　耕：哲学之"旅"

　　1978 年的春天，在那个激情与理性一同燃烧的岁月，杨耕走进了安徽大学哲学系，从此开启了他的哲学人生。入学不久，在中国这块古老而广袤的土地上，发生了一场"真理标准"问题的大讨论，并由此拉开了改革开放的序幕。伴随着"真理标准"问题讨论的深化和改革开放进程的拓展，马克思主义哲学在回答时代课题的过程中彰显出来的思想力量和理论魅力，犹如一只"看不见的手"牵引着大学时期的杨耕走向马克思主义哲学。此后，无论是在中国人民大学攻读硕士、博士学位，还是在中国人民大学、北京师范大学从事教学科研，其专业都是马克思主义哲学。从 1978 年到今天，时间已经过去了 40 余年，杨耕一直在马克思主义哲学这块"精神的园地"里辛勤耕耘，至今无怨无悔。是什么力量支撑着杨耕对马克思主义哲学进行如此持久、深入而广泛的研究？杨耕的回答是："责任与使命！""每一个时代有每一个时代的任务与课题，每一代人有每一代人的责任与使命。我们这一代学者的责任，就是要在当代实践的基础上重释马克思主义哲学；我们这一代学者的使命，就是要建构面向 21 世纪的、中国化的马克思主义哲学，从而在现时代坚持和发展马克思主义哲学。"

攀 登

哲学是杨耕的职业，更是他的事业；马克思主义哲学是杨耕的专业，更是他的信仰。"马克思主义哲学依然是我们这个时代的真理和良心。"这是杨耕经常爱说的一句话，也是他的肺腑之言。如果把杨耕的哲学研究特点概括为一句话，那就是：重读马克思。在重读马克思的过程中，杨耕从马克思主义哲学理论延伸到马克思主义哲学史、西方哲学史，从西方哲学史拓展到现代西方哲学，从西方马克思主义深化到苏联马克思主义，然后，又返回到马克思主义哲学理论。在这个过程中，同时进行了政治经济学、社会发展理论的"补课"。经由这样一次迂回曲折的哲学之"旅"，杨耕不断实现自己的理论目标，即求新与求真的统一；凝结自己的理论形式，即铁一般的逻辑、诗一般的语言；达成自己的理论境界，即建构哲学空间、雕塑思维个性。

从马克思主义哲学理论研究延伸到马克思主义哲学史，是出于一个深刻的思想"疑问"：什么是马克思主义哲学？这似乎是一个早已解决的、无须多虑的"常识"问题，实际上，这仍然是一个有待解决、不断追问的重大问题。从马克思主义哲学史看，马克思就是在不断追问什么是哲学的过程中创立马克思主义哲学的，而后辈的马克思主义者、学者又是在不断追问什么是马克思主义哲学的过程中，或者深化、发展了马克思主义哲学，或者误读、曲解了马克思主义哲学。正因为如此，杨耕认为，马克思主义哲学是一个历史范畴，要解答什么是马克思主义哲学这一问题，首先就要回到马克思主义哲学史，把握马克思的心路历程，把握马克思以后的马克思主义哲学的演变过程，从而真正把握马克思哲学的真谛，真正理解马克思哲学在何处以及在何种问题上深化、发展了，在何处以及在何种程度上被误读、曲解甚至被"各取所需""借题发挥"了。

马克思主义哲学研究之所以要延伸到西方哲学史和现代西方哲学，在杨耕看来，是因为马克思的思想发展是从黑格尔哲学开始，经过费尔巴哈哲学，最后"成为马克思"，从而创立马克思主义哲学的。在这个意义上说，马克思主义哲学"源"于西方传统哲学，尤其是德国古典哲学。因此，只有把马克思主义哲学置于西方哲学史的流程中，才能真正理解马克思主义哲学与西方传统哲学的关系，真正理解马克思哲学所实现的哲学变革的实质，真正理解马克思哲学的划时代贡献；只有把马克思主义哲学置于现代西方哲学的背景中，才能真正理解马克思主义哲学与现代西方哲学"同源"而不"同流"，从而把握二者的同与异，真正理解马克思主义哲学为什么是我们这个时代"不可超越的哲学"，为什么是我们这个时代的"真理和良心"。

马克思主义哲学研究之所以要延伸到西方马克思主义、苏联马克思主义，在杨耕看来，是因为西方马克思主义是西方马克思主义者、学者在资本主义社会内部批判资本主义的产物，同时，又是把"经典"马克思主义与现代西方哲学相混合的产物；苏联马克思主义则是苏联马克思主义者、学者在社会主义社会内部研究社会主义的产物，同时，又是"经典"马克思主义与俄罗斯传统哲学相交集的产物。因此，有必要对西方马克思主义和苏联马克思主义各自的理论做出公允客观的评判，从而对如何坚持和发展马克思主义哲学、建构马克思主义哲学的当代形态做出恰当预判。

精神生产不同于以基因为遗传物质的生物延续。生物延续是同种相生，而哲学思维可以通过对不同学科成果的吸收、融合和再创造，形成新的哲学形态。正像近亲繁殖不利于种的发育一样，一种创造性的哲学一定会突破从哲学到哲学的局限。在杨耕看来，马克思主义哲学就是这样一种创造性的哲学。在创立马克思主义哲学的过程中，马克思不仅对德国古典哲学进行了批判反思，而且对英国政治经济学也进行了批判反思，马克思主义哲学正是在资本批判的过程中生成的。在资本批判过程中生成的马克思主义哲学又高度契合着当代社会发展理论所关注的问题。正因为如此，在重读马克思的过程中，杨耕不仅进行了政治经济学"补课"，而且进行了当代社会发展理论的"补课"，深入研究了现代化理论、依附理论、世界体系理论和后殖民主义理论。

这是一条艰难的思想登山之路，是一次艰辛乃至艰险的研究旅程。在这样一个艰难的思想登山路途和艰辛乃至艰险的研究旅途中，杨耕看到了哲学家和革命家完美结合的马克思，透视出解释世界和改变世界高度统一的马克思主义哲学。

重　建

在当代实践的基础上重读马克思，建构面向 21 世纪的马克思主义哲学体系，首先遇到的问题，就是如何理解和把握历史唯物主义。恩格斯曾经说过，历史唯物主义是马克思的第一个伟大发现，而自从历史也得到唯物主义的解释之后，一条新的哲学发展道路也就开辟出来了。然而，以往的马克思主义哲学体系却把历史唯物主义视为辩证唯物主义在历史领域中的"推广"和"应用"。这样一来，在以往的马克思主义哲学体系中，辩证唯物主义成为"基础""主干"，历史唯物主义仅仅具有"应用"性质，处于"附属"地位。这实际上自觉不自觉地淡化了历史唯物主义特殊而重大的理论意义。因此，对以往的马克思主义哲学体系的质疑，就应当从"附属"开始；重建马克思主义哲学体系，就应当从重新理解历史唯物主义开始。

实际上，杨耕对马克思主义哲学的研究就是从历史唯物主义开始的，在这个过程中，他不断重释历史唯物主义：从"关于社会结构和历史规律的历史观"到"历史本体论与历史认识论相统一的历史哲学"，再到"完整的哲学形态"和"唯物主义世界观"，最终把马克思主义哲学指认为历史唯物主义。由此，把历史唯物主义从仅仅具有"应用"性质的"附属"地位中解救出来、凸显出来；把历史唯物主义的"历史"从狭义的、与自然无关的"历史"拓展为人的实践活动及其内在矛盾，即人与自然、人与社会的矛盾得以展开的境域；把历史唯物主义的理论地位从历史观提升为世界观，即马克思所指认的"唯物主义世界观""真正批判的世界观"，从而还历史唯物主义以"本来面貌"。

由此，杨耕又深入、细致而全面考察了历史唯物主义与辩证唯物主义、实践唯物主义的关系，明确指出，"历史唯物主义""辩证唯物主义""实践唯物主义"从不同视角凸显了马克思的"新唯物主义"的理论特征，是对马克思主义哲学的不同称谓：用"历史唯物主义"称谓马克思主义哲学，是为了凸显新唯物主义的历史维度及其彻底性、完备性；用"辩证唯物主义"称谓马克思主义哲学，是为了凸显新唯物主义的辩证法维度及其批判性、革命性；用"实践唯物主义"称谓马克思主义哲学，是为了凸显新唯物主义的实践维度及其首要性、根本性。因此，我们无须因苏联马克思主义哲学体系的缺陷而"废"辩证唯物主义、历史唯物主义之"名"，也无须因西方马克思主义倡导实践唯物主义忌讳实践唯物主义这一概念。马克思主义哲学就是实践、辩证、历史的唯物主义。对此，有评论写道"此论一出，学术界的争议趋于平息，理论界的忧虑趋于消失"。实际上，这一观点已转化为哲学界的共识。

在重释历史唯物主义的过程中，杨耕从理论主题、理论基础、理论特征以及历史考察四个方面同时发力，力图建构面向 21 世纪的马克思主义哲学体系。

一是确认马克思主义哲学的理论主题是无产阶级和人类解放。马克思主义哲学把哲学的理论主题从"世界何以可能"转换为"人类解放何以可能"，为此，又使哲学的聚焦点从关注宇宙本体转向人的生存本体，从重在"认识世界何以可能"转向"改变世界何以可能"，并认为"对于实践的唯物主义者即共产主义者来说，全部问题都在于使现存世界革命化，实际地反对并改变现存的事物"。由此，我们可以体验出一种对资本主义制度的彻底的批判精神，透视出一种对人类生存异化状态的深切的关注之情，领悟到一种旨在实现无产阶级和人类解放的强烈的使命意识。

二是确认马克思主义哲学理论基础和初始范畴是"实践"。人是在实践过程中维持自己的生存，实现自我发展的，实践因此构成了人的特殊的生命活动形式，即构成了人的存在方式和生存本体。同时，人又通过实践活动为自己创造出一个自然与社会"二位一体"的现存世界，实践因此又构成了现存世界的现实基础和生成本体。这样，马克思主义哲学便从实践出发去理解和把握人与世界的关系，并使本体论从"天上"来到"人间"，把本体论与人间的苦难和幸福结合起来了，从而使无产阶级和人类解放得到了本体论的证明。

三是确认马克思主义哲学是实践唯物主义、辩证唯物主义、历史唯物主义的高度统一。在哲学史上，马克思主义哲学第一次把实践提升为哲学的根本原则，转化为哲学的思维方式，科学地解答了人与世界的关系和人类解放何以可能的问题，从而实现了唯物主义和辩证法、唯物主义自然观和唯物主义历史观的统一，创立了一种实践、辩证、历史的唯物主义。在马克思主义哲学体系中，实践唯物主义、辩证唯物主义、历史唯物主义是高度统一、融为一体的，不存在一个独立的、作为理论基础的辩证唯物主义或实践唯物主义，也不存在一个独立的、仅仅具有"应用"性质的历史唯物主义。

四是确认马克思主义哲学是形而上学批判、意识形态批判和资本批判的高度统一。马克思主义哲学的创立离不开对传统哲学即形而上学的批判，同时又和意识形态批判密切相关。在这种双重批判中建立起来的马克思主义哲学，不仅是认知客观规律的知识体系，而且是批判资本主义的意识形态。更重要的是，这种双重批判又是通过资本批判实现的，以资本为核心范畴而展开的对资本主义社会的批判，本质上是一种存在论或本体论意义上的批判。马克思的资本批判理论不仅具有重大的经济学意义，而且具有深刻的哲学内涵。在马克思主义哲学体系中，形而上学批判、意识形态批判和资本批判同样是高度统一、融为一体的。

五是深入而全面考察了苏联马克思主义哲学体系的形成与特征、东欧马克思主义者对马克思主义哲学体系的反思与重建、中国马克思主义哲学体系的形成与特征、中国马克思主义者对马克思主义哲学体系的反思与重构，以及西方马克思主义者对唯物主义辩证法和历史唯物主义的重建，并力图把握其中的规律。北京大学丰子义教授对此评论道："其材料之丰富、选择之典型、考察之细致、分析之深刻，实属罕见。"

杨耕对历史唯物主义的重释、马克思主义哲学体系的重建及其基本论点无疑具有重要的创新性。早在 20 年前，也就是 2000 年，《理论前沿》发表署名文章就指出，杨耕对马克思主义哲学的解读范式"提供了一种新的马克思哲学的理解途径，突破了传统的马克思主义哲学的理论框架，建构了新的马克思主义哲学体系，对于我国哲学体系的改革和建设具有突破性意义"。

改革开放以来的中国马克思主义哲学研究，进程不算漫长，意味却足够隽永。这一进程积淀了一系列思想深刻、富有冲击力的哲学文本，铭刻着一大批思维活跃、产生了重要影响的哲学家的名字，杨耕的文本和名字无疑属于这个行列。他的《为马克思辩护：对马克思哲学的一种新解读》先后再版了4次，发行量达到3万册，并先后以英文、俄文、德文在国外出版，产生了重要影响。《光明日报》发表的复旦大学吴晓明教授的评论文章认为，《杨耕作品系列》体现出来的思想理论取向，"不仅对于当今中国的马克思主义哲学研究来说至关重要，而且对于推进中国特色哲学社会科学的建构来说，同样重要并具有启发性"。简洁生动的表述，汹涌澎湃的阵脚，排山倒海的气势，毋庸置疑的论证，步步为营的严密，水到渠成的结论——所有这些，就是杨耕的哲学文本给读者留下的深刻印象。南京大学张亮教授对此评价道：杨耕是扎根中国大地，"时代声音的自觉聆听者"；是身在学院心系大众，"为人民做学问的哲学工作者"；是马克思主义哲学研究的"真正专家"和"成功讲述者"。类似的评论还有很多。

赋　义

关注现实，使现实问题上升为理论问题，这是杨耕哲学研究的一个重要特点。在杨耕看来，哲学研究，尤其是马克思主义哲学研究，不应仅仅成为哲学家之间的"对话"，更不能成为哲学家个人的"自言自语"，像马克思所批判的那样，"醉心于淡漠的自我直观"，"说着谁也听不懂的话"，"念着谁也听不懂的咒语"。马克思主义哲学研究应该也必须关注现实，以一种自觉的哲学意识、敏锐的政治眼光、彻底的批判精神，深入现实、超越现实并引导现实运动。因此，杨耕深切地关注着当代中国的现实，并认为改革开放最重要的特征和最重要的意义就在于，它把现代化、市场化和社会主义改革这三重重大的社会变革浓缩在同一时空中进行了，实际上重新赋义中国的现代化建设。这样一个史无前例、波澜壮阔、特殊而又极其复杂的社会实践，必然提出一系列重大的哲学问题，必然为哲学思考提供一个广阔的社会空间。关注这一现实，探讨其中的规律性，思考并重建民族的生存方式、活动方式、思维方式、价值观念，并以一种面向 21 世纪的、中国化的马克思主义哲学引导中国的现实运动，在杨耕看来，这是当代中国哲学家的良心和使命。

正因为如此，杨耕基于马克思的世界历史理论和东方社会理论，重新探讨、深刻阐述了社会主义代替资本主义的历史必然性，并从一个新的视角，即生产方式矛盾运动的民族性和世界性相互作用的视角，探讨了某些较为落后国家社会主义革命的历史必然性及其特征；论证了中国是在世界历史的背景下走向社会主义的，也必然在世界历史的背景下，在"开放的世界"中走向社会主义现代化，即"中国式的现代化"；阐述了中国现代化道路的寻觅及其文化难题的解答，"中国工业化道路"的探索及其成功与失误，以及"中国式的现代化道路"的拓展及其时代特征；说明了改革使中国实现了三大历史转折，即从以阶级斗争为纲转向以经济建设为中心、从计划经济体制转向市场经济体制、从封闭半封闭型社会转向开放型社会，因而是"中国的第二次革命"；揭示了当代中国社会基本矛盾的内在联系、运动过程和主要类型，以及社会发展的深层矛盾和双重动力，并强调"以生产力为根本标准的彻底的唯物主义为当代中国的社会发展展现了一个新的地平线"。

在对当代中国改革开放的研究中，杨耕力图把真实的描述与深刻的反思结合起来，把辩证思维的穿透力与哲学批判精神的震撼力结合起来，把自觉的哲学意识和敏锐的政治眼光结合起来，从理论上再现建设中国特色社会主义的必然性和艰巨性，从而将一个古老的民族如何实现伟大复兴的"壮丽日出"展现出来。正是在马克思主义哲学和中国特色社会主义理论中，"我透视出历经磨难的中华民族如何从东南西北悲壮奋起的宏大历史场面，领悟到一个古老的民族何以会复兴于当代的全部秘密"。杨耕如是说。复旦大学吴晓明教授对此评论道:"杨耕的哲学研究突出地表现出来的思想理论取向是一种积极的和具有启发意义的取向,这就是持续不断地推进马克思主义哲学研究在学术—理论上的深化;将把握时代、切中现实理解为马克思主义哲学研究的基本鹄的;把马克思主义哲学研究与中国的历史性实践紧密地结合起来。"

赋义"中国式的现代化",也就是构建当代中国的马克思主义哲学。杨耕强调,当代中国马克思主义哲学之所以是"当代中国"的马克思主义哲学,不仅在于它坚持马克思主义哲学的基本原理,更重要的,是由于它把握当代的时代精神,立足中国的实际,发展马克思主义哲学的基本原理,从而使马克思主义哲学具有时代特征和中国特色。为此,我们应深入研究当代中国社会主义的实际,深入研究当代西方资本主义的实际,并密切关注和研究当代国外马克思主义的研究成果。对于像社会存在论、历史规律论这样一些已经成为马克思主义哲学"常识"的基本原理,应当结合当代实践、科学和哲学本身发展的新成果讲出新内容;对于由于种种历史原因,哲学教科书没有涉及或忽视的马克思主义哲学的基本原理,如世界历史理论、劳动异化理论,应当以当代实践、科学和哲学本身的发展为基础深入挖掘、全面阐述;对于马克思、恩格斯有所阐述,但又未充分展开、详细论证,同时又高度契合当代世界重大问题的观点,如资本积累与生态危机关系的观点、"生产的国际关系"的观点,应当以当代实践、科学和哲学本身的发展为基础,深入研究、充分展开、详细论证,使之成熟、完善,上升为马克思主义哲学的基本原理。

融 合

与一般学者不同的是,杨耕曾担任北京师范大学党委常委、副校长，北京师范大学出版集团党委书记、董事长。正是在杨耕的带领下，北师大出版集团锐意改革、快速发展，成为全国出版界的一面旗帜、高校出版社的一个标杆。在北师大出版集团改革发展过程中，哲学思维始终影响着、渗透到杨耕的实践活动中。可以说，北师大出版集团成立以来，任何一项重大的改革、发展措施的出台，在杨耕头脑中酝酿的时候，都自觉不自觉地和他的哲学思维融合在一起了。

在北师大出版集团改革发展过程中，杨耕始终注意把出版发展规律、教育发展规律和市场发展规律结合起来，始终注意把改革的力度、发展的速度与员工的接受程度结合起来，始终注意把思想成熟、条件成熟和时机成熟结合起来，始终注意把国家政策法规、出版发展趋势和北师大出版集团实际结合起来，始终注意把不断扩大经济规模、不断提升经济效益和不断提高员工的待遇结合起来；一直致力于正确处理五个关系，即产业属性与意识形态属性的关系，传承文化与创造利润的关系，塑造市场主体与为学校教学科研服务的关系，熟悉学术出版与善于资本运作的关系，企业自主经营与学校主办的关系。这四个"始终注意"和"结合""正确处理五个关系"，就同与他的哲学思维密切相关。

在北师大出版集团改革发展过程中，杨耕提出"全面推进、重点突破"的思路，突出图书结构转型，即"以教育出版为主体，以大众出版和专业出版为两翼；以图书出版为主体，电子网络出版和印刷产业为两翼"；"主干的教育科学（包括心理科学）和人文科学，精干的社会科学和自然科学"。图书结构转型是北师大出版集团改革难度最高、力度最大的"凤凰涅槃"之举。在推进图书结构转型的同时，杨耕又推进了员工结构转型，整体推进编辑体制、营销体制、运营体制、分配体制的重建，并提出、实施了"四个适时适度"，即"适时适度进行跨媒体经营，适时适度进行跨所有制经营，适时适度进行跨地区经营，适时适度进行多元化经营"。这种"整体推进、重点突破"以及"四个适时适度"的思路，实际上是他自觉地把辩证法运用到出版实践中的结果。

在杨耕的带领下，北师大出版社由一个以教辅为主营业务的传统出版社发展成为一家导向正确、主业挺拔、管理规范、运行高效、核心竞争力强的现代出版集团，实现了社会效益和经济效益双丰收，成效十分显著，业界有目共睹。北师大出版集团成立以来，先后获得"全国文化体制改革先进企业""全国百佳图书出版单位"称号，成为国家一级出版单位；连续三届获得中国出版政府奖先进出版单位奖；连续两届被评为全国文化企业30强；成为"中国图书对外推广计划"工作小组的成员单位、国家文化出口重点企业。这些成绩的取得，用韬奋基金会理事长聂震宁的话来说，这是"哲学的力量"！

对出版人而言，有两个奖项分量最重：一是中国出版政府奖优秀出版人物奖，二是韬奋出版奖。中国出版政府奖是新闻出版领域的最高奖，获得其优秀出版人物奖，意味着出版人在事业上达到了巅峰；韬奋出版奖是全国出版界个人的最高奖，按照业界的说法，获得该奖是出版人迈入出版家行列的标志。杨耕则同时捧得了这两个奖项：2010年获得中国出版政府奖优秀出版人物奖，2014年获得韬奋出版奖。两奖得兼已经实属不易，加上杨耕的论著获得中国政府出版奖图书奖，已然"三奖得兼"，再加上2008年获得全国新闻出版业领军人才、2009年获得中国优秀出版企业家、2012年获得全国文化体制改革先进个人这三个称号，这在出版界更是独一无二了。

杨耕成功的秘密，就是"哲学"。第十二届韬奋出版奖对杨耕的入选辞如此写道："具有哲学情怀的杨耕，对出版业发展提出了前瞻性思考，锐意改革、开拓创新，推动了大学出版业体制改革。在领导和经营管理、图书选题策划编辑、资本运作和资源整合方面长袖善舞，为北师大出版社、出版集团的跨越式发展做出突出贡献。"《中国图书商报》2011年发表的署名文章认为，"杨耕行走在哲学与出版、学术传播与市场运作的路途上"，"书缘人生皆风景"。在谈及自己的成绩时，杨耕谈了几点"哲学思考"：一是做事要有把事情做到极致的决心；二是做事要做到忘我的境界；三是做事要依靠集体的力量，个人只有在推动社会发展的过程中才能求得个人的发展。

杨耕的职业、专业、事业都是哲学，哲学已经融入他的生命活动之中，成为他书写人生的方式。正如杨耕本人所说的，哲学教会了他"看破红尘""看透人生"，懂得"尔曹身与名俱灭，不废江河万古流"，因而在"向死而生"的过程中寻找生命的价值和意义。从"误入"哲学到"钟情"哲学，从重读马克思到重建马克思主义哲学体系，从以实际问题为中心研究马克思主义到让马克思"活"在当代……杨耕的哲学使命始终不渝："我深深地爱着我的祖国，我的全部研究工作的根本目的，就是为中华民族的伟大复兴做出自己应有的贡献。"

载《光明日报》2020 年 3 月 16 日，
作者为中国人民大学哲学院教授张立波、
中国人民大学哲学院博士生李佳玮。

杨　耕：把哲学融入生命活动之中

"在爱里，在情里，痛苦幸福我呼唤着你；在歌里，在梦里，生死相依我苦恋着你……"这是北京师范大学教授杨耕最喜欢的歌曲——《共和国之恋》中的歌词。在杨耕看来，哲学工作者应当把对民族和国家深沉的情感熔铸在哲学研究中，"我深情地爱着我的祖国，深切地关注着当代中国的改革开放和现代化建设。关注这一现实，深刻地把握这一现实运动的规律，由此引发对民族的生存方式、思维方式、价值观念和发展方式的哲学思考，反过来，以一种面向21世纪的马克思主义哲学引导这一现实运动，这应是当代中国哲学家的良心和使命。作为一名党和人民培养起来的哲学工作者，我的全部学术研究的根本目的，就是希望为中华民族的伟大复兴贡献一份哲学的力量"。

杨耕的学术生涯、哲学人生是和改革开放同步的。1977年，杨耕考入安徽大学哲学系，成为"文革"后的第一届大学生，之后在中国人民大学哲学系攻读硕士学位，并被推荐免试提前直接攻读博士学位；留校任教后，又先后被破格评为副教授、教授、博士生导师。今天，哲学不仅成为杨耕的职业、专业，而且成为他的事业；马克思主义哲学不仅成为杨耕哲学研究的聚焦点，而且成为他的信仰。"马克思主义哲学依然是我们这个时代的真理和良心。"这是杨耕经常爱说的一句话，也是他的肺腑之言。

在哲学研究中，杨耕从马克思主义哲学研究延伸到马克思主义哲学史、西方哲学史研究，拓展到现代西方哲学、西方马克思主义研究，然后，又返回到马克思主义哲学。同时，他又进行了政治经济学、社会发展理论的"补课"。在这样一个独特的研究过程中，杨耕取得了突出的成绩：先后在《人民日报》《光明日报》《求是》《中国社会科学》《哲学研究》等报刊上发表论文200余篇，先后出版学术专著20部，其中，《为马克思辩护：对马克思哲学的一种新解读》《马克思主义哲学基础理论研究》《东方的崛起：关于中国式现代化的哲学反思》等著作先后以英文、俄文、德文、阿拉伯文在国外出版，产生了较大的影响。不仅如此，其科研成果先后获得国家级教学成果奖、国家精品课奖、中国出版政府奖图书奖等国家级奖8项。

也正是在这样一个独特的研究过程中，杨耕对马克思主义哲学的创立是哲学史上革命性的变革，对马克思主义哲学的当代价值和意义，有了新的、更深刻的认识。那就是，马克思主义哲学不仅是实践唯物主义、辩证唯物主义和历史唯物主义的高度统一，而且是形而上学批判、意识形态批判和资本批判的高度统一；马克思主义哲学不仅发现了资本主义生产方式的运动规律、人类社会发展的一般规律，是一种知识体系，而且体现了无产阶级和人类解放的价值诉求，因而又是一种意识形态，马克思主义哲学因此成为知识体系和意识形态的高度统一，它不仅给人以真理，而且给人以信仰。

作为一名高校教师，同时具有哲学的研究者和传授者双重身份的杨耕，喜欢把自己称作"书生"。对于如何处理好教学与科研的关系，这位"书生"有着自己的解答。在杨耕看来，教学与科研是分不开的，高等学校之所以"高等"，就是因为它不仅传授知识，而且创造知识；高校教师不仅要"教书"，而且要"写书"，即进行科学研究、创造知识。好的教学活动离不开科研成果的支撑，高校教师应当也必须立足基础理论、学科前沿进行科学研究，在教学活动中体现科学研究的新成果，传授新知识，从而使教学贴近社会实际、贴近学生思想实际。更重要的是，教学的根本目的是"立德树人"，因此，不仅作为哲学教师的教学方式、科研成果，而且他的言谈举止和价值观念，都对学生产生深刻的影响。马克思主义哲学的教学活动更是如此。如果一个马克思主义哲学的教师仅仅把哲学教育当成职业，当作"饭碗"，而不是信仰马克思主义哲学，那么，他的教学活动就缺乏"理性的激情"和"激情的理性"，缺乏信仰的力量，因而他所讲授的马克思主义哲学只能是打引号的"马克思主义哲学"。在杨耕看来，只有深刻把握马克思主义哲学的本真精神，并把信仰的力量贯穿在教学活动中，才能使马克思主义哲学真正进入学生的头脑。

除了教师和学者的身份，杨耕还曾任北京师范大学党委常委、副校长以及北师大出版集团党委书记、董事长。从 1994 年任中国人民大学《教学与研究》总编辑，到任北京师范大学出版集团党委书记、董事长，杨耕在出版业辛勤耕耘了整整 25 年，用《中国图书商报》的一篇文章来说，那就是，杨耕"行走在哲学与出版、学术传播与市场运作的路途上"，"书缘人生皆风景"。在杨耕的带领下，北师大出版集团先后完成了图书结构、人才结构转型，在人事制度、分配制度、行政体制、编辑体制、营销体制、印制体制、运营体制等方面进行了一系列的改革，取得了经济效益和社会效益的双丰收，因而被评为全国优秀出版单位、全国文化体制改革先进企业，并连续三届被评为中国出版政府奖先进出版单位，连续三届被评为全国文化企业 30 强……北师大出版集团已经成为以教育出版为主体，以专业出版和大众出版为两翼，跨媒体、跨所有制、跨地区经营的现代出版机构和大型国有文化企业。杨耕也因此成为中国新闻出版业领军人才、中国优秀出版企业家、全国文化体制改革工作先进个人，并荣获中国出版政府奖优秀出版人物奖、韬奋出版奖，从而囊获出版业个人的全部奖项。

在谈及自己的这些成绩时，杨耕谈了几点"哲学思考"：一是做事要有把事情做到极致的决心，否则，做不好事；二是做事要做到忘我的境界，否则，同样做不好事；三是做事要依靠集体的力量，我们都是"社会的个人"，个人只有在推动社会发展的过程中才能求得个人的发展。

哲学已经渗透在杨耕的学习、工作和生活之中，已经融入杨耕的生命活动之中。40年来，杨耕一直无怨无悔地在哲学这片神奇的土地上辛勤耕耘，在哲学这条思想登山之路上奋斗求索，始终追寻着马克思，把自己的心血精力都投入到了马克思主义哲学的研究之中。

载《光明日报》2019年7月10日，

作者为《光明日报》记者底亚星。

用创造性思维进行马克思主义研究

　　杨耕教授的《马克思主义历史观研究》一书，是近年来马克思主义学界研究历史观问题的新的力作。

　　在马克思的思想历程中，历史观始终是其关注的焦点。历史观不仅仅是马克思全部学说的一个领域或一个组成部分，而是其全部学说的核心和关怀所在。马克思的全部思想学说中都贯穿着历史唯物主义的观点和方法。马克思不仅是历史唯物主义的缔造者，而且是历史唯物主义的最富有成就的应用者。马克思的全部著作，从短小的政治评论到伟大的著作《资本论》，我们都可以发现这个特点。

　　历史唯物主义的创立是历史观的根本变革，由于它对马克思主义科学体系具有基本理论和方法论的价值，因而在马克思主义发展史上始终处于极其重要的地位。从马克思、恩格斯到列宁、毛泽东，再到当代中国的马克思主义，都极其关注历史唯物主义理论的创造性发展和在实践中的应用。历史证明，能否正确理解马克思主义，能否坚持或在何种程度上推进马克思主义的研究，都与如何对待历史唯物主义密不可分。在第二国际后期某些领导人的理论错误中，根本的一条就是不理解历史唯物主义的本质。与第二国际后期某些领导人对历史唯物主义的机械论的解读不同，以卢卡奇为肇始者的西方马克思主义注意到马克思的历史思想的重要性和辩证性，并着力从主体性和能动性方面开拓对历史唯物主义的研究。可西方马克思主义的不足和失误，恰恰也是因为没能准确把握历史唯物主义的辩证法与唯物主义相统一的本质。

经过最近30多年的研究和探索，我们都知道历史唯物主义不仅是历史观，而且也是马克思主义世界观的最重要内容。从马克思主义世界中排除历史唯物主义，就会倒退到旧唯物主义的水平。不仅如此，历史唯物主义还包含极其丰富的政治观、伦理观等多重因素，可以从多角度进行研究。应该说，从总体上把握历史唯物主义我们目前做得还不够。《马克思主义历史观研究》在这一方面做了可贵的探索，取得了可喜的成就，在深度、广度和力度上都值得赞赏。

《马克思主义历史观研究》有三个值得注意的特点：

一是直面各种理论思潮，对马克思主义哲学抱持明确的、明朗的态度。这就是《马克思主义哲学基础理论研究》丛书"总序"阐述的三个统一的原则，即马克思主义哲学是无产阶级解放和人类解放的高度统一，是形而上学批判、意识形态批判和资本批判的高度统一，是实践唯物主义、辩证唯物主义和历史唯物主义的高度统一。《马克思主义历史观研究》以这三个统一为导向，体现了马克思主义理论工作者的理论立场和理论追求。

二是关注当代社会、思想和理论的前沿问题，对马克思主义历史观做出较为系统的论述。《马克思主义历史观研究》以实践作为马克思主义历史观的出发点范畴，把历史本体论和历史认识论作为马克思主义历史观的双重职能，从而对"社会的自然与自然的社会""社会的个人与个人的社会"的论述体现出辩证的思想态度。对本体论、认识论、方法论三者内在的融合与统一，社会的本质、结构和有机体的特征，历史规律的形成与特征，意识与意识形态批判，实践反思与"从后思索"，科学抽象与思维建构，都做出了自己的论证和阐发。熟悉当代思潮的读者不难觉察，《马克思主义历史观研究》中包含着对"微观史学"中的某些理论倾向的不同看法。

三是强调马克思主义历史观的现实性和政治性。近年来，一些论著往往片面强调马克思主义研究的学术性，不愿多谈甚至避而不谈马克思主义的现实性和政治性，这显然是错误的。没有现实性的马克思主义不是马克思主义。马克思主义的现实性并不在于它能够直接回答哪个具体问题，而在于它为解决现实重大问题提供的基本理论、科学方法和政治智慧。如果从马克思主义中剥离它的现实性和政治性，就会把马克思主义变为无害的偶像。该书以"必然王国和自由王国"为最后一章，具有重要的象征意义。马克思主义所思考的重心，就是人类何以从必然王国走向自由王国，马克思主义理论体系本身正是这一个历程的旗帜和路标。《马克思主义历史观研究》积极引导和推动读者朝这个方向前进。

由杨耕的书，我想起了一些往事。从我写《走向历史的深处——马克思历史观研究》至今，差不多30年过去了。杨耕是我的学生，曾经跟我攻读博士学位，也一直从事历史唯物主义研究，他的《马克思主义历史观研究》，和我的《走向历史的深处：马克思历史观研究》在书名上就息息相关。我的那部著作的主要任务是回溯、追溯，着力于恢复马克思历史观的本来面目；他的这部著作则不再局限于马克思，而是扩展到马克思主义的历史观，关涉到现代西方历史哲学，并力图建构马克思主义历史观的当代形态。应该说，这是一个很大的拓展。对此，我非常欣慰。

世界上没有绝对完美的东西，学术著作更是如此。学术著作是极其个性化的，它是从作者心灵深处流淌出来的思想。"弟子不必不如师，师不必贤于弟子。"时代在发展，思想在进步。我从不用自己的思想束缚我的学生，我举起双手欢迎、赞同和支持我的学生用创造性思维进行马克思主义历史观以至马克思主义的研究。

载《光明日报》2013 年 5 月 8 日，
作者为中国人民大学哲学院教授陈先达。

以深入的学理把握现实中的时代

——读《杨耕作品系列》

呈现在我们面前的这套《杨耕作品系列》，收入了杨耕教授的四部著作：《为马克思辩护：对马克思哲学的一种新解读》《危机中的重建：唯物主义历史观的现代阐释》《重建中的反思：重新理解历史唯物主义》以及《东方的崛起：关于中国式现代化的哲学反思》。这些著作是杨耕教授"40年来上下求索的理论结晶"，是他"重读马克思的心灵写照和诚实记录"，也集中反映了杨耕的哲学研究的力度、深度和广度，集中体现了他所追求的理论境界——"建构哲学空间，雕塑思维个性"。我和杨耕既是学术上的同行，又是年代上的同龄人，所以，我结合自己的思路历程来谈谈这部作品系列所呈现出来的思想理论取向，并阐述这种思想理论取向对当今马克思主义哲学研究的重要意义。在我看来，《杨耕作品系列》突出地表现出来的思想理论取向是一种积极的和具有启发意义的取向，那就是，持续不断地推进马克思主义哲学研究在学术—理论上的深化；将把握时代、切中现实理解为马克思主义哲学研究的基本鹄的；把马克思主义哲学研究与中国的历史性实践紧密地结合起来。

一、学术—理论的深化

对于我们这一代研究者来说，印象非常深刻的是：自改革开放以来，马克思主义哲学研究中的学术—理论要求就被提出来了，并且不断地得到提升和强化。研究不再满足于一些简单的观点和抽象的命题，并以此来形成表面的推论或一般的判断，而是意识到这种研究需要得到学术上的支撑和论证，需要在理论上不断地扩展和深化。可以把这种情形理解为我国马克思主义哲学研究学术意识的自觉出现和普遍增强。毫无疑问，在 40 年来的马克思主义哲学研究中，这种学术意识的自觉出现和普遍增强无论进展到何种程度并且怎样地参差不齐，却是一个不可否认的基本趋势，各种研究成果也是伴随着这一趋势而产生出来并积累起来。举例来说，先前完全在我们视野之外的"西方马克思主义"，现在已经得到了较为充分和完备的研究，并且事实上已经深入到其前沿领域了。

学术意识的发育之所以是一个积极的进步，是因为马克思主义哲学本身就包含学术的性质和领域，就具有关乎本质的学术向度。马克思主义的历史告诉我们，马克思不仅积极地投身于变革社会的实践，而且也经常"退回书房"。在我看来，对马克思来说，"书房"决不表示一个仅供喘息或休憩的场所，而是意味着学术的向度对于马克思主义来说是不可或缺的。恩格斯在谈到晚年马克思的工作时指出，为了完善对地租问题的探讨，马克思不仅研究了原始社会，而且研究了俄国和美国的土地关系，甚至还研究了农艺学、地质学。为了写《资本论》，马克思长达数十年的艰苦研究是众所周知的，而这种学术研究同理论上的深化有着最为密切的联系。列宁曾说过，不读黑格尔的《逻辑学》，就无法读懂《资本论》。这个简要的判断不仅正确，而且从根本上提示了马克思主义所具有的学术性质。马克思主义创始人具有革命家和学者的双重品格，马克思主义哲学是

意识形态和知识体系的高度统一，排除或怠忽其学术的方面，将会
是一个严重的错误。

我们在《杨耕作品系列》中看到：马克思主义哲学研究中的学
术意识不仅得到了极大的强调，而且始终在其工作中得到积极的贯
彻，并力图将之引导到理论上的深化。正如杨耕所说："在重读马克
思的过程中，我经历了从马克思哲学到马克思主义哲学史、西方哲
学史，再到现代西方哲学，然后再返回到马克思哲学这样一个不断
深化的求索过程。"在这里，学术－理论上的深化之所以诉诸马克思
主义哲学史，是因为离开了马克思本人的思想历程，离开了马克思
主义哲学在其中展开并获得意义规定的历史进程，那么，对马克思
不同阶段的思想的理解，以及对马克思主义哲学原理的理解，就完
全滞留在非历史的抽象性之中了（第二国际理论家和西方马克思主
义者的对立在很大程度上与这种抽象理解有关）。为了避免这样的抽
象性，不仅诉诸马克思主义哲学史非常必要，而且诉诸西方哲学史
同样必要。

这是因为，西方哲学，尤其是近代西方哲学构成一个基本的思
想和话语传统，而马克思主义哲学无疑在西方诞生，因此，根本不
可能脱离西方哲学传统来把握马克思主义哲学。无论是从马克思主
义哲学与西方哲学传统的切近联系来说，还是就马克思主义哲学同
西方哲学传统的批判性脱离而言，都是如此。德国古典哲学构成马
克思主义哲学的思想来源，黑格尔的"划时代的历史观"甚至被恩
格斯称为"新的唯物主义观点的直接的理论前提"。我们无法设想，
在一种哲学的思想来源和直接的理论前提被匆匆越过的地方，这种
哲学本身还能得到深刻、全面而正确的理解。那么，对于马克思主
义哲学研究的学术－理论深化来说，现代西方哲学又有什么意义呢？
它的重要意义就在于：只要马克思主义哲学在今天依然和我们的生
活、我们的思想具有本质关联，那么，对于这一哲学的研究就应该
也必须同现代西方哲学进行批判性的对话。这是因为，只有在这种

批判性的对话中，才能开展出一个与当今时代直接相关的思想视域，马克思主义哲学的当代意义正是在这样的视域中生成的，也要求在这样的视域中被揭示出来。

二、把握现实中的时代

马克思主义哲学具有明确的学术－理论向度，但其学术－理论的主旨乃在于把握时代、切中现实。离开了这一主旨以及由之而来的思想任务，从根本上来说，就不存在马克思主义的哲学学术。我注意到，随着马克思主义哲学研究的学术意识的提升，也出现了某种遗忘或脱离马克思主义哲学的学术主旨与思想任务的倾向。这种倾向在所谓"纯学术"的清高和猎奇索隐中迷失了方向，并且沉湎于"书中得来"和"纸上推演"的诸般技能，因而不得不屈从于这样一种意识形态的学术幻觉——即以为意识或观念是在自身中活动的，因而与时代及现实全体无关，仿佛学术是沉睡在"无人身的理性"怀抱中的。与之相反，《杨耕作品系列》在力图推进马克思主义哲学研究之学术深化的同时，又一再强调这种学术的目标就在于把握时代和切中现实。如果离开了这一目标，那么，对马克思主义哲学研究就不是学术上的深化，而是深化的反面，即表面化或肤浅化。

就像黑格尔把哲学称作"把握在思想中的时代"一样，马克思把哲学理解为"时代精神的精华"。无论在理论的构造和表述上显得多么迂回曲折、艰深晦涩，哲学总是以自身的方式，揭示并把握着时代的本质和趋势。举例来说，在笛卡儿从普遍怀疑到"我思"的玄奥思辨中，难道包含着什么时代的本质或趋势吗？是的，正是如此。当笛卡儿把"我思故我在"申说为哲学之第一个真正可靠的出发点时，他所揭示和把握的正是这样一个决定性的时代转折："权威"与"信仰"的时代已告终结，而一个"理性"与"思想"的时代正在到来。因为这个缘故，笛卡儿被很恰当地称为"近代哲学之父"。总而言之，"哲学史表明，任何一种有成就的哲学，无论从其产生的原因来看，还是就其提出的问题及解决问题的方式而言，都是现实的，都直接间接、或多或少地解决了时代课题、现实问题"。《杨耕作品系列》中的这一见解可谓一语中的、一针见血。

对于杨耕的整个理论研究来说，最重要的，是确定马克思哲学与时代（特别是与当今时代）具有怎样的关联，因为只有在这种关联中，才能从根本上来决定：这样的研究究竟是一种对"博物馆陈列"的研究，还是对我们时代的"思想母体"的研究。杨耕坚决拒绝这样一种观点，"即马克思哲学产生于'维多利亚时代'，距今170多年，已经'过时'"。这种依照距今时长来判断理论效准的观点，与其说是"傲慢与偏见"，毋宁说是无知与幼稚，即理论上的无头脑和无教养。对此，我们只需举出熊彼特的下述说法就够了：一种理论或学说的影响力，一般来说是从"一顿饭工夫"到"一代人"的时间；如果其影响力幸运地超过了一百年，那我们将称之为"伟大的"，而马克思的学说无疑是伟大的学说。只是对于马克思的学说来讲，这种持久的生命力和影响力并非得自幸运，而是由于它在原则高度上牢牢地把握着我们这个时代——以现代性即资本和现代形而上学来规定的整个时代——的本质与趋势。正是在这个意义上，萨特恰如其分地把马克思的历史唯物主义理解为"我们这个时代唯一不可超越的哲学"。

对于马克思主义哲学来说，把握时代同时意味着切中现实。也就是说，不是通过思维或观念的自我活动来规定时代，而是通过深入到社会现实本身的过程之中去把握时代，并揭示这个时代在政治形态和观念形态上种种表现的实质。这正是历史唯物主义的题中应有之义，因为历史唯物主义就意味着，从人们生活于其中的社会现实中，亦即从生产方式的变动结构中去理解全部社会现象。因此，杨耕强调："我始终认为，哲学不能仅仅成为哲学家之间的'对话'，更不能成为哲学家个人的'自言自语'，哲学应当也必须同现实'对话'。"然而，与现实对话绝非易事，而是一项深入的思想理论任务。这是因为，"现实"与"事实"不同，它不是可以通过知觉直接给予我们的东西，仿佛我们一睁眼就能看到现实似的。按照黑格尔的正确规定，"现实"是本质与实存的统一，是展开过程中的必然性。单纯的"事实"仅仅是实存，它还无关乎本质和必然性。因此，为了达到"现实"，就必须把握实存中的本质和展开过程中的必然性，而这只有通过深刻的理论思维才可能做得到。如果说正是马克思（以及先驱者黑格尔）开辟了一条通达现实的道路，那么，哲学与现实的"对话"就表现为一项重大而艰巨的任务。这就使我们回到深化学术－理论的主题上来，因为马克思主义哲学的学术－理论的基本任务，就是切中并把握社会的现实与现实的社会。

三、与中国历史性实践的本质关联

对于马克思主义哲学来说，深入于社会现实的任务表现为一种具体化；没有这样一种具体化，社会的现实就根本不可能进入到理论的视野之中。正如马克思、恩格斯一再强调的那样，历史唯物主义的原理绝不是抽象的原则，绝不是可以被先验地强加到任何内容之上的公式或教条，而是从对人类历史发展的考察中抽象出来的最一般结果的概括，"这些抽象本身离开了现实的历史就没有任何价值"。如果说对于黑格尔来讲，最终的现实乃是理念，而理念的纯净展开乃是逻辑学，因而像历史哲学、法哲学等便表现为理念的"阴影王国"和"应用的逻辑学"，那么，对于马克思来说，社会的现实既不可能被归结为理念，也不可能将现实的社会运动置于思辨的逻辑之中，因而对现实的研究必须立足"实在主体"，并使之在理论上具体再现。

马克思所说的"实在主体"在本体论上完全不同于黑格尔的"绝对主体"，它是"既定社会"，即具有实体性内容的具体社会。马克思在《政治经济学批判导言》中明确指出："实在主体"，即"既定社会"在意识和观念之外有其自身的存在，因而在理论方法上它必须始终作为前提出现在表象面前。"在研究经济范畴的发展时，正如在研究任何历史科学、社会科学时一样，应当时刻把握住：无论在现实中或在头脑中，主体——这里是现代资产阶级社会——都是既定的；因而范畴表现这个一定社会即这个主体的存在形式、存在规定，常常只是个别的侧面……"对于历史唯物主义来说，它的原理或原则只有在其具体化的运用中才能生存；而这种具体化的运用，就意味着从具体的"实在主体"即"既定社会"出发，经过抽象、分析、综合，在思维的行程中导致实在主体在理论上具体再现。

正是这种具体化要求，使得杨耕的马克思主义哲学研究进入到当今中国历史性实践的具体领域中，并使二者紧密地结合起来——由之展开出"关于中国式现代化的哲学反思"。这一哲学反思不仅包含着许多重要而饶有趣味的课题，如"落后国家社会主义革命的必然性及其特征""世界历史中的东方社会及其命运""中国：在世界历史中走向社会主义""当代中国社会的基本矛盾""当代中国社会发展的深层矛盾"等，而且还原则性地提出了"以实际问题为中心研究马克思主义"这一重要命题，这个命题要求在"马克思主义基本原理与具体实践相结合"中进行理论研究和理论创新。"纵览马克思主义史可以看出，密切关注变化中的实际，随着实践的发展而不断进行理论创新，这是马克思主义的科学'本性'。"之所以说这是马克思主义的科学"本性"，是因为历史唯物主义的原理一刻也离不开它的具体化运用，而这种具体化运用又只有通过研究和把握既定社会的实在性内容才可能得到真正实现。

马克思毕生主要研究的"既定社会"是"现代资产阶级社会"。从理论方法上来说，根据研究领域和对象的不同，作为"实在主体"的既定社会当然也包括诸如苏格拉底时代的希腊社会、罗马世界解体时代的日耳曼社会、1789 年前后的法国社会，以及 1840 年以来的中国社会。然而，在很长时间内，马克思主义者并未用《资本论》的方法去真正研究"既定社会"，如当时的欧洲社会或法国社会。马克思主义在怎样的程度上深入这样的"既定社会"，或至少在怎样的程度上要求去把握这样的"既定社会"？这的确是一个重大的理论问题和现实问题。直到 20 世纪 60 年代，法国著名的社会学理论家雷蒙·阿隆仍指出，存在主义和结构主义的马克思主义学派并不对历史实在感兴趣，而只是对哲学的先天条件感兴趣，并因此批评萨特和阿尔都塞所提出的问题乃是康德式的问题（恩格斯称之为小资产阶级的问题），即"马克思主义何以是可能的"如果说深入"既定社会"的具体化乃是历史唯物主义的本质要求，并构成其生命线，那么，我们从杨耕致力于当代中国社会的研究中，就能获得非常重要的启示了。

对于《杨耕作品系列》，我的评论特别关注其总体呈现出来的思想理论取向，这样的取向可简要地概括为：学理上的深化、把握现实中的时代，以及由之建立起与中国历史性实践的本质关联。我不知道这样的概括是否准确，但我深信，这种思想理论取向的意义是重大的：不仅对于当今中国的马克思主义哲学研究来说至关重要，而且对于推进中国特色哲学社会科学——其学术体系、学科体系和话语体系——的建构来说，同样是重要的和具有启发性的。

载《光明日报》2019 年 9 月 25 日，
标题原为《重读马克思的心灵写照》，
作者为复旦大学哲学学院教授吴晓明。

实践、历史和中国式现代化的哲学沉思

——《杨耕作品系列》的意义和地位

2018 年 8 月，北京师范大学出版社推出四卷本《杨耕作品系列》，包括《为马克思辩护：对马克思哲学的一种新解读》《危机中的重建：唯物主义历史观的现代阐释》《重建中的反思：重新理解历史唯物主义》和《东方的崛起：关于中国式现代化的哲学反思》。堂皇四卷《杨耕作品系列》汇集了杨耕教授 40 年来的哲学思考，这 40 年正好是改革开放新时期的 40 年，四卷本可谓是在改革开放这一新的实践活动的激发下，对马克思主义哲学的一种新的解读、新的理解、新的阐释，同时，又是对改革开放这一新的实践本身的哲学思考，这一思考伴随着改革开放的历史进程，又积极地参与了改革开放的历史进程。对实践本体论的深入阐发，对历史唯物主义的重新解读，对中国式现代化的哲学反思，集成了《杨耕作品系列》的主题，也铸就了其哲学思想的意义和地位。

一、发掘实践的本体论意义

在马克思主义的历史上，苏联马克思主义哲学模式是一个无法绕开的思想要塞。1932年、1934年出版，米丁和拉祖莫夫斯基主编的《辩证唯物论与历史唯物论》，明确地把马克思主义哲学称为辩证唯物主义与历史唯物主义，明确地把马克思主义哲学分为辩证唯物主义与历史唯物主义两个部分，明确地把"物质"作为马克思主义哲学的起点范畴，依此论述了马克思主义哲学的唯物论、认识论、辩证法和历史观，建构了一个系统完整、特色鲜明的苏联马克思主义哲学体系。1938年，斯大林的《论辩证唯物主义和历史唯物主义》出版，明确地把辩证唯物主义作为自然观，把历史唯物主义作为历史观，并认为历史唯物主义是辩证唯物主义在历史领域中的"推广"与"应用"。斯大林实际上巩固并确立了辩证唯物主义与历史唯物主义这一"二分结构"的理论体系。由于斯大林当时在苏联乃至整个国际共产主义运动中的特殊地位，辩证唯物主义与历史唯物主义的"二分结构"模式因此也就成为马克思主义哲学的"正统"模式、"经典"模式、唯一模式，并产生了广泛、持久而深远的影响。

应当承认，苏联辩证唯物主义与历史唯物主义模式的确深化并普及了马克思哲学的一些观点，但从总体上看和根本上说，这一模式没有反映出马克思哲学的本真精神和本质特征。具体地说，它以一种脱离了人的活动，脱离了社会历史的"抽象的自然""抽象的物质"为理论基石和起点范畴，由此进行一系列从自然到社会的逻辑推演。正是在这种逻辑推演过程中，马克思所关注的人与自然之间的"物质变换"以及"人化自然"和"社会的物"不见了，人的主体地位被遮蔽了，实践的世界观或本体论意义被否定了，马克思哲学的总体逻辑，即从社会到自然被颠倒了。在杨耕看来，这是以辩证唯物主义与历史唯物主义之名向一般唯物主义或自然唯物主义的

"一次惊人的理论倒退"，是向以"抽象物质"为本体的近代唯物主义的复归。"苏联马克思主义哲学模式实际上是在用近代唯物主义的逻辑解读马克思哲学。从根本上说，苏联马克思主义哲学模式就是马克思所说的那种'抽象的唯物主义'"，"实际上悄悄地踏上马克思所批判的'抽象物质的或者不如说唯心主义的方向'"①。这一评价可谓一针见血，深刻精当，揭示了苏联马克思主义哲学模式的实质。

与苏联马克思主义哲学相反，西方马克思主义哲学则把"实践"引入本体论。在《历史和阶级意识》一书中，卢卡奇对马克思哲学本体论的探讨有一个显著特征，那就是：否定自然辩证法，把辩证法"限定在历史和社会的范围内"，并确认历史本质上是人的实践活动，确认历史的实践本质和实践的历史本质。这一见解无疑是深刻的。然而，卢卡奇肯定了"历史的自然"，却又忽视了"自然的历史"；肯定了历史与实践的内在关联，并把实践引入本体论，却又在历史中排除了人与自然的实践关系，从而使其本体论笼罩着一层"唯心主义的阴影"。在《社会存在本体论》中，卢卡奇以"实践"为基础把人与自然、社会存在与自然存在联系起来，把人的主观目的性与客观因果关系统一起来，力图建构社会存在本体论，"写出马克思主义本体论的原则"②。研读《社会存在本体论》可以看出，在重构马克思主义本体论这一重大而根本的问题上，卢卡奇是卓有成效的。按照卢卡奇的观点，在社会存在中，实践，尤其是作为"第一实践"的劳动始终处于基础地位——"整个社会存在，就其基本的本体论特征而言，是建筑在人类实践的目的性设定的基础上"。"正是马克思的劳动理论，即把劳动理解为有目的、创造性的存在物

---

① 杨耕：《为马克思辩护：对马克思哲学的一种新解读》，北京师范大学出版社2018年版，第104页。

② 杜章智编：《卢卡奇自传》，社会科学文献出版社1986年版，第48页。

的唯一的生存方式的理论，第一次奠定了社会存在的特性。"① 正是在这个意义上，卢卡奇又把社会存在本体论称为实践本体论。

杨耕高度评价了卢卡奇的这一观点，并认为，卢卡奇的创造性贡献之一，就是把"实践"提到马克思主义哲学的核心范畴和理论基础的地位，并把马克思主义哲学的本体论规定为社会存在本体论，即实践本体论，从而为我们展示出一个新的思想地平线。同时，杨耕又敏锐地观察到，"就在卢卡奇向我们展示了一个新的思想地平线时，他突然又后退了一步，即把自然本体论作为社会存在本体论的前提和基础"，从而"回归"到自然本体论②。至于葛兰西此后提出的"实践哲学"，则沿着"实践"的方向一路狂奔，最终摒弃了唯物主义的原则，以至于被批评为实践的唯心主义。

正是在对苏联马克思主义和西方马克思主义反思的基础上，中国马克思主义者在 20 世纪 80—90 年代展开了对马克思主义哲学本质特征和理论体系的讨论，其中，"马克思主义哲学是实践唯物主义"，作为一个重要的学术思想潮流有力地引领着中国学界对马克思主义哲学的重新理解。杨耕属于这个潮流，并且是其中一个重要的代表性人物。他的努力和贡献、他的作为和影响力特别表现在，以马克思主义哲学史、西方哲学史、现代西方哲学和西方马克思主义为理论背景展开对马克思哲学的研究，对马克思哲学做出了实践本体论的阐发，并由此出发，揭示了苏联马克思主义哲学的弊端和西方马克思主义哲学的病症，重塑了马克思的形象，重构了马克思主义哲学的理论体系。这一成果集中体现在《为马克思辩护：对马克思哲学的一种新解读》这一著作中。

在杨耕看来，马克思哲学的创立使哲学的理论主题发生了根本转换，即从"世界何以可能"转向"人类解放何以可能"。对"人类

---

① ［匈］卢卡奇：《社会存在本体论》（英文版），第 25、309 页。
② 杨耕：《为马克思辩护：对马克思哲学的一种新解读》，第 200 页。

解放何以可能"的探讨必然促使马克思去探讨人的存在方式或生存本体，这就必然使哲学的聚焦点从宇宙本体转向人的生存本体。按照马克思的观点，人是在实践中维持自己的存在并得到发展的，即使人的生存状态的异化及其扬弃，也是在实践过程中发生和完成的。因此，实践构成了人的生存的本体。同时，"人就是人的世界"①，因此，对人类解放的探讨又必然促使马克思去探讨现实世界或现存世界的本体。按照马克思的观点，人通过实践使自然成为"历史的自然"，使历史成为"自然的历史"，从而为自己创造了一个自然与社会"二位一体"的现存世界，实践因此又构成了现存世界的本体。这是一个不断发展和生成的本体，现存世界由此成为一个不断形成更大规模、更多层次的开放性体系。对于马克思哲学来说，"全部问题都在于使现存世界革命化"，从而"把人的世界和人的关系还给人自己"②。这样一来，马克思又使哲学的聚焦点从解释世界转向改变世界。

　　杨耕的论述层层深入，环环相扣，实践在马克思哲学中的本体论地位卓然挺立。在杨耕看来，马克思哲学的本体论就是实践本体论，当马克思把物质生产活动确定为实践的首要形式和根本内容时，他所说的实践是同自然过程既相联系又相区别的社会过程，是一种自在自为的活动，这就找到了自然存在与社会存在相统一的基础，找到了把能动性、自由性、创造性与现实性、客观性、物质性统一起来的基础。实践内在地蕴含着人与自然、人与社会、人与自我的矛盾关系，蕴含着自在自然与人化自然、自在之物与为我之物、自然物质与社会物质的矛盾关系，蕴含着主体与客体、主观与客观、思维与存在、限定与超越、自由与必然、肯定与否定的矛盾关系。因此，实践本体论和"否定性的辩证法"具有内在的关联性，是

---

①　《马克思恩格斯选集》（第1卷），人民出版社1995年版，第1页。
②　《马克思恩格斯全集》（第1卷），人民出版社1956年版，第443页。

"一而二、二而一"的关系。当马克思把实践理解为人的生存本体和现存世界的本体,理解为人与自然、人与社会关系的基础,理解为人类面临的一切矛盾的总根源时,否定性的辩证法就获得了一个现实的基础,成为一种"合理形态"的辩证法[①]。

显而易见,马克思哲学的本体论迥然不同于传统哲学的本体论。传统哲学的本体论追求的宇宙本体是一个"不动的原动者",是一切现实事物背后的所谓的"终极存在",无论这种"终极存在"是"抽象的精神",还是"抽象的物质",都是一种脱离了现实的人、现实的社会的抽象的本体。从这种抽象的本体出发是无法认识现实的。因此,马克思批判并终结传统哲学的工作就是从本体论层面上发动并展开的,其中的关键就在于,马克思创立了实践本体论。马克思的实践本体论把人的存在作为哲学所追寻的目标,把"对象、现实、感性"当作"感性的人的活动",当作"实践"去理解,由此,开辟了一条从本体论认识现实的道路。

基于实践本体论的认识和主张,马克思以一个现代哲学家乃至现代哲学的开创者的地位脱颖而出。从哲学史上看,本体论和"形而上学"密切相关甚至融为一体。正因为如此,杨耕从对马克思哲学本体论的深入研究,走向对马克思哲学与形而上学关系的全面探讨。他的研究表明,亚里士多德之后,哲学家们把形而上学中的"存在"日益引向脱离现实事物、现实的人的存在,成为一种抽象化的本体。直到19世纪中叶,随着自然科学"给自己划定了单独的活动范围",随着社会的发展"把人们的全部注意力集中到自己身上"[②],西方哲学掀起了反形而上学的浪潮,孔德和马克思同时举起了拒斥或反对形而上学的大旗。然而,孔德是从自然科学的可证实

[①] 杨耕:《为马克思辩护:对马克思哲学的一种新解读》,第169、179、181、183页。

[②] 《马克思恩格斯全集》(第2卷),人民出版社1957年版,第161—162页。

性原则出发批判形而上学的，马克思则是从人的存在出发批判形而上学的，二者在指向上具有本质的不同。具体地说，孔德认为，"拒斥形而上学"之后，哲学应趋向于"可证实"的知识，马克思则认为，"反对形而上学"之后，哲学应"趋向人的存在，对人的异化了的生存状态给予深刻批判，对人的价值、解放和全面发展给予深切关注"，由此，马克思创立了一种新的哲学形态，这就是历史唯物主义①。

杨耕对马克思哲学的重新解读和重新阐释，最终形成了三个重大创见：其一，马克思哲学的创立使哲学的理论主题发生了根本转换，即从"世界何以可能"转向"人类解放何以可能"，从"认识世界何以可能"转向"改变世界何以可能"，从而实现了对人的终极关怀和现实关怀的统一；其二，马克思哲学是实践本体论，是历史、辩证、实践的唯物主义，历史唯物主义、辩证唯物主义、实践唯物主义不是三个"主义"，而是同一个"主义"，即马克思新唯物主义的三个理论特征；其三，马克思哲学是形而上学批判、意识形态批判和资本批判的统一，从根本上说，马克思的形而上学批判和意识形态批判是通过资本批判实现的，正是在这种批判中，马克思发现了现实的社会存在及其秘密，从而使无产阶级和人类解放得到了本体论的证明。这三个创见高屋建瓴、贯通融会，充分展现出马克思哲学在当代的光辉形象，充分彰显了马克思哲学的当代意义，为建构马克思主义哲学的当代形态开辟了新的道路。

同时，我注意到，杨耕区别了"马克思哲学"和"马克思主义哲学"两个概念。在国内哲学界，杨耕较早地做出这样的区别，并对区别的意义做了明确阐发。在杨耕看来，马克思哲学是马克思本人的哲学思想，马克思主义哲学是由马克思、恩格斯所创立，为他们的后继者所发展了的哲学思想。众所周知，在《马克思主义的三

---

① 杨耕：《重读马克思：我的学术自述》，《社会科学战线》2005年第2期。

个来源和三个组成部分》中，列宁提出了"马克思的哲学"与"马克思主义哲学"两个概念；在《卡尔·马克思》中，又提出了"马克思的学说"与"马克思主义"两个概念，并强调"马克思主义是马克思的观点和学说的体系"。延续列宁的思想，杨耕提出，马克思是马克思主义的主要创始人，离开了"马克思的哲学"的马克思主义哲学，只能是打引号的马克思主义哲学；离开了"马克思的观点和学说"的马克思主义，只能是打引号的马克思主义；坚持和发展马克思主义哲学，首要的就是坚持"马克思的哲学"；坚持和发展马克思主义，首要的就是坚持"马克思的观点和学说的体系"。这些阐发，初衷不在于固守马克思哲学的所谓本义，更不是以"原教旨主义"的态度对待马克思主义，而是致力于把马克思从误解和曲解的沼泽中"解救"出来，使其神采奕奕地矗立在"历史"和"历史性"的地平线上。正如有的评论者所说的那样，杨耕对马克思哲学的重新解读和重新阐释，"提供了一种新的马克思哲学的理解途径，突破了传统的马克思主义哲学的理论框架，建构了新的马克思主义哲学体系，对于我国哲学体系的改革和建设具有突破性意义"①。

二、重释历史的唯物主义

在《杨耕作品系列》中，"历史"属于高频率的一个词语，如"世界历史""历史哲学""历史唯物主义"，等等。如果说"世界历史"所表明的是一种世界的眼光、现代的视野，"历史哲学"所意味的是一种历史的内涵、哲学的反思，那么，"历史唯物主义"所代表的，则是杨耕对唯物主义历史观的现代阐释和对历史唯物主义的重新理解。这一现代阐释和重新理解集中体现在《危机中的重建：唯

---

① 金民卿：《国内马克思哲学研究的几种理论范式》，《理论前沿》2000 年第 1 期。

物主义历史观的现代阐释》和《重建中的反思：重新理解历史唯物主义》这两部著作中。同时，这一现代阐释和重新理解又同《为马克思辩护：对马克思哲学的一种新解读》对马克思哲学的重新理解和重新阐释相互推动、相辅相成。

依据传统的观点，马克思主义哲学就是辩证唯物主义与历史唯物主义。单纯从名称来看，无法判断这一观点的真值。问题的关键在于，在马克思主义的历史上，马克思主义创始人以及其他理论家是如何理解辩证唯物主义与历史唯物主义的。杨耕的研究表明：马克思是用"历史科学""唯物主义世界观"来表述历史唯物主义内容，用"真正实证的科学""真正批判的世界观"来表述历史唯物主义特征的；恩格斯首先提出并使用了"历史唯物主义"及"唯物主义历史观"这两个术语。

在普列汉诺夫的著作中，"历史唯物主义"和"唯物主义历史观"都具有双重意义。就历史唯物主义而言，历史唯物主义就是"马克思的历史哲学"，是"说明人类历史的唯物主义哲学"[①]。这是其一。其二，历史唯物主义就是辩证唯物主义，而"'辩证唯物主义'这一术语，它是唯一能够正确说明马克思的哲学的术语"[②]，在这个意义上，历史唯物主义就是整个马克思哲学。就唯物主义历史观而言，唯物主义历史观就是"马克思的历史观""马克思的历史理论"。这是其一。其二，所有从"物质"出发理解人类历史的学说，包括孟德斯鸠的地理环境决定论、霍尔巴赫的原子运动决定论，都属于唯物主义历史观，而"辩证唯物主义是唯物史观的最高发展"[③]。

在列宁的著作中，除了个别情况外，"历史唯物主义""社会唯

---

① 《普列汉诺夫哲学著作选集》（第 2 卷），生活·读书·新知三联书店 1961 年版，第 510 页。

② 《普列汉诺夫哲学著作选集》（第 1 卷），生活·读书·新知三联书店 1961 年版，第 768 页。

③ 《普列汉诺夫哲学著作选集》（第 1 卷），第 811 页。

物主义""唯物主义历史观"是作为同一概念使用的,指的都是马克思主义的历史观,而辩证唯物主义则是指整个马克思主义哲学。用列宁的话来说就是,"马克思和恩格斯几十次地把自己的哲学观点叫作辩证唯物主义"①。在斯大林那里,辩证唯物主义是自然观,历史唯物主义是历史观,历史唯物主义是辩证唯物主义在历史领域的"推广"与"应用"。所以,作为一种世界观,马克思主义哲学就是辩证唯物主义与历史唯物主义。

通过细致缜密的思想史的考察,杨耕得出结论:辩证唯物主义与历史唯物主义不是两种"观",即辩证唯物主义是自然观,历史唯物主义是历史观,而是同一个"观",即马克思的世界观的不同表述;不是两个"主义",即辩证唯物主义是自然主义,历史唯物主义是历史主义,而是同一个"主义",即马克思的新唯物主义的不同表述。在马克思的哲学体系中,不存在一个独立的、仅仅作为理论基础的辩证唯物主义,也不存在一个独立的、仅仅具有应用性质的历史唯物主义。辩证唯物主义就是历史唯物主义,历史唯物主义就是辩证唯物主义,二者表征的不是马克思哲学的两个研究领域,而是马克思哲学的两个理论特征。用辩证唯物主义称谓马克思的哲学,是为了凸显马克思新唯物主义的辩证法维度及其批判性、革命性;用历史唯物主义称谓马克思的哲学,是为了凸显马克思新唯物主义的历史性维度及其彻底性、完备性。杨耕的这一见解可谓掷地有声,甚至无可辩驳,实际上向我们展示了一个新的马克思主义哲学研究的理论空间。

杨耕对历史唯物主义的认识经历了一个变化发展的过程。这一过程大体上分为三个阶段。第一个阶段是 20 世纪 80—90 年代,他先是认为历史唯物主义不是一个完整的哲学形态,而是关于社会结构和历史规律的历史观,后又提出历史唯物主义是马克思的历史哲

---

① 《列宁选集》第 2 卷,人民出版社 1995 年版,第 12 页。

学，是历史本体论和历史认识论相统一的历史哲学。但是，这里有一个不自觉的理论预设，即辩证唯物主义是历史唯物主义的理论基础。第二个阶段是 20 世纪 80 年代末到 90 年代末，他明确提出马克思哲学是实践唯物主义，并较全面地阐述了实践唯物主义的内涵。但是，这一时期他有意回避了实践唯物主义与历史唯物主义的关系。第三个阶段是 21 世纪初，他明确提出历史唯物主义本身就是一个完整的哲学形态，马克思哲学就是历史唯物主义，并全面而深刻地论证了历史唯物主义是一个自足而完整、唯物而又辩证的世界观。这标志着杨耕对历史唯物主义的全新的总体认识。

杨耕对历史唯物主义的阐述，根本旨趣不在于思想史和概念史的探究，而在于应对迫切的时代关怀。历史常常具有惊人的相似之处。19 世纪与 20 世纪之交，历史处在转折点上，唯物主义历史观受到外部的指责和内部的"修正"，为此，拉布里奥拉写下了著名篇章《关于历史唯物主义》。20 世纪与 21 世纪之交，历史又处在转折点上，马克思预言的资本主义"丧钟"仍未敲响，苏东社会主义却被资本主义"不战而胜"，"历史终结论"沸沸扬扬，唯物史观似乎再次面临着"危机"。杨耕《危机中的重建：唯物主义历史观的现代阐释》一书所彰显的，正是他对这一危机的态度和担当。一方面是坦然地直面危机，认为"危机"正是唯物史观面对挑战而自我反思、自我超越的时期，另一方面是寻求"危机"中的重建之路。既不能以改变唯物史观的基本原则为代价去适合新的政治需要，也不能用其他理论体系来"补充"唯物史观，这是杨耕"危机中的重建"的基本原则。在杨耕看来，重建唯物史观，首先应当"回到马克思"，但这并不意味着奉行"原教旨主义"，而是站在现代实践、科学和哲学的基础上，重新审视唯物史观的基本原理，寻求唯物史观在现代的"理论生长点"①。也就是说,在"一切历史都是当代史"的意义上"回到"马克思。

马克思是现代社会理论的奠基者,也是现代历史哲学的开创者。通过对历史哲学的历史考察,通过对唯物主义历史观内涵的反思,杨耕把唯物史观归入历史哲学范畴,提出历史认识论是唯物史观在现代的理论生长点。在杨耕看来,历史认识论是现代西方历史哲学关注的重心,现代西方历史哲学之所以被称为分析的或批判的历史哲学,就是因为它使历史哲学关注的重心从历史本体论转向历史认识论,并对人们认识历史活动的特殊性进行了批判性的反思。如果说近代历史哲学,即思辨的历史哲学关注的重心是历史本身,研究的是历史本身如何运动,那么,现代历史哲学,即批判的历史哲学关注的重心则是人们能否认识历史,如何认识历史运动,而不再是历史本身如何运动。这样,历史哲学的理论主题就发生了根本转换,即从历史本体转换到历史认识论。

历史哲学理论主题的这一转换,即从历史本体论转换到历史认识论完全符合人类认识规律:认识外部世界的任何一种努力一旦持续下去,就会在某一时刻不多不少地转变为对这种认识活动本身的一种反思,认识历史的努力在这里合乎逻辑地转变为历史认识的自我批判。历史本体论的真正确立有赖于对人们认识历史能力的考察,历史本体论如果脱离了历史认识论,其结论必然是独断的、不可靠的。因此,批判的历史哲学的产生绝不意味着西方历史哲学的没落,相反,它标志着西方历史哲学的成熟。

通过对唯物主义历史观文本的重新解读,杨耕认为,马克思以巨大的超越性意识到历史认识论的特殊性和重要性,并提出了历史认识论基本原则:一是历史科学无法应用实验室方法,只有科学抽

---

① 杨耕:《危机中的重建:唯物主义历史观的现代阐释》,北京师范大学出版社2018年版,第3页。

象法才能深刻揭示历史的本质和规律；二是历史不过是追求着自己目的的人的活动而已，在历史中进行活动的全是经过思虑或凭激情行动、具有意识和意志的人，因此，理解对历史科学绝对必要；三是历史已经过去，在认识历史的活动中，主体无法直接面对客体，只能从现实社会出发去理解和把握过去历史。"对人类生活形式的思索，从而对它的科学分析，总是采取同实际发展相反的道路。这种思索是从事后开始的，就是说，是从发展过程的完成的结果开始的。"① 人体解剖对于猴子解剖是一把钥匙。分析资本主义社会的结构和生产关系，"能使我们透视一切已经覆灭的社会形式的结构和生产关系"②。

由此可见，唯物主义历史观不仅是"一种关于历史过程的观点"，即历史本体论，而且蕴含着历史认识论。唯物史观以确认客观历史的存在为前提，把实践看作是过去历史延伸到现实社会的"转换尺度"和"显示尺度"，并从现实的实践出发分析现实的社会，从现实的社会"透视"过去的历史，并通过"自我批判"达到对历史的"客观的理解"，从而为建构科学的历史认识论奠定了可靠的基础。当然，对历史认识论，马克思只是有所论述，而未充分展开；只是提出原则，而未建构形态。因此，我们应该在现代实践、科学和哲学本身发展的基础上，深入挖掘、充分展开、系统论证蕴含在唯物史观中的历史认识论思想，使其上升为唯物史观的"基本原理"，并同唯物史观中的历史本体论高度统一、融为一体，从而使唯物史观内在地具有历史本体论和历史认识论双重职能。

杨耕的这一见解充分体现出他的敏锐的理论观察力，体现出他对现代西方历史哲学以至整个历史哲学的深刻把握。对于唯物主义历史观的研究来说，这一新的见解具有振聋发聩的作用，它使我们

① 《马克思恩格斯选集》（第23卷），人民出版社1972年版，第92页。
② 《马克思恩格斯选集》（第2卷），人民出版社1995年版，第23页。

认识到唯物史观不仅是研究历史本身如何运动的科学，不仅是一种历史本体论，而且是探讨人们如何认识历史运动的学说，内含着一种历史认识论。更重要的是，使我们认识到，唯物史观不是对历史规律的客观描述，而是从思维与存在的关系中去研究如何正确把握历史规律；不仅回答"历史是什么"的本体论问题，而且回答"人们如何认识历史"，即"历史科学何以可能"的问题，从而同时实现历史本体论和历史认识论的双重职能。

杨耕对马克思主义哲学的重新解读，更大的意义还在于，他对历史唯物主义做出了新的阐释。传统的观点把唯物主义划分为三种历史形态，即朴素或自然唯物主义、机械或形而上学唯物主义与辩证唯物主义，而历史唯物主义是辩证唯物主义在历史领域中的"推广"与"应用"。杨耕的研究则表明，从"理论主题的历史转换"这一根本点来看，唯物主义的历史形态是自然唯物主义、人本唯物主义与历史唯物主义，而历史唯物主义本身就是一种独立而完整的哲学形态，本身就是一种世界观。

在杨耕看来，人们为了生存和生活，必须进行物质生产活动，实现人与自然之间的物质变换；为了实现人与自然之间的物质变换，人与人之间必须进行活动互换，并结成一定的社会关系，而历史唯物主义所关注、所要解决的基本问题，就是人的实践活动中所蕴含并展现出来的人与自然的关系和人与社会的关系，即人与世界的关系问题。人与世界的关系问题就是世界观问题。以实践为出发点解答人与世界的关系，使历史唯物主义展现出一个新的哲学空间，一个自足而又完整、唯物而又辩证的世界图景。因此，历史唯物主义不仅仅是一种"唯物主义历史观"，更重要的，是一种"唯物主义世界观"，一种内含着"否定性的辩证法"的"真正批判的世界观"①。

---

① 杨耕：《重建中的反思：重新理解历史唯物主义》，北京师范大学出版社2017年版，第15页。

历史唯物主义的创立，意味着"人与世界的关系问题"真正得到正视并得以科学解答，马克思哲学研究的主旨和主题真正得以显现。由此，杨耕得出一个崭新的结论，即马克思的哲学就是历史唯物主义，并对历史唯物主义与辩证唯物主义的关系做出新的理解。

从马克思主义的历史上看，恩格斯已降的理论家和研究者对历史唯物主义的论述可谓连篇累牍，但不曾有谁把历史唯物主义界定为唯物主义的第三种历史形态，界定为一种世界观，历史唯物主义的本质特征和理论空间因而也就无从真正展现，历史唯物主义所关注、所要解决的基本问题，即人与自然、人与社会的关系也就不可能切实呈现。杨耕所提出的这一观点犹如石破天惊，促成了对唯物主义形态史的颠覆性认识，继而导致对历史唯物主义性质的革命性理解。

杨耕对历史唯物主义理论内核的新的阐发，与他对马克思哲学本体论的新的阐发是相互贯通的。其一，历史唯物主义不是以一种抽象的、超时空的方式谈论存在问题，而是从人的存在出发"询问并回答存在的问题"；其二，历史唯物主义不仅肯定了存在物与存在的差异，而且阐明了自然存在与社会存在、意识与社会存在的关系，并认为社会存在的本质不在其"可感觉"的实体性，而在于其"超感觉"的社会关系的内涵，这就凸显了存在的根本特征——社会性或历史性；其三，历史唯物主义本质上是以资本为核心范畴而展开的对资本主义社会的批判，从根本上说，这种批判是存在论或本体论意义上的批判。正是在这个批判过程中，历史唯物主义扬弃了抽象的存在，发现了现实的存在，发现了人与人的关系转化为物与物的关系的秘密，发现了资本主义社会的秘密。① 正是由于这三重内核及其意义，历史唯物主义终结了"抽象的本体"，发现了现实的人的生存的本体和现实世界的本体，开辟了从本体论认识现实的道路，

① 杨耕：《重建中的反思：重新理解历史唯物主义》，第25—27页。

从而把本体论与人间的苦难和幸福结合起来，并为无产阶级和人类解放提供了本体论证明。这是一个至关重要的、根本性的、基础性的证明。

三、赋义中国式的现代化

历史唯物主义与科学社会主义密切相关。1894 年，意大利社会党人卡内帕请恩格斯为《新纪元》周刊找一段话来表述未来社会的本质特征。为此，恩格斯从《共产党宣言》中找出这样一段话，即"代替那存在着阶级和阶级对立的资产阶级社会的，将是这样一个联合体，在那里，每个人的自由发展是一切人的自由发展的条件"，并认为除了这段话外，再也找不出更合适的了。这表明，无产阶级和人类解放既是历史唯物主义的理论主题，也是科学社会主义的理论主题；人的自由而全面发展既是历史唯物主义的最高命题，也是科学社会主义的最高命题。因此，对历史唯物主义的重新阐释必将展开对科学社会主义的深刻反思。对中国的马克思主义者来说，对科学社会主义的深刻反思，必将展开对中国特色社会主义的深入探讨。杨耕自觉地意识到，中国马克思主义理论家的历史使命就在于，"把真实的描述与深刻的反思结合起来，把哲学思维的穿透力和哲学批判的震撼力结合起来……从理论上再现中国选择社会主义的历史必然性，再现中国式现代化建设的艰难性，再现波澜壮阔的当代中国改革开放的历程，从而再现社会主义在中华民族复兴的基础上实现世纪复兴和中国民族在社会主义的基础上实现伟大复兴的辉煌远景"①。杨耕的这种强烈的现实关怀和深沉的民族情怀，在《东方的崛起：关于中国式现代化的哲学反思》中得到集中展现。

---

① 杨耕：《东方的崛起：关于中国式现代化的哲学反思》，北京师范大学出版社 2018 年版，第 2 页。

　　众所周知，马克思通过对西方资本主义生产方式的批判考察，概括出人类社会发展的一般规律，揭示出人类社会演进的总体进程。与此同时，马克思历来反对用一个固定不变的模式去裁剪不同民族、国家的历史，批评那种将他"关于西欧资本主义起源的历史概括彻底变成一般发展道路的历史哲学理论"的观点，并探讨了东方社会非资本主义发展的现实性，提出了跨越资本主义"卡夫丁峡谷"的设想。在重新解读马克思主义文本的基础上，杨耕深刻阐述了社会主义代替资本主义的历史必然性，并从一个新的视角，即生产方式矛盾运动的民族性和世界性相互作用的视角论证了落后国家社会主义革命的必然性及其特征。

　　在杨耕看来，"社会主义代替资本主义必然性首先是在西方发达国家形成的，然而却是在东方落后国家实现的。造成这一历史'倒转'现象的根源仍是资本主义生产方式本身，是西方资本主义生产方式的内在矛盾对东方国家冲击、渗透和影响的结果"①。在同发达国家的交往过程中，在生产方式矛盾运动的民族性和世界性的相互作用下，某些落后民族或国家的生产力与生产关系的矛盾会较快地达到激化状态，并产生同发达国家"类似的矛盾"。正是在这种"类似的矛盾"的引导下，某些落后民族或国家能够超越典型的或完整的资本主义阶段，直接走向社会主义。社会主义代替资本主义的必然性之所以能够在俄国、中国等东方国家首先实现，其根源就在此。无疑，这是一个新的理论视角，是一个极其深刻的理论观点。这一观点表明，某些较为落后国家社会主义革命的产生既是历史发展的特殊性，又是历史发展的必然性，而不是像有的学者所说的那样，俄国、中国等落后国家走上社会主义道路仅仅是一种偶然性，仅仅是政治因素作用的结果。

　　在深刻解读马克思的世界历史理论和东方社会理论的基础上，

---

① 杨耕：《东方的崛起：关于中国式现代化的哲学反思》，第27页。

杨耕不仅论证了中国是在世界历史的背景下走向社会主义，而且阐述了中国是在世界历史的背景下走向社会主义现代化，在"开放的世界"的背景下走向中国式的现代化的。通过考察、分析中国现代化道路的寻觅及其文化难题的解答，"中国工业化道路"的探索及其成功与失误，"中国式现代化道路"的拓展及其时代特征，杨耕认识到，现代化是人类文明的一次巨大嬗变，是人的生存方式的一次根本转变，标志着人类社会从农业文明转向工业文明，从自然经济转向商品经济（市场经济）。当代中国社会实践的最重要特征和最重要意义就在于，从计划经济转向市场经济，从封闭半封闭型社会转向开放型社会，这一社会实践把现代化、市场化和社会主义改革这三重重大的社会变革浓缩在同一时空中进行，实际上重新赋义中国的现代化建设，并深刻地改变了中国的历史进程，可谓"中国的第二次革命"。杨耕较早地阐发了"改革是中国的第二次革命"的内涵、性质和根本任务，探究了"第二次革命"得失成败的根本标准，强调"以生产力为根本标准是彻底的唯物主义，为当代中国的社会发展展现了一个新的地平线"[①]。

从哲学的视角看，当代中国的改革就是现实的中国人对中国人的现实的超越，而首先引导这一超越的，就是邓小平理论。通过分析邓小平理论形成的历史背景、时代特征、主观条件，杨耕明确提出邓小平理论的主题就是"什么是社会主义、怎样建设社会主义"，并认为围绕这一主题，邓小平理论第一次系统地回答了像中国这样一个经济文化较为落后的国家如何建设社会主义、如何巩固和发展社会主义的一系列基本问题，构成了一个"科学体系"。为此，杨耕提出判断一个理论是否成为体系的标准，那就是，它是否系统地回答或解答了所研究领域的基本问题。

一代辩证法大师毛泽东多次赞扬邓小平善于"照辩证法办事"。

[①] 杨耕：《东方的崛起：关于中国式现代化的哲学反思》，第141页。

这种善于"照辩证法办事"的精神使邓小平理论具有"哲学性"。在阐发邓小平哲学思想时，杨耕区分了两种不同的理论形态：一种是以各种特定的范畴、规律、规则形式出现的逻辑化的理论，这种理论更多的是一种理论知识；另一种则是深悟理论与实际的关系，善于把握理论中的立场、观点和方法，并将之精当地渗透于、贯穿在现实的社会实践中，形成一种辩证的思维方式和总体的战略"构想"，这是"活的理论运动"。邓小平理论无疑属于后者，而贯穿其中的方法就是邓小平的哲学思想。邓小平哲学思想包括两个部分，即邓小平的哲学理论观点和哲学思维方式。邓小平的哲学理论观点主要由五部分构成：以生产力为根本标准的彻底唯物主义；以科学技术为第一生产力的新型实践观；以矛盾运筹为主线的社会活动辩证法；以开放的世界为基石的世界历史观；以主体意识、时机意识和发展意识为内容的当代意识理论。邓小平哲学思维方式有四个特征：整体性和系统性；战略性和设计性；实践性和调控性；主体性和发展自己。邓小平的哲学理论观点和哲学思维方式有机结合、融为一体，使邓小平的哲学思想成为一种高超的思维艺术，使邓小平理论成为一个"艺术整体"。

不仅如此，杨耕还从历史和逻辑相统一的角度分析了邓小平哲学思想的基础，认为邓小平哲学思想的基础有"一般""特殊"和"个别"三个层次：马克思主义哲学是一般基础，毛泽东哲学思想是特殊基础，邓小平本人的经历、能力、品格则构成了个别基础。"由于邓小平深悟马克思主义、毛泽东思想的精髓，善于'照辩证法办事'，同时又由于他与中国现代、当代的历史发展息息相关，因而在新的历史时期能够以'总设计师'的身份，在广阔的领域里展开其独具特色的理论活动，创立了中国特色社会主义理论——当代中国的马克思主义。"[①]

---

① 杨耕：《东方的崛起：关于中国式现代化的哲学反思》，第212页。

四、结语

"求新与求真的统一",是杨耕追求的理论目标;"构建哲学空间,雕塑思维个性",是他追求的理论境界。为此,杨耕把马克思哲学放在一个广阔的历史背景和哲学空间中去研究。在杨耕看来,对马克思哲学的研究离不开对马克思主义哲学史,包括西方马克思主义的研究,只有把握马克思的心路历程,把握马克思以后的马克思主义哲学的演变过程,才能真正把握马克思哲学的真谛,真正理解马克思哲学在何处以及在何种程度上被误读了;对马克思哲学的研究离不开对西方哲学史的研究,只有把马克思哲学放到西方哲学史的流程中去研究,才能真正把握马克思哲学所实现的哲学变革的实质,真正理解马克思哲学的划时代的贡献;对马克思哲学的研究离不开对现代西方哲学、后现代哲学的研究,只有把马克思哲学与现代西方哲学、后现代哲学进行比较研究,才可知晓马克思哲学的局限性,同时进一步理解马克思哲学的伟大所在,真正理解马克思哲学为什么是我们这个时代"不可超越的哲学",是当代"不可超越的意义视界",是我们这个时代的"真理和良心"。

同时,杨耕进行了政治经济学、当代社会发展理论的"补课"。在杨耕看来,马克思的政治经济学批判本质上是资本批判,而资本批判本质上是存在论或本体论意义的批判,马克思哲学就是形而上学批判、意识形态批判和资本批判的高度统一。更重要的是,马克思的形而上学批判、意识形态批判是通过资本批判实现的,马克思的资本批判具有重大的哲学意义。忽视、放弃资本批判,我们就不可能真正理解和把握马克思哲学的本真精神和本质特征。这一见解新颖而深刻。精神生产不同于肉体的物质生产。以基因为遗传物质的生物延续是同种相传,而哲学思维则可以、也应该通过对不同学科成果的吸收、消化和再创造,形成新的哲学形态。正像亲缘繁殖不利于种的发育一样，一种创造性的哲学一定会突破从哲学到哲学的局限。在杨耕看来，马克思的哲学就是这样一种新的哲学形态，一种创造性的哲学。

对马克思哲学的研究还必须关注马克思主义中国化的问题。马克思主义创立时，主要反映了西欧的传统文化，马克思的哲学更多的是吸收了德国古典哲学的传统，因此，马克思主义要在不同的民族、国家中生根发芽、开花结果，必然要直面民族化的问题。就中国而言，这就是马克思主义中国化的问题。杨耕认为，马克思主义中国化绝不是使马克思主义去迎合中国传统文化，用儒家学说去"化"马克思主义，建构所谓的"儒学马克思主义"。马克思主义中国化也不是范畴的简单转换，把物质变成气、矛盾变成阴阳、规律变成道、共产主义社会变成大同社会……这是语言游戏。马克思主义中国化的实质，就是使马克思主义与中国面临的实际问题相结合，同时使现实的问题上升为理论的问题，从而丰富和发展马克思主义。杨耕强调，马克思主义中国化必须立足当代中国的实际，而不能立足传统文化。不是传统文化挽救了中国，而是中国革命的胜利使传统文化免于同近代中国社会一道走向衰败；不是传统文化把一个贫穷落后、满目疮痍的中国推向世界，而是改革开放和现代化建设的巨大成就把传统文化推向世界，使孔夫子名扬四海。

在杨耕的论著中，自觉的哲学意识和敏锐的政治眼光高度统一，在认同马克思主义哲学政治意义的前提下，对其学术价值孜孜以求，不断探索。这一求索的过程，既是追寻马克思哲学真义的过程，也是为马克思哲学辩护的过程，更是为当代中国的改革开放和现代化建设进行哲学论证、赋予哲学力量的过程。在纪念《实践是检验真理的唯一标准》发表40周年之际，杨耕应邀为《光明日报》撰写纪念文章《在实践中感悟和把握马克思主义的真理力量》，强调指出《实践是检验真理的唯一标准》给我们的重要启示，就是"必须坚持理论与实践的统一这一马克思主义的基本原则，以实际问题为中心研究马克思主义，深刻感悟和把握马克思主义的真理力量，在实践中坚持和发展马克思主义，发展当代中国的马克思主义"①。

从"'误入'哲学"到"'钟情'哲学"，再到"与哲学连为一体"，从"重读马克思"到"重读·重建·重生"，再到"让马克思'活'在当代"，杨耕的心路历程一览无余："我的职业、专业和事业都是哲学"，"哲学已经融入我的生命活动之中，建构面向 21 世纪的马克思主义哲学已经成为我们这一代学者的使命"。②《中华读书报》2017 年发表的张亮教授的文章，从四个方面对杨耕的哲学研究做出高度评价：首先，杨耕真懂真信马克思主义，是马克思哲学研究的"真正专家"；其次，杨耕扎根中国大地，是"时代声音的自觉聆听者"；再次，杨耕身在学院心系大众，是"为人民做学问的哲学工作者"；最后，杨耕是马克思哲学的"成功讲述者"③。类似的评论还有很多。

讲述的成功固然源于所讲述的内容具有真理性，却也缘于叙述方式具有修辞的正当性。概念的锻造、命题的凝练、构架的整合密切关联于叙述与修辞，一如对世界的新解释足以改变世界的景象，新的叙述方式也完全能够打开新的思想空间。"诗一般的语言，铁一般的逻辑"，是杨耕追求的理论形式。杨耕论著的魅力就在于，思想的深度通过简洁、流畅、诗一般的语言风格得以呈现，哲学的力量通过修辞方式得以显现。汹涌澎湃的阵脚，排山倒海的气势，毋庸置疑的论证，步步为营的严密，水到渠成的结论——所有这些，就是杨耕论著给读者留下的深刻印象。理论之"真"，修辞之"美"，"真"与"美"水乳交融，这是《杨耕作品系列》的鲜明风格。

---

① 杨耕：《在实践中感悟和把握马克思主义的真理力量——纪念〈实践是检验真理的唯一标准〉发表 40 周年》，载《光明日报》2018 年 5 月 11 日。
② 陈香：《杨耕：与哲学连为一体》，载《中华读书报》2010 年 3 月 31 日。
③ 张亮：《杨耕：让马克思哲学"活"在当代》，载《中华读书报》2017 年 6 月 28 日。

在回望自己的"哲学人生"时，杨耕深情地说："当我走进这片神奇土地的深处时，我发现，这不仅是一个关注客观规律的概念的王国，而且是一片'承载'人的活动的'多情'的土地，套用一首歌的歌词来形容我与哲学的关系，那就是，'我深深地爱着你，这片多情的土地'；当我站在这片神奇土地的深处，回望我踏过的路径和耕耘过的田野，并在记忆中'搜索'我的哲学人生时，我发现，哲学对我足够深情！"① 对世界充满善意的人才能感受到人间的情感，同样，对生活热爱的人才能感受并挖掘出哲学的"多情"。从根本上说，《杨耕作品系列》就是对真善美的追寻，对真善美相统一的远景的追寻。

《浮士德》有云："浮光只徒炫耀一时，真品才能传诸后世。"这是杨耕颇为欣赏的两行诗句，而《杨耕作品系列》正是能够"传诸后世"的"真品"。杨耕教授的哲学研究与理论创新仍在途中，定能写作更多的"传诸后世"的"真品"。

载《南京大学学报》2019 年第 5 期，
作者为中国人民大学哲学院教授张立波。

---

① 陈香：《杨耕的哲学人生：生命与使命同行》，载《中华读书报》2018 年 3 月 11 日。

需要勇气的对话性探索

在中国，由于学科分得太细，即便对哲学研究者来说，中国哲学、西方哲学和马克思主义哲学之间的界限也是十分明显的，这对于哲学研究的毁灭性影响已经日益明显。然而，在《杨耕集》中，通过其所收录的《论后现代主义》《论马克思哲学的后现代意蕴》《论马克思主义哲学的中国化》三篇论文，我们可以看到作者的某种突破性的思路。

仔细的读者可以发现，作者在书中有意识地用"马克思哲学"而不是我们通常所惯用的"马克思主义哲学"来展开他的论述。作者试图借此将自己的立论和"传统"的马克思主义哲学体系，也就是深受苏联教科书模式影响的马克思主义哲学体系加以区分。作者认定：对于马克思哲学来说，"实践的唯物主义"是一种全局性的、根本性的定义，它所要表明的不仅仅是一种要把理论付诸行动的哲学态度，更重要的是指实践的观点是马克思哲学首要的基本的观点，"实践"是马克思哲学建构原则。换句话说，实践唯物主义构成了马克思哲学的本质特征。

杨耕使用"马克思哲学和后现代主义在当代相遇"这

样的文学性语句,来表述马克思哲学"拒斥形而上学"和"在资本
主义早期阶段就揭示了'资本主义持续变革的逻辑',并极富预见性
地阐述了资产阶级时代所面临的经济危机、文化危机、社会危机"。
因而在后现代语境中浮现出其思想的深度。然而,马克思哲学又是
在肯定现代性的积极作用时凸显现代性的局限的,所以作者又断然
拒绝"后现代主义的马克思主义"这样的称谓。在讨论马克思哲学
与后现代相通的时候,杨耕还讨论了马克思的东方社会理论和跨越
"卡夫丁峡谷"的设想,认为马克思反对把"关于西欧资本主义起源
的历史概述彻底变成一般发展道路的历史哲学理论"的说法,实际
上是对"西方中心主义"的解构,并产生了深远的影响。由此切入
对于世界历史和中国当代社会发展的研究,的确是另辟蹊径。

马克思哲学具有"宏伟叙事"这一点,后现代主义哲学家多有
非议,这也许是现代思想和后现代思想之间的分野之一。但我在这
里关心的是马克思哲学中对于世界历史和东方社会的理论同将社会
发展看作自然历史过程的历史观之间的内在冲突。马克思认识到,
不能将西方社会发展模式套用到别的地域发展中,而对于中国没有
产生西方那样的社会体制的原因的讨论本身,就意味着承认普遍适
用的历史规律的存在。这些问题和目前世界范围内正在讨论的全球
化和本土化密切相关,或者说在这些问题上,实践唯物主义和当代
西方思潮是可以互相沟通的。

越来越多的人认识到,中国的思想要有所发展,唯有进行马克
思主义与西方文化、东方文化之间的对话。从这方面来说,杨耕所
进行的、建立在对话基础上的探索显然是极有价值的,尤其是因长
期的学科隔阂,这种对话性的探索显得更加需要勇气,因为先行者
的过失时常会成为那些偷窥狂的节日和懒惰者的借口。不过,理论
之间和理论本身的悖论正是真正思想的土壤。

载《光明日报》1999 年 4 月 2 日,
作者为中国社会科学院哲学研究所副研究员干春松。

构筑马克思主义哲学的理论高地

——读《马克思主义哲学基础理论研究》

在新的历史情境中坚持和发展马克思主义基本理念，整合当代思潮，探索马克思主义哲学发展的新构架，达到社会发展中的理性自觉，这是建设中国特色社会主义进程中的重大理论问题，需要在一些根本的理论问题上做出新的探索。入选 2012 年《国家哲学社会科学成果文库》的学术专著《马克思主义哲学基础理论研究》（杨耕等著，北京师范大学出版社 2013 年版），即在以上方面做了有益探索。通读全书，有以下几个方面给人印象深刻、发人深思。

一是自觉意识到基础理论研究直接决定了马克思主义哲学在当代的理论水平，具有重要的意义。对任何一门学科来说，基础理论研究直接决定了其思想的深度与厚度，以及它面向实践的能力。马克思主义哲学研究同样如此。本书作者在"后记"中自觉地意识到了这一点："在对马克思主义哲学的不同维度、不同层次的研究中，基础理论研究具有根本性和方向性……基础理论研究从根本上制约着对马克思主义哲学理论主题、理论内容、理论特征和理论职能的理解。"而对马克思主义哲学理论主题、理论内容等的理解，直接关系到对马克思主义哲学与思想史、马克思主义哲学与社会实践的内在关联的理解，这直接影响到马克思主义哲学在当代的解释力和生命力。因此，基础理论的研究不是抽象的逻辑游戏，而是将现实中的问题上升为理论中的问题，在重新阅读马克思的过程中实现理论的重大突破。本书的研究正是在这样的层面展开的，从而展现出不同于传统研究范式的理论构架。全书共分 16 章，涉及马克思主义哲学基础理论研究中的根本性问题。这些问题突破了传统研究范式的框架，在坚持马克思主义哲学对人类社会发展规律研究的同时，凸显了马克思主义哲学对资本与现代性的批判意义，使马克思主义哲学成为透视当代社会的重要理论武器。这正是我们今天从马克思主义哲学出发，面对当代社会和思潮的重要视野。这种研究看似基础，实则是一种理论高地的建构。

二是对 30 年来马克思主义哲学研究新成果的总结与升华。一种理论的发展，离不开在新的历史情境中的理论整合与探索，更离不开对现有研究成果的总结和升华。自 1978 年实践标准大讨论开始，中国的马克思主义哲学研究开始打破传统的研究模式，逐渐形成了既顺应时代大潮又洞察时代脉络的新的理论逻辑，这种逻辑在实践唯物主义的争论之后逐渐展开，渐有形成中国马克思主义哲学研究不同流派的趋势。要进一步坚持和发展马克思主义，就需要对过去30 多年的研究成果加以总结反思，提出新的研究纲领和理论规划。本书的规划与写作，恰好体现了这一理论旨趣。书的作者经历了 30年来马克思主义哲学研究的总体进程，对传统研究模式有着清晰的认识，对当代思潮有着自觉的反省，形成了具有自己特点的研究思路和理论构架。书中不仅总结和反映了 30 年来马克思主义哲学研究的理论成果，而且以实践唯物主义为基础，对这些成果加以整合，揭示出马克思哲学中的双重逻辑：一是从社会实践、物质生产、交往出发的社会存在与社会意识的一般逻辑和社会发展规律，这是人的主体性与解放的正面表述;一是面对资本与现代性的社会批判逻辑,这是过去研究中被忽略,却是马克思哲学思想中非常重要的部分。实际上,正是立足于对过去研究成果的总结与反思,才能得出新的思考与构架。

三是在当代视野中重读马克思主义哲学的经典文本,建构从马克思哲学走向当代的哲学逻辑。基础理论研究离不开对经典文本的研读,但仅仅拘泥于文本是远远不够的。马克思主义哲学的当代发展,不仅需要研究马克思的思想,更要研究当代哲学家的思想,并将他们的思想置于社会发展的历史进程中,揭示思想的社会历史意蕴。只有在这种多重视野的融合中,才能真正做好基础理论研究,建构从马克思走向当代的哲学逻辑。书的作者在这方面进行了重要探索,深入讨论了马克思主义哲学与德国古典哲学的关系、马克思主义哲学与当代哲学的关系、马克思的资本批判和现代性批判的内在逻辑等问题,不仅展现出马克思主义哲学研究的广阔视野,而且展现出马克思主义哲学在当代建构中的理论容纳力。马克思主义哲学创新的水平,在一定意义上,就取决于我们能够在多大程度上打开理论的视野,能够在多大程度上实现逻辑上的融会贯通,从而建构出从马克思哲学走向当代的逻辑线索。实际上,只有在这种理论的融会贯通中,我们的研究才可能与传统研究模式划界,并与西方马克思主义及当代思潮展开深层的对话,从而在本土语境中建构出合乎中国社会发展的马克思主义哲学构架。

载《光明日报》2014 年 11 月 17 日,
作者为北京大学哲学系教授仰海峰。

以实践本体论为基础重构马克思主义哲学

　　自 20 世纪 80 年代以来，对历史唯物主义的重新定位是马克思主义哲学研究中的重要主题，对历史唯物主义的再探讨，成为马克思主义哲学研究的重要进展。在历史唯物主义的重新定位上，中国学界通过自己的研究，不再将历史唯物主义看作辩证唯物主义在历史领域的推广与应用，而是把历史唯物主义看作马克思哲学的内核；在对历史唯物主义内容的探讨上，立足于人的实践来重新建构历史唯物主义的理论框架。这些讨论既立足于马克思的哲学思想发展，又立足于思想史的内在逻辑与社会历史变迁的哲学意蕴，从而打开了中国马克思主义哲学研究的新格局，形成了具有本土特色的研究思路。可以说，当前马克思主义哲学研究中的不同思考，都是建立在上述讨论的基础上的。在这一重要转折过程中，杨耕先生的《重建中的反思：重新理解历史唯物主义》（北京师范大学出版社2017 年版）既是历史唯物主义重新建构的理论成果，也是中国马克思主义哲学研究转折过程中的思想见证。全书由"导论 唯物主义的历史形态与历史唯物主义的理论特征"

"第一章 社会的自然与自然的社会""第二章 社会的个人与个人的社会""第三章 社会的本质、结构和有机体的特征""第四章 社会发展的'自然历史过程'""第五章 历史规律的形成与特征""第六章 历史尺度与价值尺度""第七章 意识与意识形态批判""第八章 实践反思与'从后思索'""第九章 科学抽象与思维建构""第十章 必然王国和自由王国"及三篇附录"历史唯物主义：基于概念史的考察与审视""重新理解斯大林与卢卡奇的本体论思想""唯物主义历史观：问题、观点与思路"等构成，对历史唯物主义进行了较为全面的探索。通读全书，以下几个方面尤其值得我们去关注、去思考。

第一，历史唯物主义的重新定位。在传统的研究中，一般将历史唯物主义看作辩证唯物主义在社会历史领域的应用与推广，从而将历史唯物主义还原到一般唯物主义的理论基础上。《重建中的反思：重新理解历史唯物主义》通过重新梳理唯物主义的三种形态：即自然唯物主义、人本唯物主义和历史唯物主义，论证了历史唯物主义才是马克思哲学的根本内容。这一结论改变了传统教科书的理论框架，从而展现出与传统研究不同的新视域。在思想史的维度上，则重现了黑格尔哲学的重要意义，以及马克思对黑格尔与费尔巴哈哲学的整体性改造。传统研究中与人和社会无关的自然，获得了双重的意义：虽然在时间上，外部自然的先在性仍然存在，但进入历史之后，自然变成了以社会生活为中介的自然，这才是马克思唯物主义的理论入口。

本书的相关讨论，将历史唯物主义置于思想史与历史的双重维度中，一方面揭示历史唯物主义的创立与形而上学批判的内在联系，从而展现历史唯物主义的思想史意义，即马克思对传统哲学的批判改造。正如作者所说的："如果说柏拉图哲学是全部形而上学的真正滥觞，那么，黑格尔哲学就是全部形而上学的巨大渊薮。一句话，黑格尔哲学是形而上学的集大成者和发展顶峰。因此，哲学的进一步发展必然从批判黑格尔哲学开始，对黑格尔哲学的批判则意味着对'一切形而上学'的批判。"对形而上学的批判，才能走出思想自律的哲学神话，走向社会历史生活本身。另一方面，对历史唯物主义的重新定位，才能展现马克思对历史发展的思考，即对以实践为基础的社会历史变迁的思考，从而将哲学指向了社会存在与人们的社会生活过程，强调对当下社会生活的批判改造，实现人的自由发展。这样一种双重定位，正是运用马克思的方法面对马克思的著作，从而形成了对历史唯物主义的重新理解。

第二，确立了实践本体论。"形而上学的基础是本体论。从根本上来说，马克思批判并终结形而上学的工作就是从本体论层面上发动并展开的。"这一本体论就是实践本体论。当把历史唯物主义确认为马克思哲学的根本内容时，追问何为社会历史的本体就成为历史唯物主义理论建构中的重要一环，这也是马克思在哲学变革之后，确立新的理论方向时的重要一环。可以说，实践本体论的确立，是马克思哲学深度重构的重要基础。

在近代以来的哲学进程中，主体—客体的辩证法成为其逻辑发展中的一个重要主题。这一辩证法以主体与客体的分离为基础，以寻求主客体的统一为指向，但正如卢卡奇在《历史与阶级意识》中所讨论的，主体—客体的统一只能在历史的辩证法中得到实现，从康德到黑格尔再到马克思的思想逻辑进程，就充分展现了这一点。卢卡奇的这一讨论，回应了马克思在《关于费尔巴哈的提纲》中的思考。从这个意义上来说，实践本体论的提出一方面体现了对哲学史的理解和把握，另一方面也是对马克思哲学重新解读的逻辑必然。作为实践唯物主义讨论的重要参与者，在 20 世纪 80 年代后期，本书作者就提出了实践本体论并以此为基础展开对历史唯物主义的重构。在本书中，实践本体论的这一意义得到了更为充分的展现。作者关于历史唯物主义理论特征的讨论、关于自然与社会关系的探讨、关于个人与社会关系的论述、对社会本质的重新反思、对社会发展的"自然历史过程"及历史规律等问题的再思考，无不是围绕着实践本体论展开的，从而形成了以实践本体论为基础的历史唯物主义构架。作为与传统教科书不同的新构架，这是值得去探讨的。

第三，历史认识论的探讨。从实践本体论出发，许多问题需要重新讨论。比如在传统框架中，认识论一般是从主体—客体的简单对立出发的，讨论主体如何认识客体问题，这个客体更多指的是人之外的客观对象。这诚然是认识论需要讨论的问题。但从历史唯物主义的构架来看，人与外部对象的关系是以社会历史为中介的，因此如何认识历史就成为认识论的重要议题，这就是历史认识论的问题。本书以"实践反思与'从后思索'""科学抽象与思维建构"对此进行了讨论。作者关于"实践反思与'从后思索'"的讨论，围绕着劳动范畴的历史形成过程展开，从而将现代哲学范畴的历史形成过程与社会历史发展过程结合在一起来讨论，一方面展现历史变迁对认识的影响，另一方面展现历史认识的逻辑建构。如在"科学抽象与思维建构"中，作者就以《资本论》为例来讨论"存在"—"本质"—"现象"—"现实"范畴是如何反映了历史进程，特别是资本内在矛盾的。

在作者的论述中，我觉得有一点是值得进一步思考的。从表面上来说，历史认识论似乎是要讨论认识历史的方法，这固然非常重要，但从深层上来说，历史认识论更为关注的是认识的"历史性"规定，因此历史认识论是一种"历史性"的认识论。马克思在批判蒲鲁东时就指出，蒲鲁东没有认识到，他所使用的范畴是特定历史的产物，但他却将这一历史性的范畴变成了适用于所有社会的永恒不变的范畴，这就将对资本主义社会的认识看作是对人类历史的一般认识，而没有看到认识的"历史性"。上述的错误使得蒲鲁东在批判资本主义社会时，恰恰陷入资本主义社会所需要的意识形态中，因为他将所要批判的社会看作是人类历史的永恒存在，从而将之自然化、普遍化了，这决定了他所提出的变革方案只能在原地打圈圈。认识到历史认识的"历史性"，也就对历史认识本身持一种反思的态度，从而保持了认识的开放性和批判性，作者关于"意识和意识形态批判"就是想在这个层面来展开。

第四，资本批判与马克思哲学的新走向。虽然这一部分在全书中所占的分量不算太多，但只要将历史认识论深入到社会历史建构过程中，那么，资本的建构过程及其对认识建构的影响就会显现出来，历史认识的"历史性"反思，就必然会导向资本批判，这是当下马克思主义哲学研究中无法缺失的内容。本书在"导论"中就触及这个问题。作者从形而上学批判出发，认为这种批判的彻底性在于对资本的批判，因为"资本是最基本和最高的社会存在"，"历史唯物主义是以资本为核心范畴而展开的对资本主义社会的批判，本质上是存在论意义上的批判"。这既是对实践本体论的坚持，又是从实践本体论出发的逻辑结果。

我一直认为，自 20 世纪 70 年代后期实践标准问题大讨论之后，中国的马克思主义哲学研究开始摆脱传统教科书的影响，走向了具有本土特色的研究之路。这一研究经过人道主义与异化问题的争论、主体性问题的探讨，在实践唯物主义讨论中达到了重要的节点，后来的马克思主义哲学研究中的创造性探讨，都离不开这一理论基础；新的理论空间的打开，更离不开对实践唯物主义的反思与超越。

从马克思思想发展过程来看，虽然"实践"构成了其哲学变革的重要节点，但一般意义上的实践范畴还不足以充分展现他关于资本的批判分析。我更倾向于将马克思以实践为基础的哲学变革看作是生产逻辑的确立，这一逻辑在《德意志意识形态》中初步形成、在《1857—1858 年经济学手稿》中达到顶峰。与此同时，在《1857—1858 年经济学手稿》中，资本逻辑已经明显地展现出来，但生产逻辑依然处于主导地位，并通过劳动本体论表现出来。但在《资本论》中，资本逻辑统摄生产逻辑并取得主导性的地位，对资本逻辑结构化的批判分析，成为马克思此时的哲学主题。对于今天的研究来说，展现《资本论》的哲学内容是推进马克思主义哲学的必经之路。但是，正如没有以实践范畴为中介的哲学变革就不可能有《资本论》的哲学思考一样，如果没有实践唯物主义的讨论，也很难将理论聚焦于马克思关于社会历史的批判性考察，从而也无法真正从本土的理论逻辑出发来重新阅读《资本论》。本书关于资本批判的讨论，置于上述的意义上，更能展现这一问题的意义与价值。在这个意义上，本书的标题《重建中的反思：重新理解历史唯物主义》较好地表达了作者的潜在理念：虽然以实践本体论为基础重构历史唯物主义，但作者并没有想将之凝固化，而是将自己的思考置于"历史性"的再审视中，并通过考察马克思的资本批判理论打开新的思想空间。作者的这种自觉的开放意识，对于今天的马克思主义哲学研究来说更为重要。

载《中华读书报》2017 年 3 月 29 日，
作者为北京大学哲学系教授仰海峰。

重建马克思主义哲学体系

　　马克思的哲学研究有一个鲜明的特点，那就是，既不同于传统的形而上学方式，也不是刻意构造一种哲学体系，而是将其哲学思想贯彻在形而上学批判、意识形态批判和资本批判之中。在这个意义上，马克思的哲学不是"体系哲学"。但是，这一特点并不意味着马克思的哲学思想不成体系。正如杨耕教授所说，马克思虽然没有刻意构造一种哲学体系，但其哲学思想又的确具有内在的逻辑体系，这种逻辑体系犹如一只"看不见的手"，引导着马克思的哲学运思。的确如此。如果不是仅仅就形式，而是从思想内容来看，马克思哲学的理论主题是非常鲜明的，论证的逻辑是非常严密的，观点之间的联系是非常紧密的，思想的完整性是非常突出的，因而有其内在的逻辑结构与理论体系。较之那些形式上的"体系哲学"而言，马克思的哲学体现出更为强大、为"体系哲学"所无法企及的思想力量。正因为如此，对马克思哲学的体系做出深入思考和准确阐释，对于深刻理解和把握马克思主义哲学至关重要。20世纪80年代以来，杨耕教授一直关注着马克思主义哲学的体系问题，一直在进行深入而全面的研究，发表了一系列研究成果，产生了重要影响。《马克思主义哲学体系研究：历史演变与基本问题》（四川人民出版社 2019 年版，以下简称《体系研究》），是杨耕教授研究马克思主义哲学体系的新成果，体现了他对马克思主义哲学体系研究的深度、广度和力度，是马克思主义哲学体系研究的精品力作。

一、卓有成效的反思

在马克思主义哲学史上，率先把马克思主义哲学"体系化"的是苏联学者。1929 年出版的芬格尔特、萨尔文特的《辩证唯物主义和历史唯物主义》，既标志着马克思主义哲学"体系化"的开始，又标志着辩证唯物主义和历史唯物主义体系开始形成，即苏联马克思主义哲学体系开始形成；1932 年出版的米丁、拉祖莫夫斯基的《辩证唯物论与历史唯物论》，则标志着苏联马克思主义哲学体系基本形成，标志着马克思哲学"体系化"的定型。应当说，苏联学者所建构的这一马克思主义哲学体系对于宣传、普及马克思主义哲学的确起过积极作用，但其本身又的确存在着严重的局限性，没有真正体现马克思哲学的本质特征，没有真正反映马克思哲学体系的真实面貌。因此，要真正体现马克思哲学的本质特征和马克思哲学体系的真实面貌，就必须走出这一体系的"误区"。

正是基于这样的考量，《体系研究》对苏联以及东欧和中国的马克思主义哲学体系的历史演变逐次做了详尽的考察，对它们各自的理论得失给予了深刻的反思，明确指出：苏联马克思主义哲学体系的特点就在于，以一种脱离人的实践活动、排除历史过程的"抽象的物质"为出发点范畴，演绎出整个马克思主义哲学体系；以辩证唯物主义与历史唯物主义的"二分结构"为总体结构，认为辩证唯物主义就是黑格尔辩证法的"合理内核"和费尔巴哈唯物主义的

"基本内核"的叠加，而历史唯物主义不过是辩证唯物主义在社会生活中的推广和运用。这种理解和安排显然是片面的、肤浅的、不合理的，马克思的实践观点的首要性和基础性被淡化了，唯物主义历史观的划时代的贡献在相当大的程度上被抛弃了。

通过对马克思主义哲学体系历史演变的考察与反思，《体系研究》对马克思主义哲学体系做出了新的阐释，其核心观点就在于：马克思哲学作为一种"新唯物主义"，其"新"就"新"在突出了实践的观点，确认实践所引起的人与自然之间的"物质变换"构成了现存世界的基础，确认在人的实践活动中生成的社会存在是具有社会关系内涵的"社会的物"，确认只有从人的实践活动出发才能正确理解和把握"对象、现实、感性"。在马克思的哲学体系中，不存在一个独立的、作为理论基础的辩证唯物主义，也不存在一个独立的、仅仅具有应用性质的历史唯物主义。当马克思以实践的观点为理论基础、出发点范畴和建构原则，创立了新唯物主义的哲学形态时，实际上就创立了实践唯物主义、辩证唯物主义、历史唯物主义融为一体的新的哲学体系。在我看来，这是对马克思哲学的深刻理解和准确把握，是杨耕教授对马克思主义哲学体系反思的最为有益的成果，是一种卓有成效的反思和实事求是的结论。

作为一种实事求是的结论和卓有成效的反思，总是要有证可查、有据可依。《体系研究》就是这样，其反思、评论以至得出的结论的"证据"，首先就是马克思主义的文本，突出的是文本研究。由于马克思哲学的基本理论就深藏于马克思主义的文本中，因而准确地理解马克思主义的文本便成为准确理解和把握马克思哲学的基本范畴、基本观点及其体系的前提。正是依据这样的准则，杨耕教授从一个广阔的视角对马克思的哲学文本、经济学文本，以及历史理论、政治理论的文本进行了重新解读和深入研究，从而得出结论：马克思的哲学是形而上学批判、意识形态批判和资本批判的高度统一，并在《体系研究》中力图再现马克思哲学的本质特征和马克思哲学体系的真实面貌。

其次是思想史的考察，包括对马克思主义哲学史、西方哲学史以及现代西方哲学的考察。对于马克思哲学的基本观点，《体系研究》不是抽象地阐述和评论，而是将其置于马克思主义哲学的历史中进行细致梳理和深入分析，并加以具体的阐发，充分体现了论从史出的准则。同时，把马克思哲学的基本范畴、基本观点放到西方哲学史以及现代西方哲学的背景中来审视，既没有割断马克思哲学与西方哲学的内在联系，又彰显了马克思哲学的创立所产生的哲学变革及其当代意义。例如，对唯物主义的看法，《体系研究》就是将其置于近代以来法国唯物主义产生和发展的背景下来予以解释和说明，通过从笛卡尔、洛克开始的两条线索再现了唯物主义的发展史，通过马克思自己的评论再现了马克思对唯物主义的独特理解，从而对唯物主义的历史形态做出再考察，明确提出自然唯物主义、人本唯物主义、历史唯物主义是唯物主义的三种历史形态。这无疑是一种新的见解，为我们重新理解唯物主义哲学的历史提供了新的路径。

再次是突出材料引证。《体系研究》的一大亮点就是，"面向事实本身"，"以逻辑引导，用事实说话"。为此，《体系研究》在关于马克思主义哲学体系历史演变的考察中，"第一章 苏联马克思主义哲学体系的形成与特征""第六章 东欧学者对马克思主义哲学体系的反思与重建""第七章 中国马克思主义哲学体系的形成与演变"体现的是"逻辑引导"，其他各章则是对这三章的"事实"支撑，即以不同版本的形式具体展现了苏联、东欧和中国的马克思主义哲学体系演变的历程。这种安排可谓独具匠心，其材料之丰富、选择之典型、考察之细致，实属罕见。

二、开创性的理论探索

要克服以往的马克思主义哲学体系的局限，再现马克思哲学的本质特征和马克思哲学体系的真实面貌，就要在当代实践、科学和哲学本身发展的基础上重读马克思，重建马克思主义哲学体系。问题在于，重建马克思主义哲学体系并不是逻辑结构的简单调整或范畴、观点的重新排列组合，而是通过重新确定理论基础、思维坐标、出发点范畴和建构原则，并以此为前提重释马克思主义哲学的基本理论，重塑马克思主义哲学的理论形象。因此，体系的研究最终还得落脚到基本理论研究。只有深刻地理解和把握了马克思哲学的基本范畴、基本观点、基本原则及其内在联系，才能将其理论体系准确地呈现出来。正是基于这样的考虑，《体系研究》在下篇中专门就马克思哲学中的"基本问题"进行研究，从本体论、历史观、辩证法、认识论、价值论等多维视角阐述了重建马克思主义哲学体系的基础。

实践的观点作为马克思哲学的首要的和基本的观点，其核心地位不仅体现在马克思哲学的理论特征上，而且体现于马克思哲学的理论内容上。马克思哲学的世界观、历史观、辩证法、认识论、价值论等，绝不是按照传统哲学的理论逻辑和思维方式确立起来的，而是从实践的观点生发出来的：实践作为人的存在方式，必然产生人与世界的现实关系，如何看待人生活其中的现存世界进而合理地改变现存世界，由此，便形成了世界观；实践既是人类社会存在的基础，又是人类社会发展的动力，全部社会生活在本质上是实践的，而历史不过是人的实践活动在时间中的展开，由此，便形成了历史观；实践作为一种历史性的活动，由于其自身的矛盾运动，必然内在地包含着客体对主体的制约性和主体对客体的超越性，以及主体的自我否定性，由此，便形成了辩证法；实践作为一种有意识、有目的的活动，是在人们不断认识世界、把握规律的过程中不断发展的，而人们的实践要想取得预想的结果，就必须建立在对活动对象及其规律科学认识的基础上，由此，便形成了认识论；任何实践活动的开展都是为了满足主体的需要，而且评价某种实践活动是否合理，也是看其结果对主体的生存和发展是否有益，由此，便形成了价值观。

由此可见，在马克思的哲学中，基本理论问题都是在实践观的视域中阐发的。实践的观点像一根红线，贯穿于马克思哲学的基本范畴、基本观点之中，将其连接为一个有机整体、"艺术整体"。离开了实践的观点，我们就无法真正理解马克思哲学的创立及其革命性变革，就无法真正把握马克思哲学的本质特征，就无法真正体现马克思哲学体系的真实面貌。所以，《体系研究》将马克思主义哲学的本质特征概括为"实践唯物主义"，恰如其分，真实体现了马克思哲学的精神实质。

《体系研究》所做的开创性研究，不仅体现在对马克思哲学理论观点的深度解读上，而且体现在对马克思哲学理论特征的新的理解和阐发上。《体系研究》提出，马克思的哲学并不是以"纯粹"的哲学形式出现的"学院哲学"，而是改造世界的哲学，其思想内涵就体现在形而上学批判、意识形态批判和资本批判之中。在马克思哲学的体系中，形而上学批判、意识形态批判和资本批判这"三种批判"密切相关、融为一体，体现了马克思的独特的思维方式，构成了马克思哲学的独特的存在方式。这是其一。

其二，在马克思哲学的体系中，实践唯物主义、辩证唯物主义、历史唯物主义是高度统一、融为一体的。实践唯物主义、辩证唯物主义、历史唯物主义不是"三个主义"，而是对同一个主义，即马克思的新唯物主义的不同称谓：用实践唯物主义称谓马克思的哲学，是为了透显新唯物主义所内含的实践维度及其首要性和基础性；用辩证唯物主义称谓马克思的哲学，是为了透显新唯物主义所内含的辩证法维度及其革命性和批判性；用历史唯物主义称谓马克思的哲学，是为了透显新唯物主义所内含的历史维度及其彻底性和完备性。实践唯物主义、辩证唯物主义、历史唯物主义这三个概念从不同侧面体现了马克思的哲学体系的理论特征。

其三，以"实践"为基点，从8个方面阐发了重建马克思主义哲学理论空间的问题：出发点范畴——实践；建构原则——实践；坐标系统——主体；社会——实践活动的展开形式；世界——实践活动的前提与结果；唯物辩证法——以实践辩证法为核心的三极系统；认识——实践结构的内化和升华；人的发展——社会发展的尺度。在我看来，这样的分析、探索，事实上是一种理论创造，体现了杨耕教授对马克思哲学的精神实质与理论体系的独到理解和深刻把握，是对马克思主义哲学体系研究的深化和拓展。

《体系研究》还有一个重要的特点，那就是，直面现实，突出研究的针对性。在我看来，这是《体系研究》开创性探索的一个重要体现。对于国内外不同版本的马克思主义哲学体系及其观点，《体系研究》直言不讳，明确指出了它们各自的利弊得失，做出了相应的评价，并表明了自己的理论主张。因此，《体系研究》中许多观点和主张都是针对原有不同体系及其观点有感而发的，是在回应问题中阐发的。例如，对于"物质""本体""存在""世界""辩证法"等基本范畴的不同理解和重建马克思主义哲学体系的不同主张，《体系研究》都明确地表明了自己的立场和见解。

针对原有体系存在的缺陷，《体系研究》尖锐地提出了重建马克思主义哲学体系的三个重要问题：一是以思维与存在的关系问题作为基本线索，还是以无产阶级和人类解放作为理论主题？二是以辩证唯物主义和历史唯物主义"二分结构"为基本框架，还是以实践唯物主义、辩证唯物主义、历史唯物主义"一体化"为基本框架？三是把"纯粹"的哲学批判作为本质规定，还是把哲学批判、意识形态批判和资本批判的"一体化"作为本质规定？在我看来，这三个问题的提出，的确抓住了重建马克思主义哲学体系的关键和要害，实际上开辟了一条深化马克思主义哲学研究和重建马克思主义哲学体系的新的路径。借用马克思的一句话来说就是，"问题的这种新的提法本身就已包含问题的解决"。

三、体系重建的原则导引

任何一门学科或学说的形成和发展，都需要相应体系的建立和完善。马克思主义哲学也是如此。所以，在马克思主义哲学史上，曾经有过多种重建马克思主义哲学体系的方式。苏联马克思主义是一种方式，西方马克思主义是另一种方式。就西方马克思主义而言，西方马克思主义者有一个共同的特点，那就是，用现代西方哲学的某一流派来"补充"马克思的哲学，并以此为基础重建马克思主义哲学体系，从而形成了弗洛伊德主义马克思主义、存在主义马克思主义、结构主义马克思主义……卢卡奇和哈贝马斯更是突出强调了"重建"的问题，卢卡奇重在用"总体性"来重建马克思主义辩证法，哈贝马斯重在用"社会交往"来重建历史唯物主义。我们不能简单地否定西方马克思主义者重建马克思主义哲学体系的努力，但是，我们又不能不看到这种重建的根本缺陷，这就是安德森所说的，"西方马克思主义首要的最根本的特点就是：它在结构上与政治实践相脱离"。在深刻反思的基础上，《体系研究》提出了一系列重建马克思主义哲学体系的新见解，其中最重要的有三个原则。在我看来，这是重建马克思主义哲学体系的原则导引。

一是以无产阶级和人类解放为理论主题，以实践为出发点范畴和建构原则。作为新唯物主义，马克思的哲学绝不是旧唯物主义哲学以至整个传统哲学原有理论主题的延伸和对这个主题的进一步回答。相反，马克思的哲学实现了哲学理论主题的根本转换，即从"世界何以可能"转向"人类解放何以可能"。实现无产阶级和人类解放，这是马克思主义哲学的理论主题，是马克思哲学事业的根本特征。正因为如此，对于马克思的哲学来说，"问题在于改变世界"，"在于使现存世界革命化，实际地反对并改变现存事物"，从而实现"每个人的自由发展"和"一切人的自由发展"。

　　这就是说，以无产阶级和人类解放为理论主题，就必然使马克思的哲学以实践为出发点范畴和建构原则，以人的发展为思维坐标，从而必然使马克思的哲学展现出一个新的理论空间和思想体系。也正因为如此，马克思的哲学不仅具有高度的学术性，而且具有高度的政治性，是学术性与政治性高度统一的思想体系。如果说马克思的经济学是政治经济学，那么，马克思的哲学就是政治哲学，马克思的哲学与时代的统一性，首先就是通过它的政治效应体现出来的。在我看来，《体系研究》所提出的这一见解可谓真知灼见，理应成为重建马克思主义哲学体系的首要的基本原则。

　　二是以当代实践、科学和哲学本身的发展为基础，从中吸取思想营养，滋补、完善和发展马克思主义哲学的基本范畴、基本观点。正如《体系研究》所说，对于像物质范畴、实践观点、阶级理论这样一些已经成为"常识"的基本观点，应结合当代实践、科学和哲学本身的发展阐发出新内容；对于像否定性辩证法、社会交往理论、世界历史理论这样一些本来就是马克思哲学的基本观点，但我们过去没有重视的观点，应结合当代实践、科学和哲学本身的发展给予全面阐述；对于像生态文明、生产的国际关系这样一些在马克思那里有所阐述，但又未充分展开、详尽论证，同时又契合当代世界重大问题的观点，应结合当代实践、科学和哲学本身的发展深入研究、充分展开、详尽论证，使之成熟完善，上升为马克思主义哲学的基本观点，并与原有的基本观点有机融合起来。

　　三是用"中国话"阐述马克思主义哲学。黑格尔说过，一个民族应该用自己的语言来习知优秀的东西，在德国，哲学应该说"德国话"。在当代中国，重建马克思主义哲学体系当然应该说"中国话"，用中国的语言风格和表达方式阐述马克思主义哲学。《体系研究》的深刻之处在于，它自觉地意识到，应当用"中国话"去述说马克思主义哲学，同时又深刻地意识到，"用'中国话'去阐述马克思主义哲学基本观点，并不是把马克思主义哲学的范畴简单地转化为中国传统哲学的范畴，把矛盾变成阴阳、规律变成道、物质变成气、共产主义社会变成大同社会……只能是概念游戏"。的确如此。马克思主义哲学中国化绝不是使马克思主义哲学去迎合中国传统哲学，更不是用中国传统哲学去"化"马克思主义哲学，这种迎合和"化"的结果只能使马克思主义哲学"空心化"，成为"儒学马克思主义"。

"从根本上说，马克思主义哲学中国化就是用马克思主义哲学'化解'中国的现实问题，并使现实问题上升为理论问题，从而用中国理论'深化'马克思主义哲学。与此同时，用马克思主义哲学'化解'中国传统哲学的问题，吸收其精华，并对之进行创造性转化和创新性发展，使其'融入'马克思主义哲学之中。通过这样一个'化解''深化''融入'的过程，使马克思主义哲学体系具有'时代精神''中国元素'。"在我看来，这种观点和主张，是当代中国学者重建马克思主义哲学体系必须坚持的基本原则，是当代中国马克思主义哲学体系必须具有的品格。

重建马克思主义哲学体系确实任重道远。不管有多远，正如杨耕教授所说的那样，我们也必须义无反顾地行走下去，"行到水穷处，坐看风云起"。我们期待着杨耕教授有更新的研究成果问世，期待着他对马克思主义哲学体系研究取得更大的理论成就。

载《中华读书报》2020年4月21日，标题原为
《非"前苏"，非"西马"，如何重建马克思主义哲学体系》，
作者为北京大学哲学系教授丰子义。

非体系化哲学的体系化建构

——《马克思主义哲学体系研究：历史演变与基本问题》的学术主题与理论意义

在学术研究中，一个有趣的现象是，当人们正在从各种视角、以各种不同方式谈论着某个问题时，这个问题却仍然在人们的视野之外。这倒不是说人们对这个问题的理解还有不深刻、不到位的地方，而是说人们缺乏将这个问题加以主题化和课题化的自觉意识。事实上，在马克思主义哲学的研究中，关于"体系"问题的探讨，就是如此。马克思、恩格斯之后，苏联马克思主义哲学家、西方马克思主义哲学家以及当代中国马克思主义哲学家对马克思所进行的各种注解与图绘，实质上都或直接或间接地涉及了马克思主义哲学的体系问题。但是，真正明确地将"体系"问题加以主题化和课题化的研究，却是少之又少的。令人欣喜的是，杨耕教授的两卷本《马克思主义哲学体系研究：历史演变与基本问题》（四川人民出版社 2019 年版，从下文简称《体系研究》）一书的出版，在相当大的程度上弥补了这方面的缺憾。《体系研究》的出版无疑具有重要的学术意义，而其意义不仅仅在于将"马克思主义哲学体系"问题明确提升到课题的高度进行了补白式研究，更重要的是在于这种补白式研究，从一开始就直接关涉到如何构建乃至重建马克思哲学，从而全面复归马克思思想的真精神这一根本问题。

一、马克思主义哲学体系化建构与马克思哲学理论高度的恢复

《体系研究》不是在一般意义上探讨马克思主义哲学的体系问题，而是以重释马克思为前提来创造性地构建马克思主义哲学的理论体系。对于这一理论目标和学术工作，杨耕在《体系研究》的"序言"中就开宗明义地予以了阐释和说明："马克思并不是一个职业哲学家，也没有写过传统意义上的'纯粹'的哲学著作，但马克思的确具有丰富而深邃的哲学思想，这些哲学思想就内蕴并体现在他的'尘世的批判''法的批判'和'政治的批判'之中，内蕴并体现在他的形而上学批判、意识形态批判和政治经济学批判之中；马克思并没有刻意构造一种哲学体系，但马克思的哲学思想的确具有内在的逻辑联系和理论体系，这种逻辑联系和理论体系就内含并镶嵌在他的哲学思想之中，犹如一只'看不见的手'，引导着他的哲学思想的运动。马克思哲学思想和哲学体系的这一特点，决定了不同时期、不同国家、不同派别的哲学家对马克思的哲学思想有不同的理解，对马克思哲学的体系有不同的把握和建构，也决定了我们需要以马克思生活其中的时代为背景，从当代实践出发，重新解读马克思的'文本'，理解马克思的哲学思想，把握马克思哲学的体系，并从理论上把马克思主义哲学体系建构起来、再现出来。"[1]

根据以上阐释和说明，我们不难看出，《体系研究》的理论目标和学术工作，涉及了一个需要追问和澄清的前置性问题：马克思的

------

[1] 杨耕：《马克思主义哲学体系研究：历史演变与基本问题》（上册），四川人民出版社 2019 年版，序言，第 1 页。

哲学究竟是一种体系化的哲学，还是一种非体系化的哲学？进而，将马克思的哲学予以体系化建构，在多大意义上是合法的？

我们都知道，不同于艺术和宗教等精神形态，哲学的基本特质之一和基本功能之一，在于借助于概念和范畴，以理论化的方式来反思和把握世界、历史以及人自身。在这个意义上，哲学就是概念化、范畴化、理论化的世界观、历史观、人生观。而作为概念化、范畴化、理论化的世界观、历史观、人生观，哲学通常又是以体系的形式和外观得以展现的，因为正常说来，只要建立起了概念、范畴、理论，哲学就不是一种感性的、无目标的、突发奇想的东西，而会顺理成章地成为一种自成一系的、具有内在逻辑自洽性的理性体系。事实上，从哲学史来看，不管是从柏拉图到亚里士多德的古希腊哲学，还是从康德到黑格尔的德国古典哲学，抑或是从海德格尔到萨特的存在主义，都有自己的理论体系。正是因为如此，当我们用"哲学"这个语词来指称某种精神形态或学说时，似乎就先定地承认了其体系的存在。

不过，一旦谈到"马克思哲学"，问题就立即变得异常复杂了。这不仅是因为柯尔施在 20 世纪 20 年代所提出的"马克思的学说是否是一种哲学"直到今天依然是一个存在争议的问题，更是因为马克思的学说即便被直截了当地认定为一种哲学，那么，直观地看，这种哲学也并不是一种不证自明的体系化的哲学，在某种意义上，它甚至是一种非体系化或反体系化的哲学。对于这个问题，恩格斯在 1890 年 8 月 5 日致康拉德·施米特的信中曾予以郑重指认："我们的历史观首先是进行研究工作的指南，并不是按照黑格尔学派的方式构造体系的杠杆。"[1] 事实上，马克思的哲学之所以是一种非体系化的哲学，在很大程度上是由马克思作为革命家的身份所决定的。换言之，作为一位重现实、重实践、重批判、重行动的革命家，马

---

[1] 《马克思恩格斯文集》（第 10 卷），人民出版社 2009 年版，第 587 页。

克思不可能像黑格尔那样，倾其毕生的精力去构建一种完备的哲学体系的。这是因为，在马克思的心目中，这种构建体系的工作并不是关注现实、思索革命问题的应有之义。英国哲学家罗素显然是因为看到了这一点，才在《西方哲学史》中说道："把马克思纯粹当一个哲学家来看，他有严重的缺点。他过于尚实际，过分全神贯注在他那个时代的问题上。"① 对于罗素在这里所说的"缺点"，人们固然可以做不同意义上的解读，但马克思哲学的非体系化或反体系化，应当是罗素要指认的问题，而这个问题在罗素看来，与马克思"过于尚实际"是分不开的。

然而，需要特别注意的是：马克思所重视的现实，并不是经验主义和实证主义视域中那既定的、非历史的事物世界，而是以深层次的历史批判为前提的社会性存在；与此同时，他所重视的实践和革命，也并不是那种非反思的、无原则的、工具式的经验式操练，而是以深刻的历史考察和高屋建瓴的思想指示为前提的社会行动。如果说马克思眼中的现实是一种有历史"深度"的现实，他眼中的实践和革命是一种有原则"高度"的实践和革命，那么，我们显然无法从马克思"过于尚实际"这一点来理解其"深度"和"高度"，而只能上升到"理论"和"思想"的界面来予以理解。换言之，马克思的"深度"和"高度"，既表征着其哲学的"理论"和"思想"的维度，也是经由其哲学的"理论反思"和"思想建构"才达到的。这样说来，马克思固然是一位"尚实际"的革命家，但其哲学的真正内核和基石，却是经验主义和实证主义所无法企及的理论思维。马克思在《〈黑格尔法哲学批判〉导言》中所强调的"光是思想力求成为现实是不够的，现实本身应当力求趋向思想"② 以及"理论一经

---

① ［英］罗素：《西方哲学史》（下卷），马元德译，商务印书馆 1976 年版，第375 页。

② 《马克思恩格斯文集》（第 1 卷），人民出版社 2009 年版，第 13 页。

掌握群众，也会变成物质力量"①，有助我们理解这个问题。而深谙马克思哲学的海德格尔在这个问题上，也有一个发人深省的指认："在马克思那里谈到的是哪样一种改变世界呢？是生产关系中的改变。生产在哪里具有其地位呢？在实践中。实践是通过什么被规定的呢？通过某种理论，这种理论将生产的概念塑造为对人的（通过他自身的）生产。因此马克思具有一个关于人的理论想法，一个相当确切的想法，这个想法作为基础包含在黑格尔哲学之中。"②

毋庸讳言，19世纪末期以来，随着经验主义和实证主义阐释模式的泛滥，马克思哲学的"理论"维度和"思想"维度遭到了严重遮蔽，马克思哲学由此被拉低到一个庸俗化的水平。而事实上，在对马克思哲学的庸俗化理解中，罗素所提到的"尚实际"以及马克思哲学的非体系化或反体系化这一点，总是被无限地强化、放大和拔高了。而如果人们总是一味地强化、放大和拔高这一点，并由此看低马克思在理论和思想层面所进行的卓尔不凡的建构，那么，实质上是很难克服马克思哲学的庸俗化理解这个顽疾的。就此来说，开显乃至拯救马克思哲学的"理论"维度和"思想"维度，进而在此基础上来创造性地建构马克思哲学的逻辑体系，不仅不违背和疏离马克思哲学的精神实质，相反，将成为把马克思哲学提升到其应有高度的一项基础性工作。

所以，马克思哲学是体系化的哲学，还是非体系化的哲学，这固然是一个不易回答的复杂难题，但却并不是一个存在悖论的、无解的问题。把握这个问题的关键就在于：马克思固然没有刻意去建构一种逻辑严密的哲学体系，但作为阐释者，我们却应当以恢复马克思哲学的"理论"和"思想"维度、克服马克思哲学的庸俗化理

---

① 《马克思恩格斯文集》（第1卷），第11页。
② ［法］F. 费迪耶等辑录：《晚期海德格尔的三天讨论班纪要》，丁耘摘译，《哲学译丛》2001年第3期。

解为自觉意识，责无旁贷地来建构马克思哲学的体系。如果我们基于这一点来认识和评价《体系研究》的理论目标和学术工作，就很容易看到这部著作所透显出来的重要学术意义。这种学术意义实质上并不仅仅在于为马克思哲学赋予了一个在逻辑上具有自洽性的体系，更在于以此恢复了马克思哲学的理论厚度和精神高度。而事实上，这也充分彰显了杨耕作为一位马克思哲学的不懈探索者及其精神高度的坚定守护者的理论责任和学术担当。

二、马克思主义哲学体系化建构与马克思主义哲学研究中 "两极"思维的破除

不容否认，在马克思主义哲学的研究中，自然与人、物质与精神、客体与主体、受动性与能动性、事实与价值，是始终困扰着人们的一些范畴。马克思主义哲学研究中的很多重大争论和分歧，都导源于人们对这些看似处在对立面上的范畴的不同侧重。具体说来，当人们侧重于自然、物质、客体、受动性、事实一端时，就很容易把人、精神、主体、能动性、价值看作是并不重要的东西而加以排斥。反过来说，当人们侧重于人、精神、主体、能动性、价值一端时，也很容易把自然、物质、客体、受动性、事实看作是前者的制约要素而予以贬低。这个现象，表征的是长期以来盛行于马克思主义哲学研究中的"两极"思维。从马克思主义哲学的解释史来看，这个"两极"思维，是在苏联马克思主义和西方马克思主义的对峙中形成的。

众所周知，除列宁外，苏联马克思主义理论家基本都是以抽象的"物质"概念为立论前提，也就是在物质本体论的意义上，来解释马克思主义哲学的。总体说来，由这个解释传统所建构起来的马克思主义哲学，是一种重"物质"轻"精神"、重"客体"轻"主体"的哲学，即一种"见物不见人"的哲学。这种"见物不见人"

的哲学总是自诩为把握了"铁的规律"和"铁的必然性"的、最彻底的唯物主义，但实质上，却只是一种倒退回近代水平的、与费尔巴哈的唯物主义以及 18 世纪法国的唯物主义相同质的、与马克思的思想存在巨大隔膜的哲学。物质本体论以及这种"见物不见人"的哲学对于人们理解马克思自然产生了十分消极的影响，但却一度被视为"正统"而定格为马克思主义哲学的主导甚至"唯一正确"的解释范式，这是一个令人深长思之的情况。在这个情况下，如何摆脱这个定格在苏联马克思主义中的范式进而消除其消极影响，就成为马克思主义解释史上的一个重大理论和现实问题。

在上述问题上，由卢卡奇、柯尔施以及葛兰西所开创的西方马克思主义，做出了突破性的思考和探索。与苏联马克思主义不同，西方马克思主义明确地将解释的天平倾斜到了"精神"和"主体"这一端，从而在一定意义上发展了关于"人"的哲学。实际上，卢卡奇强调"阶级意识"，弗洛姆强调"异化"，萨特强调"人学辩证法"，哈贝马斯强调"交往理性"，都是要从不同视角来彰显"精神"和"主体"，并由此发展关于"人"的哲学。平心而论，西方马克思主义的这些探索，对于纠正由物质本体论所带来的一些偏颇乃至错误的理解，进而对于复归马克思哲学的理论本质，是具有不可否认的重大意义的，因为至少，在马克思的哲学中，"主体"或"主体性"是一个根本的关键词。不过，西方马克思主义在这个问题上，是做了一种矫枉过正的处理，相当于从"物质"和"客体"这一极，走到了"精神"和"主体"这另一极。所以，其所讲的"主体"，归根结底来看，乃是疏远了坚实的唯物主义立场的主观性的东西。

要全面把握马克思哲学的理论实质，自然与人、物质与精神、客体与主体、受动性与能动性、事实与价值，都是不可或缺的范畴。不过，这些范畴之间的关系，并不是一种非此即彼的对立关系，毋宁说，它们是马克思哲学这枚"硬币"的两面，即它们相互之间虽然有对置性的内涵，但又是统一在一起的一个不可分的整体。实质上，只有将这些范畴作为一个整体来理解，才能够真正洞见马克思在哲学史上的革命性改造和建构。所以，对于理解马克思来讲，问题并不在于应当偏重于"物质"和"客体"，还是应当偏重于"精神"和"主体"，而在于如何破除由苏联马克思主义和西方马克思主义所代表的这种"两极"思维。

对这种"两极"思维的破除，不仅是全部马克思理解史上的一个重大问题，而且也是改革开放以来中国马克思主义哲学发展中隐含着的一个深层次的问题。改革开放以来中国马克思主义哲学的发展，是以哲学观念的反思和变革为前提的。改革开放以来马克思主义哲学领域最具有标志意义的观念变革，就是对物质本体论和传统教科书体系的反思与批判。基于这种观念上的变革而发展起来的马克思主义哲学，总体上是一种"人"的哲学而非传统"物"的哲学了。随着这种"人"的哲学的形成，关于主体、人道主义、价值、道德、规范等的研究，以前所未有的态势涌现了出来，不仅成为马克思主义哲学研究中的一些全新话语，甚至还在一定意义上主导着马克思主义哲学的理论开展。

改革开放以来马克思主义哲学研究中的这些变革和变化，虽然并不能简单地归结为从"物质"和"客体"的一极向"精神"和"主体"另一极的转换，但"两极"思维的问题却显然是中国马克思主义哲学界应当特别警惕的问题。这是因为，"主体""价值""道德"等一旦独立出来，它们也完全有可能会因为疏远坚实的唯物主义立场而成为纯粹主观性的东西。如果根据这个问题来认识和评价《体系研究》的理论目标和学术工作，我们同样能够看到这部著作所承载的重大学术意义。这种意义也就在于从根本上破除了马克思主义哲学研究中长期以来始终存在的"两极"思维。《体系研究》对"两极"思维的这一破除，是通过以"实践"为起点范畴所进行的体系建构实现的。

以"实践"为起点范畴建构马克思主义哲学体系，是贯穿于

《体系研究》中的一个关键论题和根本原则。在杨耕看来，这种建构原则必然是与马克思的思想相符合的，因为事实上，"与旧唯物主义把'物质'作为整个哲学的出发点范畴不同，新唯物主义则把'实践'作为整个哲学的出发点范畴，把'实践'作为哲学体系的建构原则，从而建构了新的理论空间"①。"在新唯物主义哲学体系中，实践是出发点范畴、基础范畴和总体范畴。"② 首先，杨耕的这个判断和指认的准确性和深刻性是毋庸置疑的，因为马克思的哲学是对现实生活原则的理论抽象，而以马克思之见，"全部社会生活在本质上是实践的。凡是把理论引向神秘主义的神秘东西，都能在人的实践中以及对这种实践的理解中得到合理的解决"③。进而，根据杨耕的阐释，将"实践"确证为马克思主义哲学体系之建构的起点范畴，是可以顺理成章地破除要么"物质"、要么"精神"，要么"客体"、要么"主体"的"两极"思维的。在最直观的意义上，是因为人类实践活动构成了"把主观性、能动性、创造性与客观性、现实性、物质性统一起来的基础"④。

具体来说，则是因为实践作为人的一种对象性活动，展现为主体对象化与客体非对象化、主体客体化与客体主体化的双向运动。在主体对象化或主体客体化的运动中，作为主体的人根据自己的需要和意志来创造"自然界原来所没有的种种对象物"并由此塑造自己的生命，从而以"自为"的方式来确证自己的存在。在客体非对象化或客体主体化运动中，作为主体的人则"需要把一部分客体作为直接的生活资料加以消费，或者把物质工具作为自己身体器官的

---

① 杨耕：《马克思主义哲学体系研究：历史演变与基本问题》（下册），四川人民出版社 2019 年版，第 586 页。

② 杨耕：《马克思主义哲学体系研究：历史演变与基本问题》（下册），第 587 页。

③ 《马克思恩格斯文集》（第 1 卷），第 501 页。

④ 杨耕：《马克思主义哲学体系研究：历史演变与基本问题》（下册），第 342 页。

延长包括在主体的生命活动之中"①，从而承认"自在"世界的必然性。前一运动形式体现了主体对客体的超越性，后一运动形式体现了客体对主体的制约性。主体对客体的超越性与客体对主体的制约性并不是相互矛盾、不可调和的两个方面，它们恰恰是"互为前提、互为媒介"的，是实践活动中不可分割的两个方面。而这种互为前提、互为媒介、不可分割的关系，也就是"物质"与"精神""客体"与"主体"之所以统一在一起的一个根本表征。

对于杨耕以上阐释的深刻性，我们是可以从马克思的文本中得到印证的。在《神圣家族》中，马克思和恩格斯就曾说过："在黑格尔的体系中有三个要素：斯宾诺莎的实体，费希特的自我意识以及前两个要素在黑格尔那里的必然充满矛盾的统一，即绝对精神。第一个要素是形而上学地改了装的、同人分离的自然。第二个要素是形而上学地改了装的、同自然分离的精神。第三个要素是形而上学地改了装的以上两个要素的统一，即现实的人和现实的人类。"② 马克思和恩格斯在这里既然将黑格尔的"绝对精神"指认为"自然"和"精神"的矛盾的统一，同时，又将之指认为"现实的人和现实的人类"（实际上应当是剥离掉精神性的神秘外壳的"现实的人和现实的人类"），那么，"实践"在他们的心目中，也必然就是"物质"和"精神""客体"与"主体"的矛盾的统一，因为现实的人和现实的人类的基本存在方式，就是实践。

对于这个问题，马克思在《关于费尔巴哈的提纲》的第一条中做出了更直接的论述："从前的一切唯物主义（包括费尔巴哈的唯物主义）的主要缺点是：对对象、现实、感性，只是从客体的或者直观的形式去理解，而不是把它们当作感性的人的活动，当作实践去

---

① 杨耕：《马克思主义哲学体系研究：历史演变与基本问题》（下册），第343页。

② 《马克思恩格斯文集》（第1卷），第341—342页。

理解，不是从主体方面去理解。因此，和唯物主义相反，唯心主义却把能动的方面抽象地发展了，当然，唯心主义是不知道现实的、感性的活动本身的。"① 毋庸争辩，马克思在这段人们耳熟能详的论述中，是把"感性的人的活动"亦即"实践"，论定为"客体"和"主体"的一个统一体的。

以上论述表明，《体系研究》以"实践"为起点范畴建构马克思主义哲学体系，不仅实质性地破除了马克思主义哲学研究中的"两极"思维，而且这项工作本身，从一开始就是符合马克思的本意的，因此，这也从一开始就决定了它在还原马克思思想原貌上的奠基性意义。

三、马克思主义哲学体系化建构与唯物主义的整体性阐释

近年来，马克思主义哲学领域广受关注的一个问题，就是关于整体性研究的问题。人们在探讨这个问题时的一个非常重要的着眼点，就是打通哲学、政治经济学和科学社会主义，因为长期以来，这三个领域之间的分化造成了不同形象的"马克思"的分化、隔阂乃至对立，从而阻碍了人们对马克思思想整体的把握。实际上，除了这个阻碍因素，在马克思主义哲学的整体性研究上，关于辩证唯物主义和历史唯物主义的"二分"解释，也是一个根本的阻碍因素。在一定意义上，我们能否在理论上解决辩证唯物主义和历史唯物主义的"二分"问题，决定着我们能否对马克思哲学做出整体性的理解，从而也决定着我们能否在"整体性"的意义上来发展当代中国马克思主义哲学。

辩证唯物主义和历史唯物主义的"二分"问题，是在苏联教科书体系中定格下来的。这个问题是指，人们在认识辩证唯物主义和

---

① 《马克思恩格斯文集》（第 1 卷），第 499 页。

历史唯物主义时，不是把它们命定为一个整体，而是把它们分别命定为面向"宇宙"和面向"社会历史"的两种不同的唯物主义理论。进一步说，这个问题还连带着一个"逻辑序列"问题，因为在过去，人们通常是在一种"逻辑序列"中，来分门别类地认识、命定辩证唯物主义和历史唯物主义的。这个"二分"问题和"逻辑序列"问题，是伴随着"推广论"而形成的。众所周知，根据"推广论"，历史唯物主义与辩证唯物主义相比，是一个逻辑上的"后序"概念，即辩证唯物主义所彰显的一般唯物主义原则在历史领域中的"推广"和"运用"。这种"推广"和"运用"的观念，既造成了历史唯物主义和辩证唯物主义的"二元"分野，也造成了它们之间的一种"逻辑序列"乃至"等级"。

应当说，在中国改革开放以来的马克思主义哲学研究中，随着传统教科书体系批判的不断深化，辩证唯物主义和历史唯物主义之间的"逻辑序列"乃至"等级"被大大弱化了，人们开始把这两种唯物主义作为并列的两种理论形式加以对等地看待，甚至人们对历史唯物主义所给予的重视程度，超过了辩证唯物主义。不过，它们之间的"二分"问题并没有因此而得到根本解决，换言之，在人们的视野中，它们依然是两种具有异质性的理论形式。而它们之间的异质性，很大程度上就来自于所涉"领域"的不同：一者是在较宏观意义上讲宇宙和自然的，一者是在较微观的意义上讲社会历史的。人们的这种根深蒂固的理解，充分反映在人们对四大板块——唯物论、辩证法、认识论、历史观的界定中。如果说"历史观"对应的是历史唯物主义，那么，"唯物论""辩证法"和"认识论"对应的就是辩证唯物主义。同理，如果说"历史观"是关于"社会历史"的学说，那么，"唯物论""辩证法"和"认识论"就是关于"宇宙"和"自然"的学说。

如果说在界定辩证唯物主义和历史唯物主义及其关系上，"二分"的观点始终是一种难以动摇的主流观点，那么，《体系研究》的一项重要工作，则是要从根本上来质疑、拷问、破除这种观点，进而从根本上实现对马克思唯物主义哲学的整体化、一体化理解。之所以如此为之，就是因为在杨耕看来，这种"二分"的界定方式乃是马克思哲学研究中的一个根本性的错误，亦即"在马克思哲学的体系中，并不存在一个独立的、作为'基础理论'的辩证唯物主义，也不存在一个独立的、仅仅具有'应用''中介'性质的历史唯物主义"①。

实际上，辩证唯物主义和历史唯物主义究竟是不是一种"二分"的关系，取决于马克思是如何界定辩证法的。具体一点说，如果马克思是在无人身的"宇宙"和"自然"的界面上界定辩证法的，那么，指认辩证唯物主义和历史唯物主义的二分性，是没有多大问题的。反之，这种指认可能就是不成立的。显而易见，在传统的研究框架中，人们基本都是在无人身的"宇宙"和"自然"的界面上，来阐释马克思的辩证法思想的。比如说，人们总是可以从自然事物和自然现象中找到一些例子，来确证对立统一规律、质量互变规律、否定之否定规律等辩证法的基本规律以及现象和本质、原因和结果、必然性和偶然性、可能性和现实性等辩证法的基本范畴。而人们的这种阐释，似乎也有据可循，比如恩格斯的《自然辩证法》看起来就是一个很可靠的依据。然而，真实情况比人们通常的想象和理解要远为复杂。

其实，当我们在无人身的"宇宙"和"自然"的界面上阐释辩证法时，我们是在讲自在的自然规律。然而，严格地说，自在的自然规律并不是一个哲学问题，而是一个科学问题。作为一位以人类解放为最高目标的哲学家，马克思从来没有对纯粹自在的自然规律感兴趣，所以，在其理论中，也并没有一个独立的伸向自然规律的

---

① 杨耕：《马克思主义哲学体系研究：历史演变与基本问题》（上册），序言，第7页。

分支。如果说马克思的辩证法并不是以无人身的"宇宙"和"自然"为其原型的，那么，其原型到底是什么呢？《体系研究》就是以深刻地解答这个问题为突破口，来解决辩证唯物主义和历史唯物主义的"二分"问题的。

根据《体系研究》的论述，人们之所以长期以来不能正确地把握辩证唯物主义和历史唯物主义的关系，从而无法彻底解决它们的"二分"问题，一个最为重要的原因，就是没有把辩证法与实践实质性地关联起来，也就是没有基于实践来理解马克思的辩证法思想，或者没有领会到实践概念所透显的辩证法思想。实际上，马克思所讲的辩证法的真正载体和原型，既不是自在的自然世界，也不是唯物主义所依赖的纯粹理性，而是作为感性的人的活动的"实践"。"实践是人类存在的基本方式，也是辩证运动的基本方式。"[①] 因为辩证法和辩证运动，表征的不是一种自在的规律性展开过程，毋宁说是人与自然、人与他人、人与社会之间的一种以人的"自为性创造"为中介的、动态的否定性统一关系，而这种否定性统一关系之确立的唯一前提，就是人的实践活动及由之而带来的现实世界、人类自身以及社会历史的二重化。如果说正是这种凝结在人的实践活动中的二重化和否定性统一关系，塑造起辩证运动的世界，那么显而易见，也只有在实践的概念框架下，马克思所讲的辩证法才能够得到内在的、正确的理解。

《体系研究》的这个论见，无疑是对马克思辩证法思想"原理解"结构的一个深刻"反拨"，同时，也无疑勾绘并复原了马克思辩证法思想的原貌。对于这个问题，我们应当借助于黑格尔这个中介来加以把握，因为众所周知，马克思的辩证法思想就是在黑格尔的理论地基上建立起来的。作为辩证法大师，黑格尔最重要的思想之

---

① 杨耕：《马克思主义哲学体系研究：历史演变与基本问题》（下册），第482页。

一，就是在主体自为的生命创造中，亦即在实践中，来讲述从"知性"到"否定的理性"再到"肯定的理性"之辩证发展过程的。所以，概而言之，辩证法对于黑格尔来说，就是一种以实践为其原型的否定性原则和创造性力量（当然这个"实践"并不是马克思所讲的现实的人的活动）。黑格尔对辩证法的独特阐释，深刻影响了马克思。在《1844 年经济学哲学手稿》中，马克思对黑格尔的辩证法有一个非常积极的评价："黑格尔的《现象学》及其最后成果——作为推动原则和创造原则的否定性的辩论法——的伟大之处首先在于，黑格尔把人的自我产生看作一个过程，把对象化看作失去对象，看作外化和这种外化的扬弃；因而他抓住了劳动的本质，把对象性的人、现实的因而是真正的人理解为他自己的劳动的结果。"①

马克思的这个评价告诉我们，辩证法在他眼中的伟大意义，就在于以人的对象性活动即实践为内核来理解人的生命存在，而这也正是黑格尔的伟大之处。事实上，马克思对黑格尔辩证法的改造，不在于剥离了其"实践"内核，而在于将后者精神性的实践置换为了现实的人的感性活动，用马克思的话说，就是将"倒立着"的辩证法"倒过来"，"以便发现神秘外壳中的合理内核"②。如果说这个情况深刻表明，马克思的辩证法思想就是对"实践"范畴的一个有原则高度的规定和扩展，那么，《体系研究》的理解和阐释就是完全正确的。进而言之，《体系研究》的正确理解和阐释，不仅意味着马克思辩证法思想的复原，而且也必然意味着辩证唯物主义和历史唯物主义"二分"问题的根本解决。这是为什么？

正如杨耕在《体系研究》中所指出的，马克思一生并没有使用过"辩证唯物主义""历史唯物主义"这两个术语，他倒是使用过"新唯物主义"这个术语。新唯物主义是在与费尔巴哈等的旧唯物主

---

① 《马克思恩格斯全集》（第 42 卷），人民出版社 1979 年版，第 163 页。
② 《马克思恩格斯全集》（第 23 卷），人民出版社 1972 年版，第 25 页。

义的比较中彰示其内蕴的，而与后者相比较的一个重大不同，就在于它不是以一种直观的方式，在静态的、非历史的思维界面上，而是在历史性的矛盾发展过程中来认识和把握世界的。这个情况告诉我们，马克思的新唯物主义既与以实践为载体和原型的辩证运动相契合，又是建立在作为理论思维的辩证法基础上的，因而本质上既是一种"实践唯物主义"，也是一种"辩证唯物主义"，同时还是一种"历史唯物主义"。对于这一点，《体系研究》进行了极其深刻的说明。"如果说把马克思主义哲学称为辩证唯物主义，是为了凸显新唯物主义的辩证法维度及其批判性和革命性，把马克思主义哲学称为历史唯物主义，是为了凸显新唯物主义的历史维度及其彻底性和完备性，那么，把马克思主义哲学称为实践唯物主义，则是凸显新唯物主义的实践维度及其首要性和基本性。对于马克思主义哲学来说，实践唯物主义所凸显的实践性，辩证唯物主义所凸显的辩证性，历史唯物主义所凸显的历史性具有同样的原始性及其一致性。"[①]

　　毋庸置疑，根据《体系研究》的这个说明，辩证唯物主义不应当被粗暴地解释为关于"宇宙"和"自然"的一般规律的学说，而历史唯物主义也不应当被简单地解释为关于社会历史的特殊理论。"辩证"的基石是"实践"，而"实践"由于其辩证性而必然展现为"历史性"。所以，究其根本，辩证唯物主义和历史唯物主义，乃是一个"异名同体"的称谓，它们与实践唯物主义一样，都表征着马克思所创造的新唯物主义哲学的基本特征。在这个意义上，辩证唯物主义和历史唯物主义的"二分"问题，已经得到了最终的解决，而与此同时，马克思的唯物主义理论，也得到了真正一体化的把握。在较微的意义上，这是《体系研究》的一个突破性成果；在较广的意义上，这是近年来马克思主义哲学研究中最有原创意义的理论贡

---

　　① 杨耕：《马克思主义哲学体系研究：历史演变与基本问题》（下册），第596—597页。

献之一。

一部有"学术"、有"理论"、有"思想"的著作，一定是建立在作者通晓学术史的基础之上的，也一定是建立在作者能够敏锐地捕捉、概括深层次的问题，进而能够独辟蹊径地解决问题的基础之上的。毫无疑问，《体系研究》就是这样一部著作。这部著作的意义已经展现在我们面前，为我们开展马克思主义哲学的研究提供了重要前提和参照系。随着人们对相关问题的深入探索，这部著作的意义也必将继续得到彰显。

载《江汉论坛》2020 年第 4 期，
作者为武汉大学哲学学院教授李佃来。

突破"原著导读"的局限性

马克思主义哲学作为整个马克思主义的理论基础，历来受到马克思主义研究者的重视，因此，关于马克思主义哲学的研究性著作和文本导读类著作也为数众多。然而，由于两个方面的原因，关于怎样理解马克思主义哲学的文本和将哪些文本作为学习和研究马克思主义哲学的经典文本，分歧也最大，争论也最多。

虽然马克思十分强调哲学在他们理论中的重要性，但他本人却从来没有写过一本系统阐明自己哲学理论的著作。这给后人研究马克思主义哲学造成了许多困难，留下了很大的想象空间。这是其一。

其二，在马克思和恩格斯去世之后，围绕着他们的哲学思想特别是唯物史观的理解出现过许多重大分歧。这些分歧有些来自对于马克思提纲性文本理解上的差异，有些来自不同文本的依据，有些则来自人们对道路和策略选择上的意见差异。有时，这些原因综合混杂，使得马克思主义哲学的阐释在不同的路向上又分离出许多分支和岔路。

所有这些都为马克思主义哲学的研究和认定马克思主

义哲学的经典文本增添了困难。杨耕教授显然充分考虑到了这些问题，因而在《马克思主义哲学文本导读》中采用了一种非常有价值的文本选择策略和文本解读方式，使问题得到了很好的解决。

在文本选择上，《马克思主义哲学文本导读》突破了过去"马克思主义哲学原著导读"类著作和教材"偏于一类"的局限性，将不同学术传统的马克思主义哲学研究的经典文本并收其中，充分体现了马克思主义哲学文本的丰富性和马克思主义哲学研究的开放性。在马克思主义哲学发展史上，关于马克思主义哲学的解释历来有不同的学术传统，例如，以苏联教科书为代表的解释模式和以西方马克思主义为代表的解释模式就分别代表了两种迥然不同的学术传统，在它们内部又有众多的学术流派与分支。以往，马克思主义哲学的研究者们在选择经典文本时，往往各依自己所遵循的学术传统对历史文本加以过滤和筛选，将符合自己学术传统的文本视为经典，将其他学术传统下出现的文本排除于外，阵线分明，各标正统。

《马克思主义哲学文本导读》的做法刚好相反，不仅收入了马克思和恩格斯本人的经典著作和手稿（第一部分："马克思、恩格斯哲学文本导读"），而且有"第二国际的哲学文本导读""俄罗斯、苏联的哲学文本导读""西方马克思主义的哲学文本导读"等内容。马克思主义哲学研究各时期、各种学术传统的经典文献在本书中都得到了重视，可以说是兼容并收。对于当今中国马克思主义哲学的研究者和学习者来说，阅读这样的经典文本导读是非常有益的。这是因为，在我国过去30多年的马克思主义哲学研究中，各种学术传统之间的相互争论和相互借鉴已经成为理论创新的一种非常重要的推动力，任何固守一隅、无视其他理论传统的做法，无疑都不利于理论创新的继续推进，对马克思主义哲学的发展是有害的。要想在今后的马克思主义哲学研究中继续推进马克思主义哲学的发展，就必须具有一种开放性的精神，研究马克思主义哲学发展史上各方面的文献。

在文本解读上，《马克思主义哲学文本导读》的最大特点是：忠实于原著本身，客观解读，为读者理解经典文本留下了最大的自主空间。任何一个马克思主义哲学家在阐释马克思主义哲学时都不可能是不持立场的，但是，对于一部以文本研究和导读为主要内容的著作来说，最为重要的还是引导读者与文本作者之间进行有效的对话，而要做到这一点就必须有开放的精神和客观的态度，必须尽可能"隐匿"导读者个人的学术观点和立场。

其实，客观性和开放性本身也是一种态度和立场，而且是一种有利于使研究深入化的态度和立场。例如，在当前我国理论界关于如何理解唯物史观的问题上，伯恩施坦、考茨基和苏联模式的马克思主义解释体系之间、西方马克思主义与传统马克思主义解释体系之间的分歧，就时常被人们作为不同的理论资源加以引用。正是这些不同解释传统之间的理论张力，推动了丰富多彩的新观点的出现。如果我们预先立论，以一种特定的态度和立场选择和解读经典文本，便等于事先关闭了某一个方向的大门，为研究规定了特定的方向。以这样的文本解读为依据，怎能推进马克思主义哲学研究的深入发展、开辟唯物史观理论研究的新局面呢？《马克思主义哲学文本导读》不仅收录了德国社会民主党领导人伯恩施坦、考茨基等人的哲学文本，而且也是完全客观地介绍他们的观点。这种理论态度是非常值得称道的。

《马克思主义哲学文本导读》一书另一个值得称道的特点是体例新颖、文风清新。该书的每一章都由"写作背景""篇章结构""观点提示"和"文本节选"四个部分组成，简单明了，清楚明白。特别是在"观点提示"部分中，作者总是能够将纷繁复杂的文本内容归结为若干简要的主题，并且总是能够言简意赅地将问题陈述清楚，文风朴实而自然，丝毫不使人感到晦涩和深奥，堪谓解释精要。我想，这正是马克思主义理论研究所需要的文风。

载《中华读书报》2013年9月25日，标题原为
《马克思主义哲学文本导读：突破"原著导读"的局限性》，
作者为南开大学哲学院教授王新生。

马克思主义哲学文本群的全景展现及深层研究

　　读了由杨耕、仰海峰教授主编的《马克思主义哲学文本导读》一书，深感作者在编撰思路的新颖性、文本梳理的系统性及理论研究的深刻性等方面下了很大的功夫，体现了作者努力把国内学界关于马克思主义哲学文本的教学与研究水平推进到一个新台阶的明确思路。我以为，他们的这种努力是成功的。

　　第一，编撰思路上的新颖性。以前，学界关于马克思主义哲学文本的导读类著作基本上都选择了经典作家的著作作为导读对象。在涉及西方马克思主义哲学文本的导读时，大多单独以西方马克思主义哲学著作导读的名义来加以处理。应该说，这种做法是对的，因为尽管学界在西方马克思主义是不是马克思主义的发展这一问题上所持的观点已经与以前大有不同，但最起码说，这种分开来处理的方法显得更加清晰明了。不过，如果继续沿着这一思路来处理第二国际时期思想家的哲学文本的导读问题，那么，恐怕也只能再单列出一个原著导读的系列了。

　　本书作者在这一问题上显然具有了崭新的思想。他们并没有刻意地强调这是对马克思主义哲学经典原著的导读，而是突出了在对马克思主义哲学进行理论研究的过程中必须面对的重要文本的地位。这样一来，原来很难放进去的那些文本，如第二国际时期思想家的哲学文本、西方马克思主义者的哲学文本等，就可以很自然地被纳入其中，这些重要文本当然是研究马克思主义哲学所必须面对的文字材料，就像我们必须面对马克思主义经典作家的文本一样。

不管你对这些哲学家的观点持什么样的学术态度，但他们的哲学文本毕竟是你在研究马克思主义哲学时无法绕过去的。而且，更为重要的是，由于我们今天来研究马克思主义哲学文本，不仅有"返本"的目的，而且还有"开新"的使命。也就是说，我们还承担着在当代实践语境中发展马克思主义哲学的理论使命，因此，完整而清晰地了解和掌握国外理论家在各自的实践语境中发展马克思主义哲学的学术样态，对于我们自己的理论建设来说，也会有重要的启示或警醒作用。正因为如此，从学术眼光来看，本书作者的这种新颖的编撰思路是很有创意的。

第二，文本梳理的系统性。原著导读类著作对文本的选择依赖于作者对文本之学术意义的理解。近十多年来，国内学界对马克思主义哲学之重要文本的选择，经历了一个不断发展的过程，的确也取得了重要的成就。而本书由于具备了新颖的编撰思路，因此，它在所选哲学文本的系统性和全面性上达到了一个新的高度。应该说，这是国内学界到目前为止所选的马克思主义哲学文本最为系统的一部著作。

例如，在第一部分中，一般的马克思主义哲学原著教材不会选录的《论犹太人问题》《〈黑格尔法哲学批判〉导言》《1857—1858年经济学手稿》等著作也被选录其中；在第二部分中，包括库诺的《马克思的历史、社会和国家学说》、拉布里奥拉的《关于历史唯物主义》等著作也被包括在内；在第三部分中，不仅有列宁的经典著作，而且还包括了普列汉诺夫、布哈林等人的著作在内；在第四部分中，除了经典西方马克思主义哲学文本之外，还包括了列菲伏尔的《现代世界的日常生活》、本雅明的《机械复制时代的艺术作品》等著作。在文本选择上的这种系统性所反映的是作者对马克思主义哲学理论研究史之学术谱系及思想逻辑的深刻理解。

第三，理论研究的深刻性。本书共选择了 40 个哲学文本，在对每一个哲学文本的解读中，除了文本节选的内容外，还有对写作背景、篇章结构、观点提示、进一步阅读的文献等方面的说明。尤其是在"观点提示"栏中，作者对所选文本的核心内容都做了很好的解读，而且这种解读明显是站在深刻的、前沿性的学术研究之基础上的。譬如，在第一部分对《德意志意识形态》的"观点提示"中，作者从现实的个人、实践是现存世界的基础、意识是被意识到了的存在、一切历史冲突根源于生产力和交往形式的矛盾、历史向世界历史的转变、确立有个性的个人 6 个方面，对此文本的核心内容做了全面和准确的提示。

显然，此内容的作者非常了解国内学界近几年来就《德意志意识形态》的相关内容所展开的学术讨论，并且还融入了自己的学术理解。这样的"观点提示"对于帮助学生准确理解所选文本的内容是十分有益的。这一特点在作者对其他文本的解读中也都有体现。我觉得，本书对这么大的文本群都做出了准确的观点提示，这的确是一件不容易的事情。本书作者做到了这一点，这说明他们做出了艰苦的学术努力。也正因为如此，我相信此书的出版对于推动我国马克思主义哲学的教学和研究工作都会起到非常积极的作用。

载《中华读书报》2013 年 9 月 18 日，
作者为南京大学哲学系教授唐正东。

让马克思哲学"活"在当代

历史表明，伟大的哲学能够超越诞生自己的时代，焕发出"烛照万代"的光芒。历史同时表明，和"奔流到海不复回"的大江大川一样，伟大的哲学也会经历坦途，会因高山的阻滞而在低谷徘徊。伟大的哲学能否以及如何克服群山的羁绊再次成就自己的伟大，关键在于它是否能够适应变化了的时代，证明自己依旧是时代的真理和良心。每逢这种历史性时刻，总不乏勇敢的思想者挺身而出，努力承担为伟大哲学代言、申辩的使命。"为往圣继绝学"不仅需要"虽千万人，吾往矣"的勇气，更需要善作善成的智慧和能力。相比较而言，后者更加难得，也更加重要。例子是现成的。20世纪90年代以后，马克思主义在中国遭遇空前困境，马克思主义被某些人自觉不自觉地边缘化、矮化甚至丑化。确有学者逆潮流而上，勇敢地站出来，努力为马克思申辩，但能够吸引读者关注的成果却很少，能够持续引发读者热烈反响、在当代中国学术史上留下深刻印记的成果更是凤毛麟角。杨耕教授所著《为马克思辩护：对马克思哲学的一种新解读》则是这凤毛麟角中之尤为出类拔萃者。

杨耕教授是国内最具代表性和影响力的马克思主义哲学研究者之一。早在 20 世纪 80 年代中期，杨耕就开始从事马克思主义哲学特别是马克思哲学的研究，是 30 年来一系列重大学术讨论、争论的重要参与者甚至是发起者。四分之一世纪前，我初涉学海，正是通过研读杨耕的《"危机"中的重建：历史唯物主义的现代阐释》《实践唯物主义研究》等著述，以及像他一样坚持从事马克思主义哲学研究的其他老师的著述，逐步走进马克思思想世界的，最终像他们一样选择以马克思主义哲学研究作为自己的职业、专业和事业。我是《为马克思辩护：对马克思哲学的一种新解读》各个版次的忠实读者，甚至是第四版除编辑之外的"第一读者"。读《为马克思辩护：对马克思哲学的一种新解读》的前三版，我的阅读兴奋点比较具体：关注了哪些大问题？提出了哪些新观点？较之前一版做了哪些重要调整？等等。15 年后再读第四版，我不得不关注并思考这本书所取得的巨大成功。《为马克思辩护：对马克思哲学的一种新解读》的成功是商业上的：4 版，9 印次，近 3 万册的销量，这对于一本纯粹的哲学著作来说是惊人的。《为马克思辩护：对马克思哲学的一种新解读》的成功更是思想上的：它对马克思哲学基本特征、基本观点、基本方法的阐发以润物细无声的方式对学术共同体成员的学术表达产生了直接影响，这种影响看似平淡无奇，实则已经入脑入心，凝结为我们时代关于马克思主义哲学的新的"常识"。

《为马克思辩护：对马克思哲学的一种新解读》为什么能够取得如此巨大的成功？一言以蔽之，就在于杨耕具有善作善成的智慧和能力，真正让马克思的哲学"活"在当代中国，使之成为读者看得懂、用得上的理论资源。

首先，杨耕真懂真信马克思主义，是马克思哲学研究的真正专家。马克思眼界广阔、知识丰富，其理论体系博大精深，涉及许多领域、众多学科，不下大气力、不下苦功夫根本无法掌握其真谛、精髓。有的学者尽管在主观上立场很坚定、态度很坚决，但实际上并没有花很多功夫去认真研读经典，仅凭一腔热情、一知半解就侃侃而谈、指点江山甚至"左批右攻"。杨耕是改革开放后我国自己培养的第一批马克思主义哲学研究者，从本科到博士接受过非常系统规范的学术训练。不过，当杨耕选择"重读马克思"时，我们看到，他的工作就是不断地求索，不停地"补课"：从马克思哲学到马克思主义哲学史、西方哲学史，再到现代西方哲学、西方马克思主义、当代社会发展理论，同时，进行政治经济学、伦理学、社会主义思想史的"补课"。正是在这种理论与历史相统一的研究的基础上，在《为马克思辩护：对马克思哲学的一种新解读》第四版令人信服地证明：马克思"终结了形而上学，并和孔德一起开启了现代西方哲学的进程"，马克思的哲学是现代哲学。

在同行的印象中，杨耕似乎并不擅长西方马克思主义以及西方马克思学的研究。实际上，这是一种错觉。的确，杨耕对马克思黑格尔的一种新解读关于西方马克思主义以及西方马克思学的直接论述并不多见。但是，他在这一领域下的功夫并不比别的学者少，甚至更多。透过《为马克思辩护：对马克思哲学的一种新解读》第四版的字里行间，我们不仅可以看到其中深厚的马克思哲学的理论功底，而且可以看到宽广的西方马克思主义以及西方马克思学的理论背景：当德里达的《马克思的幽灵》刚刚在国内"登陆"时，他就在《哲学研究》上发表论文《德里达：从结构主义转向马克思主义——解读〈马克思的幽灵〉》，从"《马克思的幽灵》的主导思想""德里达话语转向的理论途径""德里达'靠近'马克思主义的双重内涵"三个方面深入解读了《马克思的幽灵》，深刻剖析了德里达的思想；之后，他又和袁贵仁教授一起主持编译、出版了8卷本的《当代学者视野中的马克思主义哲学》；和俞吾金、吴晓明教授一起主持编译、出版了10卷本的《当代哲学经典》，其中的"马克思主义哲学卷"涵盖了从卢卡奇、柯尔施、葛兰西到詹姆逊、鲍德里亚、拉克劳、墨菲、齐泽克、伊格尔顿的代表性论著，从而为国内学界研究马克思主义哲学开辟了一个新的理论空间，同时也使他本人对西方马克思主义及其与马克思哲学的关系问题有了系统完整的认识。

正是通过这些"补课"，通过对后现代主义、后殖民主义、后马克思主义的深入研究，《为马克思辩护：对马克思哲学的一种新解读》第四版在断然拒绝所谓"后现代主义的马克思主义"的同时，充分肯定了后现代主义对马克思哲学当代意蕴的开拓，并以半个世纪以来资本主义发展史为宏大背景，对后马克思主义的兴起、本质与意义进行了再思考，明确指出：后马克思主义最值得人们赞赏的是它对当代资本主义新变化的追踪与批判性反思，它的致命缺陷则在于未能坚持马克思主义的基本原则，不断从"发展"偏向"修正"，最终由新世纪的来临被送进了思想史的博物馆……由于这些认识是在广泛而深入研读基础上的深思所得，所以极具说服力。

其次，杨耕扎根中国大地，是时代声音的自觉聆听者。有人认为，马克思是生活在维多利亚时代的思想家。就历史事实来说，这是成立的。但是，如果据此推论马克思的哲学已经不具有当代性，无疑是错误的；同时，如果认为马克思的哲学自动具有超越时空限定的普遍有效性，同样是错误的。在当代中国，马克思的哲学是否具有当代性，关键就在于，我们的研究者们能否让它从"伦敦"走进"北京"，扎根中国大地，倾听时代声音，同我们这个伟大的时代共同发展。任何一种哲学，只要它背对时代，脱离现实，就会由孤立走向枯萎。马克思说过："问题是时代的格言，是表现时代自己内心状态的最实际的呼声。"这种呼声不是简单的呐喊，而是有自身特征的旋律，只有通过长时间的倾听才能完整把握。在这个方面，杨耕无疑是同时代学者中最成功的。30年来，他始终怀着对民族和国家命运的深沉情感，自觉聆听、记录时代声音，四个版本《为马克思辩护：对马克思哲学的一种新解读》就是他的成功答卷。

根据我的体会，《为马克思辩护：对马克思哲学的一种新解读》

有两种阅读、使用方式：一种是把四个版本贯穿起来读，这样我们就可以完整把握到 30 年来中国学者对马克思哲学所提之问题及其历史变迁；一种是前后两版对照着读，这样，我们就可以通过其篇目的增删发现特定阶段的理论最强音。例如，第四版增加了"唯物主义的历史形态与历史唯物主义的理论空间""辩证唯物主义、历史唯物主义、实践唯物主义：基于概念史的考察与审视""世界历史、东方社会与社会主义""意识与意识形态批判""社会批判及其核心：资本批判"等新章，这些问题正是 2010 年以来国内马克思主义哲学界关注最多的问题。"杜诗韩集愁来读，似倩麻姑痒处抓。"由于学术供给切合时代的理论需求，所以，杨耕为马克思哲学的申辩自然不愁没有听众。

再次，杨耕身在学院心系大众，是为人民做学问的哲学工作者。哲学研究就其性质而言只能是小众的。在现代社会中，绝大多数哲学研究活动只存在于学院中，马克思哲学研究也不例外。不过，关心、喜欢、需要马克思哲学的绝不是学院中的少数学者，而是大众。马克思的哲学本身就不是少数人的哲学，而是人民大众的哲学，"人民的最美好、最珍贵、最隐蔽的精髓都汇集"在这种哲学思想里。因此，马克思哲学研究究竟是为了满足少数人的学术趣味，还是为了满足人民大众的理论需求？研究者必须做出选择。20 世纪 80 年代以来，国内马克思哲学的研究水平在不断提高，出现了非常可喜的变化，但也出现了一些矫枉过正、"走火入魔"的倾向。一些学者过分热衷于对版本、手稿、概念的考据，开口《马克思恩格斯全集》历史考订版，闭口马克思的原始手稿，仿佛不依据马克思的德文原文甚至是手稿就无法甚至不配诠释马克思哲学真精神似的。这样的研究当然有其价值，但这种研究不应是研究马克思哲学的主要方式，更不是唯一方式。正如习近平总书记所说，"脱离了人民，哲学社会科学就不会有吸引力、感染力、影响力、生命力"。

杨耕同样关注马克思著作的"考订版"，关注马克思的"手稿"，但他明确指出，"马克思的哲学不是'学院派'，它志在改变世界，其'笔落惊风雨，诗成泣鬼神'"，因而他并没有局限于对文本的考证，而是始终坚持学术性与思想性的统一，用高水平的思想研究来支撑高质量的理论建设，力图使马克思的哲学走近、走进人民大众，用他自己的话来说就是，他真诚希望，他的哲学研究"能为中国的马克思主义哲学研究提供希望的田野""能为中华民族理论思维水平的提高做出贡献"。仔细研读《为马克思辩护：对马克思哲学的一种新解读》第四版就会发现，《为马克思辩护：对马克思哲学的一种新解读》关注的都是一些学术界高度关注、群众十分关心的大问题，但它始终基于学术研究、思想研究来分析、解决这些理论问题。例如，国内哲学界对究竟应当如何命名马克思主义哲学一再发生争论。这个问题初看学究气十足，实则是关涉重大的理论问题和现实问题。作为当年实践唯物主义研究和争论的参与者之一，杨耕在《为马克思辩护：对马克思哲学的一种新解读》第四版中通过系统的学术史梳理和鞭辟入里的概念分析，明确指出：问题的关键在于正确理解马克思主义哲学的本质特征，把握了这个根本，我们就既无须因西方马克思主义、东欧新马克思主义倡导实践哲学而忌讳实践唯物主义这一概念，也无须因苏联马克思主义哲学教科书体系的缺陷而"废"辩证唯物主义、历史唯物主义之"名"。此论一出，学术界的争议趋于平息，理论界的忧虑、群众性的困惑趋于消失。这再次印证了马克思的话："理论只要说服人，就能掌握群众；而理论只要彻底，就能说服人。"

最后，我不得不指出，杨耕是马克思哲学的成功讲述者。文章、著作是给读者看的，不是让读者猜的，但这个朴素的道理居然被一些理论工作者，包括马克思主义哲学研究者当作过时之物抛到脑后了。有的作者喜欢长篇阔论，论著冗长拖沓，让人不知所云；有的作者喜欢生造概念、频发新论，"语不惊人死不休"；有的作者照搬照套西式语法，文字佶屈聱牙，让人难以卒读。这些连同行专家都感到读得费劲甚至不知所云的文字，普通读者怎么可能读得懂、记得住、喜欢看呢？翻开《为马克思辩护：对马克思哲学的一种新解读》第四版，我们就能强烈感受到一股清新的文风扑面而来；透过《为马克思辩护：对马克思哲学的一种新解读》第四版，我们就能体会到杨耕所追求的理论形式——"铁一般的逻辑，诗一般的语言。"

根据我的体悟，杨耕的文风有四个特点：一是开门见山，直奔主题，继而在精心设计、明晰有力的逻辑框架中进行严谨、充分的阐释论证，有话则长，无话则短，绝不优柔寡断、拖泥带水；二是讲新话，立新论，立论追求准确平衡、言简意赅，努力以吸引人的方式把问题说清、说深、说透，但绝不剑走偏锋、做惊人语；三是文字洗练，文气顺畅，能够让人朗朗上口地读出来，具有难得的音韵之美；四是善于用典，文采非凡。典故、名言、名句是文化长河中历经砥砺的智慧结晶。妙用一典胜千言。恰当用典能使灰色的理论文章变得生动、深刻和有回味。例如，对于杨耕来说，选择哲学就是选择苦乐两由之。他用汪国真的如下诗句表达了自己对哲学的无悔选择和虔诚追求：你接受了幸福，也就接受了痛苦……你拥抱了晨钟，怎么可能拒绝暮鼓。马克思的哲学博大精深，学习、研究马克思的哲学无疑是件难事，但在杨耕笔下，它不再令人望而生畏，而是可亲可近、可信可爱。正因为有了这种亲近感，非专业读者才愿意看、看得懂，愿意听、听得进。

2018年我们将迎来马克思诞辰200周年纪念。在即将展开的第三个世纪里，马克思和马克思主义将会怎样？世界都把目光转向了中国。我们将要做的工作有很多，其中非常重要的一项就是让马克思的哲学"活"在当代中国。我想，这应是杨耕教授"为马克思辩护"的初心。

载《中华读书报》2017年6月28日，

作者为南京大学哲学系教授张亮。

有为的价值取向

——读《理性与激情》

　　我读过杨耕教授的学术专著，如《危机中的重建：唯物主义历史观的现代阐释》《重建中的反思：重新理解历史唯物主义》《为马克思辩护：对马克思哲学的一种新解读》，为其深刻的思想、严谨的逻辑所感叹。近日读了杨耕2018年出版的学术随笔《理性与激情》时，又为其思想的火花、优美的文字所感叹。这4部著作有一个共同特点，那就是，均具有纵贯作者个人思想历史的性质。但同中有异。作为学术随笔，《理性与激情》的写作更自由，个人风格更鲜明，更有助于直率表达作者的个人观点和人生体验。就此而言，《理性与激情》的出版，并不仅仅是杨耕著作的数量的增加，而是从一个特定的维度展示了他的思考的痕迹，体现了他的理论的风格。"风格如人。"

　　杨耕是新时期以来具有学术创造力的马克思主义研究者之一。从《理性与激情》所展示的思考痕迹和理论风格来看，40年来，杨耕之所以一直保持旺盛的思想活力，首先就在于强烈的时代意识和现实关怀。哲学不是"玄学"，哲学家不应是契诃夫笔下的"套中人"，与人的现实生活绝缘。每一种哲学都是它的时代的哲学，哲学就在我们的现实生活中，哲学研究必须关注现实。正如《理性与激情》所言，"哲学研究不能仅仅成为哲学家之间的对话。更不能成为哲学家个人的自言自语，哲学应该也必须同现实对话。以一种面向 21 世纪的哲学理念引导现实运动，这是当代中国哲学家应有的良心和使命"。这种时代意识和现实关怀使杨耕的哲学研究始终与改革开放保持同步性，并具有一定的前瞻性。这是其一。

其二，在重读经典中重建经典的理论诉求。新时期以来，时代的变革和西学的泛滥性传播，使马克思主义哲学遭遇到了前所未有的挑战。面对这种状况，杨耕反复申述，真理没有新旧之分，我们不能依据某种学说创立的时间来判断它是否过时，是否具有真理性。但是，杨耕对马克思主义经典价值的捍卫并不是抱残守缺，而是通过经典重读实现对经典的重新发现，进而与时代对接，从而"用新的科学和哲学研究成果阐释已成为'常识'的马克思哲学的基本观点，展现被现行的马克思主义哲学教科书所忽视、遗忘的马克思哲学的基本观点，深入探讨、系统论证马克思有所论述但又未充分展开，同时又契合着当代重大问题的观点，使之上升为马克思主义哲学的基本观点"。这样，重读经典不仅意味着接续了思想的历史，而且更意味着创造了思想的历史。

其三，"吾道一以贯之"的理论续航能力。自 20 世纪 80 年代以来，杨耕面对中国思想界的剧烈变化，始终将哲学研究的目标聚焦于马克思的历史唯物主义，使历史唯物主义成为贯穿于他整个哲学研究的轴线。《理性与激情》从一个特定的维度展现了作者在马克思哲学研究中表现出来的执着的理论追求和鲜明的体系性。如果说马克思哲学有其自身的理论体系，那么，杨耕在对马克思哲学的创造性阐释中也形成了自己的研究体系。

杨耕哲学研究的重要贡献，就是以重读马克思为基础，实现了对马克思主义哲学的创造性重建。透过《理性与激情》所显现的思考的痕迹，我们可以看出，这种创造性重建的根本环节，就在于他以马克思的实践观念重新激活了历史唯物主义的现代性。在杨耕看来，实践内在地包含着人与自然、人与社会的关系，是一个可以将人、社会、自然全面打通的本体论概念。以实践为出发点范畴，从理论上反映人通过实践改造自然、变革社会并重塑自身的过程，就是历史唯物主义的逻辑的展开过程；这一逻辑的展开过程，使唯物主义与辩证法内在地结合起来了，即形成了辩证唯物主义。辩证唯物主义和历史唯物主义不是"两个主义"，而是对同一个主义，即马克思主义哲学的不同表述。

同时，实践是人所特有的生命活动形式，实践的主体是人，而实践的这一主体性使历史唯物主义又内在包含着人道主义的特质，正如马克思所说，新的哲学将是"和人道主义相吻合的唯物主义"。这种人道主义，这种"和人道主义相吻合的唯物主义"，关注的不是抽象的人，而是现实的人；关注的不仅是历史规律，而且是人的价值，其理论主题就是无产阶级和人类解放。《理性与激情》指出："与艺术以形象思维的形式反映现实不同，哲学以抽象思维的形式反映现实，以概念的运动反映现实的运动。因此，哲学是一个'概念的王国''理性的战场'。可哲学又是一个'价值的王国''多情的土地'。与科学也不同，哲学对对象的认识不是止于对其规律的认识，而是必须进入对对象的意义和价值的认识；不仅要知道对象是什么，而且要知道对象对人类生存与发展的意义和价值是什么。从根本上说，哲学关注的是人在世界中的位置。"这是对哲学本质特征简洁、深刻而形象的阐述。

《理性与激情》这本学术随笔分为"哲学断想""读史拾零""读书札记""思想对话"四辑，体现出从理论思考、历史认知、日常阅读到人生感悟逐步递变的过程。这种安排本身就是逻辑性的、有序化的，具有在哲学与人生之间建立通道的性质；同时也说明，学术随笔并不是杂乱无章，而是"杂"而不乱，在"随笔"中体现着逻辑，在看得见的文字中渗透着看不见的智慧。《理性与激情》给人最强烈的印象，就是理论的穿透性、语言的优美性以及下判断的果决性。比如，在今天这个泛文化时代，人们已习惯于将人类的一切创造性成果都视为文化，但在杨耕看来，文化是人创造的，但不能说人所创造的一切都是文化。据此，他通过清晰的辨名析理，将文化从社会、政治、经济等范畴中剥离了出来，并令人信服地为何谓文化划出了边界。

《理性与激情》在字里行间透视出的强烈的哲学热忱，透视出"理性的激情"与"激情的理性"。对于杨耕来说，马克思主义不仅是研究对象，更是信仰的对象。他多次强调"哲学适合我，我也适合哲学"，多次强调"我的专业、事业和信仰都是马克思主义哲学"，这正说明他和他的研究对象在精神信仰层面获得了一体性。也正是因为有这种信仰在，杨耕关于马克思哲学的讲述总是在理性的河床之上洋溢着蓬勃的生命激流，在文章风格上显现出宏大而壮丽、威严而崇高的气象，既启人心智，又开人胸襟。这是一种由信仰主导、理性与激情交并的话语方式，具有交响乐般的节奏和旋律感。这种借助文字传递出的乐感，赋予了《理性与激情》独特的魅力，彰显了马克思的哲学所塑造的人生理念和生活方式，决定了这部随笔迥异于当前诸多的心灵鸡汤和"佛系文学"，展现出积极有为的价值取向。

载《光明日报》2018 年 5 月 6 日，
作者为北京师范大学哲学学院教授刘成纪。

LILUN DUIHUA

理论对话

建构哲学空间　雕塑思维个性

　　《学术研究》记者冯达才：杨博士，哲学界公认您的研究领域较广，其中，主题又十分鲜明。依我对您的了解来看，您的研究主题是唯物主义历史观的现代意义。能否这样理解？

　　杨　耕：的确如此。我的研究主题就是唯物主义历史观的现代意义。具体地说，就是以当代实践、科学和哲学为基础重新审视和认识唯物史观，重建唯物史观。我的百余篇论文就是围绕着这个主题展开的，研究成果凝结为三部著作：《马克思的社会发展理论及其当代意义》《马克思的社会研究方法及其当代意义》《马克思的历史认识论及其当代意义》。我把这三部著作看作是我本人研究唯物史观的"三部曲"。

　　冯达才：那么，您追求的理论境界是什么？

　　杨　耕：建构哲学空间，雕塑思维个性。

　　冯达才：请您具体谈谈。

　　杨　耕：我的哲学研究大致经历这样一个过程：

　　前一阶段注重理论与历史相结合。在我看来，历史离开理论只能是材料的堆积,理论离开历史只能疏于空洞。在学术研究中,最佳选择只能是史论结合。所以,前一阶段我的研究是从唯物主义历史观到马克思主义史、西方历史哲学史,再到现代西方历史哲学、当代西方社会发展理论,然后再返回到唯物史观。其意在于,把唯物史观放到一个广阔的理论空间中去研究。

这一阶段注重理论与现实相结合。我以为,哲学需要思辨,但哲学不应是脱离现实的思辨王国。哲学必须深入现实,同时超越现实。"凡是现实的都是合理的",并不是唯物主义历史观的思维方式。改革开放和现代化建设是当今中国最大的现实,关注这一现实,由此引发出对民族的生存方式、生活方式、社会发展的哲学思考,是哲学家应有的良心和使命。目前,我正在准备《东方的崛起》一书的写作。这部著作将以唯物史观的视野,以较大的历史跨度再现中国现代化的历程及其内在逻辑,其意在于,让历史告诉未来。

冯达才:在改革开放和现代化过程中,人们极为关注公平与效率的关系,您是如何看待这一关系的?

杨　耕:公平与效率的关系问题是任何一个"后现代化"国家首先碰到的问题。实际上,公平是一个历史范畴,而且不同的阶级有不同的公平观。在社会主义初级阶段,最大的公平就是"机会均等"、按劳分配;只要真正实现了"机会均等"、按劳分配,就会使人们感到,他的劳动既是为社会的,又是为自己的,这就能充分调动起人们的积极性、创造性。只有这样,我们才能实现公平与效率的统一,或者说,在实现公平中求得效率。

我们不应当指责由按劳分配所造成的财富差异,相反,应该指责"大锅饭"这种平均主义体制。在社会主义初级阶段,"大锅饭"不仅不是公平,相反,是对公平的破坏,因为在这种体制中,不同的人付出了不同的劳动或代价,得到的却是相同的结果。这就扼杀了人们的积极性、创造性,导致"有组织的无效率"。从本质上看,"大锅饭"就是毛泽东本人一再批评过的"农业社会主义"思想。

冯达才：在对中国现代化的研究中，人们着墨较多的是文化问题，各种观点不很一致甚至很不一致。在您看来，中国现代化的文化难题是什么？

杨　耕：从总体上看，现代化可分为"内发"和"外发"两种类型。所谓"内发型"现代化，是指某一民族或国家的现代化是其内部因素促成的自然发生过程；"外发型"现代化则是指某一民族或国家的现代化是由外部刺激引发的，或者是由外部力量直接促成的。西欧、北美的现代化属于"内发型"，中国的现代化无疑属于"外发型"。

作为"外发型"现代化，中国现代化的文化难题就是如何对待外来文化与本土文化，也就是本国传统文化之间的关系。作为世界上最老到圆熟的农业文化，中国传统文化具有强大的抗拒现代工业文明的文化惰性；同时，中国的现代化运动起于对西方资本主义入侵导致的民族危机的反应，它又需要从传统文化中获取民族精神；更为重要的是，任何"外发型"现代化的成功，不仅需要把外来的文化因素转化为民族文化更新的内在力量，而且需要通过文化涵化过程把外来文化与本土文化整合成一种新的文化形态。因此，如何对待中西文化，怎样才能既变革传统文化，又凭借传统文化内蕴的精神动力来完成社会变迁，这的确是中国现代化面临的令人困惑的文化难题。这一难题至今并未得到较好的解决。

冯达才：我注意到，近来，您发表了一系列关于社会科学方法的文章，能否简要地谈一下您对社会科学方法的总体看法？

杨　耕：当然可以。如同自然科学产生于自然哲学一样，社会科学也孕育于道德哲学之中。伴随着工业革命，社会科学从这种哲学形态中分化出来并获得了自身的独立形态，社会科学方法也随之发展起来了。从总体上看，课题设计—资料分析—模型解释是社会科学研究的三个基本环节，它构成了一个有序的认识操作过程。

可以从三个方面理解社会科学方法的特殊性：一是"抽象"方

式的确立。社会科学研究无法应用实验室方法，只有科学的抽象方法才能深刻地揭示社会的本质和规律。二是"理解"方式的提出。与自然运动不同，社会运动的主体是人，是有目的、意识和意志，经过思考或凭激情行动的人。因此，理解方法对社会科学研究绝对必要。三是"从后反思"方式的形成。社会关系只有在其充分发展、充分展现后才能被充分认识，所以，研究社会历史只能采取"从后思索"的形式，即从社会关系的"完全成熟而具有典范形式的发展点"去"透视"历史，通过由结果到原因的反归来把握社会运动。

冯达才：您的见解确实深刻。但是，这里有一个很难回避的问题，这就是，马克思的"从后思索"的方法和克罗齐的"一切历史都是当代史"的观点是什么关系？

杨　耕：在我看来，马克思的"从后思索"的方法和克罗齐的"一切历史都是当代史"的观点，都是对历史认识特殊性反思的产物。历史是已经过去的存在，因而在认识历史的活动中，认识主体不可能直接面对认识客体。认识对象的这一特殊性造成了历史认识的特殊性，并使历史认识论研究遇到了一系列特殊的困难。能否认识历史以及如何认识历史的问题似乎成了社会科学中的"哥德巴赫猜想"。马克思的"从后思索"和克罗齐的"一切历史都是当代史"都是对这一猜想的不同解答，二者都属于现代历史哲学的观念。

但是，马克思的"从后思索"和克罗齐的"一切历史都是当代史"又有本质的区别。这一区别表现在三个方面：

首先，马克思认为，历史虽已过去，但它并没有化为无，而是以浓缩或萎缩、"残片"或发展的形式被包含在现实社会中。"从后思索"就是通过现实社会"透视"以往的社会形式、社会关系；克罗齐则认为，历史研究仅仅是活着的人，而且为了活着的人的现实利益去重建死者的生活，不存在客观历史。

其次，马克思认为，实践是过去历史向现实社会过渡的"转换器"和"显示尺度"，"从后思索"的广度和深度取决于实践的

"格"，以及由实践的"格"升华的思维的"格"；克罗齐则认为，过去历史同当代生活的"对流"，只是以史学家或哲学家的主观精神为媒介。

再次，马克思认为，"从后思索"是通过由结果到原因的反归来把握历史的一般规律；克罗齐则认为，在打上了"当代性"烙印的有限的、特定的历史中去寻找"普遍史"，"永远不会成功"，历史"无任何规律可循"。

冯达才：据国家哲学社会科学规划办公室的同志介绍，您正在主持"马克思的世界历史理论和社会发展道路"的课题研究。您为什么选择这个课题？

杨　耕：历史常常出现这样一种奇特的现象，即伟大思想家的某个理论以至整个学说往往在其身后，在经历了较长时间的历史运动之后，才能真正显示出它的内在意义，重新引起人们的重视。马克思世界历史理论的历史命运就是如此。马克思的世界历史理论产生于19世纪中叶，它在当时并未引起人们的关注。20世纪的历史运动以及传统的社会发展理论的困境，使马克思世界历史理论的现代价值凸现出来了，人们不由自主地把目光转向这一理论。邓小平的"开放世界"思想和沃勒斯坦的"世界体系"理论，都是马克思的"世界历史"理论在现时代的"反射"和回响。

冯达才：我读过您的关于邓小平的"开放世界"思想的论著，有新意也较为深刻。我也知道，沃勒斯坦的世界体系理论被西方思想界誉为"20世纪80年代的马克思主义"，但国内学界对这一理论研究的论著极为少见。您能否介绍一下沃勒斯坦的世界体系理论？

杨　耕：根据我接触到的有限资料和研究体会，沃勒斯坦的世界体系理论主要有四个方面的内容：

第一，世界体系的基本结构是"世界经济体"和"国际体系"。沃勒斯坦认为，由国际分工组成的"经济体"构成了世界体系的基础；这种经济体的存在又必然要求形成一种有利于资本主义生产方式运行的世界政治结构，这就是以强国欺凌弱国为基本特征的"国际体系"。国际体系或世界体系就是资本主义世界体系。

第二，世界体系是个整体，每个民族或国家的发展都要受到这个整体的制约和支配。在沃勒斯坦看来，"发达"和"不发达"都不是这些国家本身的问题，而是世界体系整体运动在各个组成部分上的具体反应。

第三，世界体系的形成过程实质上是世界资本主义的资本积累过程。在沃勒斯坦看来，资本原始积累只是资本积累的开端。随着资本原始积累的完成，已经实现工业化的国家则通过不平等交换剥削非工业化国家，形成了世界资本主义的资本积累过程。正是在这个过程中形成了"中心—半外围—外围"的资本主义世界体系，形成了"发达"和"不发达"对立的状态。

第四，社会主义是不发达国家在世界体系中寻求再生之路而做出的一种反应，是世界体系内在规律所决定的一种社会发展形式。沃勒斯坦认为，在现代，社会主义自身还不能构成一个体系，也不能摆脱资本主义世界体系的制约，但社会主义又构成了"反体系的力量"。资本主义在世界范围内扩张的界限就是其灭亡的时间，而社会主义也只有在新的世界体系中才能得到全面实现。

沃勒斯坦的世界体系理论当然有值得商榷和需要完善之处，但不管如何，沃勒斯坦运用唯物主义历史观的理论和方法研究当代资本主义却是无疑的。所以，沃勒斯坦的世界体系理论被西方思想界誉为"雄心勃勃的具有马克思主义色彩的理论"，是"20世纪80年代的马克思主义"。

冯达才：您就马克思的世界历史理论已经发表了许多文章，下一步，您准备如何进行"马克思的世界历史理论和社会发展道路"这个课题的研究？

杨　耕：有四个方面的设想：一是重新考察马克思的世界历史理论；二是重新考察东方社会和西方社会发展道路的同与异；三是

深入研究当代社会发展理论；四是深入研究当代中国的改革开放和
现代化建设。

冯达才：您目前关注的理论问题是什么？

杨　耕：我目前关注的理论问题是马克思主义哲学的历史命运。
马克思主义哲学曾有过凯歌行进的时代，然而，毋庸讳言，马克思
主义哲学目前处在低潮时期，许多人开始怀疑、否定甚至抛弃马克
思主义哲学。马克思主义哲学的命运究竟如何，这仍然是一个重大
的课题。目前，我和陈志良博士正在主持国家教委"八五"课
题——"走向 21 世纪的马克思主义哲学"的研究。在即将告别 20
世纪的时候，我们应站在当代实践、科学和哲学的基础上，对处于
世纪转换中的马克思主义哲学进行新的研究。这种研究包括对马克
思主义哲学与马克思主义史的关系、马克思主义哲学与西方哲学史
关系、马克思主义哲学与现代西方哲学关系、马克思主义哲学与当
代社会发展理论关系的研究。只有这样，我们才能真正把握马克思
主义哲学的历史命运。

冯达才：要把握一种哲学的历史命运，首先要把握它的理论主
题，看它的理论主题与现时代是否一致。您是否赞同这一看法？您
认为，马克思主义哲学的理论主题是什么？

杨　耕：我完全赞同您的看法。要把握马克思主义哲学的历史
命运，首先要把握马克思主义哲学的理论主题，把握这一理论主题
与现时代的关系。

马克思主义哲学是在对传统哲学的批判中发展起来的。所谓传
统哲学，是指从古希腊到 19 世纪中叶这一历史阶段的哲学形态，包
括古代哲学和近代哲学。研究"整个世界"并追溯"整个世界"的
终极存在、初始本原是传统哲学的目标，并构成了其中不同派别的
共同主题。马克思主义哲学不是传统哲学，包括旧唯物主义哲学原
来主题的延伸和对这个主题的回答。具体地说，马克思主义哲学关
注的是人类世界，关注的是无产阶级和人类解放，关注的是人的自

由而全面发展，并认为随着现代科学的发展，再建构一种关于"整个世界""总联系"的世界观只能是"多余"的。对于马克思主义哲学来说，"全部问题都在于使现存世界革命化"，"把人的世界还给人自己"。

这样，马克思便把哲学的聚焦点从"整个世界"转向人类世界，从宇宙本体转向人的生存本体，从而使哲学的理论主题发生了根本转换。换句话说，改变世界，实现无产阶级和人类解放，这才是马克思主义哲学的理论主题。正因为如此，马克思主义哲学极为关注唯物主义和人的主体性相结合的问题，并把自己的任务规定为解决实践活动中的主体与客体、主观与客观的关系问题，从而为无产阶级改造世界，"使现存世界革命化"提供方法论。马克思主义哲学的这一理论主题和现代科学发展、现代社会运动是一致的。从本质上说，马克思主义哲学是"现代唯物主义"。

冯达才：您的这一观点和您在1989年提出的"拒斥形而上学是马克思哲学的基本原则"具有密切关系。您现在是否仍然坚持"拒斥形而上学是马克思哲学的基本原则"这个观点？

杨　耕：仍然坚持，而且认识比以前深刻了。所谓形而上学，是指关于超验存在之本性的哲学形态，它力图从一种"终极存在""初始本原"中去理解和把握事物以及人的本性。从总体上看，传统哲学就是"形而上学"。从亚里士多德把"存在的存在"规定为"第一哲学"的主题，到黑格尔把"形而上学"和唯心辩证法结合起来，建立起一个庞大的"科学之科学"哲学体系，"形而上学"完成了一次大循环。黑格尔哲学是"形而上学"最完善和最后的形式。在这个庞大的哲学体系中，人成了"绝对理性"自我实现的工具，只不过是一种"活的工具"。因此，马克思在《神圣家族》中断言：随着时代和哲学本身的发展，"形而上学"这种哲学形态"将永远屈服于现在为思辨本身的活动所完善化并和人道主义相吻合的唯物主义"。换句话说，随着时代的发展，一种吸取了黑格尔辩证法并和人的主体性相结合的唯物主义哲学必然要代替"形而上学",这是时代和时代精神的要求。

马克思主义哲学以至整个现代哲学运动都是从批判黑格尔哲学开始的。从哲学史上看,马克思和孔德同时举起了"拒斥形而上学"的旗帜,马克思甚至把自己的哲学称为"真正实证的科学"。不过,孔德"拒斥形而上学"是为了把哲学限于经验和可证实的范围内,马克思"拒斥形而上学"是为了把哲学引向人类世界和人类解放。

冯达才:"拒斥形而上学"的问题直接涉及马克思主义哲学与现代西方哲学的关系,您是如何看待马克思主义哲学与现代西方哲学关系的?

杨　耕:我刚才说马克思主义哲学是现代唯物主义,就蕴含着马克思主义哲学与现代西方哲学的关系。在我看来,马克思主义哲学所实现的哲学主题的转换标志着哲学的转轨,即从传统哲学转向现代哲学。从总体上看,现代西方哲学关注的就是人的生活世界,用雅斯贝尔斯的话来说,就是"力求领悟人的现实境况中的那个实在"。存在主义不用说。即使是分析哲学所实现的"语言学转向",在本质上体现的仍然是对人与世界联结点的寻求,显示的是现代哲学对思想、语言和世界三者关系的总体理解:世界在人的思想之外,但人必须也只能通过语言去理解世界和表达对世界的理解,所以,"语言的界限就是世界的界限"。分析哲学的这一见解不无道理。马克思早就指出:"语言是思想的直接现实",是"现实生活的表现"和"现实世界的语言"。这就是说,人类关于世界的认识成果就积淀并表现在语言中,因而从语言的意义去研究世界的意义,实际上就是从对人的关系中去理解和把握世界。

就内容而不就形式,就总体而不就个别派别而言,整个现代西方哲学的运动,都是以马克思主义哲学所实现的哲学主题的转换为根本内容的。不管现代西方哲学的其他派别是否意识到或承认,马克思和孔德一样,都是现代哲学的开创者和奠基人。

冯达才：那么，马克思主义哲学与现代西方哲学是否有不同之处？

杨　耕：当然有。撇开阶级性不说，仅就理论本身而言，二者也有本质的不同。现代西方哲学的不同派别都是从人类世界的某一侧面、环节、关系出发，并把人类世界归结为这一侧面、环节、关系，因而它们处在不断的相互否定之中；马克思主义哲学则把实践提升为哲学的根本原则，因而抓住了人类世界的根本，并从这一根本出发向人类世界的各个方面、环节、关系发散出去，形成一个思维整体。这就是说，马克思主义哲学不仅终结了传统哲学，而且在整体上优于现代西方哲学的其他派别。我赞同并欣赏萨特的这一观点，即马克思主义哲学是现时代"唯一不可超越的哲学"。

冯达才：可是，有的人认为，在马克思主义哲学的经典著作中，找不到关于当代问题的现成答案……

杨　耕：从马克思主义哲学的经典著作中找不到关于当代问题的现成答案，这不能责怪马克思，要责怪的只能是自己对马克思主义哲学"本性"的无知。早在马克思主义哲学创立之初，马克思就以其远见卓识向人们宣布：马克思主义哲学"绝不提供可以适用于各个历史时代的药方或公式"。后来，恩格斯又重申："马克思的整个世界观不是教义，而是方法，是进一步研究的出发点和供这种研究使用的方法。"企图直接从马克思主义哲学的经典著作中寻找关于当代问题的现成答案，实际上是把马克思主义哲学变成启示录。马克思主义哲学不是教义，而是方法。我们只能按照马克思主义哲学的"本性"期待它做它所能做的事，而不能要求它做它不能做的事。

冯达才：问一句题外话吧。听说您是站着思考，坐着写作，是否有此事？

杨　耕：确有此事。只有站着，独立不倚地站着，才能有真正的思考和创造性思维。

冯达才：我大概知道了您是如何建构您的"哲学空间"，如何雕塑您的"思维个性"的了。您的研究和见解确有自己的"个性"。谢谢您接受我的采访。愿您永远站着思考。

　　杨　耕：谢谢。不过，不是接受采访，而是相互对话。祝《学术研究》更上一层楼，办出自己的水平和特色。

　　　　　　　　　　　　　　载《学术研究》1994 年第 3 期。

"光荣的路是狭窄的"

——访杨耕教授

编者按：杨耕，1956 年生，安徽合肥人。1982 年毕业于安徽大学，获哲学学士学位；1991 年毕业于中国人民大学，先后获哲学硕士、哲学博士学位。现为中国人民大学哲学系教授、博士生导师。先后在《光明日报》《求是》《中国社会科学》《哲学研究》《唯物论研究》（日本）等报刊上发表论文 200 余篇；先后出版《杨耕集》《马克思的社会发展理论及其当代意义》《"危机"中的重建：历史唯物主义历史观的现代阐释》等专著 10 部。这些论著以其崭新的理论视角、宽广的理论空间、独到的理论见解，展示出一种新的理论态势，引起哲学界、理论界的广泛关注。本刊特约记者王峰明博士就"学问人生"话题，采访了杨耕教授，现将访谈记录整理后发表于下。

《学术界》特约记者王峰明：在一般人的印象中，哲学似乎是一门艰涩隐晦、枯燥乏味的学科，高深莫测，与现实无关。看到您的文章和媒体对您的访谈，发现您对哲学有一种独到的理解，对哲学有一种发自内心的"爱"……

杨　耕：我之所以"爱"哲学，是因为哲学本身"可爱"，而哲学之所以"可爱"，是因为哲学归根到底关注着人在世界中的位置。更重要的是，对人的不同看法必然包含着对人与自然、人与社会关系的不同理解。饮食男女本是一种自然现象，可"朱门酒肉臭，路有冻死骨"以及梁山伯与祝英台式的爱情悲剧却是一种社会现象。"人生自古谁无死，留取丹心照汗青"这一千古绝句表明，人的死本身属于自然规律，死的意义却属于历史规律。英雄与小丑、流芳百世与遗臭万年的分界线就在于，是如何处理人与历史规律的关系。从根本上说，人的问题是一个如何看待和处理人与自然、人与社会关系的问题，是哲学问题。反过来说，哲学应从人与自然、人与社会的双重关系中关注人，从人的活动及其规律中去把握人本身。这样，哲学就会既"可爱又可信"。

哲学之所以给人们一种艰涩隐晦、枯燥乏味、与现实无关的印象，这是由于哲学的论证方式造成的，这就是，哲学在形式上表现为一种抽象的概念运动，这种抽象的概念运动很容易给人们造成一种"云山雾罩"的感觉。但是，只要我们透过现象看本质，就会发现这种抽象的概念运动背后的现实问题。换言之，哲学的论证方式是抽象的，哲学的问题却是现实的。哲学家无论多么"超凡入圣"都不能不食人间烟火，他们都是在特定的社会现实中提出特定的问题，提出特定的解决问题的方式和答案。即使表面上看来荒诞不经、信奉"语言游戏论"的后现代主义，实际上是对"后工业社会"的一种文化反映。用后现代主义大师杰姆逊的话来说就是，后现代主义"是在一个已经忘记如何进行历史性思考的时代里去历史地思考现实的一种努力"。由此，我们也就不难理解福柯为什么关注"知识、学术、理论同现实的关系"了。实际上，哲学是以抽象的概念运动反映现实的人的活动和人的现实的运动。这就注定哲学思维极其艰辛。谁选择了哲学并想站在这一领域的制高点上，谁就必然在精神乃至物质上选择一条苦行僧的道路。借用莎士比亚的话来说就是，"光荣的路是狭窄的"。

王峰明：很多哲学家极为欣赏、推崇古代哲学家张载的志向，那就是"为天地立心，为生民立命，为往圣继绝学，为万世开太平"，并以此作为自己的志向和使命。您如何看待这一志向和使命？

杨　耕：在这一点上，也仅仅就这一点而言，张载有点不知"天高地厚"了。我认为，这是哲学家不可能实现的理想，不可能兑现的诺言，不可能完成的使命。哲学没有这个功能，哲学家也没有那么大的作用。如果哲学家以此作为自己的志向，自欺自诩，那么，只能是"壮志未酬"，自欺欺人。在我看来，能担当这一使命、完成这一任务的，只能是"圣人"。问题在于，这个世界上只有伟人，没有"完人""圣人"。冯友兰先生认为，"哲学的崇高任务"是使人"成为圣人"。实际上，哲学不可能使人"成为圣人"。

当然，哲学能使人走向崇高。所以，我们不能只"为学"而不"为道"。"为学"，即学习专业知识，可以使人成为某一方面的专业人才，学物理的可以成为物理学家，学化学的可以成为化学家，学历史的可以成为历史学家，如此等等。可是，单纯的"为学"又有局限性，那就是，它可以把人培养成专业人才，但又可能把人局限在某一专业领域之内。"为道"，即学习哲学，则能够培养人的高举远慕的心态、执着专注的意志和慎思明辨的理性，从而提升人的精神境界，使人走向崇高。

王峰明：现在有一种非常流行的说法，就是认为当今中国的哲学越来越趋于"冷寂"以至衰落，而且随着市场经济体制的确立，这种"冷寂"、衰落将呈加速态。

杨　耕：我不同意这种观点。这种观点看到了某种合理的事实，但又把这种合理的事实溶解于不合理的理解之中。和改革开放之前，尤其是"文革"中"全民学哲学"的"盛况"相比，目前哲学在社会生活中的确显得较为冷清，许多人对哲学持一种冷漠、疏远的态度。但是，我不能不指出，"文革"中的哲学繁荣是一种虚假繁荣，是一种受功利主义支配和领导人好恶引导的假性繁荣，其中不乏对哲学肤浅甚至庸俗的理解以及急功近利的运用。而目前所谓的哲学"冷寂"实际上是人们对哲学本身的一种深刻反思，是一种对哲学本身的学术回归。具体地说，哲学界通过对现代西方哲学的批判反思，通过对中国传统哲学的批判反思，通过对马克思主义哲学本身的批判反思，以及通过哲学的重新定位完成了这种学术回归。在我看来，正是这三个"批判反思"以及"重新定位"促使当今中国的哲学走向成熟。换言之，当今中国哲学的"冷寂"并不意味着哲学的衰落，相反，它预示着中国哲学的成熟。

实际上，市场经济与哲学的关系并非如同冰炭，不能相融。没有市场经济也就没有近代的法国启蒙哲学、德国古典哲学，也就没有现代的存在主义哲学、结构主义哲学以及解构主义哲学，当然，也就没有马克思主义哲学。市场经济是以物的依赖性为基础的人的独立性的时代，是从人的依赖性向人的自由个性过渡的时代，而当代中国的市场化又是同现代化和社会主义改革交织在一起，在同一个时空中进行的，可谓史无前例，必然引起一系列重大而深刻的哲学问题，必然为人们的哲学思考提供一个广阔的社会空间，中国哲学将由此加速走向真正的繁荣。

王峰明：哲学联系现实是否仅仅就是反映、理解和解释现实？

杨　耕：不能这样理解。哲学与现实的关系是一种双重关系：一方面，哲学不能脱离现实，必须直面现实问题，解答时代课题，否则，将失去自己存在的根基；另一方面，哲学又必须进入抽象的概念运动领域，以概念运动反映现实运动，否则，就不是哲学。当然，哲学必须以哲学的方式联系现实，在联系现实的过程中，哲学不应失去自己的独立性、反思性和批判性，不能把自己降低为现实的附庸或仅仅成为现实的解释者。一种仅仅适应现实的哲学是不可能高瞻远瞩的。在我看来，现实创造哲学，哲学也影响现实；现实校正哲学发展的方向，哲学也引导现实的运动。哲学既要入世，又要出世；既要深入现实，又要超越现实。在哲学与现实的关系上，我们不能只看到现实对哲学的单向关系，忽视了哲学对现实的影响、引导作用，忽视了哲学本身的创造力量。当代中国的改革就是现实的中国人对中国人的现实的超越，而引导这一超越的就是邓小平理论，包括邓小平的哲学思想。

王峰明：您谈到了哲学与现实的关系，这里有一个无法回避的问题，那就是哲学与政治的关系。过去我们把哲学与政治等同起来，现在一些学者强调哲学应该远离、脱离政治。您如何看待哲学与政治的关系？

杨　耕：哲学不等于政治，但哲学不可能脱离政治。正如雅斯贝尔斯所说，"哲学既离不开政治，也离不开政治的后果"。实际上，哲学既是知识体系，又是意识形态；追求的是真理，又是某种信念。从根本上说，哲学是以抽象的范畴体系，并透过一定的认识内容而表现出来的特定的社会关系，总是体现着特定的阶级或阶层的利益、愿望和要求。明快泼辣的法国启蒙哲学是如此，艰涩隐晦的德国古典哲学是这样，高深莫测的解构主义哲学也不例外。用解构主义大师德里达的话来说，就是解构主义通过解构既定的话语结构挑战既定的历史传统和现实的政治结构。哲学总是具有自己特定的政治背景，总是或多或少地蕴含着政治，具有这种或那种政治效应。

当然，哲学命题的理论意义与政治效应并非等值，但哲学具有这种或那种政治效应却是无疑的，而且同一个哲学命题在不同的历史条件下往往产生不同的政治效应。实践是检验真理的唯一标准，这本是马克思主义哲学中的一个"常识"命题。然而，它在1978年的中国政治生活中转变为一个极强的政治命题，它所产生的政治效应是巨大的，以至于对当代中国的发展具有决定性影响。哲学不能成为某种政治的传声筒或辩护词，因为哲学有自己的相对独立性；哲学也不能远离、脱离政治，因为哲学与时代的统一性首先是通过它的政治效应来实现的。在我看来，哲学家既要有自觉的哲学意识，同时又要有敏锐的政治眼光，才能理解和把握时代的需要。

王峰明：世纪之交、千年更替之际，从西方传来两件令人高兴的事情：一是在英国 BBC 公司、路透社等媒体所做的民意测验中，马克思被评为千年来最有影响的思想家之一，而且位居榜首；二是后现代主义大师德里达出版了《马克思的幽灵》，这部著作对马克思主义给予高度评价，并震动了西方思想界。国内一些学者把这两件事视为"马克思思想当代复兴"和"马克思哲学世纪凯旋"的标志。作为一个专门从事马克思主义哲学研究的知名学者，您是如何看待这两件事，尤其是《马克思的幽灵》一书的？

杨　耕：我是一个马克思主义者，当然为这两个"事件"感到高兴，并为此所激动。马克思被评为千年思想家，使我不禁想起了中国一句古老的谚语："公道自在人心。"但是，我把这两件事看作是马克思主义"当代复兴"和"世纪凯旋"的标志，持一种谨慎的乐观态度。《马克思的幽灵》的确给予马克思高度评价，但我们不能不看到，《马克思的幽灵》是从解构主义立场出发为马克思主义辩护，同时运用马克思主义来旁证解构主义的。在这一"联姻"过程中，马克思主义已被德里达以解构性的阅读重新书写，马克思主义在这里成为一种解构主义版本的马克思主义。尽管如此，我仍然敬佩德里达的理论勇气，并认为《马克思的幽灵》的确包含着真知灼见以及鞭辟入里的分析，给我们以重要的启示，可谓"他山之石，可以攻玉"。我在《哲学研究》2000 年第 5 期发表了《德里达：从解构主义转向马克思主义——解读〈马克思的幽灵〉》，对《马克思的幽灵》做了较为全面而深入的分析和评价。这里，我就不多说了。

王峰明：我注意到，您对马克思主义哲学的解读范式是独特的。《理论前沿》2000 年第 1 期发表《国内马克思哲学研究的几种理论范式》的评论文章认为，您的解读范式"提供了一种新的马克思哲学的理解途径，突破了传统的马克思主义哲学的理论框架，建构了新的马克思主义哲学体系，对于我国哲学体系的改革和建设具有突破性意义"。

杨　耕：这个评价过高，我实在不敢当，但我对马克思主义哲学的确有自己的看法。我认为，马克思哲学的创立在哲学史上划时代的意义就在于，它实现了哲学主题的根本转换，即从"整个世界"转向"人类世界"，关注人的生存状况和人类解放。当马克思把目光转向人类世界时，他就同时在寻找理解、解释和把握人类世界的依据。这个依据终于被发现，这就是人类实践活动。实践是人的存在方式。在实践中，人是以物的方式去活动并与自然发生关系的，得到的却是自然或物以人的方式而存在。在这个过程中自在自然转化为人化自然，"自在之物"转化为"为我之物"，换言之，人通过实践为自己创造了一个自然与社会"二位一体"的人类世界。在人类世界中，实践具有导向作用，就是说，人通过自己的实践活动"为天地立心"，在物质实践的基础上重建世界。

这就是说，实践构成了人类世界得以存在和发展的基础，构成了人类世界的本体。这是一个动态的、不断发展的、不断生成的本体，人类世界因此成为一个不断形成更大规模、更多层次的开放性体系。在我看来，承认自然界的"优先地位"或物质第一性，这只是马克思的新唯物主义与旧唯物主义的共性，确认实践所引起的人与自然之间的物质变换构成了人类世界的基础，这才是新唯物主义的"唯物"之所在，或者说，是新唯物主义的"新"之所在。

王峰明：您提到旧唯物主义与新唯物主义这两个概念。通常认为，旧唯物主义包括自发唯物主义和形而上学唯物主义，新唯物主义则是辩证唯物主义，而自发唯物主义、形而上学唯物主义和辩证唯物主义构成了唯物主义的三种历史形态。据说，您近来对此有不同的看法。

杨　耕：按照传统的观点，自发唯物主义、形而上学唯物主义和辩证唯物主义这三种唯物主义形态在观察世界的理论视角上并没有什么根本性的变化，即三者都以"整个世界"为研究对象，只不过自发唯物主义把世界看成是一个混沌的整体；形而上学唯物主义把世界理解为一个个静止、孤立的事物；辩证唯物主义则把世界理解为普遍联系和永恒发展的物质体系，而历史唯物主义不过是辩证唯物主义在社会历史领域中的推广和应用。这种观点的最大局限性就在于，忽视了唯物主义发展进程中的理论主题转换或理论视角转换这一根本问题，而且历史唯物主义的划时代贡献在相当大的程度上被抛弃了。从理论主题或理论视角的历史转换这一根本点上看，唯物主义的发展经历了三个历史阶段，形成了三种历史形态，那就是，自然唯物主义、人本唯物主义和历史唯物主义。

自然唯物主义始自古希腊哲学，后在霍布斯那里达到系统化的程度，并一直延伸到法国唯物主义中的机械唯物主义派。它或者在直接断言世界本身的意义上去寻求"万物的统一性"，把万物的本原归结为自然物质的某种形态，或者以经验科学对自然现象的实证研究为基础，在"认识论转向"过程中去探讨人与自然的统一性，并把"整个世界"以及人本身归结为自然物质的某一层次。自然唯物主义确认了世界的物质统一性，却一笔抹杀了人的主体性和历史性。人本唯物主义起源于法国唯物主义中的另一派，即"现实的人道主义"，并在费尔巴哈那里达到了典型的形态。费尔巴哈力图以"现实的人"为基本原则来理解世界并构造哲学体系，从而建构了人本唯物主义。然而，费尔巴哈不理解实践是人的存在方式，是社会生活的本质和感性世界的本体，所以，费尔巴哈最终得到的仍是抽象的人，忽视的仍是人的主体性和历史性，实际上是以一种新的方式制造了自然与历史对立的神话。因此，超越人本唯物主义，建立和"历史"相结合的唯物主义即历史唯物主义是理论和历史的双重要求。换言之，历史唯物主义是唯物主义的第三种历史形态。

王峰明：可是，历史唯物主义只是一种历史观或历史哲学，而不是一个完整的哲学形态。您也一直持这种观点，并认为历史唯物主义是历史本体论与历史认识论相统一的历史哲学。那么，作为一种历史观或历史哲学，历史唯物主义怎么能构成一种完整的唯物主义哲学形态呢？

杨　耕：我的观点近来有较大的变化。我现在认为，历史唯物主义构成了一个完整的马克思主义哲学形态，马克思主义哲学就是历史唯物主义。从形式上看，历史唯物主义研究的仅仅是人类社会或人类历史，似乎与自然无关。但是，问题在于，社会是在人与自然之间的物质变换过程中形成和发展起来的；为了实现人和自然之间的物质变换，人和人之间必须互换其活动，并必然结成一定的社会关系。这就是说，人们的生存实践活动始终包含并展现为人与自然的关系和人与人的关系，即人与世界的关系。历史唯物主义所关注和所要解决的基本问题，就是人们的生存实践活动所包含和展现出来的人与自然的关系和人与人的关系，即人与世界的关系问题。这就是说，历史唯物主义不仅是一种"唯物主义历史观"，更重要的，是一种"唯物主义世界观"。

在我看来，"历史唯物主义"中的"历史"是人的活动及其内在矛盾，即人与自然、人与社会的矛盾得以展开的境域，而历史唯物主义高出一筹的地方就在于，它通过对人的实践活动深入而全面的剖析，科学地解答了人与自然和人与社会的关系，即人与世界的关系问题。以实践为出发点范畴，去探讨人与自然的关系和人与社会的关系，即人与世界的关系，使历史唯物主义展现出一个新的理论空间，即一个自足而又完整、唯物而又辩证的世界图景，因而成为一种"唯物主义世界观"。由于历史唯物主义内含着"否定性辩证法"，所以，马克思称其为"真正批判的世界观"。这也就是说，历史唯物主义本身就是辩证唯物主义。

王峰明：1989年，您曾提出"拒斥形而上学是马克思哲学的基本原则"，并引起了较大的争议。从那时到现在，已经过去10多年了，您是放弃还是仍然坚持这个观点？

杨　耕：我仍然坚持这一观点，而且认识比以前更深刻了。我正在撰写的系列论文《"形而上学"的命运与现代唯物主义的使命》，力图更加深入而系统地阐述"拒斥形而上学是马克思哲学的基本原则"这一观点。

王峰明：请您具体谈谈。

杨　耕：形而上学这种哲学形态所追求的，是一切实在对象背后的那种"终极存在"，其最大特点就在于，它力图从一种永恒不变的"终极存在"或"初始本原"出发去理解和把握事物以及人的本性和行为。从历史上看，形而上学在对世界的终极存在的探究中，确立了一种严格的逻辑规则，即从公理、定理出发，按照推理规则得出必然结论。这标志着作为理论形态的哲学的诞生，无疑具有积极意义。然而，形而上学中的存在是脱离了现实事物、脱离了现实的人的存在，是一种抽象化的本体，甚至成为一种君临人与世界之上的神秘的主宰力量。形而上学关注的是所谓的世界的"终极存在"，忽视的恰恰是人的存在。

到了18世纪，随着自然科学从形而上学中分化出去，"给自己划定了单独的活动范围"，随着反封建、反宗教斗争的发展，人本身再次觉醒，用马克思的话来说就是，"实在的本质和尘世的事物开始把人们的全部注意力集中到自己身上"了。所以，18世纪法国唯物主义举起了反对形而上学的大旗。但是，18世纪法国唯物主义并没有完成反对形而上学的任务，或者说，没有从根本上摧毁形而上学，以至自身又重新陷入形而上学的沼泽地。

到了19世纪，形而上学在"德国思辨哲学中曾有过胜利的和富有内容的复辟"，形而上学再次崛起。之所以是一次"富有内容的复辟"，是因为黑格尔使形而上学与概念辩证法融为一体了。问题在于，人的存在又消失在绝对理性以及概念运动的阴影之中。因此，到了19世纪中叶，西方哲学再次掀起反对形而上学的浪潮。费尔巴哈"巧妙地拟定了批判形而上学的基本要点"，孔德和马克思则从根本上摧毁了形而上学。孔德从自然科学的可证实原则出发批判了形而上学，并力图以实证科学精神重塑哲学；马克思则从人的存在出发批判了形而上学，并力图建立一种"和人道主义相吻合的唯物主义"。

在我看来，马克思的唯物主义不是从"抽象的物质"出发，更不是以经院哲学的方式抽象地谈论世界的物质统一性，而是从实践出发，从社会存在出发，通过对现代社会普遍存在的"拜物教"的批判，揭示出被物的自然属性掩蔽着的人的社会属性，以及被物与物的关系掩蔽着的人与人的关系，从而"把人的世界和人的关系还给人自己"。这同时意味着哲学的转轨，即从传统哲学转向现代哲学。从总体上看，现代西方哲学的发展日趋"现实的生活世界"，"所力求的目标在于领悟人的现实境况中的那个实在"。这使我不禁想起海德格尔的一段话：以往的哲学"总是把目标指向在者的最初的和最后的根据，仿佛哲学能够而且必须为当下以及将来的历史的此在，为一个民族的文化创造基础。然而，对哲学能力的本质做这样的期望和要求未免过于奢求"。

王峰明：据我所知，这些是您重读马克思所获得的认识。1995年，您明确提出"重读马克思"，并认为可以以此来概括您的全部理论研究。我现在想问的问题是，您是如何重读马克思的？

杨　耕：在重读马克思的过程中，我经历了从马克思哲学到马克思主义哲学史、西方哲学史，再到现代西方哲学、当代社会发展理论，然后再返回到马克思哲学这样一个不断深化的求索过程，其意在于：把马克思的哲学置放到一个广阔的历史背景和理论空间中去研究。我以为，对马克思哲学的研究离不开对马克思主义哲学史的研究，只有把握马克思的心路历程，把握马克思以后的马克思主义哲学的演变过程，才能真正把握马克思哲学的真谛，真正理解马克思哲学在何处以及何种程度上被误读了；只有把马克思哲学放到西方哲学史的流程中去研究，才能真正把握马克思哲学对传统哲学变革的实质，真正理解马克思哲学划时代的贡献；只有把马克思哲学与现代西方哲学、当代社会发展理论进行比较研究，才可知晓马克思哲学的局限性，同时进一步理解马克思哲学的伟大所在，真正理解马克思主义哲学为什么是我们这个时代"不可超越的意义视界"。在这样一个重读马克思的过程中，我的面前便矗立起一座巨大的英雄雕像群，我深深地体验到思想家们追求真理和信念的悲壮之美，深深地体会到什么是"死而不亡"，马克思"死而不亡"，并与我们同行。

在重读马克思的过程中，我进行了政治经济学的"补课"。马克思主义哲学不仅是在批判德国古典哲学，而且是在批判英国古典经济学的过程中生成的；马克思主义经济学不仅是一种关于资本的理论，而且是对资本的理论批判或批判理论，它内含并生成着哲学批判，具有重大的哲学意义。精神生产不同于肉体的物质生产。以基因为遗传物质的生物延续是同种相生，而哲学思维可以也应该通过对不同学科成果的吸收、消化和再创造，形成新的哲学形态。正像亲缘繁殖不利于种的发育一样，一种创造性的哲学应该也必须突破从哲学到哲学的局限。哲学研究是一个艰难曲折的思想登山之路，"光荣的路是狭窄的"，但哲学研究的视野绝对不能狭窄。

王峰明：问一些轻松的题外话吧。您一开始就谈到哲学与人的关系问题。我想问的是，您如何看待人生？

杨　耕：这个问题可不轻松，相反，还有些沉重。狄德罗就说过："人是一种力量与软弱、光明与盲目、渺小与伟大的复合物，这并不是责难人，而是为人下定义。"卢梭曾感叹："人类的各种知识中最有用而又最不完备的，就是关于'人'的知识。"但无论如何，人的一生有一点可能是共同的，那就是，人的一生可以"过五关"，也可能"走麦城"。还是借用莎士比亚的那句话，"光荣的路是狭窄的"。在我看来，"过五关"固然可喜，但"走麦城"也不可怕，可怕的是你不能正确地对待它。问题的关键在于，你能不能做到"荣辱不惊、波澜不惊"。要做到这一点，需要有"哲学的修养"。我以为，人生观是个哲学问题，而不是科学问题，医学、生物学、考古学、物理学、化学、数学等都不可能解答人生之谜，倍数再高的显微镜看不透这个问题，再好的望远镜看不出这个问题，再敏感的化学试剂测不出这个问题，亿万次计算机也算不出这个问题……只有哲学才能使我们真正"看破红尘""看透人生"。哲学就是要告诉你，如何"向死而生"。

同时，你还需要有社会的经历，经历本身就是一笔财富。当然，这里有一个矛盾，那就是，当你有一定的经历以及由此形成的经验时，你可能已经步入中年甚至老年了，属于你的时间已经不多了；当你年轻而拥有充分的时间时，你往往没有经历，缺乏经验，所以，越年轻越容易犯错误。经常听到这样一句"宽宏大量"的话："允许犯错误。"实际上，不管你允许不允许，是人总是要犯错误。如果人的生命有两次，我看人人都不会犯错误，个个都是"先知先觉"。

王峰明：假如生活对您不公，您持一种什么样的态度？

杨　耕：相信时间，学会忍耐，而且我已经学会了忍耐。做人必须学会忍耐，有时甚至要忍受你不能忍受的东西，但忍耐是一个人获得精神平衡的基础。我非常喜欢《奥赛罗》第四幕中的一段台词，那就是，"要是上天的意思，让我受尽种种折磨，要是他用诸般痛苦和耻辱加在我毫无防卫的头上，把我浸没在贫困的泥沼里，剥夺我的一切自由和希望，我也可以在我灵魂的一隅之中，找到一滴忍耐的甘露"。

王峰明：精彩！在日常生活中，我们每个人都在议论、评价别人，同时自己又被别人议论、评价。您是否看重别人对您的议论、评价？

杨　耕：以前很看重，现在我不太在乎别人对我的议论、评价了。如果别人说的的确是我的缺点，我努力改正就是了；如果别人说的不是我的缺点甚至是"恶毒攻击"时，我也不在乎，因为这不是我的过错。我非常喜欢马克思在《资本论》序言中引用的但丁的格言:"走你的路,让人们去说吧!"套用现在时髦的话来说就是,"我就是我"。歌德有句名言:"被人误会,是人类的命运。"所以,当我被别人误解时,一般我不会去解释,因为对明白人,你不解释他也明白;而对不明白人,你越解释他越不明白。念段诗来说明这一问题吧!"我们学着对待误解,学着把生活的苦酒当成饮料一样慢慢品尝;""我们学着对待流言,学着从容而冷静地面对世事沧桑。猝然临之而不惊,无故加之而不怒,这便是我们的大勇,我们的修养。"汪国真的这些诗句富有哲理。

王峰明:的确富有哲理。不过,也可看出,哲学思维方式在您身上产生了作用。

杨　耕:哲学已融入我的生命活动之中,已成为我的"安身立命"之根和"安心立命"之本。哲学适合我,我也适合哲学,离开哲学我不知如何生存。

王峰明:教学和科研之余,您的爱好是什么?

杨　耕:欣赏交响乐,从中你会有一种形而上的领悟。正如海涅所说,"在音乐中,巴赫发现了永恒,亨德尔发现了光辉,海顿发现了自然,格鲁克发现了英雄,莫扎特发现了天堂,贝多芬发现了悲痛和胜利"。如果说哲学是为历史留下的理论反思,那么,音乐就是为历史留下的声音注解。当然,在众多的音乐家中,我最敬佩的是贝多芬,如同在众多的哲学家中,我最敬佩的是马克思一样。

王峰明:您目前最想做的事是什么?

杨　耕:休息。找个"世外桃源"休息半年。

王峰明:听说您是站着思考,坐着写作,是否有此事?

杨　耕:确有此事。写作只能坐着,但思考必须站着。只有站着,独立不倚地站着,才能有立足现实的超越性思考和创造性思维。

载《学术界》2001 年第 2 期。

哲学对我足够"深情"

——访杨耕教授

《中华读书报》记者陈香：杨教授，您是著名哲学家、理论家，从 1977 年到 2017 年，整整 40 年，您一直在哲学这片土地上辛勤耕耘，成果"金黄翠绿"，令人敬佩。2017 年，您又出版了《为马克思辩护：对马克思哲学的一种新解读》第四版，《重建中的反思：重新理解历史唯物主义》《马克思主义哲学基础理论研究》，以一种新的理论态势再次引起哲学界，尤其是马克思主义哲学界的关注。我想问的第一个问题是，是什么力量支撑您对马克思主义哲学进行了如此广泛、深入而持续的研究？

杨　耕：责任与使命！我是一名高校教师，本质上是"书生"，我的职业和专业就是哲学、马克思主义哲学。既然从事哲学这种职业，既然以马克思主义哲学为专业，那么，你就要有"职业道德"，就有一种责任。在我看来，这种"职业道德"、这种责任就是阐释、传授哲学，尤其是马克思主义哲学，并以科研成果支撑教学活动。我的事业和信仰也是马克思主义哲学。如果说当初是我选择了哲学，那么，后来就是哲学选择了我；我适合哲学，哲学也适合我，哲学已经融入我的生命活动之中，建构面向 21 世纪的马克思主义哲学已经成为我们这一代学者的使命。这使我想起了诗人汪国真的诗句："我们出征，让生命和使命同行。"

陈　香：可是，有的人认为，马克思主义哲学产生于"维多利亚时代"，距今已 170 年，因而已经"过时"……

杨　耕：我不能同意这样一种观点，这是一种"傲慢与偏见"。我们不能依据某种学说创立的时间来判断它是否"过时"，是否具有真理性。"新"的未必就是真的，"老"的未必就是假的，既有昙花一现的时髦的谬论，也有重复千年的古老的真理。阿基米德原理创立的时间尽管很久远了，但今天的造船业无论怎样发达也不能违背这个原理。如果违背这一原理，那么，造出的船无论多么"现代化"，多么"人性化"，也必沉无疑。由于深刻地把握了人与世界的总体关系，深刻地把握人类社会发展的一般规律，深刻地把握资本主义生产方式运动的规律，由于所解答和关注的问题深度契合着当代世界的重大问题，所以，产生于 19 世纪中叶的马克思的哲学又超越了 19 世纪这个特定的时代，并具有内在的当代意义。

正因为如此，每当世界出现重大问题时，人们都不由自主地把目光转向马克思，"询问"马克思。从一定意义上说，在伦敦海洛特公墓中安息的马克思，比生前在伦敦大英博物馆埋头著述的马克思，更加吸引世界的目光。我深深地体会到，什么叫"死而不亡"，马克思"死而不亡"，马克思的哲学仍然是我们这个时代的真理和良心；我深深地理解，为什么在世纪之交、千年更替之际，马克思被人们评为"千年来最有影响的思想家"且居于榜首。

陈　香：我注意到，2011 年，您在《社会科学战线》上发表文章，提出了一个重要概念，即"马克思主义哲学观"。我认为，正确理解马克思主义"哲学观"，是正确把握马克思主义哲学"本质特征"的理论前提。那么，您是如何定义哲学的？是如何理解马克思的"哲学观"的？

　　杨　耕：学者们总喜欢给哲学下定义，可哲学很难定义。在我看来，给学科下定义，难；给哲学下定义，更难！哲学是什么？哲学的位置在哪里？这是最折磨哲学家耐心的问题，以至黑格尔说了这样一段话："哲学有一个显著的特点，与别的科学比较起来，也可以说是一个缺点，就是我们对它的本质，对于它应完成和能够完成的任务，有许多大不相同的看法。"的确如此。对于什么是哲学，哲学家们从未形成一致的看法，不存在为所有哲学家公认的哲学定义。不同时代、不同民族、不同派别的不同哲学家对哲学有不同的看法，不仅哲学观点不同，而且哲学理念也不同。用石里克的话来说，这是"哲学事业的特征"。

　　对于哲学而言，不存在什么"先验"的规定，也不可能形成超历史的、囊括了所有哲学的统一的哲学定义。从根本上说，哲学的位置是由实践活动的需要决定的；从直接性上看，哲学的位置是由知识结构和认识水平决定的。不同时代的实践需要、知识结构和认识水平决定了哲学具有不同的位置。古代的实践需要、知识结构和认识水平，决定了古代哲学的"知识总汇"这一位置；近代的实践需要、知识结构和认识水平决定了近代哲学的"科学的科学"这一位置；现代的实践需要、知识结构和认识水平，决定了哲学分化为科学主义哲学、人本主义哲学和马克思主义哲学三大流派。其中，分析哲学着重对科学命题的意义分析，存在主义哲学注重对人类存在的意义探索，马克思主义哲学关注的则是现实的人及其历史发展，实现无产阶级和人类解放。

　　陈　香：我理解您的意思了，那就是，哲学是一个历史范畴。那么，马克思是如何理解哲学的？

　　杨　耕：在马克思看来，"哲学是时代精神的精华"，而哲学要成为"时代精神的精华"，就必须要关注"时代的迫切问题"。任何一个有成就的哲学体系都或直接或间接、或多或少地解决了"时代的迫切问题"。"时代的迫切问题"反映的实际上是人类在特定时代的生存困境，并与政治密切相关。正因为如此，马克思提出，哲学与政治的"联盟"是"现代哲学能够借以成为真理的唯一联盟"，并强调哲学批判要和政治批判结合起来。

我们应当明白，哲学不等于政治，但政治需要哲学。没有哲学论证其合理性的政治，缺乏理性和逻辑说服力，缺乏理念和精神支柱，很难获得人民大众的拥护。由此，我们也就不难理解马克思为什么提出，人类解放的"心脏"是无产阶级，而"头脑"是哲学。这是一方面。另一方面，哲学不可能脱离政治，哲学总是以自己独特的方式蕴含着政治。正如雅斯贝尔斯所说，哲学既离不开政治，也离不开政治的后果。实际上，哲学总是具有自己特定的政治背景，总是或多或少地蕴含着政治，总是具有这种或那种政治效应，而哲学与时代的统一性首先就是通过它的政治效应来实现的。哲学具有知识体系与意识形态双重属性。哲学家既要有自觉的哲学意识，又要有敏锐的政治眼光，才能把握时代精神。这是其一。

其二，哲学是"为历史服务"的批判理论。哲学具有历史性，同样，哲学要"为历史服务"。在1843年的《〈黑格尔法哲学批判〉导言》中，马克思指出："真理的彼岸世界消逝以后，历史的任务就是确立此岸世界的真理。人的自我异化的神圣形象被揭穿以后，揭露具有非神圣形象的自我异化，就成为历史服务的哲学的迫切任务。于是，对天国的批判变成对尘世的批判，对宗教的批判变成对法的批判，对神学的批判变成对政治的批判。"这就是说，哲学必须具有批判性。

马克思极为重视哲学的批判性。早期，马克思强调哲学批判与政治批判的结合，强调"对现代国家制度的哲学批判"；中期，马克思强调哲学批判与意识形态批判的结合，强调对资产阶级意识形态的批判；后期，马克思强调哲学批判与经济学批判即资本批判的结合，强调对资本主义生产方式的批判。实际上，马克思所要创建的哲学本身就是一种"批判的哲学"，这种批判哲学就是要"对现存的一切进行无情的批判"，"在批判旧世界中发现新世界"，从而"对当代的斗争和愿望做出当代的自我阐明（批判的哲学）"。

其三，哲学是改变世界的理论。在马克思看来，哲学批判必须要"和实际斗争结合起来"，即和实践批判结合起来。哲学不能仅仅"为了认识而注视外部世界"，相反，"哲学不仅从内部即就其内容来说，而且从外部即就其表现形式来说，都要和自己时代的现实世界接触并相互作用"，从而"变成实践的力量"，改变世界。

我们都知道马克思的这句名言："哲学家们只是用不同的方式解释世界，问题在于改变世界。"作为"哲学家"的马克思与他所批评的"哲学家们"的根本分歧就在于："哲学家们"以追问"世界何以可能"为宗旨，马克思则以求索"人类解放何以可能"为宗旨；"哲学家们"以超历史的方法追问世界的"终极存在"，马克思则以一种历史的方法求索世界何以成为这样的存在；"哲学家们"重在"认识世界何以可能"，马克思重在"改变世界何以可能"。所以，马克思在《德意志意识形态》中明确指出："全部问题都在于使现存世界革命化，实际地反对并改变现存的事物。"

其四，哲学是现实的人及其发展的理论。在马克思看来，随着自然科学"给自己划定了单独的活动范围"，随着社会发展"把人们的全部注意力集中到自己身上"，哲学应当也必须改变"形而上学"这种形态，应当也必须趋向人的存在，应当也必须以"现实的个人"为出发点，关注"人的实践活动和实际发展过程"，并以此为基础"描绘出这一生活过程在意识形态上的反射和反响的发展"。正因为如此，马克思认为，传统哲学是"从天国降到人间"，而新的哲学是"从人间升到天国"。

正是以"现实的个人"为出发点，以"确立有个性的个人"为目标，马克思创立了一种"新唯物主义"哲学。在这种新唯物主义哲学中，我们可以体验出一种对资本主义制度的彻底的批判精神，透视出一种对人类生存异化状态的深切的关注之情，领悟到一种旨在实现工人阶级和人类解放的强烈的使命意识。换句话说，马克思的哲学熔铸着对人类生存本体的关注，对人类发展境遇的焦虑，对人类现实命运的关切，凝结为对人的全面而自由发展的深层理解和把握。我断然拒绝这样一种观点，即马克思的哲学"见物不见人"。在我看来，这同样是一种"傲慢与偏见"。

陈　香：您不仅说明了马克思的哲学观，实际上也阐述了马克思哲学的本质特征。我注意到，您刚才两次提到新唯物主义这一概念。2016年，您在《南京大学学报》第2期发表长篇论文，从概念史的视角考察和审视了"辩证唯物主义""历史唯物主义""实践唯物主义"的内涵。那么，如何理解和把握实践唯物主义、辩证唯物主义、历史唯物主义与新唯物主义的关系？

杨　耕：实践唯物主义、辩证唯物主义、历史唯物主义从三个维度标示着新唯物主义的"新"之所在。实践唯物主义的"实践"内在地包含着人与自然、人与社会的关系，或者说，内在地包含着人与自然、人与社会的矛盾，这一矛盾展开的过程，就是马克思所说的"否定性的辩证法"；历史唯物主义的"历史"是人与自然、人与社会的矛盾在时间中的展开，这种矛盾展开的过程以及人们认识这一矛盾的过程，就是马克思所说的"合理形态的辩证法"。这也就是说，实践唯物主义、历史唯物主义就是辩证唯物主义。在马克思的哲学中，不存在一个独立的、仅仅作为理论基础的辩证唯物主义；也不存在一个独立的、仅仅具有"应用"性质的历史唯物主义。实践唯物主义、历史唯物主义、辩证唯物主义不是三个主义，而是同一个主义，也就是马克思新唯物主义的不同表述。

我们不能因为西方马克思主义以及东欧新马克思主义倡导实践唯物主义而忌讳实践唯物主义这一概念，因为实践唯物主义是马克思本人首先提出的概念，更重要的是，实践唯物主义的确是马克思哲学的理论特征；我们也不必因苏联辩证唯物主义和历史唯物主义哲学体系的缺陷而"废"辩证唯物主义、历史唯物主义之"名"，因为唯物主义辩证法、历史唯物主义是恩格斯首先提出的概念，尽管辩证唯物主义是狄慈根首先提出的，但恩格斯并没有否定这一概念，列宁则多次肯定这一概念，更重要的是，辩证唯物主义、历史唯物主义的确是马克思哲学的理论特征。

陈　香：20世纪80年代，实践唯物主义讨论在国内兴起，其影响之广、之深前所未有。您是这场讨论的亲历者和重要参与者，并明确提出马克思的哲学就是实践唯物主义，明确提出实践唯物主义与辩证唯物主义不能"同构"。2016年，您在《中国社会科学》第11期发表论文《重新理解唯物主义的历史形态及其革命性变革》，又明确提出马克思的哲学就是历史唯物主义……

杨　耕：谢谢你对我的哲学研究的关注！我发现，我的思想"行踪"都在你的掌握之中。我的确提出过马克思的哲学就是实践唯物主义，实践唯物主义与辩证唯物主义不能"同构"，但这里所说的"辩证唯物主义"是特指，是指苏联马克思主义哲学模式。我现在的观点是，历史唯物主义本身就是一种世界观，用马克思的话来说，是一种"唯物主义世界观"，一种"真正批判的世界观"。我得出这样一个新的关于马克思哲学的总体认识，大体经历了三个阶段：

一是20世纪80至90年代初，我认为，历史唯物主义不是一个完整的哲学形态。1984年，我在《江淮论坛》发表《历史唯物主义概念的历史考察》，认为历史唯物主义是关于社会结构和历史规律的历史观。1990年，我在《学术月刊》上发表《历史唯物主义现代形态的建构原则》，提出历史唯物主义是马克思的历史哲学，是历史本体论与历史认识论相统一的历史哲学。但是，这里有一个不自觉的理论预设，即辩证唯物主义是历史唯物主义的理论基础。

二是20世纪80年代末至90年代末，我认为，马克思的哲学是实践唯物主义。1989年，我在《哲学动态》发表《实践唯物主义：唯物主义的现代形态》一文，明确提出马克思的哲学是实践唯物主义。1990年，我在《学术界》发表《论马克思的实践唯物主义》一文，较全面地阐述了实践唯物主义的内涵。但是，这一时期我有意回避了实践唯物主义与历史唯物主义的关系。可是，这个问题不解决，马克思主义哲学的"一体化"也就不可能彻底解决。于是，我开始重新审视历史唯物主义的理论空间。

三是从 21 世纪初开始，我对历史唯物主义的性质和职能有了新的认识，这就是，历史唯物主义本身就是一个完整的哲学形态，是一种世界观，马克思的哲学就是历史唯物主义。2001 年，我在《学术研究》发表《重新审视唯物主义的历史形态和历史唯物主义的理论空间》，明确提出从理论主题的历史转换这一根本点上看，唯物主义的发展经历了三个历史阶段，形成了三种历史形态，那就是，自然唯物主义、人本唯物主义和历史唯物主义。2003 年，我在《河北学刊》发表《历史唯物主义：一个再思考》，重申并深化了这一观点，较全面地论证了历史唯物主义是一个自足而完整、唯物而又辩证的世界观。你刚才提到的《中国社会科学》那篇文章，实际上是我对这一问题研究的深化、拓展，在某种意义上是一种总结。

陈　香：如何理解历史唯物主义本身就是一种完整的哲学形态，是一种世界观？

杨　耕：关键问题是要正确理解社会与自然的关系。从表面上看，历史唯物主义研究的仅仅是社会历史，似乎与自然无关。但是，问题在于，社会是在人与自然之间的物质变换过程中形成和发展起来的，人与自然之间的物质变换构成了人类社会的现实基础；同时，为了实现人与自然之间的物质变换，人与人之间必须互换其活动，并结成一定的社会关系。这就是说，人的生存活动和社会生活始终包含着并展现为人与自然的关系和人与人的关系；人与自然的关系制约着人与人的关系，人与人的关系又制约着人与自然的关系。马克思自觉地意识到这一点，并力图通过对人与自然关系的改变来改变人与人的关系，通过人对物的占有关系（私有制）的扬弃来改变人与人的社会关系。全部社会生活在本质上是实践的，历史不过是人的实践活动在时间中的展开。换言之,历史唯物主义的"历史"是人的实践活动及其内在矛盾,即人与自然、人与社会的矛盾得以展开的境域。

这就是说,历史唯物主义所关注和所要解决的基本问题,就是人与自然和人与社会的关系,即人与世界的关系问题。以实践为出发点范畴去探讨人与世界的关系,必然使历史唯物主义展现出一个新的理论空间,一个自足而又完整、唯物而又辩证的世界图景。因此,历史唯物主义不仅是一种历史观,更重要的,是一种"唯物主义世界观",一种"真正批判的世界观"。我之所以把辩证唯物主义看作是历史唯物主义这一"批判的世界观"的不同表述,是为了凸显历史唯物主义所内含的辩证法维度;我之所以把实践唯物主义看作历史唯物主义这一"批判的世界观"的不同表述,则是为了凸显历史唯物主义所内含的实践维度。

陈　香:您刚才提到"关键问题",那么,我再提一个"关键问题",那就是,如何理解和把握历史唯物主义的"物"?

杨　耕:这的确是一个关键问题,需要从两个方面来理解和把握:一方面是马克思的新唯物主义与旧唯物主义的共性;另一方面是新唯物主义的"个性"。

历史唯物主义,即新唯物主义与旧唯物主义之间的确存在着共性,那就是,二者都确认自然的时间先在性和物质的客观实在性。如果马克思否认了这一点,那么,马克思的哲学就不是唯物主义哲学,而是唯心主义哲学。这是问题的一方面。另一方面,新唯物主义与旧唯物主义之间的确又有本质的区别。具体地说,旧唯物主义是脱离了现实的人及其活动,脱离了现实的社会关系去考察物质的,是仅仅"从客观的或者直观的形式去理解""对象、现实、感性"的,是从"抽象的物质"出发去把握"整个世界"的。通常认为,费尔巴哈唯物主义的不彻底性仅仅体现在历史观上。实际上,这是一种误解。在我看来,费尔巴哈唯物主义的不彻底性是双重的不彻底性：一是在历史观上没有从人与人的社会关系去理解人，陷入"抽象的人"之中，以这样一种"抽象的人"为基础，必然直接踏上唯心主义道路；二是在自然观上没有从人与自然的实践关系去理解自然，陷入"抽象的自然"之中，以这样一种"抽象的自然"为基础，必然悄悄走向"唯心主义的方向"。包括费尔巴哈唯物主义在内的整个旧唯物主义根本不理解"历史的自然和自然的历史"的关系及其深刻的内涵。

与旧唯物主义不同，新唯物主义即历史唯物主义不是以一种超时空的方式抽象地谈论世界的物质统一性，而是从人的存在方式——实践出发去理解人与世界的关系，去理解"对象、现实、感性"何以成为这样的存在；关注的不是"抽象的自然""抽象的物质""原初的物质"，而是现存世界中的自然、"历史的自然""社会的物"，并确认"对象、现实、感性"是人的实践活动的对象化，人与自然之间的物质变换构成了现存世界的基础，现存世界中的自然是"历史的自然"，物是"可感觉而又超感觉的社会的物"。在历史唯物主义中，重要的不是自然的先在性，而是自然的历史性；不是物质的可感觉的实体性，而是物质的超感觉的社会关系的内涵。这就是历史唯物主义的"唯物"之所在，或者说，是新唯物主义的"新"之所在。由此，我们也就不难理解马克思在《资本论》中所说的名言了，那就是，资本不是物，而是社会关系，并赋予物以独特的社会性质。由此，我们也就可以理解卢卡奇和葛兰西的观点了。按照卢卡奇的观点，在历史唯物主义中，自然是一个历史范畴；按照葛兰西的观点，"物质本身并不是我们的主题，成为主题的是如何为了生产而把它社会地历史地组织起来"。

陈　香：您刚才提到了《资本论》。我注意到这样一种现象，那就是，现在越来越多的学者在研究《资本论》的哲学意义，有的学者甚至认为，《资本论》本身是一部哲学著作。2011年，您在《光明日报》上发表过有关资本批判的论文，您是如何看待这一理论现象的？

杨　耕：《资本论》本身是不是哲学著作，我不敢断定，但《资本论》蕴含并生成着深刻的哲学思想，这是毋庸置疑的。列宁、阿尔都塞都从哲学的视角解读过《资本论》，阿尔都塞的名著就是《读〈资本论〉》。从历史上看，马克思的哲学就是在哲学批判与经济学批判相结合的过程中产生的，《1844 年经济学哲学手稿》就是明证。马克思的经济学不仅是一种关于资本的理论，而且是对资本的理论批判或批判理论，它所阐述的商品的自然存在形式与社会存在形式、劳动的具体形式与抽象形式、必要劳动时间与剩余劳动时间、自由时间与自由个性的关系等理论，它所阐述的物与物和人与人的关系等理论，都具有深刻的哲学内涵。

我们既不能从西方传统哲学、"学院哲学"的视角去理解马克思的哲学，也不能从西方传统经济学、"学院经济学"的视角去理解马克思的经济学即资本批判理论。马克思的资本批判本质上是一种存在论意义上的批判，具有深刻的哲学内涵和重大的哲学意义。正是在资本批判的过程中，马克思发现了现实的社会存在及其秘密，发现了人与人的关系以物与物的关系而存在的秘密，并由此"透视"出"一切已经覆灭的社会形式的结构和生产关系"。

在马克思的哲学中，哲学批判内含并引导着资本批判，资本批判蕴含并生成着哲学批判。马克思哲学的意义只有在同马克思经济学即资本批判理论的关联中才能真正显示出来；马克思的经济学即资本批判理论只有在马克思哲学这一概念背景下才能得到深刻的理解；而无论是马克思的哲学，还是马克思的经济学，都只有在无产阶级和人类解放这一更大的意识形态背景下才能得到深刻而全面的理解。

因此，研读《资本论》的哲学内涵和哲学意义，是一个极具科学价值和哲学意义的工作。这一研究是"在希望的田野"上。

陈　香：下一步，您将着重研究什么？

杨　耕：将仍在马克思主义哲学基础理论领域深度耕犁。在对马克思主义哲学不同维度、不同层次的研究中，基础理论研究具有根本性、方向性，犹如一座宏伟大厦的基石，仿佛一艘远洋巨轮的舵手。同时，我将着重对马克思主义哲学基本范畴进行重新研究、重新阐释。近期着重研究社会存在这一范畴。"社会存在"是马克思首先提出并使用的范畴，是马克思哲学的独特用语，是马克思哲学范畴体系中的基本范畴，其内涵的科学制定标志着存在论、本体论的革命性变革。我们要真正"走近""走进"马克思，就必须准确理解和把握社会存在这一范畴的内涵。

根据我接触到的有限资料，马克思最早提到社会存在这个字样，是在 1843 年的《论犹太人问题》。在这篇文章中，马克思指出：在政治共同体中，"人把自己看作社会存在物"。尔后，在《1844 年经济学哲学手稿》中，马克思在强调人是"类存在物"的同时，又提出"个人是社会存在物"，提出了"非对象性的存在"与"对象性的存在""人的自然存在"与"人的存在"的关系问题。在 1846 年的《德意志意识形态》中，马克思从物质生产的视角对"人们的存在"进行了深入而全面的探讨，并明确指出："意识在任何时候都只能是被意识到了的存在，而人们的存在就是他们的现实生活过程。"但是，我们应当注意，《德意志意识形态》并没有明确提出"社会存在"，马克思首次提出社会存在这一概念，是在 1848 年的《共产党宣言》。《共产党宣言》指出："人们的观念、观点和概念，一句话，人们的意识，随着人们的生活条件、人们的社会关系、人们的社会存在的改变而改变。"1859 年的《〈政治经济学批判〉序言》重申了这一观点，那就是，"不是人们的意识决定人们的存在，相反，是人们的社会存在决定人们的意识"。

《资本论》则从商品的二重性出发，从资本批判的视角深入而全面地阐述了"社会存在"，可以说，资本批判本质上是存在论或本体论意义上的批判，《资本论》及其手稿在最终意义上都是社会存在论的。所以，卢卡奇认为，在《资本论》中，严格的、精确的、科学的经济学分析开启了对社会存在的本体论展望，通过更广泛、更接近现实的成分，最终达到社会存在的具体的总体性。正是以此为基础，卢卡奇本人写下了鸿篇巨制《关于社会存在的本体论》。

我之所以这么"啰唆"，是为了说明社会存在这一范畴对马克思主义哲学的极端重要性和特殊复杂性，需要我们重新深入而全面研究。绕开了"社会存在"，重读马克思只能是无果而终，重建马克思主义哲学只能是沙滩建楼。

陈　香：我注意到，您较早就有区别地使用了"马克思的哲学"和"马克思主义哲学"这两个概念。我的理解是，您之所以做出这样的区分意在坚持和发展马克思主义哲学。不知这样理解是否符合您的本意？

杨　耕：的确如此。马克思的哲学与马克思主义哲学这两个概念既有联系，又有区别。马克思的哲学是马克思本人的哲学思想，马克思主义哲学是由马克思、恩格斯所创立，由他们的后继者所发展了的哲学思想。我之所以这样有区别地使用马克思哲学和马克思主义哲学这两个概念，是受到列宁思想的启示。在《马克思主义的三个来源和三个组成部分》中，列宁提出了"马克思的哲学"与"马克思主义哲学"这两个概念；在《卡尔·马克思》中，列宁提出了"马克思的学说"与"马克思主义"这两个概念。我们应当明白列宁的这句话："马克思主义是马克思的观点和学说的体系。"马克思是马克思主义的主要创始人，离开了马克思哲学思想的马克思主义哲学，只能是打引号的马克思主义哲学；离开了马克思观点和学说的马克思主义，只能是打引号的马克思主义。坚持和发展马克思主义哲学，首要的就是坚持马克思的哲学，坚持"马克思的观点和学说的体系"。

当然，我们不能奉行"原教旨主义"。对于像社会存在论、历史规律论、认识反映论这样一些已经成为"常识"的马克思哲学的基本观点，应当结合当代实践、科学和哲学本身发展的新成果讲出新内容；有些观点本来是马克思哲学的基本观点，但由于种种历史原因，哲学教科书没有涉及或忽视了这些基本观点，如世界历史理论、劳动异化理论、资本批判理论，对于这样一些观点，我们应当以当代实践、科学和哲学本身的发展为基础全面阐述；有些观点马克思有所阐述，但又未充分展开、详细论证，但这些观点又高度契合着当代实践、科学和哲学本身的重大问题，如"合理调节人与自然之间物质变换""生产的国际关系"、认识历史的"从后思索法"，对于这样一些观点，我们应以当代实践、科学哲学本身的发展为基础，深入研究、充分展开、详细论证，使之成熟、完善，上升为马克思主义哲学的基本观点。我以为，这是坚持和发展马克思主义哲学应该也必须做的工作。

陈　香：在您的哲学研究和学术生涯中，对您影响最大的是谁？

杨　耕：汪永祥、陈先达、陈志良和袁贵仁四位教授。汪永祥教授把我领进了我向往已久的中国人民大学哲学系攻读硕士学位，汪老师的学术引导力引导着我真正走进"哲学门"；陈先达教授把我留在中国人民大学哲学系任教，同时攻读博士学位，陈老师的思维穿透力引导着我走向哲学的深处；我的挚友陈志良教授的"宏大叙事"能力推动着我不断拓展我的理论空间；我的领导、兄长、挚友袁贵仁教授缜密的思维、宽广的视野和无私的关爱，为我的学术人生提供了一个广阔的舞台。我忘不了我的两位导师和两位挚友。从他们那里，我不仅看到了哲学家的文采，而且看到了哲学家的风采；不仅学到了文品，而且学到了人品。我从心灵的深处、流动的血液里，深深地感激汪永祥、陈先达、陈志良和袁贵仁四位教授，并不由自主地想起了《天真汉》中的天真汉对博学老人高尔同的礼赞："要是没有你，我在这里就陷入一片虚无。"

陈　香：通过您的精彩回答，我的确体会到，哲学适合您，您也适合哲学；您选择了哲学，哲学也选择了您。

杨　耕：实际上，我当初选择哲学纯属偶然。一个偶然的机会，也就是一位哲学先行者和我的一次聊天，使我改变了我的高考志向，报考了哲学专业，从而"误入"哲学这片神奇的土地。当我走进这片神奇土地的深处时，我发现，这不仅是一个关注客观规律的概念的王国，而且是一片"承载"人的活动的"多情"的土地，套用一首歌的歌词来形容我与哲学的关系，那就是，"我深深地爱着你，这片多情的土地"；当我站在这片神奇土地的深处，回望我踏过的路径和耕耘过的田野，并在记忆中"搜索"我的哲学人生时，我发现，哲学对我足够深情！

载《中华读书报》2018 年 3 月 7 日，
标题原为《杨耕的哲学人生：生命与使命同行》。

马克思：从"天上"回到"人间"

——杨耕教授谈《马克思传》

　　《中国教育报》记者张圣华：杨教授，中国人民大学出版社出版了英国学者麦克莱伦撰写的《马克思传》（插图本），该书曾经纳入国内学术界很有影响的《马克思主义研究译丛》。据我所知，这套书最早是您策划的，能否请您谈谈当时策划这套书的初衷？

　　杨　耕：《马克思主义研究译丛》的最早策划人的确是我，当时我任中国人民大学出版社总编辑。在我调离中国人民大学之前，这套译丛只出版了一本，那就是德里达的《马克思的幽灵》。尔后，经过李艳辉、俞可平、郑一明等同志的不断努力，这套丛书得到不断充实，真正在学术界产生了很大的影响。作为《马克思主义研究译丛》的最初策划人，作为一名马克思主义的研究者，我应该感谢李艳辉等同志。

　　如果用一句话来概括我当时策划《马克思主义研究译丛》的原因，那就是马克思主义仍然是我们这个时代的真理和良心，仍然是我们这个时代的"显学"。

　　马克思主义创立于 19 世纪中叶，离现在已经一个半世纪了，但我们不能仅仅依据创立时间来判断一个思想体系是否过时，是否是真理。时间近的，未必都是真理；时间远的，未必都是谬误。阿基米德定律创立时间尽管很久远了，但它仍然是真理。当今的造船业，无论多么发达，都不能违背阿基米德定律。如果违背了阿基米德定律，这个船造得再现代，也是要下沉的。马克思主义产生于19世纪中叶，但是，由于马克思主义深刻把握了人类社会发展的基本规律，把握了资本主义社会的运动规律，因而又超越了19世纪这个特定的时代。同时，正如麦克莱伦在《马克思传》中所说的，"一个多世纪以来，马克思主义已经成为这样一种语言：数百万人用它来表达他们对一个更公正的社会的希望"。所以我说，马克思主义仍是我们这个时代的真理和良心。

无论是在国内还是在国外，包括在苏联解体、东欧剧变之后，马克思主义仍然是一门"显学"。每年都要召开国际马克思大会，每年出版的研究马克思主义的著作可谓汗牛充栋。我们必须记住这一点，那就是马克思本人不是出生在东方，而是出生在西方；马克思主义的故乡不是在东方，而是在西方。倒过来说，尽管西方是马克思主义的故乡，但马克思主义并不仅仅属于西方，而是属于全世界，属于人类文化遗产。因此，对马克思主义的研究应该是全方位的，应该借鉴当代西方马克思主义研究的积极成果。"他山之石，可以攻玉。"

这就是我当时策划《马克思主义研究译丛》的初衷。

张圣华：《马克思主义研究译丛》是一套由学术著作构成的丛书，为什么在这样一套研究译丛中纳入一本传记？您认为《马克思传》最大的特点是什么，在马克思主义研究领域有什么样的学术价值？

杨　耕：一般情况下，传记通常被看作是文学作品。但是，麦克莱伦的这本《马克思传》不是通常意义上的生平传记，更重要的，它是一本思想传记。麦克莱伦本人就是当代西方著名的马克思主义研究专家，有很高的学术造诣。这本《马克思传》，用哲学的术语来说，就是做到了历史与逻辑的统一。它不仅是马克思个人的生平传记，而且是马克思本人的思想传记；它不仅从历史角度阐述了马克思的思想发展历程，而且从逻辑的角度阐述了马克思是如何创立马克思主义的。在我看来，这本传记的最大特色、最吸引人的地方，就是它以马克思的生平事业为前提，以整个西方社会史、思想史为背景，以马克思的文本或者说以马克思的原著为依据，以问题为线索，在这样一种多维视角中描绘出一个"合理的、妥当的"马克思的"形象"。所以我认为，把这样一本传记放到《马克思主义研究译丛》中是合适的。

根据我接触的有限材料，自 1918 年梅林出版他的《马克思传》以来，还没有一部涵盖马克思生活主要方面的传记。麦克莱伦的这本《马克思传》，着重描绘了马克思生活的主要方面，即个人生活、政治生活和精神生活。在这个过程中，麦克莱伦剖析了马克思的思想是怎么转变的，是怎样从一个问题转向另一个问题，从一个领域转向另一个领域的。

比如，1844 年马克思研究了什么问题，留下了什么问题，1845年解决了 1844 年留下的什么问题，又产生了什么新的问题……这样一步一步，引人入胜。再如，在评价《1844 年经济学哲学手稿》时，麦克莱伦认为："这样概述了自己的共产主义概念之后，马克思接着在三个具体方面展开阐述：共产主义的历史基础、社会特征以及它对个体的尊重。"接着又指出：《1844 年经济学哲学手稿》"在随后的经济学著作中得到发展，尤其是在《政治经济学批判大纲》和《资本论》中得到进一步发挥。在后来的这些著作中，毫无疑问是更系统、更细致，在极为纯粹的经济学和历史的背景之下探索了《1844年经济学哲学手稿》的主题；但是核心的具有启迪意义的思想，即人在资本主义社会的异化及其解放的可能性并没有改变"。

麦克莱伦是一个负责任的学者，他的这本《马克思传》不仅对马克思思想研究中的"热点"问题进行了深入探讨，而且注重对马克思主义经典著作的细致分析，尤其是依据新的材料，对马克思的"四大手稿"，即"1843年黑格尔法哲学批判手稿""1844年的经济学哲学手稿""1845—1846年德意志意识形态手稿""1857—1858年的资本论手稿"进行了深入、全面地分析。这"四大手稿"在马克思生前都未发表，大都是在20世纪20—30年代发表的。但是，如果离开这"四大手稿"，我们就没有办法理解马克思。麦克莱伦认识到这一点，所以他在《马克思传》中指出："在20世纪30年代出版过的马克思的几本重要著作，很大程度上改变了人们对马克思的理论贡献的认识。"在系统分析马克思这四大手稿的成就方面，在运用和分析新的材料方面，麦克莱伦的这本《马克思传》也是其他的《马克思传》不可比拟的，这也是麦克莱伦的《马克思传》的特点之一。

这本《马克思传》，使作为思想家的马克思的"形象"跃然纸上；同时，使作为马克思主义研究专家的麦克莱伦"在场"的形象凸显出来。苏联解体、东欧剧变后，在1995年的新形势下，麦克莱伦"以一种同情批评的立场进行写作"，力图"呈现一个合理的稳妥的（马克思）形象"，"试图完整覆盖马克思生活的三个主要方面——个人的、政治的、精神的"，反映出他对马克思思想的执着信仰和深刻分析。

张圣华：一个多世纪以来，对马克思的评价历来不一，麦克莱伦的这本《马克思传》也暴露了马克思的一些人性弱点。您是国内著名的马克思主义研究专家，您如何评价马克思？

杨　耕：对马克思的评价不一样，这很正常。一个多世纪以来，马克思的"形象"的确处在不断转换中，而且马克思离我们的时代越远，对他的认识的分歧也越大，就像行人远去，越远就越难辨认一样。这是我要说的第一点。

我要说的第二点是，在历史上常常出现这样一种情况，即某个伟大思想家在其身后，在经历了一个较长时期的历史运动之后，会重新引起人们的重视，或者说，人们会重新回过头来研究这位伟大思想家的某些观点以至整个思想体系，重估其理论价值，并在这个过程中产生争议与分歧，形成不同的流派。亚里士多德、康德、黑格尔的命运是如此，马克思的命运也是如此。

我要说的第三点就是，每个人的知识结构、价值观念、生活经历、阶级立场都不同，因而对马克思的评价也必然不同。麦克莱伦注意到这一点，所以，他在《马克思传》中指出："许多论述马克思的著作都受到各种政治斧钺的削磨。假装对任何人的生平做出完全'中立'的描述是不可能的——更别说是对马克思的生平了。关于马克思有着大量的信息和评论，选择的过程本身就意味着采取了一定的立场。"

您刚才提到的这本《马克思传》暴露了马克思的一些"人性弱点"，如果我没有理解错的话，就是书中所说的马克思年轻时酗酒、打架，并因此被学校关禁闭，马克思与海伦·德穆特之间有一个私生子，等等。

我想，这里有几个问题：一是马克思到底有无私生子，我们无法考证，也无法对这个私生子做亲子鉴定；二是马克思即便有这些或那些所谓的"人性弱点"也很正常，是人都有弱点，马克思自己就曾经说过，"凡是人具有的我都具有"；三是麦克莱伦之所以"暴露"马克思的这些生活细节，是为了凸显一个活生生的马克思"形象"，用他自己的话来说，就是"向读者呈现一个合理的稳妥的（马克思）形象，避免陷入要么偶像化，要么玷污的两个极端"。

马克思是人而不是神，马克思是普罗米修斯而不是上帝。是人就有弱点，没有弱点的人不存在。至少到目前为止，还没有发现哪个伟大人物没有弱点。所以，这本《马克思传》暴露的马克思的一些所谓的"人性弱点"，在我看来，都很正常。马克思写《共产党宣言》时多大？不到 30 岁。中国人讲"三十而立，四十不惑，五十才知天命"，马克思此时还没有"立"呢，离"不惑"还远着呢。马克思有弱点，并不影响他的伟大；相反，有弱点的马克思，才是一个真实的马克思。在这个意义上说，麦克莱伦的这本《马克思传》告诉我们一个真实的马克思，使马克思从"天上"回到"人间"。

张圣华：马克思离我们已经有一个多世纪了，他的理论在实践的过程中有过挫折和争议，在全球化和市场经济的背景下，马克思的理论还有什么样的价值和意义？

杨　耕：马克思的理论在一些国家取得了成功，在一些国家有过挫折甚至失败，很正常。历史的发展总是一条曲线，更何况有些国家在进行所谓的马克思主义实践的过程中，对马克思主义的理解未必正确。举个例子，马克思一生奋斗的目标就是无产阶级和人类解放，马克思主义的最高命题就是人的自由而全面发展。《德意志意识形态》明确提出，要使无产阶级作为"有个性的个人"确立下来。《共产党宣言》进一步指出，未来新社会的根本特征就是，"每个人的自由发展是一切人自由发展的条件"。《资本论》再次重申这个观点，即未来新社会就是要实现人的自由个性。这么一个重要思想或者说基本原理，多少年以来，却被我们忽视了。在经历了一个半世纪的历史运动后，在对国际共产主义运动、社会主义实践经验反复总结的基础上，我们才真正体会到"以人为本"的极端重要性，真正体会到人的自由而全面发展是马克思主义的最高命题。

我们现在是在全球化的背景中来理解马克思的。实际上，马克思在《德意志意识形态》《共产党宣言》中就明确提出了民族历史转变为世界历史的问题，并创立了世界历史理论。按照马克思的观点，资本主义及其大工业"首次开创了世界历史"，在这个过程中，不但形成了世界市场，而且造就了"世界文学"。马克思的世界历史理论为我们正确认识全球化提供了理论指南。我以为，马克思的世界历史理论实际上就是一种全球化理论，或者说全球化理论本来就是马克思主义的一个重要理论，只是多年来，我们忽视了这一理论。20

世纪 90 年代以后，随着中国改革开放和现代化建设的深化，随着全球化运动的拓展，我们才发现在马克思主义中还有一个世界历史或全球化理论。

市场经济的背景就更不用说了。马克思主义就是在市场经济的背景下产生的。马克思既肯定了市场经济的正面效应，同时也批判它的负面效应；既对市场经济做出了事实判断，也对市场经济做出了价值判断，一句话，市场经济造就了以对物的依赖性为基础的人的独立性。马克思的市场经济理论为我们正确判断市场经济的利弊，为社会主义市场经济实践提供了科学的方法论。我不能同意这样一种观点，即随着中国市场经济体制的建立，马克思离我们越来越远了。相反，我认为，随着中国市场经济实践的深化与拓展，马克思离我们不是越来越远了，而是越来越近了。借用当代西方著名学者杰姆逊的一句话，那就是，马克思主义仍具有"令人震撼的空间感"。

毛泽东曾把马克思主义比喻为"望远镜"和"显微镜"。远，表明事物已经存在，但处在我们的视线以外，而望远镜可以帮助我们看远，高瞻远瞩；微，表明事物极其细小，也在我们的视线以外，而显微镜可以帮助我们入微，明察秋毫。当今时代的三大历史潮流，即现代化运动、全球化运动和社会主义运动，在马克思生活的时代都已初步形成或者说初见端倪，而马克思对这三大历史潮流都做出了深邃的历史洞见，并深刻阐述了这三大历史潮流的内在关系。我赞赏麦克莱伦的观点，即"走过了 19 世纪的马克思主义的历史都是人类对共同生活新方式的寻求的不可分割、永恒的一部分"。马克思主义不仅深刻地改变了人类历史进程，而且仍是当代发展进程极其重要的参与者和强有力的推动者。在全球化和市场经济的背景下，我们仍然需要马克思主义这个"望远镜"和"显微镜"。

张圣华：中国人民大学出版社对麦克莱伦的《马克思传》进行了重新包装，使其图文并茂，试图让更多的读者了解马克思，使学术化的传记通俗化。您觉得这样做有什么样的意义？

杨　耕：我刚才已经说了麦克莱伦的这本《马克思传》在更大程度上是一个思想传记，中国人民大学出版社对这本书进行新的包装，图文并茂，我觉得这样做的意义就在于，这是使学术大众化的一个很好的尝试，也是让马克思从"天上"回到"人间"的一个很好的尝试。这个"插图本"就是力图将学术通俗化、大众化，让"阳春白雪"进入寻常百姓家，使人们了解马克思的生活细节，了解马克思与众不同的特征，用哲学话语来说，就是通过图文并茂，使人们从感性认识和理性认识的统一中去了解马克思与他的时代，与他同时代人的关系，并在这个过程中把握马克思的思想。

马克思主义不是"学院派"，马克思主义的重要特征之一就是它的群众性。马克思说过，随着历史活动的深入，必将是群众队伍的扩大，而理论要说服人，就能掌握群众。因此，马克思主义不应停留在书本中，局限于讲坛上，它应该也必须进入到老百姓的头脑中。理论一经掌握群众，就会变成物质力量。中国人民大学出版社对《马克思传》的这种图文并茂的包装，在我看来，就是为了让马克思走近老百姓，让更多的老百姓了解马克思，理解马克思是人而不是神，理解马克思主义是科学而不是启示录。但是，我们应当注意，在通俗化的过程中，应保持它的学术内涵，不能以降低它的学术水准为代价。

张圣华：您刚才也谈到《马克思传》是学术大众化的有益尝试，但一般读者可能不具备您那么深厚的知识背景去读它。从普通大众的角度，会不会仍觉得它很深涩呢？

杨　耕：应该说，这本《马克思传》和一般读者之间有个时间差、空间差及其理论差。对国内一般读者来说，读懂这本书要有一定的知识背景，至少要了解马克思的生平事业。读之前还应该有一定的理论准备，看些介绍马克思思想的书籍。中国人民大学出版社使用插图本这种形式就是要使读者在感性认识和理性认识的统一中去阅读，但是再统一，也要有一定的理论准备。这就像马克思所说的，对于没有音乐感的耳朵来说，最美的音乐也毫无意义。

其实，一部好的作品一方面要适应大众；另一方面要引导大众。如果仅仅适应大众，这部作品不可能流芳百世，就像任何学说仅仅适应时代不可能高瞻远瞩一样。任何一本有思想内涵的传记，不仅要贴近大众，而且要引导大众，这是一个互动的过程。

经历本身就是一笔财富。同一句格言由不同人说出来具有不同内涵。同一本小说或传记让不同的人看有不同的感受。同一本《马克思传》，具有不同生活经历、不同学术背景、不同价值立场的人看，感受肯定是不一样的。但是，不管怎样，对我们来说，麦克莱伦的这本《马克思传》开卷有益。

载《中国教育报》2006 年 7 月 27 日。

马克思：现代哲学的开创者

　　杨耕，1956 年生，安徽合肥人，哲学博士。现为中国人民大学哲学系教授、博士生导师，《教学与研究》杂志总编辑。主要著作有：《马克思的社会发展理论及其当代意义》《马克思的社会研究方法及其当代意义》《"危机"中的重建：历史唯物主义的现代阐释》等，发表论文百余篇。

　　《光明日报》记者梁蓬：把马克思的哲学界定为现代哲学，这是研究"马克思哲学当代意义"的前提之一，也是您的一个基本论点。但据我所知，这与学界通常的看法是大相径庭的。

　　杨　耕：的确如此。西方学术界通常是把马克思哲学划入近代哲学，归为传统哲学范畴；而国内学术界通常认为，马克思哲学既与近代西方哲学根本不同，又与现代西方哲学根本对立。实际上，这是一种误解。无论是从马克思哲学产生的历史背景看，还是从马克思哲学的理论主题看，马克思的哲学都属于现代哲学范畴，是现代唯物主义，马克思是现代西方哲学的开创者和奠基人。

从马克思哲学产生的历史背景看，马克思的哲学是现代化运动发展到第一个高峰期的产物，而且马克思哲学对现代社会存在的诸种问题进行了自觉的反思和深刻的批判。可以说，马克思哲学是人类进入"现代社会"之后自我反思的产物。

从马克思哲学本身的理论主题看，马克思哲学关注的是"人类世界"，并从人的实践活动出发去理解和把握人与世界的关系，从而终结了传统哲学。从内容而不是从表现形式看，就总体而不是就个别派别而言，整个现代西方哲学的运行都是以马克思哲学所实现的主题转换为方向的。

梁　蓬：从您的论述中，能否得出这样一个结论，即马克思哲学与现代西方哲学没有本质的不同？

杨　耕：不能。仅就学理而言，现代西方哲学的其他派别都是从人类世界的某一侧面、某个环节、某种关系出发，并把人类世界归结为这一侧面、环节、关系，因而它们都没有从根本上、整体上把握人类世界；马克思哲学则抓住了人类世界的根本——人类实践，并把实践提升为哲学的根本原则，由此出发向人类世界的基本方面、基本环节、基本关系发散出去，形成一个思维整体，提供了一个"整体社会的视界"。

更重要的是，马克思的哲学是现代唯物主义。作为现代唯物主义，马克思哲学关注的不是"抽象的物质"，更不是以经院哲学的方式抽象地谈论世界的物质统一性，而是"从物质实践出发来解释观念"，通过对资本主义社会的异化状态和拜物教的批判，揭示出被物的自然属性所掩蔽着的人的社会属性，揭示出被物与物的关系遮蔽着的人与人的社会关系，并通过改变世界，"使现存世界革命化"，"把人的世界和人的关系还给人自己"。

梁　蓬：我注意到，有人提出这样一种观点，即人类社会已经进入"后工业社会"或后现代主义时代，现代主义即将寿终正寝，因此，马克思哲学即使是现代哲学也已"过时"。您如何看待这一观点？

杨　耕：我不能同意这种观点。从认识论看，这种观点的错误就在于，不理解后现代主义的实质，不理解哲学与时代的关系。后现代主义的实质就是"重写现代性"，"后现代"意味着"现代"的"新生状态"，而且按照后现代主义的观点，这种"重写"工作在现代化本身中已经进行相当长的时间了。"资本主义是现代性的名称之一"，马克思对资本主义的批判实际上是以另一种形式在"重写现代性"。马克思主义不是后现代主义，但马克思的哲学的确具有后现代意蕴。

哲学是时代的产物，但不是时代的"囚徒"。作为时代精神的精华，哲学能够塑造新的时代精神，引导社会发展，从而超越时代。一种仅仅适应时代的哲学是不可能高瞻远瞩的。马克思的哲学产生于现代，但由于它深刻地把握了人类世界的根本，由于它所关注的问题，以及一些以萌芽或胚胎形式存在的观点契合着当代社会的重大问题，因而又超越了现代，具有内在的当代意义。我同意并赞赏当代西方著名思想家杰姆逊的观点，那就是，马克思主义"是当代不可超越的意义视界"。

载《光明日报》1998 年 4 月 10 日。

马克思历史观：本质特征和当代意义

——访杨耕博士

　　《哲学动态》记者李立新：从您近年来出版、发表的论著看，您的研究呈现出一个较广的理论空间，涉及唯物主义历史观、马克思主义史、现代西方历史哲学、当代社会发展理论以及社会科学方法。我想问的第一个问题就是，您的研究主题是什么？

　　杨　耕：我的研究主题是唯物主义历史观的现代意义。具体来说，就是力图站在当代实践的基础上重新审视和认识唯物主义历史观，反思唯物主义历史观在当代面临的问题，探寻唯物主义历史观的当代生长点，建构唯物主义历史观的当代形态。我的百余篇论文都是围绕着这个主题展开的，研究成果主要凝结为三部著作：《马克思的社会发展理论及其当代意义》《马克思的社会研究方法及其当代意义》《马克思的历史认识论及其当代意义》。

　　李立新：在对马克思社会发展理论的研究中，观点不很一致甚至很不一致，那么，您是如何探讨和理解马克思的社会发展理论的？

　　杨　耕：对社会发展问题的研究，不同的学科有不同的角度，由此产生了发展经济学、发展政治学、发展社会学，等等。马克思的社会发展理论属于历史观范畴，它的研究主题是社会发展的规律、类型和道路，其基本内容涉及社会发展与自然环境、社会发展与经济运动、社会发展与政治形态、社会发展与观念文化、社会发展与人本身发展的关系，社会发展中的评价标准，社会发展的类型以及历史向世界历史、传统社会向现代社会的转变等问题。马克思是现代社会发展理论的真正奠基人，而当代社会发展理论对许多重大问题的探讨都是在马克思社会发展理论的基础上展开的。

在我看来，马克思社会发展理论具有六个基本特征：一是确认实践是社会的本体和人的存在方式，时间是人类发展的空间；二是从客体的角度把社会发展区分为原生形态、次生形态（包括奴隶社会、封建社会和资本主义社会）和再生形态；从主体的角度把社会发展区分为人的依赖形态、人的独立形态和人的自由个性形态；三是从社会需要如何产生和满足的角度揭示了社会发展的内在机制，即物质生产、精神生产和人本身的生产维系着社会机体的生存和发展；四是揭示了社会发展的根本规律，以及社会主义代替资本主义的历史必然性和人文取向；五是揭示了历史向世界历史转变的基础和途径，以及世界历史背景下的东方社会的命运；六是揭示了社会发展的基本类型，即"内源"发展、"派生"发展和"超越"发展。

李立新：您的见解颇有新意，请您具体谈谈"内源"发展、"派生"发展和"跨越"发展的问题。

杨　耕：所谓内源发展，是指外部因素和关系对该社会发展的影响极小甚至没有影响，发展主要是由该社会内部的因素和关系决定的。古希腊罗马的奴隶社会、中国的封建社会和西欧资本主义社会均属于内源发生型。内源发生型就是马克思所说的社会发展中的"自然形态"。当各个民族处于封闭孤立状态时，社会发展以内源发生模式出现，或者说自然形态是社会发展中的主导类型。

当交往尤其是世界交往出现后，社会发展的"派生形态"开始出现，并逐渐成为社会发展中的普遍现象或常规现象。所谓派生形态，是指某种社会要素和某种社会关系在某个民族那里不是"自然形成"的，而是从其他民族那里"转移来的"，或者是外来民族"带来的""导入的"。任何一种社会关系的派生形态都在不同程度上偏离了"原生形态"，如马克思就认为，"导入"英国的封建关系要比在法国"自然形成"的封建关系较为完备。

"跨越"是一种跳跃的发展形式，即某一民族、国家在发展过程中跨越了一种甚至几种社会形态。尽管不同民族超越的对象及其途径都是特殊的，但是，只要在同一时代存在着不同的社会形态，只要处于不同社会形态的民族之间进行交往，那么，在交往相关性的作用下，跨越发展现象就会不断发生。事实也是如此。奴隶社会、封建社会以及资本主义社会在不同的时期、不同的地区都被不同的民族不断地跨越过。这表明，"跨越"并非像通常所说的那样，是社会发展中的个别或特殊现象；相反，在世界历史的背景下，"跨越"是一种普遍现象、常规现象。

李立新：您曾就马克思的世界历史理论写过不少文章，听说您最近对这一问题有了新的见解，能否谈谈这方面的问题？

杨　耕：当然可以。资产阶级开创了世界历史，世界历史的形式标志着世界的整体化，推动了社会发展的加速化。这一点已为国内众多学者所注意。但是，这只是问题的一个方面。问题的另一方面是，资产阶级开创世界历史的过程实际上造就了资本主义世界体系。这是一个"中心—卫星"式的资本主义体系，即从事工业生产的国家属于"中心国"，从事农业生产的国家属于"卫星国"。

按照马克思的观点，在这个世界体系中，未开化和半开化的国家从属于文明的国家，农民的民族从属于资产阶级的民族，东方从属于西方；工业国与农业国之间存在着"不平等交换"，"中心国"残酷地剥削"卫星国"；"中心国"的发展是以"卫星国"的不发展为代价的，这是一种使"卫星国"的个人和民族"遭受流血和污秽、穷困与屈辱"才能达到的发展。马克思的这些观点在当代社会发展理论，尤其在沃勒斯坦的世界体系理论中得到了深化、具体化和系统化。正因为如此，沃勒斯坦的世界体系理论被称为"雄心勃勃的具有马克思主义色彩的理论"，是"20世纪80年代的马克思主义"。

李立新：据我所知，除了《马克思的社会发展理论及其当代意义》外，您的另一部著作《马克思的社会研究方法及其当代意义》，也得到了专家、学者的好评。在选择这一课题时，您是如何考虑的？

杨　耕：唯物主义历史观本身就是一种方法，即"唯物主义方法"。马克思、恩格斯的这一论断经常被各种哲学、史学论著引证，但对于这一论断的理论内涵及其真实意义，迄今尚无系统论述的论著；在引证这一论断的论著中，又往往把方法理解为唯物史观的一种功能，而不是把方法视为唯物史观的本质规定。

在我看来，方法犹如一个能聚集光至燃点的特殊透镜，没有科学的社会研究方法，就不可能有唯物主义历史观及其所造成的革命变革；反过来说，唯物史观本身就是一种方法，科学的社会研究方法。历史本体论、历史认识论和历史方法论的统一，是唯物史观安身立命之本。把握了这个根本也就把握了唯物史观的生命线。所以，我的《马克思的社会研究方法及其当代意义》从实践反思法、结构分析法、再生产分析法、人与社会双向运动分析法、社会机体分析法、交往分析法、阶级分析法、从后思索法、解释学分析法、科学抽象法等方面较为系统地探讨了马克思的社会研究方法。这里，基本思路就是：唯物史观的每一个观点同时又是方法。

李立新：如何理解唯物主义历史观的每一个观点同时又是方法？

杨　耕：唯物主义历史观不是从所谓的"辩证唯物主义"中推导出来的，社会科学方法有其内在发源地，这就是社会本体论。社会研究方法的"原型"就在实践活动的"格"中。这是其一。

其二，从历史上看，包括历史研究方法在内的社会科学方法的演变总是同对社会的理解模式联系在一起，社会研究方法实际上是社会本体论的工具化、操作化。

其三，社会研究方法是知识生产和知识分析的统一。作为知识生产，方法是分析社会的手段，形成关于社会的某种观点；作为知识分析，方法是概念内在关系的分析，是形成理论体系的过程。

我正是从这三个方面来理解这一问题的。例如，唯物主义历史观的社会有机体理论同时又是方法，即社会有机体分析法。列宁就认为，马克思的辩证方法就是社会科学的方法，这种方法把社会看作是活动着和发展着的机体。唯物史观把社会看作是"一切关系在其中同时存在又互相依存的社会机体"，这一观点因此就蕴含着结构分析法、同构分析法、再生产分析法、自然—他律分析法、总体—要素分析法、基础—新层次分析法以及"社会人的生产器官"分析法。这本身就是一个方法系统。

李立新：那么，您如何看待社会科学方法系统的基本内容？

杨　耕：从当代知识结构来看社会科学方法系统，它们包含着三方面的内容：一是科学抽象系统，这是揭示社会"是什么"，并把社会运动规律逻辑地表述出来的方法；二是科学解释系统，这是对"是什么"进行"为什么"的解释，是对社会系统及其事件、现象进行"理解"和"解释"的方法；三是科学实证系统，这是对上述的抽象和解释进行检验的方法。只有在具备抽象、解释和实证三大方法系统后，社会科学方法才是具有自身特殊性的科学方法。然而，我们目前对社会科学方法的探讨还停留在科学抽象系统上。实际上，这只是社会科学方法的组成部分之一。

李立新：我赞同您的这一见解。您的阐述实际上蕴含着一个问题，那就是，唯物主义历史观的方法与当代社会科学方法的关系问题。我不知道您是否自觉地意识到这一个问题？如果您关注到这一问题，那么，您是如何理解唯物史观的方法与当代社会科学方法的关系的？

杨　耕：您的理解是对的，我也注意到这一个问题。在我看来，当代社会科学方法有一个显著特征，就是"范式"的并存、对立和交叉。从总体上可以把当代社会科学方法划分为8种"范式"：（1）实证主义的范式；（2）解释学的范式；（3）社会唯实论的范式；（4）社会唯名论的范式；（5）结构—功能主义的范式；（6）社会生物主义的范式；（7）社会活动论或行为科学的范式；（8）唯物主义历史观的范式。

唯物主义历史观方法范式的根本特征就在于：从实践出发来理解社会，以生产力与生产关系的矛盾为核心形成了一种"核心发散式"的社会研究方法，这就是从社会的核心、本质、深层结构向外层及其不同侧面、各种关系、各个环节发散。而其他方法范式只是抓住社会的某一侧面、某种关系、某个环节，并把其他侧面、关系、环节归结到这一侧面、关系、环节，本质上属于"局部收敛式"的社会研究方法。当然，从某一方面来研究社会是必要的，因而其他方法范式系统又是局部合理的。

实际上，当代社会科学方法都可以在唯物主义历史观的方法中找到萌芽或源头，造成这种现象的根本原因就是：唯物主义历史观抓住了人类社会的根本，即物质实践及其规律，并从这一根本出发辐射到社会的各个侧面、环节、关系，从而形成一个思维整体；而当代西方社会科学其他流派则从社会的某一侧面、关系、环节出发，并把整个社会归结为这一特定的侧面、关系、环节，因而它们的联系运动，不断地相互否定才构成思维整体。萧前教授对此评价道："这是对唯物史观方法的科学性极其简要而又十分准确的概括，同时又是对当代其他社会科学方法中肯而又切中要害的批判。"

李立新：我赞同萧前教授的这一评价。我想问的另一个问题是，您多次提到唯物主义历史观在当代的理论生长点问题，在您看来，唯物史观的理论生长点是什么？

杨　耕：唯物主义历史观在当代的理论生长点是历史认识论。这是因为，历史认识论是马克思有所论述，但又未具体展开、详加探讨的问题，或者说是以萌芽、胚胎形式包含在唯物史观中的问题。这是其一。其二，这一问题又是当代实践、科学和哲学所突出的问题，即"热点"问题。其三，当代实践以及哲学、历史学、心理学、思维学等又为解决这一问题提供了现实的可能性。我正在撰写的《马克思的历史认识论及其当代意义》就是力图建构唯物史观的历史认识论。

李立新：可是，通常认为，从历史本体论转向历史认识论标志着西方历史哲学的没落……

杨　耕：不能这么说。从总体上看，现代西方历史哲学的确没有解决历史认识论问题，但这并不是说转向历史认识论研究本身就是错误的。历史是已经过去的存在，在认识历史的活动中，认识主体不可能直接面对认识客体，认识对象的这种特殊性给认识历史带来了一系列的特殊困难，并使建构历史认识论具有必要性。历史本体论的真正确立有赖于对人们认识历史能力的分析，历史本体论如果与历史认识论"绝缘"，其结论必然是独断的、不可靠的。

对哲学史、科学史的深入研究可以看出，人们认识客体的活动发展到一定阶段，就会在某一时刻不多不少地转变为对这种认识活动本身的批判。换言之，历史哲学的研究重心从历史本体转向历史认识论完全符合认识规律。在我看来，从历史本体论转向历史认识论绝不意味着西方历史哲学的没落，相反，却意味着它的成熟。

李立新：那么，构成马克思的社会发展理论、社会研究方法和历史认识论相统一的理论基础，以及唯物主义历史观的根本特征是什么？

杨　耕：统一的理论基础是科学的实践观。全部社会生活在本质上是实践的，历史不过是人的实践活动在时间中的展开，而认识活动在本质上是实践活动的内化和升华。从根本上说，唯物主义历史观是实践本体论。抽去这一点，唯物史观就会成为无根的浮萍。

李立新：目前，您最感兴趣的问题，或者说，理论兴奋点是什么?

　　杨　耕:中国现代化的问题。我深深地爱着我的祖国,深情地祝愿祖国富强、人民幸福,深切地关注着中国的现代化。"为什么我的眼里常含泪水?因为我对这土地爱得深沉。"(艾青)中国的现代化可谓"九死一生",从总体上把握中国现代化的历程,由此引发对民族生存方式、生活方式、思维方式、社会发展方式的哲学思考,是我们应有的良心和使命。在我看来,哲学需要思辨,但哲学不应是脱离现实的玄思,它必须关注现实,将理论触角伸到现实的深处。现代化运动是当今中国最基本的现实,我们应为之摇旗呐喊、鸣锣开道。关于中国现代化研究的理论成果将是我的《东方的崛起:关于中国式现代化的哲学反思》这部著作。这部著作将以较大的历史跨度再现中国现代化的历程及其内在逻辑,其意在于:让历史告诉未来。

　　李立新:您的理论研究确有自己的特色,那么,您追求的理论境界是什么?

　　杨　耕:一言以蔽之,建构理论空间,雕塑思维个性。

载《哲学动态》1994 年第 4 期,
标题原为《历史唯物主义与当代社会》。

马克思哲学：我们时代的真理和良心

——访杨耕教授

杨耕，1956 年生，安徽合肥人。1982 年毕业于安徽大学，获哲学学士学位；1991 年毕业于中国人民大学，先后获哲学硕士、哲学博士学位。1988—2002 年，任中国人民大学哲学系教授、博士生导师，中国人民大学出版社总编辑、《教学与研究》杂志总编辑。现为北京师范大学哲学系教授、博士生导师，北京师范大学出版社总编辑。先后在《中国社会科学》《求是》《哲学研究》《光明日报》《唯物论研究》（日本）等报刊上发表论文 200 余篇；先后出版《杨耕集》《为马克思辩护：对马克思哲学的一种新解读》《"危机"中的重建：历史唯物主义的现代阐释》等专著 10 部。这些论著以崭新的理论视角、宽广的理论空间、独到的理论见解，展示出一种新的理论态势，引起哲学界、理论界的广泛关注。

欣 文（《学术月刊》编辑部编审）：杨教授，您是我国著名的马克思主义哲学家、理论家。我注意到，《理论前沿》2000 年第 1 期发表了全民卿教授的评论文章，即

《国内马克思哲学研究的几种理论范式》认为，您对马克思哲学的解读范式"把握了马克思哲学最核心的实践本质"，"提供了一种新的马克思哲学的理解途径，突破了传统的马克思主义哲学的理论框架，建构了新的马克思主义哲学体系，对于我国哲学体系的改革和建设具有突破性意义"。

杨　耕：这个评价过高，我实在不敢当，但我对马克思哲学的确有自己的看法。我认为，马克思哲学在哲学史上划时代的意义就在于它实现了哲学主题的根本转换，即从宇宙本体转向人类世界，关注人的生存状况及其异化的消除，关注无产阶级和人类解放。马克思把目光转向人类世界，他寻找并找到了理解和解释人类世界的依据，这就是人类实践活动。实践构成了人类世界得以存在和发展的基础，构成了人类世界的本体。这是一个动态的、不断发展、不断生成的本体，人类世界因此成为一个不断地形成更大规模、更多层次的开放性体系。

欣　文：首先，我想请您简要概述一下您对马克思哲学的解读范式。您是怎样理解马克思哲学的？

杨　耕：马克思揭示了人是在利用工具积极改造自然的过程中维持自己生存的，从而使实践成为人的生命之根和立命之本，构成了人类特殊的生命形式，即构成了人的存在方式和生存的本体。人的存在，包含其生存状态的异化及其扬弃，都是在实践活动的过程中发生和完成的。马克思在确认实践是人类世界本体的同时，又确认实践是人本身感性存在的基础，人通过实践创造了人的存在，即实践是人的生存的本体。在这个意义上，马克思哲学是生存论的本体论，即实践本体论。

欣　文：确实，传统的本体论的弊端是其所追求的宇宙本体是一个"不动的原动者"，所以是一切现实事物背后所谓的"终极存在"。实际上不管这种本体是"抽象的精神"还是"抽象的物质"，都是一种脱离现实的社会、现实的人及其活动的抽象本体。从这种抽象的存在、本体出发，无法认识现实。那么，您认为马克思实践本体论的特征是什么？

杨　耕：马克思的实践本体论把人的存在本身作为哲学所追寻的目标。这样一种本体论不是探求所谓的"终极存在"，而是探求"对象、现实、感性"何以成为这样的存在，即它们存在的意义。意义来自人的生存实践，换言之，"对象、现实、感性"与人以及人的生存实践是连接在一起的，本体论与人的生存实践密切有关。所以马克思认为，对"对象、现实、感性"不能只从客体的形式去理解，而要同时"把它们当作感性的人的活动，当作实践去理解"，"从主体方面去理解"，并明确指出："对实践的唯物主义者即共产主义者来说，全部问题都在于使现存世界革命化，实际地反对并改变现存的事物。"这样，马克思的实践本体论便开辟了一条从本体论认识现实的道路。

欣　文：您的解读范式提供了一种新的马克思哲学的理解途径，对传统的马克思主义哲学理论框架是一种突破。

杨　耕：传统的马克思主义哲学理论框架就是传统的马克思主义哲学教科书体系。从模式上看，这种教科书体系形成于《联共（布）党史简明教程》第四章第二节"论辩证唯物主义和历史唯物主义"。在这种教科书体系中，辩证唯物主义是一种研究自然界的方法和解释自然界的理论，即一种自然观，历史唯物主义不过是这种辩证唯物主义在社会历史领域中的推广和运用。更重要的是，在这种辩证唯物主义中，自然是脱离了现实的人及其活动的自然，是从历史中抽象出来的自然。经过这一分离、这一抽象之后，"抽象的物质"便构成了传统的马克思主义教科书体系的基石，形成了以自然为基石的本体论。这是一种根本性的缺陷，实际上是在用近代唯物主义的逻辑解读马克思的新唯物主义，马克思哲学划时代的贡献在相当大的程度上被漠视了。从根本上说，马克思批判并终结形而上学的工作是从本体论层面上发动并展开的，其根本特征在于，马克思并不是以一种抽象的、超时空的方式去理解和把握存在问题，而是从实践出发去理解和把握人的存在，从人的存在出发去解读存在的意义，并凸现了存在的根本特征——历史性。因此，确认马克思哲学是实践本体论，就从根本上突破了传统的马克思主义哲学教科书体系，并为重建马克思主义哲学体系奠定了理论基础。

欣　文：本体论与"形而上学"密切相关。记得在 1989 年，您在《光明日报》发表文章，提出"拒斥形而上学是马克思哲学的基本原则"，并引起了较大的争议。从那时到现在已经十多年过去了，您现在是放弃还是仍然坚持这个观点？

杨　耕：我仍然坚持这一观点，而且认识比以前更深刻了。我认为，从历史上看，"形而上学"在对存在的本质和世界的终极存在的探究中确立了一种严格的逻辑规则，即从公理、定理出发，按照推理规则得出必然结论。这无疑具有积极意义，标志着作为理论形态的哲学的形成。然而，亚里士多德之后，哲学家们把"形而上学"中的存在日益引向脱离现实事物、超越人的存在，成为一种完全抽象化的本体。因此，到了 19 世纪中叶，随着自然科学"给自己划定了单独的活动范围"，随着社会的发展"把人们的全部注意力集中到自己身上"，西方哲学再次掀起反形而上学的浪潮。

孔德和马克思同时举起了反对形而上学的大旗。孔德从自然科学的可证实原则出发批判了形而上学，马克思则从人的存在方式——实践活动出发批判了形而上学。马克思的反对形而上学与孔德的拒斥形而上学在时代性上是一致的，即都是现代精神对近代精神和古代精神的批判，但二者的指向具有本质的不同：孔德认为，拒斥形而上学之后哲学应趋向自然科学，并把哲学局限于现象、知识以及可证实的范围内，力图用实证科学精神来改造和超越传统哲学；马克思提出另外一条思路，即反对形而上学之后，哲学应趋向人的存在，对人的异化了的生存状态给予深刻批判，对人的价值、解放和全面发展给予深切关注。在马克思看来，从此以后形而上学将永远屈服于现在为思辨本身的活动所完善化并和人道主义相吻合的唯物主义。

欣　文：您提到唯物主义这个概念。通常认为，朴素唯物主义、形而上学唯物主义和辩证唯物主义构成了唯物主义的三种历史形态，这似乎已经成为定论。而您在《学术研究》2001 年第 1 期发表的《重新审视唯物主义的历史形态和历史唯物主义的理论空间——重读〈神圣家族〉》一文中则提出了自然唯物主义、人本唯物主义和历史唯物主义是唯物主义的三种历史形态。这一划分颇有新意。我想问的问题是，您这样划分的依据和意义是什么？

杨　耕：把唯物主义的基本形态划分为朴素唯物主义、形而上学唯物主义和辩证唯物主义有其合理因素，但这种合理因素又被溶解于不合理的理解之中。按照这种划分，朴素唯物主义、形而上学唯物主义和辩证唯物主义这三种唯物主义形态在理论主题上并没有根本性的变化，即三者都以"整个世界"为研究对象，只不过朴素唯物主义把世界看成是一个混沌的整体，形而上学唯物主义把世界理解为一个个静止、孤立的事物，辩证唯物主义把世界理解为普遍联系和永恒发展的物质体系，而历史唯物主义不过是辩证唯物主义在社会历史领域中的推广和应用。这种划分的最大缺陷就在于忽视了唯物主义发展进程中理论主题的转换这一根本问题，而且在相当大的程度上抹杀了历史唯物主义的划时代贡献。

从理论主题的历史转换这一根本点上看，唯物主义的发展经历了三个历史阶段，形成了三种历史形态，即自然唯物主义、人本唯物主义和历史唯物主义。自然唯物主义始自古希腊哲学，在霍布斯那里达到系统化，并一直延伸到法国唯物主义中的机械唯物主义派。从总体上看，自然唯物主义根据"时间在先"的原则，把整个世界还原为自然物质，人则成了自然物质的一种表现形态，物质成为一切变化的主体。人本唯物主义起源于法国唯物主义中的另一派，即"现实的人道主义"，费尔巴哈哲学是其典型形态。费尔巴哈力图以

"现实的人"为基本原则来理解世界并构造哲学体系，然而，他不理解实践是人的存在方式，是社会生活的本质和感性世界的本体，所以，费尔巴哈最终得到的仍是抽象的人，忽视的仍是人的主体性和历史性。在人本唯物主义体系中，自然和历史仍处在对立之中，唯物主义和历史是彼此完全脱离的。超越人本唯物主义，建立和历史相结合的唯物主义即历史唯物主义是理论和历史的双重要求。换言之，历史唯物主义是唯物主义的第三种历史形态。

欣　文：可是一般认为，历史唯物主义只是一种历史观或历史哲学，而不是一个完整的哲学形态。您也一直持这种观点，认为历史唯物主义是历史本体论与历史认识论相统一的历史哲学。然而，您在《重新审视唯物主义的历史形态和历史唯物主义的理论空间》一文中又提出，历史唯物主义构成了一个完整的马克思哲学形态，马克思哲学就是历史唯物主义。您发表在《河北学刊》2003 年第 6 期上的文章《历史唯物主义：一个再思考》就重申并深化了这一观点。

杨　耕：在研究马克思主义哲学的过程中一直有两个问题困扰着我：一个是历史唯物主义与辩证唯物主义的关系，另一个是历史唯物主义与实践唯物主义的关系。1990 年我在贵刊发表文章《历史唯物主义现代形态的建构原则》，提出历史唯物主义是历史本体论与历史认识论的统一，这里有一个不自觉的理论预设，即辩证唯物主义是历史唯物主义的理论基础。1989 年我在《江海学刊》发表文章《我们时代的哲学旗帜——实践唯物主义》，提出马克思主义哲学是实践唯物主义，是实践本体论，但我有意回避了实践唯物主义与历史唯物主义的关系。看来，这两个问题不解决，马克思主义哲学的"一体化"也就不可能彻底解决。于是，我开始重新审视历史唯物主义的理论空间。

随着研究的深化，我逐步意识到，从形式上看，历史唯物主义研究的仅仅是人类社会或人类历史，似乎与自然无关，但问题在于，社会是在人与自然之间的物质变换过程中形成和发展起来的，而为了实现人与自然之间的物质变换，人与人之间必须互换其活动并必然结成一定的社会关系。这就是说，人们的生存实践活动和实际日常生活始终包含并展现为人与自然的关系和人与社会的关系，或者说包含着并展现为人与自然的矛盾和人与社会的矛盾。历史唯物主义所关注和所要解决的基本问题，就是人们的生存实践活动、实际日常生活所包含和展现出来的人与自然的关系和人与社会的关系问题。社会生活在本质上是实践的，历史不过是人的实践活动在时间中的展开，用马克思的话来说，历史不过是追求着自己目的的人的活动而已。因此，历史唯物主义概念中的"历史"是人的活动及其内在矛盾，即人与自然、人与社会的矛盾得以展开的境域。以现实的人及其发展为思维坐标，以实践为出发点和建构原则，去探讨人与自然的关系和人与社会的关系，即人与世界的关系使历史唯物主义展现出一个新的理论空间，即一个自足而又完整、唯物而又辩证的世界图景。

这就是说，历史唯物主义不仅是一种"唯物主义历史观"，更重要的是一种"唯物主义世界观"。由于历史唯物主义内含着"否定性辩证法"，所以，马克思又称之为"真正批判的世界观"。在我看来，马克思的哲学就是历史唯物主义，辩证唯物主义不过是历史唯物主义的代名词。全部社会生活的本质是实践的，而实践活动本身就是一种"否定性的辩证法"。因此，历史唯物主义作为全部社会生活的哲学反映，本身就蕴含着"否定性的辩证法"，本身就是唯物主义和辩证法的统一。辩证法在本质上是批判的和革命的。把辩证唯物主义看作是历史唯物主义的代名词，是为了凸显历史唯物主义所内含的辩证法维度及其批判性和革命性；把实践唯物主义看作历史唯物主义的又一代名词，则是为了凸显历史唯物主义所内含的实践维度及其首要性和基本性。

欣　文：也就是说，在马克思的哲学体系中，不存在一个独立的、作为理论基础的辩证唯物主义，也不存在一个独立的、具有应用性质的历史唯物主义。您的上述见解基本上解决了马克思主义哲学"一体化"的问题，凸显并深化了对"历史唯物主义是马克思的第一个伟大发现"的理解。

杨　耕：应当说我还没有从根本上解决马克思主义哲学"一体化"的问题，只能说为解决马克思主义哲学"一体化"以及辩证唯物主义、历史唯物主义、实践唯物主义的关系问题，提供了一条新的思路。

欣　文：据我所知，1995 年您在《中华读书报》上明确提出"重读马克思"，并认为可以以此来概括您的全部理论研究。很想了解，是什么原因促使您重读马克思的？

杨　耕：从思想史上看，"重读"是常见的现象。黑格尔重读柏拉图，皮尔士重读康德，歌德重读拉斐尔……从一定意义上说，一部思想史就是后人不断"重读"前人的历史。所以，思想史、哲学史被不断地"重写"或改写。大师们都在"重读"，我这个无名小辈更应如此。重读马克思绝不是"无病呻吟"或"无事生非"，而是当代实践、科学以及哲学本身发展的需要。

历史常常出现这样一种奇特的现象，即一个伟大思想家的某个观点、理论以至整个学说，往往在其身后、在经历了较长时间的历史运动之后，才充分显示出它的本真精神和内在价值，重新引起人们的关注。马克思哲学的历史命运也是如此。20 世纪的历史运动以及当代哲学的发展困境，使马克思哲学中的一些重要观点及其理论的内在价值凸现出来，如世界历史理论、社会交往理论、实践反思理论等，这就使马克思哲学的本真精神和当代意义得以显现。于是，重读、重估马克思哲学便成为一种不可避免的趋势。

就我个人而言，是"文化大革命"给中华民族所造成的深重灾难，是改革开放所取得的巨大成就以及社会主义市场经济的实践促使我重读马克思的。马克思哲学本身就是在市场经济的背景中产生的，随着社会主义市场经济体制的确立，马克思正在向我们走来，离我们不是越来越远，而是越来越近了。一句话，马克思哲学仍具有"令人震惊的空间感"。

欣　文：请简述一下，您是如何重读马克思的？

杨　耕：在"重读"过程中，我经历了从马克思哲学到马克思主义哲学史、西方哲学史，再到现代西方哲学、当代社会发展理论，然后再返回到马克思哲学这样一个不断深化的求索过程，其目的在于把马克思哲学放置到一个广阔的历史背景和理论空间中去研究。我认为，对马克思哲学的研究离不开对马克思主义哲学史的研究，只有把握马克思的心路历程，把握马克思以后的马克思主义哲学的演变过程，才能真正把握马克思哲学的真谛，真正理解马克思哲学在何处以及在何种程度上被误读了；只有把马克思哲学放到西方哲学史的流变中去研究，才能真正把握马克思哲学对旧哲学变革的实质，真正理解马克思哲学划时代的贡献；只有把马克思哲学与现代西方哲学、与当代社会发展理论进行比较研究，才可知晓马克思哲学的局限性，同时进一步理解马克思哲学的伟大所在，真正理解马克思哲学为什么是我们这个时代"不可超越的意义视界"。在这样一个重读马克思的过程中，在我面前便矗立起一座巨大的英雄雕像群，我深深体验到思想家们追求真理和信念的悲壮之美，深深体会到马克思哲学仍是我们时代的真理和良心。

我的职业和事业都是哲学。在重读马克思的过程中，我着重研究的是马克思的哲学，但我同时进行了科学社会主义和理论经济学的"补课"。马克思哲学不是"学院派"，它的基本原理是在阐述科学社会主义的过程中生成的，科学社会主义的基本原则又蕴含在马克思哲学中，二者密切相关甚至融为一体。马克思哲学不仅是在批判德国古典哲学，而且是在批判英国古典经济学的过程中生成的，马克思的经济学不仅是一种关于资本的理论，而且是对资本的理论批判或批判理论，它所揭示的被物的自然属性掩蔽着的人的社会属性，以及被物与物的关系掩蔽着的人与人的关系，具有重大的哲学意义。精神生产不同于肉体的物质生产。以基因为遗传物质的生物的延续是同种相传，而哲学思维则可以、也应该通过对不同学科成果的吸收、消化和再创造，形成新的哲学形态。亲缘繁殖不利于种的发育，哲学研究也应突破从哲学到哲学的局限。

欣　文：从您发表的论著看，您的哲学研究的另一个显著特点就是理论与现实的结合。我想请您特别就此谈谈您的一些想法。

杨　耕：这里首先涉及哲学的功能问题。哲学的功能是什么，或者说哲学应该干什么，这是最折磨哲学家耐心的问题。不同时代、不同国家的不同哲学家对此有不同的看法。人类思想史表明，任何一门学科在其发展过程中，除了要研究新问题外，往往还需要不断回头去重新探讨一些根本问题，诸如学科的对象、性质和功能这样一些对学科发展具有方向性、根本性的理论问题。哲学也是如此。从根本上说，我们应当根据时代需要、根据人类的认识水平以及在此基础上形成的知识结构来判断哲学的位置和功能。无论如何，哲学应为人们认识和改造现实世界提供一种批判的精神、反思的方法，并通过自己的反思性、批判性以及理想性，塑造和引导新的时代精神。在我看来，哲学与时代的统一性首先是通过它的现实的政治效应来实现的。哲学家既要有自觉的哲学意识，同时又要有敏锐的政治眼光，才能理解和把握时代的需要。

实际上，这里还存在一个哲学与现实的关系。一方面，哲学不能脱离现实，必须直面现实问题，解答时代课题，否则，将成为无根的浮萍；另一方面，哲学又必须进入抽象的概念运动领域，以概念运动反映现实运动，否则，就不是哲学。哲学必须以哲学的方式联系现实，解答时代课题。我始终认为，哲学研究不能仅仅成为哲学家之间的"对话"，更不能是哲学家个人的"自言自语"，哲学必须与现实"对话"。在我看来，哲学既要深入现实，又要超越现实；既要入世，又要出世。一种仅仅适应现实的哲学是不可能高瞻远瞩的。

当今中国最基本的现实就是改革开放和现代化建设。这一社会实践最突出的特征和最重要的意义就在于，它把现代化、市场化和社会主义改革这三重重大的社会变革浓缩在同一个时空中，构成了一场极其特殊、复杂、艰难而又波澜壮阔的伟大的社会变迁。它必然引起一系列重大而深刻的哲学问题，必然为人们的哲学思考提供一个广阔的社会空间。关注这一现实，从中探讨、把握带有规律性的东西，构建中华民族在当代的精神支柱，这是当代中国哲学义不容辞的任务。从总体上把握当代中国的改革开放和现代化建设，由此引发对民族的思维方式、生存方式、活动方式以及社会发展的哲学思考，反过来，以一种面向 21 世纪的哲学理念引导现实运动，这是当代中国哲学家应有的良心和使命。

欣　文：在哲学研究中，您所追求的理论目标、理论境界是什么？

杨　耕：我所追求的理论目标，是求新与求真的统一；我所追求的理论形式，是诗一般的语言、铁一般的逻辑；我所追求的理论境界，是构建哲学空间，雕塑思维个性。但是，我深知我"心有余而力不足"，深知我的知识结构和思维方式的缺陷，深知我在哲学研究道路上的种种失误。"人要学会走路，也得学会摔跤，而且只有经过摔跤，才能学会走路。"这是马克思告诉我们的颠扑不破的真理。

载《学术月刊》2004 年第 1 期。

今天马克思仍然"在场"

策划人梁枢（《光明日报》记者）：

中国哲学界对马克思的"重读"，开始于 20 世纪 80 年代。中国改革开放的伟大实践，为我们对马克思哲学的再认识提供了波澜壮阔的思想舞台。参加本次访谈的五位学者，既是这场"重读"的主要参与者，也是这次"重读"的见证人。近年来，他们都有新的关于马克思哲学的研究著述问世，如孙正聿的《理论思维的前提批判》、俞吾金的《意识形态论》、杨耕的《为马克思辩护》、张一兵的《回到马克思》、衣俊卿的《回归生活世界的文化哲学》等。这些研究成果的出版，以及它们在学界所产生的广泛影响，似可表明这样一个事实：伴随着中国社会全面进步，我们对马克思哲学长达 20 年的"重读"也在逐渐走入成熟期。为这次访谈所设计的三个论题，虽不可能完整地展示五位学者在"重读"过程中所取得的思想成果，但应该能够显示他们在一些焦点问题上达到了一种什么样的思想深度。

马克思哲学的主题：是人，还是物

杨　耕（中国人民大学哲学系教授）：

马克思所面对的是一个由资本关系所造成的人的生存状态全面异化的社会。在马克思看来，哲学的迫切任务就是揭露这种异化及其根源。然而，传统哲学包括近代唯物主义无法完成这一任务，这是因为，传统哲学中的存在是脱离了现实的人及其活动的抽象存在、"抽象物质"，从这样的抽象本体出发，人们无法认识和把握现实。正因为如此，马克思一开始就对传统哲学包括近代唯物主义持一种批判态度，并把哲学关注的中心从超验世界转向"感性世界"，从整个世界转向人类世界，从宇宙本体转向人的生存本体，对人的生存状态的异化形式给予深刻批判，对人的自由而全面发展给予深切关注。对于马克思哲学来说，"全部问题都在于使现存世界革命化"，消除人的生存状态的异化形式，"确立有个性的个人"，实现人的全面发展。这样，马克思的哲学就在哲学史上实现了哲学主题的根本转换，实现了对人的现实关怀和终极关怀的统一。在我看来，这是全部哲学史上对人的生存和价值最激动人心的关怀。

毫无疑问，马克思是个唯物主义者，但马克思的"新唯物主义"不是从"抽象物质"出发，以一种超时空的方式抽象地谈论世界的物质统一性，而是从人的实践出发去理解和把握人与世界的关系，去理解和把握人本身，并确认人的实践所引起的人与自然之间的物质变换构成了现存世界的基础和人的生存的本体。这是一种动态的、不断发展、不断生成着的本体，它使存在成为一种现实社会的存在，成为现实的人的存在。这样，马克思的哲学便开辟了一条从本体论认识现实的道路，并成为无产阶级的"精神武器"和人类解放的"头脑"。

俞吾金（复旦大学哲学系教授）：

在马克思的哲学中，人和物是不可分割地统一在一起的。实际上，只有把人和物统一起来，才算真正地把握了马克思哲学的本真精神。何以言之呢？一方面，马克思认为，人要活在这个世界上，就得解决吃、喝、住、穿的问题，为此，就不得不从事物质生活资料的生产，并不得不与各种物打交道。在马克思设想的共产主义社会里，实行"各尽所能，按需分配"原则，这里所谓按需分配，就是对人类劳动的产物进行分配。这里，我们不但遭遇到了物，而且物的重要性也以前所未有的方式表现出来。在马克思看来，只有当作为产品的物无限丰富、充分涌流，以至于达到按需分配的程度时，共产主义的理想才可能转化为现实。我们能说马克思只重视人、不重视物吗？显然不能。

同时，马克思在分析和批判资本主义社会中普遍存在的拜物教现象时，坚决反对人们把人与物之间的关系割裂开来，强调要从物与物之间的关系中洞察到人与人之间的真实的社会关系。即使在批判资本主义社会存在的普遍物化的现象时，马克思也从历史评价的角度指出了这种现象的积极的方面，即没有普遍的物化和异化，也不可能有个人能力的全面发展。我们能说马克思只重视物、不重视人吗？显然不能。

综上所述，在研究马克思哲学时，决不应该把人与物的关系割裂开来并对立起来。否则，我们做得越多，离真理也就越远。

张一兵（南京大学哲学系教授）：

谈及这个话题，我依旧要先凸显"清理场地"的问题。所谓"清理场地"或"正本清源"，反映在方法论上，就是必须真实地回到文本之中，面对思想家本身。对马克思而言，就是寻找到一以贯之的问题在他那里的终结之处，凭借对他第一手文本的解读和深入的思考，了解马克思在特定历史语境中提问以及思想的成因，并通过社会学上的所谓"田野式"方法路径的布展，进而通达一种具有鲜明的个体特征的我们自己的哲学之思。

按照马克思的观点，与农业文明相比，工业文明是完全异质的社会生活层面的发生，它将人从对土地的依附中解脱出来。可这种解放在另一方面又使人与物的关系从人与外部物质（自然）世界的关系转变成为经济世界中人与经济力量的关系，特别是，市场中人与人的社会关系是以"物与物的关系"的形式体现出来的颠倒事态。如果我们仅仅停留在这种直观中，这就是形形色色的拜物教。马克思的哲学关注是以批判的现象学，透过物象重新把握人的历史性存在，特别是人的现实关系存在。所以在这个意义上，对马克思来说个人的全面自由解放才是他自始至终所关注的对象，而"物"（象）不过是借以达及这一对象的入口和手段而已。

马克思哲学在当代西方：是终结了，还是"不可超越的意义视界"

衣俊卿（黑龙江大学哲学系教授）：

真正能够代表每一时代的哲学更多地表现为理性的反思、理性的批判、文化精神的生成和重建，表现为对原有的哲学体系和教条的不断超越。在这种意义上，哲学理性和哲学反思应当是最活跃的生命之流，它不断地批判人类业已生成的文化构造，不断捕捉、预见、引导新文化精神的生成，为人的存在提供新的安身立命的精神支撑和精神启蒙；不断地通过现实的文化批判而成为社会运行的内在的自我批判和清醒的自我意识。

从这个意义上，马克思哲学作为关于人的存在的本质性的、批判性的文化精神已经成为当今人类不可或缺的意义和价值内核。其当代意义和生命力在于：它不是一种外在的理论工具，而是作为一种关于人的生存的本质性的文化精神内化到现实的历史进程之中，不仅对19世纪以来人类历史进程产生了不可估量的影响，而且一直影响并将继续深刻影响人类的精神状况。这从马克思的异化理论和文化批判精神对存在主义、新马克思主义、后现代主义等理论思潮的影响可以清楚地看到。

张一兵：真实的情况是，只要作为马克思批判对象的经济制度及其不合理、不公正的特性在西方社会仍然存在，那么，马克思的哲学所具有的方法论和批判性就仍然有其不能被否认的积极意义。并且，马克思的哲学在历史辩证法中所体现出来的历史意识也是种种其他学说所不能企及的。

杨　耕：看一种学说或体系是否过时，归根到底，是看它是否抓住了问题的根本，它所提出的根本问题在现时代是否还存在。仅仅从时间的远近来判明一种思想是否过时是一种理论近视。由于深刻地把握了物化社会的本质和人的异化的根源，由于基本观点契合着当代西方社会的重大问题，所以，产生于19世纪中叶的马克思主义又超越了19世纪，不仅没有"终结"，相反，依然是当代"不可超越的意义视界"。

马克思哲学在当代中国：是离我们近了，还是远了

孙正聿（吉林大学哲学系教授）：

回答这个问题，首先需要思考马克思哲学在当代中国的存在方式。在我看来，自改革开放以来，在当代中国的解放思想的进程中，马克思的哲学不仅作为哲学"学说"而被重新阐扬，作为哲学"学术"而被切实研究，而且作为哲学"学养"而被人民接受。作为"学说""学术"和"学养"的马克思哲学，成为日益亲近我们的哲学。

改革开放以前，马克思的哲学长期以来只是被当作"学说"而存在，并且只是把这个"学说"作为关于"自然、社会和思维发展的普遍规律"的"学说"而存在，至于这个"学说"的"旨趣"和"特质"则被淡化了。改革开放以来，马克思哲学的"旨趣"与"特质"，日益受到人们强烈的关注，并且日益形成一种普遍的共识，这

就是：马克思的"学说"是关于人类解放的学说，也就是关于实现人的全面发展的学说；这个学说既是对人的全面发展的价值理想的承诺，又是对人的全面发展的实现过程的揭示，也是对人的全面发展的价值标准的确立。因此，这个学说为人自身的发展提供了永不枯竭的理论资源，并且日益亲近把"发展"作为"硬道理"的当代中国人。

马克思的哲学"学说"又是作为人类文明的伟大的"学术"成果而存在的，并因而构成后人研究的对象。曾经有人诘难："回到马克思"，难道我们"离开"马克思了吗？"重读马克思"，难道我们"误读"马克思了吗？其实，"回到"与"重读"，都是凸显了把马克思的"学说"作为"学术"对象来研究的理论态度，正是在把马克思哲学作为"学术"对象的"重读"的过程中，我们不仅"回到"了关于人类解放和人的全面发展的马克思哲学，而且马克思的哲学经过切实的"学术"研究而亲近越来越多的当代中国人。

贺麟先生说："哲学是一种学养。哲学的探究是一种以学术培养品格，以真理指导行为的努力。"作为"学养"的马克思哲学，它是把人的全面发展的哲学理念实现为每个人的自觉追求。这样的哲学"学养"与当代中国人是最为亲近的。

衣俊卿：中国的马克思主义者在实践中为马克思哲学的当代价值和意义的更好发挥做出了贡献。但是，与此同时，我们也有一丝担忧。目前课堂上、书本里、会议中、报刊上无所不在的关于马克思主义哲学的阐述不时透露出某种形式化、表面化的倾向。

如果我们"得言忘意"，不顾时代的转换而简单地固守马克思哲学现成的结论和命题，那我们实际上是在亲手"抛弃"马克思哲学这一当代最重要的人类精神遗产。马克思哲学的当代价值和生命力就在于它不受这些具体层面限制的深层内核，即关于人的实践本质和超越本性的最深刻的阐发。

或许，当我们"得意忘言"，不再固守马克思哲学的一些具体结论、一些具体论述、一些具体话语时，马克思哲学的生命力将得到空前的展示，将真正与我们同行，与人类同行，成为我们的精神世界和价值世界的本质性维度和内核，并发扬光大。

张一兵：我坚定地认为，今天的中国社会正在史无前例地接近马克思及其哲学方法论。当下正在建构之中的市场经济体系，是马克思一生都极其关注的。市场中的经济关系以及以交换为中心人转化成为物的现象，是马克思的经济学理论所赖以建立和剖析的切入口。这也就为我们真正理解他的批判性和其全部方法论提供了完整真实的社会经济语境。马克思曾说："人体解剖是猴体解剖的钥匙。"的确如此。在过去落后的自然经济中，马克思的经济学所面对的李嘉图式的大工业生产对我们而言几乎成了无法企及也不可理解的"另类"世界；而越接近现代性，越接近工业化，我们事实上也就越接近了马克思的言说语境和思路。这是今天中国学问中的最大真实。

杨　耕：马克思的哲学是在批判资本主义生产方式，即资本批判的过程中产生的，是在市场经济的背景下形成的。只要资本主义制度存在，只要资本仍然具有支配一切的权力，马克思就不会"死去"，仍然"活着"。同时，随着社会主义市场经济实践的拓展与深化，一个"鲜活"的马克思正在向我们走来，马克思不是离我们越来越远了，而是越来越近了。一句话，今天马克思仍然"在场"。

载《光明日报》2002 年 4 月 18 日。

未来不能没有马克思

　　中国人民大学哲学系博士生导师杨耕教授，目前正在进行新中国成立以来马克思主义哲学发展状况的研究，并撰写《重读马克思》一书。《社会科学报》记者朱晓慧就有关问题请教了杨耕教授。

　　杨耕说，当代中国哲学研究的一个误区就是马克思主义哲学。十月革命一声炮响，给我们送来了马克思主义，其实，送来的更多是列宁主义。后来，苏联模式的马克思主义又对我们产生了较大的影响，使我们对马克思主义哲学的理解产生了偏差，误解了马克思主义哲学的主题。传统的马克思主义研究认为，马克思主义哲学关注的是世界的本源问题，其实马克思主义哲学关注的是人的世界，是无产阶级的解放和人类的解放。这一主题贯穿于马克思主义哲学的始终。

　　杨耕认为，在马克思主义哲学与西方哲学的关系问题上，应该既反对把马克思主义哲学看作是西方近代哲学，也反对把马克思主义哲学与西方哲学截然对立起来的观点。这是因为，从内容上讲，西方传统哲学，包括近代哲学的特点是关注本源世界、宇宙本体，而马克思主义哲学关注的是人的存在方式、现实世界的本体；从时间上看，马克思所处的是现代化运动达到第一个高潮的时代。现代化不等于资本主义化，但现代化运动是由资产阶级发动的，因此，现代化与资本主义有着重合性。马克思在对现代化所取得的巨大成就给予充分肯定的同时，注意到了它的负面效应；他对资本主义的批判也就是对现代化的批判。因此，马克思主义哲学属于现代哲学，马克思是现代哲学的奠基者之一。

杨耕强调，在 21 世纪，马克思哲学不仅不会衰落，反而会因其现代性而被越来越多的学者所重视。例如，后现代主义关注的主题是人与自然、东方与西方的关系等问题，这些马克思都做过精辟的论述。马克思第一次提出人和自然的和谐问题。在东西方问题上，马克思认为，第一，在东方不存在像西方那样的封建主义，解构了欧洲封建主义的普世性；第二，明确地把自己对资本主义起源的描绘限定在西欧范围内，解构了资本主义形成的普世性；第三，提出跨越"卡夫丁峡谷"的设想，解构了资本主义的普世性。马克思生活在工业时代，却准确地预见了后工业社会的某些特征，由此获得后现代主义的推崇。正如德里达所说："未来不能没有马克思。"

载《社会科学报》1998 年 11 月 12 日。

哲学家的当代良心和使命

——访杨耕教授

《光明日报》记者祝晓风：现在有一种非常流行的说法，就是认为，当今中国的哲学越来越趋于"冷寂"以致衰落，而且随着市场经济体制的确立，这种"冷寂"、衰落将呈加速态。您如何看待这种说法？

杨　耕：我不能同意这种观点。这种观点看到了某种合理的事实，但又把这种事实溶解于不合理的理解之中。当然，和改革开放之前"全民学哲学"的"盛况"相比，目前哲学在社会生活中的确显得较为冷清，许多人对哲学持一种冷漠、疏远的态度。但是，只要我们透过现象看本质就会发现，那时的哲学繁荣是一种虚假繁荣，其中，不乏对哲学肤浅甚至庸俗的理解以及急功近利的运用，而目前所谓的哲学"冷寂"实际上是人们对哲学本身的深刻反思，是一种学术回归。具体地说，哲学界通过对现代西方哲学的批判反思，对中国传统哲学的批判反思，以及对哲学的重新定位完成了这种学术回归。

在我看来，正是这"批判反思"以及"重新定位"，促使当代中国哲学越来越走向成熟，其主要标志就是：面向 21 世纪的马克思主义哲学的"中国版"正在形成。在当代,"全球意识"与"寻根意识"并存,任何民族哲学的发展都必须同时考虑时代性、世界性和民族性,并使二者融洽起来。马克思主义哲学是当代"不可超越的意义视界",中国传统哲学属于人类"早熟"的自我意识,是一种富有东方神韵的深沉的哲学智慧,能够代表中国哲学未来发展方向的,就是面向 21 世纪的中国化的马克思主义哲学。

市场经济与哲学的关系并非如同冰炭。没有市场经济也就没有近代的法国启蒙哲学、德国古典哲学,也就没有现代的存在主义哲学、结构主义哲学,当然,也就没有马克思主义哲学。在我看来,市场经济不仅是资源配置的方式,而且是人的存在方式,标志着以物的依赖性为基础的人的独立性的,是从人的依赖性向人的自由个性过渡的时代。而当代中国的经济市场化又是同社会现代化和社会主义改革交织在一起,在同一个时空中进行的,可谓史无前例,特殊、复杂而又波澜壮阔,必然引发一系列深刻而重大的哲学问题,必然为人们的哲学思考提供一个广阔的社会空间。我以为,目前市场经济对哲学的冲击是对以往哲学虚假繁荣的矫枉过正,随着社会主义市场经济向广度和深度进展,中国哲学必将加速走向真正的繁荣。

祝晓风:您谈到了哲学的重新定位,这涉及哲学的功能,涉及哲学家的使命问题。您如何理解哲学的功能和哲学家的使命?

杨 耕:哲学的功能是什么,或者说,哲学应该干什么,这是一个最折磨哲学家耐心的问题。不同时代、不同国家的不同哲学家对此有不同的看法。从根本上说,我们应当根据时代需要、人类的认识水平以及在此基础上形成的知识结构来判断哲学的位置和功能。当代实践、科学和哲学本身的发展促使哲学趋向于生活世界,用马克思的话来说就是,哲学应该关注人类世界,关注"自己时代的现实世界"。为此,哲学应探求和把握人的实践活动的规律,为人们认识和改造现实世界提供一种批判的精神、反思的方法，并通过自己的反思性、批判性以及理想性塑造新的时代精神。

哲学的论证方式是抽象的，即在形式上体现为一种抽象的概念运动；哲学的问题却是现实的，无论哲学家如何超凡入圣，都不能不食人间烟火，他们提出的问题、解决问题的方式和答案都不能不以现实为基础，并在把握现实可能性的前提下超越现实。我始终认为，哲学研究不能仅仅成为哲学家之间的"对话"，更不能成为哲学家个人的"自言自语"，哲学应当也必须与现实"对话"。这是哲学得以存在和发展的根基，否则，哲学将成为无根的浮萍。

当今中国最基本的现实就是改革开放和现代化建设。实现现代化，重构中华民族的生存方式和活动方式，构成了鸦片战争以来中国历史进程的悲壮主题，凝聚着几代中国人的思索与奋斗、光荣与梦想。关注这一现实，从中探讨、把握这一现实运动的规律性，是当代中国哲学义不容辞的任务；从总体上把握当代中国的改革开放和现代化建设，由此引发对民族的生存方式、生活方式、思维方式、价值观念以及社会发展的哲学思考，反过来，以一种面向 21 世纪的"中国版"的马克思主义哲学引导现实运动，这是当代中国哲学家应有的良心和使命。哲学家不能"作茧自缚"，与现实隔绝，"喃喃自语"，说着一些谁也听不懂的话。在我看来，这样的哲学话语只能是"多余的话"。

祝晓风：您刚才说哲学要引导现实运动。可是，我们通常认为，哲学联系现实就是以现实为基础，从而正确理解、解释现实。由此引出一个问题，这就是哲学与现实的关系是单向还是双向的？

杨　耕：哲学与现实的关系是一种双向关系：一方面，哲学不能脱离现实，必须直面现实问题，解答时代课题，否则，将失去自己存在的根基和功能；另一方面，哲学又必须进入抽象的概念运动领域，以概念运动反映现实运动，否则，就不是哲学。但是，哲学必须以哲学的方式联系现实，解答时代课题。在联系现实的过程中，哲学不应失去自己的科学性、反思性和批判性，不能把自己降低为现实的附庸或仅仅成为现实的解释者。"凡是现实的都是合理的"，绝不是马克思主义的思维方式。一种仅仅适应现实的哲学是不可能高瞻远瞩的。

在我看来，现实创造哲学，哲学也影响现实；现实校正哲学的发展方向，哲学也塑造新的时代精神，引导现实的运动。哲学既要"入世"，又要"出世"；既要深入现实，又要超越现实。"入世"、深入现实，就是要把握现实的运动规律；"出世"、超越现实，就是要以规律、趋势为"向导"引领现实运动。在哲学与现实的关系上，我们不能只看到现实对哲学的基础作用，忽视了哲学对现实的引导作用，忽视了哲学本身的创造力量。实际上，当代中国的改革就是现实的中国人对中国人的现实的超越，而引导这一超越的就是邓小平理论及其哲学思想。

载《光明日报》2000 年 8 月 10 日。

深化对社会主义历史进程的认识

　　社会主义在 20 世纪的发展可谓一波三折，其中，前进与曲折交织，胜利与挫折并存。正确认识和评价这一充满坎坷的历史过程，纠正存在于人们头脑中的各种偏颇、片面、模糊，甚至是完全错误的思想观念，有力回击那些恶意歪曲和攻击社会主义实践的言论，结合改革开放和现代化建设的新实践丰富和发展社会主义理论，是新时期加强和改进党的思想政治工作的一项重要任务。为此，江泽民总书记提出了"如何认识社会主义发展历史进程"的问题。这里，我们请长期从事马克思主义理论研究的杨耕教授，就社会主义革命的必然性、社会主义的原则性规定、苏联社会主义模式和东欧剧变，以及有中国特色的社会主义等重大理论问题加以探讨，以期坚定我们对社会主义必胜的信念，增强建设有中国特色社会主义的自觉性、积极性和能动性。

　　《前线》记者王峰明：科学社会主义是在西方发达国家形成的，然而是在东方落后国家首先实现的。在这种理论与实践的"错位"面前,有的人以东方社会主义革命为依据否定科学社会主义;有的人则以"科学社会主义"为依据否定东方社会主义革命。您是如何看待社会主义革命在东方国家首先实现这一历史现象的?

杨　耕:在我看来,造成这一历史"倒转"现象的根源仍是资本主义生产方式本身。具体地说,资本主义生产方式首先在西方开始它的矛盾进程,随着世界市场、世界历史的形成,资本主义生产方式便以整个世界为舞台进一步展开其矛盾运动,并冲击、影响和渗透到东方国家。在这个过程中,某些落后国家或民族的生产方式的内在矛盾,即生产力与生产关系的矛盾便会较快地达到激化状态,并产生同发达国家"类似的矛盾"。马克思指出:一切历史冲突都根源于生产力与生产关系的矛盾,然而,"对于某一国家内冲突的发生来说,完全没有必要等这种矛盾在这个国家发展到极端的地步。由于同工业比较发达的国家进行广泛的国际交往所引起的竞争,就足以使工业比较不发达的国家内产生类似的矛盾"。正是在这种"类似的矛盾"的引导下,较为落后的国家或民族能够缩短某一历史进程或跨越某种社会形态而直接走向更高级的社会形态。社会主义革命之所以能够在俄国、中国等东方国家首先实现,其根源就在此。

王峰明:那么,这种"类似的矛盾"在俄国和中国的具体表现是什么呢?

杨　耕:俄国和中国的情况在 20 世纪初有些相似,但又有很大的不同。20 世纪初,俄国已经走上了资本主义道路,但经济较为落后;中国仍处在半殖民地半封建社会,经济更为落后。"十月革命"只是缩短了俄国资本主义历史进程,新民主主义革命则使中国跨越了资本主义历史阶段。

我着重讲一下中国的情况。20 世纪上半叶,中国的生产力有一个显著特征,即落后与先进并存,个体农业和手工业经济占 90%,现代工业只占 10%,但它较为集中,控制了国家的经济命脉。这种现代工业既为确立和发展资本主义生产关系奠定了物质基础，又为建立社会主义生产关系提供了物质前提。然而，中国此时却无法确立和发展资本主义生产关系。

从中国历史看，中国是被西方资产阶级国家用暴力强行拖入世界历史轨道的。在这个过程中，西方资产阶级一方面在中国造就了"新式工业"，破坏了封建经济的基础，在一定程度上不自觉地促进了中国资本主义的发展；另一方面又勾结中国的封建势力压迫中国资本主义的发展，不允许中国成为一个独立的资本主义国家。这似乎是一个矛盾，然而是一个客观事实。西方资产阶级的自身利益决定了这一历史现象的产生。

从世界历史看，20世纪上半叶，资本主义生产方式的内在矛盾已处于激化状态，经济危机不断发生，战争频发且规模越来越大，从而向不发达国家显示了资本主义"未来的景象"。同时，"十月革命"又改变了历史的走向，并启示较为落后的国家"走俄国人的路"。社会主义国家、发达资本主义国家内的工人运动以及殖民地的民族解放运动遥相呼应，形成了"世界社会主义革命的时代"。

中国生产力的二重性、西方资本主义生产方式内在矛盾的激化及其对中国的冲击、渗透和影响，以及"世界社会主义革命的时代"，这种种国际、国内条件结合在一起，使社会主义革命在中国的产生具有了历史的必然性。中国共产党人自觉地意识到了这一点，从而带领中国人民跨越了资本主义的历史阶段，直接走上社会主义道路。

王峰明：我注意到您的这一观点。可是，有的人认为，历史本质上是人的选择的结果，如果戊戌变法成功了，中国今天就不会如此落后；如果中国在20世纪50年代选择了资本主义，今天就不会在经济上落后于日本，等等。

杨　耕：在研究历史时，有的人总是喜欢沉湎于"如果……就……"的假言判断中。其实，我们可以提出一系列"如果"。但历史发展有其内在规律，并不以"如果……就……"的公式为转移。对于历史研究来说，"如果……就……"的论断是永远不能被验证的，因而是没有科学意义的。沉湎于这种研究方式中，我们得到的就不是真实的历史，而是虚幻的历史。这不是误认风车为妖魔的堂吉诃德式的战斗，而是实实在在的两种历史观，即唯物史观与唯心史观的对立。历史是既成事实，我们应该分析而不是做这样或那样的假设。

王峰明：这就是说，社会主义制度在东方国家的确立不是证伪，而是证实了科学社会主义的真理性，二者是一种相互印证而非彼此抵牾的关系。科学社会主义之所以科学，就在于它揭示了资本主义生产方式的内在矛盾及其运动规律。

杨　耕：的确如此。当代西方著名学者海尔布隆纳在《马克思主义：赞成和反对》中指出："只要资本主义存在着，我就不相信我们能在任何时候宣布马克思关于资本主义内在本性的分析有任何错误。"无论当代资本主义如何变化，都不可能改变生产资料的资本家私人占有制，不可能消除剩余价值规律这一资本主义社会的基本经济规律，不可能消除生产资料私有制和生产社会化之间的矛盾。只要这些因素存在着，社会主义代替资本主义就像白昼代替黑夜一样，或迟或早、或这样或那样必然到来。

王峰明：我注意到这样一种观点，那就是，苏联解体标志着"十月革命"是一个不应发生的错误，标志着"资本主义与社会主义两种制度的竞争已经结束，资本主义获得了最终胜利"，资本主义是人类历史的终极状态。

杨　耕：这是一种历史虚无主义。我们不能以苏联社会主义模式在今天的失败来否定它当年的成功，就像不能以某个人后天夭折来否定他当年的出生一样。对待苏联社会主义模式，我们应有一种历史主义态度。

在我看来，处在强大的、发达的资本主义世界体系中，由落后国家开始的社会主义实践所遇到的困难是巨大的，不可能没有旋涡、没有挫折、没有反复，甚至会出现逆转和倒退。从人类总体历史进程看，社会主义代替资本主义的历史进程才刚刚开始，这一威武雄壮的历史话剧仅仅是拉开序幕。把起点当作终点、序幕当作谢幕，是一种历史的错觉。邓小平说得好："封建社会代替奴隶社会，资本主义代替封建主义，社会主义经历了一个长过程发展后必然代替资本主义。这是历史发展不可逆转的总趋势，但道路是曲折的。资本主义代替封建主义的几百年间，发生过多少次王朝复辟？所以，从一定意义上说，某种暂时复辟也是难以避免的规律性现象。一些国家出现严重曲折，社会主义好像被削弱了，但人民经受锻炼，从中吸取教训，将促进社会主义向着更加健康的方向发展。"

我们从中应吸取哪些教训，在我看来，20世纪社会主义实践的基本教训有四条：一是忽视发展生产力，忽视创造出高于资本主义社会的生产力是社会主义最终战胜资本主义的物质前提，从而忽视发展生产力是社会主义社会的首要任务、主要任务或根本任务；二是忽视必须从生产力的具体状况为依据建立生产关系的具体形式，脱离本国生产力的实际状况，人为拔高生产关系；三是忽视人民群众合理的物质要求，忽视个人的正当利益，忽视"确立有个性的个人"，没有正确理解促进人的全面发展是社会主义的本质要求；四是忽视民主政治及其制度化，忽视社会主义与民主政治的内在的关联性，不理解没有民主就没有社会主义。这种种经验教训归结到一点，就是对"什么是社会主义，如何建设社会主义"并"没有完全搞清楚"。邓小平认为，这是"最重要的一条"经验教训。

王峰明：社会主义实践的基本教训实际上说明，我们过去的实践在一些重要方面违背了社会主义的基本原则，或者说，违反了社会主义制度的基本规定。我想问的问题是，社会主义的基本原则和制度规定是什么？

杨　耕：马克思、恩格斯制定的社会主义的基本原则和制度规定有四个方面：

一是"尽可能快地发展生产力"，实现生产力的巨大增长和高度发展。按照马克思、恩格斯的观点，没有生产力的巨大增长和高度发展，那就只会有贫穷、极端贫困的普遍化，而在极端贫困的情况下，就必须重新开始争取必需品的斗争，全部陈腐的东西又要死灰复燃。

二是建立生产资料公有制，实现"所有人的富裕"。在马克思、恩格斯看来，社会主义制度同资本主义制度"具有决定意义的差别当然在于，在实现全部生产资料公有制的基础上组织生产"，而社会主义"生产将以所有人的富裕为目的"。同时，生产资料公有制并不是与个人无关的抽象的共同体；相反，生产资料公有制本质上是"联合起来的个人"对生产资料的共同占有，建立生产资料公有制实际上是"重建个人所有制"。正因为如此，社会主义分配的基本原则是"按劳分配"。

三是使无产阶级上升为统治阶级，"争得民主"。按照马克思、恩格斯的观点，从资本主义社会到共产主义社会之间有一个"政治上的过渡时期"，这就是无产阶级专政。无产阶级专政与社会主义民主的关系并非如同冰炭，不能相融。相反，无产阶级专政不过是达到消灭一切阶级和进入无阶级社会的过渡，其目标就是实现社会主义民主。《共产党宣言》明确指出：社会主义革命的"第一步就是使无产阶级上升为统治阶级，争得民主"。没有民主，也就没有社会主义。

四是确立"有个性的个人"，实现个人自由而全面发展。1894年，意大利社会党人卡内帕请恩格斯为《新纪元》周刊找一段话来表述未来社会主义社会的基本特征。对此，恩格斯从《共产党宣言》中找出这样一段话，即"代替那存在着阶级和阶级对立的资产阶级社会的，将是这样一个联合体，在那里，每个人的自由发展是一切人的自由发展的条件"，并认为除了这一段话外，再也找不出更合适的了。由此可见，社会主义并不反对个人自由；相反，它的目标就是为个人自由而全面发展创造真实而广泛的基础。正如恩格斯所说，社会主义的目标就是"把社会组织成这样：使每一个成员都能自由地发展和发挥他的全部才能和力量，并且不会因此而危及这个社会的基本条件"。

在我看来，这些基本原则和制度规定是社会主义改革必须遵循的基本原则。背离了这些基本原则和制度规定只能是打引号的社会主义。同时，在贯彻这些基本原则和制度规定时，又必须使它们同各国的具体实际相结合，否则，就会犯教条主义的错误。正如邓小平所说："社会主义必须是切合中国实际的有中国特色的社会主义。"

王峰明：邓小平说过，建设中国特色社会主义是"马克思没有讲过，我们的前人没有做过，其他社会主义国家没有干过"的事情。在您看来，建设中国特色社会主义最能体现这三个"没有"的地方是什么？

杨　耕：建设中国特色社会主义从理论到实践包含着一系列重大创新，其中，最集中、最鲜明体现邓小平所说的三个"没有"的，就是建构社会主义市场经济体制。建构社会主义市场经济体制是一个史无前例、艰难复杂的社会实践。具体地说，当代中国的经济市场化是同社会现代化和社会主义改革联系在一起的。在经济市场化的过程中实现社会现代化，这是中国社会主义的根本任务。同时，当代中国的经济市场化又是以社会主义制度为基础，并与这种制度的改革联系在一起的，这就从根本上决定了中国经济市场化的道路和模式，规定了中国经济市场化的可能边界和基本的约束条件。反过来，当代中国经济的市场化又会促进社会的现代化，并引起社会主义公有制的实现形式和人的存在方式的变化。

这就是说，当代中国经济的市场化不仅仅是一种资源配置方式的变化，而且是一次重大的社会发展方式和人的存在方式的转型。在我看来，当代中国社会转型的最重要特征和最深刻意义就在于：

它把市场化、现代化和社会主义改革这三重重大的社会变革浓缩在
同一个时代进行了，市场经济、现代化和社会主义之间因此形成了
一种相互依赖、相互渗透、相互制约的复杂关系，市场经济、现代
化和社会主义由此都具有了新的内容。这的确是一个激动人心的社
会实践。社会主义由此将再造辉煌，中华民族由此将实现伟大复兴。

载《前线》2001 年第 3 期。

"三个代表"重要思想和全面建设小康社会
——杨耕教授解读中共十六大报告的主线、灵魂和主题

本报今日隆重推出杨耕教授的独家专访，这是一篇非常值得一读的好文章。杨耕思路严谨，谈吐清晰，深入浅出，对中共十六大报告的内涵和精髓娓娓道来，将深奥的理论问题化作浅显易懂的道理。聆听杨耕教授解读中共十六大报告，记者读出了：新意和深意。本报编辑部特向读者推荐这篇专访。

十六大的主线和灵魂

江泽民同志在 2000 年视察广东时，提出了"代表中国先进生产力的发展要求，代表中国先进文化的前进方向，代表中国最广大人民的根本利益"。这就是大家后来所说的"三个代表"重要思想。

杨耕教授认为，十六大报告的主线和灵魂就是"三个代表"重要思想，通篇贯穿着的就是"三个代表"重要思想。十六大报告就是解决：新世纪新阶段，我们党将举什么旗、走什么路、实现什么目标这三个问题。这三个问题

是紧密联系，甚至融为一体的。举什么旗，就是在新世纪新阶段我们党将高举"马克思列宁主义、毛泽东思想、邓小平理论"的旗帜，高举"三个代表"重要思想的旗帜。这就向全世界昭示：中国共产党新世纪的指导思想是什么。

他说："在我看来，高举'三个代表'重要思想旗帜，就是高举了邓小平理论旗帜，就是高举了毛泽东思想的旗帜，就是高举了马克思列宁主义的旗帜。这是因为，'三个代表'重要思想是马克思主义的本质体现，包含着马克思主义关于共产主义社会的基本规定，就是经济、政治和文化的基本规定。所以说，'三个代表'重要思想和马克思列宁主义、毛泽东思想和邓小平理论一脉相承，同时，又是对马克思主义理论的新发展。"

中国特色社会主义

走什么路？杨耕这样诠释，继续走建设中国特色的社会主义的道路。这条道路是邓小平同志开辟的，以江泽民同志为核心的第三代领导集体坚持并拓展的。中国必须走社会主义道路，是"切合中国实际的社会主义道路"。邓小平同志的这句话实际蕴含了这样一层含义：离开了社会主义，中华民族不可能实现伟大复兴，同时社会主义只有在中华民族的复兴中才能再造辉煌。"我们就是要在建设中国特色的社会主义的道路上实现中华民族的伟大复兴。同时在中华民族伟大复兴的过程中，使社会主义再造辉煌。"杨耕辩证地解释说。

实现什么目标？那就是全面建设小康社会，进而实现现代化，实现中华民族的伟大复兴。杨耕说，从鸦片战争以来，实现现代化，实现中华民族的伟大复兴，可以说是几代中国人的奋斗与思考，光荣与梦想。

2002 年 5 月 31 日，江泽民同志在中央党校的讲话实际上为中共十六大的召开确定了基调。杨耕请记者关注这样一个重要命题：要用发展着的马克思主义指导新的实践，并认为"三个代表"重要思想本身就是发展着的马克思主义。换句话说，中国共产党在新世纪新阶段将以"三个代表"重要思想这一发展着的马克思主义，指导新世纪的新的实践。

"必须置身于新的历史条件下，立足于国内、国外两个方面，才能真正深刻理解'三个代表'重要思想。'三个代表'重要思想是对新的历史条件、新的历史任务和党的建设面临的新问题的新的概括和总结。"杨耕这样说。

"三个代表"重要思想的国际背景

从国际上看，新的历史条件可以从三方面概括：科学技术信息化，经济全球化，政治格局多极化。科学技术信息化使中国面临着新的实际问题，即工业化的任务还没有完成，又面临信息化的历史任务。这是一个非常特殊的问题。因为已经实现现代化的国家首先实现了工业化，而后进入信息化。所以十六大报告提出："用信息化带动工业化，走新型工业化的道路。"我们必须把科学技术作为第一生产力，以信息化带动工业化，走新型工业化道路，实现生产力发展的跨越。跟在别人后面，纵向比我们是前进了，横向比我们还是历史的落伍者。

邓小平同志在世时，中国还没有正式使用全球化这一概念，可是现在已经成为共识。杨耕指出，经济全球化一个重大的特点："资本流遍了全球，利润流向了西方。发达国家在这个过程中享尽了'红利'和'红包'。"造成这种现象的原因是，全球化是在旧的不合理的国际政治经济秩序还没有改变的条件下发生的。经济全球化是由发达国家推动的，全球化过程中的游戏规则是由发达国家制定的。另外一面，经济全球化毕竟给发展中国家带来机遇，现代世界是一个开放世界。全球化造成全球循环的物质流、技术流、资金流、信息流，就使每个民族或每个国家，都不可能长久地孤立于全球化的进程之外。如果孤立在外，只能加速走向衰败。中国要充分利用这个机会，加入全球化的进程中去，获得发展机遇，实现跨越式发展。"你进入到全球化进程中，你就可以利用其他民族的先进成果，作为你发展的起点。不用再把别人走过的艰辛之路再走一遍，这样你不就在获得发展机遇了吗?"杨耕反问道。不过，经济全球化还使发展中国家面临着经济安全、经济主权的问题。这些都是新课题。

政治格局多极化。第二次世界大战以来，20 世纪 90 年代，政治格局发生了二战后 50 年来最重大变化，两极格局结束，世界开始多极化的过程。多极化要经历较长时间，各种政治力量要进行激烈的较量，多极化在目前是一个趋势，但又在曲折中发展，发展得很不稳定。"在这个过程中，我们还面临着西方敌对势力对我们的西化和分化。所以政治格局多极化，也给我们带来一系列的新问题。"杨耕说。

"三个代表"重要思想的国内背景

杨耕也把国内新情况概括为三方面：发展进入关键时期，改革进入攻坚阶段，社会生活发生深刻变化。中共的十四大以来，中国发生一个重大的事件：由传统的计划经济体制转向社会主义市场经济体制。这是一个非常大的变化。从传统的计划经济转向社会主义市场经济，不能把它仅仅理解为资源分配方式的转换。这不是全部，甚至不是最主要的方面。实际上，我们是通过经济市场化实现社会现代化。而市场化也好，现代化也好，又是和社会主义改革结合在一起的。换言之，"我们是把市场化、现代化和社会主义改革这三重重大的变迁浓缩在同一个时空中进行的，这的确是史无前例、波澜壮阔的，是一次激动人心的社会实践"。杨耕说，这必然给中国共产党人提出一系列新的实际问题，必然要求一种新的理论来指导新的实践。

同时，改革开放又使社会生活发生了深刻变化，使就业方式、分配方式、社会组织形式等多样化。社会生活多样化又引起了利益格局的变化。新的历史条件下，出现了新的社会阶层。江泽民同志在"七一讲话"和十六大报告中对此都有深刻论述。这些新的社会阶层在改革开放前都没有出现，这样一来，必然造成利益格局的变化。

杨耕认为，中国现在发生的利益关系的变化，可以说是新中国成立以来发生的利益关系最大的变化。由此出现了一系列新的实际问题。比如：怎么看待私营企业主？怎么对它的社会地位进行定性和定位？等等。对于这些新问题，以江泽民同志为核心的第三代领导集体做出了新的概括和认识。

就新的历史任务而言，新的历史任务是"全面建设小康社会，加快推进社会主义现代化的新的发展阶段"。邓小平同志提出"三步走"战略，前两步已经基本实现。党的十五大提出新"三步走"战略：到2010年，GDP翻一番，达到两万亿美元；到2020年，GDP再翻一番，达到四万亿美元；再到本世纪中叶，基本实现现代化。新"三步走"战略，十六大报告再次重申。也就是说，中国共产党要通过全面建设小康社会、加快推进社会主义现代化的进程，完成实现中华民族伟大复兴的历史重任。

"三个代表"重要思想的党内背景

中国共产党自身建设也面临着新的问题。中国共产党目前正处在一个全新的社会环境之中，那就是："内部市场经济，外部对外开放。"党内存在的突出问题，都同市场经济和对外开放这个环境有关。十六大报告对于反腐败的态度是异常坚决："坚决反对和防止腐败是全党的一项重大的政治任务。不坚决惩治腐败，党同人民群众的血肉联系就会受到严重损害，党的执政地位就有丧失的危险，党就有可能走向自我毁灭。"

杨耕认为，这提得相当高了。他还举了苏联的例子："苏联共产党下台了，苏联解体了。为什么?"有许多原因，其中一个重要原因就是：脱离群众。所以，苏联解体的时候，没有党员、群众自发站出来护卫它。叶利钦一声号召，都站到叶利钦那边去了。这和列宁逝世时形成强烈的、鲜明的对比。列宁在弥留之际，无数的苏共党员和群众站在医院外面，关心着自己的领袖。而苏共被解散、苏联解体时没有人站出来，根本原因就是：苏共脱离群众，腐败问题相当严重。

江泽民同志在 2000 年西部开发座谈会上说，为什么提出"三个代表"，出发点和着眼点就是坚决解决党内的突出问题。这个突出问题不解决，党的执政地位就有可能丧失，党就有可能走向自我毁灭，中华民族的复兴也就无从谈起。治国必须先治党。也正是这个原因，在十五届中共中央政治局常委"三讲"的总结报告中，江泽民同志把本届中央的任务概括为两条：全面推进建设中国特色的社会主义事业和全面加强党的建设。十六大报告中又进一步强调党的建设问题，并提出，要以改革的精神推进党的建设。

以改革精神推进党的建设

杨耕说：以改革精神推动党的建设，说明我们要与时俱进，要充分体现党的时代性和先进性。反过来说，要想充分体现党的时代性和先进性，必须以改革的精神推进党的建设。

他提醒注意几个非常重要的问题：以改革精神推进党的建设，第一，要以保障党员民主权利为基础；第二，以完善党的代表大会制度和党的委员会制度为重点；第三，以改革体制机制入手，建立、健全充分反映党员和党组织意愿的党内民主制度；第四，试行党的代表大会常任制。这些都有着深刻内涵，尤其是试行党的代表大会常任制更是如此。建立党代表常任制的意义在于，可以使党代表随时随地发挥作用，并要求党代表不断提高自身的议政能力、参政能力。要扩大在市、县进行党的代表大会常任制的试点，积极探索党的代表大会闭幕期间发挥代表作用的途径和形式。先在市、县试点，然后逐渐拓展。杨耕说："我们党有一个好的习惯：遇到事情先试点。我们这么大一个国家，六千多万党员，你不试点行吗？试点取得经验，解剖一个麻雀和解剖十个麻雀没有大的差别。这预示着我们党内的民主制度将更加健全。"

党在宪法框架内活动

十六大报告特别强调："任何组织和个人不能超越宪法和法律，任何组织和个人都不能有超越宪法和法律的特权。"任何组织也包括党自身在内。党领导人民制定宪法和法律，同时党要在宪法和法律的框架内活动。所以党的十六大报告中明确提出"依法执政"。杨耕认为，这都是一系列将把中国往前大大推进一步的措施。这些新的历史条件、新的历史任务、党建面临的新问题，毛泽东同志在世的时候甚至小平同志在世的时候都没有面临过。

"三个代表"重要思想实际上就是对新的历史条件、新的历史任务和党的建设面临的新问题的新的概括和总结。它是马克思主义的本质体现，同时又发展了马克思主义。2002年5月31日，江泽民同志在中央党校的讲话中提出，用发展着的马克思主义指导新的实践。实际上，"三个代表"重要思想本身就是发展着的马克思主义。

列为长期指导思想

杨耕指出，十六大的一个历史性决策和历史性贡献，就是把"三个代表"重要思想作为中国共产党长期坚持的指导思想。如果说七大的重要贡献是把毛泽东思想作为党的指导思想写在党的旗帜上，十五大的重要贡献是把邓小平理论作为党的指导思想写在党的旗帜上的话，那么，十六大的重要的贡献就是把"三个代表"重要思想，作为党的指导思想写到党的旗帜上。我们党的旗帜上同时将写上：马克思列宁主义、毛泽东思想、邓小平理论和"三个代表"重要思想。所以，"三个代表"重要思想是十六大报告的灵魂和主线。十六大强调全面贯彻"三个代表"重要思想，必将和党的七大、十五大一样产生极为重大的影响。十六大报告不仅仅是一个报告，而且是中国共产党面向新世纪的一个政治宣言。实际上，是中国共产党以一种新的形象展示在全世界面前。"用句歌词来说，我们和国家的确是在'希望的田野上'。"

全面建设小康社会是主题

"全面建设小康社会，开创中国特色社会主义事业新局面是十六大的主题。"杨耕说："全面建设小康社会，这个主题定的非常好。既表明中国共产党的高瞻远瞩，又表明党立足中国实际，和老百姓息息相关。十六大报告从头到尾强调人民，强调人民富足的生活、人民安居乐业、人的全面发展。共同创造我们的幸福生活和美好未来，这说明中国共产党更加务实。"

在党内，最早提出小康社会问题并将之与现代化联系起来考虑的是邓小平同志。1979年，邓小平同志在会见当时的日本首相大平正芳时说，中国在本世纪的目标是实现小康。他当时用三个概念来表述："小康之家、小康状态、小康国家。"这句话绝非轻描淡写，而是具有重大内涵。实际上，邓小平同志是用中国人耳熟能详的话语来描述"中国式的现代化"，并作为 20 世纪末的奋斗目标。毛泽东和周恩来同志在世的时候，提出我们在 20 世纪末实现"四个现代化"，邓小平同志是彻底的唯物主义者，他看到在 20 世纪末全面实现"四个现代化"还是有一定差距的，但是，实现现代化的目标要坚定不移，所以，他立足中国实际，以一种彻底的唯物主义精神提出我们所讲的"四个现代化"是"中国式的现代化"。

目标之一：物质生活

杨耕强调，"中国式的现代化"含义，就是要在 20 世纪末实现小康。邓小平同志一开始就把小康和中国社会的现代化联系在一起，过去觉得小康和现代化是没有关系的。杨耕说，1979 年邓小平讲的小康，主要是从物质生活的角度来看，当时内涵就是日子好过，20 世纪末国民生产总值人均八百美元。因为当时刚刚从"文革"的灾难中解脱出来，邓小平同志主要着眼于物质生活。马克思在 150 年前就说过：社会主义社会必须高度重视发展生产力，没有生产力的高度发展，那就只会有贫穷的普遍化。在极端贫困的情况下，全部陈腐的东西都要死灰复燃，人们又不得不去争取生活必需品的斗争。中国的社会主义实践证实了马克思在 150 年前的预见性。

十六大报告提出，到 20 世纪末，人民生活在总体上已经达到小康。杨耕认为，小康一般来说分成几个阶段：日子好过、殷实、比较宽裕、走向富裕。我们目前的小康，是江泽民同志在报告中所说的"低水平、不全面、发展不平衡的小康"。所谓低水平，指人均生活水平还较低；所谓不全面，指目前还处于生存性消费的满足，发展性消费还未得到有效满足；所谓不平衡，指城乡之间、地区之间发展不平衡。所以我们现在要开始全面建设小康社会。

全面建设小康社会具有丰富的内涵。十六大报告提出四个奋斗目标：物质生活、政治文明、人的素质、可持续发展和良好的生态环境。物质生活方面，人均国民生产总值到 2020 年比 2000 年翻两番，基本实现工业化，建立一种完善的社会主义市场经济体制。工农、城乡、地区三大差别要逐步扭转。"人民过上更加富足的生活，这是小康社会的第一点标志。老百姓不听什么大道理的，他们要实际感受，要看得见，摸得着。对老百姓来说，小康社会就意味着票子、房子、车子。"

"在 20 世纪 80 年代，中国发生过一场'将来的中国，小轿车能不能进入家庭'的争论，当时绝大多数人认为进不了。小轿车进入家庭现在已经不是抽象的问题，而是很现实的事情。90 年代初，用手机还是一种社会地位、经济地位的体现，可现在手机已经普及。这 13 年发生的深刻变化，老百姓都切实感受到了，只不过是程度不同，但总体上都受益了。"

目标之二：政治文明

杨耕特别指出，十六大报告明确把政治文明作为小康社会一个重要的目标。过去我们讲小康社会跟政治没有关系，现在全面建设小康社会跟传统理解的不太一样了，还包括社会主义政治文明。随着物质文明的提高，政治文明必将提高到议事日程上。物质文明发展到一定程度，必定提出政治文明。这两方面是相互关联的。经济决定政治。我们强调"社会主义民主政治"，"人民的经济、政治、文化权益要得到切实的尊重和保障"，"要逐步提高人们有序参与政治民主的进程"，"健全民主制度、丰富民主形式"，"扩大公民有序的政治参与"，"保证人民依法实行民主选举、民主决策、民主管理、民主监督，享有广泛的权益和自由，尊重和保护人权"。这些都非常重要。

　　杨耕还说，过去提到人权是非常忌讳的。很多人认为，人权是资产阶级概念。1990 年，江泽民同志在讲到社会主义民主政治时就明确提出，尊重和保护人权，他不久前访美时还提出，民主和人权是发展的趋势。这说明中国共产党在理论上越来越成熟。社会主义不是不要人权，相反，社会主义要最大限度保护人权；社会主义不是不要自由，相反，社会主义要最大限度为自由创造条件。所以江泽民同志在"七一讲话"中提出，促进人的全面发展是马克思主义关于建设社会主义新社会的本质要求。

　　"说得非常准确！"从《共产党宣言》到马克思的《资本论》，都强调了人的自由和全面发展。1894 年，当时欧洲社会主义民主党刊物《新纪元》找到恩格斯，请他写一段话，内容要表达未来社会主义和共产主义的本质特征，恩格斯思考几天后，写了一段话，就是《共产党宣言》的那段话，即代替那存在着阶级和阶级对立的资产阶级旧社会的，将是这样一个联合体，在那里，每个人的自由发展是一切人的自由发展的条件。恩格斯认为没有比这段话更能说明未来社会主义社会的本质特征了。这说明，社会主义并不反对个人自由，相反，社会主义要最大限度为人的自由和全面发展创造条件。

　　杨耕指出，这个自由和全面发展理所当然包括人权问题。从"七一讲话"到十六大报告，显示了中国共产党非常重视人的全面发展，将其提高到社会主义社会的本质要求。所以十六大报告中，再次提出要促进人的全面发展。江泽民同志在十六大报告中讲到小康目标的第二条，即政治目标时指出："人民的经济、政治、文化权益要得到切实的尊重和保障，人民安居乐业。"杨耕认为，经济生活落脚点是人民过上富足的生活；建设社会主义民主政治，落脚点是人民安居乐业。"这样一来，十六大报告就把政治文明、政治体制改革，同全面建设小康社会有机结合起来了。这是过去从来没有过的。"

目标之三：人的素质

杨耕说，十六大报告提出人的三种素质，过去只有科学文化素质和思想道德素质，现在又补充了健康素质。三种素质的落脚点：促进人的全面发展。"这说明我们党非常务实。好的生活质量必要有一个健康的体魄，这与毛泽东同志提出的'发展体育运动，增强人民体质'完全一致。我们搞体育不能仅仅着眼于竞技体育，目的是增强人民体质。提出'健康素质'非常重要。中国人曾被称为'东亚病夫'。我们要提高生活质量，没有健康的素质行吗?"

目标之四：生态环境

全面建设小康社会奋斗目标之四：强调可持续发展，强调生态环境。杨耕说，实现小康社会必然要实现工业化，但是，我们的工业化不能以牺牲生态环境为代价。在他看来，生态失衡，就是以"天灾"的形式表现出来的"人祸"，是人的思维方式和社会生产方式有问题。全面的小康生活不能没有良好的生态环境。人们越来越重视"绿色"，"绿色食品"，"绿色奥运"，等等，实际上都是越来越重视生态环境。不仅要解决吃饱、吃好，而且要解决住好，这就需要一个良好的生态环境。过去我们只报天气预报，现在有了空气质量预报。这些看似表面的小事，都反映出我们观念的变化。这个落脚点还是人本身，促进人与自然的和谐，推动整个社会走上一条生产发展、生活富裕，同时生态良好的文明发展道路。

杨耕最后满怀信心地说："我们不但要物质文明、政治文明、精神文明，还要倡导一种生态文明。这四个小康目标，既远大，又符合中国的实际。全面建设小康社会奋斗目标的实现，就非常好地体现了'三个代表'的重要思想，体现了我们党始终代表人民群众的根本利益，坚持以人为本。可以说代表最广大人民群众的根本利益，是我们党一切工作的出发点、过程和归宿。江泽民同志所做的十六大报告是把全面建设小康社会同实现现代化和中华民族的复兴联系在一起的。民族复兴有很多标志，就当代中国而言，现代化目标的实现和小康目标的全面实现，是中华民族伟大复兴的根本体现。"

载《大公报》2002 年 11 月 14 日，

《大公报》记者孙志整理。

马克思主义研究中的五个重大问题

——在南京大学的演讲

尊敬的张一兵教授，老师们、同学们：

大家好！

站在南京这块"虎踞龙盘"的土地上，和江苏省各高校马克思主义学院院长，和南京大学的老师、同学们一起探讨马克思主义研究中的问题，我深感高兴和荣幸！

改革开放30多年来，中国的马克思主义研究犹如夏夜的群星，闪烁着智慧的光芒。在这个群星闪烁的理论星空中，领域不断扩大，观点不断推出，问题不断发现。在这种种问题中，有五个问题值得我们关注：一是重新认识马克思主义哲学的理论主题；二是重新认识马克思主义哲学的理论特征；三是重新认识马克思的哲学批判与资本批判的关系，即重新认识马克思主义哲学与经济学的关系；四是深刻把握科学社会主义的科学所在；五是深刻理解马克思主义中国化的实质。这些问题实质上是当前马克思主义研究中的五个重大问题。

一、哲学主题的根本转换：从世界何以可能转向人类解放何以可能

马克思主义哲学的创立，无疑是哲学史上的革命性变革。用文学的语言来说，那就是，马克思主义哲学的创立犹如人类思想史上的壮丽日出，它使哲学这片思想的园地沐浴在"新唯物主义"的明媚的阳光之中。在我看来，由新唯物主义的创立所导致的哲学变革的实质就在于，它使哲学的主题发生了根本转换，那就是，从"世界何以可能"转向"人类解放何以可能"，与此同时，使哲学聚焦点从宇宙本体转向人的生存本体，从解释世界转向改变世界。

哲学主题的这一转换并不是马克思个人主观意志的产物，更不是马克思本人的漫步遐想，而是时代的要求。哲学体系往往以哲学家个人的名字命名，但它并非仅仅属于哲学家个人。黑格尔说过，哲学是"思想所集中表现的时代"。马克思把这一观点发挥为"真正的哲学是自己时代精神的精华"。由哲学家们创造的哲学体系不管其形式如何抽象，不管它们具有什么样的特征或"个性"，都和哲学家所处的时代密切相关。法国启蒙哲学明快泼辣的个性，德国古典哲学艰涩隐晦的特征，离开它们各自的时代是无法理解的。任何一种哲学体系的出现，任何一种哲学主题的转换，都和它所处的时代相联系，从根本上说，都是一定时代的产物。马克思主义哲学也是如此。要真正理解马克思主义哲学，真正理解哲学的主题从"世界何以可能"转向"人类解放何以可能"这一转换，就要把握马克思生活其中的那个时代的特点。

马克思时代的特征是什么？从政治上看，这一时代的特征就在于，资本主义制度在西欧已经得到确立和巩固，人类历史从封建主义时代转向资本主义时代；从经济上看，这一时代的特征就在于，工业革命已经取得决定性的胜利，市场经济在西欧得以确立，人类历史从农业文明时代转向工业文明时代，从自然经济时代转向商品

经济时代；从人本身的发展上看，人的自我意识已经觉醒，人本身从"人的依赖性"时代转向"以物的依赖性为基础的人的独立性"的时代。问题在于，资产阶级在取得巨大的历史性胜利的同时，也给自己带来了巨大的社会性的问题，那就是生产社会化和生产资料私有制之间存在着无法解决的矛盾，这一矛盾导致人的劳动、人的关系和人的世界都异化了，使人的生存状态成为一种异化的状态。用马克思的话来说，这是一个"颠倒的世界"，"物的世界的增值同人的世界的贬值成正比"，物的异化与人的异化走着同一条道路。在这种异化状态中，资本具有个性，个人却没有个性，人的个性被消解了，个人成为一种"孤立的人"，国家也不过是"虚幻的共同体"。

这就是说，19世纪中叶的西方社会，是一个由资本关系所造成的人的生存状态全面异化的社会。在这样一个时代，哲学应该做什么？马克思认为，哲学的"迫切任务"是揭露并消除这种异化，从而"为历史服务"。但是，西方传统哲学包括德国古典哲学在内都无法完成这一"迫切任务"。这是因为，从总体上看，西方传统哲学就是"形而上学"，即关于超验存在之本性的理论，这种哲学形态在"寻求最高原因"的过程中把本体同人的活动分离开来，同人类面临的种种紧迫的生存问题分离开来，从而使存在成为一种抽象的存在，物质成为一种"抽象的物质"，本体成为一种同现实的人及其活动无关的抽象的本体。从这样一种抽象的本体出发是无法认识现实的人和人的现实的。以"形而上学"为存在形态的西方传统哲学，向人们展示的是抽象的真与善，它似乎在给人们提供某种希望，实际上是在掩饰现实的苦难，抚慰被压迫的生灵，因而无法消除人的生存的异化状态，将现实的人带出现实的生存困境。

正因为如此，马克思认为，随着自然科学的独立化并"给自己划定了单独的活动范围"，随着社会实践的发展"把人们的全部注意力集中到自己身上"，哲学应该从"天上"来到"人间"，关注人的异化状态的消除，关注人类解放。在《神圣家族》中，马克思明确提出"反对一切形而上学",并断言:"形而上学将永远屈服于现在为思辨本身的活动所完善化并和人道主义相吻合的唯物主义。"

这里,我们应当注意一个问题。什么问题?那就是,马克思主义哲学不是一般的抽象的人道主义,关注的不是一般的抽象的人的命运。马克思发现,如果不能给工人、劳动者这些占人口绝大多数、被压迫的人们以真实的利益和自由,人类解放就是空话,甚至沦为一种欺骗。所以,马克思提出了超越"政治革命""政治解放"的"彻底革命""人类解放"的问题,并认为能够完成这一历史使命、担当"解放者"这一历史角色的,只能是无产阶级。为什么?按照马克思的观点,无产阶级是一个随着现代工业的产生而产生,随着现代工业的发展而发展的阶级,在他身上"表明人的完全丧失",因而是一个需要自己解放自己的阶级;同时,无产阶级又是一个"只有通过人的完全回复才能回复自己本身"的阶级,是一个只有解放全人类才能最后解放自己的阶级。

那么,在人类解放过程中,哲学的作用是什么?或者说,哲学的职能是什么?在《〈黑格尔法哲学批判〉导言》中,马克思说了两句形象而又深刻的话:一是哲学把无产阶级当作自己的"物质武器",无产阶级把哲学当作自己的"精神武器";二是无产阶级是人类解放的"心脏",哲学是人类解放的"头脑"。既然是"头脑",那么,"头脑"必须清醒;"头脑"不清醒,就不可能确立人类解放的真实目标,不可能理解人类解放的真正内涵。列宁说过,在工人中并不能自发地产生科学社会主义,工人阶级要从一个自发的阶级转变为一个自觉的阶级,需要进行思想教育。的确如此。生活在资本主义社会,并受资本家剥削的工人,赞美资本主义制度的并不少。同样处于被压迫的奴隶地位,有起来反抗奴隶制的奴隶,有满足于奴隶生活的奴隶,也有赞美奴隶生活的奴才。实际上,奴隶主义并不是奴隶主的"主义",而是没有觉悟的奴隶的"主义"。换句话说,要使无产阶级自觉地认识到自己的地位和使命,自觉地认识到自己是人类解放的主体或"解放者",那么,无产阶级就必须有自己的理论,有自己的哲学。

因此,联系经济学的研究和历史学的考察,从哲学上探讨无产阶级和人类解放的目标、内涵和途径,就成为马克思的首要工作。这一工作的成果,就是"为历史服务的哲学",就是"和人道主义相吻合的唯物主义",就是"共产主义的唯物主义",一句话,就是马克思主义哲学的创立。与传统哲学,包括旧唯物主义重在解答"世界何以可能"不同,作为现代哲学、新唯物主义,马克思主义哲学重在解答"人类解放何以可能"。

为了解答人类解放何以可能,马克思主义哲学必须探讨人的存在方式或生存本体,并使哲学的聚焦点从宇宙本体转向人的生存本体。

按照马克思的观点,物质生产活动是人类生存的第一个前提,是人类的第一个历史活动,也是人们每日每时必须进行的基本活动。作为自然存在物和社会存在物的统一,人是在实践活动中自我塑造、自我改造、自我发展的。人通过实践改造着自己的自然属性,人通过实践形成了自己的社会属性,直接决定人的本质的社会关系也是在实践活动中生成的。一句话,人是实践中的存在,实践构成了人的存在方式或生存本体。正因为实践构成了人的存在方式或生存本体,所以,人的生存状态不是凝固不变的,而是处在不断的变化之中,即使人的生存的异化状态也是在实践活动中发生的。具体地说,在资本主义的生产方式中,劳动,这种人的生命活动异化了,人与人的关系物化了,不是人支配物,而是物统治人,人本身的活动对人来说成为一种异己的、同他对立的力量。正是通过对资本主义生产方式的批判,马克思揭示出被物的自然属性所掩蔽着的人的社会属性,揭示出被物与物的关系所掩蔽着的人与人的关系,发现了人的自我异化的秘密所在,并力图付诸"革命的实践",消除劳动的异化、人的异化,从而"确立有个性的个人"。如果说无产阶级和人类解放是马克思主义哲学的理论主题,那么,"确立有个性的个人",实现人的自由而全面发展就是马克思主义哲学的最高命题。

为了解答人类解放何以可能,马克思主义哲学必须探讨现存世界的本体,并使哲学的聚焦点从解释世界转向改变世界。

按照马克思的观点,现实的人总是生存在现实的世界之中,而现实世界,也就是现存世界,是人化自然与人类社会、"历史的自然"与"自然的历史"所构成的世界,这个世界就生成于人的实践活动中。实践犹如一个转换器,通过实践,社会在自然中贯注了自己的目的,使之成为社会的自然;同时,自然又进入社会,转化为社会的一个恒定的因素,使社会成为自然的社会。实践活动是现存世界得以存在的根据和基础,在现存世界的运动中具有导向作用。换句话说,人们是通过自己的实践活动"为天地立心",在物质实践的基础上重建世界的。实践因此构成了现存世界的本体。

问题在于,现存世界一经形成又反过来制约、决定现实的人及其活动,现实世界的状况如何,现实的人的状态就如何。要改变现实的人,首先就要改变现实的世界。要改变资本主义社会中的人,首先就要改变资本主义社会。所以,马克思主义哲学关注的是"自己时代的现实世界",强调的是"改变世界",并认为"对实践的唯物主义者即共产主义者来说,全部问题都在于使现存世界革命化,实际地反对并改变现存的事物"。在我看来,马克思主义哲学就是为改变世界的实践活动而创立的,它本身就是对人类实践活动中矛盾关系的理论反思,其目的,就是力图通过改变资本主义私有制条件下人对物的占有关系来消除人与人的异化关系,从而实现无产阶级和人类解放。

"环境的改变和人的活动或自我改变的一致,只能被看作是并合理地理解为革命的实践。"马克思的这一著名论断表明,在马克思的哲学视野中,实践不仅是人的生存的本体,而且是现存世界的本体,是改变现存世界、消除人的异化的现实途径,是"确立有个性的个人"这一人的发展的终极状态的现实途径。这样，马克思主义哲学就实现了对人的现实关怀和终极关怀的统一。这是一种双重关怀。在我看来，这是全部哲学史上对人的生存和价值的最激动人心的关怀。我不能同意这样一种观点，那就是，马克思主义哲学"见物不见人"。对马克思主义发展史的深入研究可以看出，无论是所谓的"不成熟"时期，还是所谓的"成熟"时期，马克思关注的都是现实的人，强调的都是消除人的生存的异化状况、实现人类解放。无产阶级和人类解放，让马克思一生魂牵梦萦，从精神上和方向上决定了马克思一生的理论活动，构成了马克思主义哲学以至整个马克思主义的理论主题。

一种思想或学说具有什么样的价值和意义，关键在于它提出了什么样的问题，以及问题的广度和深度。海德格尔认为，马克思在体会到异化的时候深入到历史的本质性的维度中去了，所以马克思的历史理论比其他的历史理论优越。海德格尔的这一评价真诚、公正并具有合理性。马克思所提出的消除人的异化状态、实现人类解放的问题的确是历史的本质性的课题，并契合着当代世界的重大问题。在当代，人的异化不但没有消除，反而在广度和深度上愈演愈烈、登峰造极。因此，无论你是否赞同马克思主义哲学，你都不可能回避或超越它所提出的消除人的异化状态、实现人类解放这一问题的深刻性和根本性。

在我看来，这是马克思主义哲学所实现的哲学变革的实质，是马克思主义哲学当代意义之所在。我们不能以某种学说创立时间的近和远来判断它是否是真理，是否有价值，是否有意义。新的未必就是真的，老的未必就是假的；凡是科学都不可能时髦，"走马灯"一样更换本身就有问题。我们都知道，阿基米德定理创立的时间很久远了，但今天的造船业无论多么发达，也不能违背这一定理。如果违背了阿基米德定理，那么，造出的船无论其材料多么先进，无论其形式多么豪华，都不可能航行，如航行必沉无疑。正是由于马克思主义哲学深刻把握了人与世界的总体关系，深刻把握了人类社会发展的一般规律，正是由于马克思主义哲学所关注和解答的问题契合着当代世界的重大问题，所以，产生于 19 世纪中叶的马克思主义哲学又超越了 19 世纪中叶这个特定的时代，具有内在的当代意义和价值。中国著名诗人臧克家有两行著名的诗句，那就是："有的人活着，他已经死了；有的人死了，他还活着。"在马克思主义研究中，我深深地体会到，马克思仍然"活着"，并与我们同行。

讲到这里，就会引发一个无法回避的问题，那就是，如何看待、理解辩证唯物主义和历史唯物主义？这一问题直接涉及马克思主义哲学的理论特征。

二、马克思主义哲学是实践、辩证、历史的唯物主义

长期以来，我们一直把马克思主义哲学称为辩证唯物主义和历史唯物主义，这已经成为固化的、正统的、经典的定义。可问题是，马克思一生从来没有用"辩证唯物主义和历史唯物主义"来称谓他所创立的新哲学，从未提出或使用过"辩证唯物主义""历史唯物主义"这两个概念。在《神圣家族》中，相对"机械唯物主义"，马克思提出的是"和人道主义相吻合的唯物主义"这一概念；在《关于费尔巴哈的提纲》中，相对"旧唯物主义"，马克思提出的是"新唯物主义"这一概念；在《德意志意识形态》中，相对费尔巴哈的人本唯物主义，马克思提出的是"实践的唯物主义"这一概念。那么，是谁首先提出"辩证唯物主义""历史唯物主义"？是谁首先用"辩证唯物主义和历史唯物主义"来称谓马克思主义哲学？从历史上看，"辩证唯物主义"是狄慈根首先提出的，"历史唯物主义"是恩格斯首先提出的，把"辩证唯物主义"和"历史唯物主义"并列则是卢卡奇首先提出的。

1886 年，狄慈根在《一个社会主义者在认识领域中的漫游》中

首次提出"辩证唯物主义"这一概念，用于描述马克思、恩格斯的哲学思想，但真正用"辩证唯物主义"来规定马克思主义哲学本质特征的则是普列汉诺夫。在《论一元论历史观之发展》中，普列汉诺夫明确指出："马克思和恩格斯的哲学不仅是唯物主义哲学，而且是辩证的唯物主义哲学"，"'辩证唯物主义'这一术语，它是唯一能够正确说明马克思的哲学的术语"；由于辩证唯物主义涉及历史领域，所以，在这个意义上，可以把辩证唯物主义称作历史唯物主义。在普列汉诺夫看来，"历史的"这个"形容词"不是说明辩证唯物主义的特征，而是表明应用它去解释的那些领域之一，这个领域就是社会历史领域。这就是说，把马克思主义哲学称作辩证唯物主义，是为了凸显马克思主义哲学的本质特征；把马克思主义哲学称作历史唯物主义，是为了说明马克思主义哲学的研究领域。

同普列汉诺夫一样，列宁也认为，马克思主义哲学就是辩证唯物主义。用列宁的原话来说就是，"马克思一再把自己的世界观叫作辩证唯物主义"。那么，辩证唯物主义与历史唯物主义是什么关系？列宁没有明确回答这一问题，但提出了一个与此密切相关且影响深远的观点，那就是，历史唯物主义是唯物主义在社会历史中的"推广运用"。在《马克思主义的三个来源和三个组成部分》中，列宁提出："马克思加深和发展了哲学唯物主义，而且把它贯彻到底，把它对自然界的认识推广到对人类社会的认识。马克思的历史唯物主义是科学思想中的最大成果。"在《卡尔·马克思》中，列宁提出："既然唯物主义总是用存在解释意识而不是相反，那么应用于人类社会生活时，唯物主义就要求用社会存在解释社会意识。""发现唯物主义历史观，或者更确切地说把唯物主义贯彻和推广运用于社会现象领域，消除了以往的历史理论的两个主要缺点。"

几乎与狄慈根同时，恩格斯在《费尔巴哈论》中提出了一个与"辩证唯物主义"相似的概念，那就是"唯物主义辩证法"。之前，也就是 1859 年，恩格斯在《卡尔·马克思〈政治经济学批判〉》中首次提出"唯物主义历史观"这一术语，并认为唯物主义历史观的要点在《〈政治经济学批判〉序言》中做了"扼要的阐述"；1890年，恩格斯在致康·施米特的信中首次使用了"历史唯物主义"这一概念，后在《社会主义从空想到科学》英文版导言中对"历史唯物主义"做出解释，认为历史唯物主义是一种"关于历史过程的观点"。显然，在恩格斯那里，"历史唯物主义"和"唯物主义历史观"是同一个概念，二者是马克思主义历史观的不同表述。

在说明"辩证唯物主义""历史唯物主义"这两个概念的由来之后，我们再来看一下，是谁首先把马克思主义哲学称为辩证唯物主义和历史唯物主义的？首先把辩证唯物主义和历史唯物主义相提并论的，既不是列宁，也不是斯大林，而是卢卡奇。1923年，卢卡奇在为布哈林的《历史唯物主义理论》所写的书评中提出一个新的概念，那就是"历史唯物主义和辩证唯物主义"，但他并未对这一新的概念做出解释。1929年，芬格尔特、萨尔文特出版了《辩证唯物主义和历史唯物主义》，并以此阐述马克思主义哲学基本原理。1932年，米丁、拉祖莫夫斯基出版了《辩证唯物主义与历史唯物主义》，在马克思主义史上第一次明确地把马克思主义哲学划分为辩证唯物主义和历史唯物主义两个部分，第一次明确地把"物质"作为马克思主义哲学的理论基础，并以此为起点范畴分别论述唯物论、认识论、辩证法、历史观，从而建构起一个特色鲜明的马克思主义哲学体系。从此，把马克思主义哲学分为辩证唯物主义和历史唯物主义两个部分，把马克思主义哲学称为辩证唯物主义和历史唯物主义，这一分法、这一定义便流传下来，并逐步固化，成为马克思主义哲学的"正统"定义。米丁本人后来不无得意地自我评价说，他把马克思主义哲学分为辩证唯物主义和历史唯物主义，这种分法被人们所接受，并流传下去了。

在我看来，用"辩证唯物主义和历史唯物主义"来称谓马克思主义，并非"空穴来风"，而是以恩格斯、列宁的思想为依据的；把马克思主义哲学的基本内容分为辩证唯物主义和历史唯物主义两个部分，也不是"无中生有"，而是对恩格斯、列宁思想的发挥。比如，在《唯物主义和经验批判主义》中，列宁明确指出："马克思和恩格斯的学说是从费尔巴哈那里产生出来的，是在与庸才们的斗争中发展起来的，自然他们所特别注意的是修盖好唯物主义哲学的上层，也就是说，他们所特别注意的不是唯物主义认识论，而是唯物主义历史观。因此，马克思和恩格斯在他们的著作中特别强调的是辩证唯物主义，而不是辩证唯物主义，特别坚持的是历史唯物主义，而不是历史唯物主义。"在我看来，与"辩证唯物主义"并列，加上"历史唯物主义"来称谓马克思主义哲学，其本义是为了强调历史唯物主义的独创性，强调马克思的唯物主义的彻底性、完整性，因为马克思的唯物主义的彻底性、完整性集中体现在历史唯物主义之中。

用"辩证唯物主义和历史唯物主义"来称谓马克思主义哲学未必准确、深刻，用"辩证唯物主义和历史唯物主义"的"二分结构"来建构马克思主义哲学体系未必全面、科学，但我们也不能由此认为辩证唯物主义、历史唯物主义不是马克思主义哲学的理论特征。问题的关键在于，辩证唯物主义、历史唯物主义是不是马克思主义哲学的理论特征？如何理解辩证唯物主义、历史唯物主义的关系？如何理解辩证唯物主义、历史唯物主义、实践唯物主义的关系？下面，我具体说一下实践唯物主义、辩证唯物主义、历史唯物主义的关系。

第一，马克思主义哲学是实践唯物主义。在我看来，这是一个全局性、根本性的定义，它所要表明的不仅仅是一种要把理论付诸行动的哲学态度，更重要的是指，实践的观点是马克思主义哲学首要的和基本的观点，实践原则是马克思主义哲学体系的建构原则。换言之，实践唯物主义是马克思主义哲学的本质特征。

按照马克思的观点，实践首先是人以自身的活动来引起、调整和控制人与自然之间物质变换的过程；在这个过程中，人与人之间必须互换其活动，并必然结成一定的社会关系；同时，实践结束时得到的结果，在这个过程开始时就已经在实践者头脑中以观念的形式存在着，这就是实践的目的，马克思认为，这个目的是实践者所知道的，是作为规律决定着他的活动方式和方法的。由此可见，实践内在地包含着人与自然的关系、人与社会的关系以及人与其意识的关系，这些关系的总和又构成了现存世界的基本关系。可以说，实践是现存世界的本体，它以缩影的形式映现着现存世界，蕴含着现存世界的全部秘密，是人类所面临的一切现实矛盾的总根源。

正因为如此，马克思提出，要把"对象、现实、感性""当作实践去理解"。从实践出发去理解现存世界的根本点在于，从物质实践出发去把握现存世界，把物质生产活动所引起的人与自然之间的物质变换作为现存世界的根据、基础和本体。在我看来，承认自然物质的"优先性"，这只是新唯物主义与旧唯物主义的共性，它并未构成新唯物主义本身的特征。确认人以自身的实践活动所引起的人与自然之间的物质变换构成了现存世界的根据、基础和本体，这才是新唯物主义的"新"之所在，或者说是马克思的唯物主义"唯物"之所在。

按照马克思的观点，人既是人类历史的前提，又是人类历史的产物和结果，而人只有作为自己本身的产物和结果才成为前提。人类进化不仅仅是生物学意义上的遗传与变异，而且是历史学意义上的延续与创新，而这二者的统一正是在实践活动中完成的。这就是说，人是通过自己的活动自我创造、自我塑造、自我改变、自我发展的，人的秘密就在实践活动中。在《德意志意识形态》中，马克思明确指出："个人怎样表现自己的生活，他们自己就是怎样。因此，他们是什么样的，这同他们的生产是一致的——既和他们生产什么一致，又和他们怎样生产一致。"一言以蔽之，实践构成了人的存在方式或生存本体。

这就是说，从马克思主义哲学的逻辑看，实践不仅是现存世界的本体，而且是人的生存本体，因而成为马克思主义哲学的基石，成为马克思主义哲学的建构原则；从马克思主义哲学的历史看，马克思主义哲学所实现的哲学变革，就是在本体论的层面上的发动并展开的，而这个本体论革命的实质，就是实践本体论的创立，是实践本体论对精神本体论和物质本体论的扬弃，唯心主义和旧唯物主义共同的主要缺点，就是不理解现实的实践活动及其意义。由此可以判定，马克思主义哲学首先是实践唯物主义。

第二，马克思主义哲学是辩证唯物主义。与动物不同，人总是在不断制造与自然的对立中去获得与自然的统一的，对自然客体的否定正是对主体自身的肯定。对这样一种对立统一关系、肯定否定关系的确认，表明马克思主义哲学是辩证唯物主义。

马克思在《1844年经济学哲学手稿》中指出："整个所谓世界历史不外是人通过人的劳动而诞生的过程，是自然界对人说来的生成过程。"在"自然界对人生成"的过程中形成的人与自然的关系，是一种"为我而存在"的关系。"为我而存在"的关系，是马克思在《德意志意识形态》中提出的观点。这种"为我而存在"的关系就是一种否定性的矛盾关系。具体地说，人类要维持自身的存在，肯定自身，就要对自然界进行否定性的活动，改变自然界的原生态，使之成为"人化自然""为我之物"。"自在自然"不断转化为"人化自然"，"自在之物"不断转化为"为我之物"的过程，也就是人们不断地改造、创造现存世界，同时又不断地改造、创造人本身的过程。实践作为人的存在方式，包含着人对现存世界的否定关系，也包含着人的自我肯定；包含着对现存世界的批判，也包含着人的自我批判；包含着现存世界的发展，也包含着人的自我发展。

可以看出，人与自然之间的这种"为我而存在"的否定性关系是最深刻、最复杂的矛盾关系。这种矛盾关系构成了马克思之前众多哲学大师的"滑铁卢"，致使唯物主义对人的主体性"望洋兴叹"，唯物主义与辩证法遥遥相对。而马克思高出一筹的地方就在于，通过对人的实践活动及其意义深入而全面的剖析，使唯物主义和人的主体性统一起来了，唯物主义和辩证法因此也结合起来了。这就是说，辩证唯物主义构成了马克思主义哲学的一个理论特征。

第三，马克思主义哲学是历史唯物主义。当马克思以科学的实践观为基础把唯物主义和辩证法有机结合起来，创立辩证唯物主义的同时，也就实现了唯物主义自然观和历史观的统一，创立了历史唯物主义。这是同一个过程的两个方面。

我刚才已经说了，人们为了能够生存，必须进行物质实践，实现人与自然之间的物质变换；为了实现人与自然之间的物质变换，人与人之间必须互换其活动，并必然结成一定的社会关系，人与自然的关系和人与人的关系正是在人的实践活动中形成的。即使生产力，本质上也是在人们改造自然的实践活动中形成的，生产力体现的就是人与自然的现实关系。实践的确是社会关系的发源地和社会生活的本质。正如马克思在《关于费尔巴哈的提纲》中所说的："全部社会生活在本质上是实践的。"从根本上说，社会就是在人与自然之间的物质变换中形成和发展起来的。所以，以往的哲学家，包括旧唯物主义者把人对自然的实践关系从历史中排除出去后，只能走向唯心主义历史观；而马克思从人对自然的实践关系出发去解释观念以及历史过程，则创立了唯物主义历史观，从而消除了"物质的自然"和"精神的历史"对立的神话，实现了唯物主义的自然观和历史观的统一。

社会活动不同于自然运动，具有自己的特殊性。这种特殊性就在于，社会的主体是人，社会中的一切活动、一切事件都是人做的，而人是有思想的，是在利益驱使下、在思想指导下进行社会活动的。一次地震可以毁灭一座城市，毁灭众多人口；一场战争也可以毁灭一座城市，毁灭众多人口。可地震就是地震，地震的背后没有思想、没有利益，而战争是政治的继续，战争的背后是思想，是利益，阶级的利益、民族的利益、国家的利益。社会生活的特殊性犹如横跨在自然与社会之间的"活动翻板"。在马克思之前，即使是坚定的唯物主义者，当他们的视线由自然转向社会，开始探讨社会历史时，几乎都被这块"活动翻板"翻向了唯心主义的深渊。从认识论的角度看，造成这种状况的根本原因，仍在于以往的哲学家不理解实践活动及其意义，不理解社会生活在本质上是实践的。而马克思的高明之处就在于，他从实践出发去理解社会以及社会与自然的关系，从而实现了唯物主义自然观和历史观的统一，创立了历史唯物主义。历史唯物主义因此构成了马克思主义哲学的又一个理论特征。

唯物主义历史观是马克思主义哲学对人类思想史的独特贡献，意义极其重大。从空间上看，自然和社会相距很近，唯物主义自然观和唯物主义历史观似乎近在咫尺；从时间上看，唯物主义自然观和唯物主义历史观又相距遥远，两者之间存在着 2000 多年的时间距离。人类是从自然开始自己的唯物主义历程的，在古希腊时期就创立了唯物主义自然观，但一直到 19 世纪中叶才创立唯物主义历史观。这就是说，从唯物主义自然观到唯物主义历史观，人类整整走了 2000 多年的心路历程，用中国的成语来形容，那就是"咫尺天涯"。恩格斯说过，自从历史也得到唯物主义的解释以后，一条新的哲学发展道路在这里就开辟出来了。的确如此。没有对社会的科学理解，就不可能产生马克思主义的自然观、辩证法和认识论，这也就是说，没有历史唯物主义，也就没有辩证唯物主义。

"辩证唯物主义""历史唯物主义"不是像普列汉诺夫所说的那样，辩证唯物主义表明马克思主义哲学的本质特征，是世界观，而"历史唯物主义"表明马克思主义哲学所涉及、所解释的领域之一，是历史观；"辩证唯物主义""历史唯物主义"也不是像斯大林所说的那样，辩证唯物主义仅仅涉及、解释自然界，是自然观，历史唯物主义仅仅涉及、解释人类社会，是历史观。在马克思主义哲学中，不存在一个独立的、作为理论基础的辩证唯物主义，也不存在一个独立的、仅仅具有应用性质的历史唯物主义。辩证唯物主义和历史唯物主义不是马克思主义哲学的两个部分，而是马克思主义哲学在对同一个领域，也就是人与世界总体关系的研究中呈现出来的两个理论特征；辩证唯物主义和历史唯物主义不是两个主义，而是同一个主义，也就是马克思所说的"新唯物主义"的两个不同表述。

第四，马克思主义哲学是实践、辩证、历史的唯物主义。在哲学史上，马克思第一次把实践提升为哲学的根本原则，转化为哲学思维方式，从而创立一种实践、辩证、历史的唯物主义。

实践唯物主义、辩证唯物主义、历史唯物主义也不是三个主义，而是同一个主义，也就是"新唯物主义"的三个基本理论特征。其中，实践唯物主义是本质特征或根本特征，辩证唯物主义、历史唯物主义这两个基本特征都是从实践唯物主义这一本质特征引申出来的，是这一本质特征必然展开的内在逻辑和理论表现。实践唯物主义、辩证唯物主义、历史唯物主义又是对新唯物主义的三个不同表述，是对马克思主义哲学的不同称谓。用"实践唯物主义"称谓马克思主义哲学，是为了透显马克思主义哲学所内含的实践维度及其首要性和基本性，因为以往的哲学家只是用不同的方式解释世界，问题在于改变世界，而"对实践的唯物主义者即共产主义者来说，全部问题都在于使现存世界革命化，实际地反对并改变现存的事物"。

用"辩证唯物主义"称谓马克思主义哲学，是为了透显马克思主义哲学所内含的辩证法维度及其批判性和革命性，因为"辩证法在对现存事物的肯定的理解中同时包含对现存事物的否定的理解"，按其本质来说，辩证法"是批判的和革命的"；用"历史唯物主义"称谓马克思主义哲学，是为了凸显马克思主义哲学所内含的历史维度及其彻底性和完备性，因为唯物主义的彻底性、完备性集中体现在历史唯物主义中，自从历史也得到唯物主义的解释以后，一条新的哲学发展道路也就在这里开辟出来了。我们不能因为马克思一生只使用过一次"实践唯物主义"而认为这一概念不成熟，我们不能因为西方马克思主义、东欧新马克思主义倡导"实践唯物主义"而忌讳这一概念，我们也不能因为苏联的"辩证唯物主义和历史唯物主义"教科书有许多局限性而"废名"。

三、马克思的哲学批判和资本批判的关系：资本批判的存在论意义

马克思主义哲学不是"学院派"，更不是以往哲学主题延伸的产物。马克思主义哲学的创立是同对时代课题的解答密切相关、融为一体的。反过来说，马克思对时代课题的解答始终贯穿着哲学批判。马克思说过，德国是一个哲学民族。的确如此。在英国，社会运动首先表现为经济运动；在法国，社会运动首先表现为政治运动；而在德国，社会运动首先表现为理论活动、哲学运动。正如马克思在《〈黑格尔法哲学批判〉导言》中所说："即使从历史的观点来看，理论的解放对德国也有特别实际的意义。德国的革命过去就是理论性的，这就是宗教改革。正像当时的革命是从僧侣的头脑开始一样，现在的革命则从哲学家的头脑开始。"

马克思所走的道路就是一条典型的德国人的道路。具体地说，马克思不是直接从现实出发去解答时代课题的，而是通过对哲学的批判返归现实，从而解答时代课题。可以说，马克思每前进一步都是通过哲学批判取得的：1843 年的"黑格尔法哲学批判"，1844 年的"对黑格尔的辩证法和整个哲学的批判"，1845 年的"对批判的批判所作的批判"以及"对法国唯物主义的批判"，1846 年的"对黑格尔以后的哲学形式的批判"。这一系列的哲学批判使马克思得到了严格的理论锻炼，对现实的社会矛盾有了更深刻的认识，使他对哲学、经济学、政治学有了更透彻的理解，从而创立了实践、辩证、历史的唯物主义，科学地解答了时代课题。

马克思的哲学批判集中体现为形而上学批判。从历史上看，"形而上学"在对终极存在的探究中确立一种严格的逻辑规则，标志着

作为理论形态的哲学的形成。但是，形而上学中的存在又是脱离了现实的人及其活动的存在。无论是近代唯心主义哲学中的"绝对理念"，还是近代唯物主义哲学中的"抽象物质"，从根本上说，都是一种与现实的人和现实的社会无关的抽象的存在、抽象的本体。因此，马克思在《神圣家族》中明确提出："反对一切形而上学"，并认为批判形而上学之后，哲学应趋向人的世界和人的存在，对人的异化了的生存状态给予深刻批判，对人的解放和全面发展给予深切关注，从而使哲学成为无产阶级的"精神武器"和人类解放的"头脑"。

有一个问题我们应当注意。什么问题？那就是马克思对形而上学的批判并没有停留在"纯粹哲学"的层面上，而是将形而上学批判同意识形态批判结合起来了。在资本主义社会，形而上学就是资产阶级的意识形态，或者说，是以意识形态的方式发挥其政治功能，从而为资产阶级政治统治辩护和服务的。问题是，形而上学这样一种抽象的哲学形态为什么能够成为资产阶级的意识形态？从理论上看，形而上学之所以能够成为资产阶级意识形态，是因为形而上学中的抽象存在与资本主义社会中的"抽象统治"具有同一性。

按照马克思的观点，在资本主义社会，个人受抽象统治，而抽象或观念无非是那些统治个人的物质关系的理论表现。这就是说，资本主义社会中抽象关系的统治与形而上学中抽象存在的统治具有必然关联性及其同一性。用阿多诺的话来说就是，形而上学的同一性原则与资本主义社会中的同一性原则不仅对应，而且同源，正是在商品交换中，同一性原则获得了它的社会形式，离开了同一性原则，这种社会形式便不能存在，所以，形而上学就是资产阶级意识形态，或者说，形而上学是以意识形态的方式在资本主义社会发挥其政治功能的。

另一位西方马克思主义者阿尔都塞说过，哲学只有通过作用于现存的意识形态，并通过意识形态作用于全部社会实践，作用于阶级斗争的背景之上，才能获得自我满足。阿尔都塞的这一见解是正确的。哲学总是以抽象的概念体系反映着特定的社会关系，体现着特定的阶级利益和价值诉求，追求的既是真理，又是某种信念。哲学既是知识体系，又是意识形态。马克思自觉地意识到这一点，所以，在马克思那里，形而上学批判进行到一定程度必然展开意识形态批判。在这种双重批判中建立起来的马克思主义哲学，不仅是客观认知某种规律的知识体系，而且是批判资本主义的意识形态。我们不能从西方传统哲学、"学院哲学"的视角去理解马克思主义哲学，而应当从形而上学批判与意识形态批判双重批判的视野，从无产阶级和人类解放这一新的实践出发去理解马克思主义哲学。

马克思的哲学批判不仅与意识形态批判密切相关、融为一体，而且是同资本批判密切相关、融为一体的。在马克思看来，无论是对形而上学的批判，还是对意识形态的批判，都应延伸到对现实生活过程的批判。在《德意志意识形态》中，马克思说过这样一段形象而又深刻的话："意识在任何时候都只能是被意识到了的存在，而人们的存在就是他们的现实生活过程。如果在全部意识形态中，人们和他们的关系就像在照相机中一样是倒立成像的，那么这种现象也是从人们生活的历史过程中产生的，正如物体在视网膜上的倒影是直接从人们生活的生理过程中产生的一样。"在马克思的时代，对现实生活过程的批判首先就是对资本主义生产方式的批判，也就是资本批判。

按照马克思的观点，资本不是物，而是一定的社会关系，它体现在物上，并赋予这个物以特有的社会性质；资本不仅是物与物之间的关系，而且是人与物和人与人之间的关系；更重要的是，资本使人与人的关系采取了一种物的形式，以致人与人的关系表现为物与物的关系，表现为物对人的支配关系。资本又是一个不断自我建构和自我扩张的过程。在这个过程中，资本不仅改变了人与自然的关系，而且改变了人与人的关系，资本家不过是资本的人格化，而雇佣工人只是资本增殖的工具；资本不仅改变了与人相关的自然界的存在属性，而且改变了人类社会的存在形态，创造了"社会因素占优势"的资本主义社会；资本本身就是一种有机体制，按照马克思的观点，这种有机体制向总体发展的过程就在于，使社会的一切要素从属于自己，或者把自己还缺乏的器官从社会中创造出来。这就是说，正是资本使资本主义社会总体化了。

在《共产党宣言》中，马克思极为明确地指出："资产阶级生存和统治的根本条件是财富在私人手里的积累，是资本的形成的增殖。"这就是说，资本是资本主义社会的根本规定、存在形式和建构原则，并构成了资本主义社会的基本建制。在资本主义社会，资本具有支配一切的权利，是最基本和最高的社会存在物。一言以蔽之，资本本身就是一种独特的社会存在。

总之，马克思以商品为起点范畴，以资本为核心范畴展开的对资本主义社会的批判，本质上是一种存在论意义上的批判。换言之，马克思的哲学批判、意识形态批判是通过资本批判实现的，是通过商品拜物教批判、货币拜物教批判和资本拜物教批判实现的。正是在这种批判过程中，马克思扬弃了抽象的存在，发现了现实的社会存在的秘密，发现了人与人的关系以物化方式而存在的秘密，并透视出人的自我异化的秘密所在，从而把本体论与人间的苦难和幸福结合起来了，使无产阶级和人类解放得到了本体论证明。卢卡奇对此做出高度评价，认为马克思开辟了"从本体论认识现实的道路"。

在我看来，马克思的资本批判不仅开辟了"从本体论认识现实的道路"，而且开辟了从本体论认识历史的道路。在《1857—1858年经济学手稿》《〈政治经济学批判〉导言》中，马克思指出，以往的社会关系或者以"发展的形式"，或者以"萎缩的形式"，或者以"歪曲的形式"存在于现实社会中。资本主义社会是发达的社会形式，以往社会形式的一部分东西作为"还未克服的遗物"，在这里继续存留着；"一部分原来只是征兆的东西"，在这里发展到具有充分意义。所以，现实的生产方式，也就是资本主义生产方式包含着对历史上的生产方式的"说明之点"，这些"说明之点"连同对现代的正确理解，为人们提供了理解过去的钥匙。马克思正是从现实的社会存在透视出已往社会的社会结构和生产关系，发现历史运动秘密的。

在马克思看来，不懂地租，完全可以懂资本；而不懂资本，便不能懂地租。更重要的是，较不发达的社会关系只有在较发达的社会形式中才能在深度和广度上得到充分发展，才能展示充分意义，才能被完全认识。在《〈政治经济学批判〉导言》中，马克思形象地指出："人体解剖对于猴体解剖是一把钥匙。反过来说，低等动物身上表露的高等动物的征兆，只有在高等动物本身已被认识之后才能理解。因此，资产阶级经济为古代经济等等提供了钥匙。"正因为如此，马克思在《资本论》中提出了认识历史的根本方法，那就是"从后思索"法。马克思指出："对社会生活形式的思索，从而对它的科学分析，遵循着一条同实际运动完全相反的道路。这种思索是从事后开始的，是以已经完全确定的材料、发展的结果开始的。"马克思说得很清楚、很明白了，不需要我再"画蛇添足"般解释了。

总之，马克思的资本批判不仅开辟了从本体论认识现实的道路，而且开辟了从本体论认识历史的道路；不仅深化了本体论革命，而且推进了认识论革命；不仅造成了经济学的革命，而且巩固了哲学革命。我们应当从一个新视角深刻理解《资本论》的副标题——"政治经济学批判"的内涵和意义。什么内涵和意义？我认为，马克思的资本批判不仅具有重大的经济学意义，而且具有重大的哲学意义，是经济学与哲学的高度统一。

我们既不能从西方传统哲学、"学院哲学"的视角去认识马克思的资本批判，也不能从西方传统经济学、"学院经济学"的视角去认识马克思的资本批判。实际上，马克思的资本批判已经超出了经济学的边界，走过了政治学的领土，而到达了哲学的"首府"——存在论或本体论。阿尔都塞认为，马克思的资本批判不仅存在着哲学的维度，而且意味着政治经济学理论的严格表述所不可缺少的哲学概念的产生。阿尔都塞的这一见解是正确而深刻的。马克思的资本批判理论只有在马克思主义哲学这一更大的概念背景下才能得到真正理解；反之，马克思主义哲学的意义只有在同马克思资本批判的关联中才能显示出来；而无论是哲学批判，还是资本批判，都只有在无产阶级和人类解放这一更大的意识形态背景下才能得到真正理解。

在我看来，哲学批判、意识形态批判和资本批判高度关联、融为一体，这是马克思的独特的思维方式，是马克思主义的独特的存在方式。科学社会主义正是以哲学批判为前提，以资本批判为中心发展起来的。用恩格斯的话来说就是，科学社会主义是从剩余价值开始，是以剩余价值理论为中心发展起来的。

四、科学社会主义的"科学"所在

在否定科学社会主义的种种观点中，有一种观点值得我们特别注意，那就是，以否定历史规律的存在来否定科学社会主义。波普尔认为，科学社会主义是马克思根据历史规律对未来的历史所做的预言，而历史不可预言，因为历史规律根本不存在，历史本身是事件的堆积。科学社会主义的"大错"，就是相信历史规律；只要"清除"历史规律，就能摧毁科学社会主义。波普尔的确看到了一个合理的事实，那就是，科学社会主义是以历史规律，包括资本主义生产方式的运动规律为其理论前提和客观依据的，但他又把这个合理的事实溶解于一种不合理的理解之中。究其实质，是力图釜底抽薪，否定科学社会主义的科学性。

可是，波普尔是在否定一个无法否定的客观事实，那就是，历史的确有其内在规律。不管他如何诅咒，也无法"清除"历史规律。

从历史上看，每一代封建君主都被反复教导如何进行统治，甚至编写了《资治通鉴》之类的书供他们阅读，以希图封建王朝万世一系，可是，历史上照样发生农民起义，照样发生改朝换代，照样发生资产阶级革命。1640 年的英国革命、1789 年的法国革命、1911 年的中国辛亥革命……这一个一个不可重复的历史事件的出现，体现的不正是资产阶级革命的规律吗？法国的拿破仑、美国的林肯、中国的孙中山……这一个一个不可重复的历史人物的出现，体现的不正是时势造英雄的规律吗？李大钊说过，历史上的事件与人物，是"只过一趟""只演一回"的，但有的历史事件与人物虽然"只过一趟""只演一回"，却"永久存在"。这些历史事件、历史人物之所以"永久存在"，就是因为符合历史规律、顺应历史规律。英雄与小丑、流芳百世与遗臭万年的分界线就在于，是否把握历史规律以及如何处理人与规律的关系。顺历史规律而行者是英雄，流芳百世；逆历史规律而动者是小丑，遗臭万年。

在认识历史时，我们应当区分三个概念，那就是，历史事件、历史现象和历史规律。任何历史事件的产生都是必然性和偶然性共同作用的结果，正是其中的偶然性使历史事件各具特色、不可重复，历史事件因此都是"一"；历史现象则是"多"，明治维新是"一"，戊戌变法是"一"，罗斯福新政也是"一"，可改革或改良作为一种历史现象在历史上并不罕见，是"多"；在这多种多样的历史现象的背后，就是只要具备一定的条件就能重复起作用的历史规律。正是在生产力与生产关系、经济基础与上层建筑矛盾运动规律的支配下，社会发展呈现为原始社会、奴隶社会、封建社会、资本主义社会和社会主义社会五种社会形态的依次更替。从人类总体历史看，社会主义社会的产生没有也不可能早于资本主义社会，英国的资本主义制度形成于 1640 年，法国的资本主义制度形成于 1789 年，俄国的社会主义制度则形成于 1911 年。同样，资本主义社会没有也不可能早于封建社会，西欧的封建社会产生于公元前 476 年西罗马帝国灭亡时期，中国的封建社会则形成于公元前 403—221 年战国时期，如此等等。

在研究历史时，有的人总是不顾及历史的规律性而沉湎于"如果……就……"的假言判断中。比如，在有的人看来，如果戊戌变法成功了，中国就如何如何；如果中国在 20 世纪 50 年代选择了资本主义，今天就如何如何。然而，历史发展有其内在规律，并不以"如果……就……"的公式为转移。实际上，对于历史研究来说，"如果……就……"的论断是永远不能被验证的，因而是没有科学意义的。沉湎于这种研究方式中，我们得到的就不是真实的历史，而是虚幻的历史。这绝不是误认风车为妖魔的堂吉诃德式的战斗，而是实实在在的两种历史观的对立，是唯物主义历史观与唯心主义历史观的对立。

科学社会主义以历史规律为前提，但它不是仅仅基于历史规律的推导，而是直接建立在资本批判的基础之上。按照马克思的观点，资产阶级生存和统治的根本条件是资本的形成和增殖，而资本形成和增殖的过程实际上就是剩余价值不断生产和实现的过程，剩余价值规律由此成为资本主义社会的基本经济规律。问题在于，资本的增殖或剩余价值的实现依赖于生产过程向流通过程的转化，而资本离开生产过程重新进入流通过程时，立刻就受到两种限制：

一是资本作为生产出来的产品受到现有消费量的限制。一边是为数很少的人不断积累财富，一边是为数众多的人不断陷入相对贫困，必然造成生产能力与消费能力之间的巨大反差。

二是资本生产出来的产品作为新的价值受到货币量的限制。由于资本主义的生产都是以追求剩余价值为目的的，个别企业生产的组织性和整个社会生产的无政府状态的矛盾，必然导致使用价值的生产受到交换价值的限制，受到货币量的限制。

从根本上说，这两个限制就是资本对生产力无限发展趋势的限制。所以，马克思认为，"资本主义生产的真正限制是资本自身"。

这种限制以及由此造成的一系列经济危机体现出资本主义生产方式的内在矛盾在不断积累和加深，表明资本主义或迟或早、或这样或那样必然要被社会主义所代替。在马克思看来，这是"铁的必然性"。

那么，资本主义什么时候能够灭亡？社会主义在什么时候能够全面代替资本主义？马克思主义者不是算命先生，科学社会主义不是气象学，能准确预报历史的"天气"。我们应当注意预见与预报的关系。所谓预报，是对某一事物在较短的时间内、确定的空间范围必然或可能出现的判断；预见则是以规律为依据的关于发展趋势的判断，或者说，是一种只涉及发展趋势的判断。预报以预见为前提，但它又不等于预见。预报不仅取决于对规律、趋势的把握，而且取决于对较短时间内、较小空间中具体条件的把握。

自然科学既能预见又能预报，社会科学只能预见而不能预报。社会的主体是人，人的活动的自觉能动性、社会生活的特殊性和历史条件的可变性，使得具体历史事件发生的时间、空间不可能被预报。但是，在人的活动和社会生活中，我们可以预见发展趋势，可以预见某一社会现象的最终结局和社会发展的未来走向。这种预见正是以发现和把握历史规律为前提的。正是依据社会发展的一般规律，依据资本主义生产方式矛盾运动的规律及其发展趋势，马克思科学地预见到未来社会的基本特征，科学地制定了社会主义社会的基本规定。

第一，在经济上实现生产力的巨大增长和高度发展。创造出高于资本主义社会的生产力是社会主义最终战胜资本主义的物质前提。在《共产党宣言》中，马克思指出：无产阶级夺取政权后应"尽可能快地增加生产力的总量"。在《德意志意识形态》中，马克思指出，生产力的巨大增长和高度发展是社会主义社会"绝对必需的实际前提"，并认为没有生产力的巨大增长和高度发展，就只会有贫穷的普遍化，而在极端贫困的情况下，就必须重新开始争取必需品的斗争，全部陈腐的东西因此又要死灰复燃。社会主义的实践完全证实了这一观点的真理性、预见性。

第二，在生产关系上建立公有制，实现共同富裕。按照马克思的观点，社会主义制度同资本主义制度之间具有决定意义的差别就在于，在实行生产资料公有制的基础上组织生产，实现人民共同富裕。如果说高度发展的生产力是共同富裕的物质前提，那么，社会主义公有制就是共同富裕的制度基础。在《政治经济学批判大纲》中，马克思明确指出：在新的社会制度中，"生产将以所有人的富裕为目的"。对于社会主义制度来说，公有制绝不是可有可无的，否定公有制就等于否定了社会主义制度存在的客观基础。我们只能根据现实的生产力选择、创造公有制的内容、范围和实现形式，而不能否定公有制。有一点我们必须明白，那就是，公有制不能成为脱离社会成员的抽象物，在公有制中，每个社会成员都是生产资料所有者的一员。但是，每个社会成员只有同其他社会成员联合成一个整体，才能获得生产资料所有者的地位。占有主体的这种整体性、社会性决定了公共所有的财产权不能在个人之间任意分割、自由交易，任何试图把公共所有的财产权量化到个人身上的做法都必然会对社会主义公有制构成侵犯。

由此引发一个不可回避的问题，那就是，如何看待和理解马克思所说的"重建个人所有制"。马克思的确在《资本论》中说过"重建个人所有制"，但这并不是指重建私有制。联系《德意志意识形态》中的有关观点可以更加明确这一点。在《德意志意识形态》中，马克思指出，共产主义社会就是以"对生产资料的共同占有"为基础，实现"联合起来的个人对全部生产力的占有"。"随着联合起来的个人对全部生产力的占有，私有制也就终结了。"这就是说，马克思所说的"重建个人所有制"与建立公有制是一致的，与重建私有制是不同的。看看马克思的原话吧！"从资本主义生产方式产生的资本主义占有方式，从而资本主义私有制，是对个人、以自己劳动为基础的私有制的第一个否定。但资本主义生产由于自然过程的必然性，造成了对自身的否定。这是否定的否定。这种否定不是重新建立私有制，而是在资本主义时代的成就的基础上，也就是说，在协作和对土地及靠劳动本身生产的生产资料的共同占有的基础上，重新建立个人所有制。"

第三，在分配方式上实行按劳分配。按劳分配的实质，就是以劳动作为占有产品、获得收入的根据和尺度。这一根据和尺度是以承认劳动者个人能力和个人利益的差别为前提的，它能够为社会主义经济提供有效的激励机制和约束机制。在社会主义初级阶段，我们只能坚持而不能改变按劳分配这一基本原则。但是，按劳分配的实现形式应该也必须随着公有制实现形式的变化而改变。社会主义市场经济的建立必然使社会范围内的按劳分配只能通过市场机制和价值形式，以迂回曲折的形式间接地加以完成。因此，我们应当寻找一种既符合市场经济要求，又体现按劳分配本质的劳动计量方式，从而使按劳分配与市场机制有机结合起来。这才是问题的关键所在。

第四，在政治上实行无产阶级专政，实现社会主义民主。人民民主是社会主义的生命，这一点近年来讲得很多、很深刻、很全面，我就不多说了。我要说的是，我们现在还要不要坚持无产阶级专政？我个人认为，仍然要坚持无产阶级专政，因为阶级斗争在国内一定范围仍然存在，在国际范围仍然整体存在，中国这样一个经济文化较为落后的国家，在资本主义世界的包围中进行社会主义建设，没有强大的无产阶级专政是无法立足的。我们头脑应该清醒，无产阶级专政是无产阶级的"政治统治形式"，是从阶级社会到无阶级社会之间的"政治上的过渡时期"。在我看来，这个"政治上的过渡时期"还长着呢！

第五，在人本身的发展上，"确立有个性的个人"，实现人的自由而全面的发展。从《德意志意识形态》提出"确立有个性的个人"，到《共产党宣言》提出"每个人的自由发展""一切人的自由发展"，再到《资本论》重申"自由个性"，贯穿其中的一条红线就是人的自由而全面发展。1894年，意大利社会党人卡内帕请恩格斯为《新纪元》周刊找一段话来表述共产主义社会的基本特征。对此，恩格斯从《共产党宣言》中找出这样一段话，即"代替那存在着阶级和阶级对立的资产阶级社会的，将是这样一个联合体，在那里，每个人的自由发展是一切人的自由发展的条件"，并认为除了这一段话外，再也找不出更合适的了。这表明，实现人的自由而全面发展不仅是马克思主义哲学的最高命题，而且是科学社会主义的最高命题。

任何一门科学都以发现和把握某种规律为己任。任何一种学说要成为科学，就必须揭示研究对象的规律性。由于科学社会主义深刻把握了资本主义社会的运动规律及其发展趋势，因而成为一门科学，一门成熟的科学。以人类社会发展的一般规律为前提，以资本主义社会的基本规律和社会主义社会的基本规定为内容，这正是科学社会主义的"科学"之所在。

说到这里，我想概括地讲一下马克思主义哲学、马克思主义经济学、科学社会主义这三者之间的关系。在我看来，马克思主义哲学不仅是在批判德国古典哲学，而且是在批判英国古典经济学、批判法国空想社会主义的过程中生成的；在批判德国古典哲学、英国古典经济学和法国空想社会主义过程中形成的马克思主义哲学，又反过来成为马克思主义经济学的"研究方法"和"叙述方法"，成为科学社会主义的理论前提，而马克思主义经济学不仅是一种关于资本的理论，而且是对资本的理论批判或批判理论，具有哲学、政治学的内涵和意义；科学社会主义是以剩余价值理论为中心发展起来的，科学社会主义的根本原则又蕴含在马克思主义哲学中。把马克思主义哲学、马克思主义经济学和科学社会主义这三个所谓"组成部分"联系起来、贯通起来，形成一个理论整体、"艺术整体"的红线，就是无产阶级和人类解放。无产阶级和人类解放不仅是马克思主义哲学的理论主题，而且是整个马克思主义的理论主题。

马克思一方面制定了社会主义社会的基本规定，另一方面又拒绝对建设社会主义的具体方案进行论证，提供"预定看法"。在致纽文胡斯的信中，马克思明确指出："在将来某个特定的时刻应该做些什么，应该马上做什么，这当然完全取决于人们将不得不在其中活动的那个既定的历史环境。但是，现在提出这个问题是不着边际的，因而实际上是一个幻想的问题。"这种态度本身就是科学社会主义不同于空想社会主义的一个重要标志。马克思是普罗米修斯，而不是上帝；马克思主义是科学，而不是启示录，它没有也不想"教条式地预料未来"，没有也不可能提供有关未来社会一切问题的答案。自诩为包含一切问题答案的学说只能是神学，不可能是科学。从马克思主义创始人那里找不到有关当代问题的现成答案，这不能责怪马克思，要责怪的只能是自己对马克思主义"本性"的无知。恩格斯早就指出，马克思主义提供的不是现成的教条，而是进一步研究的出发点和供这种研究使用的方法。我们只能按照马克思主义的"本性"期待它做它所能做的事，而不能要求它做它不能做的事。

五、马克思主义中国化的内涵与实质

马克思主义的故乡是德国，但我们无须"乡愁"或"乡恋"，因为马克思主义是在民族历史转变为世界历史的基础上产生的世界性的精神产品，并非仅仅属于德国和西欧。我在这里所说的世界历史，不是通常的历史学意义上的世界史，而是整个人类历史，是指各民族、各国家进入全面相互影响、相互制约、相互渗透，使世界"一体化"以来的历史。用今天时髦的话来说，就是全球化。全球化或者说世界历史在今天已经是一个可经验到的事实了，但它却形成于19世纪中叶。马克思以其惊人的洞察力注意到这一历史趋势，并用"历史向世界历史的转变"这一命题表征了这一历史趋势。在《德意志意识形态》中，马克思明确指出：资产阶级"首次开创了世界历史，因为它使每个文明国家以及这些国家中的每一个人的需要的满足都依赖于整个世界，因为它消灭了各国以往自然形成的闭关自守的状态"。在《共产党宣言》中，马克思再次明确指出："资产阶级，由于开拓了世界市场，使一切国家的生产和消费都成为世界性的了。"在马克思看来，物质生产和精神生产都是如此，不仅形成了世界市场，而且形成了"世界文学"，也就是形成了世界性的精神产品。马克思主义就是这样一种世界性的精神产品。

同时，我们应当注意到马克思在《共产党宣言》《资本论》中提出的这样一种思想，那就是，资产阶级在开拓世界市场，开创世界历史的过程中，实际上造就了资本主义的世界体系。正是在资本主义世界体系中，"未开化和半开化的国家从属于文明的国家"，"农民的民族从属于资产阶级的民族"，"东方从属于西方"；发达国家的资产阶级进行着双重剥削，这就是，不仅剥削本国的工人阶级，而且剥削他国的"农民的民族"；不发达国家则遭受着双重苦难，这就是，"不仅苦于资本主义生产的发展，而且苦于资本主义生产的不发展"。这就是说，西方资产阶级开创世界历史的过程实际上是把资本主义生产方式及其内在矛盾世界化了，外化为"农民的民族"与"资产阶级的民族"、不发达国家与发达国家之间的矛盾，并使不发达国家产生了同发达国家"类似的矛盾"。正因为如此，马克思在《国际述评》中指出，"中国的社会主义跟欧洲的社会主义像中国哲学跟黑格尔哲学一样具有共同之点"。

可是，我们又要看到，马克思主义产生时主要是反映了西欧的传统文化，马克思主义哲学主要反映了德国古典哲学的传统，马克思主义经济学主要反映了英国古典经济学的传统，科学社会主义则更多地吸收了法国社会主义的传统。因此，马克思主义要在不同的民族、不同的国家生根发芽、开花结果，就必然产生一个民族化的问题。恩格斯清醒地看到这一点，并在《美国工人运动》中提出了工人阶级纲领"美国化"的问题。马克思主义民族化是马克思主义的内在要求。"百里不同风，千里不同俗。"马克思主义只有同不同国家的具体实际、不同民族的具体特点相结合，转化为民族文化的一部分，才能真正发挥改造世界的功能。就中国而言，马克思主义必须同中国的具体实际相结合，而要做到这一点，又必须使马克思主义这一"移自外域"的理论"取得民族形式"，"带着必须有的中国特性"，成为中国人民认识历史、改造现实的思想武器。因此，马克思主义同中国具体实际相结合必然包含着同中国传统文化相结合的内涵。马克思主义必须同中国传统文化相结合，否则，就难以中国化。在我看来，马克思主义同中国具体实际相结合的过程，同时就是马克思主义同中国传统文化相结合的过程。

有一个问题我们必须明白，那就是，马克思主义中国化绝不是使马克思主义去迎合中国传统文化，用中国传统文化"化"马克思主义的结果只能使马克思主义"空心化"，成为所谓的"儒学马克思主义"；马克思主义中国化也不是范畴的简单转换，把物质变为"气"、矛盾变为"阴阳"、规律变为"理"或"道"、共产主义社会变成"大同社会"等，只能是语言游戏。马克思主义中国化的实质，就是使马克思主义与中国面临的实际问题相结合，使现实的问题上升为理论的问题，给予马克思主义的解答，并用中国式的问题及其科学解答丰富和发展马克思主义。同时，在这个过程中用马克思主义来分析、批判中国传统文化，吸取其精华，并对之进行创造性转换、创新性发展，使之融入马克思主义理论体系之中，从而使马克思主义取得民族形式，具有"中国特性、中国作风和中国气派"。

观念系统具有可解析性、可重构性，观念要素之间具有可分离性、可相容性。一种文化形态所包含的观念要素，有些是不能脱离原系统而存在的，有些则可以经过改造而容纳到别的文化形态中的。因此，马克思主义对中国传统文化的批判继承，从理论上说是可行的。问题的关键在于，在马克思主义中国化的过程中，我们对传统文化批判什么？拒绝什么？抛弃什么？继承什么？转换什么？发展什么？

　　传统文化是在历史中形成、在现实中仍然起作用的那些思维方式、价值观念和风俗习惯，它古老可又在一定程度上为当代的人所认同。继承传统文化，就是要把传统与当代所契合的要素在实际生活中加以弘扬，使其成为当代人的思维方式、价值观念、行为规范的组成部分。继承传统文化不是"返本"，不是简单地"恢复"传统文化，更不是奉行文化保守主义。我们的确具有悠久而丰富的传统文化，但这不等于我们一定能强国富民。负载着同样的传统文化，我们造就过雄汉盛唐，创造过令世界叹为观止的文明，可是，我们也有过国弱民穷，出现过"历史的倒转"的现象。实际上，传统文化是一把"双刃剑"。传统文化中的优秀方面凝聚了一个民族的创造和智慧，是一个民族得以生存和发展的精神力量，民族的复兴必然包含着对传统文化中优秀方面的继承；传统文化中的保守方面是社会进步、民族复兴的重负，所以，社会进步、民族复兴必然表现为对传统文化中保守方面的突破与革新。

　　继承、转换、发展传统文化，必须把握时代的脉搏，与时代精神相结合，从而引导民族与时代同行。这是判断传统文化的价值以及它能否存在和发展的关键。任何一个民族都不能轻视自己的传统文化，但也不能囿于传统文化、沉湎于传统文化之中。继承传统文化不是从钱罐中取钱，发展传统文化也不是往钱罐里塞钱。马克思主义中国化是面向时代的一种创造，是在创造中继承，在推陈中出新。一方面为中国传统文化注入新的内容，古为今用；另一方面着眼于世界文化发展的前沿进行创新，推陈出新。这是同一过程的两个方面。历史已经证明，任何一种背对时代和时代精神的文化形态或理论形态无一不走向衰落，最多成为思想博物馆的标本陈列于世，而不可能兴盛于世。

　　我们不能忽视这样一个问题，那就是，马克思主义是现代工业文明的产物，中国传统文化则是古代农业文明的产物，这是两种截然不同的文化形态。以儒家学说为核心的中国传统文化，毕竟是在古代农业文明的土壤上生成的，是封建社会官方的意识形态，其否定个人利益、否定个人独立性、否定人的个性的观念，是与社会主义格格不入的。我们应当明白，不是儒家学说、传统文化挽救了中国，而是中国革命的胜利使儒家学说、传统文化避免了同近代中国的衰败一道走向没落；不是儒家学说、传统文化把一个满目疮痍、贫穷落后的中国推向世界，而是当代中国的改革开放和现代化建设把中国传统文化推向世界，使孔夫子名扬四海，并使中国传统文化重振雄风成为可能。因此，马克思主义中国化绝不是用中国传统文化去"化"马克思主义，更不是尊孔、读经、复古。我们不能期望在以高科技为基础的工业文明之上，嫁接一个田园风味、宁静安详、人际关系淳朴的社会形式；我们不能期望依靠"返本开新"，重新诠释传统文化来解决社会主义市场经济条件下的人口、资源和环境问题，以及义与利、个人与集体的关系问题；我们不可能在经济、政治现代化的进程中，仍然恪守以儒家学说为核心的传统文化，以中国传统文化为"体"，以马克思主义为"用"。马克思主义中国化既是马克思主义的内在要求，又是中国革命、建设和改革的实际需要，而不是一个简单的"体"与"用"的问题。在我看来，无论是以中国传统文化为"体"、马克思主义为"用"，还是以马克思主义为"体"、中国传统文化为"用"，都是形而上学的思维方式，都没有真正理解马克思主义中国化的实质。

面对传统文化，每一代人都会遇到继承什么或拒绝什么的问题。继承什么或拒绝什么并不取决于传统文化本身，而是取决于实践需要，取决于具体实际。马克思主义中国化必须立足当代中国的具体实际，而不是立足中国的传统文化。当代中国的最大实际就是改革开放和现代化建设。这一实践活动的最突出特征和最重要意义就在于，它把现代化、市场化和社会主义改革这三项重大社会变革浓缩在同一个时空中进行，构成了一场前无古人、极其特殊、空前复杂的伟大的社会变迁，它必然引起一系列重大而深刻的理论问题，必然为马克思主义中国化提供一个更广阔的社会空间和思维空间。对于我们来说，马克思主义中国化仍然是一个艰难的理论创造、文化创新，仍然任重而道远。

谢谢！谢谢各位有如此的耐心听完了我的演讲！

哲学的位置在哪里

——在武汉大学的演讲

尊敬的汪信砚教授，老师们、同学们：

大家好！

来到武汉大学这所高等学府，和各位老师、同学一起探讨"哲学的位置在哪里"，我深感高兴和荣幸。

哲学是一个理性的王国，同时又是一个问题的王国。对于哲学家来说，最折磨其耐心的问题就是：哲学是什么？哲学的位置在哪里？对于马克思主义哲学家来说，最容易引起争议的问题就是：马克思主义哲学是什么？马克思主义哲学的位置在哪里？在我看来，这是一种正常现象。人类思想史表明，任何一门学科在其发展过程中，除了要研究新问题外，往往还要回过头去重新探讨像对象、性质、内容和职能这样一些对学科的发展具有方向性、根本性的问题。哲学不仅如此，而且更为突出，用石里克的话来说，这是"哲学事业的特征"。对马克思主义哲学的争议也是一种正常现象。从历史上看，一个伟大的哲学家逝世后，对他的学说进行新的探讨并引起争论，不乏先例。当然，像马克思这样，在世界范围内引起如此持久、深入、广泛而激烈的争论，却是罕见的。在这种种争论中，马克思的形象处在不断地变化之中，而且马克思离我们的时代越远，对他认识的分歧也就越大，就像行人远去，越远越难以辨认一样。因此，我今天在这里拟就哲学的位置是由什么决定的、哲学理论主题的根本转换、哲学视野中的人这三个基本问题和大家一起讨论。

一、哲学：融为一体的人生观与世界观

哲学是一个历史范畴。研读哲学史可以看出，不同时代、不同民族、不同流派的哲学家，对哲学有不同的看法。按照西方传统哲学的观点，哲学"寻求最高原因的基本原理"，提供"全部知识的基础"和"一切科学的逻辑"，是"最高智慧"。可是，在西方现代人本主义哲学看来，哲学关注并要解决的问题，是人的"精神的焦虑""信仰的缺失""意义的失落"和"人生的危机"；在西方现代科学主义哲学看来，哲学是确定或发现命题意义的活动，科学使命题得到证实，哲学使命题得到澄清，用石里克的话来说就是，"科学研究的是命题的真理性，哲学研究的是命题的真正意义"。按照苏联马克思主义哲学的观点，哲学是关于整个世界普遍联系的科学，是关于自然、社会和人类思维运动的一般规律的科学。可是，在西方马克思主义哲学看来，哲学的社会功能就在于，对流行的东西进行批判，哲学的任务和哲学的向度就是理智地消除以至推翻既定事实。

这一特殊而复杂的现象印证了黑格尔的这样一个观点："哲学有一个显著的特点，也可说是一个缺点，就是我们对于它的本质，对于它应该完成和能够完成的任务，有许多大不相同的看法。"这是黑格尔在《哲学史讲演录》中所说的。的确如此。对于什么是哲学，从未形成一致的看法，不同时代、不同民族、不同派别的不同哲学家对哲学有不同的看法，不存在为所有哲学家公认的哲学定义。也从未形成超历史的、囊括了所有哲学的统一的哲学定义。哲学是什

么、哲学的位置在哪里因此成为最折磨哲学家耐心的问题，由此导致哲学"总是被迫在起点上重新开始"。在石里克看来，这是"哲学事业的特征"。

对于哲学而言，不存在什么"先验"的规定。从根本上说，哲学的位置是由现实的实践活动的需要决定的，正如马克思在《〈黑格尔法哲学批判〉导言》中所说的，"理论在一个国家实现的程度，总是取决于理论满足这个国家的需要的程度"；从直接性上看，哲学的位置是由当下的知识结构和认识水平决定的，不同时代的知识结构和认识水平决定了哲学具有不同的位置。古代的实践需要、知识结构和认识水平，决定了古代哲学的"知识总汇"这一位置；近代的实践需要、知识结构和认识水平决定了近代哲学的"科学的科学"这一位置；现代的实践需要、知识结构和认识水平，决定了哲学分化为人本主义哲学、科学主义哲学和马克思主义哲学三大流派。其中，人本主义哲学注重对人类存在形式的探索；科学主义哲学着重对科学命题的意义分析；马克思主义哲学则关注现实的人及其历史发展，其主题就是无产阶级和人类解放。

这是不是说哲学没有共同点？不是！既然都是哲学，那么，它们总是具有共同点。否则，一部哲学史就是没有哲学的哲学史，这就像没有哈姆雷特的《哈姆雷特》一样，是个悖论。哲学史必须有主角，这就是哲学，而定义哲学的根据，就是不同哲学研究问题的共同点。在我看来，哲学之所以是哲学，就在于它是用最普遍、最抽象的概念来把握人与世界的关系。即使是分析哲学所实现的"语言学转向"，从本质上看，所体现的仍然是对人与世界连接点或中介环节的寻求，显示的是现代哲学对思想、语言和世界三者关系的总体理解。这种总体理解就是：世界在人的思想之外，人只能通过语言理解世界，表达对世界的理解，所以"语言的界限就是世界的界限"。人们关于世界的认识成果就积淀并表现在语言中，从语言的意义去研究世界的意义，实际上就是从对人的关系中去理解和把握世界。当然，分析哲学毕竟走得太远了，在分析哲学那里，语言成了一个独立王国。马克思仿佛预见到这种"语言学转向"似的，在《德意志意识形态》中明确指出："正像哲学家们把思维变成一种独立的力量那样，他们也一定要把语言变成某种独立的特殊的王国。"我认为，分析哲学实际上是以倒退的形式推进了对人与世界关系的研究。

由此，引发出一个难以回避的问题，那就是，哲学的"本义"这个问题。就本义而言，哲学是"爱智慧"。但是，这很容易产生一个误解。什么误解？那就是，认为哲学是"爱"智慧，它本身不是智慧。实际上，哲学本身就是一种智慧。这种智慧并不是体现为"博学"，用古希腊哲学家赫拉克利特的话来说就是，博学并不能使人智慧；这种智慧也不是体现为无所不知，无所不知的不可能是科学或哲学，而只能是神学，历史已经证明，凡是以无所不知自诩的思想体系，就像希图万世一系的封建王朝一样，无一不走向没落；这种智慧更不是体现为自然科学和社会科学的概括和总结，体现为关于整个世界普遍联系的科学，用恩格斯本人的话来说就是，现代科学的发展已经使"关于总联系的任何特殊科学"成为"多余"的了，用海德尔的话来说就是，对哲学能力的本质做这样的期望和要求未免过于奢求。

在我看来，哲学本身就是一种智慧，一种特殊的智慧，它给人的生存和发展以智慧和勇气，通俗地说，是一种大智大勇。现在宗教盛行，宗教是什么？宗教是关于人的死的观念，是讲生如何痛苦，死后如何升天堂的。哲学是什么？哲学是关于人的生的智慧，是教人如何生活，如何生活得有价值和有意义的。也就是说，哲学关注的是人，注重解答"人生之谜"，它本身就是人生观。

人生观的核心问题，就是人为什么活着？这是涉及人生价值、人生意义、人生理想、人生信仰等的重大问题。这一重大问题不仅仅是一个伦理学的问题，更不是一个科学的问题。数学、物理学、化学、医学、生物学、考古学等都不可能解答人生观的问题。再好的望远镜看不到"人生之谜",倍数再高的显微镜看不透"人生之谜",再敏感的化学试剂测不出"人生之谜",再先进的计算机包括云计算也算不出"人生之谜"……人生活在自然之中,必然有一个人与自然的关系;人生活在社会之中,必然有一个人与社会的关系。因此,对人生的不同理解必然包含着对人与自然关系的不同理解,对人与社会关系的不同理解。

我们都知道文天祥的千古绝句"人生自古谁无死,留取丹心照汗青"。这一千古绝句说明人的生与死本身属于自然规律,而生与死的意义属于历史规律。英雄与小丑,流芳百世与遗臭万年的分界线就在于,你是如何处理人与历史规律关系的。凡顺历史规律而动、推动社会发展者,是英雄,流芳百世;凡逆历史规律而动、阻碍社会发展者,是小丑,遗臭万年;凡主观愿望好,但行为不符合甚至违背历史规律、壮志未酬者,是悲剧性人物。谭嗣同绝命北京菜市口,"有心杀贼,无力回天",就属于历史中的悲剧性人物。这就是说,人生观并不仅仅是一个对待人生的态度问题,更重要的,是一个如何看待人与自然、人与社会的关系,即人与世界的关系问题,而人与世界的关系问题就是世界观问题,就是哲学问题。由此可见,人生观就是世界观,反过来说,世界观就是人生观,而哲学就是人生观和世界观的高度统一,或者说,在哲学中,人生观与世界观已经融为一体了。

在学习哲学的过程中,我们应当注意三个问题。哪三个问题?那就是,学哲学与学其他专业的关系问题,哲学与科学的关系问题,哲学与政治的关系问题。

我们应当关注学哲学与学其他专业的关系。我国著名哲学家冯友兰说过一句话——"哲学的崇高任务就是使人成为圣人"。冯友兰作为哲学家可能对哲学做了过高的评价,哲学不可能使人成为圣人。但是,哲学能使人智慧和崇高。所以,我们不能只"为学"而不

"为道"。什么是"为学"？"为学"，就是学习专业知识。学习专业知识可以使人成为某一方面的专业人才，学物理学的能够成为物理学家，学化学的能够成为化学家，学经济学的能够成为经济学家，等等。可是，单纯的"为学"有局限性，因为它能够把人培养成专业人才，但又往往把人局限在某个专业之内。所以，我们还要"为道"。什么是"为道"？"为道"就是学哲学。

哲学问题不同于科学问题。飞机为什么会飞，这是科学问题，可飞机"飞"的道理是在飞机之外，还是在制造飞机的过程中，这是哲学问题。人为什么有生有死，这是科学的问题，可人如何对待生与死，这是哲学问题。数学有正数与负数、力学有作用与反作用、化学有化合与分解，生物学有遗传与变异，这是科学常识，可从中引出一分为二与合二为一，引出对立统一规律，这是哲学智慧。诗人们说，诗，需要激情；哲学家们说，哲学，需要理性。在我看来，哲学是理性的激情和激情的理性。哲学的作用就在于，在"润物细无声"的过程中引导人走向智慧和崇高。所以，我们既要"为学"，也要"为道"。

我们应当关注哲学与科学的关系。哲学不是科学，或者说，哲学不同于科学。不同在什么地方？教科书认为，不同的地方在于，哲学研究整个世界的一般规律，科学研究世界某一领域的特殊规律。在我看来，这是一种无原则的糊涂观念，实际上混淆了哲学与科学的区别。科学与哲学是理论思维的两种不同方式，体现着理论思维的两个不同维度。科学活动的本质，是以理论思维去抽象、概括、描述和解释思维对象，即存在的运动规律，实现对人对世界运动规律的把握，也就是实现思维与存在在规律层次上的统一，所以，科学体现着思维与存在统一的维度；哲学不是具体研究存在、世界的运动规律，而是以理论思维的形式反思思维与存在的关系"问题"，如思维能否表述存在、思维如何反映事物运动的本质，等等，科学及其理论成果由此成为哲学反思的对象，所以，哲学体现着反思思维与存在关系的维度。这就是说，在科学与哲学之间存在着一条难以跨越的"逻辑的鸿沟"，那就是，科学的逻辑是实现思维与存在的统一的逻辑，哲学的逻辑是反思思维与存在关系的逻辑。科学家一旦跨越这一"逻辑的鸿沟"，去反思思维与存在的关系"问题"，那么，他就超越了科学的疆域而进入到哲学的首府。这种现象时常发生，所以，贺麟先生认为，"伟大的科学家亦自有其高明的哲学识度"。

哲学与科学的不同地方还在于，科学追求的仅仅是真理，哲学追求的既是真理，又是某种价值，是真理观与价值观的高度统一；科学仅仅是一种知识体系，而哲学既是知识体系，又是意识形态，是知识体系与意识形态的高度统一。具体地说，哲学对对象的认识不是止于对其规律的认识，而是必须进入到对对象的意义和价值的认识；不仅要知道对象是什么，而且要知道对象对人类生存和发展的意义和价值是什么，从而形成某种价值观，成为某种意识形态。哲学的最大特点就在于，它是以抽象的概念体系来反映特定的社会关系和现实的社会运动，体现特定的阶级或社会集团的利益、愿望和要求。所有的哲学都是这样。明快泼辣的法国启蒙哲学是这样，艰涩隐晦的德国古典哲学是如此，高深莫测的解构主义哲学也不例外。哲学家在主观上可以超越某个阶级，但在客观上总是某个阶级的代言人。所以，科学无国界，哲学有祖国。哲学总是具有民族性、阶级性，不同民族、不同阶级有不同的哲学。

我们还应当关注哲学与政治的关系。哲学不等于政治，哲学家也不是政治家，有的哲学家甚至想方设法远离政治、脱离政治，但政治需要哲学。比如，辩证法本身是很抽象的，但马克思之所以如此重视辩证法，是因为"辩证法在对现存事物的肯定的理解中同时包含着对现存事物的否定的理解，即对现存事物的必然灭亡的理解"。这就是说，马克思之所以如此重视辩证法，背后有其现实问题，有其政治内涵，那就是批判、否定资本主义，实现无产阶级和人类解放。如果我们只是看到辩证法的学理，而没有看到它背后的现实问题和政治内涵，就没有真正理解马克思的辩证法，就没有真正理解马克思为什么强调辩证法"在本质上是批判的和革命的"。再比如"实事求是"。毛泽东之所以如此重视实事求是，是为了批判教条主义，是为了给中国革命找到正确的道路。离开了这一政治背景，仅仅从学理的角度去理解实事求是，仅仅从物质第一性，物质是运动的，而运动又是有规律的这些哲学常识去把握实事求是，就会索然无味。1978 年的真理标准讨论之所以能在当代中国发挥巨大的社会作用，就是因为它契合着当时的政治问题，那就是，批判"两个凡是"，为中国社会主义建设寻找正确道路。从历史上看，任何政治变革之前都是哲学变革。所以，恩格斯认为，哲学变革是政治变革的先导。这就是说，政治需要哲学。

当然，哲学也不可能脱离政治。政治是经济的集中表现。无论哲学家个人多么清高，多么超凡入圣，他都不能不食人间烟火，不能不生活在现实的经济结构和政治结构中，不能不在现实的经济条件和政治条件下进行认识活动、提出问题并拟定解决问题的方案。不管哲学在形式上多么抽象，实际上都可以从中捕捉到现实的经济问题和政治问题。存在主义哲学极其抽象，实际上它是对当代资本主义经济结构和政治结构的一种文化反映，在资本主义社会中，人已经无所适从，所以总是"烦"。解构主义哲学被很多人认为是"纯粹哲学"，与政治无关。其实不然。用解构主义大师德里达的话来说，解构主义通过解构既定的话语结构来挑战既定的历史结构和现实的政治结构。

哲学总是具有自己独特的政治背景，总是以自己独特的方式蕴含着政治，总是具有这样或那样的政治效应。哲学不能成为某种政治的传声筒或辩护词，因为哲学有自己的相对独立性；哲学也不能远离政治、脱离政治，因为哲学与时代的统一性首先是通过其政治效应来实现的。哲学家不能"醉心于淡漠的自我直观"，不能像"沙漠里的高僧"那样空谈智慧，说着一些对人的活动毫无用处的话；不能像魔术师那样，煞有其事地念咒语，说着一些谁也听不懂的话；也不能像吐丝织网的蜘蛛那样，看着自己精心编织的思辨之网，自我欣赏、自我陶醉，处在"自恋"之中。学习哲学，就是要培养自己具有自觉的哲学意识，同时具有敏锐的政治眼光，从而把握时代精神，走向现实的深处。

二、哲学理论主题的根本转换：从"世界何以可能"转向"人类解放何以可能"

马克思主义哲学的创立，无疑是哲学史上的革命性变革。用文学的语言来说，那就是，马克思主义哲学的创立犹如人类思想史上的壮丽日出，它使哲学这片思想的园地沐浴在"新唯物主义"的阳光之中，哲学的理论主题、理论内容和理论职能乃至表述方式都发生了根本转换。具体地说，马克思主义哲学的创立，使哲学的理论主题从"世界何以可能"转向"人类解放何以可能"，使哲学的聚焦点从宇宙本体转向人的生存本体，从解释世界转向改变世界。马克思主义哲学不是西方传统哲学，我们不能从传统哲学的视角去理解马克思主义哲学；马克思主义哲学不是"学院哲学"，我们不能以"学院哲学"的构架去评价马克思主义哲学。

我们应当明白，由哲学家们所创造的哲学体系，不管其形式如何抽象，不管它们具有什么样的"个性"，都和哲学家所处的时代密切相关，从根本上说，都是一定时代的产物。要真正理解马克思主义哲学，首先就要把握马克思生活其中的那个时代的特征。马克思时代的特征是什么？那就是，西欧已经从封建主义时代转向资本主义时代，资本具有支配一切的权利，并导致人的活动、人的关系和人的世界都异化了，这种人的自我异化集中体现在无产阶级身上。一言以蔽之，资本主义时代是一个由资本关系所造成的人的生存状态全面异化的社会。在这样一个时代，哲学应该做什么？马克思认为，在这样一个时代，哲学的"迫切任务"就是"对尘世的批判""对法的批判""对政治的批判"，揭露并消除人的自我异化，"推翻使人成为被侮辱、被奴役、被遗弃和被蔑视的东西的一切关系"，实现无产阶级和人类解放。

可是，包括德国古典哲学在内的西方传统哲学无法完成这一"迫切任务"。这是因为，西方传统哲学在寻求"最高原因""终极存在"或"原初物质"的过程中把本体同人的活动分离开来，同人类面临的种种紧迫的生存问题分离开来了，从而使存在成为一种抽象的存在，物质成为一种"抽象的物质"，本体成为一种同现实的人及其活动无关的抽象的本体。从这样一种抽象的本体出发无法认识现实的人和人的现实。正因为如此，西方传统哲学向人们展示的是抽象的真与善，它似乎在给人们提供某种希望，实际上是在掩饰现实的苦难，抚慰被压迫的生灵，因而无法消除人的自我异化的状态，将现实的人带出现实的生存困境。

新的时代及其新的矛盾、新的问题必然呼唤着新的哲学。马克思主义哲学应运而生。这是一种扬弃了"抽象的唯灵论"和"抽象的唯物主义"的"新唯物主义"哲学，是一种志在"改变世界"、实现无产阶级和人类解放的"实践的唯物主义"哲学。以往的哲学家们是人在"地上"，心在"天上"，关注的是宇宙的"终极存在"或"初始物质"，即使把目光转向人间，关注的也只是抽象的人的命运。与此不同，马克思是人在"地上"，心在"地上"。马克思不是虚无主义者，不是唯我主义者，他人在"地上"，当然能看到"天上"，但他关注的是"地上"，关注的是人间，关注的是现实的人及其生存困境。用中国古诗词来说，就是"举头望明月，低头思故乡"。思什么？思考着无产阶级和人类解放的问题。

那么，在无产阶级和人类解放的过程中，哲学应当做什么？或者说，哲学的职能是什么？对此，马克思在《〈黑格尔法哲学批判〉

导言》中说了两句非常形象的话：一是哲学把无产阶级当作自己的"物质武器"，无产阶级把哲学当作自己的"精神武器"；二是无产阶级是人类解放的"心脏"，哲学是人类解放的"头脑"。既然哲学是"头脑"，那么，"头脑"必须清醒；"头脑"不清，就不可能确立人类解放的真实目标。无产阶级需要自己的哲学，这就是马克思主义哲学。马克思与他所批评的"哲学家们"的根本分歧就在于："哲学家们"把存在看作是某种超历史的存在或非历史的存在，以追问"世界何以可能"为宗旨而解释世界；马克思则把存在看作是历史的存在或实践的存在，以求索"人类解放何以可能"为宗旨而改变世界。

为了解答人类解放何以可能，马克思主义哲学必须探讨人的存在方式或生存本体，并使哲学的聚焦点从宇宙本体转向人的生存本体。动物是在消极适应环境中生存的，动物的活动是生物的本能活动；人是在积极改造环境的过程中生存和发展的，人的活动是有意识的生命活动，这种有意识的生命活动就是实践活动。马克思在《德意志意识形态》中指出："一当人开始生产自己的生活资料，即迈出由他们的肉体组织所决定的这一步的时候，人本身就开始把自己和动物区别开来。""个人怎样表现自己的生命，他们自己就是怎样。因此，他们是什么样的，这同他们的生产是一致的——既和他们生产什么一致，又和他们怎样生产一致。"马克思的这一见解一语中的，极其深刻，表明人是在实践活动中自我生成、自我发展的。换句话说，人是实践中的存在，实践构成了人的存在方式或生存本体。

为了解答人类解放何以可能，马克思主义哲学必须探讨现存世界的本体，并使哲学的聚焦点从解释世界转向改变世界。人生存于现实世界中，现实世界又生成于人的实践活动中。所以，马克思在《德意志意识形态》中又指出，现实世界，即感性世界"是工业和社会状况的产物，是历史的产物，是世世代代活动的结果"。换句话说，人通过自己的实践活动"为天地立心"，在实践活动的基础上重建世界，实践因此构成了现存世界得以存在的根据和基础，构成了现存世界的本体。问题在于，现存世界一旦形成又反过来制约、决定现实的人及其活动，现实世界的状况如何，现实的人的状态就如何。要改变资本主义社会中的人，首先就要改变资本主义社会。所以，马克思强调的是"改变世界"，并认为"全部问题都在于使现存世界革命化，实际地反对并改变现存的事物"。对于黑格尔的哲学来说，凡是存在的都是合理的；对于马克思的哲学来说，凡是存在的迟早都是要灭亡的。凡是存在的都是合理的，绝不是马克思哲学的思维方式，而是黑格尔哲学的思维方式。

由此，我们也就不难理解，马克思主义哲学为什么是实践唯物主义，或者说，实践唯物主义为什么构成了马克思主义哲学的本质特征了。

讲到这里，会引发一个不可回避的问题。什么问题？那就是，实践唯物主义与辩证唯物主义、实践唯物主义与历史唯物主义的关系问题。

在我看来，实践唯物主义内含着唯物主义辩证法，与辩证唯物主义融为一体。按照马克思的观点，人类要维持自身的存在，肯定自身，就要对自然界进行否定性的活动，使自在自然转化为"人化自然"、自然之物转化为"社会之物"，自在之物转化为"为我之物"，使人与自然的关系成为"为我而存在的关系"。"为我而存在的关系"，是马克思在《德意志意识形态》中所说的，具有深刻的辩证法内涵。作为人的存在方式，实践包含着人与自然、人与社会、目的与手段、思维与存在、主观与客观、主体与客体、肯定与否定、必然与自由等矛盾关系。可以说，人与自然之间这种"为我而存在"的关系是最深刻、最复杂的矛盾关系。这种矛盾关系成了马克思之前众多哲学大师的"滑铁卢"，致使唯物主义对辩证法"望洋兴叹"、遥遥相对。马克思高出一筹的地方就在于，通过对人的实践活动及其意义深入而全面的剖析，使唯物主义和辩证法结合起来了。实际上，马克思主义哲学就是为改变世界的实践活动而创立的，它本身就是对人类实践活动中矛盾关系的理论反思。这就是说，实践唯物主义就是辩证唯物主义，"辩证唯物主义"从辩证法的批判性和革命性这一维度体现了马克思主义哲学的理论特征。

在我看来，实践唯物主义内含着唯物主义历史观，与历史唯物主义融为一体。按照马克思的观点，实践是社会生活的本质，社会存在之所以不同于自然存在，就是因为社会存在是在人的实践活动中生成的，具有社会关系的内涵，如资本就是打上了社会关系烙印的"社会之物"。从根本上说，社会就是在人与自然之间的物质变换中形成和发展起来的。所以，以往的哲学家，包括旧唯物主义者把人对自然的实践关系从历史中排除出去后，只能走向唯心主义历史观。马克思高出一筹的地方就在于，从人对自然的实践关系出发去理解历史，则创立了唯物主义历史观，从而消除了"物质的自然"和"精神的历史"对立的神话，实现了唯物主义的自然观和历史观的统一，即创立了历史唯物主义这一"批判的世界观"。

这就是说，实践唯物主义就是历史唯物主义。人类是从唯物主义自然观开始自己唯物主义历程的，然而，在马克思之前，在历史观中却是唯心主义一统天下，高高在上。从空间上看，唯物主义自然观与唯物主义历史观似乎近在咫尺；从时间上看，唯物主义自然观与唯物主义历史观却相距遥远，从唯物主义自然观的形成到唯物主义历史观的创立，人类整整走了2000多年的心路历程，可谓"咫尺天涯"。所以，"历史唯物主义"从唯物主义的彻底性和完备性这一维度体现了马克思主义哲学的理论特征。

概而言之，实践唯物主义、辩证唯物主义、历史唯物主义不是三个主义，而是同一个主义，即马克思的新唯物主义的三个理论特征。马克思一生的确只使用过一次"实践唯物主义"，但实践唯物主义的确是马克思主义哲学的理论特征，我们不能因为西方马克思主义、东欧新马克思主义倡导实践唯物主义而忌讳实践唯物主义这一概念；马克思一生的确没有使用过"辩证唯物主义""历史唯物主义"，但辩证唯物主义、历史唯物主义的确是马克思主义哲学的理论特征，我们也不能因为苏联的"辩证唯物主义和历史唯物主义"教科书有许多局限性而废"辩证唯物主义、历史唯物主义"之名。

需要说明的是，马克思主义哲学不是科学主义哲学，无论是用分析哲学"补充"马克思主义哲学，还是把马克思主义哲学归结为关于"整个世界一般规律"的科学，把马克思主义哲学转化为研究科学本身的问题去充当科学的科学，都不符合马克思哲学的本质特征和本真精神；马克思主义哲学也不是人本主义哲学，无论是用存在主义"补充"马克思主义哲学，还是把马克思主义哲学归结为"道德观念""道德预言"，把马克思主义哲学归结为对无产阶级的"同情"，对人类"普遍的爱"，同样不符合马克思主义哲学的本质特征和本真精神。

马克思不是心怀济世的救世主，马克思哲学不是"劝世箴言"。马克思当然对无产阶级怀有最真挚的同情和关爱，但马克思主义哲学并不是以此作为立论的根据，而是以对资本主义"病灶"的"诊断"作为立论依据的。这就像妙手回春的圣医，并不是以对病人的同情和关爱代替诊断、开出药方一样。把对现实的人进行社会关系的剖析说成是"冷冰冰"的观念，企图用存在主义"补充"马克思主义哲学，用人本主义重塑马克思主义哲学，是一种"糊里又糊涂"观念。科学主义就是科学主义，人本主义就是人本主义，马克思主义就是马克思主义。科学主义的马克思主义、人本主义的马克思主义就像圆的方、铁的木一样自相矛盾、难以相融。

还需要说明的是，马克思主义哲学就是关于无产阶级和人类解放的学说，而不是解答一切问题现成答案的"启示录"。从马克思主义哲学中找不到关于当代一切问题的答案，要责怪的不是马克思，而是你对马克思主义哲学"本性"的无知。我们只能按照马克思主义哲学的"本性"期待它做它能做的事，而不能要求它做它不能做或做不到的事。从根本上说，"马克思的整个世界观不是教义，而是方法"。卢卡奇甚至认为，即使"放弃"了马克思主义的所有观点，但只要坚持辩证的方法，就是坚持马克思主义，而且坚持的是"正统"马克思主义。"正统马克思主义并不意味着无批判地接受马克思研究的结果。它不是对这个或那个论点的'信仰'，也不是对某本'圣'书的注解。恰恰相反，马克思主义问题中的正统仅仅是指方法。"卢卡奇的话可能有些"过头"了，方法不可能完全脱离观点。但是，马克思主义哲学本身的确内在地具有方法论功能，的确是我们认识世界的不可替代的方法。所以，后现代主义思想家杰姆逊认为，马克思主义哲学"是我们当今用来恢复自身与存在之间关系的认知方式"，是"不可超越的意义视界"。正因为如此，每当世界上发生重大事件时，人们便不由自主地把目光一次又一次转向马克思。从一定意义上说，在伦敦海洛特公墓中安息的马克思，比生前在伦敦大英博物馆埋头著述的马克思更加吸引人们的目光。

三、哲学视野中的"人的问题"

无论是把目光投向人与自然的关系，还是把目光转向人与社会的关系，哲学所关注的归根到底都是人在世界中的位置，显示的都是人的"自我形象"。自从苏格拉底把德尔菲神庙上的箴言——"认识你自己"转化成哲学的拱心石以来，哲学家们一直关注着"人的问题"。人的问题犹如一只"看不见的手"牵引着哲学家们不停思索、寝食难安。在一定意义上说，一部哲学史就是人的问题史。实际上，"人的问题"这一提法本身就有问题，因为人所遇到的问题没有一个是与人无关的问题，反过来说，与人无关的也根本成不了问题。在这个意义上，不仅社会科学，而且自然科学，研究的都是人的问题。但是，我注意到，对人的问题的研究，不仅哲学与科学有不同的视角，而且不同派别的哲学也有不同的视角。马克思主义哲学以其独特的理论视角关注着人的问题，其独到之处就在于，它从人的存在方式——实践出发，从人与自然、人与社会双重关系的视角去解答人的问题。

在《1844年经济学哲学手稿》中，马克思说了这样一句话，那就是，"一个种的全部特性、种的类特性就在于生命活动的性质"。这句话很有见地。其意就是，判断一个物种的存在方式就是看其生命活动的特征。动物是如何生存的？动物是在本能的驱使下、消极适应自然环境的过程中维持其生存的，所以，动物的存在方式就是其本能活动。人是如何生存的？人是在理性的引导下、积极改造自然环境的过程中维持自己生存和实现自身发展的，"有生命的个人"是在实践活动中存在的。正是在实践过程中，人生成着人的属性，成为自然属性、社会属性和精神属性的统一体。

所谓人的自然属性，就是指人的肉体组织、生物性的欲望和需要。马克思反对把人看作是纯粹的自然人，反对单纯地用生物学规律来解释人的行为，但马克思并不否认人也是一种自然存在物，并不否认人的自然属性在人的活动中的作用。相反，马克思多次指出"人本身的自然"的问题，并认为人是"能动的自然存在物"。恩格斯形象地指出，人"一半是天使，一半是野兽"。恩格斯在这里所说的"兽性"，就是人的自然属性，也就是生物特性。人的自然属性、生物性需要是人的生活的本能，是人性的重要方面。我们之所以反对宋明理学的"存天理、灭人欲"，就是因为它否定人的自然属性，扼杀人的生物性需要。在我看来，一种合理的社会制度不是压制人的生物性需要，更不是扼杀人的生物性需要，而是以一种合理方式满足这种需要，并不断提高这种需要的质量和水平。

问题在于，人的自然属性不是纯粹的自然属性，而是在实践活动中重塑的自然属性，是受到社会属性制约的自然属性。饮食男女本是一种自然属性，可"朱门酒肉臭，路有冻死骨"却是一种社会现象。所以，马克思认为，人的需要就是人的本性，但人的需要和享受具有社会性质。在《德意志意识形态》中，马克思指出："已经得到满足的第一个需要本身、满足需要的活动和已经获得的为满足需要用的工具又引起新的需要。"在《1844年经济学哲学手稿》中，马克思认为，在私有制社会，"一方面所发生的需要和满足需要的资料的精致化，在另一方面产生着需要的牺畜般的野蛮化和最彻底的、粗糙的、抽象的简单化"。

人的社会属性生成于实践活动中，直接形成于社会关系中。在《德意志意识形态》中，马克思指出，"无论是通过劳动而生产自己的生命，或是通过生育而生产他人的生命，就立即表现为双重关系：一方面是自然关系，另一方面是社会关系"。人们正是在实践活动中形成了社会关系，从而使自己成为社会存在物，具有社会属性的。在黑格尔看来，一个人成为君主，是通过肉体的出生实现的，君主的权利和尊严是生而俱来的东西，是由其肉体的本性决定的。马克思认为，黑格尔只是证明了君主一定是生出来的，但没有说明出生如何使"君主"成为君主的。在马克思看来，一个人通过出生获得自然生命和肉体存在，但这并不是他获得某种社会特权的原因和根据，相反，包括王位继承制在内的长子继承制是以私有制的存在为根据的，而长子继承制本身就是一种社会制度。这就是说，使某个人成为君主的原因和根据，不是个人的"私人特质"，即自然属性，而是"社会特质"，即社会属性。所以，马克思在《黑格尔法哲学批判》中指出，对于个人，"应当按照他们的社会特质，而不应该按照他们的私人特质来考察他们"。

动物的生命活动是一种生物的本能活动，人的生命活动则是一种有意识的生命活动。有意识的生命活动"把人同动物的生命活动直接区别开来"了。问题在于，人的意识等精神属性是在实践中生成、实现和确证的。就内容而言，"意识在任何时候都只能是被意识到了的存在，而人们的存在就是他们的现实生活过程"，这是马克思在《德意志意识形态》中所说的，精辟至极；就能力而言，"人在怎样的程度上学会改变自然界，人的智力就在怎样的程度上发展起来"，"人的思维的最本质的和最切近的基础，正是人所引起的自然界的变化"，这是恩格斯在《自然辩证法》中所说的，也非常精辟。换言之，实践生成和发展着人的精神属性，使人的生命活动成为有意识的生命活动，使人成为"有意识的类存在物"。

问题在于，人的精神属性，包括人的感觉和情感，也直接受社会属性的制约和规定的。马克思在《1844年经济学哲学手稿》中所说的一段形象而又深刻的话，能够说明这一问题。马克思是这样说的："五官感觉的形成是以往全部世界历史的产物……忧心忡忡的穷人甚至对最美丽的景色都没有什么感觉；贩卖矿物的商人只看到矿物的商业价值，而看不到矿物的美和特性；他没有矿物学的感觉。"即使人的同情心，也是以人与人的社会关系为基础的。所以，境遇相同的人，容易产生同情。"同是天涯沦落人，相逢何必曾相识"，半是怜人，半是自怜。

哲学不仅关注人的属性，更重要的，是关注的人的本质。费尔巴哈曾指出，艺术上最高的东西是人的形象，哲学上最高的东西是人的本质，人的本质是哲学的最高的对象。在对人的本质问题的探讨上，费尔巴哈哲学的确具有真知灼见，但又有致命缺陷，这就是，费尔巴哈仅仅从生物学的"类"的角度看待人的本质，把人的本质理解为把许多个人自然地联系起来的共同性。正因为如此，费尔巴哈力图发现现实的人，可最终得到的仍是抽象的人。究其根本原因，是因为费尔巴哈不理解实践是人的存在方式，没有从社会关系的视角理解和把握人的本质。在《德意志意识形态》中，马克思指出："费尔巴哈与'纯粹的'唯物主义者相比有很大的优点：他承认人也是'感性对象'。但是，他把人只看作是'感性对象'，而不是'感性活动'，因为他在这里也仍然停留在理论领域，没有从人们现有的社会联系，从那些使人们成为现在这种样子的周围生活条件来观察

362

人们。"所以,"正是在共产主义的唯物主义者看到改造工业和社会结构的必要性的地方,他却重新陷入唯心主义"。马克思的这一评价可谓鞭辟入里,切中要害。

要真正认识和把握人的本质,就必须深入到社会关系之中。黑格尔说过,人要有现实的客观存在,就必须在一个周围的世界,正如神像不能没有一座庙宇来安顿一样。这是黑格尔在《美学》中说的,很有意思,也颇有哲理。如果说,被搬出庙宇、扔到荒野中的神像只是一块石头或木头的话,那么,脱离了社会的人只能是一个"两脚动物"。无论是在印度发现的"狼孩",还是在中国发现的"猪孩",都证明了这一点。我们应当明白,现实的人及其特征,是在后天与他人交往的过程中形成的,是由他所依存的社会关系的状况决定的。在《雇佣劳动与资本》中,马克思形象而精辟地指出:"黑人就是黑人。只有在一定的关系下,他才成为奴隶。纺纱机是纺棉花的机器,只有在一定的关系下,它才成为资本。"这就是说,使黑人成为奴隶的不是所谓的黑人的"本性",而是黑人生活其中的特定的社会关系。所以,在《1857—1858 年经济学手稿》中,马克思又指出:一个人"成为奴隶或成为公民,这是社会的规定"。

"社会人的一定性质,即他所生活的那个社会的一定性质。"无论是封建社会,还是奴隶社会,都不可能产生资本家和雇佣工人。资本家与雇佣工人的产生是由资本主义生产关系决定的。正如马克思在《资本论》中所说,"资本家和雇佣工人,本身不过是资本和雇佣劳动的体现者、人格化,是由社会生产过程加在个人身上的一定的社会性质,是这些一定的社会生产关系的产物"。在《关于费尔巴哈的提纲》中,马克思明确指出:"人的本质不是单个人所固有的抽象物,在其现实性上,它是一切社会关系的总和。"所以,我们必须从"关系"的视角考察人。一个人之所以具有不同的社会角色,不是源于它的自然本性,而是源于人与人之间的社会关系。

我们应当注意,人的本质与人的本性是两个既有联系又有区别的范畴。动物的本性是生而俱有的属性，人的本性也是生而俱有的属性，但人的本质则不是生而俱有的，人的本质是指使人成为人的根据。比如，马之所以是马，是因为它具有马的本性；某一匹的马之所以是良马，是因为马的本性在它身上得到最集中、最充分的体现。这种使马成为马的特性，是马这个种所具有的类本性。类本性不是在个体之外存在的东西，而是个体本身生而俱有的自然属性。人当然也具有类本性。如果一个人不具有人所共有的类本性，当然不是人。人要成为人，从种的角度看，首先要具有人所共有的东西。

可是，构成人的本质的东西却不是生物学上的类，而是社会关系。社会关系之所以构成人的本质，是因为人只有生存在社会中才能成为现实的人，即使人的类本性，也会受到社会属性的制约，受到社会关系的再铸造而发生变化。在日常生活中，人们常说爱是"天性"。实际上，爱是人们在交往活动和社会关系中所凝结的感情，是人作为人的社会属性，而非天生的本能。无论是梁山伯与祝英台、罗密欧与朱丽叶的爱情传说，还是俄国十二月党人与他们妻子、中国共产党人周文雍与陈铁军"刑场婚礼"所展现的爱情故事，爱情之所以如此激动人心，并不是因为爱情是两个肉体人之间的私情，而是因为它的社会内涵。在日常生活中，人们还常说某人的行为没有人性。实际上，这里所说的没有人性，不是指某人丧失了人的自然属性，而是指某人的行为违反了当时社会公认的做人准则。

我们应当注意，人都生活在特定的社会关系中，但这并不是说，个人与社会的关系都是和谐的。实际上，当一个人属于社会统治阶级的一员时，他可以在这个特定的社会，并通过这种特定的社会关系得到自身利益的满足；当一个人属于被统治阶级的一员时，这个特定的社会、这种特定的社会关系就成为满足他的个人利益、实现自我发展的桎梏。当被统治阶级自觉地联合起来解决这个矛盾时，就是革命的爆发。革命从来都是社会的行为，而不是个人的反抗。个人的反抗往往导致个人的毁灭，因而是历史的悲剧。当然，个人的这种毁灭又往往成为社会革命爆发的前奏。随着生产关系"由生产力的发展形式变成生产力的桎梏","社会革命的时代就到来了"。"社会关系和生产力密切相联。随着新生产力的获得,人们改变自己的生产方式,随着生产方式即谋生的方式的改变,人们也就会改变自己的一切社会关系。"

哲学不仅关注人的属性、人的本质问题,而且关注人的异化、人的发展问题。在我看来,有两种异化观:一是人本主义哲学的异化观,二是唯物主义历史观的异化观。人本主义哲学异化观的特点在于,它以一种抽象的人的本质或人的本性为根本标准来衡量现实的人和现实的社会,凡是符合这一标准的就是"人"的,凡是不符合这一标准的就是"非人"的。唯物主义历史观的异化观则认为,人的异化就是"人本身的活动对人来说就成为一种异己的、同他对立的力量,这种力量压迫着人,而不是人驾驭着这种力量"。从人的本性出发,从人本主义哲学的视角看问题,人的异化就会成为一个神秘的、不可理解的现象;从生产方式出发,从唯物主义历史观的视角看问题,人的异化就是一个现实的、容易理解的问题。在资本主义社会,劳动异化及其所导致人与人关系的物化、异化,根源不在所谓的人的本性,而在商品经济形态,在劳动的雇佣性质,在资本主义生产方式。因此,要消除人的异化,就必须改变资本主义生产方式。否则,无论怎样呼唤人性的"复归"也是徒劳的,至多是一厢情愿、"单相思"。

我们应当明白,人的异化不是人向非人的转化,而是由于私有制的存在,由于人们还没有创造出高度发达的生产力和全面的社会关系,并将这种生产力和社会关系置于自己共同控制之下造成的;人的异化的扬弃,人向全面而自由的发展,也不是什么人性的"复归",不是什么人的全面本质的失而复得,不是什么人的自由本性的失而复得,而是通过消除私有制,变革现存的社会关系,使"联合起来的个人"占有、支配并合理运用自由时间获得自由个性。

　　马克思主义哲学关于人的发展的理论有一个重要特征，那就是，把人的发展与时间联系起来了。按照马克思的观点，时间是人的发展的空间。可是，在阶级社会中，自由时间的创造与占有并不是统一的，相反，二者却是背离的。具体地说，私有制和旧式分工使劳动者被迫承担起整个社会的劳动重负，他们创造了自由时间，却不能占有和支配自由时间，因而也就没有获得相应的发展空间；而不从事劳动的社会成员却凭借占有生产资料的地位，通过侵占剩余劳动时间而占有和支配自由时间，由此获得了相应的发展空间。正如马克思在《1861－1863年经济学手稿》中所说的那样，"剩余产品把时间游离出来，给不劳动阶级提供了发展其他能力的自由支配的时间。因此，在一方产生剩余劳动时间，同时在另一方产生自由时间"。这就是说，在阶级社会中，少数人的发展是以剥夺大多数劳动者的自由时间为基础的，少数人的发展是以多数人的不发展或畸形发展为代价的。

　　这种自由时间创造与占有上的分离，在资本主义社会达到了极端程度。因此，马克思认为，要消除人的异化，实现人的全面而自由发展，就必须消除私有制，消除旧式社会分工，消除阶级和阶级对立，消除资本主义生产方式，从而建立一种新的"联合体"。在这种新的"联合体"中，"联合起来的个人"占有、支配并合理地运用自由时间，"每个人的自由发展是一切人的自由发展的条件"。在《1861－1863年经济学手稿》中，马克思明确指出："整个人类的发展，就其超出对人的自然存在直接需要的发展来说，无非是对这种自由时间的运用，并且整个人类发展的前提就是把这种自由时间的运用作为必要的基础。"如果说无产阶级和人类解放是马克思主义哲学的理论主题，那么，实现人的全面而自由发展则是马克思主义哲学的最高命题。共产主义就是"以每个人的全面而自由的发展为基本原则的社会形式"。

　　由于时间的关系，我今天的讲课到这里就结束了，但我们对哲学的位置的探讨并未结束。这使我想起了孙中山先生的名言："革命尚未成功，同志仍需努力！"

谢谢大家。

哲学的显著特点和马克思主义哲学的本质特征

——在北京大学的演讲

尊敬的丰子义教授，各位老师、同学：

下午好！

来到北京大学这所著名高等学府，来到中国马克思主义的发源地，来到这个让我"魂牵梦绕"的地方，和大家一起探讨马克思主义哲学，我深感高兴和荣幸。

人类思想史表明，任何一门科学、任何一种学说在其发展过程中，除了要研究新问题外，往往还要回过头去重新探讨像对象、性质、内容和职能这样一些对学科的发展具有方向性、根本性的问题。哲学不仅如此，而且更为突出，用石里克的话来说，这是"哲学事业的特征"。对于哲学家来说，最折磨耐心的问题就是：哲学是什么？哲学的位置在哪里？对于马克思主义哲学的研究者来说，最容易引起争议的问题就是：马克思主义哲学是什么？马克思主义哲学的位置在哪里？我注意到这样一个现象，那就是，对马克思主义哲学的争论持久而激烈，深入而广泛，遍及世界主要国家。对马克思主义哲学的产生争论，我觉得是正常的。从历史上来看，一个伟大的思想家、哲学家逝世后，对他的学说进行新的探讨并引起争论，不乏先例。无论是亚里士多德，还是黑格尔，无论是孔子，还是张载……在其逝世后都引起了很多争论。但是，像马克思这样，在世界范围内引起如此持久、深入、广泛而激烈的争论，却是罕见的。在这种种争论中，马克思的形象处在不断地变化之中，而且马克思离我们的时代越远，对他认识的分歧也就越大，就像行人远去，越远越难以辨认一样。所以，我今天主要讲两个问题：一是哲学的显著特点是什么？二是马克思主义哲学的本质特征是什么？

一、哲学的显著特点

就本义而言，哲学是"爱智慧"。但是，这里很容易产生一个误解。什么误解？这就是，认为哲学是"爱"智慧，它本身不是智慧。实际上，哲学本身就是一种智慧。这种智慧并不是体现为博学，用古希腊哲学家赫拉克利特的话来说，博学并不能使人智慧；这种智慧也不是体现为无所不知，无所不知的只能是神学，而不可能是科学或哲学。历史已经证明，凡是以无所不知自诩的思想体系，就像希图万世一系的封建王朝一样，无一不走向没落。就教科书而言，哲学被定义为关于整个世界普遍联系的科学，是自然科学和社会科学的概括和总结。实际上，哲学并不是关于自然科学和社会科学的概括和总结，并不是关于自然、社会和思维运动一般规律的科学。用恩格斯本人的话来说，现代科学的发展已经使"关于总联系的任何特殊科学"成为"多余"的了。用海德尔的话来说，"对哲学能力的本质做这样的期望和要求未免过于奢求"。

在我看来，哲学是一种特殊的智慧，它给人的生存和发展以智慧和勇气，通俗地说，是一种大智大勇。现在宗教盛行，宗教是什么？宗教是关于人的死的观念，是讲生如何痛苦，死后如何升天堂的。哲学是什么？哲学是关于人的生的智慧，是教人如何生活，如何生活得有价值和有意义的。也就是说，哲学关注的是人，注重解答"人生之谜"。我们经常说人生观，人生观其实就是世界观；反过来说，世界观就是人生观。在我看来，人生观并非仅仅是一个对待人生的态度问题，更重要的，它是一个如何看待和处理人与自然、人与社会的关系，即人与世界关系的问题，而人与世界的关系问题恰恰是世界观的问题。从根本上说，人生观就是世界观。在哲学中，不存在一个独立的、作为理论基础的世界观，也不存在一个独立的、具有应用性质的人生观。在哲学中，世界观与人生观已经融为一体。也就是说，哲学既是世界观，又是人生观。所以，有什么样的世界观，就有什么样的人生观；反过来说，有什么样的人生观，就有什么样的世界观。我赞同并欣赏费希特的这一见解，即"你是什么样的人，你就会选择什么样的哲学"。

人生观的核心问题，就是人为什么活着？这是涉及人生价值、人生意义、人生理想、人生信仰等的重大问题。这一重大问题不是仅仅靠伦理学能够解决的问题，更不是一个科学问题。在我看来，人生观是世界观问题，而不仅仅是伦理学问题；人生观是哲学问题，而不是科学问题。数学、物理学、化学、医学、生物学、考古学等都不可能解答"人生之谜"。倍数再高的显微镜看不透"人生之谜"，再好的望远镜看不到"人生之谜"，再先进的计算机包括云计算也算不出"人生之谜"……人生活在自然之中，必然有一个人与自然的关系；人生活在社会之中，必然有一个人与社会的关系。人不仅是自然存在物，而且是社会存在物，而人在本质上是社会关系的总和。在《雇佣劳动与资本》中，马克思形象而精辟地指出："黑人就是黑人。只有在一定的关系下，他才成为奴隶。纺纱机是纺棉花的机器。只有在一定的关系下，它才成为资本。"因此，对人生的不同理解必然包含着对人与自然关系的不同理解，对人与社会关系的不同理解。

饮食男女本是一种自然现象，可"朱门酒肉臭，路有冻死骨"却是一种社会现象。青年人都喜欢看爱情小说。以两性关系为主题是爱情小说的共性，可是，爱情小说绝不是性的艺术。为什么？因为爱情小说的本质不是性，而是以两性为基础的爱，以性爱为轴心来揭示特定的道德观念和社会关系。梁山伯与祝英台、罗密欧与朱丽叶式的爱情传说，反映的不仅是男女之间的两性关系，更重要的是，反映了中国传统社会、西欧传统社会的道德观念和社会关系。托尔斯泰的《复活》之所以能在不同时期、不同国度引起不同读者的共鸣，是因为它着力刻画的主人公聂赫留朵夫身上的自然属性与社会属性、本能与理性之间的矛盾冲突，在每个人身上都或多或少、或这样或那样存在着。文天祥的千古绝句"人生自古谁无死，留取丹心照汗青"，说明人的生与死本身属于自然规律，而生与死的意义属于历史规律。有的人生得伟大，死得光荣，有的人死得窝囊甚至死不足惜。英雄与小丑，流芳百世与遗臭万年的分界线就在于，你是如何处理人与历史规律关系的。凡顺历史规律而动、推动社会发展者，是英雄，流芳百世；凡逆历史规律而动、阻碍社会发展者，是小丑，遗臭万年；凡主观愿望好，但行为不符合甚至违背历史规律、壮志未酬者，是历史中的悲剧性人物。

在我看来，"悲剧"不仅是戏剧艺术的一种形式，不仅是美学的一个范畴，而且是一种价值观，一种历史观。在《鸦片贸易史》中，马克思用"悲剧"这一概念揭示了东方中国与西方国家、封建主义与资本主义进行"殊死的决斗"中难以避免的失败及其客观原因。在马克思看来，"这的确是一种悲剧，甚至诗人的幻想也永远不敢创造出这种离奇的悲剧题材"。悲剧性的事件必然造就悲剧性的人物。我们都知道林则徐，林则徐"苟利国家生死以，岂因祸福避趋之"的胸怀，爱国主义的情怀，在道义上具有优势，可从历史潮流看，从社会发展的趋势看，林则徐的失败难以避免，只能是壮志未酬，因而成为历史中的悲剧性人物。谭嗣同绝命北京菜市口，"有心杀贼，无力回天"，同样属于历史中的悲剧性人物。

我们应当注意，学哲学与学其他专业不同。我国著名哲学家冯友兰说过一句话——"哲学的崇高任务就是使人成为圣人"。冯友兰作为哲学家可能对哲学做了过高的评价，哲学不可能使人成为圣人。但是，哲学能使人智慧和崇高。我们不能只"为学"而不"为道"。什么是"为学"？"为学"，就是学习专业知识。学习专业知识可以使人成为某一方面的专业人才，学物理的能够成为物理学家，学化学的能够成为化学家，学历史的能够成为历史学家等等。可是，单纯的"为学"有局限性，因为它能够把人培养成专业人才，但又往往把人局限在某个专业之内。所以，我们还要"为道"。什么是"为道"？"为道"就是学哲学。

哲学问题不同于科学问题。飞机为什么会飞，这是科学问题，可飞机"飞"的道理是在飞机之外，还是在制造飞机的过程中，这是哲学问题。人为什么有生有死，这是生命科学的问题，可人如何对待生与死，这是哲学问题。水到 0 摄氏度会变成冰，到了 100 摄氏度就会变成汽，这是生活常识，可从中发现量变能够引起质变，懂得防微杜渐，引出量变质变规律，这是哲学智慧。知道数学有正数与负数、力学有作用与反作用、化学有化合与分解，生物学中有遗传与变异，这是科学常识，可从中引出一分为二和合二为一，引出对立统一规律，这是哲学智慧。

诗人们说，诗，需要激情；哲学家们说，哲学，需要理性。在我看来，哲学是理性的激情和激情的理性，需要生活的磨洗，需要经历。经历本身就是一笔财富。随着我们日常生活的不断变化，随着我们实际工作的不断变化，随着我们人生经验的不断积累，我们会越来越感到哲学思维的重要。哲学的作用就在于，在"润物细无声"的过程中引导人走向智慧和崇高。所以，我们既要"为学"，也要"为道"。

我们应当注意，在学哲学的过程中有一个如何处理理论与现实的关系。我始终认为，哲学不能仅仅成为哲学家之间的"对话"，更不能成为哲学家个人的自言自语，说一些谁都听不懂的话。在我看来，这样的哲学家是"多余的人"，这样的哲学话语是"多余的话"。哲学家不应像沙漠里的高僧那样，腹藏机锋，口吐偈语，空谈智慧，说着一些对人的认识活动、实践活动毫无用处的话；哲学家不应像魔术师那样，若有其事地念着一些咒语，说着一些谁也听不懂的话；哲学家不应像吐丝织网的蜘蛛那样，看着自己精心编织的思辨之网，自我欣赏、自我陶醉，处在"自恋"之中。水中的月亮是天上的月亮，眼中的人是眼前的人。哲学应该也必须同现实"对话"，马克思一再强调，哲学不能脱离现实。

哲学家常说超前性，在我看来，所谓超前性，实际上是对现实中的可能性的一种充分揭示。无论哲学家个人多么清高，多么超凡入圣，他都不能不食人间烟火，不能不生活在现实的社会中，不能不在现实的条件下进行认识活动、提出问题并拟定解决问题的方案。不管哲学在形式上多么抽象，实际上都可以从中捕捉到现实问题。存在主义极其抽象，实际上它是对当代资本主义现实的一种文化反映，在资本主义社会中，人已经无所适从，所以，总是"烦"。

与现实"对话"是哲学存在和发展的根基，离开了现实，哲学只能成为无根的浮萍、无病的呻吟、无魂的躯壳。哲学思维当然可以放飞抽象的翅膀，但必须立足现实的社会。学哲学，当然要把握抽象的概念，但必须了解这些抽象概念背后的现实问题。比如，作为一个哲学原理，"否定性的辩证法"本身是很抽象的，但马克思之所以如此重视否定性的辩证法，是因为"辩证法在对现存事物的肯定的理解中同时包含着对现存事物的否定的理解，即对现存事物的必然灭亡的理解"。这就是说，马克思之所以如此重视辩证法，背后有其现实问题，有其政治内涵，那就是批判、否定资本主义，实现无产阶级和人类解放。如果我们只是看到辩证法的学理，而没有看到它背后的现实问题和政治内涵，就没有真正理解马克思的辩证法，就没有真正理解马克思为什么强调辩证法在本质上是批判的和革命的。

　　由此引出一个无法回避的问题，那就是哲学与政治的关系。哲学不等于政治，哲学家也不是政治家，有的哲学家甚至想方设法远离政治、脱离政治，但政治需要哲学。毛泽东之所以如此重视哲学，提出实事求是，是为了批判教条主义，是为了给中国革命找到正确的道路。离开了这一政治背景，仅仅从学理的角度去理解实事求是，就会索然无味。实际上，毛泽东提出实事求是，其政治意义要远远大于哲学意义。邓小平重申实事求是，其政治意义同样远远大于哲学意义。如果说毛泽东提出实事求是是为了解决中国社会主义革命的道路问题，那么，邓小平重申实事求是是为了解决中国社会主义建设的道路问题。

　　再举个例子。实践是检验真理的唯一标准，并不是什么深奥的哲学问题，而是马克思主义哲学的一个常识。可是，1978 年的真理标准讨论在当代中国的政治生活中之所以能够发挥巨大的作用，是因为它契合着当时的政治问题，那就是，批判"两个凡是"，为中国社会主义建设寻找正确道路。再往前讲，1789 年的法国大革命爆发之前，法国启蒙哲学登上历史舞台，为法国资产阶级革命摇旗呐喊。德国资产阶级革命产生之前，德国古典哲学登上历史舞台，为德国的资产阶级革命鸣锣开道。当前很流行解构主义哲学，有的学者认为它是"纯粹哲学"，与政治无关。其实不然。用解构主义大师德里达的话来说，解构主义是通过解构既定的话语结构来挑战既定的历史传统和现实的政治结构。

　　从历史上看，任何政治变革、社会变革之前，都是哲学变革、思想变革。所以，恩格斯指出，哲学变革是政治变革的先导。这就是说，政治需要哲学。在我看来，没有经过哲学论证其合理性的政治缺乏理性和逻辑力量，没有经过哲学论证的政治缺乏理念和精神支柱，没有经过哲学论证的政治很难获得人民大众的拥护。当然，哲学不可能脱离政治，哲学总是具有自己独特的政治背景，总是以自己独特的方式蕴含着政治，总是具有这样或那样的政治效应。实际上，哲学和时代的统一性首先是通过其政治效应来实现的，马克思主义哲学更是如此。学哲学，就是要培养自己具有自觉的哲学意识，同时具有敏锐的政治眼光，从而把握时代精神，走向历史的深处。

我们还应当注意，哲学不是科学，或者说，哲学不同于科学。不同在什么地方？教科书提出，不同的地方在于，哲学研究整个世界的一般规律，科学研究世界某一领域的特殊规律。这是一种无原则的糊涂观念，实际上混淆了哲学与科学的区别。在我看来，哲学与科学的不同地方就在于，科学仅仅是一种知识体系，而哲学既是知识体系，又是意识形态；追求的既是真理，又是某种价值。哲学对对象的认识不是止于对其规律的认识，而是必须进入到对对象的意义和价值的认识；不仅要知道对象是什么，而且要知道对象对人类生存和发展的意义和价值是什么。

在我看来，哲学的最大特点就在于，它是以抽象的概念体系来反映特定的社会关系和现实的社会运动，体现特定的阶级或社会集团的利益、愿望和要求。所有的哲学都是这样。明快泼辣的法国启蒙哲学是这样，艰涩隐晦的德国古典哲学是这样，高深莫测的解构主义哲学也不例外，马克思主义哲学更是如此。哲学家主观上可以超越某个阶级，实际上总是某个阶级、某个社会集团的代言人。只不过哲学家是用抽象的概念体系来反映特定的社会关系、特定的阶级利益，而不像政治家那么直接，是某个特定阶级的直接代言人，是某种特定的社会关系的直接管理者。

讲了这些，实际上是为了说明一个问题。什么问题？那就是，哲学是一个历史范畴。研读哲学史可以看出，不同时代、不同民族、不同流派的哲学，对哲学有不同的看法。按照西方传统哲学的观点，哲学"寻求最高原因的基本原理"，提供"全部知识的基础"和"一切科学的逻辑"，是"最高智慧"。可是，在西方现代人本哲学看来，哲学关注并要解决的问题，是人的"精神的焦虑""信仰的缺失"

"形上的迷失""意义的失落"和"人生的危机";在西方现代分析哲学看来,哲学是确定或发现命题意义的活动,科学使命题得到证实,哲学使命题得到澄清,用石里克的话来说就是,"科学研究的是命题的真理性,哲学研究的是命题的真正意义"。而在西方马克思主义看来,哲学的真正社会功能就在于,对流行的东西进行批判。在马尔库塞看来,理智地消除以至推翻既定事实,是哲学的历史任务和哲学的向度。

这一特殊而复杂的现象印证了黑格尔的这样一个见解:哲学有一个显著特点,也可以说是一个缺点,那就是,我们对它的本质,对于它应完成和能够完成的任务,有许多大不相同的看法。的确如此。作为同原始幻想相对立的最早的理论思维形式,哲学是同科学一起诞生的。然而,对于什么是哲学,又从未形成一致的看法,不存在为所有哲学家公认的哲学定义。不同时代、不同民族、不同派别的不同哲学家对哲学有不同的看法,不仅哲学观点不同,而且哲学理念也不同。哲学是什么、哲学的位置在哪里因此成为最折磨哲学家耐心的问题,由此导致哲学"总是被迫在起点上重新开始……从头做起"。这是石里克说的,很有道理。

对于哲学而言,不存在什么"先验"的规定,也不可能形成超历史的、囊括了所有哲学的统一的哲学定义。从根本上说,哲学的位置是由现实的实践活动的需要决定的,正如马克思在《〈黑格尔法哲学批判〉导言》中所说的,"理论在一个国家实现的程度,总是决定于理论满足这个国家的需要的程度";从直接性上看,哲学的位置是由当下的知识结构和认识水平决定的,不同时代的知识结构和认识水平决定了哲学具有不同的位置。古代的实践需要、知识结构和认识水平,决定了古代哲学的"知识总汇"这一位置;近代的实践需要、知识结构和认识水平决定了近代哲学的"科学的科学"这一位置;现代的实践需要、知识结构和认识水平,决定了哲学分化为科学主义哲学、人本主义哲学和马克思主义哲学三大流派。其中,分析哲学着重对科学命题的意义分析；存在主义哲学注重对人类存在形式的探索；马克思主义哲学则关注现实的人及其历史发展，其主题就是无产阶级和人类解放。

二、马克思主义哲学的本质特征

马克思主义哲学的创立，无疑是哲学史上的革命性变革。用文学的语言来说，那就是，马克思主义哲学的创立犹如人类思想史上的壮丽日出，它使哲学这片思想的园地沐浴在"新唯物主义"的阳光之中，哲学的理论主题、社会职能乃至表述方式都发生了根本转换。具体地说，马克思主义哲学的创立，使哲学的理论主题从"世界何以可能"转向"人类解放何以可能"，使哲学的聚焦点从宇宙本体转向人的生存本体，从解释世界转向改变世界。马克思主义哲学不是西方传统哲学，我们不能从传统哲学的视角去理解马克思主义哲学；马克思主义哲学不是"学院哲学"，我们不能以"学院哲学"的构架去评价马克思主义哲学。要真正理解马克思主义哲学，真正理解哲学的主题从"世界何以可能"转向"人类解放何以可能"，首先就要把握马克思生活其中的那个时代的特点。我们应当明白，由哲学家们所创造的哲学体系，不管其形式如何抽象，不管它们具有什么样的特征或"个性"，都和哲学家所处的时代密切相关，从根本上说，都是一定时代的产物。

如果用一句话来概括马克思时代的特征，那就是，资本主义制度在西欧已经得到确立和巩固，人类历史从封建主义时代转向资本主义时代。在资本主义时代，资本具有支配一切的权力，而资本的存在及其支配一切的权利，导致人的劳动、人的关系和人的世界都异化了，人的生存状态成为一种异化的状态。用马克思的话来说，这是一个"颠倒的世界"。在这个世界中，资本具有个性，个人却没有个性，个人成为一种"偶然的个人"，国家也不过是"虚幻的共同体"。这就是说，19世纪中叶的西方社会，是一个由资本关系所造成的人的生存状态全面异化的社会。

在这样一个时代，哲学应该做什么？马克思认为，在这样一个时代，哲学的"迫切任务"是揭露并消除这种异化，从而"为历史服务"。但是，西方传统哲学包括德国古典哲学在内无法完成这一"迫切任务"。这是因为，从总体上看，西方传统哲学就是"形而上学"，即关于超验存在之本性的理论，这种哲学形态在"寻求最高原因"的过程中把本体同人的活动分离开来，同人类面临的种种紧迫的生存问题分离开来，从而使存在成为一种抽象的存在，物质成为一种"抽象的物质"，本体成为一种同现实的人及其活动无关的抽象的本体。从这样一种抽象的本体出发无法认识现实的人和人的现实。以形而上学为存在形态的西方传统哲学，向人们展示的是抽象的真与善，它似乎在给人们提供某种希望，实际上是在掩饰现实的苦难，抚慰被压迫的生灵，因而无法消除人的生存的异化状态，将现实的人带出现实的生存困境。正因为如此，马克思在《神圣家族》中明确提出："反对一切形而上学。"这就是说，反对或拒斥"形而上学"也是马克思主义哲学的基本原则。

在以往的马克思主义哲学研究中，我们都忽略了这样一个史实。什么史实？那就是，在哲学史上，马克思和孔德是同时举起反对或拒斥形而上学大旗的。在时代性上，马克思的反对形而上学与孔德的拒斥形而上学具有一致性，二者都属于现代哲学对传统哲学的批判，实际上，孔德与马克思都属于西方现代哲学的开创者和奠基人。但是，在指向性上，马克思的反对形而上学与孔德的拒斥形而上学具有本质的不同。孔德认为，拒斥形而上学之后，应当用实证科学的精神来改造和超越传统哲学，把哲学局限在经验、知识和"可证实"的范围内；马克思则认为，拒斥形而上学之后，哲学应当关注人类世界，关注现实的人及其发展，对人的生存的异化状态给予深刻的批判，对无产阶级和人类解放、人的全面发展给予深切的关注。

在《神圣家族》中，马克思不仅批判了近代唯心主义哲学，而且批判了近代唯物主义哲学，认为近代唯物主义一开始具有反对形而上学的倾向，"包含着全面发展的萌芽，物质带着诗意的感性光辉对人的全身心发出微笑"。然而，"唯物主义在以后的发展中变得片面了"，"变得敌视人了"。那种"抽象的物质""抽象的实体"成了一切变化的主体，成了"万物的本性和存在的致动因"，而近代唯物主义哲学追求的就是把握这个"第一原因和真正原理"，由此演绎出一切事物的本性和原因。这就是说，近代唯物主义从批判形而上学开始，最终又回归形而上学。

问题在于，到了马克思的那个时代，随着自然科学的独立化并"给自己划定了单独的活动范围"，随着社会实践的发展并凸显了人的异化状态，人们开始把"全部注意力集中到自己身上"。于是，那种脱离实证科学又凌驾于实证科学之上，那种脱离人的活动又凌驾于人的活动之上的"形而上学"，便失去了自身的神圣光环，"变得枯燥乏味了"，不仅"在理论上威信扫地"，而且"在实践上已经威信扫地"。反对或拒斥形而上学因此成为一种社会思潮、哲学精神。马克思以其敏锐的观察力注意到这一趋势，不仅明确提出"反对一切形而上学"，而且断言："形而上学将永远屈服于现在为思辨活动所完善化并和人道主义相吻合的唯物主义。"完成这一历史任务的正是马克思本人。换句话说，正是马克思创建了这种"和人道主义相吻合的唯物主义"。

在创建这种"和人道主义相吻合的唯物主义"过程中，马克思的确吸收了爱尔维修人道主义哲学、费尔巴哈人本主义哲学的因素。但是，我们一定要注意，马克思接受爱尔维修、费尔巴哈有一个前提，那就是，不是从孤立的层面上吸取爱尔维修、费尔巴哈的理论遗产，而是在其中加进了相反的关键性因素和基础性因素。什么因素？那就是，无产阶级、物质生产活动、革命的实践活动。以往的哲学家是人在"地上"，心在"天上"，关注的是宇宙的"终极存在"

或"初始物质",即使把目光转向人间,关注的也只是抽象的人的命运。与此不同,马克思是人在"地上",心在人间。马克思不是虚无主义者,不是唯我主义者,他人在"地上",当然能看到"天上",但他关注的是"地上"。用中国古诗词来说,就是"举头望明月,低头思故乡"。思什么?思考着无产阶级和人类解放的问题。

这就是说,马克思关注的是人类世界,关注的是现实的人尤其是无产阶级的利益,关注的是消除人的生存的异化状态,实现无产阶级和人类解放的问题。那么,在无产阶级和人类解放的过程中,哲学应当做什么?或者说,哲学的职能是什么?对此,马克思在《〈黑格尔法哲学批判〉导言》中说了两句非常形象的话:一是哲学把无产阶级当作自己的"物质武器",无产阶级把哲学当作自己的"精神武器";二是无产阶级是人类解放的"心脏",哲学是人类解放的"头脑"。既然哲学是"头脑",那么,"头脑"必须清醒;"头脑"不清醒,就不可能确立人类解放的真实目标。无产阶级需要自己的哲学,这就是马克思主义哲学。马克思主义哲学熔铸着对人类生存方式的关注,对人类发展境遇的焦虑,对人类现实命运的关切,凝聚着对无产阶级和人类解放的深刻理解和把握。

由此可见,马克思主义哲学所关注的不是所谓的世界的终极存在,而是人的现实存在,是"对象、现实、感性"何以成为这样的存在。马克思与他所批评的"哲学家们"的根本分歧就在于:"哲学家们"把存在看作是某种超历史的存在或非历史的存在,以追问"世界何以可能"为宗旨而解释世界;马克思则把存在看作是历史的存在或实践的存在,以求索"人类解放何以可能"为宗旨而改变世界。这样,马克思就使哲学的理论主题从"世界何以可能"转变为"人类解放何以可能"。

为了解答人类解放何以可能,马克思主义哲学必须探讨人的存在方式或生存本体,并使哲学的聚焦点从宇宙本体转向人的生存本体。按照马克思的观点,作为自然存在物和社会存在物的统一,人是在实践活动中自我塑造、自我改造、自我发展的。人是实践中的存在，实践构成了人的存在方式或生存本体。正因为实践构成了人的存在方式或生存本体，所以，人的生存状态不是凝固不变的，而是处在不断地变化之中，即使人的生存的异化状态也是在实践活动中发生的。

具体地说，在资本主义的生产方式中，劳动，这种人的生命活动异化了，人与人的关系物化了，不是人支配物，而是物统治人，人本身的活动对人来说成为一种异己的、同他对立的力量。正是通过对资本主义生产方式的批判，马克思揭示出被物的自然属性所掩蔽着的人的社会属性，揭示出被物与物的关系所掩蔽着的人与人的关系，从而发现了人的自我异化的秘密所在，并力图付诸"革命的实践"，消除劳动的异化、人的异化，从而"确立有个性的个人"。"有个性的个人"，是马克思在《德意志意识形态》中所说的，它与马克思后来在《共产党宣言》中所说的"每个人的自由发展""一切人的自由发展"，在《资本论》中所说的"自由个性""个人的全面发展"是一致的，其内涵就是实现人的全面而自由发展。如果说无产阶级和人类解放是马克思主义哲学的理论主题，那么，"确立有个性的个人"，实现人的全面而自由发展就是马克思主义哲学的最高命题。

为了解答人类解放何以可能，马克思主义哲学必须探讨现存世界的本体，并使哲学的聚焦点从解释世界转向改变世界。按照马克思的观点，现实世界，也就是现存世界，是人化自然与人类社会相统一的世界，这个世界就生成于人的实践活动中。实践活动是现存世界得以存在的根据和基础，在现存世界的运动中具有导向作用。换句话说，人们是通过自己的实践活动"为天地立心"，在物质实践的基础上重建世界的，实践因此构成了现存世界的本体。问题在于，现存世界一经形成又反过来制约、决定现实的人及其活动，现实世界的状况如何，现实的人的状态就如何。要改变资本主义社会中的人，首先就要改变资本主义社会。所以，马克思主义哲学强调的是"改变世界"。在《德意志意识形态》中，马克思指出了他与黑格尔的根本分歧：对于黑格尔来说，"问题完全不在于现实的利益，甚至不在于政治的利益，而在于纯粹的思想"；对于马克思来说，"全部问题都在于使现存世界革命化，实际地反对并改变现存的事物"。

实际上，马克思主义哲学就是为改变世界的实践活动而创立的，它本身就是对人类实践活动中矛盾关系的理论反思。以此为前提，我们才能真正理解和把握马克思主义哲学的本质特征、基本特征。

第一，马克思主义哲学是实践唯物主义。在我看来，承认自然物质的"优先性"，这只是马克思的新唯物主义与旧唯物主义的共性，它并未构成新唯物主义本身的特征。确认人以自身的实践活动所引起的人与自然之间的物质变换构成了现存世界的根据、基础和本体，这才是马克思的新唯物主义的"新"之所在，或者说是新唯物主义"唯物"之所在。从马克思主义哲学的逻辑看，实践不仅是人的生存的本体，而且是现存世界的本体，因而成为马克思主义哲学的基石，成为马克思主义哲学的建构原则；从马克思主义哲学的历史看，马克思主义哲学所实现的哲学变革，就是在实践本体论的层面上发动并展开的，唯心主义哲学和旧唯物主义哲学共同的主要缺点，就是不理解现实的实践活动及其本体论意义。由此可以判定，马克思主义哲学首先是实践唯物主义，或者说，实践唯物主义是哲学的本质特征。

第二，马克思主义哲学是辩证唯物主义。按照马克思的观点，人类要维持自身的存在，肯定自身，就要对自然界进行否定性的活动，改变自然界的原生态，使之成为"人化自然""为我之物"，使人与自然的关系成为"为我而存在的关系"。"为我而存在的关系"，是马克思在《德意志意识形态》中所说的，具有深刻的辩证法内涵。实际上，人的实践活动本身就是辩证法的集中体现。作为人的存在方式，实践包含着人与自然、人与社会、目的与手段、思维与存在、主观与客观、主体与客体、必然与自由等矛盾关系，包含着对现存世界的否定与人的自我肯定、现存世界的发展与人的自我发展等矛盾关系。人与自然之间这种"为我而存在"的否定性关系是最深刻、最复杂的矛盾关系。这种矛盾关系构成了马克思之前众多哲学大师的"滑铁卢"，致使唯物主义对人的主体性"望洋兴叹"，唯物主义与辩证法遥遥相对。马克思高出一筹的地方就在于，通过对人的实践活动及其意义深入而全面的剖析，使唯物主义和人的主体性统一起来了，唯物主义和辩证法因此也结合起来了。这就是说，辩证唯物主义构成了马克思主义哲学的一个理论特征。

第三，马克思主义哲学是历史唯物主义。实践是社会关系的发源地和社会生活的本质，从根本上说，社会就是在人与自然之间的物质变换中形成和发展起来的。所以，以往的哲学家，包括旧唯物主义者把人对自然的实践关系从历史中排除出去后，只能走向唯心主义历史观；而马克思从人对自然的实践关系出发去解释历史过程，则创立了唯物主义历史观，从而消除了"物质的自然"和"精神的历史"对立的神话，实现了唯物主义的自然观和历史观的统一。

社会活动不同于自然运动，具有自己的特殊性。这种特殊性就在于，社会的主体是人，社会中的一切活动、一切事件都是人做的，而人是在利益驱使下、在思想指导下进行社会活动的。一次地震可以毁灭一座城市，毁灭众多人口；一场战争也可以毁灭一座城市，毁灭众多人口。可地震就是地震，地震的背后没有思想、没有利益，而战争是政治的继续，战争的背后是思想，是利益，是阶级的利益、民族的利益、国家的利益。社会生活的特殊性犹如横跨在自然与社会之间的"活动翻板"。在马克思之前，即使是坚定的唯物主义者，当他们的视线由自然转向社会，开始探讨社会历史时，几乎都被这块"活动翻板"翻向了唯心主义的深渊。从认识论的角度看，造成这种状况的根本原因，仍在于以往的哲学家不理解实践活动及其意义，不理解社会生活在本质上是实践的。马克思的高明之处就在于，他从实践出发去理解社会以及社会与自然的关系，从而创立了历史唯物主义。历史唯物主义因此构成了马克思主义哲学的又一个理论特征。

第四，马克思主义哲学是实践、辩证、历史的唯物主义。在哲学史上，马克思第一次把实践提升为哲学的根本原则，转化为哲学思维方式，从而创立一种实践、辩证、历史的唯物主义。实践唯物主义、辩证唯物主义、历史唯物主义不是三个主义，而是同一个主义，也就是马克思新唯物主义的三个基本理论特征。其中，实践唯物主义是本质特征或根本特征，辩证唯物主义、历史唯物主义这两个基本特征都是从实践唯物主义这一本质特征引申出来的，是这一本质特征必然展开的内在逻辑和理论表现。这里，我要强调的是，在马克思主义哲学中，不存在一个独立的、作为理论基础的辩证唯物主义，也不存在一个独立的、仅仅具有应用性质的历史唯物主义。辩证唯物主义和历史唯物主义不是马克思主义哲学的两个部分，而是马克思主义哲学在对同一个领域，也就是人与世界总体关系的研究中呈现出来的两个理论特征。

实践唯物主义、辩证唯物主义、历史唯物主义又是对马克思新唯物主义的三个不同表述，是对马克思主义哲学的不同称谓。用"实践唯物主义"称谓马克思主义哲学，是为了透显马克思主义哲学所内含的实践维度及其首要性和基本性，因为以往的哲学家只是用不同的方式解释世界，问题在于改变世界，而"对实践的唯物主义者即共产主义者来说，全部问题都在于使现存世界革命化，实际地反对并改变现存的事物"，这是马克思在《德意志意识形态》中所说的；用"辩证唯物主义"称谓马克思主义哲学，是为了透显马克思主义哲学所内含的辩证法维度及其批判性和革命性，因为"辩证法在对现存事物的肯定的理解中同时包含对现存事物的否定的理解"，按其本质来说，辩证法"是批判的和革命的"，这是马克思在《资本论》中所说的，由此，我们也可以看出唯物辩证法与实践唯物主义的内在的同一性；用"历史唯物主义"称谓马克思主义哲学，是为了透显马克思主义哲学所内含的历史维度及其彻底性和完备性，因为唯物主义的彻底性、完备性集中体现在历史唯物主义中，"而自从历史也得到唯物主义的解释以后，一条新的发展道路也在这里开辟出来了"，这是恩格斯在《路德维希·费尔巴哈和德国古典哲学的终结》中所说的。我们不能因为马克思一生只使用过一次"实践唯物主义"而认为这一概念不成熟，我们不能因为西方马克思主义、东欧新马克思主义倡导"实践唯物主义"而忌讳这一概念，我们也不能因为苏联的"辩证唯物主义和历史唯物主义"教科书有许多局限性而"废"辩证唯物主义、历史唯物主义之"名"。

讲了马克思主义哲学的本质特征、基本特征之后，我还需要讲一讲马克思主义哲学的批判性及其特征。这同样是涉及如何理解和把握马克思主义哲学本质特征的重大问题。

马克思主义哲学极为关注"时代的迫切问题"，关注社会批判。关注社会批判就必然要关注政治。

在 1843 年 3 月致卢格的信中，马克思指出："费尔巴哈的警句只有一点不能使我满意，这就是：他过多地强调自然而过少地强调政治，而这一联盟是现代哲学能够借以成为真理的唯一联盟。"因此，哲学的批判要"和政治的批判结合起来"。

在《〈黑格尔法哲学批判〉导言》中，马克思指出："真理的彼岸世界消逝以后，历史的任务就是确立此岸世界的真理。人的自我异化的神圣形象被揭穿以后，揭露具有非神圣形象的自我异化，就成了为历史服务的哲学的迫切任务。于是，对天国的批判变成对尘世的批判，对宗教的批判变成对法的批判，对神学的批判变成对政治的批判。"这就是说，哲学必须具有批判性，而且这种批判要同对现实的批判、政治的批判结合起来。

在《资本论》中，马克思指出："辩证法，在其合理形态上，引起资产阶级及其夸夸其谈的代言人的恼怒和恐怖，因为辩证法在对现存事物的肯定的理解中同时包含对现存事物的否定的理解，即对现存事物的必然灭亡的理解；辩证法对每一种既成的形式都是从不断的运动中，因而也是从它的暂时性方面去理解；辩证法不崇拜任何东西，按其本质来说，它是批判的和革命的。"这就是说，辩证法的批判性和革命性具有内在的同一性，那就是否定现存事物，否定资本主义制度。

联系到马克思的政治经济学批判，可以说，马克思的批判理论包括政治批判、哲学批判、意识形态批判和政治经济学批判（即资本批判）。这种批判的指向就是现存世界，就是资本主义制度，其目标就是改变世界，实现无产阶级和人类解放。正如马克思在《资本论》中所说："就这种批判代表一个阶级而论，它能代表的只是这样一个阶级，这个阶级的历史使命是推翻资本主义生产方式和最后消灭阶级。这个阶级就是无产阶级。"马克思主义的批判是从现实出发的批判，用马克思的话来说就是，"对现存的一切进行无情的批判"，"在批判旧世界中发现新世界"，从而"对当代的斗争和愿望作出当代的自我阐明"。这是马克思 1843 年在致卢格的信中所说的。由此，我们也就不难理解，马克思为什么把自己的哲学称为"批判的哲学"，称为"批判的世界观"，也就不难理解，马克思为什么把辩证法的批判性和革命性联系在一起了，同时，也就不难理解西方马克思主义为什么把马克思的辩证法称为"实践的辩证法""革命的辩证法"了。

马克思对时代课题的解答始终贯穿着哲学批判。1843 年的"黑格尔法哲学批判"，1844 年的"对黑格尔的辩证法和整个哲学的批判"，1845 年的"对批判的批判所作的批判"以及"对法国唯物主义的批判"，1846 年的"对黑格尔以后的哲学形式的批判"……这一系列的哲学批判集中体现为形而上学批判。我刚才说了，马克思明确提出："反对形而上学。"但是，我们应当注意的问题是，马克思对形而上学的批判并没有停留在"纯粹哲学"的层面上，而是将形而上学批判同意识形态批判结合起来了。在资本主义社会，形而上学就是资产阶级的意识形态，或者说，是以意识形态的方式发挥其政治功能，从而为资产阶级政治统治辩护和服务的。形而上学之所以成为资产阶级意识形态，用马克思的话来说，就是因为形而上学中的抽象存在与资本主义社会中的"抽象统治"具有同一性。用阿多诺的话来说，就是因为形而上学的同一性原则与资本主义社会中的同一性原则不仅对应，而且同源，正是在商品交换中，同一性原则获得了它的社会形式，离开了同一性原则，这种社会形式便不能存在，所以，形而上学就是资产阶级意识形态。

正因为如此，阿尔都塞在《哲学的改造》中指出："哲学只有通过作用于现存的一整套矛盾着的意识形态之上，作用于阶级斗争及其历史能动性的背景之上，才能获得自我满足。"阿尔都塞的这一见解是正确的。哲学既是知识体系，又是意识形态。马克思自觉地意识到这一点。所以，在马克思那里，形而上学批判进行到一定程度必然展开意识形态批判。在这种双重批判中建立起来的马克思主义哲学，不仅是客观认知某种规律的知识体系，而且是批判资本主义的意识形态。我们不能从西方传统哲学、"学院哲学"的视角去理解马克思主义哲学，而应当从形而上学批判与意识形态批判双重批判的视野，从无产阶级和人类解放这一新的实践出发去理解马克思主义哲学。

马克思的哲学批判不仅与意识形态批判密切相关、融为一体，而且同资本批判密切相关、融为一体。在马克思看来，无论是对形而上学的批判，还是对意识形态的批判，都应延伸到对现实生活过程的批判。在马克思的时代，对现实生活过程的批判首先就是对资本主义生产方式的批判，也就是资本批判。

我们应当高度重视马克思在《资本论》中提出的这样一个观点，那就是，"资本不是物，而是一定的、社会的、属于一定社会形态的生产关系，它体现在一个物上，并赋予这个物以特有的社会性质"。

更重要的是，资本使人与人的关系采取了一种物的形式，以致人与人的关系表现为物与物的关系，表现为物对人的支配关系。按照马克思的观点，资本不仅改变了人与自然的关系，而且改变了人与人的关系；资本不仅改变了与人相关的自然界的存在属性，而且改变了人类社会的存在形态。

资本本身就是一种有机体制，这种有机体制向总体发展的过程就在于，使社会的一切要素从属于自己，或者把自己还缺乏的"器官"从社会中创造出来。这就是说，正是资本使资本主义社会总体化了。在《共产党宣言》中，马克思极为明确地指出："资产阶级生存和统治的根本条件是财富在私人手里的积累，是资本的形成和增殖；资本的条件是雇佣劳动。"这就是说，在资本主义社会，资本具有支配一切的权利，是资本主义社会的根本规定、存在形式和建构原则，并构成了资本主义社会的基本建制。一言以蔽之，资本本身就是一种独特的社会存在，是资本主义社会最基本和最高的社会存在物。

我讲了这么多，实际上是为了说明一个问题。什么问题？那就是，马克思以商品为起点范畴，以资本为核心范畴展开的对资本主义社会的批判，本质上是一种存在论或本体论意义上的批判。换言之，马克思的哲学批判、意识形态批判是通过资本批判实现的，是通过商品拜物教批判、货币拜物教批判和资本拜物教批判实现的。正是在这种批判过程中，马克思扬弃了抽象的存在，发现了现实的社会存在，发现了人与人的关系以物化方式而存在的秘密，并透视出人的自我异化的秘密所在，从而把本体论和人间的苦难与幸福结合起来了，使无产阶级和人类解放得到了本体论证明。卢卡奇对此做出高度评价，认为马克思开辟了"从本体论认识现实的道路"。

在我看来，马克思的资本批判不仅造成了经济学的革命，而且巩固了哲学革命。我们应当从一个新视角深刻理解《资本论》的副书名——"政治经济学批判"的内涵和意义。什么内涵和意义？那就是，马克思的资本批判不仅具有重大的经济学内涵和意义，而且具有重大的哲学内涵和意义，是经济学和哲学的高度统一。我们既不能从西方传统哲学、"学院哲学"的视角去认识马克思的资本批判，也不能从西方传统经济学、"学院经济学"的视角去认识马克思的资本批判。实际上，马克思的资本批判已经超出了经济学的边界，越过了政治学的领土，而到达了哲学的"首府"——存在论或本体论。

阿尔都塞在《读〈资本论〉》中表述过这样一种见解，马克思的资本批判不仅存在着哲学的维度，而且意味着政治经济学理论的严格表述所不可缺少的哲学概念的产生。阿尔都塞的这一见解是正确而深刻的。马克思的资本批判理论只有在马克思主义哲学这一更大的概念背景下才能得到真正理解；反之，马克思主义哲学的意义只有在同马克思资本批判的关联中才能显示出来；而无论是哲学批判，还是资本批判，都只有在无产阶级和人类解放这一更大的意识形态背景下才能得到真正理解。在我看来，哲学批判、意识形态批判和资本批判高度关联、融为一体，这是马克思独特的思维方式，是马克思主义哲学独特的存在方式。

讲到这里，我想到一种观点。这种观点认为，马克思主义哲学产生于"维多利亚时代"，距今已经有一个半世纪的历史，因而过时了。这是一种误判，或者是一种傲慢与偏见。我们不能依据某种学说创立的时间来判断它是不是过时，是不是真理。新的未必就是真的，老的未必就是假的，时髦的未必就是真实的，走马灯一样更换本身就说明有问题。我们都知道阿基米德定理创立的时间很久远了，但今天的造船业无论多么发达，都不能违背这条定理。如果违背了阿基米德定理，造出的船无论技术多么先进，无论形式多么豪华，无论多么"人性化"，都不可能航行，如航行必沉无疑。在我看来，理论与现实是双向关系：一方面，现实催生理论，理论要适应现实；另一方面，理论能够超越现实，并引导现实运动。从哲学的视角看，当代中国的改革就是现实的中国人对中国人的现实的一种超越，而引导这一超越的正是邓小平理论。也就是说，在当代中国的现实中产生的邓小平理论，又引导着当代中国的现实运动。

一种仅仅适应现实的哲学是不可能高瞻远瞩的。由于马克思主义哲学深刻地把握了资本主义社会的运动规律，深刻地把握人类社会发展的一般规律，所以，马克思主义哲学又超越了 19 世纪这个特定的时代，并以强劲的姿态介入 20 世纪的历史运动，深刻地影响、引导着现实运动。马克思主义哲学所提出的消除人的异化、实现人类解放的问题仍然是我们这个时代的时代课题，并契合着当代世界的重大问题。在当代，人的异化不但没有消除，反而在广度和深度上愈演愈烈、登峰造极。当代世界的重大问题从根本上说没有超出马克思主义的问题域。20 世纪的历史运动，资本主义的变化与社会主义的改革，苏联东欧社会主义的解体与中国特色社会主义的崛起，使不同国度的学者们不由自主地把目光再次转向马克思。从一定意义上说，在伦敦海洛特公墓中安息的马克思，比生前在伦敦大英博物馆埋头著述的马克思更加吸引人们的目光。我们都熟悉诗人臧克家的著名诗句："有的人活着，他已经死了；有的人死了，他还活着。"马克思仍然"活"着，并和我们同行。

谢谢北京大学的各位同人和同学！

哲学理论主题的根本转换与理论空间的重新建构

——在日本一桥大学的演讲

尊敬的岩佐教授、岛崎教授，各位老师、同学：

大家好！

应一桥大学邀请，我和我的同事们来到风景如画的日本，来到历史悠久的一桥大学，感到非常高兴。一桥大学是日本著名高等学府，是日本哲学研究的中心之一，其成果丰硕令人感叹；一桥大学的许多教授参加了《马克思恩格斯全集历史考证版（第二版）》的编辑和研究，其执着精神令人钦佩。所以，能来到一桥大学做学术演讲并和各位同人进行交流，我感到非常荣幸。我今天演讲的题目是"哲学理论主题的根本转换与理论空间的重新建构"，主旨是重新思考历史唯物主义的理论主题和理论空间。萨特说过，历史唯物主义是我们这个时代唯一不可超越的哲学。在我看来，历史唯物主义之所以在我们这个时代"不可超越"，就在于历史唯物主义实现了哲学理论主题的根本转换，并建构了新的理论空间，而这一新的理论主题和理论空间又契合着当代的重大问题，因而具有当代意义。

一、历史唯物主义的理论主题：无产阶级和人类解放

历史唯物主义的创立，无疑是哲学史上的革命性变革。在我看来，这一变革的实质就在于，它使哲学的理论主题发生了根本转换，即从"世界何以可能"转向"人类解放何以可能"，从宇宙本体转向人的生存本体，从认识世界转向改造世界。

要真正理解哲学主题的这一转换，就要把握马克思所面临并生活于其中的那个时代的特点。黑格尔说过，哲学是"思想所集中表现的时代"。马克思把这一观点进一步发挥为"哲学是自己时代精神的精华"。的确如此。由哲学家们所创造的哲学体系，不管其形式如何抽象，也不管它们具有什么样的"个性"，都和哲学家所处的时代密切相关。法国启蒙哲学明快泼辣的个性，德国古典哲学艰涩隐晦的特征，现代存在主义消极悲观的情绪，离开了它们各自的时代，都是无法理解的。对历史唯物主义的理解，同样需要关注它得以产生的时代及其特征。历史唯物主义不是"学院派"，更不是传统哲学主题延伸的产物。历史唯物主义的创立同对时代课题的解答是密切相关、融为一体的。

马克思所面临并生活于其中的时代，是资本主义制度在西欧得到确立和巩固、人类历史从封建主义转向资本主义的时代。同时，这也是从农业文明转向工业文明、自然经济转向商品经济的时代，是从"人的依赖性"转向"以物的依赖性为基础的人的独立性"的时代。问题在于，资产阶级在取得巨大的历史性胜利的同时，也给自己带来了巨大的社会性的问题：生产社会化和生产资料私有制之间存在着无法解决的矛盾，这一矛盾导致人的劳动、人的社会关系和人的世界都异化了，人的生存状态成为一种异化的状态。这是一个"颠倒的世界"。具体地说，在资本主义社会中，"物的世界的增值同人的世界的贬值成正比"（马克思），物的异化和人的自我异化

是同一个过程的两个方面。按照马克思的观点，在这种异化状态中，资本具有个性，个人却没有个性，人的个性被消解了，人成为一种"单面的人"，国家也不过是"虚幻的共同体"。

可见，19世纪中叶的西方社会是一个由资本关系所造成的人的生存状态全面异化的社会，揭露并消除这种异化因此成为"为历史服务的哲学的迫切任务"（马克思）。可是，西方传统哲学包括德国古典哲学都无法完成这一"迫切任务"。这是因为，从总体上看，西方传统哲学在"寻求最高原因"的过程中把存在、本体同人的活动分离开来，同人类面临的种种紧迫的生存问题分离开来，从而使存在成为一种抽象的存在，物质成为"抽象的物质"，本体则是同现实的人及其活动无关的抽象的本体。从这种抽象的本体出发无法认识现实的人和人的现实。从根本上说，西方传统哲学就是"形而上学"，它向人们展示的是抽象的真与善，它似乎在给人们提供某种希望的同时，又在掩饰现实的苦难，抚慰被压迫的生灵，因而无法消除人的生存的异化状态，将现实的人带出生存的困境。

正因为如此，马克思认为，随着自然科学的独立化并"给自己划定了单独的活动范围"，随着社会实践的发展并凸现出人的生存的异化状态，人们开始把"全部注意力集中到自己身上"，哲学应该从"天上"来到"人间"，关注人的生存状态，关注人的解放。马克思断言："形而上学将永远屈服于现在为思辨本身的活动所完善化并和人道主义相吻合的唯物主义。"在我看来，完成这一历史任务的不是别人，正是马克思本人，正是马克思在辩证法、人道主义和唯物主义之间架起了一座由此达彼的桥梁，使三者"吻合"起来。从本质上看，这种"为思辨本身的活动所完善化并和人道主义相吻合的唯物主义"，就是历史唯物主义。

我们应该看到，马克思关怀的不是抽象的一般人的命运。马克思发现，如果不能给工人、劳动者这些占人口绝大多数的、被压迫的人们以真实的利益和自由，人类解放就是空话，甚至沦为一种欺骗。所以，马克思在《论犹太人问题》中就提出"探讨政治解放和人类解放的关系"；在《〈黑格尔法哲学批判〉导言》中又提出超越"政治革命"的"彻底的革命、全人类的解放"的问题，并认为能够完成这一历史使命、担当"解放者"这一历史使命的，只能是无产阶级。无产阶级本身就是一个需要解放自己的阶级，在它身上"表明人的完全丧失"；同时，无产阶级又是一个"只有通过人的完全回复才能回复自己本身"（马克思）的阶级，是一个只有解放全人类才能最后解放自己的阶级。

按照马克思的观点，在人类解放的过程中，哲学把无产阶级当作自己的物质武器，无产阶级把哲学当作自己的精神武器；如果说无产阶级是人类解放的"心脏"，那么，哲学就是人类解放的"头脑"。"头脑"不清醒，就不可能确立人类解放的真实目标，不可能理解人类解放的真正内涵。因此，联系到政治经济学研究和人类历史的考察，从哲学上探讨人类解放的内涵、目的和途径，就成为马克思的首要工作。这一工作的成果，就是"为历史服务的哲学"即历史唯物主义的创立。历史唯物主义的根本特征就在于，它以无产阶级和人类解放为理论主题，解答"人类解放何以可能"。

为了解答"人类解放何以可能"，历史唯物主义又必须探讨人的本质和存在方式或生存本体。按照马克思的观点，人类历史的"第一个前提"就是"有生命的个人"的存在；"有生命的个人"要存在，首先就要进行物质生产活动，解决像吃喝住穿这样一些生存的基本需要的问题。这就是说，物质生产活动是人类生存、人类历史的"第一个前提"，是人类的"第一个历史活动"。从根本上说，人就是在物质生产活动中自我塑造、自我改变、自我发展的。正如马克思在《德意志意识形态》中所说的那样，当人开始生产自己的生活资料的时候，人就开始把自己和动物区别开来。人是什么样的，这同他们的生产是一致的，既和他们生产什么一致，又和他们怎样生产一致。人不仅是自然存在物，而且是社会存在物，人的本质在其现实上是一切社会关系的总和。换句话说，人是自然存在物和社会存在物的统一，而这种统一恰恰是在实践活动中完成的，直接决定人的本质的社会关系也是在实践活动中生成的。因此，人通过实践创造了自己的社会关系和社会存在。

正是在这个意义上，马克思认为，人本身的存在就是社会活动。实践不断改变着现存世界，同时，又不断改变着人本身，包括他的肉体组织、社会关系、思维结构和价值观念。环境的改变和人的自我改变的一致，只能被看作并合理地理解为革命的实践。可见，人是实践中的存在，实践构成了人的存在方式，或者说，构成了人的生存本体。

正因为实践构成了人的存在方式或生存本体，所以，人的生存状态不是凝固不变的，而是处在不断的建构和改变之中。在资本主义社会，劳动这种人的生命活动的异化必然造成人的生存状态的全面异化，人与人的关系体现为物与物的关系，不是人支配物，而是物统治人。历史唯物主义正是通过对现存世界异化状态的批判，揭示出被物的自然属性掩蔽着的人的社会属性，揭示出被物与物的关系掩蔽着的人与人的关系，并力图通过实践使现存世界革命化，消除人的生存的异化状态，从而"确立有个性的个人"（马克思）。如果说无产阶级和人类解放是历史唯物主义的理论主题，那么，"确立有个性的个人"，实现人的自由而全面发展就是历史唯物主义的最高命题。在历史唯物主义的视野中，实践是现存世界和人的生存的本体，是消除异化和"确立有个性的个人"的现实途径，而每个人的自由而全面发展是人的生存和发展的终极状态。

这样，历史唯物主义就实现了对人的现实关怀和终极关怀的统一。在我看来，这是一种双重关怀，是全部哲学史上对人的生存和价值最激动人心的关怀。

为了从理论上支撑这一观点，我愿简单地回顾一下马克思的思想进程。

在《1844年经济学哲学手稿》中，马克思提出，共产主义就是私有财产即人的自我异化的积极扬弃，是通过人并且为了人而对人的本质的真正占有，或者说，人以一种"全面的方式"，作为一个"完整的人"，占有自己的"全面的本质"。

在《德意志意识形态》中，马克思提出，要消除这样一种社会现象，这就是人本身的活动对人来说成为一种异己的、同他对立的、压迫他的力量，从而"确立有个性的个人"，使"各个人在自己的联合中并通过这种联合获得自己的自由"。

在《共产党宣言》中，马克思又提出，共产主义社会将是一个"联合体"，在那里，每个人的自由发展是一切人的自由发展的条件。

在《资本论》中，马克思再次重申，共产主义社会就是要确立人的"自由个性"，实现人的自由而全面发展。

可以看出，无论是所谓的"不成熟"时期，还是所谓的"成熟"时期，马克思关注的都是消除人的生存的异化状况，实现无产阶级和人类解放。人类解放是马克思毕生关注的焦点和为之奋斗的目标，构成了历史唯物主义的理论主题。

与唯心主义不同，与"那种排除历史过程的、抽象的自然科学的唯物主义"（马克思）也不同，历史唯物主义不是以一种抽象的、超时空的方式去理解和把握存在、本体问题，而是从实践出发去解读存在的意义，把握人的生存和现存世界的本体。在这个意义上，历史唯物主义是生存论的本体论或实践本体论。这样，历史唯物主义就开辟了"从本体论认识现实的道路"，解答了"人类解放何以可能"这一时代课题。

一种思想或学说具有什么样的价值和意义，关键在于它提出了什么样的问题。提出问题的广度和深度标志着对问题理解的广度和深度，并决定着对问题如何解决的全部思考。历史唯物主义提出的"人类解放何以可能"问题是时代的课题，是人本身的问题，是人类历史的根本问题。无论你是否赞同这一学说，你都不可能回避或超越这一问题的深刻性和根本性。这是历史唯物主义所实现的哲学变革的根本内容和当代意义之所在。萨特提出，"历史唯物主义是我们时代唯一不可超越的哲学"。我赞赏萨特的这一观点，而且我比萨特本人更深刻地理解这一观点。

二、历史唯物主义的理论空间：批判的世界观

我在前面已经说明，无产阶级和人类解放是历史唯物主义的理论主题，而对人类解放的探讨又必然使历史唯物主义去探讨人的存在方式或生存本体，探讨人类历史运动的一般规律。按照马克思的观点，人类历史的"第一个前提"就是"有生命的个人"的存在，而"有生命的个人"总是在人与自然和人与人的双重关系中存在的。马克思在《德意志意识形态》中指出，生命的生产，无论是通过劳动而达到自己生命的生产，或是通过生育而达到的他人生命的生产，就立即表现为双重关系：一方面是自然关系，另一方面是社会关系。这就是说，对人类解放全面而深入的探讨，必然使历史唯物主义去探讨人与自然的关系和人与社会的关系，从而建构一个新的理论空间。

在我看来，历史唯物主义对"历史之谜"的解答同对"人之谜"的解答是密切相关、融为一体的。对"有生命的个人"的理解必然渗透、包含着对人与自然和人与社会关系的理解。饮食男女本是一种自然现象，可中国唐代大诗人杜甫所说的"朱门酒肉臭，路有冻死骨"却是一种社会现象，西方大文学家莎士比亚所描述的罗密欧与朱丽叶的爱情悲剧同样是一种社会现象。人类解放的问题不是一个科学问题，也不仅仅是一个"人学"问题，从根本说，它是一个如何看待和处理人与自然和人与社会的关系，即人与世界的关系问题，是一个世界观问题。反过来说，历史唯物主义就是从人与自然和人与社会的双重关系中去把握人本身，解答"人类解放何以可能"

这一问题的。历史唯物主义不是"人学",更不是人本唯物主义。

我断然拒绝普列汉诺夫的这一观点,那就是,马克思的唯物主义和费尔巴哈的唯物主义都属于"最新的唯物主义",马克思的"唯物主义观点是在费尔巴哈哲学的内在逻辑所指示的同一方向上发展起来的"。在我看来,这是一种无原则的糊涂观念。它表明,普列汉诺夫从根本上混淆了费尔巴哈的唯物主义与马克思的唯物主义之间的本质区别,不理解费尔巴哈的唯物主义是人本唯物主义,而马克思的唯物主义是历史唯物主义。

我们应当记住马克思在《德意志意识形态》中所说的话,那就是,当费尔巴哈是一个唯物主义者的时候,历史在他的视野之外;当费尔巴哈去探讨历史的时候,他不是一个唯物主义者。在费尔巴哈哲学中,唯物主义和历史是彼此脱离的。之所以如此,是因为费尔巴哈仅仅把人看作"感性对象",只是从客体的方面去理解"对象、现实、感性",不了解实践活动的意义。正是在这个意义上,马克思把费尔巴哈的唯物主义包括在"旧唯物主义"的范畴之中。与费尔巴哈不同,马克思把人看作"感性活动",并从这种"感性活动"出发去理解人本身以及人与自然和人与社会的关系,从而创立了"新唯物主义",即历史唯物主义。

从根本上说,整个人类历史不过是人通过人的劳动而诞生的过程,是人的实践活动在时间中的展开。所以,历史唯物主义从物质实践出发考察人类历史,"是描述人们实践活动和实际发展过程的真正的实证科学"(马克思)。具体地说,人们为了能够生存和生活,必须进行物质实践,实现人与自然之间的物质变换;为了实现这种变换,人与人之间必须互换其活动,并必然结成一定的社会关系。这就是说,人们的生存实践活动和"实际日常活动"自始至终包含并展现为人与自然的关系和人与社会的关系,或者说,包含着并展现为人与自然的矛盾和人与人的矛盾,而在马克思看来,共产主义就是"人和自然界之间、人和人之间的矛盾的真正解决"。因此,作为"共产主义的唯物主义"，历史唯物主义所关注和所要解决的基本问题，就是人们的生存实践活动、"实际日常生活"所包含和展现出来的人与自然的关系和人与人的关系问题，即人与世界的关系问题。

马克思在《神圣家族》中说过，历史不过是追求着自己目的的人的活动而已；在《德意志意识形态》中又指出，人的活动包括两个基本方面，即一方面是人改造自然，另一方面是人改造人。所以，"历史唯物主义"概念中的"历史"，是人的活动及其内在矛盾，即人与自然的矛盾和人与人的矛盾得以展开的境域，是人与世界的关系不断以新的形式得以展现的境域；"历史唯物主义"概念中的"唯物主义"，是指人与自然之间的物质变换构成了人的生存和现实世界的基础或本体。不必多说了，从以上的论述中我们已经可以看出，历史唯物主义是一种世界观，而不是像传统观点所理解的那样，仅仅是一种历史观。

从形式上看，历史唯物主义研究的仅仅是人类社会或人类历史，似乎与自然无关。但问题在于，社会是在人与自然之间物质变换的过程中形成和发展起来的，人与自然之间的物质变换构成了社会存在和发展的现实基础；历史则是人的实践活动在时间中的展开，是"自然界对人说来的生成过程"。"只要有人存在，自然史和人类史就彼此相互制约。"（马克思）所以，马克思在《德意志意识形态》中指出，把人与自然界的关系从历史中排除出去，必然使历史虚无化，从而走向唯心主义历史观。马克思的这一见解是正确而深刻的。

马克思在《神圣家族》中说过，实物是为人的存在，是人的实物存在，同时也就是人为他人的定在，是他对他人的关系，是人对人的社会关系。这里的"实物"是指劳动产品。把马克思的这段话转换成通俗的语言来说，那就是，作为物质实践对象化的劳动产品，"实物"与"实物"关系的背后是人与人的关系，是人与人之间活动互换的关系，或者说，"实物"不仅体现着人与自然的关系，而且体现着人与人的关系。

有一种观点认为，历史唯物主义的伟大之处就在于，它从人与人关系的背后发现了物与物的关系。我的观点正好相反。在我看来，历史唯物主义的划时代贡献就在于，它从物与物关系的背后发现了"人对人的社会关系"以及人与自然的关系，并从人与自然和人与人这双重关系中追溯出人的实践活动的意义。正是把人与自然之间的实践关系作为历史的基础，历史唯物主义力图通过对人与自然关系的改变来改变人与人的关系，通过对私有制条件下的人对物占有关系的扬弃来改变人与人的关系，从而"推翻那些使人成为受屈辱、被奴役和被蔑视的东西的一切关系"，"把人的世界和人的关系还给人自己"（马克思）。

讲到这里，我们碰到一个无法回避的问题，那就是作为一种世界观，历史唯物主义与辩证唯物主义、实践唯物主义是一种什么样的关系？这是我们需要认真对待的问题。

我们应当注意，在实践活动中，人在按"人的方式同物发生关系"的同时，使"物按人的方式同人发生关系"，结果使自然或物以人的方式而存在，使人与自然的关系成为一种"为我而存在"的关系。这种"为我而存在"的关系是一种否定性的矛盾关系。人要维持自身的存在，肯定自身，就要对自然界进行否定性的活动，改变自然界的原生形态并在其中注入人的目的，使之成为"人化自然""为我之物"。与动物不同，人总是在不断制造与自然的对立关系中去获得与自然的统一关系的，对自然客体的否定正是对主体自身的肯定。这种肯定、否定的辩证法使人与自然处于双向运动中：实践在改造自然界的同时，又改造着人本身；在把自然转化为社会的要素，使自然成为"历史的自然"的同时，又使历史成为"自然的历史"。

人与自然之间这种"为我而存在"的否定性的矛盾关系是最深刻、最复杂的矛盾关系。马克思之前的众多哲学大师都没有意识到这种矛盾关系及其基础地位，致使唯物主义自然观与唯物主义历史观"咫尺天涯",唯物论与辩证法遥遥相对。中国著名的历史学家、文学家郭沫若有一著名诗句,那就是:"沧海横流,方显出英雄本色。"在我看来,马克思就是这样的"英雄",思想中的英雄。马克思之所以成为思想中的英雄,就在于他高出一筹,而他高出同时代思想家一筹的地方就在于:通过对人的实践活动及其历史发展全面而深入的剖析,创立了历史唯物主义,科学地解答了人与自然和人与社会的关系,即人与世界的关系问题,从而在实现唯物主义自然观与唯物主义历史观统一的同时,实现了唯物论与辩证法的统一。这就是说,历史唯物主义创立之日,也就是辩证唯物主义形成之时。

我对列宁的这样一种观点持保留态度,那就是,历史唯物主义是把唯物主义"对自然界的认识推广到对人类社会的认识",而"物质的存在不依赖于感觉。物质是第一性的。感觉、思想、意识是按特殊方式组成的物质的高级产物。这是一般唯物主义的观点,特别是马克思和恩格斯的观点"(列宁)。我之所以对这一观点持保留态度,是因为列宁在这里把马克思的唯物主义等同于"一般唯物主义",并把这种"一般唯物主义"作为历史唯物主义的理论基础,这就忽视了马克思的唯物主义与"一般唯物主义"的根本区别。

我不能同意斯大林的这一观点,那就是,历史唯物主义是辩证唯物主义在社会历史领域中的"推广"和"应用",而辩证唯物主义是一种研究自然界的方法和解释自然界的理论。研读斯大林的著作可以看出,在这种所谓的辩证唯物主义中,自然是脱离了人的活动的自然,是从历史中抽象出来的自然,实际上就是马克思在批判费尔巴哈时所说的那种"开天辟地以来就已存在的、始终如一的东西"。以这样一种抽象的自然为本体去建构历史唯物主义,必然使实践的本体论意义以及人的主体性被遮蔽,从而悄悄地走向马克思所批判的"抽象物质的或者不如说是唯心主义的方向"。在斯大林那里,唯物主义实际上成为一种"抽象的唯物主义",历史唯物主义划时代的贡献在相当大的程度上被抹杀了。

　　无论从历史上看，还是从逻辑上说，历史唯物主义都不是一般唯物主义或所谓的辩证唯物主义在历史领域里的"推广"和"应用"。在马克思主义哲学体系中，不存在一个独立的、作为理论基础的辩证唯物主义，也不存在一个独立的、具有应用性质的历史唯物主义。相反，那种"排除历史过程"，脱离了历史唯物主义的所谓的辩证唯物主义不是马克思的辩证唯物主义，就其实质而言，它只能是自然唯物主义在现代条件下的"复辟"。正如马克思在《资本论》中所说的，那种排除历史过程的、抽象的自然科学的唯物主义的缺点，每当它的代表越出自己的专业范围时，就在他们的抽象的和唯心主义的观念中立刻显露出来。

　　在我看来，"辩证唯物主义"和"历史唯物主义"不是两个主义，而是同一个主义，即马克思的"新唯物主义"。马克思的"新唯物主义"就是历史唯物主义，辩证唯物主义不过是历史唯物主义的代名词。全部社会生活在本质上是实践的，而实践活动本身就是一种否定性的辩证法。在《1844年经济学哲学手稿》中，马克思指出，黑格尔的否定性辩证法的伟大之处首先在于，它把人的自我产生看作一个过程，把对象化看作失去对象，看作外化和这种外化的扬弃，所以，黑格尔抓住了劳动的本质，把对象性的人、现实的人理解为他自己的劳动结果。作为黑格尔辩证法的扬弃，作为全部社会生活哲学反映的历史唯物主义，本身就蕴含着否定性的辩证法，本身就是唯物主义与辩证法的统一。辩证法在对现存事物的肯定的理解中同时包含对现存事物的否定的理解，即对现存事物必然灭亡的理解；辩证法对每一种既成的形式都是从不断的运动中，因而也是从它的暂时性方面去理解。所以，辩证法本质上是批判的和革命的。把辩证唯物主义看作是历史唯物主义的代名词，是为了透显历史唯物主义所内含的辩证法维度及其批判性和革命性。

　　在我看来，"历史唯物主义"与"实践唯物主义"也不是两个主义，而是同一个主义，即马克思的"新唯物主义"。马克思的"新唯物主义"就是历史唯物主义，实践唯物主义不过是历史唯物主义的又一代名词。我刚才已经说过，历史唯物主义内含着辩证法维度及其批判性和革命性，所以，它总是在对现存事物的肯定的理解中同时包含着对现存事物的否定的理解。这种对现存事物的否定的理解实际上就是通过改变现存事物，使现存世界革命化，而"对实践的唯物主义者即共产主义者来说，全部问题都在于使现存世界革命化，实际地反对并改变现存的事物"（马克思）。所以，实践唯物主义与历史唯物主义具有内在的、本质的一致性。把实践唯物主义看作是历史唯物主义的又一代名词，是为了透显历史唯物主义所内含的实践原则及其批判性和革命性。

讲到这里，我们也就不难理解马克思的那句名言了，那就是，"我们仅仅知道一门唯一的科学，即历史科学"。以现实的人为思维坐标，以实践为出发点范畴和建构原则，去探讨人与自然和人与社会的关系，即人与世界的关系，使历史唯物主义展现出一个新的理论空间，一个自足而又完整、唯物而又辩证的世界图景。这就是说，历史唯物主义不仅仅是一种历史观，更重要的，是一种世界观，"唯物主义世界观"。由于历史唯物主义内含着辩证法维度和实践性原则，所以，在《德意志意识形态》中，马克思又指出，历史唯物主义是"真正批判的世界观"。

……

在我的演讲即将结束的时候，我想简要概括一下我的演讲的中心内容。那就是，马克思从批判人的生存的异化状态入手，提出了研究劳动如何在历史上发生异化，人类如何扬弃异化而获得解放，每个人如何得到自由而全面发展的问题。这样，问题就转换了，人类解放变成了一个全新的哲学问题。这个问题犹如一条金色的牵引线，引导着马克思创立了一种新唯物主义世界观，即历史唯物主义。

由此，我不由自主地想起了马克思在《青年在选择职业时的考虑》中所说的一段至理名言，那就是，"如果我们选择了最能为人类福利而劳动的职业，那么，重担就不能把我们压倒，因为这是为大家而献身；那么，我们所感到的就不是可怜的、有限的、自私的乐趣，我们的幸福将属于千百万人，我们的事业将默默地、但是永恒发挥作用地存在下去，而面对我们的骨灰，高尚的人将洒下热泪"。一个中学刚刚毕业、年仅 17 岁的青年，似乎为自己写下了墓志铭，实际上是为一种新的思想竖起了凯旋门。在我看来，这是一个崇高的选择。这个选择从精神上和方向上决定了马克思的一生。实现人类解放让马克思一生魂牵梦萦，而历史唯物主义的宗旨就是实现无产阶级和人类解放。

谢谢大家！

历史规律研究中的三个重大问题
——在中山大学的演讲

尊敬的徐俊忠教授、李萍教授，老师们、同学们：

大家好！

来到以中国革命的伟大先驱者——孙中山命名的高等学府，和各位老师、同学一起探讨历史规律问题，我深感高兴和荣幸。

孙中山先生说过："世界潮流，浩浩荡荡，顺之者昌，逆之者亡。"这个"潮流"实际上就是规律，历史规律。所以，今天，我和你们一起讨论的是历史规律问题。之所以讲这个问题，有三点考虑：一是自维科创立历史哲学以来，历史规律问题一直是西方历史哲学关注的中心问题，至今仍然是西方历史哲学争论的焦点；二是科学地解答历史规律问题是马克思主义对人类思想史的巨大贡献，然而，马克思主义的历史规律理论在当代又受到种种的曲解、非难和挑战；三是历史规律理论是整个马克思主义的核心理论，同时又是一个问题的王国，当代实践、科学和哲学本身的发展表明，需要重新审视马克思主义的历史规律理论。因此，我准备从历史规律的形成机制和表现形式、认识和把握历史规律的特殊路径、社会发展的合规律性与人的活动的目的性这三个方面讲一讲马克思主义的历史规律理论。

一、历史规律的形成机制和表现形式

列宁在《哲学笔记》中提出一个重要命题，那就是，"客观过程的两个形式"。哪两个形式？一是自然运动；二是人的活动。列宁的原话是这样的："客观过程的两个形式：自然界（机械的和化学的）和人的有目的的活动。"列宁的这一命题实际上是要说明，自然运动与人的活动属于两个不同系列的发展形式：自然运动是一种自在形式，人的活动属于自为形式。

自然运动，从机械运动、物理运动、化学运动到生物运动，都以一种自发的、盲目的方式存在着，自然规律就形成、存在和实现于这种自发的、盲目的活动之中，与人的活动无关，就像荀子所说的那样，"天行有常，不为尧存，不为桀亡"。与自然运动不同，人的活动总是按照自己设定的目标自觉进行的，正如马克思在《神圣家族》中所说，"历史无非是追求着自己目的的人的活动而已"。一次地震可以毁坏一座城市，可以毁灭众多的人口；一场战争也可以毁坏一座城市，可以毁灭众多的人口。可地震就是地震，是盲目发生的自然运动，在它的背后没有任何利益诉求，没有任何目的。而战争不同，战争是人的自觉行为，在它的背后有强烈的利益诉求，是不同的民族、阶级为了自己的特殊利益而进行的有目的的活动。人是社会的主体，人的活动构成了历史活动，没有脱离人的活动的历史活动，历史规律就形成、存在和实现于人的有目的的活动之中。

历史不同于自然。自然领域中所发生的一切都是盲目作用的结果，没有任何的预期的目的；在历史领域中进行活动的，是有意识的人，是凭激情行动的人，是追求某种目的的人，任何事情的发生都不是没有自觉的意识，没有预期的目的的。但是，历史又离不开自然。从根本上说，人类社会就是在人与自然的物质变换过程中形成和发展起来的。离开了人与自然的关系，社会只能建立在虚无之上，只能是"无地自容"。社会实际上是人与自然的关系和人与人的关系双重关系的统一，人对自然的关系制约着人与人的关系，人与人的关系又制约着人对自然的关系。从总体上看，一部人类社会史，就是人们不断解决人与自然的矛盾、人与人的矛盾的历史。所以，马克思在《1844年经济学哲学手稿》中指出：共产主义是"人和自然之间、人和人之间的矛盾的真正解决"。

那么，是什么力量把社会与自然区别开来，同时又把社会与自然联系起来的？是人的实践活动。由自身的"肉体组织所决定"，人们必须首先从事改造自然、以满足自己物质需要的物质活动。实践就是人以一种物质力量改造自然，并从自然中获取物质力量以满足自己物质需要的活动，是人以自身的活动来引起、调整和控制人与自然之间物质变换的过程，正是在这个过程中形成了人与自然的现实关系；为了实现人与自然之间的物质变换，人与人之间又必须互换其活动，并在这个过程中必然结成一定的社会关系，包括政治关系、思想关系。

马克思在《德意志意识形态》中说过三段与此相关的重要论述：一是"以一定的方式进行生产活动的个人，发生一定的社会关系和政治关系"，"人们的想象、思维、精神交往在这里还是人们物质行动的直接产物"；二是"这些个人所产生的观念，或者是关于他们对自然界的关系的观念，或者是关于他们之间的关系的观念，或者是关于他们自身的状况的观念……都是他们的现实关系和活动、他们的生产、他们的交往、他们的社会组织和政治组织有意识的表现，而不管这种表现是现实的还是虚幻的"；三是"如果在全部意识形态中，人们和他们的关系就像在照相机中一样是倒立成像的，那么这种现象也是从人们生活的历史过程中产生的，正如物体在视网膜上的倒影是直接从人们生活的生理过程中产生的一样"，这是一个形象而深刻的比喻。

我之所以不厌其烦地引述马克思的话，是为了说明实践内在地包含着三重关系，这就是人与自然的关系、人与人的关系以及人与其意识或观念的关系。正是这些关系的总和构成了社会的基本关系，而历史规律就直接依存于社会关系。可以说，实践是社会关系和历史规律的发源地。从本质上说，历史不过是人的实践活动在时间中的展开。所以，马克思在《德意志意识形态》中认为，只要描绘出这个能动的生活过程，历史就不再像抽象的经验论者所认为的那样，是一些僵死的事实的汇集，也不再像唯心主义者所认为的那样，是想象的主体的想象活动。正是以此为前提，马克思主义确立了科学的历史规律观念。

按照马克思的观点，历史规律直接依存于人的社会关系，但它形成于人的实践活动之中。马克思不同于黑格尔。黑格尔只承认历史规律实现于人的活动之中，但不承认历史规律形成于人的活动之中。在黑格尔看来，历史规律是先于历史而形成的"绝对计划"，人不过是实现这种"绝对计划"的工具，即使像拿破仑这样的伟大人物，也不过是"骑在马背上的绝对精神"。所以，尽管黑格尔一再说，没有人的活动任何伟大的事业都不可能成功，尽管黑格尔一再说，绝对精神和人的活动构成了世界历史的经纬线，但由于黑格尔仅仅把人看作是实现历史规律的工具，所以，他只是在形式上肯定了人的能动性，实际上彻底、干净地剥夺了人的能动性、创造性、主体性。在黑格尔那里，绝对精神成为一种新的迷信，高高地耸立在祭坛上让人们顶礼膜拜。

马克思不仅承认历史规律实现于人的活动中，而且确认历史规律形成于人的活动中。在马克思看来，实践是人与自然之间物质变换的过程，可人的实践活动不仅包含着人与自然之间的物质变换，而且包含着人与人之间的活动互换。没有人与人之间的这种"活动互换"，人们就无法成为一个整体，无法以"人类"的形式实现人与自然之间的物质变换。更重要的是，实践是主观之于客观的活动，在这个过程中，观念转变为现实存在，现实存在转变为人的观念，用毛泽东的话来说，就是"物质变精神，精神变物质"。这就是说，实践还包含着人与自然之间物质和观念的转换。

物质转换是人的活动和自然运动共同具有的，这表明，人的活动也必须遵循物质运动的共同规律。问题在于，人与自然之间的这种物质转换又不同于自然物之间的物质转换，不是纯粹的物质转换，而是同人与人之间的活动互换，同物质与观念的转换交织在一起的，并受到人的目的的支配。正如马克思在《资本论》中所说的那样，劳动过程结束时得到的结果，在这个过程开始时就已经在劳动者的头脑中作为目的、以观念的形式存在着，而且这个目的是劳动者"所知道的，是作为规律决定着他的活动的方式和方法的"。

人的实践活动所包含的人与自然之间的物质变换、人与人之间的活动转换，以及物质和观念的转换，是"三位一体"的转换。在这种"三位一体"的转换过程中，自在自然转变为"人化自然"，"自在之物"转变为"为我之物"，人与自然的关系成为"为我而存在"的关系；与这种"为我而存在"的关系共生、并制约着这种关系的，是人与人之间的社会关系，社会关系一旦形成又反过来制约人的活动。历史规律就直接依存于人与自然的这种"为我而存在"的关系和人与人的社会关系，形成于实践所造成的人与自然的物质变换，人与人的活动互换以及物质和观念的转换过程中。

反过来说，正是在"物质变换""活动互换"以及"物质和观念转换"这"三位一体"的转换的过程中，形成了为自然运动所不具有的特殊运动规律，这就是体现主体活动特点，包括物质运动在内的人的实践活动规律。全部社会生活在本质上是实践的，人的实践活动规律实际上就是社会发展规律，也就是历史规律。用恩格斯的话来说就是，历史规律是"人们自己的社会行动的规律"。离开了人的实践活动以及个体之间的相互作用，历史规律就失去了赖以存在和发挥作用的场所。人的实践活动的确是社会关系和历史规律的发源地。

讲了这么多，其实就是为了说明一点，那就是，从规律的形成机制看，历史规律不同于自然规律，自然规律形成于自然界诸因素盲目的交互作用过程，历史规律则形成于人的有目的的实践活动过程。

从规律的表现形式看，历史规律也不同于自然规律，因为自然规律主要表现为动力学规律，历史规律则主要表现为统计学规律。

所谓动力学规律，是指事物之间一一对应的确定联系，也就是一种事物的存在必定导致另一种确定事物的发生。自然规律的特点是现实性，也就是每时每刻都在起作用，如万有引力定律每时每刻都在支配着每一个事物。在动力学规律作用下，偶然现象可以忽略不计。统计学规律则不是指事物之间一一对应的确定联系，而是指一种必然性和多种随机现象之间的规律性联系。对于统计学规律来说，偶然现象不仅不能忽略不计，相反，正是在对大量偶然现象的统计中才能发现其中的规律性。在人的活动中，事物、现象如果不是"大量"发生，它们之间就表现为一种非确定的联系；如果是"大量"发生，它们之间就表现为一种确定的联系。这就像抛掷同一个质量均匀的硬币，出现正面或反面都是偶然的，但在大量抛掷的情况下，出现正面和反面的概率大体上是 1/2，体现出一种规律性。

历史规律不是每时每刻都在起作用，而是表现为一种趋势，一种最终的要求，一种最终必然性，一种最终平均数，正如马克思在《资本论》中所说，"规则只能作为没有规律性的盲目起作用的平均数规律来为自己开辟道路"。比如，等价交换规律并不是指每一次交换都是等价的，而是无数次交换的最终平均数。又如，就个人而言，生男生女是偶然的，但从整个社会看，男女比例的形成存在着一种规律性。我们应当理解和把握历史规律的这一特点，而不能按照自然规律的特点来要求历史规律，从而得出否定历史规律的结论。在我看来，按照自然规律的特点要求历史规律，实际上是一种形而上学的思维方式。

正因为自然规律主要表现为动力学规律，历史规律主要表现为统计学规律，所以，自然科学不仅可以预见，而且可以准确地预报自然事件的发生；社会科学只能预见社会发展的趋势，很难准确地预报历史事件的发生。通俗一点说，预报与预见既有联系又有区别。预报是对某一事物在确定的时空范围内必然或可能出现的判断，预见则是以规律为依据的关于事物发展趋势的判断，或者说，是一种只涉及发展趋势的判断。

自然规律主要表现为动力学规律，所以，自然科学既能预见又能预报。比如，自然科学关于日食、月食的预报不仅准确到月和日，而且精确到时和分。历史规律主要表现为统计学规律，所以，社会科学只能预见而不能预报。社会生活的特殊性，人的活动的能动性，使得具体历史事件发生的时间、地点和人物不可能被预报。但是，在社会生活中，我们可以预见发展趋势，可以预见某一社会活动、历史事件的最终结局，可以预见社会发展的未来走向，而这种预见正是以发现和把握历史规律为前提的。

讲到这里，我想起了卡西尔的一个相关的观点。卡西尔认为，社会科学不可能预见事实，但我们可以借助符号思维的力量为理智地解释这些事实做准备。我不能认同卡西尔的这一观点。如果社会科学的最高成就就是解释事实，那么，社会科学只能是事后诸葛亮，只能是黑格尔所说的黄昏时才起飞的猫头鹰。卡西尔有意无意地贬低了社会科学的价值。

我们应当注意这样一个问题。什么问题？那就是人的活动的自觉性与社会发展的自在性的关系。在我看来，人的活动的自觉性并不能否定社会发展的自在性，二者的关系并非如同冰炭，难以相容。相反，它们是同一过程的两个方面。在1890年9月致布洛赫的信中，恩格斯用"历史合力说"形象地说明了这一问题：历史结果总是从许多单个意志的相互冲突中产生的，因为任何一个人的愿望都会受到另一个人的妨碍，而最后出现的结果就是谁都没有希望过的事物。这样就有无数互相交错的力量，有无数个力的平行四边形，由此就产生出一个合力，即历史结果，这个结果实际上是一个作为整体的、不自觉地和不自主地起作用的力量的产物，所以到目前为止的历史总是像一种自然过程一样地进行。在我看来，恩格斯的"合力论"实际上就是规律论。不过，这里有三个问题应当引起我们的注意：一是人的意志与历史运动的关系；二是单个意志与社会条件的关系；三是个人活动之间的关系。

对于人的活动来说，意志是非常重要的。人们常说的"狭路相逢勇者胜"，讲的就是意志的作用。孔子所说的"三军可夺帅，匹夫不可夺志"，讲的也是意志的作用。《易经》中所说的"天行健，自强不息"，讲的同样是意志的作用。人有意志，而且人的意志必然通过人的实践活动体现、凝聚在自己的创造物上。可是，人又不能完全凭借自己的意志，按照自己的主观意图去创造历史，相反，人的意志及其作用的大小必然受到社会关系、历史条件的制约，无论人的意志多么坚强，它也不可能超越社会关系、历史条件。马克思在《路易·波拿巴的雾月十八日》中指出："人们自己创造自己的历史，但是他们并不是随心所欲地创造，并不是在他们自己选定的条件下创造，而是在直接碰到的、既定的、从过去承继下来的条件下创造。一切已死的先辈们的传统，像梦魇一样纠缠着活人的头脑。"如果人们能够不受社会关系、历史条件的限制，完全按照自己的目的，按照自己的意志创造历史，那么，历史就不会充满苦难，而早就进入"大同社会"或"美好的天堂"了。这是其一。

其二，个人意志，也就是恩格斯所说的"单个意志"不是凭空产生的，也不是生而就有的，而是由"许多特殊的生活条件，才成为它所成为的那样"。恩格斯的这一观点实际上表明，人的意志，包括"单个意志"不是人的生物性的本能，而是人的社会性的凝聚，所以，不同社会的人会表现出不同的意志。比如，在现代中国，憧憬实现民族独立、国家富强、人民幸福的中国人，展现出一种感天动地的意志；在当代中国，憧憬实现社会主义现代化和中华民族伟大复兴的中国人，焕发出前所未有的意志。在我看来，这种意志惊天地，泣鬼神。

其三，包含着个人意志的个人活动都是有目的的、自觉的，它们之间的冲突之所以构成社会发展的"合力"，使社会发展"像自然过程一样进行"，是因为他人活动制约某人活动，他人活动就是制约某人活动的客观条件；前人活动制约后人活动，前人活动就是制约后人活动的客观条件；在前人活动中，个人活动又是相互制约的；他人活动在某人活动之外，前人活动在后人活动之前，因而它们都具有非选择性，即不以某人、后人的主观意志为转移。在 1894 年 1 月致博尔吉乌斯的信中，恩格斯指出："人们自己创造自己的历史，但是到现在为止，他们并不是按照共同的意志，根据一个共同的计划，甚至不是在一个有明确界限的既定社会内来创造自己的历史的。"这就是我们常说的个人有意识和集体无意识的问题。在我看来，历史规律体现的就是个人有意识和集体无意识之间的张力，是一种社会合力。

这表明，社会发展仍然具有自在性的一面，同样是一种客观过程。所以，马克思在《资本论》中提出，社会历史过程与自然历史过程具有"相似"性。但是，我们应当注意，相似不等于相同。我们不能忽视社会发展的客观性，但也不能忘记社会发展的特殊性。在我看来，社会发展的特殊性就在于，它不是存在于人的活动之外，不可能脱离人的有目的的活动而独立自存，但社会发展的趋势又不以人的意识、意志为转移。历史规律就是社会发展的趋势，这里，关键是"势"。这个"势"一旦全面形成，一旦体现为人心所向，转化为人民群众的实践活动，就犹如"黄河之水天上来，奔流到海不复回"，势不可当。英国的工业革命、法国的政治革命、美国的独立战争、中国的新民主主义革命……都是如此。什么是势不可当？这就是势不可当。

人的活动的自觉性与社会发展的自在性的关系就像一个自相缠绕的哥德尔式的怪圈。在人类思想史上，只有马克思主义才打破了这一怪圈。马克思主义之所以能够打破这一怪圈，其秘密就在于，马克思主义既把人看作是历史的"剧作者"，又把人看作是历史的"剧中人"，从人的实践活动出发来理解社会与个人关系，从而达到了历史研究的"真正的出发点"。这是马克思在《哲学的贫困》中所说的，形象而又深刻。

二、认识和把握历史规律的特殊路径

历史是人的实践活动在时间中的展开，历史规律就形成于人的活动之中。具体的实践活动形成具体的历史规律，具体历史规律的性质、内容和起作用的范围直接依存具体的社会关系，其公式是"只要有……就会有……"。比如，只要有阶级存在，就会有阶级斗争规律；只要有商品生产存在，就会有价值规律；只要有货币存在，就会有货币流通规律，滥发钞票必然引起通货膨胀……这里，我们碰到了一个非常熟悉的命题，那就是"自由是对必然的认识"。

如何看待这一命题？这一命题是不是意味着，人们在从事某种历史活动之前，要先认识某种现成的历史规律，然后再从事某种历史活动。不是！在唯物主义历史观中，"自由是对必然的认识"这一命题绝不意味着，在人们从事某种历史活动之前有一个现成的历史规律可供认识，相反，对历史的思索和科学分析，总是从"事后"开始的，是从发展过程的结果开始的。历史运动是从过去到现在，认识历史则是从现在到过去。为什么？有以下三点原因：

第一，不存在任何一种预成的、纯粹的、永恒不变的历史规律，任何一种具体的历史规律都形成于特定的实践活动，依存于特定的社会关系；当这种特定的实践活动结束后，当这种特定的社会关系不存在时，这种特定的历史规律也就不复存在了。比如，新民主主义革命结束后，新民主主义革命的规律也就不复存在了；如果社会主义建设仍然以新民主主义革命的规律为依据，社会主义建设就会遭受挫折甚至失败。所以，在对历史的考察中抽象出来的历史的一般规律，绝不是可以适用于各个历史时代的药方或公式，相反，这些抽象离开了具体的历史就没有任何价值。

第二，以往的历史传统和既定的社会关系为新一代的实践活动提供了前提，并决定了新一代实践活动的大概方向；但这些历史传统，这些社会关系又在新一代的实践活动中不断被改变。正是在这种改变以往历史传统、社会关系的活动中，形成了决定新一代命运的新的历史规律。改革就是决定当代中国命运的关键抉择，是现实的中国人对中国人的现实的超越。

第三，只有当某种实践活动和社会关系达到充分发展、充分展示时，某种历史规律才能全面形成；只有在此时，人们才能真正认识和把握这种历史规律。比如，中国的新民主主义革命至少是从1921年开始的，而全面总结新民主主义革命规律的《新民主主义论》，则是毛泽东在1940年写成的。此时，新民主主义革命已经全面展开。资本主义社会产生于17世纪中叶，而马克思的《资本论》却写于19世纪中叶，而19世纪中叶正是资本主义发展的第一个高峰期。由此，我们就能够深刻理解马克思在《资本论》中提出的"从后思索法"了。马克思指出："对人类生活形式的思索，从而对它的科学分析，总是采取同实际发展相反的道路。这种思索是从事后开始的，就是说，是从发展过程的完成的结果开始的。"认识历史及其规律只能从"事后开始"，"从发展过程的完成的结果开始"。

我们应当明白，历史规律不仅存在，而且同样具有重复性。只要具备一定条件，某种历史规律会反复发生作用，成为一种常规现象。黑格尔只承认历史的规律性，但不承认历史规律的重复性。在黑格尔看来，历史发展有"自己的绝对的最后目的"，而达到这个目的的坚定不移的意向就构成了历史的规律性，因此，历史规律是在一种历时性、单线过程中表现出自己的决定作用的。这就是说，历史规律只有合目的性、单线性，而没有重复性。

马克思不同，马克思不仅承认历史的规律性，而且确认历史规律同样具有重复性。在马克思看来，历史规律是"以铁的必然性发生作用并且正在实现的趋势"，它同样具有重复性。"工业较发达的国家向工业较不发达的国家所显示的，只是后者未来的景象"，这是马克思在《资本论》中说的；"中国的社会主义跟欧洲的社会主义像中国哲学跟欧洲哲学一样具有共同之点"，这是马克思在《国际述评》中说的，这实际上是指出了历史规律的重复性。正是以历史规律的重复性为前提，马克思论证了"五种社会形态"理论，认为在不同的历史时期、不同的民族那里，可以产生相同的社会形态。尽管历史规律重复性在表现形式上不同于自然规律，但历史规律具有重复性却是毋庸置疑的。没有重复性，就不是规律。

问题在于，我们如何把握历史规律及其重复性？自然科学研究、发现和把握自然规律的根本方法是实验室方法，正如马克思在《资本论》中所说，"物理学家正是在自然过程表现得最确实、最少受干扰的地方考察自然过程的，或者，如有可能，是在保证过程以其纯粹形态进行的条件下从事实验的"。可是，社会科学无法进行这种实验室方法。为什么？已经逝去的社会关系无法在实验室中重建或模拟，现实中也不存在"纯粹形态"的社会，因此，社会科学不可能在"纯粹形态进行的条件下从事实验"。但是，在现实中又存在着某种社会关系的典型形态。因此，社会科学可以在某种社会关系发展得最为充分、某些经验事实得以全面展开的社会单位中考察历史过程，分析社会关系，从而发现和把握历史规律。这就是马克思主义的典型分析法。比如，在19世纪中叶，英国是资本主义经济发展的典型，法国是资本主义政治发展的典型，所以，《共产党宣言》就是以英国和法国为研究对象的,而《资本论》则是以英国为研究对象的。正是在这种典型分析中,马克思发现了剩余价值规律,发现了社会主义革命的历史规律。这是其一。

其二,"分析经济形式,既不能用显微镜,也不能用化学试剂,二者都必须用抽象来代替"。这是马克思在《资本论》中所说的形象而深刻的话。的确是这样,再好的望远镜看不到社会关系、历史规律,倍数再高的显微镜看不透社会关系、历史规律,无论用什么样的化学试剂也显现不出社会关系、历史规律,没有一个化学家看到了商品中的价值关系。对于整个社会科学来说,科学抽象是"唯一可以当作分析工具的力量",科学抽象法具有普遍意义。正是借助"抽象力",马克思在研究过程中分析社会关系的各种形式,分析这些形式的内在联系,分析历史资料各个层次之间的连贯性,从而发现了历史规律,并使"完整的表象蒸发为抽象的规定";正是借助于"抽象力",马克思在叙述过程中使这些"抽象的规定在思维行程中导致具体的再现",从而使"材料的生命""现实地反映出来"。马克思的这一见解抓住了社会科学研究的根本特征。

其三,生产力是社会发展的最终决定力量,生产关系是社会关系中的"原始的关系",所以,只要把社会关系归结于生产关系,把生产关系归结于生产力水平,我们就能从仅仅记载社会现象进入到科学分析社会现象,从而发现历史规律及其重复性。这是列宁在《什么是"人民之友"以及他们如何攻击社会民主党人》中所说的。在列宁看来,"没有这种观点,也就不会有社会科学"。

讲到这里,我想提请大家注意现代西方历史哲学对待历史规律的态度。为什么?因为从狄尔泰开始,越来越多的思想家开始怀疑、否定历史规律的存在,从克罗齐开始,否定历史规律的观点甚至成为社会科学中的主导思潮,几乎成为一种"流行病"。现代西方历史哲学是如何否定历史规律的?现代西方历史哲学否定历史规律的一个所谓的"强有力证据",就是所谓的历史不可重复。实际上,现代西方历史哲学是以历史事件的不可重复性来否定历史规律。按照现代西方历史哲学的见解，只有反复出现的东西才能形成规律，在自然界中，相同的事件反复出现，因而存在着规律；在历史中，一切都是"单纯的一次性东西"，历史事件都是个别的、不重复的，因而不存在历史规律。

的确，历史事件都是独一无二的，英国的工业革命、法国的政治革命、德国的哲学革命、美国的独立战争、日本的明治维新、中国的戊戌变法……都是非重复性的存在。不仅如此，历史人物也是独一无二的，秦皇汉武、唐宗宋祖、成吉思汗、克伦威尔、罗伯斯庇尔、林肯……都是非重复性的存在。

但是，由此否定历史规律却是不能接受的。戊戌变法是"一"，但改良、改革作为历史现象在古今中外的历史上并不罕见，是"多"；法国大革命是"一"，但资产阶级革命作为历史现象在近、现代历史上却重复可见，是"多"；秦皇汉武、唐宗宋祖、成吉思汗，克伦威尔、罗伯斯庇尔、林肯都是"一"，但时势造英雄却是一种规律。惊心动魄的法国革命把一些理发匠、修鞋匠、店员等"小人物"造就成资产阶级共和国的将军和领袖，波澜壮阔的中国革命使一些放牛娃、"煤黑子"、学生等"小人物"成长为人民共和国的将军和领袖……

这表明，要把历史事件、历史现象和历史必然性三个概念加以区分。历史事件是"一"，历史现象是"多"，在这多种多样的历史现象的背后，存在着只要具备一定的条件就会重复起作用的历史规律。历史规律就是一定条件下的社会事物之间的本质的、必然的联系，它的公式我刚才已经说了，就是"只要有……就会有……"。问题的关键在于，历史规律的重复性不等于历史事件的重复性。任何一个历史事件的产生都是必然性和偶然性共同作用的结果，正是其中的偶然性使历史事件各具特色、不可重复，规律重复的只是同类历史事件中共同的、本质的东西，它不是也不可能是重复其中的偶然因素。实际上，历史规律的重复性正是在一个一个不可重复的历史事件中体现出来的。1640 年的英国革命、1789 年的法国革命、1911 年的中国辛亥革命……这一个个不可重复的历史事件的出现，体现的不正是资产阶级革命的历史规律吗？

实际上，任何事件，包括自然事件都是必然性和偶然性共同作用的结果，因而都是不可重复的。当年，莱布尼茨在德国皇家花园给宫女们上哲学课，说没有两片绝对一样的树叶，其实质不正是指自然事件也是不可重复的吗？康德时代的里斯本大地震和 1976 年的唐山大地震是完全一样的吗？不一样！严格地说，自然事件也是不可重复的，自然规律也是在一个个不可重复的自然事件中体现出来的。现代西方历史哲学实际上夸大了自然事件与历史事件的差异性，混淆了历史事件、历史现象和历史规律的区别，并把历史规律的重复性等同于历史事件的重复性，所以，当现代西方历史哲学用历史事件的不可重复性来否定历史规律时，恰恰说明它没有真正理解必然性和偶然性的关系，没有真正理解可重复的历史规律与不可重复的历史事件之间的内在联系。

现代西方历史哲学否定历史规律的又一个所谓的"强有力的根据"，就是历史无法认识。实际上，现代西方历史哲学是以历史认识的相对性来否定历史规律。这一特征在克罗齐的历史哲学中得到了集中体现。按照克罗齐的观点，人们是通过历史知识、历史资料去认识历史的，但这些历史知识、历史资料都不是客观的，而是史学家主观意识的产物；只有现实生活的兴趣才能促使人们去研究过去，人们又总是根据当代意识去认识、评价历史的，因此，"一切历史都是当代史"，或者说，"当代性"是一切历史的内在特征；正是这种"当代性"使得人们只能知道与现实生活有关的有限的、特定的历史，其余的历史是关于"物自体"的幻想，只是我们无限性想象的具体化。克罗齐由此认为，在打上了"当代性"烙印的有限的、特定的历史中去寻找"普遍史""永远不会成功"，历史"无任何规律可循"，必须抛弃历史规律观念。

克罗齐的确提出一个重要问题，那就是人们认识历史的特殊性问题。"一切历史都是当代史"的合理之处就在于，它揭示了历史认识总是从现在出发，由"后"往"前"追溯的逆向过程。我刚才说了，对历史的认识和科学分析，总是从"事后"开始，从发展过程的结果开始。但是，克罗齐走得太远了，他把一切都相对化、主观化了，以至否定了历史的客观性、规律性。从认识论的角度看，克罗齐至少犯了两个错误：

其一，割裂了现实与历史的关系。无疑，历史是已经逝去的过去，无论是认识过去的社会形式，还是认识过去的历史事件，抑或是认识过去的历史人物，认识者都无法直接面对认识对象。正是历史认识的这一特殊性造成了历史认识的相对性及其特殊困难。但是，历史虽属过去，但它并没有在人间"蒸发"，完全消失，化为无，而是或者以"还未克服的遗物"的形式，或者以"萎缩的形式"，或者以"歪曲的形式"，或者以"发展的形式"存在于现实社会中；现实社会是历史的延续、缩影，因而提供了认识历史的钥匙。所以，马克思在《1857—1858年经济学手稿》中所说的，"作为生产过程的历史形式的资产阶级经济，包含着超越自己的、对早先的历史生产方式加以说明之点"。"这些启示连同对现代的正确理解，也给我们提供了一把理解过去的钥匙。"正因为如此，马克思在《〈政治经济学批判〉导言》中指出，通过对资本主义社会结构的理解，"能使我们透视一切已经覆灭的社会形式的结构和生产关系"。

当然，从现在出发认识过去并不是无条件、无前提的。马克思认为，要想从现在出发正确地理解过去，一是需要有"完全确定的材料"；二是需要现实社会进行自我批判，需要达到"对现代的正确理解"。在马克思看来，只有当现实的社会形式"能够进行自我批判"时，才能对过去的社会形式"作客观的理解"，否则，只能"作片面的理解"。马克思在《〈政治经济学批判〉导言》中指出："基督教只有在它的自我批判达到一定程度时，可以说是在可能范围内完成时，才有助于对早期神话作客观的理解。同样，资产阶级经济学只有在资本主义社会的自我批判已经开始时，才能理解封建的、古代的和东方的经济。"马克思高出克罗齐一筹的地方就在于，它借助一种辩证的思维方式，揭示了现实与历史的内在联系，既说明了从现实出发认识历史的可能性，又指出了达到"客观理解"历史的必要条件——现实社会"进行自我批判"。

其二，割裂了有限与无限的关系。只要具备一定的条件，规律就可以在无限的事物中发挥作用，重复出现。在这个意义上说，规律的确是无限的形式。但是，规律的这种无限性不需要也不可能在无限多的事件中得到证明。实际上，在一定的有限事件中证明了某种规律的存在，也就是在无限的同类事件中证明了这种规律的存在。解剖一只麻雀所发现的结构与解剖一百只麻雀所发现的结构，没有本质区别。要求从无限的历史事件去验证历史规律，实际上是一种形而上学的要求。它表明，克罗齐割裂了有限与无限的内在联系，重归黑格尔早已批判过的"恶无限"观念上，并在这条道路上走到了逻辑终点。

要深入而全面地把握马克思主义的历史规律理论，我们还需要理解社会发展的合规律性与人的活动的目的性的关系。在一定意义上说，社会发展的合规律性与人的活动的目的性的关系问题是历史观的核心问题。所以，我在下面单独讲这个社会发展的合规律性与人的活动的目的性的关系问题。

三、社会发展的合规律性和人的活动的目的性

"历史规律是人的活动规律"，这是就历史规律的存在和作用方式来说的，其意是指，历史规律既不是存在于人的活动之前，也不是存在于人的活动之外，而是存在于人的活动之中，不存在某种活

动就不存在某种历史规律。但是，我们应当注意，直接决定人的活动的，不是历史规律，而是人的动机和目的。问题在于，人的动机和目的有的符合规律，有的并不符合规律；人们活动的结果有的是预期的，有的不仅不是预期的，相反，是违背人们预期的。心想事成，那是人们的良好祝愿；事与愿违，那是生活和历史中常见的现象。所以，"历史规律是人的活动规律"，并不是指人的活动都是合乎历史规律的。

就人的活动与历史规律的关系而言，凡是顺应历史规律的活动，都是社会进步运动，社会进步运动的倡导者、组织者就是历史中的英雄，流芳百世；凡是逆历史规律而动者，则是历史中的小丑，遗臭万年；主观愿望好，但行为不符合甚至违背历史规律、壮志未酬者，是历史中的悲剧性人物。凡属智慧超群、品德高尚而不容于世、终以身殉者，都是悲剧性人物。悲剧性的事件必然造就悲剧性的人物。林则徐"苟利国家生死以，岂因祸福避趋之"的胸襟，爱国主义的情怀，在德义上具有优势，可从历史潮流看，林则徐壮志难酬，失败难以避免，因而成为历史中的悲剧性人物。在19世纪中叶中国与西方国家的冲突中，处于封建社会的中国"维护道德原则"，而进入资本主义历史阶段的西方国家则"以发财的原则来对抗"，结果是中国社会的"崩溃"，古老的帝国"在这样一场殊死的决斗中死去"。在《鸦片贸易史》中，马克思认为，用"悲剧"这一概念揭示了中国在与西方国家进行"殊死的决斗"中难以避免的失败及其客观原因。在马克思看来，"这的确是一种悲剧，甚至诗人的幻想也永远不敢创造出这种离奇的悲剧题材"。在我看来，"悲剧"不仅是美学范畴，不仅是戏剧艺术的一种形式，而且是一种历史观，一种价值观，是对历史上的个人和事件的一种评价尺度。

历史规律的存在表明，在历史领域同样有决定论的问题。尽管直接决定人们从事某种选择活动的是其目的、动机，但这种目的、动机的产生不是决定于人本身，而是决定于在人的活动中形成的利益关系、社会关系。人们之所以有这样或那样的目的，这样或那样的动机，这样或那样的活动，并非任意的、无原因的，而是被决定的。在社会发展过程中，尤其是历史的转折关头，往往存在着多种可能性，在这多种可能性中的哪一种可能性能够转变为现实，一方面要看客观条件，另一方面要看主观努力。这种主观努力就包括人的选择性，对某种可能性的选择，对活动方式的选择。历史决定论就表现在人的活动的目的性、选择性能否实现之中。

这里，关键是要分清人的选择的可能性与不可能性的界限。选择的可能性不是看活动的开始，而是看活动的结局，看这种选择与历史规律的要求是否一致。我们不能在两极对立中思维，或者要选择，或者要规律，或者把选择的可能性空间移到规律之外，认为越是无规律，选择的可能性就越大；或者把规律移到人的选择活动之外，认为只有在无选择的地方才能谈得上规律。实际上，历史规律就存在于人的选择活动之中，但又不依赖于人的选择活动，真正能达到目的的选择必须立足现实、符合历史规律。正如马克思在《资本论》中所说，"一个社会即使探索到了本身运动的自然规律……它还是既不能跳过也不用法令取消自然的发展阶段。但是它能缩短和减轻分娩的痛苦"。

就人类总体而言，社会发展的确是合规律的，具有决定性，正如恩格斯在1890年9月致布洛赫的信中所说的："我们自己创造着我们的历史，但……我们是在十分确定的前提和条件下创造的。其中经济的前提和条件归根到底是决定性的。""根据唯物史观，历史过程中的决定性因素归根到底是现实生产的生产和再生产。"人的活动的选择性，社会发展道路的多样性都不是对社会发展规律性、决定性的否定，不能由此认为社会的发展如瓶坠地，碎片四溅，没有确定的方向。把人类历史作为一个整体来考察，可以发现，五种社会形态的确是依次更替的，具有不可超越性、不可选择性。原始社会、奴隶社会、封建社会、资本主义社会、社会主义社会，这是人类总体历史的发展顺序,是人类总体历史的"自然的发展阶段"。

从人类总体历史来看,社会主义制度的出现没有也不可能早于资本主义制度,资本主义社会的产生没有也不可能早于封建社会,封建社会的形成没有也不可能早于奴隶社会,奴隶社会的出现更不可能先于原始社会,原始社会是人类社会的"原生形态"和出发点,所有民族在"人猿相揖别"之后,首先进入的都是原始社会。无论人类的智慧多么高超,无论人类的意志多么坚强,无论人类的选择多么明智,人类都不可能在原始社会选择资本主义社会。如果人们能够自由选择,那么,西方社会为什么曾经选择一个"黑暗的中世纪"?西方社会和东方社会都走过专制主义道路这一事实,说明人们的选择活动是有既定前提并受历史规律制约的。马克思在《〈政治经济学批判〉序言》中极为明确地指出:"无论哪一个社会形态,在它所能容纳的全部生产力发挥出来以前,是决不会灭亡的;而新的更高的生产关系,在它的物质条件存在条件在旧社会的胎胞里成熟以前,是决不会出现的。"马克思的这一观点正是针对人类总体而言的。

确认人类总体历史进程的不可超越性、不可选择性,并不是否定某一民族在特定的历史条件下能够超越一定的社会形态,并不是否定某一民族、某一阶级在可能性空间中对某种可能性的选择,对自己活动方式的选择;确认人类总体历史发展顺序的存在,并不是说,一切民族,不管他们所处的历史环境如何都注定要走五种社会形态依次更替的历史轨道。比如,西欧的日耳曼民族在征服罗马帝国之后,越过奴隶制,从原始社会末期直接走向封建社会,东欧的一些斯拉夫民族以及亚洲的蒙古族走着类似的道路;北美洲在欧洲移民到来之前仍处于原始社会,但随着欧洲移民的到来,北美洲迅速建立起资本主义制度,所以,马克思在《1857—1858 年经济学手稿》中指出,在美国,"资产阶级社会不是在封建制度的基础上发展起来的,而是从自身开始的",恩格斯 1890 年 2 月致左尔格的信中认为，"美国是纯粹的资产阶级国家，甚至没有封建主义的过去"，大洋洲也走着类似的道路；而在非洲，有的民族从奴隶制甚至从原始社会末期就直接走上了资本主义道路。

在《1857—1858年经济学手稿》中，马克思在概括资本主义社会产生的途径时指出："在现实的历史上，雇佣劳动是从奴隶制和农奴制的解体中产生的，或者像在东方和斯拉夫各民族中那样是从公有制的崩溃中产生的，而在其最恰当的、划时代的、囊括了劳动的全部社会存在的形式中，雇佣劳动是从行会制度、等级制度、劳役和实物收入、作为农村副业的工业、仍为封建的小农业等等的衰亡中产生的。"这一论述实际上指出了资本主义制度产生的三条道路：一是从封建制度的"衰亡"中产生，这是西欧资本主义制度产生的道路，也是资本主义社会产生的典型道路；二是从奴隶制或农奴制的"解体"中产生；三是从原始公有制的"崩溃"中产生。某一民族之所以能够超越一定的社会形态，以多种社会形态在空间上的并存为前提，与人的活动的选择性密切相关，或者说，是这个民族自觉选择的结果。

从历史上看，落后的民族征服了先进的民族之后，就会自觉或不自觉地适应被征服民族较高的生产力水平，"重新形成一种社会结构"，从而超越某种社会形态，如日耳曼民族征服罗马帝国之后的选择就是如此。这是其一。

其二，先进的民族征服了落后的民族之后，把自己较高的生产力、较高的社会关系"导入"到落后的民族之中，从而促进落后的民族超越一定的社会形态，选择更高级的社会形态，如"导入"印度的资本主义制度，"导入"英国的封建制度。对于落后的民族来说，新的生产力、新的社会制度不是从他们之中"自然发生的"，而是其他民族"带来的""导入的""转移来的"。"带来""导入""转移来"这三个词非常恰当，这是马克思在《1857—1858年经济学手稿》中提出的。

其三，当一个民族处在历史的转折点时，先进的社会关系、生产力对该民族具有更大的吸引力。在先进民族的"历史启示"下，落后的民族能够有意识地在先进的社会关系、生产力的框架中选择自己的发展形式，从而自觉地超越某种社会形态，进入先进的社会形态。

但是，我们必须明白，在这种自觉的选择活动的背后是不自觉的起作用的历史规律。在《德意志意识形态》中，马克思在分析古代日耳曼民族征服了罗马帝国，选择了封建制度这一历史现象时指出："定居下来的征服者所采纳的社会制度形式，应当适应于他们面临的生产力发展水平，如果起初没有这种适应，那么社会制度形式就应当按照生产力而发生变化。""封建制度决不是现成地从德国搬去的。它起源于征服者在进行征服时的战时组织，而且这种组织只是在征服之后，由于在被征服国家内遇到的生产力的影响才发展为现在的封建制度的。"这表明，由人的活动的选择性所造成的社会发展的跨越现象并不是对历史规律的否定，相反，它本身就是历史规律，尤其是生产关系一定要适合生产力状况这一根本规律的体现。

我们应当注意，人的选择活动往往不是表现为人们对历史规律的自觉认识和利用，而是人们对自己切身利益的关怀。马克思在《关于出版自由和公布等级会议记录的辩论》中明确指出："人们奋斗所争取的一切，都同他们的利益有关。"在《共产党宣言》中又指出："过去的一切运动都是少数人的或者为少数人谋利益的运动。无产阶级的运动是绝大多数人的、为绝大多数人谋利益的运动。""共产党人始终代表整个运动的利益。"历史上之所以发生革命，或者说人们之所以选择革命，是因为人们意识到不推翻统治阶级就不能维护自身的利益。问题在于，正是在这种对切身利益关怀的背后隐藏着历史规律的作用和要求。无论是资产阶级，还是无产阶级，都是在实现自己利益的同时实现历史规律作用的。历史规律只有通过人的选择活动才能实现。人们用不着组织月食党来实现月食的规律，但必须组织革命党来实现革命的规律，实现生产关系一定要适合生产力状况规律的要求。

我们还应当注意，人的选择活动面对的是现实，而不是历史。历史选择实际上是人们对现实中的可能性的选择，是人们对自己活动方式的选择问题。历史是不可选择的，它是无可改变的既成事实。在历史中谈论选择，只能是"假设""如果"。有的学者特别热衷于在历史中进行"假设"，特别热衷于用"如果……就……"的公式来研究历史，认为如果拿破仑在俄国不是打败仗而是打胜仗，欧洲目前的政治地图就会是另一个样子；如果当年法国路易十六逃跑时不是一个偶然因素使他无法逃脱，欧洲的历史就会因此而改观；如果没有推翻清王朝的辛亥革命而是实行改良，中国的历史就会因此而改变；如果戊戌变法成功了，中国的历史就会重写……美国历史学家斯魁尔在1931年出版了《假如我们的历史经过重写》一书，内容就是以历史中的"如果"为思路的，都是关于历史事件可能变化的推测。有事实吗？没有！斯魁尔在这里尽发千古遗憾之感慨，有的只是假设，只是"如果……就……"的主观愿望。

问题的实质在于，这种假设只是历史学家的一种价值观念，一种愿望，而历史有其内在规律，并不以"如果……就……"的公式为转移。对于历史研究来说，"如果……就……"是永远不能被验证的，因而是没有科学意义的。历史本身不需要"假设"，不需要"如果"。的确，在过去的社会发展中存在着多种可能性，而并非一种可能性。但是，当其中的一种可能性实现后，其他的可能性就被排除了。换句话说，历史已经排除了多种可能性，只承认一种可能性，那就是，已经实现、已经变为现实的可能性。

历史本身不需要假设，但我们能通过各种假设看出假设者的价值取向，能够透视出"如果……就……"的设计者对历史事实或者惋惜，或者谴责，或者总结经验，或者跌足追悔的历史心态。期望"如果不发生辛亥革命"者，向往的是君主立宪；期望"如果没有社会主义革命"者，向往的是资本主义或回到封建主义……可是，这种"如果"只能存在于主观观念中，而不是存在于客观历史中。

人的选择活动有目的，但并非都能合目的，个体的自主活动是如此，群体的社会活动更是这样，有目的与合目的是不能等同的；人类总体历史合规律，但不等于每个历史时段，每个历史事件都合规律；社会发展有规律，但社会发展本身并没有目的，社会发展有规律而无目的。我一直对社会发展是合规律性与合目的性的统一这一观点心存疑虑，持一种审慎的态度，有较大的保留。到目前为止，社会发展合谁的目的了？封建社会的产生绝不是为了实现蕴含在奴隶社会中的目的，社会主义社会的产生也绝不是资本主义社会发展的目的。在资本主义社会中，资本具有支配一切的权力，资本主义生产的目的第一是利润，第二是利润，第三还是利润，资产阶级从事一切活动的目的就是为了维护自身的利益，而不是为社会主义的产生创造物质基础。尽管在人的活动中存在着这样或那样的目的，但之所以形成这样或那样目的，并能实现这样或那样目的，不仅取决于人的活动，更重要的，是取决于现实的社会关系中所蕴含的可能性，所蕴含的必然性。

举个例子。太平天国的目的，是在地上建立一个有饭同吃、有衣同穿、无处不均匀、无处不平等的"天国"，可这个目的实现了吗？没有！不但没有实现，相反，以"天京"的陷落、石达开全军覆灭于大渡河的悲剧为结果。为什么？太平天国的目的缺乏客观依据。

再举个例子。资本主义社会的产生符合谁的目的？我们可能都会说符合资产阶级的目的，但这里有一个问题应当引起我们的深思。什么问题？那就是，如果资本主义社会的产生符合资产阶级的目的，那么，在资本主义社会产生之前，就应该先有资产阶级。可事实并非如此。马克思在《共产党宣言》中指出："现代资产阶级本身是一个长期发展过程的产物，是生产方式和交换方式的一系列变革的产物。"从历史上看，资产阶级形成、发展是与资本主义经济的形成、发展同步的，实际情况是资本主义经济发展到一定程度导致资产阶级有了自我意识之后，也就是资产阶级的思想家们意识到本阶级的利益、要求和使命之后，才把历史规律的客观要求变成自己的主观目的的。在这个意义上，目的是规律的主观形态，规律是目的的客观依据。没有反映体现客观规律的目的，只有主观性、缺乏客观依据的目的，是不能实现的空想、幻想甚至臆想。

当然，社会发展是在人的活动中实现的，但这一过程是人们不断修正自己的目的，而不是也不可能是修正历史规律的过程。换句话说，社会发展是人们不断修正自己的目的，使目的更加接近现实、更加符合规律，并不断转化为现实的过程。人们的目的是在不断校正误差的过程中实现的，但误差校正的标准是实践，而不是目的本身。在社会发展过程中，我们只能根据实际修正目的，使目的更加符合现实，更加符合规律，而不能背对现实，妄想让规律迁就目的。历史不是人的目的决定的，即使是呼风唤雨、掌握无上权力的所谓"强人"，也不可能心想事成、万事如意。如果社会按目的运行，封建王朝的盛衰灭亡是无法理解的。从历史上看，每一代封建君主都被教导如何进行统治，被告诫"水能载舟亦能覆舟"，甚至专门编写了《资治通鉴》之类的书供他们阅读，以希图封建王朝万世一系，可历史上照样发生改朝换代，照样发生农民起义，照样发生资产阶级革命，封建社会还是为资本主义社会所代替。

马克思在《哲学的贫困》中指出："随着新生产力的获得，人们改变自己的生产方式，随着生产方式即谋生方式的改变，人们也就会改变自己的一切社会关系。手推磨产生的是封建主的社会，蒸汽磨产生的是工业资本家的社会。"这就是规律，以"铁的必然性"发生作用的历史规律。要使目的有实现的可能，目的就必须符合现实，符合规律。

我们应当深刻领会恩格斯的两段论述及其内在联系：一是在

1895 年 3 月致桑巴特的信中说的，重大历史事件"到现在为止都是不知不觉地完成的，也就是说，这些事件及其所引起的后果都是不以人的意志为转移的。历史事件的参与者要么直接希望的不是已成之事，要么这已成之事又引起完全不同的未预见到的后果"；二是在《自然辩证法》中说的："人离开狭义的动物愈远，就越是有意识地自己创造自己的历史，未能预见的作用、未能控制的力量对这一历史的影响就越小，历史的结果和预定的目的就愈加符合。"历史规律在人们没有认识和把握它之前，表现为一种不可理解的力量；当它被神秘化时，就表现为所谓的"天意""天命""命中注定"；当它被人们认识、把握和利用之后，就会变成一种有利于人的活动的力量。

目的是人们对自身的利益和需要的一种追求。人的活动具有目的性，表明人的活动是自觉的活动，但我们不能由此得出结论，认为人的活动不存在盲目性。实际上，这是两个不同的问题。说人的活动是自觉的活动，是相对于动物的本能活动而言的，动物有本能，人也有本能，但人能够意识到自己的本能，正如马克思在《1844 年经济学哲学手稿》中所说的，有意识的生命活动把人同动物区别开来的；说人的活动也具有盲目性，并不是说人的活动是无目的的、本能的活动，而是说人们的有些活动并不是建立在对规律的认识和把握的基础上，表现出一种对规律的无知。当人们对自己目的的选择，对自己活动方式的选择，没有可靠的、客观的、科学的依据时，就会出现盲目性。

我们应当注意，人们在从事任何活动时，都具有自己的目的，并会自觉地选择自己的活动方式。在这个意义上，人的盲目活动也是有目的的、自觉的活动。问题在于，如果人们没有把握历史规律，甚至否认历史规律，那么，人的自觉性越强，就越容易陷入盲目性，越容易犯错误。动物的活动是本能的活动，是自发地适应自然的活动，因而动物不存在犯错误的问题。人不同。人的活动是有目的的活动，是自觉地改造自然、改造社会的活动，因而存在着犯错误的问题。从哲学的视角看，犯错误就是因为在认识活动、实践活动中存在着盲目性。我们应该善于把握人的活动是自觉的活动这一特点，并善于把这个特点变为优点，增强自觉活动中的科学性，减少自觉活动中的盲目性，尽可能地少犯错误。

是人，都要犯错误。不犯错误，不可能！认识的直接目的是真理，但认识过程不可能排除错误。知道什么正确，可以避免错误；知道什么错误，可以找到正确。不知什么是错的，即使做对了，那也是"瞎猫碰到死老鼠"，仍然是盲目的。人们的认识过程不可能是从真理到真理，而是以错误为中介的，可以说，通往真理的道路是由错误铺平的。讲到这里，我不由自主地想起了马克思在《关于出版自由和公布等级会议记录的辩论》中所说的一段话，那就是："人要学会走路，也得学会摔跤，而且只有经过摔跤，才能学会走路。"在我看来，这是一个颠扑不破的真理。

我的演讲到这里就结束了。谢谢各位耐心地听完我的讲述，欢迎各位指出讲述中的错误，以使我"经过摔跤""学会走路"！

"人的问题"研究中的五个重大问题

——在中国人民大学的演讲

尊敬的郝立新教授、张文喜教授，老师们、同学们：

大家好！

回到母校，回到这个教会了我如何学习、工作、生活的地方，和各位老师、同学一起探讨"人的问题"，心境颇为激动。

我注意到这样一个问题。什么问题？那就是，在当前的哲学研究中，"人的问题"是一个最时髦，同时又最有争议的问题。实际上，"人的问题"这一提法本身就有问题，因为人所遇到的问题没有一个是与人无关的问题，反过来说，与人无关的也根本成不了问题。在这个意义上，不仅社会科学，而且自然科学，研究的都是人的问题。当然，我注意到，对人的问题的研究，不仅社会科学与自然科学有不同的视角，不仅哲学与科学有不同的视角，而且不同派别的哲学也有不同的视角。马克思主义哲学以其独特的理论视角关注着人的问题，其独到之处就在于，它从人的存在方式——实践出发，从人与自然、人与社会双重关系的视角去解答人的问题，并以"人类解放何以可能"

作为自己的理论主题。

我断然拒绝这样一种观点，那就是，马克思主义哲学"见物不见人"，在马克思主义哲学中存在着"人学空场"。这是一种误读与误判，是一种傲慢与偏见。在我看来，所谓马克思主义哲学存在着"人学空场"，实际上是马克思主义哲学中的人不符合存在主义哲学关于"人"的标准。不是马克思主义哲学中没有人，而是没有存在主义者心目中的"人"。存在主义以至整个人本主义强调，哲学应以人为对象，这并不为错，可问题在于，并非以人为对象就是人本主义，人并不是人本主义哲学的专利品。马克思主义哲学同样关注人，马克思主义哲学本身就是关于现实的人及其历史发展的学说。所以，我今天拟就马克思主义哲学关于人的问题的解答讲述五个问题：一是人的存在方式；二是人的属性；三是人的本质；四是人与社会的关系；五是人的生命尺度和发展空间。

一、人的存在方式：实践

人是什么？这是哲学家们给予特别关注的问题，各种著作如汗牛充栋，各种观点层出不穷又分歧很大，以至卢梭发出这样的感叹："人类的各种知识中最有用而又最不完备的，就是关于'人'的知识。"的确如此，人类最关心的是自己，但在相当长的历史时期内最不了解的恰恰是自己。从普罗太戈拉的"人是万物的尺度"到费尔巴哈的"人是人的最高尺度"，从亚里士多德的"人是政治动物"到富兰克林的"人是制造工具的动物"，从康德的"人是目的"到拉美特利的"人是机器"，从爱尔维修的"人是环境的产物"到萨特的"存在先于本质"……自从苏格拉底提出"认识你自己"以来，人的问题犹如一只"看不见的手"牵引着哲学家们不停思索、寝食难安。在一定意义上说，一部哲学史就是"人学"史。

从哲学史看，正是苏格拉底开启了从哲学的视角探讨人的问题的先河。在苏格拉底看来，哲学的要义，是认识人自己，而人的本质是灵魂的"善"：哲学的目标，是唤醒人们认识自己的这个本质。德尔菲神庙中的箴言——"认识你自己"，构成了苏格拉底哲学思想的主旋律，或者说，苏格拉底把德尔菲神庙的这句箴言变成了哲学的拱心石和出发点，真正转化为哲学。然而，在古希腊衰落之后的中世纪，人被淹没在宗教的狂澜中，被囚禁在神学的思想牢狱中，人们跪倒在上帝的脚下，只是在来世，在彼岸世界憧憬着自己的幸福，而在现世，在此岸世界就像海涅所说的那样，"战战兢兢、闭目塞听，活像一个抽象的阴魂，漫游在鲜花盛开的大自然中"。

　　14—16世纪的人文主义思潮和宗教改革运动冲破了封建主义的罗网和宗教神学的藩篱，重新恢复了人之为人应有的形象；17—18世纪的启蒙运动造就了以"天赋人权"为口号的人道主义思潮，其范围之广、势头之猛，大有"黄河之水天上来，奔流到海不复回"的气势。然而，以机械性为特征的时代精神束缚了人们的视野，刚从神权的重压下解放出来的人，又在18世纪的法国唯物主义中被贬为一架机器，拉美特利明确提出："人是机器。"同18世纪法国唯物主义一样，17世纪英国唯物主义在总体上也属于机械唯物主义范畴。在拉美特利之前，霍布斯就已经提出，"物质是一切变化的主体"，"人和自然都服从同样的规律"，"人的一切情欲都是正在结束或正在开始的机械运动"。马克思对此评价道："唯物主义变得敌视人了。"

　　之后是康德。康德从严格的哲学意义上思考、探讨人的问题，他的"三大批判"，也就是"纯粹理性批判""实践理性批判"和"判断力批判"，都是围绕着人的问题这一中心展开的。康德的"人是目的"的思想既是对封建专制主义的无情控诉，又是对机械唯物主义的理论超越。这一思想犹如当时发生在里斯本的大地震，直接动摇了基督教宏伟的理论建筑。然而，"人是目的"是无法实现的。撇开历史条件不说，仅就理论而言，"人是目的"也存在着致命的缺陷。如果一个人只想当目的而不愿做手段，那是封建皇帝；如果一个阶级只想当目的而不愿做手段，那是剥削阶级；如果整个人类只想当目的而不愿做手段，那就会陷入空想主义。正因为康德哲学存在着内在的不可解决的矛盾，所以，在之后的黑格尔哲学中，人又被推入以知识论为中心的形而上学的深渊中，成了一个无血肉的幽灵，成了实现绝对理性的"活的工具"。费尔巴哈由此感叹道："我在黑格尔的逻辑学的哲学面前发抖，正如生命在死亡面前发抖一样。"

针对黑格尔哲学，费尔巴哈明确指出，人是人的最高本质，人又是哲学的最高的对象，并认为"艺术上最高的东西是人的形象，哲学上最高的东西是人的本质"。从总体上看，费尔巴哈是力图通过"两个借助"来克服黑格尔哲学的。哪"两个借助"？那就是费尔巴哈本人所说的："借助人，把一切超自然的东西归结为自然，又借助自然，把一切超人的东西归结为人。"马克思曾高度评价过费尔巴哈哲学，认为"费尔巴哈把形而上学的绝对精神归结为'以自然为基础的现实的人'，从而完成了对宗教的批判。同时也巧妙地拟定了对黑格尔的思辨以及一切形而上学的批判的基本要点"。

在对人的问题的探讨上，费尔巴哈哲学的确有真知灼见，但同样又有致命缺陷，那就是，费尔巴哈仅仅从生物学的"类"的角度看待人的本质，把人的本质"理解为一种内在的、无声的、把许多个人自然地联系起来的共同性"。正因为如此，费尔巴哈力图发现现实的人，可最终得到的仍是抽象的人。究其根本原因，是因为费尔巴哈同样不理解实践是人的存在方式。在《德意志意识形态》中，马克思指出："费尔巴哈比'纯粹的'唯物主义者有很大的优点：他承认人也是'感性对象'。但是，他把人只看作是'感性对象'，而不是'感性活动'，因为他在这里也仍然停留在理论的领域内，没有从人们现有的社会联系，从那些使人们成为现在这种样子的周围生活条件来观察人们。"所以，"正是在共产主义的唯物主义者看到改造工业和社会结构的必要性的地方，他却重新陷入唯心主义"。马克思的这一评价可谓鞭辟入里，切中要害。

现实的人，是马克思发现的。马克思所理解的现实的人首先是"有生命的个人"，因为"全部人类历史的第一个前提无疑是有生命的个人的存在"。"有生命的个人"又是通过改造自然的实践活动而存在的。因此，"有生命的个人"就是"从事实际活动的人"。人们总以为自己天生就是人，在任何条件下都是人。实际上，人的自然出生只是人成为人的可能性，而不是现实性。出生只是赋予个人以生命存在，使他成为自然的个人，而要由自然的个人成为现实的个人，就必须从事实践活动，必须经过社会化过程。

在《1844年经济学哲学手稿》中，马克思说了这样一句话，那就是，"一个种的全部特性、种的类特性就在于生命活动的性质"。这句话很有见地。其意是，判断一个物种的存在方式就是看其生命活动的特征。动物是如何生存的？动物是在本能的驱使下、消极适应自然环境的过程中维持其生存的，所以，动物的存在方式就是其本能活动。人是如何生存的？人是在理性的引导下、积极改造自然环境的过程中维持自己生存和实现自身发展的，所以，实践构成了人的存在方式。我们可以从三个方面来理解实践是人的存在方式。

首先，实践改造和发展着人的自然属性。

所谓人的自然属性，是指人的肉体组织、生物性的欲望和需要。人当然有需要。马克思就说过，人们的需要就是他们的本性。人们之所以劳动，首先是由人的"肉体组织所决定"，由人的需要所驱动的。问题在于，劳动、实践一经开始就成为一种强大的推动力，开始支配人类生物进化的方向，并不断地改变着人的需要。正如马克思在《德意志意识形态》中所说："已经得到满足的第一个需要本身、满足需要的活动和已经获得的为满足需要而用的工具又引起新的需要。"

人的需要不同于动物的需要。动物的需要是本能，永远是同一的；人的需要是其本能属性，但是，人的需要又不仅仅是本能，人的需要是在实践活动中不断变化的需要。"人以其需要的无限性和广泛性区别于其他一切动物。"实践使人的需要的对象、内容和满足方式不断发生变化，从而不断地改造和发展着人的自然属性。

其次，实践生成和发展着人的社会属性。

人是在实践活动中不断满足自己需要的，这种满足需要的方式决定了人与人之间必然要结成一定的社会关系。换句话说，现实的社会关系是在人的实践活动中生成的。正如马克思所说，"无论是通过劳动而达到的自己生命的生产，或是通过生育而达到的他人生命的生产，就立即表现为双重关系：一方面是自然关系；另一方面是社会关系"。社会关系一旦形成就反过来制约人的活动，并重新塑造人的属性。

人不可能脱离社会活动、社会关系而独立。马克思指出："甚至当我从事科学之类的活动，即从事一种我只是在很少情况下才能同别人直接交往的活动的时候，我也是社会的，因为我是作为人活动的。不仅我的活动所需的材料，甚至思想家用来进行活动的语言本身，都是作为社会的产品给予我的，而且我本身的存在就是社会的活动。"正是在"社会的活动"中，人们之间形成了社会关系，社会关系又直接塑造着人的社会属性，或者说，生成和发展着人的社会属性，并规定和发展着人的本质。在现实性上，人的本质就是社会关系的总和。这个问题，我在下面会具体说明。概而言之，人是在实践活动中创造、生产自己的社会关系、社会属性，从而使自己成为社会存在物的。

再次，实践生成和发展着人的精神属性。

人是"有意识的类存在物"。问题在于，人的意识是在实践中生成、实现和确证的。"思想、观念、意识的产生最初是直接与人们的物质活动，与人们的物质交往，与现实生活的语言交织在一起的"，是物质生产活动的"直接产物"，尔后又成为"必然升华物"。人的意识既不是先天在头脑中就存在的，也不是后天"纯粹"的"头脑活动"的产物。就内容而言,"意识在任何时候都只是被意识到了的存在,而人们的存在就是他们的现实生活过程",这是马克思在《德意志意识形态》中所说的,精辟至极;就能力而言,"人在怎样的程度上学会改变自然界,人的智力就在怎样的程度上发展起来","人的思维的最本质的和最切近的基础,正是人所引起的自然界的变化",这是恩格斯在《自然辩证法》中所说的,也非常精辟。

当然,我注意到,意识的形成离不开语言,语言是意识的物质外壳。问题在于,语言既不是人们先天俱有的,也不是像现代哲学人类学家舍勒所说的那样,"来源于上帝,是第一性的现象"。从根本上说,语言是在实践活动中产生的,是由于人与人交往的需要才产生的。用马克思的话来说就是:"语言是一种实践的、既为别人存在因而也为我自身而存在的、现实的意识。"换言之,实践生成和发展着人的精神属性,使人的生命活动成为有意识的生命活动,使人成为"有意识的类存在物"。正如马克思所说的那样,"通过实践创造对象世界,即改造无机界,证明了人是有意识的类存在物"。

人的属性是自然属性、社会属性和精神属性的统一,这种统一正是在实践活动中得以实现的。其中,自然属性在实践活动中得以重塑,社会属性和精神属性则是在实践活动中生成和发展起来的。所以,马克思指出:"一当人开始生产自己的生活资料的时候……人本身就开始把自己和动物区别开来。"人"是什么样的,这同他们的生产是一致的——既和他们的生产什么一致,又和他们怎样生产一致"。一言以蔽之,实践构成了人的存在方式,是人的生命之根和立命之本。

需要指出并应当引起我们的重视的是,实践是一种对象性的活动。所谓对象性活动,是指实践是以人为主体,以客观事物为对象的现实活动;更重要的,是指实践能够把人的目的、理想、知识、能力等本质力量对象化为客观实在,创造出一个属人的对象世界。在《1844年经济学哲学手稿》中,马克思明确指出:"劳动的产品就是固定在某个对象中、物化为对象的劳动,这就是劳动的对象化。劳动的实现就是劳动的对象化。""工业的历史和工业的已经产生的对象性的存在,是一本打开了的关于人的本质力量的书,是感性地摆在我们面前的人的心理学。"

在日常生活中,人们需要镜子,以认识自己;在社会生活中,人们同样需要"镜子",以认识自己。人不可能从自身直接认识自己,人需要镜子。实践这种对象性活动及其所产生的对象,就是人的"镜子"。从人与自然的关系来说,被改造的自然就是人的镜子,从中可以看到人对自然的认识水平和改造方式。比如,从生态环境的恶化这面"镜子",可以看到人的价值观念和实践方式的问题。在我看来,生态环境的恶化表面上是天灾,实际上是"人祸",是以天灾的形式表现出来的"人祸"。就人与人的关系而言,人也需要另一个人来认识自己,"另一个人"就是"这一个人"的"镜子"。愚蠢的人只知道用自己的眼睛来看别人,自以为是;聪明的人懂得从别人的眼中看到自己,虚怀若谷。要正确认识自己,就必须知道,自己的形象是别人眼中的我。一句话,人既需要"自然之镜",也需要"社会之镜"。

二、人的属性:自然属性、社会属性和精神属性的统一

从哲学史上看,对人的属性做出较为完整论述的,首推费尔巴哈。费尔巴哈提出的第一个命题是:人是自然的人。在费尔巴哈看来,人的属性从根本上说只能"来自自然的深处";同时,"直接从自然界产生的人,只是纯粹自然的本质,而不是人",自然的人与现实的人之间存在着"一系列无穷多的变异和媒介"。所以,费尔巴哈又提出第二个命题,那就是:人是社会的人。在费尔巴哈看来,人的一个显著特征就是相互需要、相互依赖、相互交往,因此,"只有社会的人才是人"。费尔巴哈提出的第三个命题则是:人是理性的

人。在费尔巴哈看来，人不同于动物的最重要特征，就是人有"严格意义上的意识"，也就是理性。"人，完善的、真正的人，只是具有美学的或艺术的，宗教的或道德的，哲学的或科学的官能的人。"所以，人是理性的人，"理性、意志、心"是人的"绝对本质"。

对费尔巴哈的人的属性理论的评价应当从两方面进行：一方面，应当积极评价费尔巴哈从整体的角度探讨人的属性，探讨人的"完整本质"，尤其是提出把人"置放在社会性之中"去考察人的属性，为科学解答人的问题提供了一条富有希望的思路；另一方面，我们又要看到，费尔巴哈虽然意识到"自然的人"与"真正的人"之间存在着"媒介"，但他不理解这个"媒介"正是人对自然的改造活动，也就是实践活动；费尔巴哈虽然提出从社会的视角考察人的属性，但他所理解的社会实际上是一种生物学意义上的"类"，他所理解的社会关系是生物学意义上的"类关系"。费尔巴哈的悲剧就在于：他提出了从社会的视角考察人，但他没有真正认识社会生活的本质，没有真正把握社会关系，更没有发现社会关系生成于人的实践活动中。也正因为如此，费尔巴哈所描绘的现实的人仍然是抽象的人。

如果说费尔巴哈的哲学是哲学人本学，那么，舍勒的哲学就是哲学人类学。舍勒首先从自然领域，然后从精神领域考察人，确立了以人的生命冲动和精神活动双重属性为特征的"完整的人"。

按照舍勒的观点，人首先是同维持生命相关的自然存在物，因而必然存在着"生命欲望或冲动"。这种生命冲动本身具有自我活动的能力，当人在生命冲动的驱使下进行活动时，人就成为一种自我推动、自我实现的力量。然而，生命冲动只是人与动物共同具有的现象，当人在生命冲动的驱使下活动时，他仅仅是"自然的人"，而"作为自然的人是一个动物"。那么，人与动物不同在什么地方？舍勒认为，人与动物不同的地方就在于，人有精神活动。通过精神活动，人不仅使环境成为自己的对象，而且使自己的生理和心理状态

440

也成为自己的对象，正是这种双重的对象化使人超越自身的自然存在。所以，精神才是人的基本的、决定性的属性，"人能与其他存在物相区分的只能是精神"。可是，精神仅仅是一种意向性活动和动态性倾向，它"接受对象"，本身却"不构成对象"。

由此产生的问题是，人的生命冲动和精神活动是什么关系？舍勒认为，作为一种"纯粹的活动"，精神需要从生命冲动中吸取实在的内容和原始的动力；一种"作为盲目的冲动"，生命需要精神的引导，精神有着"有序的活动结构"。正是在这个"生命精神化"和"精神生命化"的双向运动中，人成为"完整的人"。也正是在这个"生命精神化"和"精神生命化"的双向运动中，打破了动物与环境之间封闭性的关系，成为"一个能够向世界无限开放的 X"。

舍勒从生命冲动与精神活动的双向运动中寻求人的属性，并不为错，人的确集生命冲动和精神活动于一身，马克思也认为，人的生命活动是有意识的生命活动。但是，舍勒不理解人的精神本质上是社会的产物，更重要的是，舍勒没有发现生命冲动与精神活动相互对流的真正中介是人的实践活动。这的确是舍勒的理论失误。因此，尽管舍勒想描绘完整的人，得到的却是片面的人。现代著名哲学家鲍勒诺夫正确指出："带有全部丰富性的历史世界一点也没有进入这些哲学人类学所建立的人的形象中。……这里只是在人的本质特征和属性的森林中砍出一条小道。虽然建立了一些特定人的形象，但他们都是片面的，只是一些被扭曲的画面，因而也就没有确定地达到的整体的定义。"

费尔巴哈的哲学人本学、舍勒的哲学人类学对人的属性的整体探讨不乏真知灼见，然而，它们都高傲地撇开实践来谈论人，因而不理解，正是在实践活动中，自然的人与社会的人、人的生命冲动与精神活动才真正发生相互对流，达到有机统一。这是一个根本性的错误，它不可避免地造成了费尔巴哈哲学人本学、舍勒哲学人类学的悲剧性结果：力图发现现实的人，得到的却是抽象的人；力图发现完整的人，得到的却是片面的人。

从时间上说，马克思的人的哲学的产生后于费尔巴哈的哲学人本学，先于舍勒的哲学人类学；从逻辑上看，马克思的人的哲学却是"晚出的哲学"，它扬弃了费尔巴哈的哲学人本学和舍勒的哲学人类学，在探讨人的问题的历史上完成了一个巨大的综合。马克思高出一筹的地方就在于，发现了人在实践活动中成为一种"总体存在物"。在此基础上，马克思又分别从不同的角度论述了人的属性：人"是能动的自然存在物"；"人是社会存在物"；"人是有意识的类存在物"。下面，我具体地阐释这三个重要命题、重要观点。

第一，现实的人是自然存在物，具有自然属性。

马克思主义哲学反对把人看作是纯粹的自然人，反对把人的自然属性说成是人的根本属性，反对单纯地用生物学规律来解释人的行为，但是，马克思主义哲学并不否认人也是一种自然存在物，并不否认人的自然因素在人的活动中的作用。在马克思看来，人首先是有生命的自然存在物，因此，"第一个需要确认的事实就是这些个人的肉体组织以及由此产生的个人对其他自然的关系"。

在《德意志意识形态》中，马克思不仅注意到"人们最初的、自然形成的肉体组织""生理特征"的问题，而且注意到人们"肉体组织的进一步发展和不发展"的问题，并研究了人们"自己生命的生产"和"他人生命的生产"的问题。在《家庭、私有制和国家的起源》中，恩格斯不仅重申了"生活资料的生产"的观点，而且研究了"人自身的生产，即种的繁衍"的问题，探讨了血缘关系在社会发展中的作用，并明确提出了"两种生产"理论。这表明，人的自然属性，或者用日常语言来说，就是饮食男女问题，同样是马克思主义哲学关于人的属性理论的组成部分。

人来源于自然这一事实，决定了人永远不能割断自身同自然的联系。马克思多次指出"人本身的自然"的问题，并认为人是"具有自然力、生命力，是能动的自然存在物；这些力量作为天赋和才能、作为欲望存在于人身上"。恩格斯形象地指出："人来源于动物界这一事实已经决定人永远不能完全摆脱兽性。"在这个意义上，人"一半是天使，一半是野兽"。恩格斯在这里所说的"兽性"，就是人的自然属性，也就是生物特性。人的自然属性、生物性因素是人的生活的本能，是人性的重要方面。我们之所以反对宋明理学的"存天理、灭人欲"，就是因为它否定人的自然属性，扼杀人的生物性需要。在我看来，一种合理的社会制度不是压制人的生物性需要，更不是扼杀人的生物性需要，而是以一种合理方式满足这种需要，并不断提高这种需要的质量和水平。

第二，现实的人是社会存在物，具有社会属性。

在黑格尔看来，一个人被注定为君主，是通过肉体的出生实现的，出生像决定动物的特质一样决定了君主的特质。人与动物没有区别：马生下来就是马，国王生下来就是国王，君主的权利和尊严是生而俱来的东西，是由其肉体的本性决定的。马克思认为，黑格尔只是证明了君主一定是生出来的，但没有说明出生如何使"君主"成为君主的。黑格尔同那些生下来就是国王和贵族并夸耀自己血统的人一样，实际上是在宣扬一种"动物的世界观"，并表明"贵族的秘密就是动物学"。

在马克思看来，一个人通过出生获得自然生命和肉体存在，但这并不是他获得某种社会特权的原因和根据，相反，包括王位继承制在内的长子继承制是以私有制的存在为根据的，而长子继承制本身就是一种社会制度。这就是说，使某个人注定成为君主的原因和根据，不是个人的自然属性、"私人特质"，而是社会属性、"社会特质"。所以，马克思认为，对于个人，"应当按照他们的社会特质，而不应该按照他们的私人特质来考察他们"。

在《〈黑格尔法哲学批判〉导言》中，马克思指出："人不是抽象的蛰居于世界之外的存在物。人就是人的世界，就是国家，社会。"的确如此。在现实中，任何个人都始终生活在特定的社会中，在社会之外或离开社会的"孤独的个人",不过是思维中的抽象。人们常说孤独感。在我看来,孤独感并不等于个人绝对地处在社会关系之外。孤独感实际上是一种情感,是人与人关系疏远化、淡化、异化的心理情感的表现,它体现的是人与人之间的一种特定的关系,而不是说个人在社会关系之外可以孤独的存在。人们还常说"独立的个人"。什么是独立的个人?独立的个人就是摆脱了狭隘人群的附属物、成为市民社会成员的个人。这种独立的个人是随着封建社会的解体、资本主义社会的产生而逐步形成的。就其实质而言,独立的个人是指人的独立性,而不是指"孤独的个人"。

第三,现实的人"是有意识的类存在物",具有精神属性。

动物的生命活动是一种生物的本能活动。人不同。不同在什么地方?不同的一个重要方面,就是动物只有心理活动,人不仅有心理活动,而且有思想活动;不仅有意识,而且有自我意识,人能够使自己的生命活动变成自己的意志和意识对象。在社会领域内进行活动的,都是具有意识、经过思虑或凭激情行动的、追求某种目的的人,人具有精神属性。正因为人有精神属性,所以,人的生命活动成了有意识的生命活动。这种有意识的生命活动"把人同动物的生命活动直接区别开来"。在列宁看来,"人的意识不仅反映客观世界,并且创造客观世界"。著名的"马克思学"家 G. 柯蒂埃认定:当马克思用"实践、劳动、生产劳动来说明人的本质时,就完全否定了从精神的普遍性角度理解人的必要"。这是对马克思主义哲学既缺乏根据又极端肤浅的批评。

现实的人具有自然属性、社会属性和精神属性,但本质属性是社会属性。与动物的自然属性不同,人的自然属性不是生物本能,不是纯粹的自然属性,而是打上了社会关系烙印的自然属性。在《雇佣劳动与资本》中,马克思指出:"我们的需要和享受是由社会生产的;因此,我们在衡量需要和享受时是以社会为尺度,而不是以满足它们的物品为尺度的。""我们的需要和享受具有社会性质。"

人的需要在不同的社会、不同的集团、不同的人群具有不同的满足方式。在《1844年经济学哲学手稿》中，马克思就说过，在私有制社会，"一方面所发生的需要和满足需要的资料的精致化，在另一方面产生着需要的牲畜般的野蛮化和最彻底的、粗糙的、抽象的简单化"。对于住在地下室的工人来说，光和空气等，"都不再成为人的需要了"，"人不仅失去了人的需要，甚至失去了动物的需要"。但是，社会关系不是消融一切的盐酸池，人的社会属性形成后并没有消除自然属性，而是改变了自然属性的特点，自然属性仍然作为人们从事物质生产和精神生产的要素存在于人的活动中。人是生物遗传和社会遗传的统一。

在生物遗传和社会遗传双重遗传中形成的人的精神属性当然受到自然属性的制约，但更重要的，是受到社会属性的制约和规定。马克思在《1844年经济学哲学手稿》中所说的一段形象而又深刻的话，能够说明这一问题。马克思是这样说的："五官感觉的形成是以往全部世界历史的产物……忧心忡忡的穷人甚至对最美丽的景色都没有什么感觉；贩卖矿物的商人只看到矿物的商业价值，而看不到矿物的美和特性；他没有矿物学的感觉。"即使人的同情心，也是以人与人的社会关系为基础的。所以，境遇相同的人，容易产生同情。"同是天涯沦落人，相逢何必曾相识"，半是怜人，半是自怜。

在我看来，现实的人是自然属性与社会属性、本能与理性的矛盾统一体。从根本上说，文学艺术作品所要刻画的，就是人的自然属性与社会属性、本能与理性之间的冲突。这是人性内部的矛盾冲突。我们都读过托尔斯泰的《复活》。一个俄国作家写的文艺作品之所以在不同时代、不同国家引起不同读者的共鸣，就是因为它着力刻画的主人公聂赫留朵夫身上的自然属性与社会属性、本能与理性之间的矛盾冲突，在我们每个人身上都或多或少地存在着。由此，我想起了托尔斯泰在《复活》中所说的一段话，那就是，"人人身上都有各种人类本性的根苗；不过有时这种品性流露出来，有时那种品性流露出来罢了；

人往往变得不像他自己了，其实他仍旧是原来那个人"。

三、人的本质：社会关系的总和

人的本质不是单个人天生就具有的东西，也不是从所有个人身上抽象出来的生物性的共同性。动物的本性就在动物本身，但我们不能说，人的本质就在人自身。人的本质在于他依存的社会，在于他生活在其中的特定的社会关系。在《雇佣劳动与资本》中，马克思形象而精辟地指出："黑人就是黑人。只有在一定的关系下，他才成为奴隶。纺纱机是纺棉花的机器，只有在一定的关系下，它才成为资本。脱离了这种关系，它也就不是资本了，就像黄金本身并不是货币，砂糖并不是砂糖的价格一样。"这就是说，使黑人成为奴隶的不是所谓的黑人的"本性"，而是黑人生活其中的特定的社会关系。一个人"成为奴隶或成为公民，这是社会的规定"。

要真正认识人的本质，就必须深入到社会关系之中。黑格尔说过："人要有现实的客观存在，就必须在一个周围的世界，正如神像不能没有一座庙宇来安顿一样。"这是黑格尔在《美学》中说的，很有意思，也颇有哲理。如果说被搬出庙宇、扔到荒野中的神像只是一块石头或木头的话，那么，脱离了社会的人只能是一个"两脚动物"。无论是在印度发现的"狼孩"，还是在中国发现的"猪孩"，都证明了这一点。现实的人及其特征，是在后天与他人交往的过程中形成的，是由他所依存的社会关系的状况决定。奴隶社会不会产生资本家和雇佣工人，封建社会不可能造就一代共产主义新人，殖民地半殖民地社会必然产生崇洋媚外思想，如此等等。"社会人的一定性质，即他所生活的那个社会的一定性质。"在《关于费尔巴哈的提纲》中，马克思明确指出："人的本质不是单个人所固有的抽象物，在其现实性上，它是一切社会关系的总和。"

社会关系是多方面的，有经济关系、政治关系、思想关系，有血缘关系、地缘关系、业缘关系，等等。这些关系不是简单地堆积拼凑在一起，而是相互联系、相互制约成为一个整体，以"总和"的形式存在着并发挥作用。毫无疑问，在全部社会关系中，经济关系也就是生产关系，是决定其他一切社会关系的基本关系，在社会关系的总和中起着支配作用。因此，人们在生产关系中所获得的规定性构成人的根本规定性。比如，资本家和雇佣工人的形成就是由资本主义生产关系决定的。正如马克思所说，"资本家和雇佣工人，本身不过是资本和雇佣劳动的体现者、人格化，是由社会生产过程加在个人身上的一定的社会性质，是这些一定的社会生产关系的产物"。

这里有一个问题需要指出。什么问题？那就是，任何人都离不开社会，都生活在特定的社会关系中，但这并不是说，个人与社会的关系都是和谐的。实际上，当一个人属于统治阶级的一员时，他可以在这个社会，并通过这种社会关系得到自身利益的满足；当一个人属于被统治阶级的一员时，这个社会、这种社会关系就成为他个人发展的桎梏。当被统治阶级自觉地联合起来解决这个矛盾时，就是革命的爆发。革命从来都是社会的行为，而不是个人的反抗。个人的反抗往往导致个人的毁灭，因而是历史的悲剧。当然个人的这种毁灭又往往成为社会革命爆发的前奏。

人生活在关系之中，把人从社会关系中抽象出来，是无法理解的。马克思一语中的："不管个人在主观上怎样超脱各种关系，他在社会意义上总是这些关系的产物。"所以，我们必须从"关系"的视角考察人甚至"物"。比如服装，在工厂是产品，在商店是商品，在家庭中是日用品，如果设计优美、做工精湛，那是艺术品。同一个物之所以具有不同的属性，不是源于它的自然本性，而是源于物与人的不同关系。对人的考察更是如此。一个人是父亲，说明他有儿子；一个人是领导者，说明有被领导者；一个人是打工者，说明有老板，如此等等。一个人之所以具有不同的社会角色，不是源于它的自然本性，而是源于人与人之间的社会关系。把一个人从社会关系中抽象出来，是无法说明他是什么的。"纯粹"的个人只是生物学意义上的个体，而不是真正意义上的人。人只有生活在社会中，成为"社会的个人"才能成为真正的人。

"一窝蜜蜂实质上只是一只蜜蜂，它们都生产同一种东西。"人不同于蜜蜂。个人在交往中形成的社会力量不同于个体力量，人比动物优越的地方正在于此。为什么？因为作为独立的生物个体，人仅凭自己的自然器官是无法生存的，就此而言，人是所有动物中最无能的。可是，人又是万能的，因为人能够依靠生产工具，依靠社会组织，依靠社会力量去改造自然环境，创造出适合自己生存和发展的属人的环境。在这个意义上，人是个体的无能和集体的万能。由此，我不禁想起了狄德罗关于人所说的一段寓意深刻的话："说人是一种力量与软弱、光明与盲目、渺小与伟大的复合物，这并不是责难人，而是为人下定义。"

我们应当注意，人的本质与人的本性是两个既有联系又有区别的范畴。动物的本性是生而俱有的属性，人的本性也是生而俱有的属性，但人的本质则不是生而俱有的，人的本质是指使人成为人的根据。比如，马之所以是马，是因为它具有马的本性；某一匹的马之所以是良马，是因为马的本性在它身上得到最集中、最充分的体现。这种使马成为马的特性，是马这个种所具有的类本性。类本性不是在个体之外存在的东西，而是个体本身生而俱有的自然属性。人当然也具有类本性。如果一个人不具有人所共有的类本性，当然不是人。人要成为人，从种的角度看，首先要具有人所共有的东西。

可是，构成人的本质的东西却不是生物学上的类，而是社会关系。社会关系之所以构成人的本质，是因为人只有生存在社会中才能成为现实的人，即使人的类本性，也会受到社会关系的制约，受到社会关系的再铸造而发生变化。在日常生活中，人们常说，爱是"天性"。实际上，爱是人们在交往活动和社会关系中所凝结的感情，是人作为人的社会属性，而非天生的本能。无论是梁山伯与祝英台的爱情传说，还是俄国十二月党人与他们妻子的爱情故事；无论是"廊桥遗梦"所描述的爱情传说，还是中国共产党人周文雍和陈铁军"刑场婚礼"所展现的爱情故事，爱情之所以如此激动人心，并不是因为它是两个肉体人之间的私情，而是因为它的社会内涵，其内涵的丰富性正在于它所体现的社会关系的多样性。现在时髦"爱我就别想太多"。"爱我就别想太多"所表达的社会内容与"闺中少妇不知愁"所反映的社会内容是不同的，也是类本性所无法回答的。在日常生活中，人们还常说，某人的行为没有人性。实际上，所谓的没有人性，不是指某人丧失了人的类本性，而是指某人的行为违反了社会公认的做人准则。人的问题本质上是社会问题，社会关系的性质不同，社会发展的水平不同，以人的名义提出的问题也就不同。

实际上，社会与类是两个不同的概念。"类"强调的是个体的自然同一性，而"社会"关注的则是个人之间的关系，尤其是生产关系。马克思在《雇佣劳动与资本》中指出："社会不是由个人构成，而是表示这些个人彼此发生的那些联系和关系的总和。""生产关系总合起来就构成所谓社会关系，构成所谓社会，并且是构成一个处于一定历史发展阶段上的社会，具有独特的特征的社会。"从类的视角来考察人，我们只能看到人的抽象的同一性，差异只是性别、肤色、年龄，等等；从社会的视角来考察人，我们看到的是人的具体的差异性，如奴隶主与奴隶、地主与农民、资本家与工人。离开了社会关系的内涵，"类"只能是一个生物学的概念。

马克思主义哲学并不否定人存在着个体与类的关系，但马克思主义哲学所关注的是社会发展过程中的个体与类的关系，关注的是人类中的民族、阶级、个体的社会差异问题。比如，在分析了阶级社会发展的历史之后，马克思指出："个体的比较高度的发展，只有以牺牲个人的历史过程为代价，因为在人类，也像在动植物界一样，种族的利益总是要靠牺牲个体的利益来为自己开辟道路的。"马克思在这里所说的个体与类的矛盾，实际上就是阶级社会中个人、阶级、社会这三者矛盾的表现，被牺牲的个体是属于特定阶级的个体，而不是所有阶级的任何一个个体。

当然，我注意到，马克思主义哲学关于人的本质有两个基本命题，那就是，人的本质是劳动和人的本质是社会关系。但是，这两个命题并非相互否定，而是相互补充的。可以从两个方面来理解：

一方面，"人的本质是劳动"有待于深化为"人的本质是社会关系"。在《1844年经济学哲学手稿》中，马克思提出，人的本质是劳动。但是，不同历史阶段有不同的劳动方式，而劳动方式之所以不同，一个重要原因，就是受社会关系尤其是生产关系的制约。马克思指出：人们"只有以一定的方式共同活动和互相交换其活动，才能进行生产。为了进行生产，人们相互之间便发生一定的联系和关系；只有在这些社会联系和社会关系的范围内，才会有他们对自然界的影响，才会有生产"。任何劳动都是在社会关系中进行的，要具体说明人的本质是劳动，就必须从劳动上升到社会关系。

另一方面，"人的本质是社会关系"是以"人的本质是劳动"为前提的。人只有通过劳动才能成为现实的人，而在劳动中，人与人之间必然结成一定的社会关系。正如马克思所说，"以一定的方式进行生产活动的一定的个人，发生一定的社会关系和政治关系"。这种社会关系反过来制约着劳动的方式，直接决定着人的本质。所以，马克思强调，人的本质，"在其现实性上"，是一切社会关系的总和。

在我看来，劳动不是存在于社会关系之外，社会关系也不是形成于劳动之外。劳动和社会关系从不同角度、不同层次展示了人的本质。"人的本质是劳动"，强调的是人与动物的区别，这主要涉及人与自然的关系；"人的本质是社会关系的总和"，强调的是人与人的区别，这主要涉及人与社会的关系。

四、人与社会的关系："社会生产人"与"人生产社会"

现实的人是社会的人，人的本质在其现实性上是社会关系的总和，可是，社会关系又生成于人的活动之中。这仿佛是一个"悖论"。悖论，是人的思维感到格外困惑的现象，同时又是人的思维的藏宝地。人的思维只有和悖论相遇后，才能真正得到锻炼，才能迸发出智慧的火花。在人与社会关系的问题上，从社会唯实论、社会唯名论到马克思主义，就是人的思维不断迸发出智慧的火花，走出人与社会关系的"悖论"这一思想沼泽地的过程。

什么是社会唯实论？社会唯实论就是强调社会本身是一个整体结构和实际存在的社会理论，其特点在于，从社会整体出发说明个体，认为社会有着自身的活动方式和功能，并作为一个整体决定和支配着个人，使个人成为社会所规范的个人。在一定意义上说，黑格尔也是社会唯实论者。黑格尔就认为，国家是社会组织的最高形式，个人就是从国家和整体获得"绝对个体性"或"实体性的个体性"的。与社会唯实论相反，社会唯名论把社会看成是"虚无的存在"，认为社会仅仅是一个"名称"，其特点在于，从个体出发对社会进行根本性的说明，并把社会分析归结为个人分析，把个人分析又归结为个人属性的分析。比如，斯密、李嘉图都认为，社会是由"孤立的个人"所组成，只要研究了这些"原子式的个人"，就可以理解社会以及个人与社会的关系了。

社会唯实论与社会唯名论各执一端，但二者又存在着共同的根本缺陷，这个缺陷就是，都不懂得个人与社会的关系是在实践活动中形成的，是随着历史的发展而不断变化的。无论是社会唯实论，还是社会唯名论，它们所讲的"个人"都是抽象的个人，它们所讲的"社会"都是抽象的社会，因而它们对个人与社会关系的解释只能是空洞的、抽象的。马克思主义哲学既批判了社会唯实论，也批判了社会唯名论，强调"应当避免重新把'社会'当作抽象的东西同个人对立起来"，并认为"正像社会本身生产作为人的人一样，人也生产社会"。

我在前面已经讲了，个人总是处在社会关系中的个人，有什么样的社会关系，就有什么样的个人，个人总是"社会的个人"。在《德意志意识形态》中，马克思提出这样两个概念，那就是"必然的个人"和"偶然的个人"。所谓"必然的个人"，是指生活在前资本主义社会中的个人，是生下来就注定从属某一群体的人；所谓"偶然的个人"，是指生活在资本主义社会中的个人，是在市场经济条件下通过竞争来确定自己地位和身份的人。前资本主义经济是自然经济，用马克思的话来说，就是"自然联系占优势"，社会经济联系因此松弛，可人与人的关系却紧密，而且历史越是往前追溯，个人就越不独立，越是从属于一个整体，在这个意义上，个人是"必然的个人"；资本主义经济属于商品经济，用马克思的话来说，就是"社会因素占优势"，社会经济联系因此紧密，可人与人的关系疏远，并形成了所谓的"孤立的个人"，个人成为"偶然的个人"。

资本主义社会是经济上相互联系最紧密的社会，可又是把个人看成"孤立的个人""独立的个人"的个人主义最盛行的社会。这样一个"悖论"只能从资本主义生产方式本身才能得到合理的解释。在《1857—1858年经济学手稿》中，马克思指出："产生这种孤立个人的观点的时代，正是具有迄今为止最发达的社会关系的时代。""物的依赖关系无非是与外表上独立的个人相对立的独立的社会关系，也就是与这些个人本身相对立而独立化的、他们互相间的生产关系。"这一论述表明，无论是"必然的个人"，还是"偶然的个人"，其背后都是特定的生产关系和社会关系。正是在这个意义上，马克思主义哲学认为，"社会生产作为人的人"。这是问题的一个方面。

问题的另一方面是"人也生产社会"。社会是人们交互作用的产物。社会离不开个人，全部人类历史的第一个前提就是"有生命的个人"的存在。社会关系、社会结构不过是人的实践活动的对象化、静态化。在《德意志意识形态》中，马克思指出："以一定的方式进行生产活动的一定的个人，发生一定的社会关系和政治关系……社会结构和国家总是从一定的个人的生活过程中产生的。"在《1857—1858 年经济学手稿》中，马克思指出："如果从整体上来考察资本主义社会，那么社会本身，即处于社会关系中的人本身，总是表现为社会生产过程的最终结果。"之前，在 1847 年的《哲学的贫困》中，马克思还指出："人们是在一定的生产关系中制造呢绒、麻布和丝织品的。但是……这些一定的社会关系同麻布、亚麻等一样，也是人们生产出来的。社会关系和生产力密切相关。随着新生产力的获得，人们改变自己的生产方式，随着生产方式即谋生的方式的改变，人们也就会改变自己的一切社会关系。"

马克思说得很明白了。我把这些论述概括一下就是，人是社会的主体，社会中的一切事物、一切关系都离不开人，社会关系就生成于人的实践活动中。人们在实践活动中不断地改造、创造着社会关系，从而不断地改造、创造着社会本身。历史不过是追求着自己目的人的活动，人们自己创造自己的历史。正是在这个意义上，马克思主义哲学又认为，"人也生产社会"。

人生存于社会之中，但这并不是说，社会只是容纳人的空间，人生存在社会中就像豆子放在盒子里一样。人与社会不是外在的二元的关系，既不存在离开社会的个人，也不存在离开个人的社会。人生产社会，社会也生产人；人创造历史，历史也创造人。正如马克思在《剩余价值学说史》中所说的那样："人的存在是有机生命所经历的前一个过程的结果。只是在这一过程的一定阶段上，人才成为人。但是一旦人已经存在，人作为人类历史的经常前提，也是人类历史的经常的产物和结果，而人只有作为自己本身的产物和结果才成为前提。"马克思的这一精彩论述深刻地说明了人与社会、人与历史的关系。之前，马克思在《哲学的贫困》中对人与社会、人与历史的关系就做过形象的说明，那就是，人既是历史的"剧中人"，又是历史的"剧作者"。按照马克思的观点，只有"把人们当成他们本身历史的剧中的人物和剧作者"，才能达到历史的"真正的出发点"。

为了进一步把握人与社会的关系，进一步理解社会生产人与人生产社会的关系，我们还需要深入理解人的个性化与社会化的关系。

什么是个性？心理学把个性理解为个人稳定而独有的心理特征。哲学的个性概念与心理学的个性概念具有相同之处，但又有其特殊的含义。从哲学的视角看，个性是指个人在内在本质及外部存在方面的特异性，包括个人的唯一性、独特性等内容。无论是就存在而言，还是从活动来说，每个人都会显示其独特的个性特征。作为一定的社会关系的承担者，每个人都会受到社会关系的制约，都是通过社会交往获得各种规定性，从而形成个人特殊的心理特征、思维特征和行为特征。但是，每个人的社会关系又是独特的、不可重复的，由此形成了具有不同个性的个人。作为反映不同个人之间差别的个性，折射出个人与社会的关系，更重要的是，显示了个人独特的社会规定性。

人的个性不可能脱离自然属性。人首先是自然存在物，受外在自然和内在自然的双重制约，由生物遗传所决定的人的生理结构及其性能的确制约着个性。皮亚杰通过对儿童早期心理活动的研究表明，气质较多地受到个体生物组织的制约。现代心理学揭示了人的高级神经系统深刻影响着个人性格的形成。问题在于，人又是社会存在物，人的个性是在社会化的过程中逐步生成和发展的。社会化包括参与社会活动，学习科学知识，把握行为规范，等等。正是社会化，使文化内化、积淀在个体的心理结构、思维结构和行为结构中。所以，无论是人生经历的变化，还是社会环境的变化，都会造成人的个性的变化。

所谓个性化，就是个人逐步形成自己独特的心理结构、思维结构和行为结构的过程。但是，个性化不可能脱离社会化而单独进行，它总是与社会化联系在一起的。社会化伴随人的一生，或者说，人的一生是一个不断社会化的过程。当然，人的社会化的过程可以是自觉的，也可能是自发的。实际上，每个社会都会按照一定的标准来培养、塑造自己的社会成员，使其理解已有的文化遗产，认同社会的主导价值，遵循社会的行为规范。社会以文化积累的形式把一代又一代人创造的技能、知识、智慧传给下一代人。任何一个人，只有在社会中经过后天的"培训"和塑造，经过社会活动的直接陶冶，才能获得社会规定性，并在这个过程中形成了自己的个性。个人只有在社会交往活动中，才能实现个人的发展，形成自己的个性。马克思指出："一个人的发展取决于和他直接或间接进行交往的其他一切人的发展。"同时，个人只有在社会生产活动中，才能"物化""肯定"自己的"个性的特点"。正如马克思所说，"我在我的生产中物化了我的个性和我的个性的特点"。"我在劳动中肯定了自己的个人生命，从而也就肯定了我的个性特点。""人们的社会历史始终只是他们的个体发展的历史。"在一定意义上说，社会发展就是现实的个人不断追求"个体发展"，不断发展个性的过程。共产主义就是要"确定有个性的个人"，使人获得"自由个性"。

五、人的生命尺度和发展空间：时间

在一定意义上说，一部人类史就是人们不断追求自由的历史。在这个过程中，人的发展在经历了"人的依赖性"、以"物的依赖性为基础的人的独立性"的形态后，终将走向"人的自由个性"这一新的形态。共产主义就是实现人的自由个性的社会形态。"在那里，每个人的自由发展是一切人自由发展的条件。"

从历史上看，人的发展经历了三种形态，那就是马克思在

《1857—1858 年经济学手稿》中所说的："人的依赖性""以物的依赖性为基础的人的独立性"和人的"自由个性"。马克思的原话是这样说的："人的依赖关系（起初完全是自然发生的），是最初的社会形态；在这种形态下，人的生产能力只是在狭窄的范围内和孤立的地点上发展着。以物的依赖性为基础的人的独立性，是第二大形态，在这种形态下，才形成普遍的社会物质变换，全面的关系，多方面的需求以及全面的能力体系。建立在个人全面发展和他们共同的社会生产能力成为他们的社会财富这一基础上的自由个性，是第三个阶段。"

在社会发展过程中，人的依赖关系占统治地位，是同自然经济相适应的。在这种社会形态中，个人不是作为独立的个人，而是作为自然共同体的成员，直接依附于这个自然共同体，而且历史越是往前追溯，个人就越不独立，从属于一个自然共同体。正是自然共同体内部的宗法等级制，造成了普遍的人身依附关系，个人在这种社会关系中既不独立，也没有自由。个人对自然共同体的依赖关系，具体体现在个人对自然共同体代表人物的从属关系中。

在社会发展过程中，以物的依赖关系为基础的人的独立性占统治地位，是同商品经济相适应的。在这种社会形态中，个人摆脱了人身依附关系，获得了独立性，但这种独立性是建立在对物的依赖性的基础上的。具体地说，在这种社会形态中，人与人之间的关系变成了商品关系，货币成为人与人之间进行商品交换的媒介，人与人的关系由此物化为货币关系，转化为物与物的关系。

这种物化的社会关系本来是人们交往的产物，但是，这种物化的社会关系形成之后，对人来说又成为一种外在的关系、异己的力量支配着个人的命运。用马克思的话来说就是，"人本身的活动对人来说就成为一种异己的、同他对立的力量，这种力量压迫着人，而不是人驾驭着这种力量"。人的活动所形成的社会力量成为一种"外在的强制力量""同他对立的力量"，反过来压迫人、支配人，这就是人的异化。

"异化"一度成为一个争论不休的问题。按照马克思在《1844 年经济学哲学手稿》中的观点，异化就是人的本质与人相分离，就是人的本质以非人的方式同人相对立。如何看待马克思此时的异化观？我以为，马克思此时的异化观从根本上说属于人本主义异化观，其特点在于，它以一种抽象的人的本质，也就是费尔巴哈所说的类本性为根本标准来衡量现实的人和现实的社会。凡是符合这一标准的就是"人"的，凡是不符合这一标准的就是"非人"的。

我不能同意这样一种观点，那就是，马克思后来抛弃了异化理论。研读《德意志意识形态》《资本论》就可以看出，马克思后来并没有抛弃异化理论，而是扬弃了人本主义异化理论，也就是不再从抽象的人的本性出发，去理解和阐释人的异化问题，而是从现实的生产方式出发，从社会经济形态出发，去理解和阐释人的异化问题。在《德意志意识形态》中，马克思曾用了"正面说法"和"反面说法"这两种提法说明人的异化。马克思的原话是这样说的："'人的'这一正面说法是同某一生产发展的阶段上占统治地位的一定关系以及这种关系所决定的满足需要的方式相适应的。同样，'非人'这一反面说法是同那些想在现存生产方式内部把这种统治关系以及在这种关系中占统治地位的满足需要的方式加以否定的意图相适应的，而这种意图每天都由这一生产发展的阶段不断地产生着。"

马克思的这一论述表明，"人的"与"非人的"不是科学判断，而是价值判断，即使这种价值判断，也是在特定的生产方式的基础上形成的。在我看来，从人的本性出发，从人本主义哲学的视角看问题，人的异化就会成为一个神秘的、不可理解的现象；从生产方式出发，从唯物主义历史观的视角看问题，人的异化就是一个现实的、容易理解的问题。在资本主义社会，劳动异化及其所导致人与人关系的异化，根源不在所谓的人性，而在商品经济形态，在劳动的雇佣性质，从根本上说，在资本主义生产方式。因此，要消除人的异化，就必须改变资本主义生产方式。否则，无论怎样呼唤人性的"复归"也是徒劳的，至多是一厢情愿、"单相思"。

我们应当明白，人的异化不是人向非人的转化，而是人们还没有创造出高度发达的生产力和全面的社会关系，并将这种生产力和社会关系置于自己共同控制之下造成的；人向全面性的发展，也不是什么人性的复归，不是什么人的全面本质的失而复得，而是人们通过创造高度发达的生产力和全面的社会关系创造出自己的全面本质，通过合理运用自由时间获得的自由个性。人的发展的全面性，归根到底取决于实践的全面性和社会关系的全面性。正如马克思所说，"个人的全面性不是想象的或设想的全面性，而是他的现实关系和观念关系的全面性"。

我们再看人的自由个性。在社会发展过程中，人的自由个性，是同时间经济或商品经济相适应的。按照马克思的观点，在以往的社会形态中，个人自由只是对那些在统治阶级范围内发展的个人来说是存在的。在未来的社会形态中，由于消除了私有制，社会成为"自由人的联合体"，社会关系不再作为异己的力量支配人，而是置于人们的共同控制之下，成为个人获得全面发展的手段，成为实现个人自由的形式。共产主义社会就是以"每个人的全面而自由发展为基本原则的社会形式"。

对人的全面而自由发展，我们应当有一个正确的理解。在我看来，人的全面而自由发展不是指纯粹的个人修养，而是指一种社会理想，一种社会发展状态，那就是共产主义社会。1894 年，意大利社会党人卡内帕请恩格斯在《新纪元》周刊上写一段话来表述共产主义社会的根本特征，为此，恩格斯引用了《共产党宣言》中的一段话。哪一段话？这就是我们大家都很熟悉的那段话："代替那存在着阶级和阶级对立的资产阶级社会的，将是这样一个联合体，在那里，每个人的自由发展是一切人的自由发展的条件。"更重要的是，在恩格斯看来，除了这一段话外，再也找不出更合适的了。

　　完全可以这么说，实现无产阶级和人类解放，实现人的全面而自由发展，让马克思一生魂牵梦萦，是马克思毕生关注的焦点和为之奋斗的目标。如果说无产阶级和人类解放是马克思主义哲学的理论主题，那么，人的全面而自由发展就是马克思主义哲学的最高命题。

　　除了从历史上考察人的发展的形态外，马克思主义哲学关于人的发展的理论还有一个重要特征，那就是，马克思把人的发展与时间联系起来了。在《1861—1863年经济学手稿》中，马克思明确指出："时间实际上是人的积极存在，它不仅是人的生命的尺度，而且是人的发展的空间。"在我看来，这是马克思主义哲学的一个重要命题，应当引起我们的高度重视。

　　先说时间是人的生命尺度。时间之所以能够成为人的生命尺度，是因为时间能够体现人的生命价值。具体地说，人能够减少不能体现自己生命价值的活动时间，增加能够体现自己生命价值的活动时间，从而为实现自己的生命价值创造条件。"动物只是按照它所属的那个种的尺度和需要来建造，而人却懂得按照任何一个种的尺度来进行生产，并且懂得怎样处处都把内在的尺度运用于对象上去；因此，人按照美的规律来建造。"正因为如此，产生了人的生命活动是有价值还是无价值的问题。人的生命价值是在实践活动中生成的。人只有通过创造生命价值的活动时间，才能获得"价值生命"，从而超越自然生命。因此，时间是人的生命尺度。应当注意的是，时间是人的生命"尺度"，并不等于时间是人的生命"长度"。

　　再说时间是人的发展的空间。人是在实践活动，尤其是在劳动中得以生存和发展的。就劳动时间而言，时间有必要劳动时间和剩余劳动时间之分。剩余劳动时间在量上直接决定着自由时间，自由时间的多少直接决定着人的发展空间的大小。正如马克思所说，"剩余劳动一方面是社会的自由时间的基础，从而另一方面是整个社会发展和全部文化的物质基础"。发展生产力，提高劳动生产率，实际上就是缩短必要劳动时间，增加自由时间。自由时间的增加实际上是为人们提供了新的活动舞台，舞台越大，发展的空间也就越大。伴随着自由时间的不断增加，必然是人的活动领域的不断扩大；活动领域的不断扩大，标志着人的发展空间的不断拓展。正是在这个意义上，时间是人的发展空间。正因为时间是人的生命尺度和发展空间，所以，"时间实际上是人的积极存在"。

但是，有一个问题我们必须注意，那就是，在阶级社会中，自由时间的创造与占有并不是统一的，相反，二者却是背离的。具体地说，私有制和旧式分工使劳动者被迫承担起整个社会的劳动重负，他们创造了自由时间，却不能占有和支配自由时间，因而也就没有获得相应的发展空间；而不从事劳动的社会成员却凭借占有生产资料的地位，通过侵占剩余劳动时间而占有和支配自由时间，由此获得了相应的发展空间。这就是说，在阶级社会中，少数人的发展是以剥夺大多数劳动者的自由时间为基础的，少数人的发展是以多数人的不发展或片面发展为代价的。

这种自由时间创造与占有上的分离，在资本主义社会达到了极端程度。在资本主义社会，劳动阶级在剩余劳动时间生产出剩余产品，创造出自由时间，但并不占有自由时间，更不可能支配自由时间。那么，这种时间都去哪儿了？这种时间都"跑到"不劳动阶级那里去了，为不劳动阶级所占有和支配。正如马克思所说的那样："剩余产品把时间游离出来，给不劳动阶级提供了发展其他能力的自由支配的时间。因此，在一方产生剩余劳动时间，同时在另一方产生自由时间。"

在《1861—1863年经济学手稿》中，马克思指出："整个人类的发展，就其超出对人的自然存在直接需要的发展来说，无非是对这种自由时间的运用，并且整个人类发展的前提就是把这种自由时间的运用作为必要的基础。"马克思的这一论述具有丰富的内涵。要实现"整个人类的发展"，就要实现人类解放，人类解放的实质和目标是实现人的全面而自由发展；要实现人的全面而自由发展，就必须使"联合起来的个人"占有、支配并合理地运用自由时间。为此，必须消除私有制，变革现存的社会关系，建立新的社会共同体。在这种社会共同体中，"一方面，任何个人都不能把自己在生产劳动这个人类生存的自然条件中所应参加的部分推到别人身上；另一方面，生产劳动给每一个人提供全面发展和表现自己全部的即体力和脑力的能力的机会，这样，生产劳动就不再是奴役人的手段，而成了解放人的手段"。

由此可见，在马克思主义哲学中，时间不是一个与现实的人及其活动无关的抽象范畴，而是一个直接关涉到现实的人的活动、实现人的全面而自由发展的具体理论。我们应当高度重视、重新思考、重新阐释马克思的时间理论。我想，这一重大的理论问题，在座的同学们一定会重新思考、深刻研究、科学阐释。

谢谢！

苏联马克思主义哲学模式的形成、特征和缺陷
——在复旦大学的演讲

尊敬的余源培教授、俞吾金教授、吴晓明教授，

各位老师、同学：

大家好！

感谢余源培教授、俞吾金教授、吴晓明教授的热情邀请，使我有机会第二次在复旦大学这样一所著名高等学府演讲。我今天的演讲题目是"苏联马克思主义哲学模式的形成、特征和缺陷"。我之所以选择这个题目，是因为在马克思主义的历史上，苏联马克思主义哲学模式是一个绕不过去的思想要塞。无论是肯定，还是否定，无论是修正，还是重建，我们都必须正视苏联马克思主义哲学模式的存在和它广泛、持久而深远的影响，必须深入考察苏联马克思主义哲学模式的形成、特征和缺陷。

一、苏联马克思主义哲学模式的初步形成及其标志

我们首先要弄明白的是这样一个问题，那就是，是谁开始正面、系统阐述马克思主义哲学，并使其体系化的？

对马克思主义史的深入考察可以看出，以正面的形式，而不是以论战的形式；以系统阐述的形式，而不是以简单罗列的形式来解释、宣传马克思主义哲学，并使之体系化的，是苏联的德波林和布哈林。需要解释一下的是，苏维埃社会主义共和国联盟是1922年成立的，但它的主体是俄国。因此，为了讲述方便，我把1917年俄国十月革命后到1922年苏联成立时的这一段历史也称为苏联时期。

1921年，德波林以他的《辩证唯物主义纲要》为蓝本，开始在斯维尔德洛夫大学讲授马克思主义哲学。从结构上看，《辩证唯物主义纲要》建构了以"物质"为理论起点，物质运动的辩证性为理论线索，包括唯物辩证法—自然辩证法—历史唯物主义三个层次在内的马克思主义哲学体系。从理论内容看，《辩证唯物主义纲要》包括历史唯物主义，但突出的是辩证唯物主义。

与德波林以辩证唯物主义为主要内容阐释马克思主义哲学不同，布哈林以历史唯物主义为主要内容阐释马克思主义哲学。1921年，布哈林出版了《历史唯物主义理论——马克思主义社会学通俗教材》。在这部著作中，布哈林提出了两个事关历史唯物主义全局的重要观点：一是历史唯物主义是"关于社会及其发展规律的一般学说"，是"马克思主义的社会学"；二是历史唯物主义是马克思主义理论"基础的基础"，"包括为数不少的所谓'一般世界观'的问题"。

在这两个基本观点的引导下，《历史唯物主义理论——马克思主义社会学通俗教材》建构了以必然与自由的关系为理论起点，以社会与自然之间以及社会要素之间的平衡为理论线索，包括社会与自然、社会与个人、人与物、人与观念、生产力与经济结构、上层建筑及其结构、阶级和阶级斗争等观点在内的马克思主义哲学体系。我注意到，《历史唯物主义理论——马克思主义社会学通俗教材》的第三章是"辩证唯物主义"。因此，从理论内容上看，《历史唯物主义理论——马克思主义社会学通俗教材》包括辩证唯物主义，但突出的是历史唯物主义。

德波林的《辩证唯物主义纲要》和布哈林的《历史唯物主义理论——马克思主义社会学通俗教材》开启了马克思主义哲学体系化的先河,标志着苏联马克思主义哲学模式开始形成。在此之后,苏联出版了一大批正面、系统阐述马克思主义哲学,并使之体系化的著作。例如,1922年出版的沃里夫松的《辩证唯物主义》,1922年出版的丘缅涅夫的《历史唯物主义理论》,1925年出版的萨拉比扬诺夫的《辩证唯物主义导论》,1925年出版的戈列夫的《历史唯物主义概论》……林林总总,可谓汗牛充栋。其中,1929年出版的芬格尔特、萨尔文特的《辩证唯物主义和历史唯物主义》和1931年出版的西洛可夫、爱森堡的《辩证法唯物主义教程》值得我们的关注。

芬格尔特、萨尔文特的《辩证唯物主义和历史唯物主义》并没有明确提出马克思主义哲学就是辩证唯物主义和历史唯物主义,但它却明确地把辩证唯物主义和历史唯物主义相提并论,把马克思主义哲学分为辩证唯物主义和历史唯物主义两个部分,并开始建构辩证唯物主义与历史唯物主义的"二分结构"。在我看来,芬格尔特、萨尔文特的《辩证唯物主义和历史唯物主义》是把马克思主义哲学"二分结构"化的开篇之作。

如果说芬格尔特和萨尔文特的《辩证唯物主义和历史唯物主义》是把马克思主义哲学划分为辩证唯物主义和历史唯物主义这样一种"二分结构"体系的开篇之作,那么,西洛可夫和爱森堡的《辩证法唯物主义教程》则是把马克思主义哲学政治化的开篇之作。《辩证法唯物主义教程》是20世纪20年代末30年代初苏联哲学论战"总清算"之后出版的第一部马克思主义哲学教科书,它不仅阐述了辩证唯物主义的一些基本观点,而且批判了德波林和布哈林的哲学观点;它不仅重申"哲学是党派的哲学",而且强调并论证了斯大林提出的开展"两条战线的斗争",即同时批判米丁的哲学虚无主义和德波林的"孟什维克式的唯心主义"。《辩证法唯物主义教程》直接反映了联共（布）党内的斗争，并直接为苏联当时的政治服务和为当时的政策做论证。

深入研究苏联马克思主义哲学模式可以看出，辩证唯物主义与历史唯物主义的"二分结构"，直接为现实政治服务和为现行政策做论证，这是苏联马克思主义哲学模式的基本特征。前者在芬格尔特和萨尔文特的《辩证唯物主义和历史唯物主义》中得到初步体现，后者在西洛可夫和爱森堡的《辩证法唯物主义教程》中得到初步体现。因此，我认为，芬格尔特、萨尔文特的《辩证唯物主义和历史唯物主义》和西洛可夫、爱森堡的《辩证唯物主义教程》的出版，标志着苏联马克思主义哲学模式初步形成。

二、苏联马克思主义哲学模式的基本形成和确立

1932 年、1934 年，米丁和拉祖莫夫斯基主编的《辩证唯物论与历史唯物论》上、下册分别出版。无论是从马克思主义哲学体系的演变史看，还是从马克思主义哲学史以至整个马克思主义史、国际共产主义运动史看，这部著作的地位和作用都是不可忽视的，值得我们高度关注、深入研究。

从结构上看，《辩证唯物论与历史唯物论》分上、下两册共十五章。上册辩证唯物论，包括当作宇宙观看的马克思主义、唯物论和唯心论、辩证法唯物论、唯物辩证法之诸法则，哲学中两条阵线上的斗争、辩证法唯物论发展中的新阶段这六章；下册历史唯物论，包括辩证法唯物论与唯物史观，社会经济形态、生产力与生产关系，资本主义的和社会主义的经济关系，关于社会群和国家的学说，过渡时期之政权与社会斗争，意识形态论，战斗的无神论，社会变革论，马克思主义和修正主义这九章。其中，辩证唯物主义部分的第五、第六章，历史唯物主义部分的第五、第七、第九章的内容是当时苏联政治形势的产物。去掉这些章节，《辩证唯物论与历史唯物

论》的内容和结构同当今占主导地位的马克思主义哲学体系的内容和结构是一致的。

我们应当注意，在这种内容和结构的背后是这样一种思想，那就是：马克思主义哲学是辩证法的唯物论，"这是一种完整的、彻底革命的，包括自然界、有机体、思维和人类社会的宇宙观"，这是其一；其二，历史唯物论是辩证唯物论在社会生活领域的运用，历史唯物论的创立"加深和发展哲学的唯物论"；其三，辩证唯物论与历史唯物论具有一致性，二者之间存在着"直接的和不可分裂的联系"，这种联系体现为一般唯物论根据存在说明意识，历史唯物论根据社会存在说明社会意识。

《辩证唯物论与历史唯物论》的影响是空前而深远的，它的出版标志着苏联马克思主义哲学模式基本形成。可以从三个方面来理解我的这一观点。

一是《辩证唯物论与历史唯物论》体现了联共（布）中央的意志和对马克思主义哲学的定位。1931年，在批判德波林的高潮中，联共（布）中央向苏联哲学界提出一个重大的政治任务，那就是，编写新的马克思主义哲学教科书，为统一全党的思想奠定世界观的基础。《辩证唯物论与历史唯物论》就是根据这一政治任务而编写的，它不仅阐述了马克思主义哲学的一些基本观点，而且直接为当时苏联的政治服务，为当时苏联的政策做论证，体现了联共（布）中央的意志和对马克思主义哲学的最终定位，即直接为现实政治服务和为现行政策论证。这是马克思主义哲学在苏联的特殊的社会位置和历史使命。

二是《辩证唯物论与历史唯物论》形成了以列宁、恩格斯的著作为主，以马克思的著作为辅这一文献格局。阐述马克思主义哲学基本观点的文献依据当然应以马克思、恩格斯的著作，尤其是马克思的著作为主。可是，在当时特殊的历史条件下，《辩证唯物论与历史唯物论》的文献依据却是列宁的著作多于恩格斯的著作，恩格斯的著作多于马克思的著作。这就造成一个奇怪的现象，即名曰阐述马克思主义哲学基本观点的著作，却很少甚至几乎没有引证马克思的重要哲学著作。由此造成了苏联马克思主义哲学模式特有的文献格局，即列宁的著作多于恩格斯的著作，恩格斯的著作多于马克思的著作。后来的苏联马克思主义哲学主流教材、权威版本都维持了这一文献格局。

三是《辩证唯物论与历史唯物论》制定并巩固了辩证唯物主义与历史唯物主义的"二分结构"。刚才我已经说了，芬格尔特和萨尔文特的《辩证唯物主义和历史唯物主义》并未明确马克思主义哲学体系是辩证唯物主义与历史唯物主义，米丁和拉祖莫夫斯基的《辩证唯物论与历史唯物论》则在马克思主义哲学史上第一次明确地把马克思主义哲学称为辩证唯物主义与历史唯物主义，明确地把它分为辩证唯物主义与历史唯物主义两个部分，明确地把"物质"作为马克思主义哲学的起点范畴，分别论述了马克思主义哲学的唯物论、认识论、辩证法、历史观，从而建构了一个特色鲜明的苏联马克思主义哲学体系。后来，米丁曾非常得意地自我评价说："我把马克思主义哲学分为辩证唯物主义和历史唯物主义，这种分法被人接受，流传下来了。"

实际上，米丁制定的辩证唯物主义与历史唯物主义"二分结构"不仅"流传下来了"，而且支配了苏联马克思主义哲学体系半个世纪之久。无论是斯大林去世后的批判斯大林运动，还是赫鲁晓夫下台后的批判赫鲁晓夫运动；无论是 1954—1955 年对亚历山大诺夫的《辩证唯物主义》和康斯坦丁诺夫的《历史唯物主义》的讨论，还是后来出版的一批又一批马克思主义哲学教科书，包括最具权威性的康斯坦丁诺夫的《马克思主义哲学原理》；无论是 20 世纪 50 至 80 年代认识论派与本体论派的论争，还是 1965 年、1977 年两次唯物辩证法讨论，都没有从根本上动摇辩证唯物主义与历史唯物主义"二分结构"这一马克思主义哲学模式。

直接为现实政治服务和为现行政策做论证这一特殊的社会地位；引证的列宁、恩格斯的著作多于马克思的著作这一特殊的文献格局；以"物质"为起点范畴的辩证唯物主义与历史唯物主义的"二分结构"这一特殊的总体框架，构成了特色鲜明的苏联马克思主义哲学模式。这三个基本特征在《辩证唯物论与历史唯物论》中得到集中体现。因此，米丁和拉祖莫夫斯基主编的《辩证唯物论与历史唯物论》的出版，标志着苏联马克思主义哲学模式的基本形成。联系到我刚才提到的米丁的自我评价，我们可以看到一个历史事实，那就是，把马克思主义哲学分为辩证唯物主义和历史唯物主义这样一种"二分结构"，始作俑者并不是斯大林，而是芬格尔特、莎尔文特、拉祖莫夫斯基，尤其是米丁。

1938 年，斯大林出版了《论辩证唯物主义和历史唯物主义》。该书开宗明义指出："辩证唯物主义是马克思列宁主义党的世界观。它之所以叫作辩证唯物主义，是因为它对自然界现象的看法、它研究自然界现象的方法、它认识这些现象的方法是辩证的，而它对自然界现象的解释、它对自然界现象的了解，它的理论是唯物主义的。""历史唯物主义就是把辩证唯物主义的原理推广去研究社会生活，把辩证唯物主义的原理应用于社会生活现象，应用于研究社会，应用于研究社会历史。"以此为依据，《论辩证唯物主义和历史唯物主义》先后阐述了"马克思主义的辩证方法的基本特征""马克思主义哲学唯物主义的基本特征"和"历史唯物主义"。

不需多说就可以看出，《论辩证唯物主义和历史唯物主义》把列宁的观点发挥到了极致。列宁是怎么说的？列宁是这样说的，即历史唯物主义是一般唯物主义在社会历史中的"推广运用"。同时，《论辩证唯物主义和历史唯物主义》的总体框架又是以米丁和拉祖莫夫斯基的《辩证唯物论与历史唯物论》为基础的，以有所变化的形式肯定了辩证唯物主义与历史唯物主义的"二分结构"，其思维运行的逻辑是从唯物主义自然观"推广""应用"出唯物主义历史观。

　　问题在于，自然界与人类社会既有联系又有本质区别：在自然界中，一切都处在盲目的相互作用中，任何事情的发生都没有利益纷争和预期目的；在人类社会中，进行活动的人都具有自觉的意图，任何事情的发生都有利益纷争和预期目的。一次地震可以毁坏一座城市，可以毁灭众多的人口，一场战争也可以毁坏一座城市，可以毁灭众多的人口。可是，地震就是地震，在它的背后没有利益纷争，也不存在预期的目的，而战争的背后却是阶级、民族、国家的利益，存在着预期的目的。用马克思的话来说就是，"历史不过是追求着自己目的的人的活动"。因此，从唯物主义自然观并不能"推广""应用"出唯物主义历史观。爱尔维修早就"把唯物主义运用到社会生活方面"，得到的却是唯心史观。费尔巴哈也是这样。"当费尔巴哈是一个唯物主义者的时候，历史在他的视野之外；当他去探讨历史的时候，他不是一个唯物主义者。在他那里，唯物主义和历史是彼此完全脱离的。"（马克思）

　　更重要的是，《论辩证唯物主义和历史唯物主义》混淆了新唯物主义与旧唯物主义的本质区别。在论述"马克思主义哲学唯物主义的基本特征"时，《论辩证唯物主义和历史唯物主义》把《神圣家族》的"物质是一切变化的主体"这句话当作马克思本人的话加以引用，并把它作为马克思唯物主义的基本特征之一。实际上，这是一段明显的误引，即把马克思对霍布斯思想的复述看成是马克思本人的思想，把马克思所批评的观点看成是马克思本人所赞赏的观点。

　　马克思本人是怎样说的？看看《神圣家族》我们就知道了。在《神圣家族》中，马克思指出，唯物主义发展到霍布斯那里"变得片面了"，"变得敌视人了"。为什么？这是因为霍布斯认为，"物质是一切变化的主体"，"人的一切情欲都是正在结束或正在开始的机械运动"，"人和自然都服从于同样的规律。强力和自由是同一的"。因此，在霍布斯那里，在机械唯物主义体系中，"抽象的物质"成了一切变化的主体或基础，而人不过是物质的一种表现形态。

　　然而，斯大林并没有理解这些，所以，他把霍布斯的观点当作马克思本人的观点。在我看来，这一误引不是偶然的疏忽，它表明，斯大林并没有真正理解新唯物主义与旧唯物主义的本质区别，没有真正把握新唯物主义的本质特征，实际上是在用近代唯物主义的逻辑解读马克思的唯物主义。换言之，《论辩证唯物主义和历史唯物主义》所阐述的辩证唯物主义，实际上是一种唯物主义与辩证法简单相加，并带有浓厚的机械唯物主义色彩的自然观，然后，又以这样一种所谓的辩证唯物主义作为理论基础"推广""应用"出"历史唯物主义"。

　　无论从历史上看，还是从逻辑上说，历史唯物主义都不是辩证唯物主义在社会历史领域中的"推广""应用"。马克思在成为历史唯物主义者之前，还不是一个唯物主义者；而当他成为历史唯物主义者的时候，他同时就成为辩证唯物主义者。换言之，历史唯物主义创立之日也就是辩证唯物主义形成之时。在马克思主义哲学体系中，不存在一个独立的、作为理论基础的辩证唯物主义，也不存在一个独立的、仅仅具有应用性质的历史唯物主义。一言以蔽之，辩证唯物主义和历史唯物主义不是两个主义，而是同一个主义，即马克思新唯物主义的不同称谓。

　　既然如此，为什么《论辩证唯物主义和历史唯物主义》还产生如此大的影响，并使辩证唯物主义与历史唯物主义这样一种"二分结构"一度成为马克思主义哲学的"经典"甚至唯一形态呢？在我看来，这是由于斯大林在当时苏联和国际共产主义运动的特殊地位，以及当时苏联的社会体制造成的。斯大林当时在苏联以至整个国际共产主义运动中"说一不二"的地位，使《论辩证唯物主义和历史唯物主义》"一锤定音"，使辩证唯物主义与历史唯物主义的"二分结构"成为马克思主义哲学的"经典"形态、唯一形态，并产生了极其广泛、深入而持久的影响。在我看来，斯大林的《论辩证唯物主义和历史唯物主义》的出版，不仅巩固并确立了辩证唯物主义与历史唯物主义这一马克思主义哲学的总体框架，而且标志着苏联马克思主义哲学模式的最终确立，标志着辩证唯物主义与历史唯物主义体系在苏联以至整个国际共产主义运动中确立下来了。

三、苏联马克思主义哲学模式的根本缺陷

以辩证唯物主义和历史唯物主义为总体框架的苏联马克思主义哲学模式，的确深化并普及了马克思主义哲学的一些观点，但从总体上看，它曲解了马克思的哲学，忽视了实践的世界观或本体论意义，否定了人的主体地位，颠倒了马克思哲学的总体逻辑。

从逻辑方向看，马克思创立新唯物主义是从社会到自然的思维运行过程。按照马克思的观点，人们"周围的感性世界决不是某种开天辟地以来就直接存在的、始终如一的东西，而是工业和社会状况的产物，是历史的产物，是世世代代活动结果，其中，每一代都立足于前一代所达到的基础上，继续发展前一代的工业和交往，并随着需要的改变而改变它的社会制度。甚至连最简单的'感性确定性'的对象也只是由于社会发展、由于工业和商业交往才提供给他的"，因此，呈现在人们面前的是"历史的自然和自然的历史"。也正因为如此，新唯物主义是从社会存在出发去理解自然存在及其意义的，其立足点是人类社会或社会的人类。

苏联马克思主义哲学模式的立足点则是自然，其总体框架是从自然到社会的思维运行过程。"既然自然界是这样，那么社会也是这样"，这样一种无中介的直线式推演成了苏联马克思主义哲学模式的总体建构原则。用斯大林的话来说就是，"既然自然现象的联系和相互制约是自然界发展的规律，那么由此可见，社会生活现象的联系和相互制约也同样不是偶然的事情，而是社会发展的规律"；"既然自然界、存在、物质世界是第一性的，而意识、思维是第二性的……是这一客观实在的反映，那么由此应该得出结论：社会的物

质生活、社会的存在，也是第一性的，而社会的精神生活是第二性的，是派生的……是这一客观实在的反映"，如此等等。这就是说，在苏联马克思主义哲学模式中，从辩证唯物主义到历史唯物主义实际上是自然到社会的逻辑运行过程。这样一来，马克思哲学从社会到自然的逻辑方向便被颠倒了。

从逻辑坐标看，马克思哲学的逻辑坐标就是主体及其发展，其核心就是按照人的发展来"安排周围的世界"。与旧唯物主义不同，马克思的新唯物主义把"对象、现实、感性""当作感性的人的活动，当作实践去理解"，"从主体方面去理解"。马克思把"实践"和"主体"联系起来讲是有深意的。实践本来就是客体不能满足主体时，主体改变客体使之适应主体需要的活动，实践本身就体现了主体的主导作用。新唯物主义区别于旧唯物主义的原则界限，就在于马克思哲学强调实践，强调主体的方面，强调按照主体的发展"改变世界"，合理"安排周围的世界"，从而把"人的世界和人的关系还给人自己"（马克思）。主体及其发展因此成为马克思哲学的逻辑坐标。

苏联马克思主义哲学模式恰恰颠倒了这一逻辑坐标，它仅仅从客体的角度来考察"对象、现实、感性"，不理解人与物的关系是一种"为我而存在"的关系，其要害是"见物不见人"。在苏联马克思主义哲学模式中，物质也成了"一切变化的主体"，"人和自然都服从于同样的规律"。换言之，苏联马克思主义模式具有凝重的自然唯物主义色彩。

从逻辑出发点看，马克思哲学的出发点是人的实践。按照马克思的观点，实践内在地包含着人与自然、人与社会的关系，即人与世界的关系，现存世界是在人的实践活动中生成和发展的；实践是人的存在方式和生存本体，人是在自己的实践中自我生成、自我发展的，人的思维本质上是实践结构的内化和升华。因此，马克思的哲学是从实践出发反观、反思人与世界关系的。实际上，马克思主义哲学本身就是为改变现存世界的实践而创立的，本身就是对人类实践活动中各种矛盾关系的一种理论反思。正因为如此，马克思认为，新唯物主义"是描述人们实践活动和实际发展过程的真正的实证科学"。

苏联马克思主义哲学模式却颠倒了这一逻辑出发点，它不是从人的实践出发，而是从所谓的"物质"出发去理解和把握人与自然、人与社会的关系，即人与世界的关系，认为社会、人及其思维是物质运动的展开，是物质的不同表现形态，并从"自然发展规律"推导出"社会发展规律"。在苏联马克思主义哲学模式中，社会生活的实践本质被淡化了，人的主体性、选择性、创造性被忽视了，社会发展规律在人的活动中的生成性不见了，历史规律成了一种处在人的活动之外并超乎人的活动之上的预成的、神秘的"计划"，社会发展因此成为一种"无主体的过程"。

马克思一再声明自己的新唯物主义与旧唯物主义的本质区别，那就是旧唯物主义只是从客体的或直观的形式去理解"对象、现实、感性"，而新唯物主义则是从主体及其实践活动出发去理解"对象、现实、感性"，并认为人的实践活动构成了感性世界，实践"是整个现存的感性世界的基础"。这里，旧唯物主义采用的是一种还原论的方法，即把人类思维、人类社会、现存世界简单还原为自然界；新唯物主义确认自然界的"优先地位"，但它同时又确认人类思维、人类社会、人类世界对自然界具有不可还原性，人类思维、人类社会、现存人类世界即世界都是在人的实践活动中生成的，实践才是人的生存的本体和现存世界的本体。这样，新唯物主义就扬弃了旧唯物主义的自然本体论或物质本体论，同时也扬弃了唯心主义的精神本体论。从根本上说，马克思批判并终结旧唯物主义以至整个传统哲学的革命，就是从本体论的层面上发动并展开的。

但是，苏联马克思主义哲学模式并没有真正理解这一革命性变革，没有真正理解人们所面对的自然界已经不是"纯粹"的自然，不是"几万年间几乎不变的自然",而是被人类实践改造过的"人化自然",是被社会中介过的"人的现实的自然界",是"历史的自然"。人的实践改变的不仅仅是自然物的形态,更重要的,是在自然物中贯注了人的本质力量和社会力量,使人的本质力量和社会力量进入到自然存在之中,并赋予自然存在以新的属性——社会性或历史性。

在现存世界中,自然界意味着什么,自然对人的关系如何,人对自然作用的内容和范围以及采用什么样的形式等,都受到社会关系的制约。在现存世界中,自然界不仅保持着天然的物质本性,而且被打上了人化的烙印;不仅具有客观实在性,而且具有社会历史性。"只有在社会中,自然界对人说来才是人与人联系的纽带……才是人的现实的生活要素;只有在社会中,自然界才是人自己的人的存在的基础。"(马克思)把马克思哲学的自然概念同旧唯物主义哲学的自然概念区别开来的,正是马克思自然概念的社会性或历史性。

苏联马克思主义哲学模式犯了与费尔巴哈哲学同样的错误,即不理解"周围的感性世界决不是某种开天辟地以来就已存在的、始终如一的东西,而是工业和社会状况的产物",它把自然与社会隔离开来,把自然从历史中抽象出来,孤立地考察"地理环境"和社会生产方式,而不是把二者理解为一个统一的运动过程,不是在二者的相互作用中把握问题,根本不理解"只要人存在,自然史和人类史就彼此相互制约"(马克思)。于是,在苏联马克思主义哲学模式中,"地理环境"成了独立于人的活动过程的发展系列,人们所面对的自然仅仅是一种机械的、物理的、化学的、生物的运动,是"开天辟地以来就已存在的、始终如一的东西"。

经过这一分离、抽象之后,一种"抽象的物质"或"抽象的自然"便构成了苏联马克思主义哲学模式的基石,形成了以自然为基石的本体论。以此为基础,苏联马克思主义哲学模式进行了一系列从自然到社会的逻辑推演,从而构建了一种所谓的辩证唯物主义和历史唯物主义体系。实际上，苏联马克思主义哲学模式并没有真正把握"马克思主义哲学唯物主义的基本特征"，没有真正理解历史唯物主义的本质特征和哲学意义，它在形式上表现为辩证唯物主义和历史唯物主义，在内涵上则是向一般唯物主义或自然唯物主义的倒退。

这是一次惊人的理论倒退。这一倒退的实质，就是向以自然为本体的一般唯物主义的回归。在我看来，这是苏联马克思主义哲学模式的根本缺陷。就其实质而言，苏联马克思主义哲学模式就是马克思所批判的"抽象的唯物主义"。当它脱离人的实践活动和社会历史侈谈自然、物质和世界的物质性时，实际上已经悄悄地踏上了马克思所批判的"抽象物质的或者不如说是唯心主义的方向"。

我的演讲到此就结束了。谢谢各位耐心地听完我的这个理论深度不够、思想容量不足的演讲！

后现代主义的实质及其历史背景

——在吉林大学的演讲

尊敬的孙正聿教授，各位老师、同学：

大家好！

此时此刻，窗外，白雪皑皑、寒风凛冽；窗内，青春荡漾、温暖如春。仿佛从"现代"进入"后现代"。在这样一个"北国风光，千里冰封，万里雪飘"的季节，和吉林大学的各位老师、同学一起讨论后现代主义，我深感高兴和荣幸。我今天讲的题目是"后现代主义的实质及其历史背景"。主要讲两个问题：一是后现代主义的实质是什么；二是后现代主义是为何和如何产生的。

一、后现代主义的实质是什么

世纪之交，一个舶来品进入中国，很快在中国家喻户晓并在学界成为"显学"，这就是后现代主义。后现代主义原本是西方社会思潮。从时间上看，后现代主义或后现代话语的兴起，源于 20 世纪 60 年代以来西方思想家对发达资本主义国家及其文化状态的不同体认。20 世纪 60 年代以来，西方发达资本主义国家的社会及其文化领域出现了许多引人注目的新现象，对这些新现象，传统概念无法涵盖，现代概念也无法解释。哈桑由此认为，可以用"后现代"来称谓这些新现象。实际上，拉康、德里达、利奥塔德等人都注意到这种种区别于现代的新现象，并对此展开不同的探讨。尽管这些文艺理论家、历史学家、哲学家的探讨未能形成一种思想流派、社会运动，但却呼唤出一些相应的文化潮流以及知识态度、生活态度。哈桑认为，可以用后现代主义来称谓这些文化潮流、知识态度和生活态度。

杰姆逊的观点和哈桑既有相同之处又有不同之点。按照杰姆逊的观点，后现代主义与晚期资本主义密切相关，而晚期资本主义就是后工业社会。杰姆逊对后工业社会的特征做了一个概括——在我看来，这个概括比较准确。杰姆逊是这样概括的：在后工业社会，现代化已经大功告成，原始的自然已经一去不复返地消失了。用马克思的话来说就是，没有经过人化的自然，没有经过人改造过的自然，没有打上人的目的、意志、利益甚至审美能力烙印的自然，也就是原始自然已经一去不复返了。那么，后工业社会的本质特征是什么？在杰姆逊看来，后工业社会是个地地道道的人文世界，或者说，后工业社会是个地地道道的人化世界。

杰姆逊对资本主义的分期比较独特，他把资本主义分成两个阶段，即前期资本主义和晚期资本主义，并认为前期资本主义就是现代，晚期资本主义就是后现代；前期资本主义即现代重在征服自然，晚期资本主义即后现代重在文化扩张，杰姆逊因此把后现代定义为晚期资本主义的文化逻辑。他的名著就是《晚期资本主义文化逻辑》。总之，前期资本主义就是现代，后期资本主义就是后现代。这是杰姆逊对资本主义的一种划分形式。

杰姆逊从另一个角度又把资本主义分成三个时期，那就是市场资本主义、垄断资本主义和晚期资本主义。在杰姆逊看来，市场资本主义产生的是现实主义，垄断资本主义产生的是现代主义，而晚期资本主义产生的则是后现代主义。后现代主义就是对已经发展到晚期的资本主义文化的一种研究。

在杰姆逊的视野中，后现代有三个基本特征：一是深度模式的削平，在后现代主义看来，没有什么现象与本质之分，没有什么表层结构与深层结构，一切都平面化了，深度模式被削平了；二是历史意识的泯灭，也就是说直接反对历史意义；三是主体性的丧失。在杰姆逊看来，早期资本主义是主体性的弘扬，弘扬的结果是导致主体性的丧失。西方有本影响很大的书，书名就是《主体性的黄昏》。可是在中国，20 世纪 80 年代，我们的哲学家还是在努力高扬人的主体性。在西方已是黄昏的东西，在我们这里还是早上八九点钟的太阳。

杰姆逊是这样，利奥塔德也毫不逊色。利奥塔德用后现代这个词来表述发达资本主义国家的知识状态，并为后现代主义下了一个经典的定义，即后现代主义是针对元叙事的一种怀疑态度。怀疑本身没有错，一种积极的、健康的怀疑本身更没有错。马克思就把"怀疑一切"当作他的座右铭。怀疑是一种巨大的思想力量，怀疑可以掀起思想台风，而怀疑本身就在台风中心，可台风中心本身是没有风的。怀疑本身没有错。不怀疑行吗？如果我们对任何事物、任何知识、任何权威没有一种怀疑态度，我们至今还会停留在原始状态。利奥塔德首先把后现代主义定义为针对元叙事的一种怀疑态度。你看他首先强调的不是体系而是态度。

那么，利奥塔德心目中的元叙事是什么？按照利奥塔德的观点，元叙事指两种思想传统，或者说元叙事是指西方的两种思想传统。哪两种思想传统？

第一个传统是黑格尔式的思想传统，那就是"纯思辨理论叙事"。

黑格尔式的思想传统是什么？那就是纯思辨的思维方式。就哲学体系的庞大而言，黑格尔是哲学史上至今没有人能够替代的哲学家。有位西方思想家说过，他读黑格尔著作的时候感到浑身发颤。为什么？在我看来，这是因为，在黑格尔哲学的宏大场景中，只有纯概念的运动，只有"绝对精神"的力量，而没有"人"的席位，或者说，"人"始终处在"绝对理性"的阴影之中！

作为一个庞大的叙述体系，黑格尔哲学注重思维的同一性，描述了整个世界的运动、变化、发展，但唯独没给人一个切实的位置。黑格尔听见了卢梭对自由平等的呐喊，感到了康德对善良意志的求助，看到了法国大革命这一人类历史上的"壮丽日出"，他为法国大革命而激动、欢呼、惋惜、愤怒！可问题在于，在这一切都烟消云散之后，由他任意塑造的"绝对精神"已在人间永驻，而人本身却成了"绝对精神"自我实现的工具。这就是人在黑格尔哲学体系中的位置。

从形式上看，黑格尔似乎肯定了人的能动性。黑格尔是这么说的，假若没有人的热情，假若没有人的活动，世界上任何伟大的事业都不可能成功。你看他对人还是比较推崇吧？可是他说"但是……"——事情往往就坏在这个"但是"上。"但是，人不过是绝对理性自我实现的工具"，最多是"活的工具"，"绝对精神"才是整个世界的本原。

传统观念认为，唯心史观都是英雄史观。那不一定，黑格尔就不是。大家知道，拿破仑是黑格尔那个时代人们心目中的英雄，贝多芬的《英雄交响乐》本来就是献给拿破仑的。拿破仑称帝以后，贝多芬把"献给拿破仑"这个副标题删掉了。然而，在黑格尔看来，拿破仑也不过是"骑在马背上的绝对精神"。用句时髦的话来说就是，在黑格尔的思辨哲学中存在着一个"人学"空场，一切都在绝对理性和纯粹概念的运动之中。在黑格尔那里，理性成了一种新的迷信，高高地耸立在祭坛上让人们顶礼膜拜。

这是元叙事的第一个思想传统，它注重的是思想的同一性、价值的整体性。

第二个传统是法国大革命所代表的思想传统，那就是"自由解放叙事"。

这个思想传统最大的特征就是强调人的自由和解放。法国启蒙哲学非常关注人。法国启蒙哲学就是以倡导人开始它的哲学历程的。在法国启蒙哲学中，只有一个大写的字，那就是"人"。拉美特利提出了一个著名的命题，即人是机器。笛卡儿提出动物是机器，拉美特利把它往前推了一步，说人也是机器。拉美特利激起了新康德主义者的异常愤怒，他们指责拉美特利，说他是所有唯物主义者中最恶劣的一个。拉美特利的观点的确有它的局限性。他把人从宗教神学的束缚中解放出来了，可又把人变成了物质的一种表现形态，人的存在、人的主体性被消解了。

可是，新康德主义者没有看到拉美利特"人是机器"的背后隐藏的深层含义。什么深层含义？那就是其批判锋芒直指封建制度、宗教神学，因为整个封建制度、宗教神学信奉的是禁欲主义。拉美利特的"人是机器"指出了人首先是自然的人，也就是说人的一切要求、一切特征、一切权利都是天赋的，都是不可剥夺的。简单地说，就是"天赋人权"。新康德主义者没有看到"人是机器"这个命题背后深藏的反封建、反宗教神学的意义。

法国启蒙哲学的风格是明快泼辣，德国古典哲学的特征是艰涩隐晦。我们不能把这一特征仅仅归结为法国哲学家和德国哲学家个人的个性，而要看到这一表述特征背后的阶级特征。具体地说，法国启蒙哲学追求的是人的自由、解放，代表的是法国资产阶级，而法国资产阶级非常强大，它是用枪和炮攻占巴士底狱，把国王送上断头台，推翻封建制度，从而建立共和国的。德国资产阶级则非常软弱，他们是手捧着书本，用自己的脑袋撞击封建制度的，形象地说，是跪着造反。跪着造反，说话不可能明快泼辣。法国的大革命所代表的思想传统带有鲜明的追求人的自由、解放的特征。

相比较而言，黑格尔式的思想传统注重同一性、注重整体性，而法国大革命所代表的思想传统注重的是人文独立和人的解放。本来，二者都应该能够追求真理，为正义辩护。可是，想的和做的，想得到的和能得到的不是一回事。换言之，本来，黑格尔式的思想传统和法国大革命所代表的思想传统联合起来可以追求真理，并为建立社会正义、公平而辩护，结果始料不及，想得到的和真正得到的却正好相反，而且构成了一个"绝妙的讽刺"。

之所以是"绝妙的讽刺"，是因为在资本主义发展过程中，物质世界充分发展，资本统治一切，而个体的人却被消解了。所以，马克思认为，在资本主义社会，资本具有个性，而人却没有个性，人是片面的人，共产主义社会就是要确立"有个性的个人"，实现人的全面而自由的发展。当代西方马克思主义者马尔库塞写过一本书，名字就叫《单面的人》，其核心思想就是，资本主义社会造就的人是单面的。在西方现代化的过程中，自然科学突飞猛进，人文科学日益僵化、窒息、堕落。这是现代化过程的早期很难避免的现象。

在利奥塔德看来，造成这种现象的原因只有一个，那就是过于注重同一性，包括人类解放。所以，利奥塔德提出，后现代主义致力于同一性的消解。消解同一性的目的是什么？目的是增强我们对差异性的敏感，促成对不同事物的一种宽容能力。用句时髦话来说，就是要对"另类"持一种宽容的态度。利奥塔德由此认为，后现代是一种非同一性的精神，一套蔑视限制、专事反叛的价值模式，是一个分析性和评价性范畴。

把以上的观点概括一下，可以看出，后现代主义这个范畴有三重含义：一是一种描述性的范畴，作为一个描述性的范畴，后现代主义主要是指当代西方社会及其文化领域出现的新现象；二是一种评价性范畴，作为一种评价性范畴，后现代主义主要用于分析和考察当代西方社会的新现象；三是一种评价的结果，作为一个评价的结果，后现代主义主要归纳和概括出一些新的认识思路和方法。

当然，我注意到，在不同的后现代主义思想家的心目中，后现代主义的内涵是不同的。这很正常，就像一千个观众的心目中有一千个哈姆雷特一样。每一个后现代主义思想家理解的后现代主义不一样，是一种很正常的思想史现象。从思想史上看，某种学说创立者"形象"的变化并不罕见，马克思也是这样。马克思距现在有150多年了，他的"形象"处在不断变化中，套句话说，一千个人的心目中有一千个马克思。

后现代主义大师们对后现代主义的理解的确不一样，但不管他们的理解多么不一样，却有一个共同点，即他们都承认晚期资本主义出现了一些新现象。即使是对后现代主义持一种否定态度的哈贝马斯也是如此。哈贝马斯是著名的德国哲学家，也是西方马克思主义大师。他对后现代主义持一种果断拒斥的态度，可是他也承认，当代西方资本主义社会出现了一些传统的概念无法涵盖、无法解释的东西。

后现代主义的核心，就是对主体性、总体性、本原性、本质性、同一性以及深层结构进行全面颠覆，而代之以非中心、非主体、非整体、非本质、非本源、非同一，并消除深层结构。一般来说，后现代主义拒绝把自己看作是当代西方发达资本主义社会的一种文化反映，相反，它们把自己看作是对既有文化传统的梳理和建构。在后现代主义思想家看来，现代主要是认识世界、获得知识、形成文献和话语的过程，而后现代则是对已有的知识、文献和话语重新审视的过程。这就是说，后现代主义不过是对西方文化的一种重新审视、重新构想、重新整合、重新改写，是一种话语的"解码"和"再编码"活动。利奥塔德就是这样做的，他的《后现代状态》一书探讨的就是迄今为止的"知识"状况。

我注意到这样一个问题，那就是，后现代主义主要关注观念层面、关注意识层面、关注文化层面，自称信奉"语言游戏论"，即认为语言符号不是对客观实在的反映，不是实在意义的替代物，语言的意义不是取决于它对外部世界的反映和表征，而是取决于符号之间的差异。语言是思想的直接现实，是现实生活的表现和现实世界的语言。语言中的确存在着重大的哲学问题，否则，哲学史就不会出现"语言学转向"。哲学史上的"转向"首先是近代的"认识论转向"，即从本体论转向认识论，从认识客观世界转向研究人自身的认识能力。这是认识活动的内在逻辑。人认识事物、主体认识客体发展到一定程度，就会反过来转向自身，研究自己的认识能力，所以，近代出现了"认识论转向"。

"认识论转向"以后，人们又认识到，认识受到语言的制约，所以，哲学史上又发生了"语言学转向"。从本质上看，这种"语言学转向"所体现的，就是对人与世界联结点或中介环节的寻求，显示的是现代哲学对思想、语言和世界三者关系的总体理解。这种总体理解就是：世界在人的思想之外，但人只能通过语言来理解和表达对世界的理解。正是在这个意义上，分析哲学认为，语言的界限就是世界的界限，我们只能谈论"我的世界"。

的确如此。你掌握的语言不同，你认识世界的界限、深度和广度就不同。一个小学生心目中的世界和一个大学生心目中的世界能一样吗？是什么制约他？首先就是语言制约他。所以，分析哲学认为，语言的界限就是世界的界限。你掌握了什么类型的语言以及多少词汇，你对世界的认识及其表达也就只能达到什么样的深度和广度。语言也经常引起分歧，很多语言经不起推敲。譬如，公共汽车上都有老、弱、病、残、孕专座。这就有问题。什么是"老""弱""病""残"？"老"到什么程度叫"老"？"弱"到什么样子是"弱"……语言中的确存在着许多重要的哲学问题。

研究语言问题的确很重要，但无论如何，语言不可能不反映现实。过去，人们之间的称呼主要是"同志"，现在，还有几个喊"同志"的？"小姐""太太""先生""老板"这样的称呼大行其道，风靡全国。表面上看，这是语言在变化，实际上是社会在变化。后现代主义信奉"语言游戏论"，认为语言能决定一切。在我看来，这不过是后现代主义的自我感觉而已。实际上，任何一种文化思潮，任何一种哲学体系，不管它如何抽象，也不管它具有什么样的个性，归根到底都是时代的产物，都不可能离开时代。奴隶社会不可能产生三权分立思想，封建社会不可能造就一代共产主义新人，半殖民地半封建社会必然产生崇洋媚外思想。任何一种思潮的出现都和时代有关。后现代主义也不可能是空穴来风，对后现代主义的分析和认识也不可能仅仅通过语言游戏就能达到，后现代主义有它产生的特定的根源。

二、后现代主义为何和如何产生

从总体上看，后现代主义的崛起在现实性上有两大根源：一是第二次世界大战及其历史灾难；二是战后科技革命及其社会效应。

先说第一个根源。按照法国启蒙哲学和德国古典哲学的观点，人有理性，表明人与动物的根本区别，动物没有理性，人有理性。马克思也赞成这个观点。说动物有本能，人也有本能，但动物的本能就是本能，人的本能是被人所意识到的本能。这是人与动物的一个重要区别。恩格斯有句形象的话，"人一半是天使，一半是野兽"。这不是说人真是野兽，而是说人从动物界演变过来，在人的身上必然存在自然本性或本能。但是，人的本能是被人所意识和控制的本能，而且这种本能被打上了社会关系的烙印。饮食男女本来是本能，是一种自然现象，可"朱门酒肉臭，路有冻死骨"是一种社会现象，梁山伯与祝英台的爱情传说表面上看反映的是两性之爱，实际上反映的是当时的社会关系。动物的本能是纯粹的本能，人的本能是打上了社会烙印，而且能被人所意识和控制的本能。

人的本能为什么能被意识和控制？因为人有理性。西方思想家一直崇拜理性，他们把理性高高地放在祭坛上，让人们顶礼膜拜。可是两次世界大战尤其第二次世界大战这个有史以来最大规模的人类自相残杀，把西方思想家对理性的崇拜和理念打得粉碎。为什么人间遭到这么大的历史灾难？西方思想家对理性观念、人的自我控制、社会进步等信念产生了怀疑。

第二个根源是科技革命。科技革命造成了巨大的社会效应，推动了社会前进，这一点毫无疑问。可科技是一把双刃剑，就像知识是一把双刃剑一样。科学技术可以把人造卫星送上天，可以造福人类，可科学技术也可以制造足够的原子弹来毁灭人类。我们不是经常说生态平衡、环境污染吗？在我看来，生态失衡也好，环境污染也好，都是以"天灾"的形式表现出来的"人祸"，是人们的生产方式、思维方式、价值观念有问题。这使我不禁想起恩格斯的名言：最后毁灭人类的是人类自己。科学技术是一把双刃剑，它带来一系列正面效应，也带来了一系列负面效应，比如说克隆人，后果真难预料。我看过一篇报道，说某科学家把人的细胞和兔子的细胞放在一起做实验。如果这个实验成功了，后果不堪设想。由此产生了科技伦理的问题。科技革命使西方思想家对于由知识增长而造成的人与世界的分裂、人的萎缩乃至自身的分裂产生迷茫和恐惧。

这一系列问题表明，在当代西方资本主义社会，马克思所说的人的异化不仅没有消除，而且愈演愈烈。在当代西方资本主义社会，或者说资本主义社会进入晚期之后，一切处在破碎分裂、"礼崩乐坏"之中。但是，我们又不能不看到，资本主义仰仗它强大的科技实力、经济实力，以及几百年的统治经验和一系列的改良措施，仍在不断扩张和发展之中。当代资本主义非常傲慢，而且傲慢加偏见。无论是对其维护也好、批评也罢，资本主义就像一列疾驰的列车，一如既往，在既定的轨道上行驶着。在现代化过程中，资本主义制度日益巩固，不仅"合法化"了，而且定于一尊，变成了"铁板一块"，认为自己会永恒存在。用杰姆逊的话来说就是"资本主义忘记如何进行历史性思考"，即忘记了资本主义本身的历史性。

正因为如此，在后现代问题上，西方思想家们又一次聚集起来为晚期资本主义"会诊"，并为晚期资本主义开了一剂药方：向同一性开战。杰姆逊说了一句令人难忘的话："最稳妥地把握后现代主义这个概念的办法，就是把它看作是在一个已经忘记如何进行历史性思考的时代去历史性思考现实的一种努力。"这就是说，后现代主义实际上是对当代资本主义社会的批判，是对现代化负面效应的一种纠偏。

后现代主义并不是我们通常所理解的那样，是现代主义之后的一个新的历史时期。如果用一句话来概括后现代主义，那就是，重写现代性。现代性既有正面效应，也有负面效应，后现代主义力图要纠正现代化所带给我们的负面效应。就像市场经济有正面效应，也有负面效应，社会主义市场经济力图纠正市场经济的负面效应一样。所以，后现代主义不是现代主义之后的一个新的历史时期，更不是资本主义之后的社会主义时期。后现代主义本质上是重写现代性。

看看后现代主义大师自己是怎么说的吧！

先看哈桑。在哈桑看来，后现代主义与现代主义之间不存在一个不可逾越的长城或铁障，后现代主义是从现代主义派生出来的，后现代主义与现代主义是并蒂共生的统一体。所以，后现代与现代并不具有本质的差别，它取决于解释者的理论视角。但哈桑有个特点，那就是，他始终没有对后现代主义下一个定义。在我看来，哈桑对如何界定后现代主义是顾虑重重的。

相比较而言，利奥塔德明确地返回到现代主义的潮流中去把握后现代主义。按照利奥塔德的观点，后现代是现代的一部分，一部作品只有首先是后现代的，才能是现代的。他讲得有些学究气。什么意思呢？把它翻译一下就是说，后现代实际上是把那些在现代中无法表现的东西表现出来，使它从"无形"转变为"有形"。再简单点说，后现代主义是把现代化进程中一些负面的东西消解掉，把那些萌芽的东西弘扬起来。所以，后现代是现代的一部分，一部作品首先是后现代的，才能是现代的。

利奥塔德明确指出，现代性在本质上不断孕育着后现代性。重写现代性，就是对现代性进行纠偏，就是要抛弃它的坏的方面，保留它的好的方面。但是，这很难做到。就像对待传统文化一样，要取其精华，去其糟粕，但精华和糟粕往往纠缠在一起，就像一个人一样，他的优点里也蕴含着缺点。不管怎样，后现代主义力图对现代性进行纠偏，其本质就是重写现代性。

我把他们的话概括起来，就是后现代不是现代之后一个新的历史时期，后现代主义也不是穷途末路的现代主义，而是现代主义的新生状态，而且这一状态一再出现。所以，我们一定要明确，后现代主义不是现代主义之后一个新的历史时期，而是对现代性的重写。

当后现代主义者强调"重写现代性"的时候，有一个人突出"重振现代性"。这个人就是哈贝马斯。哈贝马斯对后现代主义持一种果断的拒绝态度。按照哈贝马斯的观点，在西方，主体性尚未充分发展，现代性的启蒙理想尚未实现，使命尚未完成，生命尚未终结，一句话，现代性还没有完结，仍然有旺盛的生命力。但是，他也承认，现代性也有负面效应。由此，哈贝马斯的选择是，固守启蒙思想，纠正其设计的错误和实践的偏差，建立新的理性，"重振现代性"。由此可见，哈贝马斯的"重振现代性"与利奥塔德等人的"重写现代性"本质上是没有区别的。

利奥塔德指出，这种重写现代性的工作在现代化本身中已经进行了很长时间了。那么，是谁首先批判现代化的负面效应，重写现代性的呢？是马克思。马克思生活在现代化的第一个高峰期，即从18世纪中叶的工业革命开始到19世纪中叶这一时期，是第一个真正对现代化负面效应进行批判的思想家。

从历史上看，现代化是由资产阶级启动的，现代化的"游戏规则"也是由资产阶级制定的，到目前为止，已经实现现代化的国家都是资本主义国家。现代化不等于西化，不等于资本主义化，但现代化和资本主义化的确具有历史重合性。在这个意义上，马克思对资本主义的批判实际上是对现代化负面效应的批判。所以，后现代主义思想家们在批判现代化负面效应、在批判资本主义的时候，脑海中不由自主地浮现出马克思，并对马克思倍加推崇。德里达指出，不能没有马克思，没有马克思，没有对马克思的记忆，没有马克思的遗产，也就没有将来。杰姆逊认为，马克思主义是我们时代"不可超越的意义视界"。此前，存在主义大师萨特已经断言，"历史唯物主义是我们时代不可超越的哲学"。事隔 40 年之后，杰姆逊再次指出，马克思主义是我们时代"不可超越的意义视界"。这一时间跨度说明了马克思主义的真理性、超前性。

后现代主义与马克思主义都批判资本主义，所以，后现代主义者不由自主地想起马克思，并认为马克思主义是从现代主义到后现代主义的一个必经的思想桥梁。首先把马克思的名字与后现代主义联系起来的人，是《后工业社会的来临》的作者丹尼尔·贝尔。贝尔在他的这本书中指出，马克思虽然生活在工业社会，但他对后工业社会的"某些重要特征"做了"准确预见"。贝尔用词很有分寸。此后，西方思想界研究马克思主义与后现代主义的关系成为一种时髦，越来越多的思想家关注马克思主义与后现代主义的关系。德里达就是一个代表性的人物。

世纪之交的西方思想界发生了两个"事件"：一是英国 BBC 公司进行民意测验，评"千年思想家"，马克思位于榜首，爱因斯坦、牛顿、达尔文分别列为第二、三、四名；二是解构主义大师德里达出版了《马克思的幽灵》明确提出"求助于某种马克思主义的批判精神仍然是当务之急，而且必须是有限期地必要的"。这两件事被国内一些学者看作是马克思主义"当代复兴"和"世纪凯旋"的标志。我对这种看法持一种非常谨慎的乐观态度。德里达在这本书里指出，没有对马克思的记忆和继承，就没有未来。但是，我们应当明白，德里达是站在解构主义的立场上去理解马克思主义，同时用马克思主义的方法来旁证解构主义的。所以，他"醉翁之意不在酒"。

不管怎么说，在苏联解体、"东欧剧变"后，德里达第一个站出来为马克思主义辩护，非常值得崇敬。按照德里达的观点，马克思主义已经成为人类文化传统，已经转化为人类集体无意识的一部分，已经转化为我们的习惯表达了，就像我们传统文化的作用一样。什么是传统？传统就是在过去形成、现在还在发挥作用的。过去形成但现在不发挥作用的不是传统，而是"古董""文物"。所以，传统仍在我们身上发挥作用，我们自觉不自觉地都在用传统说话，以传统行事。在这个意义上说，传统就是我们，我们就是传统。所以，当德里达说马克思主义已经转化为人类文化传统时，实际上是说马克思主义仍在现实中发挥作用。这是其一。

其二，在德里达看来，马克思主义通过对资本主义运行机制的解构，揭示了资本主义社会的发展趋势，并以巨大的超前性预示了当代资本主义"十大溃疡"的病灶。当代世界的问题在总体上没有超出马克思主义的"问题域"，仍处在马克思主义的政治及历史"场域"中，我们的思考和行动都不由自主地置身于马克思主义的"问题域"中，甚至"仍旧是在用马克思主义的语码而说话"，解构主义也不例外。

总之，马克思主义之所以不可超越，有两个原因：一个是马克思主义在我们时代已经转化为人类文化传统；二是当代世界的问题在根本上没有超出马克思主义的"问题域"。

马克思主义与后现代主义的关系是一个更大的课题，理应得到更为详尽地讲述。然而，由于时间关系，我只好把这一讲述留给以后的机会了。

谢谢各位！

杨　耕：行走在哲学与出版的路途上

《中国图书商报》记者李际平：杨教授，您是我国著名的哲学家，同时又是知名的出版人，综合哲学与出版的角度看，您认为高校出版社特点何在？

杨　耕：谢谢。从国际上看，高校出版社类型大体可分为两种：一是以英国剑桥大学出版社为代表，既重视学术出版，又重视商业利益；二是以美国哈佛大学出版社为代表，偏重出版的学术性，不太关注商业利益。国内高校出版社和英国剑桥大学出版社走的路子相似，它的突出特点就是既追求社会效益，为本校教学、科研服务，同时，又追求经济效益，为本校发展提供资金支持。

正因为如此，有效运营高校出版社关键要处理好五对矛盾或五种关系：一是处理好产业属性与意识形态属性的关系；二是处理好传承文化与创造利润的关系；三是处理好塑造市场主体与为本校教学、科研服务的关系；四是处理好熟悉学术出版与善于资本运作的关系；五是处理好企业自主经营、自负盈亏与行政部门主管、学校主办的关系。

如何把握好上述五重关系之间的张力是有效运营高校出版社的最大的难题。为此，我有一种放心不下的牵挂，一种如履薄冰的忐忑，一种日求精进的警醒。

李际平：杨教授的见解果然与众不同。当前，包括大学出版社在内的国家出版体制改革正在向纵深发展，令人瞩目。您是如何看待这次出版体制改革的？

杨　耕：我一直密切关注、充分肯定、高度评价国家出版体制改革，因为这次改革符合出版发展规律，符合文化发展规律，符合市场经济发展规律，而且它的确空前激发了出版业的生产能力，从而为行业发展开辟了广阔的空间。当然，在发展过程中，还存在着一些应引起高度重视、尽快解决的问题。例如，出版社已经基本上转成企业，但转企后所需统一开放、竞争有序的市场环境还远未形成，一些出版社或集团生存和发展主要还依靠行政机关的"保护""扶持"；出版集团化完全必要，但主要依靠行政力量，忽视了市场力量，也正因如此，在出版集团化同时出现了市场垄断化趋向；出版集团多元化经营是必要的，但一些出版集团在多元化经营的同时又出现了副业超过主业的趋向，如此下去，"出版集团"就会名存实亡。所以，北师大出版集团在确定发展定位时提出，突出出版主业，"适时、适度进行多元化经营"。

李际平：这些问题确实应该引起足够重视。2007 年 7 月，北京师范大学出版社作为第一批转企改制试点单位完成身份转换，并以此为核心企业组建了北京师范大学出版集团。近年来，北师大出版社实现了跨越式发展，先后荣获"全国文化体制改革先进企业""全国百佳图书出版单位"的称号，并被评为国家一级出版单位，在业界产生了很大影响。2010 年 11 月，中宣部部长刘云山同志就北师大出版社成立 30 周年做出重要批示："北师大出版社勇于改革、锐意创新，事业发展、实力增强，实现社会效益和经济效益双丰收。"请问，你们采取了哪些改革措施？

杨　耕：转企改制能否成功，关键在于机制、体制能否创新，这种创新是否符合出版规律、市场规律，是否符合自己的实际。

其一，将原有编辑部门整合为高等教育分社、职业教育分社、基础教育分社三个分社，分社可以自主决定选题计划、营销方案、人员选用、产品印刷，是集相关类图书产、供、销于一体的利润中心，同时对编辑实行策划编辑和文稿编辑划分管理。

其二，将出版部改组为印制管理部，加强了印制流程、成本和质量管理，并对大宗纸张采购和印装企业的选择实行整体招标。

其三，三个分社成立各自的营销中心，走专业化、精细化营销之路，同时将市场营销部改组为营销管理部，建立了纵向营销与横向管理相结合的营销体制，基本解决了长期困扰出版社"编""发"之间的矛盾。

其四，进行了简编定岗、减负增效，中层建制由原来的 26 个削减为 13 个，机构得以精简，更重要的是，职能得以转换，以往层次不清、职责不明、因人设岗、条块分割的现象得到了根本改观。

其五，实行新的绩效考核管理办法和绩效分配方案，文稿编辑和营销人员率先实行按岗取酬、同岗同酬，从根本上改变了分配上的平均主义。作为分配体制改革的前提，单品种图书的成本核算也同时实施。

编辑、印制、营销、运营、分配体制一系列改革成果能否巩固，发展能否持续，关键要靠制度建设。2007 年 7 月到 2010 年 12 月，出版社出台了 100 余项规章制度，内容涉及选题论证、预算管理、员工管理、出版管理、经营管理等各个方面，制度框架已经基本建立，极大地促进了北师大出版社由粗放型经营向精细化经营、由经验型管理向科学化管理转变。

李际平：可在同行眼中，北师大出版社只是一个教辅大社……

杨　耕：那是"过去时"了。2005 年，我就提出，北师大出版社的图书结构应该也必须转型。出版集团成立后，我们加大力度、加快速度推进图书结构转型，确定了"主干的教育科学（包括心理科学）和人文科学，精干的社会科学和自然科学"的发展定位，在完善基础教育教材体系、提升助学读物质量的基础上，重点发展职业教育、高等教育和学术著作的出版，同时推动少儿读物、大众读物出版。几年努力取得了丰硕成果，到 2009 年年底，北师大出版社动销品种 3500 种，其中高校教材和学术著作已达 1500 种，职业教育教材达 480 种，占全部品种的 56.6%，图书结构转型就品种而言基本完成。同时，我们加大力度、加快速度推进新版书、修订书和重印书结构的优化，到 2009 年年底，修订书、重印书比例已达 60%以上，为可持续发展奠定了基础。北师大出版社已从一个以教辅出版为主营业务转变为以教育出版为主体、以专业出版和大众出版为两翼的综合性出版社。

李际平：北师大出版集团主业突出、实力雄厚，被誉为高校出版体制改革的领跑者。您是如何在"集团"这个层面运作的？

杨　耕：不是"我"，而是"我们"，也就是北师大出版集团的领导班子。2007 年 7 月，我们以北师大出版社为核心企业成立了国内高校第一家集图书、音像、电子、网络、印刷等多介质于一体的出版集团，确定了以优质教育资源的集成、开发、提供和服务为宗旨，以教育出版为主体，以专业出版和大众出版为两翼，以图书出版为主体，以音像电子网络出版和印刷产业为两翼的出版格局，适时、适度进行跨地区经营，适时、适度进行跨所有制经营，确立了适时、适度进行跨媒体经营，适时、适度进行多元化经营的发展定位。无须避讳，北师大出版集团的组建，依靠的是行政的力量。但是，集团成立后的运作则依靠资本力量，通过政策引导、资本运作把集团与各子公司联系起来，通过资本运作、资源整合、品牌带动、立体开发，积极推进产品结构调整，从而使北师大出版集团做到了"一体化"，破解了"一收就死""一放就乱"的难题。

2010 年，北师大出版集团与安徽大学合资重组安徽大学出版社，实现了大学出版社跨区域发展的突破。不仅如此，还借鉴影视剧制、播分离的模式，吸收 10 家民营公司，控股成立了专事经营助学读物的北京京师普教文化传媒有限公司，在跨所有制经营方面迈出了重要一步。目前，北师大出版集团旗下的几家公司发展势头非常好。有数字为证。北师大出版社 2010 年销售码洋达 12.2 亿（人民币），净资产收益率为 12.5%，远远高于全国出版传媒类上市公司行业平均净资产收益率；北师大音像出版社 2008 年扭亏为盈，2010 年净利润增长 21.01%，并被列入国家重点支持的 20 家独立音像（电子）出版、制作企业行列，是唯一进入这一行列的高校音像出版社；京师印务有限公司 2007 年实现盈亏平衡，2009 年净利润同比增长 467.57%；安徽大学出版社 2010 年销售码洋达 1.3 亿（人民币），净利润增长 118%；京师普教文化传媒公司 2010 年成功遏制住主发教辅持续下滑的趋势。这就再次证明，只要有改革就会有发展。

当然，高校出版社目前其实力和影响力还极其有限，地方出版社集团化上市带来的雄厚资金，"四跨"之后形成的出版格局，对高校出版社的发展极为不利，高校出版社原有的一些优势已经丧失或正在丧失。高校出版社下一步发展压力非常大，既有经济压力，也有学术压力。就北师大出版社而言，图书结构不合理状况已基本解决，但经济结构不合理现象又凸显了；人员结构不合理状况已基本解决，但人才结构不合理现象又凸显了；社内营销体制不合理状况已基本解决，但整个营销体系不合理现象又凸显了，如此等等。我们目前还处在过渡之中，离国际知名的现代出版集团、现代文化企业的目标还有很长的路要走。

李际平：问一个轻松的话题吧。据说，哲学已成为您的安身立命之根和安心立命之本，那么，哲学对您生活和工作的最大影响是什么？

杨　耕：这个话题可不轻松，我概括地回答吧。从学士、硕士到博士，我的专业都是哲学，至今我仍是一名哲学教师。哲学教会了我如何思考、如何工作和如何生活,使我懂得没有友情和亲情,我不可能成长,没有误解和责难,我不可能成熟;哲学教会了我如何把握和处理个人与社会的关系,使我懂得个人只有在推动社会发展过程中才能求得个人发展;哲学教会了我"看破红尘""看透人生",做到了波澜不惊、荣辱不惊;哲学教会了我相信时间、学会忍耐,做到了痛到肠断忍得住、屈到愤极受得起。我非常喜爱王勃在《滕王阁序》中所说的两句话:"屈贾谊于长沙,非无圣主。窜梁鸿于海曲,岂乏明时。"

载《中国图书商报》2011 年 4 月 12 日。

在学术传播与市场运作之间

　　主持人柯鸿冈（BBC 国际台资深节目制作人）：全球
有数以千计的大学出版社，作为大学的有机组成部分，大
学出版社如何实现自己的使命？如何利用所属大学的优势
资源，打造学术品牌，取得很好的商业利润？

　　尼尔·汤姆金斯（牛津大学出版社国际事务总裁）：
世界各国的大学出版社有不同的类型，有年营业额 10 亿
美元的牛津大学出版社，也有年营业额只有几十万美元的
大学出版社。当然，大学出版社的地位完全不是根据财务
收入来确定的，大学出版社的主要目标不是商业利润，而
是它的学术使命，大学出版社存在的意义是由它所依附的
大学的使命来确定的。因此，牛津大学出版社作为牛津大
学的一部分，其使命是服务于大学学术、科研和教学一流
的目标。大学的其他部门通过教学和科研来实现其目标，
出版社则是通过在全球的出版来完成大学的使命。

　　杨　耕：我有保留地同意尼尔·汤姆金斯先生的观
点。大学出版社在出版行业有其特殊性，做好学术出版当
然是大学出版社的使命，在一定意义上说，大学出版社的

使命是大学使命的拓展和延伸。但是，对这一问题，我们需要具体分析。从国际上看，大学出版社从总体上可以分为两类：一类以英国的牛津大学出版社、剑桥大学出版社为代表，既追求学术出版，又追求商业利润；另一类是以美国的哈佛大学出版社和日本的东京大学出版社为代表，主要从事学术出版，不追求商业利润。像日本的东京大学出版社、中国的香港中文大学出版社，它们的出版资金由学校提供，出版何种图书由学校教授委员会确定。

中国的大学出版社大多数走的是与牛津大学出版社、剑桥大学出版社相似的道路，既追求学术出版，又追求商业利润，并力求使商业利润最大化。这是因为，大学出版社一方面要向国家上缴利税，另一方面又要向学校提供资金支持，因而既要追求学术出版，又要追求商业利润；商业利润这一目标不能实现，学术出版这一使命也无法完成。在我看来，在不同的国度、不同的社会背景下，大学出版社的成功模式仍具有共同之处，那就是，将学术传播与市场运作紧密结合，在市场竞争中形成学术品牌。一言以蔽之，大学出版社应在市场竞争中实现学术传播。

尼尔·汤姆金斯：所有大学出版社的品牌与其所属的学校密切相关。牛津大学出版社与牛津大学的品牌效益就是双向的：牛津大学出版社强大的品牌效应提升了牛津大学的整体品牌，同样，出版社也受益于牛津大学的整体品牌效应。经过几百年的发展与成功的积淀，牛津大学的品牌在全球享有盛誉，同样，牛津大学出版社经过几百年艰辛的努力树立了优质的品牌形象，二者相辅相成，共同创造了一个又一个的辉煌。牛津大学出版社将牛津大学的品牌延伸到了它所触及不到的领域，并向世界传播了"牛津"的品牌内涵。反之，牛津大学世界级的声望，有助于出版社开发和维护市场。牛津大学及牛津大学出版社品牌的核心都聚焦于明确而坚定的使命之上，即一流的学术与教育，为了品牌发展与成功，二者所做的一切都必须服务于此宗旨。

就规模而言，牛津大学出版社和剑桥大学出版社是世界上两家最大的大学出版社，至少在英语国家如此，它们都具有广泛的国际影响力，出版范围也远远超越其核心学术出版，延伸至英语学习和教育领域，还有参考书及辞典类出版。西方大多数的大学出版社主要侧重于学术出版，同时，也有一些一流的美国大学出版社在国际市场取得了不错的业绩。但是，大多数大学出版社规模比较小，通常只在当地或某个地域比较有优势。让我觉得眼前一亮的是，中国的一些大学出版社，如北师大出版社、外研社、上外社等，他们的出版范围远远比除牛津大学出版社和剑桥大学出版社以外的西方的大学出版社要宽泛得多。

杨　耕：是这样。北师大出版社已成为一家以教育出版为主体，以专业出版和大众出版为两翼的综合性出版社，积累了丰富的出版资源，形成了合理的图书结构，造就了知名的图书品牌，在中国出版界、教育界、文化界享有盛誉。

主持人：正如二位所说，大学出版社是所属大学的组成部分，要实现大学学术传播的使命，同时又要获得最大的商业利润。那么，你们都经历了怎样的发展历程呢？

尼尔·汤姆金斯：牛津大学出版社创立于 15 世纪，但直到 19 世纪的后半叶，才发展成为一家现代意义上的出版社，脱离了纯学术出版和圣经出版。在牛津大学出版社的发展历程中，执行了两条重要的发展战略：第一条发展战略是走国际化道路，在 19 世纪末 20 世纪初，牛津大学出版社开始在美国、加拿大、澳大利亚、南非和印度开设了分支机构，目的不仅是为了更多地销售在英国本土上出版的图书，而且是为了便于开发当地的出版资源，尤其是学术类和教育类的资源；第二条发展战略是进入教科书出版领域以及更广泛的少儿出版领域，最初是在英国，之后在其他国家的分支机构也执行了这一发展战略。与此同时，牛津大学出版社积极开发牛津英语词典项目，这一项目始于 1879 年，在经历了 50 年努力后才获得了丰硕的成果。牛津英语辞典项目一度使出版社濒临破产，但最终塑造出一个我们今天熟知的牛津大学出版社。

杨　耕：无论是作为学者，还是作为出版人，我都欣赏并敬佩牛津大学、牛津大学出版社的悠久历史和辉煌业绩。和牛津大学出版社 500 多年的悠久历史不同，北师大出版社只有 30 余年的短暂历史，用伟人毛泽东的一句话说，30 多年的历史只能是"弹指一挥间"。但是，我们抓住了这次机遇，成功实现了转企改制，并紧紧围绕着教育出版的核心业务，加大力度、加快速度推进图书结构转型，在完善基础教育教材体系、提升助学读物水平的基础上，以"主干的教育科学（包括心理科学）和人文科学，精干的社会科学和自然科学"为定位，重点发展职业教育教材、高等教育教材和学术著作，形成了原创图书与引进图书相结合、学术图书与大众图书相结合、资料性图书与理论性著作相结合的学术著作立体结构，从而增强了经济实力，提升了学术传播力，提高了市场竞争力，扩大了社会辐射力。

在完善学术出版机制的同时，北师大出版社依托体制创新、集约发展和市场运作，实现了跨越式发展。2011 年，北师大出版社销售码洋达 15 亿，净利润大幅增长，在中国大学出版社中位居首位，在整个中国出版业中名列前茅。北师大出版社经过改革实践以及集团化、市场化运作，通过出版体制创新、图书结构转型，正在向具有较大学术影响力、较广社会辐射力和较强市场竞争力的现代文化企业稳步迈进。

主持人：看来双方都是大学出版社成功的典范。在不同国家、不同社会制度下，大学出版社的管理体制会有很大不同吗？

尼尔·汤姆金斯：牛津大学出版社是牛津大学一个独立的部门，就像牛津大学的 39 个学院一样，是独立的法人机构。牛津大学委派代表（大多为教授）组成管理委员会来管理出版社所有事务，下辖学术委员会和财务委员会，负责选题和财务事务，首席执行官负责出版社正常运转和日常事务，现任出版社首席执行官为奈杰尔·波特伍德。管理委员会密切关注所有出版业务，学术委员会定期召开会议，审查出版社申报的选题，换言之，学术委员会最终决定出版的选题。这一点对牛津大学出版社的成功至关重要，因为学术委员会不允许那些不符合学术和教育最高标准的选题通过。

杨　耕：北师大出版社的管理体制不同于牛津大学出版社，有其特殊性。这种特殊性表现在三个方面：一是出版社的业务主管是国家新闻出版总署，行政主管是国家教育部，而资产管理是北京师范大学，同时，出版社社长、总编辑由北师大任命；二是出版社是一个学术机构，同时又是一个商业机构，要向国家上缴利税，向学校提供资金支持，出版社现在已经转变为企业，要进入市场，进行市场运作；三是作为市场主体，出版社完全自主经营，在不违宪的前提下，出什么书、出多大规模的书由出版社总编办公会决定。我不认为学术出版与市场运作之间存在着不可解决的矛盾，相反，学术出版只有通过市场才能充分发挥其社会影响，实现其学术价值。有市场的书不一定有学术价值和正面的社会影响，但没有市场的书肯定没有社会影响，也无法实现其学术价值。

北师大出版社这几年之所以得以迅猛发展，之所以实现跨越式发展，得益于遵循教育规律、出版规律和市场规律，得益于学术化、集团化和市场化运作。作为大学出版社的管理者，我对搞好大学出版社的思考主要集中在三个方面：一是如何处理好出版业的传播学术、传承文化与创造商业利润的关系；二是如何处理好塑造市场主体与为学校教学、科研服务的关系；三是如何处理好学术出版与资本运作的关系。如何把握好上述三重关系之间的张力，是个难题，我相信牛津大学的同人也有同感。在我看来，这三个问题是大学出版社发展历程中所共同面临的问题。

主持人：随着现代数字技术的发展，大学出版社必然面临着数字化的挑战，那么，数字技术如何影响教育出版？

尼尔·汤姆金斯：面对数字技术的挑战，要用长远发展的眼光，以自身使命为基础，发挥我们的创造性。近年来，我们对新的数字平台，如 OSO（牛津学术在线）和 OBO（牛津文献在线）进行了大量的投资。但总的来说，数字技术对出版的影响比我们在 5—10 年前预想的要缓慢些。目前，学术出版已经几乎都实现了数字化了，尤其是基于搜索引擎的学术期刊的出版，估计近 50％的学术出版收入都来自数字出版。然而，教材出版则完全是另外一番景象。数字化对学校教育的影响刚开始显现，目前，教材出版中的数字出版收入大约只有 3％～4％，这是非常低的一个比值。但是，数字化已成为考量教材出版一个非常重要的因素。我估计，50％～60％纸质教材的销售取决于良好的数字资源的支持。因此，今天若没有数字资源的支持，也就无法销售纸质教材。在未来的几年中，我们应该能够看到更多数字化发展的趋势和变化，尤其在教育出版领域，纸质出版和数字出版可能会紧密结合在一起。

杨　耕：我完全同意尼尔·汤姆金斯先生的观点。数字出版已经成为出版业的一个发展趋势。数字阅读产品向分屏、分众、分拆方向迅猛发展，阅读终端多屏化、阅读载体移动化、阅读内容呈现形式多样化……随着数字技术的发展，出版业态、出版的商业模式都在改变。在不远的将来，数字出版必将成为出版社的一个新的经济增长点。但在中国，数字出版毕竟刚刚起步，大多数出版社从事数字出版主要是为纸质图书出版提供支撑，数字出版的商业模式、盈利模式都没有形成，各出版社包括北师大出版社对此都在探索之中。在这方面，我们非常希望向牛津大学出版社学习，借鉴他们的先进经验。

我清醒地认识到，目前数字出版的影响主要是在大众读物、学术期刊领域，而对教材尤其是中小学教材的影响还很小。实际上，不仅在中国是这样，即使在美国也是如此，电子书在美国中小学教科书领域应用缓慢，用尼尔·汤姆金斯先生的话来说就是"数字化对学校教育的影响刚刚开始显现"。在我看来,造成这种状况的原因,一是经费问题,中小学数字化环境建设需要巨大的投资;二是技术问题,需要成熟的数字教科书技术条件和设备;三是人员问题,需要善于运用数字设备进行教学的教师以及足够的设备维修人员。这的确是不以出版业意志为转移的三个难题。如何在教育领域使纸质教材与数字出版有机结合起来,是一个需要认真探讨的问题。就中国国情而言,我对此持一种审慎的乐观态度。

主持人:刚才尼尔·汤姆金斯先生已经介绍了牛津大学出版社开拓国际市场的经验和策略,下面,我们来探讨国际化竞争给大学出版社带来什么样的挑战?双方如何进行国际市场的竞争与合作?

杨　耕:中国的出版业正在加快"走出去",向国外发展。国际化是北师大出版社发展的方向,没有国际化,北师大出版社不可能从一个出版大社转变为一个出版强社。在国际合作与交流中,我们非常看重与牛津大学出版社的合作。我们的合作已经开始了,但目前还仅限于版权合作。我非常希望双方的合作向深度和广度不断拓展,并使这种合作常态化、规范化、制度化。应该说,牛津大学出版社与北师大出版社的合作空间是广阔的。我们同属于大学出版社,牛津大学出版社的背后是世界上历史最悠久、最著名的牛津大学,而北师大出版社背后是中国历史最悠久、最著名的北京师范大学。牛津大学是世界上历史最悠久、最著名的大学之一,北师大是中国历史最悠久、最著名的大学之一。大学背后就是知识,就是科学,就是文化,正是基于这点,不同国家大学出版社之间的合作,要比大学出版社同其他出版社的合作更直接、更有效、更长远。

尼尔·汤姆金斯:21世纪的大学出版社,既有新机遇又有旧挑战。全球化是现代社会的主旋律和大背景,特别是对于学术领域和研究者来说,全球化的影响会更加突出。当然,与此紧密相关的是数字化。随着传统条件下的市场的分裂和整合,全球化和数字化将会为大学出版社提供新的发展机遇和挑战。在新的国际环境下,牛津大学出版社的整体战略主要有三个方面：一是全球学术业务发展，我们对先前独立的三块出版业务包括期刊、学术和美国分社进行整合，以应对不断变化的国际学术市场；二是在国际市场上，重塑我们的英语教学的领导地位，重点考虑在我们已经拥有较强实力但市场竞争激烈的领域，如何取得实质性的领导地位；三是进军国际教育领域，利用我们在教育市场中取得的成功经验，扩大全球业务，进入具有高潜能的领域。

载《中华读书报》2012 年 6 月 20 日。

体制创新：开启出版产业发展之路

　　出版体制改革是我国文化体制改革的重要方面，出版体制改革成效如何对整个文化体制改革具有重要影响。近年来，北京师范大学出版集团锐意改革、开拓创新，实现了跨越式发展，销售码洋从 2004 年的 5.2 亿元增长到 2009 年的 12 亿元，短短 5 年，增长 130.77%。2009 年，北师大出版集团荣获"全国文化体制改革先进企业"和"全国百佳图书出版单位"称号，北师大出版集团成为国内高校出版体制改革的领跑者。近日，本刊记者就北师大出版集团体制改革问题采访了集团总经理杨耕教授。

　　《党建》记者苗遂奇：杨教授，您一直在高校从事教学、科研、出版工作，曾任《教学与研究》杂志社总编辑，中国人民出版大学出版社总编辑，2003 年以来先后任北师大出版社总编辑、社长，出版集团总经理，您认为高校出版社有哪些突出特点？

　　杨　耕：从国外高校出版社来看，大体可分两种类型：一类以英国牛津大学、剑桥大学出版社为代表，既重视学术出版，又重视商业利益；另一类以美国哈佛大学、日本东京大学出版社为代表，偏重学术性、文化性，而不太关注商业利益。国内高校出版社和英国牛津、剑桥大学出版社走的路子相似，它的突出特点就是既追求社会效益，把自身建设成名牌出版社，同时，又追求经济效益，一向国家上缴利税，二为所在大学提供资金支持。

苗遂奇：北师大出版社从 2007 年完成转企改制以来，发展势头良好，被誉为高校出版体制改革的领跑者。你们有哪些具体做法？

杨　耕：转企改制能否成功，关键在于机制、体制能否创新，这种创新是否符合出版发展趋势，是否符合自己的实际。作为出版体制改革的先行者，转企后的北师大出版社不仅完成了身份的转换，更重要的是，大胆进行了机制创新、体制改革，主要有四个方面内容：

第一是编辑体制改革。我们将出版社原有编辑部门经过撤销建制、合并、重组，调整为三个分社：高等教育分社、职业教育分社、基础教育分社。除涉及政治、民族、宗教等重大选题或投资金额较大的选题须经出版社总编办公会讨论通过外，分社可以自主决定选题计划、营销策略、人员选用、印刷单位，是独立运营的业务单元的集合体，是集某类图书产品产、供、销于一体的利润中心。

第二是营销体制改革。出版社在三个分社中分别成立各自的营销中心，负责各分社图书营销方案、推广方案、培训方案的制订和实施，订单的收集，折扣的拟定和客户的开发；原来的市场营销部更名为营销管理部，功能定位重在管理，其客户服务中心负责全社图书的发行和回款，走上专业化营销和精细化营销之路，基本解决了"编"与"发"之间的矛盾。

第三是分配体制改革。出版社对分社提出总体销售额、回款和利润目标，对分社实行年度目标考核，进行一级分配。各分社按照考核和分配尽可能量化的原则，对编辑和营销人员进行二级分配。文稿编辑和营销人员率先试行按岗取酬、同岗同酬，不论什么"身份"的员工，只要达到岗位职责要求，在同一个岗位上就会得到相同待遇，即同岗同酬，从而初步建立与现代企业制度相适应的职责、任务、业绩和报酬相统一的激励机制。

第四是管理体制改革。出版社对现行行政机构进行精简、调整、合并，将中层建制由原来的 26 个削减为 13 个，削减数量达到 50％，层次不清、职责不明、因人设岗、条块分割的现象得到相当程度的改观。机构得以精简，更重要的是，职能得以转换，从而促进出版社由粗放式经营向精细化经营、由经验型管理向科学化管理转变。

苗遂奇：您对搞好高校出版业有哪些思考？如何定位北师大出版集团今后的发展思路？

杨　耕：自从 1994 年进入出版业以来，我对搞好高校出版的思考集中在四个方面：一是如何处理好出版业的产业属性与意识形态属性的关系；二是如何处理好出版业的传承文化与创造利润的关系；三是如何处理好塑造市场主体与为学校教学科研服务的关系；四是如何处理好既要熟悉学术出版，又要善于资本运作的关系。如何把握好上述四重关系之间的张力，这是个最大的难题。十几年来，我对此苦思冥想，常常寝食难安。

北师大出版集团成立以后，通过资源整合、品牌带动、立体开发，积极推进产品结构调整，确定了以教育出版为主体，以专业出版和大众出版为两翼，以图书出版为主体，以音像电子网络出版和印刷产业为两翼，适时、适度进行跨地区经营，适时、适度进行跨所有制经营，适时、适度进行跨媒体经营，适时、适度进行多元化经营的发展定位。特别是在整合各下属子公司的资源上，出版集团摈弃了仅靠行政力量把子公司捆绑在一起的模式，而是通过资本运作，使下属子公司在业务上直接对接，同时实行市场化运作，从而形成业务互动、优势互补、相互支撑，形成资源有效整合的文化产业格局，初步实现集约发展。北师大出版集团已经迈出跨地区经营的第一步，与安徽大学合资重组了安徽大学出版社；迈出跨所有制经营的第一步，控股成立了北京京师普教文化传媒有限公司；迈出跨媒体经营的第一步，完成了音像出版社重组和技术性改造；迈出多元化经营第一步，基本完成了京师印务公司股份制改造和技术性改造。

苗遂奇：要巩固好体制改革成果，实现可持续发展，必须业务精湛、纪律严明、制度健全，出版集团在这方面有哪些具体做法？

杨　耕：首先是加强学习。出版集团高度重视建设学习型党组织和学习型团队，把学习作为工作的一个重要组成部分。不仅学习党的路线方针政策，而且学习出版行政管理及出版业务知识；不仅向书本学习、向他人学习，更重要的是在实践中学习。我常说，新的形势、新的实践必然带来新的问题，即使老问题也具有了新内容。所以，我们必须学习、学习、再学习，以新的知识、新的思路、新的措施解决新的问题，以及具有新的内容的老问题。出版集团要求全体员工都要加强学习，从学习中创新思路，从学习中创新选题，从学习中求得做大、做实、做强之路。

其次是以纪律管人。对领导干部而言，要求别人做到的，自己首先要做到；要求别人不做的，自己首先不做。带好一支队伍，身教重于言传。出版集团领导班子在集团组建的第一天便定下六项"铁律"，那就是，"任何人不得以任何形式改变集体决议或不执行集体决议；任何人不得以任何形式用公款在高档娱乐场所消费；任何人不得以任何形式在出版集团安置自己的直系亲属；除国家号召、学校规定外，任何人不得以任何形式承诺捐赠；除职务行为外，任何人不得以任何形式组织出版集团职工为自己撰写文章；任何人不得以任何形式随意接受有关出版集团的采访"。这六项铁律我带头遵守，三年来没有人违反。正是有这样铁的纪律，才为出版集团的发展提供了前提。

再次，以制度治社。从2007-2009年，不到三年时间，出版社出台了100余项管理规定，涉及选题论证、预算管理、出版管理、经营管理等各个方面，制度的基本框架已经建立。其中，和人力资源管理相关的规章制度就达到 33 项。出版社出台了一系列涵盖上岗、转岗、待岗和下岗管理的各项规章制度，强调上岗要有条件，转岗要有理由，待岗要有根据，下岗要慎重处理；重要部门的领导岗位要轮岗。我总结北师大出版集团的改革，可以用四句话来概括：稳定是前提，发展是硬道理，改革是动力，制度是关键。发展要以稳定为前提，稳定只有通过发展才能长久，发展要靠改革，改革成果能否巩固要靠制度。制度建设为出版集团的发展奠定了基础。

苗遂奇：作为国内知名的哲学家，您是如何将哲学融入自己的出版工作中的？

杨　耕：我的专业、职业和事业都是哲学，可以说，哲学已经融入我的日常生活、思维方式和生命活动中，是我的安身立命之根和安心立命之本。如果说我做出版工作取得了一点成绩，那么，一个重要原因就是靠长期从事哲学研究转化而来的工作思路和工作方法。哲学教会了我如何学习、如何生活、如何工作，使我懂得了生活和工作中的辩证法。在北师大出版集团的发展过程中，我始终注意把改革的力度、发展的速度和员工可接受的程度结合起来，始终注意在改革中把思想成熟、条件成熟和时机成熟结合起来，始终注意把扩大生产规模、提高经济效益和改善员工生活有机结合起来。陈云同志说得好："学好哲学，终身受益。"在今后的时间里，我将学好哲学，做好工作，为民族、国家做一些力所能及的事情，在推动社会发展的过程中求得个人发展。

载《党建》2010 年第 10 期。

大学出版社：抓住机遇与破解困局

2007 年 7 月，以转企改制后的北京师范大学出版社为核心企业，北京师范大学出版集团组建成立，成为国内高校第一家集图书、音像、电子、网络、印刷等多介质产品为一体的现代出版集团；2010 年 3 月，北师大出版集团与安徽大学合资重组安徽大学出版社，实现了大学出版社跨区域发展的"破冰之旅"。5 年来，大学出版社基本完成转企改制任务，企业规模实力日益增强。2009 年，103 家大学出版社图书销售收入达 76.91 亿元，实现税前利润 12.78 亿元。

主持人（《中国新闻出版报》记者冯文礼）："十一五"以来的 5 年，对我国出版业来说是大改革、大发展的 5 年。作为出版业的一支生力军，大学出版社的改革发展也取得了重大突破，无论是从规模来说，还是就实力而言，都有了长足发展。这一变化，已经引起国内外同行的广泛关注。

刘建国（新闻出版总署办公厅主任）：到 2009 年年

底，按照中央确定的改革路线图和时间表，全国 103 家大学出版社基本上如期完成了转企改制任务，为进一步解放大学出版社的生产力、培育具有竞争力的大学出版企业打下了基础，为细分受众、重塑市场主体提供了发展空间，同时也为遵循出版规律、破解行业困局增添了动力。统计数字显示，2009 年，大学出版社的销售收入和经营利润都有较大幅度增长，销售收入达 76.91 亿元，占全国图书总产出的 17%；税前利润达 12.78 亿元，占全国出版利润的 17%。这说明，大学出版社几乎没有受到国际金融危机的影响，而且在不断做强做大。

杨　耕（北京师范大学出版集团总经理）："十一五"的 5 年，可以说是大学出版社改革力度最大的 5 年，也是发展速度最快的 5 年。以北京师范大学出版集团为例，2007 年 7 月，北京师范大学出版社完成转企改制，并以其为核心企业，整合北师大音像出版社、北京京师印务有限公司、北师大出版科学研究院，成立了北师大出版集团，成为国内高校第一家集图书、音像、电子、网络、印刷等多介质于一体的出版集团。2010 年 3 月，北师大出版集团与安徽大学合资重组安徽大学出版社，实现了大学出版社跨区域发展的突破。不仅如此，我们又借鉴影视剧制、播分离的模式，吸收 10 家民营书业公司，控股成立了专事经营助学读物的北京京师普教文化传媒有限公司，率先在跨所有制经营方面迈出了重要一步。

目前，出版集团旗下这几家公司发展势头非常好，有数字为证。北师大出版社 2009 年图书销售码洋已突破 12 亿元，净利润同比增长 44.22%；北师大音像出版社 2007 年成为出版集团下属企业后，2008 年扭亏为盈，2009 年净利润同比增长 17.1%；北京京师印务有限公司 2007 年成为出版集团下属企业后，当年实现盈亏平衡，2009年净利润同比增长 467.57%；安徽大学出版社合资重组以来，半年来销售收入同比增长 71.6%，销售利润同比增长 165%。这就再次证实，只要有系统改革就会有快速发展。

主持人：实际上，无论是在体制改革中，还是在新机制的构建上，大学出版社都积累了一些成功的经验，这些经验不仅对大学出版社实现发展有益，而且也会对其他出版企业真正走向市场起到积极作用。

刘建国：是的。我认为，大学出版社的转企改制从总体上看是成功的，成效也极为显著，有的大学出版社还在跨媒体、跨区域、跨所有制方面迈出了第一步，如北师大出版集团。可以这么说，是转企改制，让大学出版社解放和发展了生产力，成了真正的市场主体；是转企改制，让大学出版社一改往日的小而弱，成了出版业的一支生力军。从大的方面讲，大学出版社有两点经验值得推广。一是改革没有搞物理整合，而是力求产生化学反应，这一点很多出版集团或出版社没有做到。二是发展有新思路。有些地方出版社资源比较雄厚，但没有做大做强，原因就是没有发展新思路，或者说有思路没办法。这样即使改革了，也不会有大发展。在这两方面，北师大出版集团做得非常到位。

杨　耕：转企改制，我感觉最大的变化就是真正实现了自主经营、自主发展，这在以前是不可能做到的事。北师大出版集团在转企改制中，在推动企业发展中，有这样 4 点经验或体会：一是妥善处理了稳定、改革和发展的关系，稳定在发展中才能实现，发展靠改革才能推动，改革的成果和可持续发展要靠制度才能保障，自 2007 年以来，我们先后出台了 105 项规章制度，其中，人事制度就达 33 项；二是把改革的力度、发展的速度和员工的接受程度结合起来，否则，无法推广实施；三是把扩大生产规模、提高经济效益和改善员工待遇结合起来，三者不能脱节，最终应以人为本；四是任何一项改革措施出台，力求做到思想成熟、条件成熟、时机成熟，哪一个条件不成熟，都不会有好的结果。还有一点十分重要，那就是改革发展离不开上级领导的关心、理解、支持与指导。

主持人：有人说，大学出版社是吃教材教辅"饭"长大的，离开了教材教辅，大学出版社的发展就会很困难。持这个观点的人，其实不在少数。

刘建国：端教材"碗"，吃教辅"饭"，这不仅仅是大学出版社的问题，在全国许多出版社包括一些地方出版集团至今还主要依靠教材租型、教辅推广过日子。这实际上暴露出了我们在出版结构调整上的一些不足。随着消费结构的日益多样化，出版结构、企业结构都应该随之调整。如果不调整，不转变发展方式，不开拓新市场，出版企业很难有大的作为。因此，大学出版社也好，其他出版社也好，既然是企业，就要按照企业的规律、市场的规律来办事，突出主业，并以多元化经营包括上市的成果来反哺主业，自主开发适销对路的畅销书、长销书，只有这样企业才能做强做优。

杨　耕：就出版而言，主要有三大块：教育出版、大众出版、专业出版，实际上，就连世界上一些大的出版集团，虽然不像我们教育出版占的比重那么大，但教育出版也是它们经营中的重要部分。像圣智，就是靠教材、教辅起家的，圣智与我们合作出版了一套对外汉语教材，还上了美国的国家教材目录，这说明圣智也看重教材。

问题的关键在于，对教材的依赖方式如何。像我们，20世纪80—90年代基本上是教辅，2001年开始出版中小学教材，当时高校教材还不到一千万码洋。这样一个图书结构实际上很危险。例如，"一费制"就使北师大出版社教辅从5亿码洋掉到1亿码洋。2005年，我们就提出图书结构转型，2007年转企改制之后加大力度、加快速度推进，在完善基础教育教材体系、提升助学读物质量的基础上，重点发展职业教育、高等教育和学术著作，同时，推动少儿读物、大众读物的出版。经过几年努力已取得丰硕成果。到2009年年底，北师大出版社动销品种3500种，其中高校教材和学术著作已达1500种，职业教育教材达480种，占全部品种的50%以上，图书结构转型就品种而言基本完成。同时，我们加大力度、加快速度推进新版书、修订书和重印书结构的优化，到2009年年底，修订书、重印书比例已达 60％以上，为可持续发展奠定了基础。

主持人："十一五"时期，大学出版社虽然发展迅速，但如果不转变发展方式，既做不强更做不优。也就是说，今后大学出版社发展既有机遇也有挑战，总体上看机遇大于挑战。因此，如何扬长避短、跨越发展，成为大学出版社亟须破解的一道难题。

刘建国：大学出版社转企改制的目的是解放出版生产力，释放大学出版资源能量，创建新机制和运作模式，使出版社成为真正的自主经营、自我发展、自负盈亏、自我约束的市场主体和具有公信力、影响力的出版社，其中，公信力品牌建设是大学出版社的一项长期任务。今后，在新的体制下，大学出版社必须依托大学资源、作者智力资源、技术支撑资源，谋求特色定位，进行错位发展，做大做强主业，兴旺发达副业，内求内涵发展，外求拓展联合，谋求转制后的股份制发展和连锁经营甚至企业上市，才是大学出版社生存发展的必由之道。在这个过程中，发展方向一定要明确，发展思路一定要清晰，发展方法一定要恰当，发展措施一定要到位。换言之，要做到导向正确、主业突出、管理规范、运行高效、核心竞争力强。

杨　耕：大学出版社的发展速度很快，这是事实。但是，我们不能只看到一片"莺歌燕舞"，被面前的成绩所迷惑。必须清醒地认识到，就大学出版社目前的实力和影响力而言，存在"三大三小现象"，即业内大业外小、国内大国外小、现在大未来小。在当前出版体制改革的背景下，大学出版社发展实际上面临着极大的困难，地方出版社集团化带来的垄断正在形成，一些地方出版集团借助上市带来的雄厚资金将会反哺图书出版；同时，"四跨"之后的出版格局对大学出版社的发展也极为不利，大学出版社原有的一些优势已经丧失或正在丧失。因此，大学出版社下一步发展压力非常大，这种压力是双重的，既有经济压力，也有学术压力。

当前，大学出版社亟须处理好"四个关系"：一是处理好产业属性与意识形态属性的关系，二是处理好传承文化与创造利润的关系，三是处理好塑造市场主体与为大学教学科研服务的关系，四是处理好熟悉学术出版与善于资本运作的关系。从根本上说，大学出版社要有大发展、大作为，必须自觉地融入出版改革的潮流之中，自觉地对自身进行改革，靠改革闯出一条生路，创造适合自己的发展模式，否则，死路一条。

在我看来，北师大出版集团目前还处在过渡阶段，虽然提出了做优质教育资源的集成、开发、提供和服务的宗旨，形成了"以图书出版为主体，以音像（电子网络）出版和印刷产业为两翼；以教育出版为主体，以专业出版和大众出版为两翼的出版格局，制定了"适时、适度实行跨地区经营，适时、适度实行跨媒体经营，适时、适度实行跨所有制经营，适时、适度实行多元化经营"的发展思路，但离做强、做优的目标还很远。这就要求我们从传统出版社转向现代文化企业，从粗放型经营转向精细化经营，从经验型管理转向科学化管理，从而成为国内一流、国际知名的现代出版集团、现代文化企业。这不仅是我们的目标，从某种意义上说，也是所有大学出版社今后发展必须要认真思考的问题。

载《中国新闻出版报》2010 年 11 月 1 日，
标题原为《大学出版社：抓机遇破困局做强做优》。

向现代出版企业迈进
——北京师范大学出版集团组建一周年纪实

2008 年 7 月，北京师范大学出版集团迎来了自己一周岁的生日。对于出版集团来说，这个生日是一份"双料"的纪念——既标记着北师大出版社转企改制一年间的风雨兼程，也镌刻着出版集团组建一年来的"五谷丰登"。

一年前的 7 月 4 日，北师大出版社正式注册为企业法人；同年 7 月 10 日，北京师范大学出版集团宣告成立，这是一个集图书出版、电子出版、印刷服务、期刊出版于一体的现代出版集团。短短一年，转企改制、体制创新使北师大出版集团获得了发展活力与市场利润的双赢。出版集团获得了实实在在的动力，出版社获得了实实在在的增量，员工获得了实实在在的利益。

推进结构转型　创造学术品牌

"全国著名的中小学教材、教辅出版重镇"，这是多年来人们对北师大出版社的固有印象。但是，基础教育教材、教辅"一枝独秀"的局面也使出版集团上下渐生忧思：过度依赖于中小学教材单一品种，何以抵御风险？拿不出流芳百世的著作，何以在出版史上留名？于是，图书结构调整提上日程，出版集团总经理杨耕指出：作为高校出版社，其发展必须立足高校实际，善于把学校的学科优势转化为出版优势。北师大教育、心理学科是全国排头兵，中文、历史、哲学、艺术等学科也具有雄厚实力，出版社要把相关图书作为"主干"。

事实证明，这种"借力高校"的战略是成功的。短短一年间，出版社的高等学校教材与职业教育教材渐成规模。"十五"期间，北师大出版社入选普通高等教育国家级规划教材的品种仅 6 种，而在"十一五"期间，入选品种达 106 种，有了质的飞跃。不仅如此，"十一五"期间，北师大出版社有 6 类图书入选国家重点图书。

实施图书结构转型以来，北师大出版社的学术著作精品叠现：14 卷本《中华艺术通史》以其首创性和权威性为学界瞩目，并获2007 年"中国出版政府奖印制奖"；《先秦社会形态研究》获"第三届郭沫若中国历史奖"；《马克思主义哲学中国化：历史与反思》入选国家新闻出版总署"迎接党的十七大重点图书""纪念建党 85 周年重点图书"；《思想中的时代》《为马克思辩护：对马克思哲学的一种新解读》获教育部"人文社会科学优秀成果奖"；《中国的经济转型和社会保障改革》等入选新闻出版总署"三个一百"原创出版工程；"当代中国哲学家文库""当代中国心理学家文库"第一批推出以来，连续重印 3 次；"后现代历史哲学译丛"稳居北京著名学术书店"风入松"销售排行榜榜首；"京师教师教育译丛"在不到一年的时间里售出 5 万套……

中国出版集团公司总裁聂震宁就此评论道："北师大出版社经过一年的企业化、集团化改革，激发了活力和竞争力，出版了一批特色鲜明、具有文化传承意义的学术图书，形成了自己的特色优势和品牌产品，经验值得推广和借鉴。"

整合出版资源　实现集约发展

　　饶涛是出版社原文科编辑部的一名编辑，2007年9月一过，他所在的部门被并入了高等教育分社。"现在我们的职权划分清楚多了。以前，出版社的编辑部多达十几个，很多事情相互交叉甚至相互扯皮，极大地影响工作效率。"饶涛所说的"十几个编辑部"，现在已被整合为高等教育分社、职业教育分社、基础教育分社三大板块。不仅是编辑部门，出版社的出版、发行、行政机构都进行了精简、调整、合并、合署办公等改革。经过此次组织机构调整，出版社由原来26个中层建制精简为13个中层建制，各部门职权明晰，一目了然。之前层次不清、职责不明、因人设岗、条块分割的现象得到相当程度的改观。

　　精简机构不可避免地会遇到人员分流的问题。2007年9月，出版集团出台"出版社各部门岗位设置、定岗定编方案"，在确保稳定的前提下，实行竞聘上岗、双向选择、合理分流与引进人员。经过定岗定编，273个岗位编制缩减为226个，缩减量达17%。缩减的岗位大部分为行政类、业务支持类岗位。

　　比单纯"精兵简政"更重要的是，整合后的各个分社，从此有了极大的自主权。自主决定选题、自主决定装帧设计、自主决定定价、自主决定营销、自主决定人员选用、自行选择印刷单位……一系列之前"想都不敢想"的决策权的下放，意味着各分社在结构和功能上的彻底改革。

　　"特别是发行功能前移后，各分社内都成立了自己的营销中心。营销策划、市场推广、信息搜集等都自己做，这使我们从一开始就必须自觉地考虑图书编辑与市场需求的结合。"饶涛说，"毕竟，以前图书发行不好可以怪发行部，现在无可推卸了。"

　　出版社内部的整合只是一个方面。另一方面，以出版社为核心企业，出版集团整合了北师大音像出版社、北京京师印务有限公司以及北师大相关教育期刊等出版资源，一个优势互补、业务多元的立体化的文化产业格局正逐步形成。

2007年7月，北师大音像出版社成为出版集团下属的子公司。出版集团对其定位是"保持教育特色，瞄准数字出版"，并在重组后立即进行了产品结构调整，同时进行技术性改造。技术性改造所缺的资金通过三种途径解决：1/3由出版集团注资，1/3由音像出版社向出版集团借款，另外1/3则由音像出版社自筹。目前，音像出版社正在申请网络出版权，积极开拓数字出版，并扭转了经济持续下滑的局面，走上了良性发展的道路。

2007年7月，北京京师印务有限公司也成为出版集团下属的子公司。仅仅半年时间，京师印务有限公司就一举摆脱了自成立以来连续五年亏损的局面，成功扭亏为盈。

中国大学版协常务副理事长彭松建指出："作为第一批转企改制试点单位，北师大出版社按照现代企业制度的要求，进行了大胆的改革和探索，正在向产权清晰、权责明确、管理科学的现代出版企业迈进。"

强化制度建设　提高经济效益

2007年末，两位员工出差归来就受到了"通报批评、出差费用不予全额报销"的处罚，受罚原因则是一件之前看来再正常不过的小事：出差里程不足1200公里，却坐飞机往返。"当时正值出版集团出台了新的规定，从领导到员工，出差单程1200公里以内一律不许坐飞机。而这只是一年来众多规章制度中的一小项。"在总编室工作的金蕾回忆道。

一年间，仅出版社出台规章制度就达40余项。40余项规定覆盖了预算管理、出版管理、经营管理、人力资源管理等各个层面，为

"依制度治社"提供了可靠的前提。

猛药既下，沉疴立除。最明显的是"风气正了，效率提高了，迟到早退侃大山的景象'风光不再'"。同时，制度的规范也起到了培养节约意识、降低经营成本的作用。"就拿出差坐飞机来说，现在即使出差里程超过了 1200 公里，大家也尽量选择坐火车，因为出版集团领导班子以身作则，节约意识已经在我们心里生了根。"金蕾说。

科学管理、开源节流，使出版集团获得了实实在在的"增量"。2007 年，出版社销售码洋达 10.6 亿，销售收入 5.6 亿，回款 6.59 亿，净利润增长 2 倍；成本控制卓有成效，全年共节约预算开支 2100 万。2007 年各项经济指标均超额完成，各项记录屡创出版社的历史新高。

北师大出版集团正"在希望的田野上"迅跑。北京大学新闻与传播学院教授、北京大学现代出版研究所所长肖东发评论道："北师大出版集团能够大刀阔斧搞改革，求真务实抓发展，有思路、有章法、有步骤，改出了新效率、新规则、新路径和新趋势，所取得的成果带有导向性和示范作用。"

载《光明日报》2008 年 7 月 31 日，
作者为《光明日报》记者王斯敏。

创新激发出版活力

这是一次精彩纷呈的亮相：

——北京师范大学出版社 2004 年销售码洋为 5.2 亿，2009 年销售码洋达 12 亿元。2009 年，出版社同时荣获"全国文化体制改革先进企业"称号和"全国百佳图书出版单位"称号，成为国家一级出版单位。

——北京京师印务有限公司 2007 年成为出版集团下属企业后，当年实现盈亏平衡，2009 年净利润同比增长 467.57%。

——北京师范大学音像出版社 2007 年成为出版集团下属企业后，2008 年扭亏为盈，2009 年净利润同比增长 17.1%……

华丽亮相的背后，是北师大出版集团取得的跨越式发展。2007 年，北师大出版社正式注册成为企业法人，随后，以出版社为核心企业，北师大出版集团破茧而出，成为国内高校第一家集图书、音像、电子、网络、印刷等多介质产品于一体的现代出版集团。

如今，北师大出版集团已拥有北京师范大学出版社、安徽大学出版社有限责任公司等6家下属单位，成为名副其实的跨地区、跨媒体、跨行业、跨所有制的大型出版传媒集团，正以前所未有的发展活力，以"让发展势头不可逆"的笃定稳步向前，为高校出版提供改革样本。

体制机制创新：激发内部活力

北师大出版事业波翻浪涌、气象万千；而掀动它们的，则是一股股出版体制机制创新的洋流。

——十几个编辑部门经过撤销、合并、重组，调整为3个独立运营、具有相当自主权的分社，策划编辑和文稿编辑分开设岗使编辑体制更为合理而富有效率；

——在3个分社分别设立营销中心，走上专业化、精细化营销之路，基本解决了长期困扰出版社的编与发的矛盾；

——新的绩效考核管理办法和绩效分配方案，消除身份区别，真正做到按劳分配……

转企改制3年来，北师大出版社不仅完成了身份转换，更重要的是，大胆进行了体制机制创新，激发了内部活力。与此同时，以制度建设来巩固体制机制改革成果，实现可持续发展。

记者发现，出版集团自2007年成立至今，制定、完善的各项规章制度竟达100多项，涵盖预算、出版、经营、人力资源等几乎所有层面。"横向到边，竖向到底，因时制宜，因地制宜"，中国出版科研所所长郝振省以此概括北师大出版集团的制度建设。

细观各项规章制度，记者不得不叹服其丝丝入扣：上岗有条件，转岗有理由，待岗、下岗有根据；不得不叹服制度设计者的精打细算：出差目的地距北京1200公里以内的城市、有夕发朝至列车到达的城市，不得乘坐飞机；更不得不叹服制度执行上的斩钉截铁：任何人不得以任何形式改变集体决议或不执行集体决议。"这种制度体系既能激励员工和单位的积极性、创造性，又在一定程度上约束了某些负面效应的产生，实际上是一种微观上层建筑关系的细化调整。这种调整巩固了新的生产关系内容，保障了新的生产力要素的健康运行。"郝振省说。

回望3年来的艰辛开拓，北师大出版集团党委书记张其友相信，"依制度立社"是"改制后各项事业能够高效推进的关键所在"。而在出版社工作6年的李丽发现"周遭的'空气'正在改变"，进取的气氛包裹着每个人，大家都在精准而严格的秩序中，"自觉地、拼命地朝前赶"。

中国出版集团公司总裁聂震宁评论道，出版机构转制为企业，只是提供了出版企业建立现代企业制度的必要性和合法性，事实上，制度的科学性以及有效性还要看制定制度和执行制度的具体实践。北师大出版集团的制度建设能有如此明确的企业目标追求、如此精益的经营理念和如此坚定的执行态度，难能可贵。可以说，这正是北师大出版集团实现快速、科学发展最重要的原因之一。

图书结构转型：构筑"一体两翼"新格局

出版界都知道，改制前的北师大出版社靠基础教育教材尤其是教辅在业界扬名，但明眼人也都看出，这种单靠基础教育教材、教辅"包打天下"的图书结构，在发行上受政策影响极大，抵御风险能力极低，更无法彰显出一个高校出版社的文化担当。

曾经辉煌一时的传统出版社站在了十字路口。渐露疲态的北师大出版社，该何去何从？

可贵的是，在出版改制风云激荡中，北师大出版集团历史性地捕捉到调整、突破、跃升的珍贵机遇。

哲学教授出身的总经理杨耕以其强烈的忧患意识和极具历史纵

深的眼光，为北师大出版社这艘航船重新调整、规划前进航向。新航向被概括为以教育出版为主体、以专业出版和大众出版为两翼的"一体两翼"新格局。在此格局中，又确定了在教育出版中，以基础教育为基础，以职业教育和高等教育为龙头，涵盖学前教育、基础教育、职业教育、高等教育、研究生教育以及教师教育各个层次、各个阶段的教育领域。

为此，出版社加大力度、加快速度推进图书结构转型，在完善基础教育教材体系，提升助学读物水平的基础上，以"主干的教育科学（包括心理科学）和人文科学，精干的社会科学和自然科学"为定位，打造学术著作品牌，重点发展职业教育教材和高等教育教材。截至 2009 年年底，在出版社 3500 个动销品种中，高等教育教材、学术专著已达 1500 种，职业教育教材达 480 种，已占全部动销品种的 56.6%，图书结构转型就品种而言已经基本完成，这是出版社发展史上的一个里程碑。

"通过改制，人的潜能得到了充分释放。"编辑们向记者感叹，个人前途再也不会游离于出版社命运之外，"术业有专攻"的人再也不必站在理想的平衡木上尴尬地观望，更具开放性和包容性的图书出版结构，植根北师大百年学术积淀……几年下来，《当代学者视野中的马克思主义哲学丛书》《中华艺术通史》《启功全集》《本雅明全集》等一大批高质量图书迅速走向市场，不仅填补了原先出版结构的空白，而且赢得了很高的社会声誉和经济效益。

"北师大出版社近年来出版能力大幅提升，发展不断提速，在全国出版社出版能力综合排名中位列第五。"《中国新闻出版统计资料汇编》如是评价。

资源重新整合：实现集约发展

2010 年八九月间，全球四大书展之一的北京国际图书博览会上，置放在北师大出版集团展台上的《诗情画意的安徽》《明清徽皖篆刻简论》散发着淡淡的徽风皖韵，牵住了中外客商的目光。如若留意就会发现，这些图书的封面上印着"北京师范大学出版集团安徽大学出版社"。

就在半年前，北师大出版集团与安徽大学合资重组安徽大学出版社，迈出跨地区经营的第一步。合资重组后的安徽大学出版社成为北师大出版集团的成员单位，其出版物署名为"北京师范大学出版集团安徽大学出版社"。这次，北师大出版集团再次当仁不让地成为出版体制改革的"先行者"，其发展魄力引起业界震动。新闻出版总署署长柳斌杰不无兴奋地表示，"这是高校出版社跨地区重组的突破"，"这就再次证明，有改革就有大发展！"

此次高校出版社跨地区经营的破冰之旅打破了高校出版社各自为战，无法实现重组联营的尴尬局面。北师大出版集团领导者坚信，要真正"成为具有可持续发展能力，具有较强市场竞争力、学术影响力和社会辐射力，国内一流、国际知名的现代文化产业集团"，这一步，必须勇敢地迈出去。

——出版集团迈出跨所有制经营的第一步，控股成立了北京京师普教文化传媒有限公司，对助学读物实行内容提供与审查出版分离的管理机制；

——出版集团迈出跨媒体经营的第一步，音像出版社完成重组和技术性改造，2009年被新闻出版总署列入国家重点支持的20家独立音像电子出版、制作企业行列；

——出版集团迈出多元化经营第一步，北京京师印务有限公司完成股份制改造和技术性改造，产品结构从单一的书刊印刷拓展为商业印刷、报刊印刷，开始向现代印刷企业迈进。

据介绍，在资源重组的过程中，出版集团摒弃了仅靠行政力量把子公司捆绑在一起的模式，而是通过资本运作使下属子公司在业务上直接对接，市场化运作。聂震宁认为，北师大出版集团通过体制机制创新、业务结构转型、资源重新整合,实现了企业改革发展的"三级跳",具有典范意义。"我特别赞成他们在资源整合过程中的理念和做法。他们不是简单地去提高集中度,而是坚持集约化的原则,从企业经营发展的目标和需要出发,在投入、产出上精心谋划、科学运作,效果很好,为我国出版集团的改革发展提供了很好的经验。"

载《光明日报》2010 年 10 月 24 日,

作者为《光明日报》记者贾宇。

改出活力实力竞争力

——写在北京师范大学出版集团成立一周年之际

2007年7月4日，对北京师范大学出版人来说，是一个令人铭记在心的日子，因为在这一天，出版社完成了企业法人登记注册，这标志着北京师范大学出版社走上了企业化、市场化发展的快车道。7月10日，对北京师范大学出版社发展来说又是一个具有划时代意义的日子，因为在这一天，正式组建北京师范大学出版集团，踏上了规模化、集团化发展的新征程。

短短一年间，集团领导班子与员工们一起，求真务实抓改革，励精图治谋发展，靠知识的力量提升能力，靠创新的能力推动发展，靠实干的力量攻坚克难，靠团结的力量凝聚人心，靠正气的力量取信于民，以北师大出版社为主体，整合学校音像出版社、京师印务公司、期刊社等资源，集团的面貌发生了根本性的转变，已成为我国出版市场上一支"生力军"。正如集团总经理杨耕所说："名称的变化和体制的转型，给北师大出版社带来的是质的飞跃。"

可以说，该集团改出了活力实力竞争力。目前，他们正意气风发地朝着打造"特色鲜明、规模适度，具有较强市场竞争力、较大学术影响力和较广社会辐射力，国内一流、国际知名"的现代出版集团方向迈进。

转企改制"转"出发展新趋向

事转企，是北京师范大学出版社在改革中迈出的第一步。

根据教育部和新闻出版总署关于大学出版社转企改制的精神，北京师范大学提出了"坚持社会主义先进文化的前进方向，通过体制机制创新，建立制度健全、国有资产授权经营和法人治理结构相结合的国有独资出版企业"为文化体制试点改革的指导思想，于2006年正式启动了北京师范大学出版社的转企改制。

2007年，依照国家关于出版体制改革的政策要求，根据《关于同意清华大学出版社等16家试点单位转制方案的函》的精神，新闻出版总署同意北京师范大学出版社的转制实施方案。7月4日，北京师范大学出版社正式注册为企业法人，完成了身份的转换。转企后的北京师范大学出版社现有的管理和隶属关系不变，北京师范大学是出版社的唯一出资人和企业所有者。

集团化运作，是北京师范大学出版社在转企之后实施的重大战略。

出版社要有大的作为，必须走规模化、集约化发展之路。出版社的成功转企，为组建出版集团奠定了坚实的基础。因此，7月10日，北京师范大学宣布组建北京师范大学出版集团，以北京师范大学出版社为主体，整合音像出版社、京师印务公司以及学校相关教育期刊等文化产业资源，形成资源共享、优势互补、业务多元的文化产业格局。

从长远发展来说，转企改制是必由之路。但在具体实施过程中，难度是很大的。尤其是对高校出版社来说，难度更大。比如，在转企改制中，最敏感、最头痛的当属人员安置问题。解决了人事改革问题，就是解决了改制的后顾之忧。

根据《新闻出版总署关于深化出版发行体制改革工作实施方案》的精神，转企后的北京师范大学出版社，按照国家有关规定，做好与劳动人事、社会保障等有关政策的衔接工作，按照新人新办法、老人老办法的原则制定了相关政策。

目前，出版社员工的身份有四类：事业编制、集体编制、企业编制、聘用编制。在转企改制的过程中，现有员工的身份保持不变，以后进入出版社的员工原则上是按照企业编制或聘用编制来聘用。对确因特殊需要的学校事业编制专业人才，经学校批准，可以到出版社任职，任职期间保留学校的人事关系。对于事业编制人员，工资晋升、干部任免、职称评聘等都与学校的在职员工同等对待，其职称评聘，实行指标单列、条件单列、评审单独。对于企业编制、集体编制、聘用编制人员，按照国家有关规定参加失业、医疗、工伤等社会保险，费用由单位与个人共同承担。北京师范大学出版社从每年的利润中提留一部分作为这部分员工的社会保障基金，作为退休后保障之用（包括物价和工资调整等）。对于已离退休人员，继续执行现行办法。

出版社从自身实际出发，正是由于采取了事业和企业编制等多种用工制度并行、"内外无差别"的人事改革模式，并辅以科学、规范的运行机制，才妥善处理了人事改革和劳动关系调整问题，成功完成了由原事业单位转为企业的转企工作。

转企改制一年来，出版集团坚持改革和创新的精神，不仅实现了出版社图书结构转型，在推进体制机制改革方面取得了实质性突破，而且在深入调研、科学分析的基础上启动了对京师印务公司的股份制改造和技术性改造工作，对音像出版社进行重组和技术性改造，并循序渐进地启动了期刊社的组建工作。

一年的运作实践证明，转企改制，"转"出的是企业发展的新动力。

结构调整"调"出发展新劲头

2007年，北京师范大学出版社完成重印书1338种，修订书375种，新书782种。其中，高等学校教材与职业教育教材已渐成规模。出版社在"十五"期间入选普通高等教育国家级规划教材的品种仅为6种，而在"十一五"期间入选普通高等教育国家级规划教材的品种达106种。

实现这种质的飞跃，得益于集团成立之后实施的产品结构调整战略。

北京师范大学出版集团成立之后，围绕着教育出版的核心业务，通过资源整合、品牌带动、立体开发，对产品结构进行了大幅度调整。

在产品结构调整中，重点推进北师大出版社图书结构转型，进一步优化选题。

北师大出版社作为国家中小学教材出版基地，长期参与中国基础教育改革的探索和实践。1992年，开始出版义务教育"五四"学制教材；2001年，开始出版义务教育课程标准教材和全日制普通高中课程标准教材，并以理念新颖、质量上乘而引起业界关注。迄今为止，每年有数千万中国中小学生使用北师大出版社出版的各科教材。基础教育教材已经成为北师大出版社的知名品牌。

同时，出版集团也清醒地认识到，图书结构和图书码洋过度依赖于基础教育教材一种产品，无论从增强企业的抗风险能力来说，还是从作为高校出版社理应发挥更大学术影响力和社会辐射力来说，都是不利的，图书结构转型势在必行。为此，围绕着图书结构转型这一中心工作，出版集团对出版社原有编辑部门进行了机构调整和人员调整，将编辑部门整合为三个分社：基础教育分社、高等教育分社和职业教育分社，目的是完善基础教育教材体系，提升助学读物水平，打造学术著作品牌，重点发展职业教育、高等教育。以"主干的教育科学（包括心理科学）和人文科学，精干的社会科学和自然科学"为定位，重点发展高校教材、学术专著，尤其是教育心理类图书，坚持以通识课、基础课为主，专业课和方向课为辅的方针。同时对以前的图书选题进行系统全面的清理。各分社对内部的图书结构进行了合理调整，确定各自发展的路线图和时间表，重点把握选题方向，找准选题重心，拓展发行渠道。

出版社的图书结构转型已初见成效。目前，已经出版了17个系列的高校教材，涉及教育科学和人文科学、社会科学和自然科学的基础或重点学科，已初具规模。学术著作的出版也取得了明显的进步，以《中华艺术通史》《当代中国哲学家文库》《当代中国史学家文库》《当代中国心理学家文库》《当代学者视野中的马克思主义哲学》《后现代历史哲学译丛》《京师教育哲学论丛》《京师教育哲学译丛》《京师教育经济论丛》《京师教育经济译丛》《京师教师教育译丛》《京师高等教育译丛》和《教育家成长丛书》为代表的学术著作受到了广泛的关注和好评。其中，《中华艺术通史》获2007年"中国出版政府奖印制奖"；《先秦社会形态研究》获"第三届郭沫若中国历史奖"；《马克思主义哲学中国化：历史与反思》入选新闻出版总署"迎接党的十七大重点图书""纪念建党85周年重点图书""国家社会科学基金重点项目"；《红色经典丛书》入选新闻出版总署"迎接党的十七大重点图书"；《思想中的时代》《为马克思辩护：对马克思哲学的一种新解读》获教育部"人文社会科学优秀成果奖"；《中国的经济转型和社会保障改革》《揭开儿童心理和行为之谜》和《宝贝第一童话系列》入选新闻出版总署"三个一百"原创出版工程；《幼儿教师专业发展》《西方经典诵读文库》和《全新思维》等图书获"2007年度全行业优秀畅销品种"等。目前，出版社已启动《启功全集》《本雅明全集》等"十一五"国家重点图书。北师大出版社正在向以教育出版为主体、以学术出版和大众出版为两翼的发展目标前进。

图书结构的优化转型，为出版社的进一步发展奠定了基础。另外值得一提的是，集团成立后，对其他产品结构也进行了调整，而且调整力度同样非常大。

北师大音像出版社重组后，集团就立即着手对原有产品结构进行调整，对音像社成立以来的 774 个选题逐一进行清理筛选工作，对可以开发利用的选题提出新的设计方案和营销方案，并开发新的双效益明显的音像电子产品。在市场调研的基础上确定了未来的产品结构和选题思路，计划在 5 年之内，着力推进教育普及类产品、同步类立体教辅产品、中高考等应试类产品、幼儿早期教育类产品的建设。为了更好地整合集团内部的出版资源，降低出版成本，提高音像出版社的核心竞争力，出版集团将北师大出版社的电子出版权转入北师大音像出版社。

作为内容服务商，尤其是作为教育资源的内容服务商，出版集团敏锐地注意到，互联网的普及和数字出版技术的成熟使远程教育、网络教育更为便捷。出版集团以内容资源作为核心要素，整合优质教育资源，服务教育一线，支持音像出版社申请网络出版权；并推动音像出版社通过观念创新、技术创新、制度创新，依托集团教育出版的内容资源，进行现有产品的数字化、编辑加工的数字化、印刷复制的数字化、发行销售数字化和阅读消费数字化，开拓数字出版新局面，以积极应对数字出版快速发展的大环境，探索新的盈利模式。

京师印务公司并入出版集团后，集团领导也清醒地看到了设备陈旧、产能低效、市场竞争激烈的现状，于是明确提出了对京师印务公司进行技术性改造，从引进装订线开始，完善生产环节，适度扩大业务规模与业务范围，调整产品结构，将原来的单色、双色、平版印刷逐步过渡到多色、高效的轮转印刷，从单一的书刊印刷逐步扩大到商业印刷、报刊印刷，以适应现代文化事业的发展。

总体来看，实施的一系列产品结构调整战略，不仅优化了结构，而且也"调"出了出版集团整体发展的生机与活力。

科学管理"管"出发展新效益

2007 年，虽然市场环境充满变数和挑战，北师大出版社遇到了前所未有的困难，但是各项经济指标均超额完成。出版社全年销售码洋达 10.6 亿，销售收入 5.6 亿元，回款 6.59 亿元，净利润增长 2 倍，成本控制卓有成效，全年共节约预算开支 2100 万元。以上数字均创出版社的历史新高。出版社还获得了由北京市国家税务局和地方税务局首次联合颁发的"纳税信用 A 级企业"荣誉称号。

这些成绩的取得，与其实行科学化管理是分不开的。

出版集团成立以后，把科学控制成本，进一步提高利润率作为财务预算管理的核心任务。坚持开源节流，找准利润增长点，加大力度降低成本；建立了预算执行风险预警机制，实行体制创新，定准目标；加大了部门和个人的绩效考核力度。

出版社重点开展了清产核资工作，这直接涉及国有资产是否流失的问题。清产核资包括出版社独资、控股和参股单位以及社外欠款。出版集团高度重视出版社的清收欠款问题，专门成立清欠工作领导小组，规范运营，摸清家底。通过制定《出版社清收欠款工作细则》，梳理债权关系，明晰资产状况，清欠工作领导小组制定了路线图和时间表，责任落实到人，将欠款分时段、划量级、定人员，采取各种有效措施，包括使用法律手段追款，将损失降到最低。完成出版社下属公司京师锐文公司的清产核资工作，并注销京师锐文公司的工商注册。

在成本管理方面，出版社在编校、印制、营销、人力资源、行政后勤五个方面都下了大力气降低生产成本、管理成本和营销成本。全社成本控制实行目标成本管理，对各部门、各项目的年度成本预算指标进行严格控制，重点加强对管理费、设备购置费、编录经费、稿酬、印制成本、培训费、销售费用预算的控制管理，各部门的经费使用在保证经营和管理工作正常运行的前提下，坚持勤俭节约的原则，制定具体的经费支出计划和落实措施。充分发挥财务部门的监督作用，制定有关经费支出标准，实行财务支出预警制。成本管理与部门业绩考核和个人的收入分配相联系，做到奖罚分明。

在执行各种有效降低成本措施的同时，还建立了节约成本的长效机制，出台一系列成本控制的相关规章制度，强化全员成本意识，反对铺张浪费，强化财务审核与监督力度，彻底改变以前那种"成本管理只是社领导考虑的事情，靠财务部去具体落实"的错误认识，让每个员工都树立节约成本的意识，将"珍惜资源，有效使用资源，减少资源浪费"作为每个员工工作的重要准则。

在音像出版社、京师印务公司，也采取了各种降低成本的有效措施，同时寻找新的利润增长点，经济效益明显增长。音像出版社目前已经圆满完成了今年秋季教材配套产品的主要生产任务，并陆续推出新产品，开始扭转原音像出版社一无产品、二无市场的局面，正在打开音像出版社工作的新局面。京师印务公司在2007年年底，摆脱了5年的亏损状态，终于实现扭亏为盈。

科学管理，"管"出了发展的新效益。

体制创新"创"出发展新路径

业界有这样一种共识：有什么样的体制，就有什么样的机制。转企改制不是目的，关键在于体制机制能否创新，能否符合自己的实际。正是认识到了这一点，为了能在日益激烈的市场竞争中抢占一席之地，北京师范大学出版集团自2007年7月组建之后，不断锐意改革，开拓进取，大胆进行了体制创新。

出版集团首先启动的是北师大出版社的体制改革，从编辑体制创新开始，逐步跟进了出版、发行、行政体制的一系列改革。

2007年7月，在充分的调研论证之后，出版集团果断将出版社原有的编辑部门调整为三个分社：基础教育分社、高等教育分社和职业教育分社。将原基础教育教材分社、教辅分社、学前教育事业部并入基础教育分社；原社会科学事业部、人文编辑部、理科部、教育心理编辑部、国际汉语教育分社隶属高等教育分社；职业教育分社由职业教育与教师教育分社更名而来。

分社成立后不再是原有编辑部门的简单组合，而是在结构、功能上的彻底改革。主要表现在：自主权加大，除涉及政治、民族、宗教等重大选题或前期投资金额较大的选题须经总编办公会讨论通过外，可以自主决定选题，自主决定装帧设计，自主决定定价，自主决定营销和发行，自主决定人员选用，自行选择印刷单位。为夯实分社功能，出版集团同时改革了出版社的图书美术设计工作，撤销美编工作室建制，把市场竞争机制引入图书美术设计制作流程，通过招投标方式使图书美术设计走向社会化。同时，决定三个分社的社长均由社领导兼任，目的就是使各分社成为能够有效整合资源、专业分工明确、特色突出的出版机构，为下一步发展提供更好的组织平台。

8月，为了实现编辑和市场营销的无缝隙合作，探讨市场营销的专业化、立体化、网络化模式，从根本上改变现行的图书发行体制，扩大市场占有率，出版集团对出版社市场营销体制进行了大刀阔斧的改革。

首先将市场营销部内的部分营销功能前移至相应的分社，并在三个分社中分别成立自己的营销中心，进行各分社图书的营销策划、市场推广、信息搜集、订单收取、书款催收等工作。市场营销部进一步完善内部组织构架、部门职能，主要负责一般图书的营销策划、全社图书的销售与物流管理等工作。分社营销中心实行部门管理、全社统一领导；在运作模式上实行部门营销策划与实施，市场营销部集中发货、统一结款。这种模式建构了市场营销部同各分社营销中心的合理关系,初步解决了出版社的"编"与"发"矛盾。基础教育分社营销中心、高等教育分社营销中心、职业教育分社营销中心的建立,标志着出版社开始走上专业化营销和精细化营销之路。

2008年6月,出版集团进一步调整和完善了出版社市场营销体制,建立起业务经理与客服经理相结合的联合营销制度,开始探索纵向营销与横向管理相结合的营销管理模式。业务经理按照各分社的业务分工和营销政策与客户洽谈合作,签订合同;客服经理按照分省管理模式,集中发货、统一收款。通过改革,进一步加强了市场营销能力建设,提升了出版社的服务水平。

2007年7月,北师大音像出版社成为北京师范大学出版集团的二级子公司。2008年3月,面对长期以来音像出版社资金缺乏、生产设备老化过时、自主研发产品匮乏、市场营销人员短缺,只靠和部分文化公司合作出版一些项目勉强支撑的局面,出版集团果断对音像出版社进行机构重组和技术性改造,围绕着教育出版的核心业务,改革其内容资源、人力资源、技术力量以及硬件条件。

根据校党委指示,出版集团按照转企改制的战略规划,对音像社组织机构、领导班子、员工队伍进行了改组和优化。同时,音像出版社根据集团的规划和自身的业务特点,组建了新的社务委员会。出版集团在音像社重组伊始就非常重视其内部的技术改造和设备更新问题,目前技术性改造正在调研论证阶段。技术性改造所缺的资金通过三种途径解决:1/3由出版集团注资完成,1/3由音像出版社向出版集团借款筹集,另外1/3则由音像社向银行贷款自筹。这种方式改变了音像出版社部分员工等、靠、要的思想,充分调动了音像出版社的积极性和潜力。音像社调整思路和策略,在内部积极推进项目制,严格实行产品单品种全额成本核算。根据产品特性、项目性质与效益制定相对独立的项目运作和奖罚机制。

出版集团的组建也为京师印务公司的改制带来前所未有的发展

契机。出版集团组建京师印务公司新一届的领导班子，明确提出对京师印务公司进行股份制改造和技术性改造。对京师印务公司进行技术性改造是走出目前体制机制不畅、生产技术落后、经济效益低下的困境，改变现状唯一的出路，通过技术性改造完善其生产环节、延长产业链条、提升生产能力。技术性改造所需的大量资金通过股份制改造来解决，股份制改造成为实现京师印务公司设备转型、技术更新所需资金的主要途径，股份制改造能够在不增加出版集团投资的情况下增加高性能、高效率的设备，同时通过引进管理人员和技术人员的方式引进先进的管理经验和技术经验，达到软硬件同时引进的目的。通过股份化改造引进改造资金、引进管理技术，从而推动技术化改造。

今年2月，出版集团专门成立了"京师印务公司股份化与技术性改造领导小组"，正式启动京师印务公司股份化与技术性改造工作。在保证出版集团绝对控股的前提下，吸纳多家企业以资金或先进设备的方式入股，同时开放一部分股份用于员工参股，以增强企业内部的凝聚力，使员工的利益与企业的发展相结合。通过这两种改造，进一步解放京师印务公司的生产力，提高发展速度，整合、优化资源，强化市场竞争力，为创建现代印刷企业奠定重要基础。

出版集团的成立，在体制和机制上为做大做强文化出版产业搭建了一个新的平台。于是，整合期刊资源，打造期刊品牌，成了集团的又一个新举措。

北京师范大学共有期刊17种，其中教育部主管的13种，中国科学技术协会主管的4种。它们已形成良好品牌和广泛市场影响力，但期刊仍在传统的机制和模式下运作，经营基本上处于各自为战的状态，面对日益激烈的市场竞争，如何通过管理体制的改革、机制的创新，实现资源重新整合，从而达到优势互补、规模发展已成为非常现实的课题。

根据学校期刊的现有情况，根据期刊自身的产业和文化特殊性，出版集团把整合学校各种期刊资源、组建期刊社正式提上议事日程，于今年6月专门成立了"期刊社筹备领导小组"。改革思路是：学术化品牌、产业化导向、规模化经营，坚持自愿加入和行政划归相结合的方式，采取分步实施的办法，首先将教育部主管、北师大主办的教育期刊划归出版集团。期刊社定位于教育类期刊，成立后要和北师大出版社、音像出版社、京师印务公司形成一种相互促进的关系，既不能让期刊社成为制约出版集团发展的负担和障碍，也不能使各种期刊的学术水准和学术品位下降。期刊社业务上将实行主编负责制，行政、财务、出版印制等其他事项由出版集团统筹管理。

出版集团按照产业规律和方式，将重点扶持和培育一批规模大、效益好的名牌期刊，努力打造具有鲜明教育特色的北师大期刊集群。期刊社的组建将通过资源的整合和体制机制创新，实现优势互补、强强联合，将期刊的优势与出版的优势有机地结合起来，集中资本、集中人才、集中设备，对品牌资源、学术资源和市场资源进行深入挖掘，形成一定程度的规模经营，从整体上提高学校期刊（杂志）产业集约化经营能力，解决期刊发展中的散、小、缺乏后劲的状况。

据了解，期刊资源的整合注册工作将于今年年底前完成。这将为集团的下一步发展营造一个新的支撑点。

在改革中创新，在创新中发展。实践证明，体制创新，让他们"创"出了一条发展新路径。

制度立社"立"出发展新规矩

没有规矩，不成方圆。体制创新需要有合理规范的制度建设来保障。

出版集团成立伊始，就把制度建设放在首位，对出版社原有规章制度进行系统梳理，健全选题论证、预算管理、出版管理、经营管理、人力资源管理等规章制度，依制度"治"社。

一年来，出台了一系列管理文件、规章制度，共计 33 项之多。

为规范出版社的议事规则与流程，相继出台了《社务委员会议事内容与规则》《总编办公会议事内容与规则》和《图书选题论证的相关规定》等。

为应对日益激烈的市场竞争，出台了《关于市场营销体制改革的决定》《关于进一步完善市场营销体制的决定》《关于规范我社图书发行秩序的若干规定》《美术设计制作工作管理办法》和《教材售后服务中心管理条例》等。

为更好降低内部不必要的损耗，规范运营管理，从细节上控制浪费现象，出台了《关于 2007 年 9—12 月成本控制若干规定》《图书排版版面标准》《清收欠款工作细则》《样书管理的规定》《差旅费管理办法》《业务招待用餐管理办法》和《员工通讯费管理办法》等。

为加强人员管理，出台了《职工退休规定》《退休职工返聘规定》《职工内部退休管理规定》《待岗人员管理办法》《关于职工在职学习的有关规定》《职工考勤休假管理规定》和《职工休假的有关规定》等。

这些制度的颁布为进一步规范出版社的运营与管理奠定了良好的基础。

制度好设立，关键在于执行力。有了制度不执行，等于零。

在建立健全规章制度的基础上，出版集团不断加大执行力度，通过各种方式进行宣传，使每一名员工充分了解出版社的各项规章制度，强化全员照章办事意识，强化监督力度，集团的精神面貌为之焕然一新。

为推进音像社的内部管理走向规范化，建设"严谨务实、整合创新"的企业文化，摒弃原来松散无序的工作作风，音像社推出了一系列的规章制度。首先，完善多种分配制度改革。依据"按劳分配、优劳优酬、效率优先、兼顾公平"的原则，按岗定酬，建立有效的激励机制。其次，逐步解决目前员工档案、保险、编制混乱的局面，按照国家相关文件逐步规范。同时，成立财务部，建立各部门的财务预算和决算体系，建立内部财务的监管体制和财务分析体系，加强财务审计工作，有效保证资产的安全，提高抵御风险的能力。通过加强内部制度建设，规范了工作流程，提高了工作效率。

从一年的实践看出，建章立制，"立"出了发展新规矩，为今后实现大发展奠定了基础。

简编定岗 "简" 出发展新效率

发展是硬道理。转企改制也好，组建集团也罢，目的只有一个，那就是有大的作为、大的发展。要发展，效率能否提高是关键。

近年来，随着北师大出版社的不断发展壮大，机构和人员曾经出现过度膨胀、管理费用居高不下的状况，一度影响了出版社的进一步发展。为了提高管理水平和生产效率，出版集团成立以后，果断地进行了精简机构和人员分流。

精简机构，就是减少中间环节，减少管理层，提高管理水平和生产效率。而机构膨胀、人浮于事的一个重要原因就是因人设岗，没有做好定岗定编。

2007年7月，出版集团对出版社编辑部门进行机构调整，撤销原基础教育教材分社、教辅分社、国际汉语教育分社、社会科学事业部、学前教育事业部、人文编辑部、理科部、教育心理编辑部、书画编辑部、北京师范大学出版资源开发办公室的建制，整合为基础教育分社、高等教育分社和职业教育分社三个分社，为集团走内涵式发展奠定组织基础。

8月，出版社发行部门开始机构调整。在基础教育分社、职业教育分社、高等教育分社分别设立营销中心；撤销市场营销部原国标教材教辅营销中心、大中专教材营销中心、招投标办公室，将市场营销部的国标教材、助学读物、职业教育教材、高等教育教材业务剥离到相应分社的营销中心；通过双向选择，将市场营销部的部分业务人员分流到三个分社。

8月，出版集团对出版社现行行政机构进行精简、调整、合并、合署办公等改革。成立运营管理部，与总编办公室合署办公，成立后勤管理部，撤销法律事务部、电子出版部等部门，撤销美编室、版权与国际合作部、反盗版办公室、物流配送服务中心等部门建制。

经过精简，中层建制由原来的 26 个削减为 13 个，削减数量达到 50％。经过此次组织机构调整，层次不清、职责不明、因人设岗、条块分割的现象得到相当程度的改观。

在人员分流方面，2007 年 9 月，出版集团出台"出版社各部门岗位设置、定岗定编方案"，在确保稳定的前提下，实行竞聘上岗，双向选择，合理分流与引进人员。在此次分流工作中，出版社积极做好员工的思想工作，及时化解矛盾，实现出版社平稳过渡，岗位编制由 273 个缩减为 226 个，缩减岗位 47 个，缩减量达 17％。缩减的岗位大部分为行政类、业务支持类岗位。其中，通过待岗、解除劳动合同及劝其离职等方式分流的人员达 35 人，人员成本进一步降低。

2008 年 6 月，出版集团专门召开人力资源工作会议，确定实行"职务（职称）能上能下，待遇能高能低，人员能进能出""上岗要竞聘、在岗要考核、转岗要合理、待岗要有依据、下岗要有充分理由"的人事管理制度。据悉，下半年出版集团将实行《出版社员工职位晋升管理办法》，这一举措具有开创性的意义，通过开辟出版社员工管理通道和专业通道双重职业发展通道，建立动态的员工职业生涯发展机制，达到鼓励先进、激励后进、人尽其才、才尽其用的目的。员工职位晋升的评估主要考察员工的能力与岗位的匹配程度，坚持以工作业绩为导向、能升能降、持续改进与提高的原则。

出版集团对音像出版社的领导班子进行了重新调整，向音像出版社派驻了财务总监，并根据音像出版社的实际情况和业务流程确定了内部机构设置，下设办公室（总编室）、财务部、编辑部、出版制作部和市场营销部五个部门。各个部门有明确的职责分工和业务范围，团结合作、密切配合，实现"无缝隙"运营。同时，结合自身战略发展需要，音像出版社对岗位和人员编制进行了重新论证和设计，确定了岗位数量和职责，实现了科学合理的定岗定编。逐步实行定期考核和双向选择的制度，根据实际发展的需求，采取多样化的引进机制稳步做好人才建设、进修和引进工作，综合考虑年龄结构、学历结构、性别比例、岗位分配、学科背景等因素规划好音像社的队伍发展。

对于京师印务公司的股份化改造，出版集团明确提出，要按照现代企业制度，完善法人治理结构，明确股东会、董事会、监事会、经理层的各项职能。董事会和监事会人员的组成按照股东出资的比例来产生，实现政企分开。企业内部，加强制度建设，按照现代企业制度的管理模式和管理方法，建立精简高效的管理机构，构建有效的激励机制，并根据技术性改造的产能规划，对全公司人员的岗位进行定岗定编。

精简机构，定岗定编，"简"出了发展的新效率。

感恩之心，发展不忘回报

四川汶川大地震发生后，北京师范大学出版集团立即采取了一系列措施进行支援，赢得了同行的一片赞誉。

镜头一：集团通过捐款捐书、个人捐款、党员交纳"特殊党费"等多种方式支援灾区，共向四川灾区捐助245万元。

镜头二：在得知灾区有数万名中小学生使用的北师大版教科书因地震毁损丢失后，第一时间根据四川省新华书店的教材报数，立即在北京和四川绵阳两地同时加班加点组织灾区学生教科书的生产和发货工作，共涉及教材 7 个品种、9 个年级，共计 166280 册、125 万元码洋，均为出版社免费提供给灾区学校复课使用。

镜头三：与北京师范大学心理学院合作，积极实施地震灾后心理应激救助知识普及计划，出版面向灾区师生进行心理重建的活动手册：《帮孩子重建心灵家园——团体活动辅导手册》（分为中学版和小学版），出版面向灾区家属的心理救助手册等系列图书，帮助做好灾后同胞心理重建的长期干预工作。手册印数为 1 万套，共 2 万册，码洋为 36 万元，免费赠送给受灾师生使用。

镜头四：与中国学前教育研究会合作，组织引进、编写、出版了专门指导家长、教师在重大灾害之后，如何陪伴幼儿走出灾害阴影，迅速恢复正常童年生活的小册子：《守护幼儿的心灵家园——家长与教师应知应会》。本手册共印制 1 万册，码洋为 6 万元，向此次汶川地震波及的四川、甘肃、陕西和全国其他省份的幼儿园及幼儿家长免费发放。

镜头五：重建家园、恢复生产、恢复教学将是灾区面临的一项长期而重要的任务，出版集团将继续关注灾区重建工作，进一步加大赈灾力度，通过多种方式为灾区人民渡过难关贡献自己的绵薄之力。

这五组镜头，让我们看到了北京师范大学出版集团怀着的那颗大爱之心。

其实，不管是集团成立之前，还是成立之后，支持教育事业，热心公益事业，一直是他们用自己的行动所坚持的。

作为国内知名的一家教育出版社，他们把支持和扶持教育事业看成是自己责无旁贷的一种社会责任。

镜头一：作为国家新课标教材出版基地，北师大出版社一直高度关注基础教育发展和学生发展，每年投入几百万元进行北师大版基础教育教材的师资力量培训、免费提供培训用书，进行实验区回访、召开实验区交流研讨会，建设北师大版教材教学示范基地等。

本着为课程改革、为实验区服务的基本理念，出版社在过去的 3 年暑期共进行师资力量培训 1350 场，发放培训教材约 38 万册，培训手册 55 万册。开展回访活动 382 场，涉及辽宁、广东、福建、陕西、山西、河南、甘肃等 20 余个省份。

镜头二：为进一步提高中小学教师教学科研的积极性，促使教师爱岗敬业，出版社通过在河南省设立"北师大版教材教学示范基地教学研究基金"、在江西省设立"中小学优秀教师奖励基金"等多种方式，服务于基础教育事业。日前又向山西田家炳中学捐书 1.5 万册，支援贫困地区的基础教育事业。

镜头三：出版社由于近期致力于发展高校教材和优秀学术著作，为支持高校青年教师开展创新性和原创性研究，扶持优质高校教材和学术研究成果出版，每年投资 100 万元人民币设立"京师青年教师出版资助基金"，专门资助北京师范大学的青年教师出版具有重要理论价值或应用价值的高校教材和学术专著。

镜头四：为长期支持革命老区和贫困山区高等教育的发展，出版社向井冈山大学、石家庄外语翻译职业学院、云南文山师范高等专科学校、安徽省革命老区等学校和地区捐赠了大量教材和图书，帮助老区和贫困地区改善办学条件，加强学校建设。

发展不忘回报社会，是所有北京师范大学出版人坚守的诺言。

晚改不如早改，半改不如全改

一年新变。

变，来自这次以"转换体制、加快改制、创新机制"为核心内容的大学出版社改革。这一进程虽艰难曲折，但改革带来的根本性变化，却让出版人品尝到了可喜的成果，更让出版人感受到了创业的激情和前行的动力。

北京师范大学出版集团一年的运作实践证明：早改早主动，不改没出路。用集团总经理杨耕的话说，就是"晚改不如早改，半改不如全改"。

从出版社到出版集团，名称的变化背后其实发生的是实质性的变化。北京师范大学出版社究竟在一年中发生了哪些实质性变化？在杨耕看来，实质性变化有三：

其一，事转企。他认为，只有转企，才能真实实现自主经营；只有转企，才有追求经济利益最大化的动力；只有转企，才能制定自己的分配体制、激励机制，从而调动员工的积极性；只有转企，才能满足员工的合理的正当的个人利益。转企后的出版社，有了经营自主权，市场化程度更高，活力进一步得到激发。

其二，品牌资源得到整合，产品结构得以优化。他说，集团已由单一的纸质图书转变为包括纸质图书、音像、印刷、期刊在内的多种介质的产品。现在的出版集团，从一个传统意义上的教辅出版大社转型为现代意义上的教育出版集团。优化的产品结构，为今后实现大发展奠定了基石。

其三，体制创新。他认为，选题体制、编辑体制、运营体制、营销体制、分配体制、激励体制，都发生了重大变化。体制创新的结果，是激情迸发、活力显现、实力大增。

正是这些变化，给北师大出版集团带来了实实在在的效果。

机构简化，效率提升。北师大出版社中层建制由原来的 26 个削减为 13 个，削减数量达到 50％。经过此次组织机构调整，层次不清、职责不明、因人设岗、条块分割的现象得到相当程度的改观。

人员减少，双效提高。北师大出版社的岗位由 273 个缩减为 226 个，缩减 47 个，缩减量达 17％。而经济效益和社会效益则大大提高。2007 年各项经济指标均超额完成，净利润增长两倍。重印书多了，有社会影响力的学术著作多了，获大奖的图书多了，作为重点发展的高等学校教材与职业教育教材也已渐成规模。在"十五"期间入选普通高等教育国家级规划教材的品种仅为 6 种，而在"十一五"期间入选的品种则达 106 种。

体制创新，资源盘活。集团成立后，不仅作为旗舰的北京师范大学出版社由于体制创新焕发了活力，而且旗下的京师印务公司与音像出版社也尝到了体制创新的甜头，资源得以优化，生机得以重现。拿京师印务公司来说，2002 年起连年亏损。去年 7 月划归集团之后，由于实行了一系列改革措施，体制、机制变了，当年年底便扭亏为盈。今年，集团又对其启动了大规模的股份化、技术化改造，发展速度将会更快。2003 年之后便连年亏损的音像出版社也是如此，体制与机制的再造，让其止住了亏损局面，走上了良性发展的道路。不仅如此，集团对期刊资源的整合与优化，也正在实施过程中。目前，集团已形成了多资源、多品牌强力支撑的发展新格局。

北师大出版集团一年来的改革实践，正应了一句话，即"改制改出天地宽"。改革是大势所趋，是必由之路。出版要发展，必须改革。但转企改制如同任何一个新生事物一样，在实践中都会遇到各种各样的新问题，即便老问题在新的形势下也具有了新特点。关键在于要勇于面对这些发展中的问题，并善于用发展的方式、改革的方法、创新的思维去解决新形势下面临的新问题，以及在新形势下具有新特点的老问题。唯有此，才能朝着既定的目标不断前行。

谈及一年来的改革，杨耕说有三点体会印象最深：一是必须得到新闻出版总署、教育部以及学校党委的理解、支持与指导；二是必须把发展的速度、改革的力度与员工的可接受程度有机结合起来；三是必须牢记稳定是前提，发展是硬道理，制度和体制创新是关键。

杨耕说，再过三年，集团的变化会更大。我们期待着北京师范大学出版集团在改革中不断创新，实现新的跨越、新的发展。

载《中国新闻出版报》2008 年 7 月 9 日，
作者为《中国新闻出版报》记者冯文礼。

破茧成蝶的美丽蜕变

　　7月是开始收获的季节，北京师范大学出版集团迎来了自己一周年的生日。"名称的变化和体制的转型，给北师大出版社带来的是质的飞跃。"对于一年来的转变，北师大出版集团总经理杨耕如是评价。持相同感觉的还有集团的每位员工。北师大出版社总编室金蕾告诉记者："这一年完全不同以往。"2007年7月4日，北京师范大学出版社正式注册为企业法人。

　　2007年7月10日，北京师范大学宣布组建北京师范大学出版集团，以北师大出版社为核心企业，整合北师大音像出版社、北京京师印务公司以及学校相关教育期刊等文化产业资源，形成资源共享、优势互补、业务多元的文化产业格局。这意味着，北师大出版社真正踏上了现代企业之路，成为勇闯市场的弄潮儿。

　　一年来，北师大出版集团坚持改革和创新的精神，在推进体制机制创新方面取得了实质性突破，强有力地推进了北师大出版社图书结构转型，启动了北京京师印务公司的股份制改造和技术性改造，启动了北师大音像出版社重组和技术性改造，启动了北师大期刊社的组建工作。

不久前，国家新闻出版总署署长柳斌杰指出："近年来，中央连续在文化体制改革方面做出重大部署，推动了文化体制改革深入发展。就新闻出版单位而言，如果再不改革，就有可能在市场经济的大潮中成为一个个孤岛。"无疑，出版文化体制改革是大势所趋。根据计划，将在 3 年内完成 158 家中央在京出版社、103 家高校出版社以及 7 家地方出版集团的改革。在这一背景下，作为高校出版体制改革首批试点单位之一的北师大出版社以及以此为基础组建的北师大出版集团，一年来的企业化运作，经历了什么？究竟能给我们提供哪些值得借鉴的经验呢？

明确定位，推进图书结构转型

从北师大出版社的转制到北师大出版集团的组建，意味着要重塑市场主体，推动人事、用工、分配"三项制度"改革，在这个背景下，发展定位出现了明显的变化：一、事转企，定位于现代企业；二、调整产品结构，定位于现代出版集团。

今年是改革开放 30 年，可是出版领域体制改革的历程却不长。长期以来的事业体制，一直束缚着出版社在市场经济里大展拳脚。随着出版领域文化体制改革的开展，经营性出版单位转企改制，建立现代企业制度和法人治理结构成为大势所趋。2007 年 7 月 4 日，北师大出版社正式注册为企业法人，从事业转为企业。转企后出版社的隶属关系不变，北京师范大学是出版社的唯一出资人和企业所有者。7 月 10 日，北京师范大学宣布组建"北京师范大学出版集团"，以北师大出版社为核心企业，整合北师大音像出版社、北京京师印务公司、学校教育期刊等资源，走向集约化道路。这样一来，学校和出版社产权清晰、责权明确，出版社的经营合法性也得到进一步的保证，这有利于进一步做大做强。对此，北师大出版集团副总经理付荆军表示，只有转企，才能真正实现自主经营；只有转企，才有追求经济利益最大化的动力；只有转企，才能制定自己的分配体制、激励机制；只有转企，才能满足员工合理的、正当的个人利益。转企后的北师大出版社，有了经营自主权，市场化程度更高，活力进一步得到激发。转企后的北师大出版社，迈出的第一步，是调整内部机制，改革人事、用工、分配"三项制度"。

面对最敏感的人事问题，北师大出版社依据有关法规和"老人老办法，新人新办法"的原则，建立起新的劳动关系——事业编制人员在工资晋升、干部任免、职称评聘等方面与学校的在职员工同等对待。企业编制、集体编制、聘用编制人员则按照国家有关规定参加失业、医疗、工伤等社会保险，费用由单位与个人共同承担。北师大出版社从每年的利润中提留一部分作为这部分员工的社会保障基金，作为退休后保障之用（包括物价和工资调整等）。对于已离退休人员，继续执行现行办法。北师大出版社从自身实际出发，采取事业和企业编制等多种用工制度并行、"内外无差别"的人事改革模式，并辅以科学、规范的运行机制，妥善处理了人事改革和劳动关系调整问题，成功完成由事转企的工作。

在用工制度上，也完全按照现代企业制度来运行，确定实行"职务（职称）能上能下，待遇能高能低，人员能进能出""上岗要竞聘、在岗要考核、转岗要合理、待岗要有依据、下岗要有充分理由"的人事管理制度。据悉，下半年，北师大出版社将实行《员工职位晋升管理办法》。北师大出版集团副总经理张其友认为，"这一举措具有开创性的意义，通过开辟员工管理通道和专业通道双重职业发展通道，建立动态的员工职业生涯发展机制，达到鼓励先进、激励后进、人尽其才、才尽其用的目的。员工职位晋升的评估主要将考察员工的能力与岗位的匹配程度，坚持以工作业绩为导向、能升能降、持续改进与提高的原则"。同时，北师大出版社还完善多种分配制度改革，实现责、权、利统一，建立奖励制度与责任追究制度，充分体现按劳分配、按岗取酬、优劳优酬以及奖勤罚懒、奖优罚劣的分配原则，从而调动员工的积极性。分配制度改革遵循效率优先、促进公平的原则，遵循岗位职责、业绩水平与工作态度相统一的原则，遵循按劳分配、优劳优酬、绩效优先的原则，从而在一定程度上改变北师大出版社在分配上长期存在的平均主义现象。

现代出版产业的结构分为教育出版、大众出版和专业出版三大门类。相对而言，专业出版的集约化程度最高。与发达国家相比，中国出版产业这三大门类的结构严重失衡，且呈现出低度化的状况。众所周知，中国图书市场中教材教辅的产值比重高达 60%，相当多的出版社集中在这一领域厮杀，而很少有出版社愿意在未来前景看好的集约化程度较高的专业出版领域投资。北师大出版集团成立以后，围绕着教育出版的核心业务，通过资源整合、品牌带动、立体开发，积极推进产品结构调整。在产品结构调整中，重点推进北师大出版社图书结构转型，确定以教育出版为主体、以专业出版和大众出版为两翼的发展定位。北师大出版集团副总编辑叶子感慨道："集团成立前，我们拿到的样书更多的是教辅，但我们现在的样书里学术著作、高校教材的比重在不断提高，这一点是很突出的。"

北师大出版社长期参与中国基础教育改革的探索和实践。北师大出版集团副总编辑吕建生告诉记者："1992 年，我社开始出版义务教育'五四'学制教材；2001 年，开始出版义务教育课程标准教材和全日制普通高中课程标准教材，并以理念新颖、质量上乘而享有很高的知名度，成为国家中小学教材出版基地之一。基础教育教材已经成为北师大出版社的知名品牌，但由于北师大出版社的发展过度依赖基础教育教材，所以，在发展基础教育教材、教辅的过程中，又造成了图书产品结构单一的局面，对于企业化运作来说，这是一个'致命伤'。"

围绕着图书结构转型这一中心，北师大出版集团对北师大出版社原有编辑部门进行机构调整和人员调整，将编辑部门整合为三个分社：高等教育分社、职业教育分社和基础教育分社，目的是完善北师大出版社基础教育教材体系，提升助学读物水平，打造学术著作品牌，重点发展职业教育教材、高等教育教材。以"主干的教育科学（包括心理科学）和人文科学，精干的社会科学和自然科学"为发展定位，发展高校教材、学术专著，尤其是教育心理类图书。同时，对以前的图书选题进行系统全面的清理。各分社对内部的图书结构进行了合理的调整，确定各自发展的路线图和时间表，把握选题方向，找准选题重心，拓展发行渠道。

目前，北师大出版社图书结构转型已初见成效。2007 年北师大出版社完成重印书 1338 册，修订书 375 册，新书 782 册。其中，职业教育教材与高等学校教材已初具规模。北师大出版社在"十五"期间入选普通高等教育国家级规划教材的品种仅为 6 种，而在"十一五"期间入选普通高等教育国家级规划教材的品种达 114 种，有了质的飞跃。出版社已经出版 17 个系列的高校教材，涉及教育科学和人文科学、社会科学和自然科学的基础或重点学科。学术著作的出版也有了很大改观：14 卷本《中华艺术通史》以其首创性和权威性为学界瞩目，并获 2007 年"中国出版政府奖印制奖"；《先秦社会形态研究》获"第三届郭沫若中国历史奖"；《马克思主义哲学中国化：历史与反思》入选国家新闻出版总署"迎接党的十七大重点图书""纪念建党 85 周年重点图书"；《思想中的时代》《为马克思辩护：对马克思哲学的一种新解读》获教育部"人文社会科学优秀成果奖"；《中国的经济转型和社会保障改革》等入选新闻出版总署"三个一百原创出版工程"；"当代中国哲学家文库""当代中国心理学家文库"第一批推出以来，连续重印 3 次；"后现代历史哲学译丛"稳居北京著名学术书店"风入松"销售排行榜榜首；"京师教师教育译丛"在不到一年的时间里售罄 5 万套……目前，北师大出版社已启动《启功全集》《本雅明全集》等国家"十一五"重点图书工作。

整合资源，实现集约发展

在出版产业的信息化、数字化程度日益提高的今天，大型出版集团都适应产业发展规模化的要求，积极整合资源。一年来，北师大出版社背靠北师大出版集团，已从一个传统意义上的教辅出版大社转型为现代意义上的教育出版机构，北师大出版集团以北师大出版社为核心企业，已成为一个包括纸质图书、音像电子、印刷、期刊在内的现代意义上的出版集团。整合资源，为实现集约发展奠定了基础，从而有利于发展方式的转变和新的商业模式的建立，进而形成企业的核心竞争力。

在整合各下属子公司的资源上，北师大出版集团摒弃了仅靠行政力量把子公司捆绑在一起的模式，主要通过资本运作，使北师大音像出版社、北京京师印务公司与北师大出版社在业务上直接对接，同时实行市场化运作，从而在下属子公司之间形成业务互动、优势互补、相互支撑，形成资源有效整合的文化产业格局，实现集约发展。张其友认为，出版集团成立之初，目标就非常明确，即紧紧围绕教育这一核心来建设现代出版集团。出版集团下面的四个成员单位都围绕这个目标来做。它们互相之间不是物理意义上的联合，而是形成了"化学反应"。要使各个成员单位既要有业务上的互补，同时又独立经营，就需要出版集团有效整合资源，从而提高各成员单位的管理水平、经济效益。

2007年7月，北师大音像出版社成为北师大出版集团的下属子公司。2008年3月，面对长期以来音像出版社资金缺乏、生产设备老化过时、自主研发产品匮乏、市场营销人员短缺，只靠和校外文化公司合作出版一些项目勉强支撑的局面，北师大出版集团果断对北师大音像出版社进行人员重组和技术性改造，以"保持教育特色，瞄准数字出版"为发展定位，围绕着教育出版的核心业务，改造其内容资源、人力资源、技术力量以及硬件条件，同时推出一系列规章制度，建立内部财务的监管体制和财务分析体系，有效保证资产的安全，提高抵御风险的能力。通过加强制度建设，规范了工作流程，提高了工作效率。目前，北师大音像出版社正在申请网络出版权，开拓数字出版，并扭转了经济持续下滑的局面，走上了良性发展的道路。

2007 年 7 月，北京京师印务公司成为出版集团下属的子公司。2008 年 2 月，北师大出版集团成立了"京师印务公司股份制改造与技术性改造领导小组"，正式启动股份制改造与技术性改造。这是走出目前体制机制不畅、生产技术落后、经济效益低下困境的唯一出路。通过技术性改造完善其生产环节、延长产业链条、提升生产能力，通过股份制改造引进高性能、高效率的设备，引进优秀的管理人员、技术人员和先进的管理经验，达到软硬件同时引进的目的。通过这两种改造，进一步解放京师印务公司的生产力，提高发展速度，强化市场竞争力，为创建现代印刷企业奠定重要基础。

整合期刊资源，打造期刊品牌，是出版集团实现集约发展的又一个举措。2008 年 6 月，北师大出版集团成立"期刊社筹备领导小组"，以"学术化品牌、产业化导向、规模化经营"为改革的思路，采取分步实施的办法，正式启动北师大现有期刊经营模式的改革。将通过资源的整合和体制机制创新，实现优势互补、强强联合，将期刊的优势与出版的优势有机地结合起来，集中资本、集中人才、集中设备，对品牌资源、学术资源和市场资源进行深入挖掘，形成一定程度的规模经营，重点扶持一批有发展潜力的期刊，打造具有鲜明教育特色的北师大期刊集群，提高学校期刊集约化经营能力。期刊社业务上将实行主编负责制，行政、财务、出版印制等其他事项由出版集团统筹管理，成立后要和北师大出版社、北师大音像出版社、北京京师印务公司形成一种相互促进的关系，既不能让期刊社成为制约出版集团发展的负担，也不能使各种期刊的学术水准下降。

通过资本运作，北师大出版集团正在向成为教育资源的集成商、开发商、提供商和服务商，成为集图书、音像、电子、印刷、期刊多介质产品为一体的，具有较强市场竞争力、较大学术影响力和较广社会辐射力，国内一流、国际知名的现代企业迈进。

创新体制，提高经济效益

北师大出版集团成立后，在选题体制、编辑体制、运营体制、营销体制、分配体制、激励体制方面，制订一系列的规章制度。这些规章制度的体制创新的结果，大大激发了企业活力和员工的积极性。

从出版社到出版集团，让北师大出版集团副总经理马朝阳感到的一个明显变化，就是专业化的管理，编、印、发三个环节得到了很好的衔接："过去，编辑和发行脱节的情况经常存在，而现在按分社设置，各个分社在选题上有很大自主权。过去什么选题各个编辑室都可以出，尽管社里早就意识到这个问题，但由于体制和机构上的障碍，协调起来有一些困难，因此一直没有做调整。现在，社里专门制定了选题的归口管理办法。出版社编、印、发的各个环节向着良性的方向发展。营销体制做了几次比较大的调整，在各个分社里面成立营销中心，让营销更专业化，营销分客户经理和业务经理，细化服务市场的工作，整个营销的效率也相应地提高。接下来，我们还将朝着项目化的方向来做，编辑和市场往项目化的方向来运作。由于管理思路调整了，因此员工也很自觉地来调整自己的工作方式。选题归口的问题、编辑和营销不能协调的问题都有很大程度的改善。"

经过充分的调研论证，2007年7月，北师大出版集团将北师大出版社原有的编辑部门调整为三个分社，分社成立后不再是原有编辑部门的简单组合，而是在结构、功能上的彻底改革。分社有很大的自主权，可以自主决定选题，自主决定装帧设计，自主决定定价，自主决定营销，自主决定人员选用，自行选择印刷单位。为夯实分社功能，三个分社的社长均由出版社的社领导兼任，旨在使各分社成为能够有效整合资源、专业分工明确、特色突出的出版机构，为下一步发展提供更好的组织平台。

为实现编辑和发行的无缝隙合作，探讨市场营销的专业化、立体化、网络化模式，从根本上改变现行的图书发行体制，扩大市场占有率，提高经济效益，2007 年 8 月，北师大出版集团对北师大出版社市场营销体制进行了大刀阔斧的改革。为了应对图书市场细分的要求，将市场营销部内的部分营销功能前移至相应的分社，并在三个分社中分别成立自己的营销中心，进行各分社图书的营销策划、市场推广、信息搜集、订单收取、书款催收等工作。市场营销部进一步完善内部组织构架、部门职能，主要负责一般图书的营销策划、全社图书的销售与物流管理等工作。分社营销中心的工作实行部门管理、全社统一领导；在运作模式上实行部门营销策划与实施，市场营销部集中发货、统一结款。这种模式建构了市场营销部同各分社营销中心的合理关系。基础教育分社营销中心、高等教育分社营销中心、职业教育分社营销中心的建立，标志着北师大出版社开始走上专业化营销和精细化营销之路。

为适应新形势下市场营销工作出现的新情况、新变化、新问题，2008 年 6 月，北师大出版集团进一步调整和完善北师大出版社市场营销体制，建立业务经理与客服经理相结合的联合营销制度，开始探索纵向营销与横向管理相结合的营销管理模式。

北师大音像出版社成为北师大出版集团的二级子公司后，2008年 3 月，北师大出版集团按照转企改制的规划，对北师大音像出版社组织机构、领导班子、员工队伍进行了重组。北师大出版集团在北师大音像出版社重组伊始就非常重视其内部的技术改造和设备更新问题，技术性改造所缺的资金通过三种途径解决：1/3 由北师大出版集团注资，1/3 由北师大音像出版社向北师大出版集团借款，另外 1/3 则由北师大音像出版社自筹。这种方式改变了部分员工等、靠、要的思想，充分调动了北师大音像出版社的积极性和潜力。北师大音像出版社调整思路和策略，在内部积极推进项目制，严格实行产品单品种全额成本核算。根据产品特性、项目性质与效益制定相对独立的项目运作和奖罚机制。北师大出版集团的组建也为京师印务公司的改制带来前所未有的发展契机。北师大出版集团明确提出对京师印务公司进行股份制改造和技术性改造，而技术性改造所需的大量资金并不是由北师大出版集团直接注入，而是通过政策支持，以股份制改造来完成。股份制改造成为京师印务公司实现设备转型、获取技术更新所需资金的主要途径。在保证北师大出版集团绝对控股的前提下，吸纳多家企业以资金或先进设备的方式入股。2007 年年底，京师印务公司一举摆脱了自成立以来连续 5 年亏损的局面，成功扭亏为盈；2008 年上半年，经济处于良性运行之中。

体制创新使北师大出版社获得了实实在在的"增量"。2007 年，北师大出版社销售码洋达 10.6 亿元，销售收入 5.6 亿元，回款 6.59 亿元，净利润增长 2 倍；成本控制卓有成效，全年共节约预算开支 2100 万元。2007 年各项经济指标均超额完成，各项记录屡创出版社的历史新高，并获得由国家税务局和地方税务局首次联合颁发的"纳税信用 A 级企业"荣誉称号。同时，北师大出版集团高度重视北师大出版社的清收欠款问题，专门成立清欠工作领导小组，梳理债权关系，明晰资产状况。清欠工作领导小组依据《北师大出版社清收欠款工作细则》，制定了路线图和时间表，责任落实到人，将欠款分时段、划量级、定人员，采取各种有效措施，包括使用法律手段追款，短短 6 个月，共清收欠款现金达 5000 多万元，清理退书码洋 1300 多万元。

2008 年上半年，北师大出版社经营情况继续保持良好势头，顺利完成预算指标，主营业务成本及各项费用控制较好，国有资产持续保值增值。2008 年上半年，在没有减少出差人员和次数的情况下，出版社差旅费与 2007 年同期相比，下降了 24%；业务招待费比 2007 年同期下降 41%；在外部纸价不断飞涨，内部生产规模不断扩大的情况下，印制成本却比去年同期节约了 360 万元。

精简机构，提高工作效率

机构膨胀、人浮于事的一个重要原因就是因人设岗，没有做好定岗定编。精简机构，减少中间环节，减少管理层，提高管理水平和生产效率，对于企业化运作的北师大出版集团来说至关重要。

北师大出版集团总支书记何绍仁向记者介绍："成立出版集团后，从专业化运作、优势资源、便于管理、提高效率的角度进行组织机构调整，从 26 个中层建制调整到 13 个。这样一来，意味着大量人员的变动、分流、待岗甚至下岗，对每一个人来讲，震动都很大。让人欣慰的是，整个的组织机构却更加紧密，并没有松散。过去因为有些部门交叉而出现资源浪费的情况，通过调整机构，得到了很好的解决，学科有了统一规划和协调，效率上得到很大提高。各个机构感觉到比较突出的变化，就是管理成本得到了很好的控制。出版社的成本一直是比较高，通过很多措施，包括制度上，出台了很多日常相关的有操作性的制度。我总体的感觉是，在细节落实上做得很好。"

近年来，随着北师大出版社的不断发展，曾经出现机构和人员过度膨胀、管理费用居高不下的状况，一度影响到了出版社的进一步发展。北师大出版集团成立以后，针对这一现象，果断进行机构精简。

2007 年 7 月，北师大出版集团对北师大出版社编辑部门进行机构调整，撤销教辅分社、国际汉语教育分社、社会科学事业部、学前教育事业部、人文编辑部、理科编辑部、教育心理编辑部、书画编辑部、北师大出版资源开发办公室的建制，改造原职业教育和教师教育分社、基础教育教材分社，将编辑部门整合为高等教育分社、职业教育分社和基础教育分社三个分社，为集团走内涵式发展奠定组织基础。

2007年8月，出版社发行部门开始机构调整。在高等教育分社、职业教育分社、基础教育分社分别设立营销中心；撤销市场营销部原国标教材教辅营销中心、大中专教材营销中心、招投标办公室，将市场营销部的基础教育教材、助学读物、职业教育教材、高等教育教材业务剥离到相应分社的营销中心；通过双向选择，将市场营销部的部分业务人员分流到三个分社。

2007年8月，北师大出版集团对北师大出版社的行政机构进行精简、调整、合并、合署办公等改革。成立运营管理部，与总编办公室合署办公，成立后勤管理部，撤销美术编辑室、法律事务部、电子出版部、版权与国际合作部、反盗版办公室、物流配送中心等部门建制。经过此次组织机构调整，层次不清、职责不明、因人设岗、条块分割的现象在很大程度上得到改观。

2007年9月，北师大出版社出台《社内各部门岗位设置、定岗定编方案》，在确保稳定的前提下，通过待岗、解除劳动合同以及劝其离职等方式分流人员35人，人员成本进一步降低。两个月后，出版社完成定岗定编工作，岗位编制由273个缩减为226个，缩减岗位47个，缩减量高达17%。其中，缩减的岗位绝大部分为行政类、业务支持类岗位。人员分流是所有企业在改革过程中面临难度最大、敏感度最高的问题，北师大出版集团深知这一点。在定岗定编、人员分流前期做了深入的调研工作，制定了可行的政策措施，并积极做好社职工的思想工作，及时化解矛盾，整个定岗定编、人员分流是在稳定的前提下、平稳的过程中实现的。

精简机构、定岗定编、体制创新，使北师大出版社职工的积极性得到了很大程度的提高，工作效率也得到了很大程度的提高。对于改制后的出版社，让叶子感到明显变化的是："不管是每个成员单位，还是每个员工，方向感和目标感都增强了，北师大出版集团、北师大出版社发展目标清晰、步骤清楚、措施有力、风气端正，向心力极强，所以我们有了信心和干劲，知道朝什么方向走，怎样干。在我看来，这是北师大出版集团成立一年以来最大的变化。"北京师范大学出版集团成立一年来，领导班子求真务实、兢兢业业、励精图治，靠知识的力量提升能力，靠创新的能力推动发展，靠实干的力量攻坚克难，靠团结的力量凝聚人心，靠正气的力量取信于民，成果显著。叶子强调说："我们坚持用发展、改革、创新的方法解决新形势下面临的新问题，坚持用发展、改革、创新的方法解决在新形势下具有新内容的老问题，正在探索一条符合北师大出版集团实际，符合北师大出版社实际，符合教育规律、出版规律和市场规律的发展道路。"北师大出版集团正充满信心地走在这条康庄大道上。

载《中国图书商报》2008 年 7 月 22 日，

作者为《中国图书商报》记者谢迪南。

京师样板：巨变与跨越

　　一场史无前例的改革正在出版业中进行，出版格局的震荡也越来越明显。中央级出版社得"天"独厚，政策推动下，重量级的中央出版战舰已经整合或正在整合之中；地方出版社得"地"之利，已经探出了产业化发展的明晰道路，省域内出版社或还有省域发行集团，经行政捏合后已经发出了协同效应和规模优势，渐次股份多元化后，大规模兼并、重组、上市、融资，剑指出版巨舰。然而，由于触碰校社财产关系问题以及对大学出版定位的争议，在这场国家推动的造出版大船的出版改革征程中，因为多重复杂关系的累积，大学出版似已失去先机。谁能为大学出版开出改革发展的新模式？

　　2007年，通过内涵发展、重组其他校产资源，以转制后的北师大出版社为核心，北京师范大学出版集团成立，昭示着高校出版步入集团化时代。作为国内首家集图书、音像、电子、网络、印刷等多介质产品于一体的高校出版集团，接下来的路如何走，北师大出版集团的一举一动，备受业界瞩目。三年来，北师大出版集团完成了漂亮的整合组合拳：完成音像出版社人员重组和技术性改造，迈出跨媒体经营第一步；与安徽大学合资组建安徽大学出版社，更是首次实现了国内高校出版社之间跨地区经营；吸收民营资本，控股成立北京京师普教文化传媒有限公司，迈出了跨所有制经营的第一步；完成京师印务有限公司的股份制改造和技术性改造，迈出多元化经营第一步。作为京师集团的核心企业，北师大出版社通过调整结构，变革机制、体制，在市场竞争日益激烈的背景下，各项经济指标均创历史新高，学术影响力和社会影响力更是达到历史高峰。以改革保发展一个特色鲜明的以教育出版为主体、学术出版为特色的高校出版产业集团正在崛起。

凭借领头人的勇气与智慧，凭借全体京师人的努力与决心，北师大出版集团闯新创新，内涵裂变与外延扩展并举，保持大学出版"为教学科研服务"宗旨不变，在多重利益平衡中走稳了"钢丝"，开辟出大学出版集团化道路，引领大学出版变革方向，堪称"北师样板"。

而今年，正是集团前身、北京师范大学出版社30周年大庆。以30年书香文脉为根基，注入三年新锐的产业化变革之气，京师集团，志在千里。

京师巨变

2007年7月，北师大出版社在完成资产评估、国有资产产权登记之后，正式注册为企业法人，完成了转企改制。同时，以转制后的北师大出版社为核心企业，北京师范大学组建了出版集团，成为国内高校第一家集图书、音像、电子、网络、印刷等多介质产品于一体的现代出版集团。出版集团成立三年来，通过体制改革与制度创新，实现了跨越式发展，获得了经济效益和社会效益的双丰收。北京师范大学出版集团的成功实践，为中国出版业正在进行的体制改革展现了令人兴奋的光明前景。

作为出版集团的核心企业，北师大出版社在市场竞争日益激烈的背景下，各项指标均创历史新高。2007 年销售码洋达 10.65 亿元，净利润增长 2 倍；2008 年销售码洋达 11.24 亿元，净利润增长 10.1%；2009 年销售码洋达 12 亿元，主营业务收入同比增长 9.59%；净利润同比增长 44.22%，资产总额同比增长 12.06%；利润率从 2.6% 增加到 8.1%；在销售收入增长的前提下，主营业务成本下降，存货量和退货量下降，呈现出"一升两降"的健康发展态势，修订书、重印书比例已达到 60% 以上。《中国新闻出版统计资料汇报》公布的数据表明，北师大出版社近年来出版能力大幅提升，发展不断提速，在全国出版社出版能力的综合排名中名列前茅。2009 年，出版社荣获"全国文化体制改革先进企业"称号，是唯一一家入选的高校出版社；同时被评为国家一级出版单位，并被授予"全国百佳图书出版单位"荣誉称号。

作为出版集团全资的下属企业，北师大音像出版社 2007 年进行了人员重组和技术性改造，2008 年成功扭亏为盈，2009 年净利润同比增长 17.1%。作为出版集团控股的下属企业，北京京师印务有限公司 2007 年进行了技术性改造和股份化改造，当年实现盈亏平衡，2008 年盈利增长 351.4%，2009 年净利润同比增长 467.57%。作为出版集团控股 50% 的成员单位，重组后的安徽大学出版社有限责任公司焕发了活力，截至 2010 年 6 月底，销售收入同比增长 71.6%，销售利润同比增长 165.06%，净利润同比增长 636.87%。三年来，"改革""创新"始终是北师大出版集团的"关键词""核心词"，为集团实现跨越式发展提供了取之不竭的源头活水。

变革之年

转企改制能否成功，关键在于体制、机制能否创新。转企后的北师大出版社不仅完成了身份的转换，更重要的是大胆进行了体制创新。

人事制度改革：面对最敏感的人事问题，北师大出版社从自身实际出发，按照国家有关规定，做好与劳动人事、社会保障等有关政策的衔接工作，出版社员工的身份从之前的事业编制、集体编制、企业编制三种编制全部转为企业编制，采取"按岗取酬、同工同酬、内外无差别"的人事改革模式。出版社转制后，全体人员按照国家有关规定参加失业、医疗、工伤、基本养老等社会保险，建立新的社保体系，费用由单位与个人共同承担。出版社从每年的利润中提留一部分作为员工的社会保障基金，作为退休后保障之用（包括物价和工资调整等）。正是采取了科学、规范的运行机制，才使得人事改革和劳动关系调整问题得以妥善处理。

同时，为保障人力资源工作的制度化、科学化，出版社出台一系列涵盖上岗、转岗、待岗和下岗管理的各项规章制度，强调上岗要有条件，转岗要有理由，待岗、下岗要有根据并慎重处理；重要部门的领导岗位要轮岗。同时，给特殊人才设立特殊通道，使之脱颖而出。根据人力资源管理的相关规定，出版社对不符合岗位要求的人员进行转岗和分流，截至2008年5月，出版社缩减了47个岗位，通过待岗、解除劳动合同以及劝其离职等方式分流了35名员工，这其中，包括聘用编制员工，也包括事业编制员工。在此过程中，出版社积极做好分流人员的思想工作，及时化解矛盾，实现了出版社的平稳过渡。

编辑体制改革：将出版社原有编辑部门经过撤销建制、合并、重组，调整为三个分社：高等教育分社、职业教育分社、基础教育分社。除涉及政治、民族、宗教等重大选题或投资金额较大的选题须经出版社总编办公会讨论通过外，分社可以自主决定选题计划、营销方案、人员选用、装帧设计、印刷单位，是独立运营的业务单元的集合体，是集某类图书产品产、供、销于一体的利润中心。为发挥编辑潜力，增强自主创新能力，高教分社和基教分社实行策划编辑和文稿编辑划分的管理机制。策划编辑重在考核销售码洋、利润和相应学科的规划与发展，文稿编辑重在考核编辑加工量。策划编辑与文稿编辑按竞聘上岗的原则确立，二者之间实行动态考察，流动调整，分配政策向策划编辑倾斜，鼓励优秀人才脱颖而出。

营销体制改革：为实现编辑和市场营销的无缝隙合作，探讨市场营销的专业化、立体化、网络化模式，出版社对市场营销体制进行了大刀阔斧的改革。出版社在三个分社中分别成立各自的营销中心，功能定位重在营销，负责各分社图书营销方案、推广方案、培训方案的制定和实施，订单的收集，折扣的拟定和客户的开发，走上专业化营销和精细化营销之路，基本解决了长期困扰出版社的编与发之间的矛盾。市场营销部剥离营销业务后，更名为营销管理部，功能定位重在管理，下设结算中心、客户服务中心、物流配送中心和读者服务中心四个部门。由客户服务中心负责全社图书的发行和回款，探索业务经理与客服经理相结合的联合营销制度、纵向营销与横向管理相结合的营销管理模式。

分配体制改革：分配体制改革的目的是打破出版社原有的"大锅饭"体制，消除身份的区别，真正做到按劳分配。出版社实行新的绩效考核管理办法和绩效分配方案，体制改革进入深水区。绩效分配方案的核心是实行分社管理下的目标考核制。出版社对分社提出总体销售额、回款和利润目标，对分社实行年度目标考核，根据各分社完成任务的情况，进行一级分配。各分社按照考核和分配尽可能量化的原则，对编辑人员主要实行利润考核，对营销人员主要实行回款考核，根据工作业绩、工作态度等，进行二级分配。文稿编辑和营销人员率先试行按岗取酬、同岗同酬，不论什么"身份"的员工，只要达到岗位职责要求，薪酬均由工资、岗位津贴和绩效奖金三部分组成，初步解决了不同"身份"的员工在同一岗位上待遇不同的问题，并建立起与现代企业制度相适应的职责、任务、业绩和报酬相统一的激励机制。印制管理部、营销管理部等管理部门的工作绩效考核，也按照尽可能把任务指标量化的原则进行。物流配送中心和读者服务中心按照每年的任务指标和经营业绩，参加绩效分配。作为分配体制改革的前提，单品种图书的成本核算也同时完善实施。

管理体制改革：转企后，出版社果断进行了机构精简、人员分流。对编辑、出版、发行、行政部门进行撤销建制、调整、合并等改革，中层建制由原来的 26 个削减为 13 个，以往层次不清、职责不明、因人设岗、条块分割的现象得到相当程度的改观。机构得以精简，更重要的是，职能得以转换。例如，出版科更名为印制管理部，职能定位从重在生产职能转变为重在管理职能，撤销印制管理部原校对室、制图室编制，对校对和插图绘制工作进行市场化、社会化运作和管理，改变人浮于事的局面。同时，为进一步促进出版社由粗放式经营向精细化经营、由经验型管理向科学型管理转变，出版社在全国出版行业中率先设立了专门的运营管理部，负责对出版社生产运营过程的计划、组织、实施和控制。

集团化路径

2007 年 7 月，以北师大出版社为核心单位，北师大成立了出版集团。目前，出版集团成员单位包括：北京师范大学出版社、安徽大学出版社有限责任公司、北京师范大学音像出版社、北京京师普教文化传媒有限公司、北京京师印务有限公司、北京师范大学出版科学研究院。集团化运作，是北师大出版社在转企之后实施的重大战略。要使集团各下属子公司既有业务上的互补，同时又独立经营，需要出版集团有效整合资源。在整合各下属子公司的资源上，北师大出版集团摒弃了仅靠行政力量把子公司捆绑在一起的模式，而是主要通过资本运作，使下属子公司在业务上直接对接，同时实行市场化运作，从而形成业务互动、优势互补、相互支撑，形成资源有效整合的文化产业格局，初步实现集约发展。

合资重组安徽大学出版社，迈出跨地区经营第一步。2010年3月18日，出版集团与安徽大学正式签署了关于合资组建安徽大学出版社有限责任公司的协议，实现了国内高校出版社之间的首次跨地区、跨学校的联合经营。根据双方协议，出版集团以增资入股的形式，投资安徽大学出版社，并持有新成立的安徽大学出版社有限责任公司50%的股权。重组后的安徽大学出版社有限责任公司成为北师大出版集团的成员单位，全部业务纳入北师大出版集团的整体规划，其出版物署名为"北京师范大学出版集团安徽大学出版社"。

北师大出版集团派员对其实施管理，公司董事长由北师大出版集团派员担任；同时，公司法人代表仍由安徽大学出版社派员担任，维护了地方出版社的属地管理原则。在干部任命上，既坚持党管干部原则，又按照公司法人治理结构的要求，经北师大出版集团与安徽大学事先协商、决定推荐人选后，通过公司董事会任命，并上报北师大和安大党委组织部备案。

安徽大学出版社有限责任公司的成功组建，实现了合作双赢，既为安徽大学出版社借力改制、跻身国内一流高校出版社，引进了资金与先进经验；又为北师大出版集团跨地区经营，在安徽省乃至华东地区的业务发展奠定了组织基础。此次合资重组在出版业跨地区经营，特别是高校出版社跨地区经营方面进行了积极、大胆的尝试，在一定意义上说，破解了高校出版社重组、并购的发展难题。

控股成立北京京师普教文化传媒有限公司，迈出跨所有制经营第一步。继迈出跨地区经营的第一步后，出版集团吸收民营资本，控股成立了经营助学读物品种的股份制公司——北京京师普教文化传媒有限公司，在出版集团和各投资股东之间实现以资本为纽带的实质合作，标志着出版集团迈出了跨所有制经营的第一步。在助学读物图书的出版上，实行内容提供与审查出版分离的管理机制。京师普教文化传媒有限公司是内容提供商，根据市场需求，及时提供质量过硬的稿源；北师大出版集团是出版商，掌握书稿的终审权和出版权，双方以建设国内高质量的助学读物出版基地为目标，整合各方资源，发挥各方优势，坚持精品化、系列化、立体化、多介质的出版原则，打造北师大版助学读物的品牌和特色，力争使北京京师普教文化传媒有限公司成为国内影响广泛、效益显著的助学读物出版基地。

完成音像出版社重组和技术性改造，迈出跨媒体经营第一步。出版集团对音像社的组织机构、领导班子、员工队伍进行重组，对生产设备进行技术性改造。技术性改造所缺的资金通过出版集团注资 1/3、向出版集团借款 1/3、音像社自筹 1/3 来解决，充分调动了音像出版社的积极性和潜力。在 2008 年成功扭亏为盈之后，音像社 2009 年取得了网络出版权，出版范围包括互联网图书、互联网杂志、互联网电子出版物和互联网音像出版物，为出版集团进一步整合优质资源，拓展业务范围，创新盈利模式，规划数字出版奠定了坚实的基础。音像社加快转企改制步伐，成为国内高校音像（电子）出版社中被保留独立法人和独立建制的三家出版社之一，并被新闻出版总署列入国家重点支持的 20 家独立音像（电子）出版、制作企业行列。以此为契机，北师大音像出版社正瞄准音像电子出版、网络出版和手机出版，进一步调整业务范围和选题，将优质的教育资源转化为出版资源。在政策许可范围内，音像社将吸收其他国有资本、民营资本进行股份制改造；同时，积极创造条件，对其他音像出版社实行重组、兼并、收购，进一步做大做强。

基本完成京师印务公司股份制改造和技术性改造，迈出多元化经营第一步。出版集团明确提出对京师印务公司进行股份制改造和技术性改造。这是走出原京师印务公司体制机制不畅、生产技术落后、资金匮乏、经济效益低下困境的唯一出路。通过技术性改造完善其生产环节、延长产业链条、提升生产能力，而技术性改造所需的大量资金并不是由北师大出版集团注入，而是通过政策支持，以股份制改造来完成。股份制改造成为京师印务公司实现设备转型、技术更新所需资金的主要途径。目前，股份制改造和技术性改造已取得实质性成果。合资重组的新的北京京师印务有限公司已经成立，出版集团以75％的股权控股。京师印务公司设备力量和工艺技术的配套能力大为增强，产品结构得以调整，由单色、双色、平版印刷过渡到多色、高效的轮转印刷，改变单一的书刊印刷的产品结构，扩大到商业印刷、报刊印刷领域，增强了市场竞争力。在2007年实现盈亏平衡的基础上，京师印务公司2008年盈利增长351.4％，2009年产值同比增长150.42％，净利润增长467.57％，实现了跨越式发展，正在向现代印刷企业迈进。

出版科学研究院举办了一系列高层次研修活动，标志着出版集团产学研"一体化"取得实质性进展。北师大出版科学研究院是新闻出版总署和北京师范大学合作共办、培养高层次出版专业人才的重要基地。作为我国高校第一家专门、独立的出版科学研究机构，研究院坚持"教学与科研并举，理论与实践相结合"的宗旨，为我国出版业的改革和发展提供理论支持，并把培养人才作为自身发展的重要目标。迄今为止，已培养编辑出版专业硕士研究生和博士研究生200多名，举办了一系列高级研修培训课程，为新闻出版行业输送了一批较高层次的专业出版人才，目前被新闻出版总署列为培训基地之一。2010年4月，北师大出版集团与国台办海峡两岸出版交流中心、台北市出版商业同业公会共同主办了第一届台湾知名出版人高级研修班。研修班由北师大出版科学研究院承办。40位台湾知名出版单位的董事长、总经理参加研修。这是新中国成立60年来在内地第一次举办台湾知名出版人高级研修班，意义重大，影响深远，国务院台湾事务办公室将本次研修交流活动纳入国台办2010年重点交流项目规划。海峡两岸的各大媒体纷纷对此次活动进行了宣传报道。此次研修班赢得了海峡两岸社会各界的广泛关注和赞誉，标志着北师大出版科学研究院高层次培训工作进入一个更新的阶段，标志着北师大出版集团产学研"一体化"取得实质性进展。

彰显品牌影响力

北师大出版集团成立以后，围绕着教育出版的核心业务，通过资源整合、品牌带动、立体开发，积极推进产品结构调整，重点推进北师大出版社图书结构转型，确定以教育出版为主体、以专业出版和大众出版为两翼的发展定位，并在营销实践中形成品牌影响力。

图书结构转型成果显著：在完善基础教育教材体系，提升助学读物水平的基础上，北师大出版集团以"主干的教育科学（包括心理科学）和人文科学，精干的社会科学和自然科学"为定位，打造学术著作品牌，重点发展职业教育教材、高等教育教材，取得显著成效。"十一五"期间入选普通高等教育国家级规划教材的品种从"十五"期间的 6 种增加到 114 种，有了质的飞跃。据《新华书目报》公布的 2010 年秋季《全国大中专教学用书汇编》的数据，北师大出版社通过新华书店征订的大中专教材品种数量第一次列入全国 20 强，位列第 12 名。其中，高校文科教材品种数量增长 37.97%，第一次进入全国前 10 名；高校理科教材初版的品种数量第一次进入全国前 15 名，显示出强劲的后发力。在高职高专教材的出版上，北师大出版社形成了品种增加较快，重印率高的良好发展态势。据《全国大中专教学用书汇编》的数据，北师大出版社通过新华书店征订的高职高专教材品种数量增长 70.34%，品种总数排名从 2009 年秋的第 18 位上升到 2010 年秋的第 9 位。其中，高职高专教材的初版品种数量激增，2010 年秋新进榜就获得了第 5 名的好成绩。至 2009 年年底，在出版社 3500 个动销品种中，高等教育教材、学术专著占 1500 种，职业教育教材占 480 种，已占全部动销品种的 56.6%，图书结构转型就品种而言已经基本完成，这是出版社发展史上的一个里程碑。

专业出版和大众出版齐头并进：在专业出版方面，出版社以"传播科学真理，促进教育创新"为目标，广纳名家，打造精品，"十一五"期间，有5类图书入选国家重点图书，并陆续出版了一批以《中华艺术通史》《启功全集》《当代中国名家文库》《当代学者视野中的马克思主义哲学丛书》《国外马克思学译丛》《西方价值哲学经典丛书》等为代表的学术精品，形成了较大的学术影响力。2009年，《马克思主义哲学基础研究》入选国家出版工程；《中华艺术通史》入选经典中国国际出版工程；在法兰克福国际书展中，北师大出版集团第一次进入国家重点展团，并获得了法兰克福国际书展中国主宾国活动组委会颁发的版权输出先进二等奖。在大众出版方面，出版社深切关注当前社会变革的重大事件，以敏锐的眼光独特的视角，出版了一批以《大风堂丛书》《与名人一起读书》《域外文化读本》《哲学与人生》《中国影像志》《宝贝第一》等为代表的畅销图书，形成了较广的社会辐射力。

进军馆配市场实现突破：产品结构调整初步完成，成效体现在发行上。2008年，出版社首次参加馆配会现场采购，取得全年销售码洋破百万的成绩，在馆配会上实现零的突破；2009年10月，出版社又创造了单次馆配会销售码洋破百万的成绩，这不仅标志着出版社的营销策划能力、营销组织能力、营销管理水平有了较大提高，而且表明了图书结构调整开始取得实效。

志在千里

北师大出版集团三年改革创新的实践证明：转企改制，稳定是前提，发展是硬道理，改革是动力，制度是关键；改革的力度、发展的速度要同员工的接受程度有机结合起来；任何一项改革措施的出台必须具备思想成熟、条件成熟和时机成熟三个要素。

为使北师大出版集团能够在激烈的市场竞争环境中进一步做实、

做大、做强，出版集团确立了两个"一体两翼"、四个"适时、适度"的发展定位，即以图书出版为主体，以音像电子网络出版和印刷产业为两翼，以教育出版为主体，以专业出版和大众出版为两翼；适时、适度进行跨地区经营，适时、适度进行跨所有制经营，适时、适度进行跨媒体经营，适时、适度进行多元化经营，从而成为教育资源的集成商、开发商、提供商和服务商。北师大出版集团将进一步改革创新、开拓进取，努力向特色鲜明、规模适度，具有可持续发展能力，具有较强市场竞争力、学术影响力和社会辐射力，国内一流、国际知名的现代文化产业集团迈进。

京师出版力：三十年根基，三年跨越

30 年的发展，北师大出版社已成为国内知名的教育出版社；北师大出版集团成立 3 年来，通过体制转换和集团化运作的新动力，北师挥兵攻下职教教材、高校教材和学术著作市场，全面布局教育出版、专业出版和大众出版。据《中国新闻出版统计资料汇报》公布的数据表明，北师大出版社近年来出版能力大幅提升，发展不断提速，在全国出版社出版能力的综合排名中名列前茅。30 年的根基，3 年新跨越，成就了北师集团的出版力。

30 年前，在改革的春风中，北京师范大学出版社组建成立；3 年前，在全国新闻出版业新一轮改革热潮中，北京师范大学出版集团组建完成。30 年的发展，北师大出版社已成为国内知名的教育出版社，特别是北师大出版集团成立 3 年来，体制的转换和集团化运作为出版社的发展带来深刻的变化，迈上了快速发展的道路，各项指标均创历史新高。

体制改革不仅推动了企业发展，也给图书出版注入了新的内容，机制体制创新、图书结构转型构成了集团的核心发展要素，特别是对以教育出版为主体的北师大出版社来说，迎来了职教教材、高校教材、学术著作出版的发展机遇。作为北师大出版社图书结构转型的重要环节，职教教材、高校教材、学术著作的出版成为一道亮丽的风景线，在整个图书结构转型中起着龙头作用，不仅经济效益大幅度提升，社会影响也在不断扩大，成为国内出版业不可忽视的重要力量。

攻坚：图书结构转型

北师大出版社作为国家中小学教材的出版基地之一，长期参与中国基础教育改革的探索和实践。1992 年，开始出版义务教育"五四"学制教材；2001 年，开始出版义务教育课程标准教材和全日制普通高中课程标准教材，并以理念新颖、质量上乘而引起业界关注。迄今为止，每年有数千万全国中小学生使用北师大出版社出版的各科教材。基础教育教材已经成为北师大出版社的知名品牌，并在出版社的图书结构中占据了绝对优势。同时，出版集团也清醒地认识到，图书结构和图书码洋过度依赖基础教育教材，无论从增强企业的抗风险能力来说，还是从作为高校出版社理应发挥更大学术影响力和社会辐射力来说，都是不利的，图书结构转型势在必行。

为此，出版集团对出版社原有编辑部门进行机构调整和人员调整，将编辑部门整合为三个分社：基础教育分社、职业教育分社和高等教育分社，目的是提高基础教育教材质量，提升助学读物水平，打造学术著作品牌，重点发展职业教育教材、高等教育教材。除涉及政治、民族、宗教等重大选题或投资金额较大的选题须经出版社总编办公会讨论通过外，分社是独立运营的业务单元的集合体，是集某类图书产品产、供、销于一体的利润中心，可以自主决定图书选题、营销方案、装帧设计、人员选用、印刷单位，分社按照出版社既定的发展方向，确定各自发展的路线图和时间表，重点把握选题方向，找准选题重心，拓展发行渠道。

同时，在编辑人员中进一步实行分级管理。在三个分社中实行策划编辑和文稿编辑划分的管理机制，让每一个员工都在适合自己的岗位上，充分发挥编辑自主创新能力。策划编辑重在考核销售码洋、利润和相应学科的规划与发展，文稿编辑重在考核编辑加工的质量与数量。策划编辑与文稿编辑按竞聘上岗的原则确立，二者之间实行动态考察、流动调整，分配政策向策划编辑倾斜，鼓励优秀人才脱颖而出。

出版社明确了图书结构转型的定位：以教育出版为主体，以专业出版和大众出版（包括少儿读物）为两翼。同时又确定了在教育出版中，以基础教育为基础，以职业教育和高等教育为龙头，涵盖学前教育、基础教育、职业教育、高等教育、研究生教育各个层次、各个阶段的教育领域。图书结构转型取得显著成效。

在教育出版方面，"十一五"期间入选普通高等教育国家级规划教材的品种从"十五"期间的 6 种增加到 114 种，有了质的飞跃。据《新华书目报》公布的 2010 年秋季《全国大中专教学用书汇编》的数据，北师大出版社通过新华书店征订的大中专教材品种数量第一次列入全国 20 强，位列第 12 名。其中，高校文科教材品种数量增长 37.97%，第一次进入全国前 10 名；高校理科教材初版的品种数量第一次进入全国前 15 名，显示出强劲的后发力。在高职高专教材的出版上，形成了品种增加较快、重印率高的良好发展态势。据《全国大中专教学用书汇编》的数据，北师大出版社通过新华书店征订的高职高专教材品种数量增长 70.34%，品种总数排名从 2009 年秋的第 18 位上升到 2010 年秋的第 9 位。其中，高职高专教材的初版品种数量激增，2010 年秋新进榜就获得了第 5 名的好成绩。

在专业出版方面，"十一五"期间，出版社有《马克思主义哲学基础理论研究》《本雅明全集》《启功全集》《建构学习型社会研究》《创新人才与教育创新的研究》5 类图书入选国家重点图书出版规划项目。此外，《中央实施马克思主义理论研究和建设工程课题：马克思主义哲学基础理论研究》2009年获得国家出版基金资助；《中华艺术通史》2007年荣获中国出版政府奖，2008年获得中华优秀出版物奖，2009年获新闻出版总署"经典中国国际出版工程"资助；《域外文化读本》《哲学与人生》《与名人一起读书》等一批图书入选农家书屋工程。

在大众出版方面，出版社结合自身的教育出版背景，适时地推出以教育、哲学、历史为主要内容的大众图书，探索自己的大众图书运作方式，使大众出版实现突破。以《京师教育随笔丛书》为代表，出版社探索出了一个成功的大众图书发展模式。《京师教育随笔丛书》是一套开放式的教师教育类图书，目前已出版10种。作者为国内教育界的著名学者、中小学校长、特级教师等。丛书理论造诣深厚，思想深刻，但又不仅停留在理论层面上，而是与当前的教育教学实际相联系，具有很强的指导性和实用性，能够给教师和教育研究者以思想的启迪和工作的指引。加之装帧精美的封面和简洁大方的版式，给人眼前一亮的感觉，让人爱不释手，一经出版，就获得了读者的认可，经销商不断要求添货，创造了一条大众图书开发的成功之路。而《新编成语故事绘本》则探索了一条新的少儿读物出版思路。这套丛书是开放式的选题，每辑9册，以精美的现代图画风格、时尚的图画书形式，将浓缩中国传统文化的智慧和精髓的成语故事以全新面貌呈现给了小读者们，让孩子们从贴近生活的故事中理解成语的寓意，领会凝练的人生智慧。该套丛书一经推出便得到了读者的关注，也受到了孩子们的喜爱。

至2009年年底，在出版社3500个动销品种中，职业教育教材、高等教育教材、学术专著占到2000种，为全部动销品种的56.6%，图书结构转型就品种而言已经基本完成，这是出版社发展史上的一个里程碑。

"伐谋"：实施品牌战略

学术著作的出版是大学出版社的重要特色，对于创造出版社的品牌，提高出版社的品位，扩大出版社的学术影响力和社会辐射力具有重要的意义。北师大出版集团成立以后，紧紧围绕着教育出版的核心业务，通过资源整合、品牌带动、立体开发，积极推进图书结构转型，重点打造学术著作精品。经过不断的谋划和发展，初步形成了一个原创和引进图书相结合、学术类图书和大众图书相结合、资料性图书和理论著作相结合的图书立体结构，学术著作彰显实力。

在原创性图书策划和出版方面，北师大出版社陆续出版了一批以《中华艺术通史》《中国数学史大系》《启功全集》《当代中国名家文库》《京师教育哲学丛书》《京师教育经济学丛书》《京师教育社会学丛书》《京师高等教育丛书》《京师教师教育论丛》《当代学者视野中的马克思主义哲学》《国外马克思学译丛》《现代西方价值哲学经典》等为代表的学术精品。这些图书的策划和出版，丰富了北师大出版社的图书品种，提升了社会影响力，受到了学术界和广大读者的欢迎和好评，并有多种图书入选国家重点出版工程或者获得国家级奖项。

《当代中国哲学家文库》是历时五年打造的一套学术精品，这套文库汇集国内著名哲学家的学术力作，内容涵盖马克思主义哲学、中国哲学、西方哲学、科学技术哲学、伦理学、美学、宗教学等哲学二级学科，以不同的视角、个性化的研究探索了哲学领域的热点问题和难点问题，既凸显了作者关于哲学研究的基本心路历程，反映了作者思想、观点的发展变化，而由于他们的代表性、典型性，也反映了我国的哲学研究及其水平的过去与现在，在一定程度上体现了当代中国时代精神的变革与社会现实的发展。无论是从理论的深刻性，还是从逻辑的严谨性，甚至是整套文库的装帧设计而言，无不让人掩卷长思，启迪思想，开阔视界。作为学术著作出版的一个成功尝试，北师大出版社以《当代中国哲学家文库》为范例，相继策划和出版了《当代中国教育学家文库》《当代中国心理学家文库》《当代中国文学家文库》《当代中国历史学家文库》《当代中国经济学家文库》《当代中国社会学家文库》等，打造了一个阵容强大、学科齐全、具有权威性和理论性的学术著作文库群。

在引进版图书出版方面，北师大出版社重视版权输出和引进，力图实现学术著作的多元化，组织策划了一大批有影响的精品力作，如《本雅明全集》《国外马克思学译丛》《后现代历史哲学译丛》《京师教育哲学译丛》《京师教育经济学译丛》《京师高等教育译丛》等。

借助北师大教师教育研究和教师教育实践的优势，北师大出版社精心打造"京师版"教育理论和教师教育类图书。国内一流学者撰写的《京师教育哲学论丛》《京师教育经济论丛》《京师高等教育论丛》等学术专著基本反映了国内近年来在该理论领域中的最新研究成果，凸显了鲜明的"京师"特色。在立足国内教育理论原创性著作出版的同时，北师大出版社还放眼世界教育理论研究，同时推出了《京师教育哲学译丛》《京师教育经济译丛》《京师高等教育译丛》等系列引进版教育理论专著。该系列译丛规模庞大、学科门类齐全，既有对教育一般理论的研究，亦有对教育具体问题的探讨；既有宏大理论的教育叙事，亦有微观理论的教育调研。不仅展示了国际上教育理论研究的最新著作，为我们了解国际教育理论前沿提供可资借鉴的文本，而且其所分析和阐述的教育理论内容及具有共性的教育实际问题，对于国内教育理论界亦具有重要的启示意义和参考价值。

资料性图书在不断细分的图书市场占有越来越重要的位置，因其是了解各门类学科发展、研究概况的重要窗口，具有文献性、资料性和实用性，是各级资料室、图书馆必备的图书和教学科研人员的参考书。在北师大出版社出版的资料性图书中，具有两个特点：

一是依托国家或者相关部委的重大课题、项目，反映相关领域研究的最新进展和重要成就；二是围绕经典著作和重要学术流派，体现相关学科的最高水平和重要作用。从 2007 年开始，以《当代学者视野中的马克思主义哲学》为标志，北师大出版社陆续推出了各类资料性图书 10 余个系列，许多都是可以典藏的文化精品。

《当代学者视野中的马克思主义哲学》丛书是中央实施马克思主义理论研究和建设工程课题《马克思主义哲学》、国家社会科学基金重大课题"马克思主义哲学基础理论研究"、教育部哲学社会科学研究重大课题攻关项目"马克思主义哲学体系创新研究"的阶段性成果。在文献的选编和整理方面做了极其重要的基础性工作，目的在于提供不同的理论参考，从而积极地推进当代中国的马克思主义哲学研究。丛书力求根据马克思主义哲学研究的当代性、广泛性和学术性，按照当代西方、当代东欧和苏联、当代俄罗斯和当代中国四个角度，汇集了当代学者对马克思主义哲学的种种解说和阐释，使马克思主义哲学研究的当代境遇凸显出来，使马克思主义哲学与时代课题的联系多方面地显示出来。这套丛书所选材料中的立场、观点和方法并不一致，它们之间的差别有时非常大甚至可能是对立的，但也正因为如此，这些研究材料的作用和意义是多重的，其中所包含的一致、差别和对立能够为马克思主义哲学中国化提供不同的参考维度，提供较大的思考空间。

布阵：建构职教、高教教材体系

北京师范大学作为一所百年老校，拥有深厚的历史积淀和学术传承，科研实力雄厚，北师大出版社依托北京师范大学雄厚的教学科研力量，确立了"主干的教育科学（包括心理科学）和人文科学，精干的社会科学和自然科学"的发展目标，深入挖掘北师大出版资源、转学科优势为出版优势。不仅如此，北师大出版社积极邀约校外知名学者，拥有一大批以著名专家学者、学科带头人和有突出贡献的中青年学者为核心的作者队伍。依靠北师大的学科优势以及众多的知名作者，北师大出版社打造了一批品牌图书。

中职教材初具规模。北师大出版社是教育部指定的中等职业教育教材出版基地之一。本着"以师生需求为基础，以打造精品教材为载体，以提升职业教育教学质量为己任"的精神，按照"贴近学生、贴近生活、贴近实际"的原则，北师大出版社把教材开发与教研服务、教师培训有机结合，广集名家，开发了《哲学与人生》《经济政治与社会》《体育与健康》《数学》《化学》等得到专家与学生一致好评的"中等职业教育课程改革国家规划新教材"；《心理健康教育》《现代礼仪》《普通话口语交际》《职业生涯设计》《中职安全教育》等充分体现职业素养培养新思路的"全国中等职业学校公共素质教育系列规划教材"；《现代商务》《中国饮食文化》等体现工学结合、项目教学、任务驱动的专业课教材。

高职教材发展迅猛。截至 2010 年 9 月，北师大出版社高等职业教育教材品种数达到 320 余种，涵盖了文化课、公共课、专业基础课、专业课，涉及电子电气、计算机、机械数控、艺术设计、数字媒体、新闻采编、商贸及职业教育理论。其中重点打造了《21 世纪高职高专系列教材》《全国普通高等学校公共艺术课程》《新闻采编与制作专业系列教材》《数字媒体系列教材》等多套高等职业教育教材，同时，打造了《职业教育教师专业发展丛书》《现代职业教育教学理论与方法丛书》等我国职业教育领域鲜见的职业教育理论著作。

高校教材初成体系。在高等教育教材方面，北师大出版社充分论证、广纳名家，出版了一系列具有高水平的优秀教材，包括本科层次的各学科基础课和专业课系列教材、大学公共课系列教材以及研究生教材，形成了以《教育哲学》《普通心理学》《现代汉语》《中国史学史》《西方哲学概论》《艺术理论教程》《货币金融学》等为代表，具有较强学术影响力和社会辐射力、层次分明、特色突出、需求广泛的教材群，成为北师大出版社图书结构转型的重要一环和新的经济增长点。

北师大出版社重点打造了针对本科生层次的"新世纪高等学校教材"。本系列教材是一套适合普通高等教育课堂使用的精品教材，涵盖教育学、心理学、中文、历史、哲学、影视、艺术、经济、管理、数学、资源环境等高等教育主要学科，使用对象覆盖国内上千所高等院校，既有国家级精品教材、北京市精品教材，也有国家"十一五"规划教材、面向 21 世纪课程教材，是我国高等教育必备的具有新颖、完善且适用面宽广等诸多特色的高水平教材。

为了适应高校教学和课程改革的需要，北师大出版社还策划和出版了一套特色鲜明的大学公共课教材。本系列教材由国内多所院校共同参与、知名教授和专家任主编，并以国内高校已开设的公共选修课和必修课课程为编写依据。在内容上完全区别目前国内的公共课读本、讲座，在编写体例上，每一章前将设背景知识小栏目，介绍本学科的主要问题和最新学术进展或者阅读材料；每章末，设复习思考题等，便于教师教学和学生学习。在语言风格上，文笔生动活泼、语言文字通俗易懂，集生动性、知识性和可读性于一体，是一套与高校教学实际、培养目标、教学体系、教学方法相吻合的优秀教材。

针对研究生层次的教学，北师大出版社启动了研究生教材编写工程。这套教材在以本科生为主要对象的"新世纪高等学校教材"的基础上，突出针对性、前沿性、研究性和学术性等特点，形成了一个层次分明、相得益彰的教材体系。本系列教材第一批计划出版90 本，而且作为一个开放性的选题，根据教育发展、学科建设和研究进展的需要，将会逐步论证、不断补充，力图打造一套在内容和体系上有明显特色、学术含量高的精品图书。

结合当前高等教育改革发展的新形势、新目标和新要求，北师大出版社还策划出版了一批特色教材。例如，为适应"高等学校教学质量和教学改革工程"发展的需要，北师大出版社重点打造了一套围绕国家精品课程建设的《国家精品课程系列教材》。本系列教材从获评教育部"国家精品课程"的教学资源中，遴选一批由一流教师队伍、一流教学内容、一流教学方法等优秀教学资源构成的精品教材，并根据自身定位与特色，合理规划，形成了一套内容涵盖高等教育教学主要学科的"精品＋特色"教材。

"经典教科书系列"也是一套特色鲜明的教材。本教材定位为学术著作式的高校教材，不仅作为教科书在不同地区广泛使用，而且在一定程度上对本学科领域相关的前沿问题、难点问题、重大问题、体系问题进行了深入的研究，反映了不同国家、地区在本领域的新成果和重大进展，因此又是具有分量的学术著作。选取范围为世界不同国家、地区最有影响力和代表性的经典教科书，国际和国内相结合，涵盖了中国、欧美以及俄罗斯等地区学者以不同的视角对相关主题的阐述，主题明确、地域全面、特点显著等特征使本套教材具有重要的学术价值和参考意义。

同时，为了与市场发展保持同步，紧密结合地方高等院校的需要，注重采纳相关院校的专业特色和实践性教学经验和成果，北师大出版社还实施了"点面结合"的教材发展战略，采取与各院校合作的方式，以国内高校公共必选课和选修课为突破口，根据教育部教学大纲的要求编写具体内容，兼具针对性、实用性、前沿性等特点，在作者阵容上以国内同专业中知名学者、教授担任主编，由多所院校共同参编，共同使用。这样，既保证了教材的质量，也确保了图书的销量。

经过多年的建设与发展，北师大版的高校教材不仅在数量和品种上具有了一定的规模，而且形成了一批由国家级精品教材和"十一五"规划教材为代表构成的优秀教材；不仅在各个高校和大学生群体中广受欢迎，发行量逐年上升，而且为北师大出版社高校教材的未来发展打下了良好的基础。在"十二五"国家级规划教材即将申报之际，北师大出版社准备举全社之力，精心筹划，争取实现质的飞跃。

经过 30 年的实践以及 3 年的改革，北师大出版社改出了活力，改出了效益，改出了竞争力，出版社的社会地位得到根本提高。北师大出版社正在从一个传统意义上的教辅出版大社向现代意义上的教育出版集团转型，以教育资源的集成商、开发商、提供商和服务商为定位，正在向成为具有较强市场竞争力、较大学术影响力和较广社会辐射力，国内一流、国际知名的现代企业稳步迈进。

载《中华读书报》2010 年 9 月 15 日，
作者为《中华读书报》记者陈香。

来自北师大出版集团的体制改革报告

在整合中不断寻求突破

2007 年 7 月，北京师范大学出版社完成转企改制，并以其为核心组建了北京师范大学出版集团，成为国内高校第一家集图书、音像、电子、网络、印刷等多介质产品于一体的现代出版集团。

如何做大做强？如何巩固和开辟市场？如何实现出版改革各项目标？面对出版体制改革过程中遇到的这些难点问题，作为先行者的北师大出版集团进行了有益的尝试，在出版体制改革这个没有硝烟的战场上打了一场漂亮的攻坚战。为深入挖掘北师大出版集团的改革经验，本报特组织了这组系列报道，以期对改革进程中的出版社尤其是高校出版社提供可资借鉴的经验与启迪。

改革是要 1＋1＝2，还是要 1＋1＞2，是要物理整合，还是要"化学聚变"？成立 3 年的北师大出版集团通过这样一份答卷，给出了有力的回答。

北师大出版社 2004 年销售码洋为 5.2 亿元，2009 年销售码洋达 12 亿元，短短 5 年，销售码洋增长 130.77%。2009 年荣获"全国文化体制改革先进企业"称号，同时被新闻出版总署授予"全国百佳图书出版单位"荣誉称号，成为国家一级出版单位。

北师大音像出版社 2007 年成为出版集团下属企业后，2008 年扭亏为盈，2009 年净利润同比增长 17.1%。

京师印务有限公司 2007 年成为出版集团下属企业后，当年实现盈亏平衡，2009 年净利润同比增长 467.57%。

安徽大学出版社有限责任公司自 2010 年 3 月北师大出版集团与安徽大学合资重组安徽大学出版社有限责任公司以来，到 6 月底，新公司销售收入同比增长 71.6%，销售利润同比增长 165%，净利润翻了几番。

北师大出版科学研究院 2010 年 4 月举办第一届台湾知名出版人高级研修班，成为新中国成立 60 年来首次在大陆举办的台湾出版人高级研修班。

在这份令人振奋的答卷背后，是北师大出版集团的锐意改革，是对物理整合的不断突破，是集团化运作的"化学聚变"。

突破地域　合资重组安徽大学出版社

2010 年 3 月 18 日，北师大出版集团与安徽大学正式签署协议合资重组安徽大学出版社，首次实现了国内高校出版社间跨地区、跨学校的联合经营，也迈出了北师大出版集团跨地区经营的第一步。国家新闻出版总署署长柳斌杰对此次合资重组作出批示："这是高校出版社跨地区重组的突破，应予积极支持。北师大出版团体深化改革、加快发展，已经在高校社中脱颖而出。这就再次证实，有改革就有大发展。"

根据双方协议，北师大出版集团以增资入股形式投资安徽大学出版社，并持有新成立的安徽大学出版社有限责任公司 50% 的股权。

合资重组后的安徽大学出版社有限责任公司的全部业务纳入北师大出版集团的整体规划，北师大出版集团派员对新公司实施管理，公司董事长由北师大出版集团派员担任。同时，公司法人代表仍由安徽大学出版社派员担任，维护了地方出版社的属地管理原则。

"通过合资重组，实现了优势互补。"北师大出版集团董事长杨耕说。北师大出版集团作为全国文化体制改革先进企业和国家一级出版单位，经济实力雄厚、学术影响力和社会辐射力较大，特别在教育出版方面具有突出优势。安徽大学是国家"211工程"重点建设高校，安徽大学出版社以出版学术类图书和高校教材为主，在人文科学、计算机、外语出版方面具有较突出的优势与特色。此次合资重组既为安徽大学出版社借力改制跻身国内一流高校出版社，提供了资金和先进经验，又为北师大出版集团跨地区经营，在安徽省乃至华东地区的业务发展奠定了基础。从一定意义上说，此次合资重组破解了高校出版社重组、并购的发展难题，更为出版业跨地区经营特别是高校出版社跨地区经营提供了经验。

突破所有制　控股京师普教文化传媒有限公司

2010年6月，北师大出版集团吸收民营资本，控股成立了经营助学读物的股份制公司——北京京师普教文化传媒有限公司，在集团和各投资股东之间实现了以资本为纽带的实质性合作，标志着北师大出版集团迈出了跨所有制经营的重要一步。

杨耕向记者介绍说，北师大出版集团在助学读物出版方面，实行内容提供与审查出版分离的管理机制。京师普教文化传媒有限公司是内容提供商，根据市场需求，及时提供质量过硬的稿源；北师大出版社是出版商，掌握书稿的终审权和出版权，双方以建设国内高质量的助学读物出版基地为目标，坚持精品化、系列化、立体化、多介质的出版原则，打造北师大版助学读物的品牌和特色，力争使京师普教文化传媒有限公司成为国内影响广泛、效益显著的助学读物出版基地。

突破行业　初步完成音像社重组和技术改造

2007 年，北师大音像出版社成为出版集团下属企业后，北师大出版集团对其组织机构、领导班子、员工队伍进行了重组，对生产设备进行了技术性改造。

"北师大音像出版社的技术性改造所缺资金全是由北师大出版集团投入吗？"面对记者的提问，杨耕解释说，所缺资金通过集团注资 1/3、向集团借款 1/3、音像社自筹 1/3 来解决，充分调动了北师大音像出版社的积极性和潜能。在 2008 年成功扭亏为盈之后，2009 年，加快转企改制步伐，成为国内高校音像（电子）出版社中被保留独立法人和独立建制的 3 家出版社之一，并被新闻出版总署列入国家重点支持的 20 家独立音像（电子）出版、制作企业行列。

如今，有了政府的有力支持，北师大音像出版社正把发展的眼光投向数字出版，进一步调整业务范围和选题，以教育出版为主体，适时、适度开发大众产品、少儿产品；在政策许可范围内，尽可能吸收其他国有资本、民营资本，对音像社进行股份制改造，进一步做大做强。

突破单一　为京师印务改造提供政策支持

集团成立之初，就明确提出对京师印务公司进行股份制改造和技术性改造。这是走出原有体制机制不畅、技术落后、资金匮乏、经济效益低下困境的唯一出路。"北师大音像出版社进行技术性改造，集团注资了 1/3，京师印务公司开展技术性改造，集团投入了多少？"针对记者的提问，杨耕肯定地回答："一分没投，是通过政策支持，以股份制改造来完成的。"此次改造中，集团突破了单一的资本投入模式，把政策也变成一种投入。

目前，京师印务公司股份制改造和技术性改造已取得实质性成果。由出版集团控股、合资重组的北京京师印务有限公司已经成立。设备力量和工艺技术的配套能力大大增强，产品结构由单色、双色、平版印刷过渡到多色、高效的轮转印刷，改变了单一书刊印刷的产品结构，扩大到商业印刷、报刊印刷领域，增强了市场竞争力。

当问及北师大出版社的书是不是全由京师印务公司印刷时，杨耕告诉记者，目前北师大出版社图书的印刷业务量只占京师印务公司总业务量的40%。即便是北师大出版社图书的印刷权也要通过竞争才能获得。还是那条原则，北师大出版社与京师印务公司业务直接对接，但必须市场化运作。

没有资本投入，只有政策支持，京师印务公司一样得到了发展。在2007年实现盈亏平衡的基础上，2008年赢利增长351.4%，2009年产值同比增长150.42%，净利润增长571.22%，实现了跨越式发展，正在向现代印刷企业迈进。

3年来，北师大出版集团通过集团化运作模式，以资本为纽带，突破了仅靠行政力量把子公司捆绑在一起的模式，使下属子公司在业务上直接对接，同时实行市场化运作，从而形成业务互动、优势互补、相互支撑、资源有效整合的文化产业格局，初步实现集约化发展。如今，北师大出版集团旗下已拥有6家下属单位，开始向国际一流大型出版集团迈进。

"一体两翼" 构筑出版新格局

发展是要继续捧着基础教育教材金饭碗，死守一个支点，还是冒风险开拓新市场，寻找多个支点？北师大出版集团选择了后者。

1992年，北师大出版社开始出版国家义务教育"五四"学制教材；2001 年，开始出版义务教育课程标准实验教科书和普通高中课程标准实验教科书，并因研究基础深厚、教育理念先进、编写质量上乘、服务水平专业成为国内公认的主流教材之一，北师大出版社也因此成为国家中小学教材出版基地之一。但北师大出版集团在成立之初便清醒地意识到，出版市场的竞争会越来越激烈，过度依赖基础教育教材，对企业的抗风险能力、学术影响力和社会辐射力等都是不利的。

集团成立后立即通过资源整合、品牌带动和立体开发，积极推进产品结构调整，确立了以教育出版为主体、以专业出版和大众出版为两翼的发展定位。

做强主体教育出版

为了做强教育出版这个主体，集团又确定了以基础教育为基础，以职业教育和高等教育为龙头，涵盖学前教育、基础教育、职业教育、高等教育、教师教育各个层次、各个阶段的出版布局。经过几年的努力，教育出版呈现出飞速发展的良好势头。

高等教材品种数量快速增长。"十五"期间，入选普通高等教育国家级规划教材的品种仅 6 种，而在"十一五"期间，入选品种已激增至 114 种。2010 年秋，大中专教材品种数量第一次列入新华书店《全国大中专教学用书汇编》前 20 名，位列第 12 名，在教育类出版社中居第 4 名。2009 年，高职高专教材销售数量同比增长 30.92%，销售码洋增长 20.88%，形成了高职高专教材品种增加较快、重印率高的良好发展态势。

职教教材初具规模。作为国家中等职业教育教材出版基地之一，北师大出版社把教材开发与教研服务、教师培训有机结合，广集名家开发了《哲学与人生》《经济政治与社会》等中等职业教育课程改革国家规划新教材；《心理健康教育》《安全教育》等全国中等职业学校公共素质教育系列规划教材；《现代商务》《中国饮食文化》等专业课教材，中职教材初具规模。与此同时，高职教材系列化建设初见成效。北师大出版社重点打造了公共素质课、文化课等 15 个系列、400 余种高等职业教育教材，形成了品牌影响力。

高校教材初成体系。北师大出版社充分论证、广纳名家，出版了包括本科层次的各学科基础课和专业课系列教材、大学公共课系列教材以及研究生教材等在内的一系列高水平优秀教材。形成了以《教育哲学》《普通心理学》等为代表，具有较强学术影响力和社会辐射力、层次分明、特色突出、需求广泛的教材群，成为北师大出版社图书结构转型的关键一环。专门针对本科生打造的新世纪高等学校教材，涵盖教育学、心理学、中文、历史等高等教育主要学科，使用对象遍及国内上千所高等院校，已成为高校教材著名品牌之一，也成为北师大出版社新的经济增长点。

品牌带动专业出版

学术专著是大学出版社的重要特色，对于创造出版社的品牌、提高出版社的品位、扩大出版社的学术影响力和社会辐射力，具有重要意义。北师大出版集团成立以后，把重点打造精品学术著作作为推动出版社发展的一个有力机翼。经过不断的谋划和发展，学术专业图书精品迭出，学术著作出版实力彰显。

"十一五"期间，北师大出版社的《马克思主义哲学基础理论研究》《本雅明全集》《启功全集》《建构学习型社会研究》《创新人才与教育创新的研究》5 种图书入选国家重点图书出版规划项目。以《当代中国哲学家文库》为代表，打造了一个阵容强大、学科齐全、具有权威性和理论性的学术著作文库群。此外，《中央实施马克思主义理论研究和建设工程课题：马克思主义哲学基础理论研究》2009 年获得国家出版基金资助；《中华艺术通史》2007 年荣获中国出版政府奖，2008 年获得中华优秀出版物奖，2009 年获新闻出版总署经典中国国际出版工程资助；《域外文化读本》《哲学与人生》等一批图书入选农家书屋工程推荐书目。

教育理论和教师教育类图书，是北师大专业出版的另一特色。北师大出版社借助北师大教师教育研究和教师教育实践的优势，由国内一流学者撰写的《京师教育哲学论丛》等学术专著以及《京师教育哲学译丛》等系列引进版教育理论专著，凸显了鲜明的"京师"特色。在职业教育方面，《职业教育教师专业发展丛书》等书系，是我国职业教育领域鲜见的理论著作。

探索突破大众出版模式

北师大出版社结合自身的教育出版背景，以教育、哲学、历史为主要内容，积极推进出版社发展的另一机翼——大众图书出版。以《大风堂丛书》《与名人一起读书》等为代表的一批畅销图书，使该社实现了大众出版方面的突破。

其中，以《京师教育随笔丛书》为代表，该社探索出了一种成功的大众图书发展模式。该丛书是一套开放式的教师教育类图书，丛书理论造诣深厚、思想深刻，但又不是停留在理论层面上，而是与当前的教育教学实际相联系，具有很强的指导性和实用性。而《新编成语故事绘本》则探索了一条新的少儿读物出版思路，该丛书以精美的现代图画风格、时尚的图画书形式，将浓缩中国传统文化的智慧和精髓的成语故事以全新面貌呈现给小读者。

截至 2009 年年底，在北师大出版社 3500 个动销品种中，高等教育教材、学术专著 1500 种，职业教育教材 480 种，已占全部动销品种的 56.6%，图书结构转型基本完成，图书重印率达到 60% 以上，这为该社的可持续发展奠定了坚实基础。2008 年，北师大出版社首次参加馆配会现场采购，取得全年销售码洋破百万元的成绩，实现了零的突破；2009 年 10 月，该社又创造了单次馆配会销售码洋破百万元的成绩。这表明，图书结构转型开始取得实效，也成为北师大出版社发展史上的一座里程碑。

对此，北师大出版集团总经理杨耕说："出版结构成功转型，一方面规避了企业的风险，另一方面为北师大出版社的学术地位奠定了基础。"北师大出版社，一个传统意义上的教辅出版大社，正在向现代意义上的教育出版集团转型，正在向具有较强市场竞争力、较大学术影响力和较广社会辐射力、国内一流、国际知名的现代文化企业迈进。

机制创新开启领跑之路

转企改制后，机制建设是墨守成规，还是要革故鼎新？北师大出版集团认为，转企改制能否成功的关键在于机制建设是否符合市场经济的发展要求和企业自身的实际情况，这也是激发企业内在活力的关键所在。作为出版体制改革的先行者，转企后的北师大出版社不仅完成了身份转换，更重要的是在内部进行了大胆的机制创新。

架构调整，编辑部变身分社，行政职能转换。

集团成立后，将北师大出版社原有的十几个编辑部门经过撤并重组，调整为3个独立运营的分社，即高等教育分社、职业教育分社和基础教育分社。北师大出版集团总经理杨耕告诉记者："编辑部改成分社不是仅仅改变名称，而是改变性质，转变职能，穿新鞋走新路。3个分社的成立改变了以前编辑部的性质、功能，使大家尝到了很大甜头。"现在，除涉及政治、民族、宗教等重大选题或投资金额较大的选题须经出版社总编办公会讨论通过外，分社可以自主决定选题计划、营销策略、人员选用、印刷单位、装帧设计。分社是独立运营的业务单元集合体，是集某类图书产品产、供、销于一体的利润中心。同时，集团给予分社负责人充分的权力、切实的利益和明确的责任，大大激发了中层干部的主动性、积极性和创造性。

北师大出版社还对原有的行政机构进行精简、调整、合并，将中层建制由原来的 26 个削减为 13 个，层次不清、职责不明、条块分割的现象得到大幅改观，工作效率大大提高。"机构得以精简，更重要的是职能得以转变。"杨耕说。比如，撤销校对室、制图室、美编室编制，对上述工作进行市场化、社会化运作和管理，改变了人浮于事的局面。

同时，为进一步促进出版社由粗放式经营向精细化经营转变，由经验型管理向科学化管理转变，北师大出版社率先设立了专门的运营管理部，负责生产运营过程中的计划、组织、实施和控制。生产线随之由潜变显、从模糊变清晰，实现了随时、有效监控整个生产流程，对生产运营进行科学管理。

管理细化，编辑分级管理，营销走向专业。

为发挥编辑潜力，增强自主创新能力，北师大出版社实行了策划编辑和文稿编辑的分类、分级管理。策划编辑重在考核销售码洋、利润和相应学科的规划与发展，文稿编辑重在考核编辑加工量。分配政策向策划编辑倾斜，鼓励优秀人才脱颖而出。

为实现编辑和营销的无缝隙合作，探索市场营销的专业化、立体化、网络化模式，3 个分社分别成立了营销中心。其功能定位重在营销，负责各分社图书营销方案、推广方案、培训方案的制定和实施，订单的收集、折扣的拟定和客户的开发都走上了专业化营销和精细化营销之路，基本解决了编与发之间的矛盾。

原来的市场营销部剥离营销业务后，更名为营销管理部，其功能定位重在管理，下设结算中心、客户服务中心、物流配送中心和读者服务中心。由客户服务中心负责全社图书的发行和回款，探索业务经理与客服经理相结合的联合营销制度、纵向营销与横向管理相结合的营销管理模式。

薪酬激励，实现按岗取酬、同岗同酬。

杨耕告诉记者，今年北师大出版社实行新的绩效考核管理办法和绩效分配方案，体制改革进入"深水区"。新方案的核心是实行分社管理下的目标考核制。

北师大出版社对下属 3 家分社提出总体销售额、回款和利润目标，对分社实行年度目标考核，进行一级分配。各分社按照考核和分配尽可能量化的原则，对编辑和营销人员进行二级分配。文稿编辑和营销人员率先试行按岗取酬、同岗同酬，不论什么身份的员工，只要达到岗位职责要求，薪酬均由工资、岗位津贴、绩效奖金 3 部分组成，从而建立并逐步健全与现代企业制度相适应的职责、任务、业绩和报酬相统一的激励机制。目前，按岗取酬、同岗同酬已开始在部分行政部门推广。

当问及不同编制员工的待遇有什么不同时，杨耕肯定地告诉记者："不管什么编制的员工，在同一个岗位上就是同一个待遇，同岗同酬。问题是你是否达到岗位条件，是否胜任这种岗位。同时，有些核心岗位必须是正式编制的员工。"

实施绩效分配方案，充分体现按劳分配的原则，初步实现按岗取酬、同岗同酬，在很大程度上改变了原来分配政策存在的平均主义。作为分配体制改革的前提，单品种图书的成本核算在出版社也同时实施。

制度保障，领导班子有铁律，岗位变动有条理。

以制度立社，是北师大出版集团一直坚守的理念，是集团发展的坚实保障。

"任何人不得以任何形式改变集体决议或不执行集体决议；任何人不得以任何形式用公款在高档娱乐场所消费；任何人不得以任何形式在出版集团安置自己的直系亲属；除国家号召、学校规定外，任何人不得以任何形式承诺捐赠；除职务行为外，任何人不得以任何形式组织出版集团职工为自己撰写文章；任何人不得以任何形式随意接受有关出版集团的采访。"这是在集团组建第一天领导班子定下的六项铁律。

北师大出版社总编室主任李桂福告诉记者："这六项铁律一把手

带头遵守，3年来没有人敢违反。"正是有了这样铁的纪律，才为集团的健康发展奠定了基础。

"企业能否发展靠改革，改革能否持续、成果能否巩固靠制度。"杨耕指着桌子上放的3本厚厚的制度手册说。从2007—2009年，出版社出台了100余项管理规定，涉及选题论证、预算管理、出版管理、经营管理、人力资源管理等各个方面，制度建设的基本框架已经建立。其中，与人力资源管理相关的规章制度就达到33项。尤其是管理岗位的管理制度，强调上岗要有条件，转岗要有理由，待岗要有根据，下岗要慎重处理，重要部门的领导岗位要轮岗。根据人力资源管理的相关规定，出版社对不符合岗位要求的人员进行转岗和分流，截至2008年5月，出版社缩减了47个岗位，通过待岗、解除劳动合同以及劝其离职等方式分流了35名员工。在此过程中，出版社积极做好分流人员的思想工作，及时化解矛盾，实现了转企改制平稳过渡。

谈到改革后的变化，北师大出版社总编室副主任金蕾深有体会地说："休完产假，刚一上班，我发现出版社的风气有很大改变，大家的工作积极性、纪律性、主人翁责任感都明显加强。上班聊天、迟到早退的现象都没有了，以前有些人可能去济南出差都会坐飞机，现在肯定不会了。"

不断突破各种条条框框，走向集团化；深怀忧患，毅然迎接市场挑战；机制创新，全面激活内在发展动力，北师大出版集团始终以改革先行者的姿态，站在出版体制改革的前沿。尝到了改革甜头的北师大出版集团，正在向具有可持续发展能力，具有较强市场竞争力的国内一流、国际知名的文化产业集团迈进。

《来自北师大出版集团的体制改革报告》（上）（中）（下），分别载于《中国新闻出版报》2010年9月16日、9月19日、9月25日，作者为《中国新闻出版报》记者姚贞。

复盘北师大出版集团变革系列

2007 年后北师大出版集团采取的系列改革举措，正是北师大出版集团加速发展的推动器。而这些改革所触，更为"京师系"将在"十三五"期间徐徐展开的出版蓝图埋下伏笔。现在，让我们来逐一解密——

2015 年 2 月，在中国出版年会上，北京师范大学出版集团董事长杨耕接过沉甸甸的韬奋出版奖奖牌和荣誉证书，迎来了一位出版人的最高荣誉时刻。以杰出出版家邹韬奋先生名字命名的"韬奋出版奖"，意在表彰和奖励对中国出版事业做出重大贡献的出版工作者，是出版行业个人的最高荣誉奖。

相似的荣誉时刻不止一次。2007 年，杨耕被评为全国新闻出版行业领军人才；2009 年，被评为中国优秀出版企业家；2010 年，荣膺中国出版政府奖优秀出版人物奖，其著作同时获中国出版政府奖图书奖；2012 年，荣膺全国文化体制改革先进个人称号，并受到时任中共中央总书记、国家主席胡锦涛的接见。

接踵而来的荣誉并不让杨耕自矜。他冷静地视自己为一个"符号"，认为荣誉奖励的，是他背后北京师范大学出版集团的全体员工。

"只有在推动集体发展、社会发展的过程中，才能求得个人发展。"这是杨耕的肺腑之言。

杨耕的另一个身份，是造诣精深的著名学者。他是北京师范大学哲学学院教授、博士生导师，国务院学位委员会学科评议组成员，教育部社会科学委员会学部委员、教育部高等学校马克思主义理论类教学指导委员会主任，教育部跨世纪学科带头人、长江学者特聘教授，中央实施马克思主义理论研究和建设工程首席专家。如此多的学术头衔，在出版界可能仅有杨耕一人。

精湛的学术见解、深沉的哲学思维、合理的知识结构，使杨耕在出版领域如鱼得水、如汤沃雪。杨耕常言，学术研究是他的安身立命之根和安心立命之本。向来重视学术研究与出版实践相结合的杨耕，既高度关注出版的变革时代，又高度重视北师大出版集团的实际状况；既要使北师大出版集团与时俱进，又要避免人云亦云、丧失自我。这使他掌舵的北师大出版集团踏出了一条主业提升、内涵发展、彰显特色的发展道路。

在刚刚过去的 2014 年，北师大出版集团亦迎来自己的又一"巅峰时刻"。生产总值达到 22.5 亿，在单体出版社中名列前茅；资产收益率、营业利润率、净利润率在全国出版业中名列前茅；继被评为全国百佳出版单位、全国文化体制改革先进企业，获得中国出版政府奖先进单位奖、图书奖之后，第二次荣获中国出版政府奖先进单位奖、图书奖。北师大出版集团的学术品牌日益清晰，社会地位日渐形成，更因其对中国教育出版理念更新、教材体系研发所做出的贡献，对国家哲学社会科学的繁荣发展所做出的贡献，成为一家让人敬重的出版文化机构。

在探索转企改制后出版社的发展道路上，北师大出版集团更是踏出一条"光荣荆棘路"。内涵发展，成就高校出版界首家出版集团，是高校第一家以教育出版为核心业务，集图书、期刊、音像、电子、网络、印刷、教育培训等多介质于一体的出版集团；主业挺拔，22.5亿元的生产总值均来自出版主业；破冰跨所有制经营，与民营企业合资重组京师印务公司，成立京师普教文化传媒公司；破冰跨地区经营，与安徽大学合资重组安徽大学出版社，实现了高校出版社跨地区经营的突破，更是成为国内出版社跨区域重组唯一成功的一例；牢牢把握出版企业的双重属性，既进行市场运作，又确保正确的意识形态导向，经济效益和社会效益持续双丰收，是转企改制后，出版业发展道路上的"标杆"出版社。

2007年后北师大出版集团采取的系列改革举措，正是北师大出版集团实现跨越式发展的推动器。而这些改革所触，更为"京师系"将在"十三五"期间徐徐展开的出版蓝图埋下伏笔。现在，让我们来逐一解密，看看杨耕这位著名哲学教授究竟采取了怎样的变革措施，破解怎样的发展难题，使北师大出版集团实现了跨越发展。

现在，正是"复盘"北师大出版集团的最佳时刻。

2015年，已经实现体制、机制、制度系列变革，并收获长足发展的北京师范大学出版集团，明确提出要进行"综合改革"。用杨耕的话来说，2015年为北师大出版集团综合改革的元年。这一次的改革，对于北师大出版集团来说，依旧是"生死攸关"。

从2007年北师大出版集团成立之日起就进行的改革，到了2014年，正面效应已基本释放。七年来的强势改革，最成功的地方，就是稳定、改革和发展的有机结合、高度统一。七年来，北师大出版集团没有出现大的失误、大的曲折，没有出现大起大落，成效明显，业界有目共睹。

然而，站在七年后的今天回望，2007—2014年的改革是一项一项推进的，是递进式的改革。"七年来，改革总体很成功，但从系统性角度来说，尚有欠缺。"在杨耕看来，改革"红利"已然释放，而遗留问题、没有解决的矛盾逐步积累，新一轮改革将重启。如果说，前七年，北师大出版集团的改革是时间上的递进式改革，那么，从2015年起，改革将是空间并进的系统性改革。

北师大出版社经济实力雄厚，经过集团化后的数年发展，各项经济指标更是达到单体出版社的巅峰，更勿论已在出版界、教育界、文化界、学术界积累的品牌和口碑。然而，杨耕始终胸怀忧患意识、危机意识。"过去说'不进则退'，现在是'缓进都是退'。"杨耕感慨地说。

他习惯用辩证法的眼光看待北师大出版集团的发展问题："在高校出版社中比，规模大，与地方出版集团比，规模小；在出版业内比，规模大，与出版业外比，规模小；在国内出版业比，规模大，与国外出版业比，规模小，几百亿美元、几百亿欧元的国际出版集团并不少见，而且国际出版业正在进行新一轮的兼并重组。"所以，"必须进行新一轮的改革，走出发展的沼泽地"。

复盘"十二五"

1980年建社的北师大出版社经历了三个发展阶段。从建社开始到2000年之前，北师大出版社基本是一家教辅出版社；2000年之后，北师大出版社抓住了国家第七次基础教育改革的时机，直接参与课程改革并出版了国家认定的中小学教材，成为一家教育出版社。然而，此时的北师大出版社，图书结构存在很大问题；除了大量的教辅、有限的中小学教材，高校教材、职教教材、学术著作、大众读物、少儿读物微乎其微。

"如此，抗风险能力极低。中小学教材、教辅的出版、发行具有很强的政策性，政策一旦变化，出版社就可能陷入困境；更何况这样的出版社在学界是没有影响力的，在社会上是没有辐射力的，在市场上是没有竞争力的。"杨耕冷静描述。

就员工结构而言，2003 年，北师大出版社近 200 人，然而，大专及以下学历的员工比例高达 65.9％。

所以，从表面看，当时的北师大出版社看起来码洋很高，2003年就达到五个亿了，但把图书结构、员工结构一分析，"就会发现问题，无法支撑出版社的可持续发展"。

为此，杨耕首先启动的就是图书结构转型：在巩固基础教育教材、提升教辅质量的基础上，重点发展职业教育教材、高等教育教材（后加大众读物、少儿读物），精心组织出版学术著作。这就是杨耕为北师大出版社定下的目标："以教育出版为主体，以大众出版和专业出版为两翼。"当然，这个教育出版并不仅仅是指中小学教材，而是从幼儿园教材到高校教材一系列的教育方案。

同时，根据北京师范大学的学科特色，杨耕给北师大出版社的图书定位是，"主干的教育科学（包括心理科学）和人文科学，精干的社会科学和自然科学"。杨耕心目中的北师大出版集团，是以优质教育资源的集成、开发、提供和服务为宗旨的出版机构，应当成为对人文社科界影响深远的思想源泉。

功夫不负有心人。北师大出版社的图书结构和员工结构转型按照预定计划完成。2014 年，北师大出版社动销品种 8328 种，除中小学教材、教辅外，职业教育教材、高等教育教材、学术著作以及大众读物、少儿读物的品种占比达 62％，图书重印率达 72％。如此大的调整，实属不易。"这样，北师大社才真正成为一家高校出版社，一家综合性出版社，一家严格意义上的教育出版社。"

图书结构转型完成的同时，员工结构也转型完成。2014 年，北师大出版集团具有大学本科及以上学历的员工已达 85％，其中，具有研究生学历的员工比例达 52％。

在进行图书结构、员工结构转型的同时，善于抓主要矛盾的杨耕，不失时机、循序渐进地推动北师大出版集团进行编辑体制改革、营销体制改革、运营体制改革、印制体制改革、分配体制改革、人事制度改革、财务制度改革、管理制度改革。这一系列改革，使北师大出版集团步入发展的快车道。

更重要的是，北师大出版集团实现了跨媒体、跨所有制、跨地区的立体经营，尤其是跨地区经营的成功，引起了业界的高度关注。

北师大出版集团成立不久，杨耕就提出"四个适时、适度"，即"适时适度进行跨媒体经营，适时适度进行跨所有制经营，适时适度进行跨地区经营，适时适度进行多元化经营"。"十二五"期间，实现了前三项。

业内人都知道，因为部门利益、地域利益，出版业的跨区域兼并、重组鲜有成功者；高校出版社之间的跨地区经营更是"难于上青天"。然而，北师大出版集团却迎难而上。

2012年，北师大出版集团与安徽大学合资重组安徽大学出版社。通过机制转变、体制改革、制度创新，安徽大学出版社实现了跨越式发展，经济规模由合资重组前的年4000万码洋规模，跃升为现在的年1.8亿的码洋规模。北师大出版集团不但开创了高校出版社跨地区经营的新路，破解了高校出版社跨地区经营的难题，更是目前出版业跨地区经营的唯一成功者。

回望北师大出版集团的跨地区经营的发展道路，杨耕坦承，这是一个极其艰难的工作，需要实力，需要智慧，需要理解，需要支持，需要高瞻远瞩。如果不是安徽省政府和新闻出版总署的有力支持，如果不是北师大党委和安徽大学党委的正确决策，如果不是北师大出版集团员工和安大出版社员工的深刻理解，北师大出版集团与安徽大学合资重组安大出版社，是不可能实现的。

跨地区经营、跨区域重组出版社，并非为"跨"而"跨"，重组安大出版社对北师大出版集团的意义也是显而易见的。合资重组为北师大出版集团跨地区经营提供了支撑点，同时促进业务互补，如安大出版社的外语图书的优势。

增长空间

2014 年，北师大出版集团经营创下历史新高。分析北师大出版集团今年所实现的增长，较突出的是基础教育教材中的二类教材，即主课之外的教材。从码洋增长情况分析，北师大出版集团第一个增长较大的板块，是心理健康类教材、传统文化教材、攀登英语教材及幼儿园教材；第二个增长较大的板块，是职教教材和高教教材，实现了两个多亿的销售码洋；其三为数字产品，实现产值 1.7 亿元。

"在可预见的时间内，数字产品和图书产品应各有市场。"杨耕说，不应用传统出版来"规范"数字出版，相反，要用数字出版引领传统出版——当然，数字出版的发展无论如何也离不开内容。

目前，北师大出版集团正在探索的是，把传统出版优势与数字出版技术结合起来。杨耕透露，北师大出版集团正在和国内一家大型网络公司谈判，"网络公司借助我们的内容和品牌，我们借助网络公司的技术和资金。强强联合、优势互补，2015 年将会有所突破"。总而言之，做教育综合服务商，是北师大出版集团数字出版的定位。

关于业界争论不休的纸质出版是否还有大幅提升的空间，杨耕的回答是肯定的。"图书市场会迎来进一步的发展。图书市场的规模与国家经济的状况、民族文化的水平密切相关。"在可见的未来，"数字出版与传统出版，在内容和技术会相互交叉，但不会一方否定另一方，或一方取代另一方"。

杨耕清楚认识到，与其他教育出版社不同的是，北师大版的教材从幼儿园一直延伸到高等教育。接下来"十三五"的重要举措是，北师大出版集团将充分运用北京师范大学的优势学科，充分运用北师大出版科学研究院的优势地位，立足北师大，面向全国高校、科研机构、新型智库，加大研发力度，加大原创力度。

从 2015 年起，北师大出版集团将加大力度、加快速度推进编辑、营销和管理三支队伍的建设，实现专业化营销和精细化管理；推进教材、教辅和学术著作的协调发展，实施精品出版战略；推进数字出版与传统出版、新兴媒体与传统媒体的融合发展，探索数字出版的商业模式；同时，深化编辑体制、营销体制和运营体制的改革，彰显改革的综合性。

重新认知出版

在杨耕看来，评价出版企业，首先要对出版企业定性，否则，评价标准无从谈起。

转企后，毫无疑问，出版社首先是企业，但出版企业是特殊的企业，具有凝重的意识形态色彩。出版企业具有双重属性：既有产业属性，又有意识形态属性；既要进行市场运作，又要进行文化传承。因此，应从这两个角度来看出版的评价标准：一要看经济规模、经济效益，"这是毫无疑问的，是企业就要在守法的前提下追求利润最大化"；二要看在意识形态建设、文化传承中的作用，对国家、民族的发展起到的作用。无论是"偏经济"，还是"偏文化"，如此的对出版企业的评价都是片面的。

评价出版企业，首先要看它的主业，如果出版主业在一个名为出版集团的经济规模中的比例还不到10%，那它就不是"出版集团"。"我还有个观点，中国出版史无论怎么写，有几家出版社是绕不过去的——中华书局、三联书店、商务印书馆。你说这几家出版社有多大的经济规模，和现在的一些出版集团能比吗？"

所以，"评价一家出版企业，一要看主业比重；二要看在文化传承方面所起到的作用；三要看经济规模、经济效益；四要看经济规模、经济效益是行政划拨，还是市场运营，是行业垄断，还是市场竞争所得"。这是杨耕所期待的对出版机构的全面评价标准。

"十二五"期间，出版业飞速发展，成绩是巨大的，包括转企改制，对出版业发展的推动是明显的，"看不到这一点，那是一种'近视'。但是，看不到飞速发展中遗留、积累的问题，那也是一种'近视'"。杨耕一一列举。比如，绝大部分出版社都转成企业了，但是，市场主体并没有建立起来，所有的出版社都有自己行政的"顶头"的行政上司。这是其一。

其二，所有的出版社都有行政级别，国家对出版企业的管理还要看出版企业的行政级别。企业需要行政级别吗？行政级别高，并不能表明其市场竞争力强。

其三，真正的统一的出版市场没有形成，地方垄断依然存在，且愈演愈烈。除了上海有两个出版集团，各省都只有一个出版集团，而且出版集团和新华书店（销售渠道）是合二为一的，或新华书店是出版集团的子公司。这样一种高度的行政组合、高度的集中体制必然造成高度的行业垄断，与社会主义市场经济的要求相差甚远。

所以，"十三五"期间，杨耕最关注的问题，并不在北师大出版集团本身。"北师大出版集团能否以它应有的速度发展起来，除自身因素外，取决于国家的出版政策，取决于出版能否建立一个统一市场，取决于出版的垄断能否被打破。"

"内因是变化的依据，外因是变化的条件，我们绝不可忽视这个条件。没有适当的温度，鸡蛋永远变不成鸡。"哲学家杨耕"三句话不离本行"。

从国外高校出版社来看，大体可分两种类型：一类以英国牛津大学、剑桥大学出版社为代表，既重视学术出版，又重视商业利益；另一类以美国哈佛大学、耶鲁大学出版社为代表，偏重学术出版，而不关注商业利益，甚至享受学校的补贴。杨耕认为，国内高校出版社和英国牛津大学出版社、剑桥大学出版社走的路子相似，它的突出特点就是既追求社会效益，把自身建设成为名牌出版社，同时又追求经济效益，一向国家上缴利税，二为所在大学提供资金支持。

自从 1995 年进入出版业以来，杨耕对如何做好高校出版的思考集中在四个方面："一是如何处理好出版业的产业属性与意识形态属性的关系；二是如何处理好出版业的传承文化与创造利润的关系；三是如何处理好塑造市场主体与为学校教学科研服务的关系；四是如何处理好既要熟悉学术出版又要善于资本运作的关系。"如何把握好上述四重关系之间的张力，的确是一个难题。

知与行

如前所述，杨耕的另一个身份是造诣精深的哲学教授。

学者从事出版的经营管理工作，优势在于，"学者对学术、文化的了解比较深。出版是文化产业，作为一位经营管理者，对学术不了解，对文化不感兴趣，没有合理的知识结构，是做不好出版的"。当然，学者也有其弱点，就是主要考虑学术本身，而很少考虑市场。杨耕强调的是，出版是个人意识转化为社会意识的中介，是社会遗传的密码，因此，"出版应实现学术、文化和市场的有机结合"。

学术素养对杨耕从事出版，包括从事行政工作都有很大帮助。用他自己的话来说就是，"离开哲学，我不知如何生存和生活"。但从时间分配来说，从事经营、管理肯定对杨耕的学术研究有较大影响。"别说全身心投入，如果做一件事没有做到忘我的境界，是做不好的。"杨耕慨叹。

所以，杨耕视出版为自己的另一重生命活动。同时，从事出版工作 20 年，杨耕的学术水平不见"降"而见"长"。为什么？用鲁迅的话来说，那就是，他"把别人喝咖啡的时间"都用在追踪学术前沿、学术发展趋势上了。

"一切发展中的事物都是不完善的，而发展只有在死亡时才结束。"杨耕由衷欣赏马克思的这句话。在杨耕看来，要求完善，这是对学者的刻薄；追求完善，则是学者应有的品格。所以，无论是学术研究，还是出版实践，杨耕都"追求完善，把事情做到极致"。这正是成就韬奋出版奖获得者、哲学教授杨耕的秘密。

载《中华读书报》2015 年 3 月 4 日，

作者为《中华读书报》记者陈香。

杨　耕：书缘人生皆风景

　　对出版人而言，全国有两个奖项分量最重：一是中国出版政府奖优秀出版人物奖，二是韬奋出版奖。这是因为，中国出版政府奖是新闻出版领域的最高奖，优秀出版人物奖可谓优中选优，获得此奖，意味着一个出版人在事业上达到了巅峰；韬奋出版奖是国家批准的出版界的重大奖项，是全国出版界个人的最高奖，在业界有一个形象的说法，进入了这个行列的人，就进入了出版家的行列。

　　获得这两个奖项中的任何一个，其实都很难，因为这是全国所有出版人的梦想。北京师范大学出版集团董事长杨耕教授，则同时捧得了这两个奖项：2011年获得中国出版政府奖优秀出版人物奖，2014年获得第十二届韬奋出版奖。两奖得兼，让杨耕成为出版界的佼佼者。如果算上他和袁贵仁教授主编的《当代学者视野中的马克思主义哲学》《马克思主义哲学基础理论研究》荣获中国出版政府奖图书奖，他则是"三奖得兼"，这在出版界更是凤毛麟角了。

　　有人说，杨耕是幸运的，杨耕本人也说他很幸运。实际上，幸运的背后，是杨耕 20 多年在出版领域"摸爬滚打"的辛勤付出、执着坚守和对卓越的追求。

获奖后，很多媒体朋友、出版同人纷纷向杨耕表示祝贺。可当问到"获奖感言"时，杨耕却简单地说了这样三句话："我只是一个符号，在我的背后是默默奉献的北师大出版集团的全体员工，我深深地感谢他们；我只是做了一个出版人应该做的事，但党和政府给了我这么高的荣誉，我深感荣幸；我只是党的出版队伍中的一名战士，我将恪尽职守，在推动国家出版事业的发展中求得个人发展。"

这"三个一"，话虽简单，但却是肺腑之言，道出了一个出版家、哲学家的人生境界。

杨耕自言，是个一辈子与书打交道的人。有的人读书，但不教书；有的人读书、教书，但不写书；有的人读书、教书、写书，但不负责出书；有的人读书、教书、写书、出书，但不负责售书，而杨耕，则集"五书"于一身，他今生注定与书有缘。

在杨耕的书缘人生中，有三个"缘"是他以前连做梦都不会梦到的，那就是他的哲学缘、出版缘、企业缘。虽然这三个"缘"纯属偶然，但却始终离不开一个"缘"——书缘。用杨耕的话说就是，"书牵引着我，与哲学、出版、企业三者结下了不解之缘"。正是偶然结下的这三个"缘"，让杨耕带领下的北师大出版集团成为全国出版界的一面旗帜、高校出版社的一个标杆。

哲学缘：从误入哲学到钟情哲学

与哲学结缘，对杨耕来说，是人生的一大转折点。"我的职业、专业和事业都是哲学。"无论在出版集团内还是在出版集团外，杨耕一直这样讲。

然而，杨耕最初选择哲学实属偶然，用他自己的话说是"误入歧途"。中学时期，他主要的兴趣是在数理化方面，并且成绩优异；

高考之前他担任过中学数学教师。所以，他最初志向是报考数学。然而，在高考前夕，一位哲学先行者——陈宗明老师告诉他：哲学是一个诱人的智慧王国，中国需要哲学，而你的天赋更适合学哲学。就是这一次谈话，竟使他"鬼使神差"般地在高考前夕改变了最初的志向，选择了哲学。1977年，他走进了安徽大学哲学系，成为高校招生改革后的第一届大学生，从此踏上了哲学这块神奇的土地，与哲学结下"不解之缘"，至今仍无怨无悔。

1986年，杨耕考入中国人民大学哲学系，师从汪永祥教授攻读硕士学位，专业是马克思主义哲学。从此以后，杨耕就在中国人民大学一路"破"了下去：1988年被破格推荐免试直接攻读博士学位，师从陈先达教授，专业仍然是马克思主义哲学；留校任教后，又先后被破格评为副教授、教授、博士生导师。至今，朋友还戏称他是"破"博士、"破"教授。

今天，杨耕已与哲学连成一体，或者说哲学已融入他的生命活动之中。用他自己的话来说就是，离开哲学他不知如何生存，他已从"误入"哲学转变为"钟情"哲学。

杨耕之所以从"误入"哲学到"钟情"哲学，并不是因为哲学"博学"、无所不知。杨耕赞同并欣赏古希腊哲学家赫拉克利特的名言，"博学并不能使人智慧"，并认为无所不知的只能是神学。历史已经证明，凡是以无所不知自诩的思想体系，如同希图万世一系的封建王朝一样，无一不走向没落。

杨耕之所以从"误入"哲学到"钟情"哲学，也并不是因为哲学"爱"智慧。在杨耕看来，哲学本身就是一种智慧，它给人的生存和发展以智慧与勇气，这是一种"大智大勇"。如果说宗教是关于人的死的观念，是讲生如何痛苦，死后如何升天堂的，那么，哲学就是关于人的生的智慧，是教人如何生活，如何生活得有价值、有意义的。

从"误入"哲学到"钟情"哲学，杨耕这一心路历程的牵引线就是：哲学关注着人，与解答"人生之谜"密切相关。在杨耕看来，无论哲学是把目光投向人与自然的关系，还是转向人与社会的关系，归根到底，关注的仍是人在世界中的位置，显示的仍是人的自我形象。哲学是理性的激情和激情的理性。哲学的作用就在于，在"润物细无声"的过程中引导人们走向智慧和崇高。所以，既要"为学"，即学习专业知识，又要"为道"，即学习哲学。

如果说杨耕选择哲学是一种偶然，那么，他选择马克思主义哲学则是一种必然。在杨耕的视野中，马克思的哲学是关于现实的人及其发展的学说。正是在马克思的哲学中，他体验出一种对资本主义制度的彻底的批判精神，透视出一种对人类生存异化状态的深切的关注之情，领悟到一种旨在实现无产阶级和人类解放的强烈的使命意识，看到了人的自由而全面发展的远景。在众多的哲学体系中，他选择了马克思的哲学，他的研究方向和理论信仰都是马克思主义哲学。

谈起自己的哲学生涯，杨耕说，在他从事哲学研究的道路上，受三个人的影响最大：汪永祥教授、陈先达教授、陈志良教授，他忘不了这两位导师和这位挚友。1986 年，汪永祥教授把他领进了中国人民大学哲学系攻读硕士学位，汪老师的学术引导力引导他真正进入"哲学门"；1988 年，陈先达教授把他留在中国人民大学哲学系任教，同时攻读博士学位，陈老师的思维穿透力引导他走向了哲学的深处；而陈志良教授的"宏大叙事"能力则引导他在一个广阔的平台上展开了他的哲学研究。杨耕回忆，三位教授的思想力量和人格魅力形成一种"合力"，深深而持久地影响着他，从此他在哲学研究上"一发而不可收"。杨耕喜欢用《天真汉》中天真汉对博学老人高尔同的礼赞来说明这三位教授同他的关系："要是没有你，我在这里就陷入一片虚无。"

如果说当年与哲学结缘纯属偶然的话，那么，随着走向哲学的深处，天赋加勤奋，让杨耕收获了越来越多的哲学研究成果，则成为一种必然。

有这样一组数据：杨耕先后在《中国社会科学》《哲学研究》《马克思主义研究》《人民日报》《光明日报》《求是》《唯物论研究》（日本）等报刊上发表论文 200 余篇；先后出版了《为马克思辩护：对马克思哲学的一种新解读》《危机中的重建：唯物主义历史观的现代阐释》《重建中的反思：重新理解历史唯物主义》《东方的崛起：关于中国式现代化的哲学反思》等著作 10 多部，其中，《为马克思辩护：对马克思哲学的一种新解读》《东方的崛起：关于中国式现代化的哲学反思》《马克思主义哲学基础理论研究》已被译为英文、德文、俄文在国外出版；先后获国家级教学成果奖等国家级奖 8 项，其中，和袁贵仁教授共同主编的《当代学者视野中的马克思主义哲学》（共 4 卷 8 册）、《马克思主义哲学基础理论研究》（共 10 卷），荣获第二、第三届中国出版政府奖图书奖，成为 17 种获奖的社科类图书之一。

有这样一则事例：2015 年 9 日 2 日，《光明日报》"理论周刊"头条位置，专门为杨耕开设了"学者专栏"，用 2/3 版篇幅刊登了他的文章《哲学的位置在哪里》，这是专栏的首篇。文章发表，立即产生了较大的社会反响，人民网、光明网、南方网、中国经济网、凤凰资讯等 50 余家网站转载了这篇文章。据了解，这个学者专栏，只选择了两位哲学家，一位是杨耕的导师陈先达，一位便是杨耕。《光明日报》"理论周刊"是全国理论学术最新研究成果发布的重要阵地和重要平台，学术价值与影响力非常大。由此可见，杨耕的哲学造诣、学术影响有多大。

此前，《理论前沿》曾发表署名文章认为，杨耕的哲学研究"提供了一种新的马克思哲学的理解途径，突破了传统的马克思主义哲学的理论框架，建构了新的马克思主义哲学体系，对于我国哲学体系的改革和建设具有突破性意义"。杨耕自己却认为，这个评价过高，他实在不敢当。

杨耕还是北京师范大学哲学学院教授、博士生导师；国务院学位委员会学科评议组（哲学）组长，国家社会科学基金评审委员会委员。教育部社会科学委员会学部委员，教育部高等学校马克思主义理论类专业教学指导委员会主任委员，教育部跨世纪学科带头人，教育部长江学者特聘教授，中国马克思主义哲学学会副会长。中央实施马克思主义理论研究与建设工程首席专家，教育部哲学社会科学研究重大课题攻关项目首席专家……

在全国出版界，拥有这么多学界大"头衔"的，恐怕只有杨耕一人了。

著述丰硕，视野开阔，研究深入，为人谦和，这是学界对杨耕的评价。杨耕这种对哲学的"钟情"程度以至"痴迷"程度，可以说超出了很多人的想象。用他自己的话来说，就是"哲学不仅仅是我的职业、专业，而且是我的事业"。就连他唯一的业余爱好——欣赏交响乐，也与哲学有关。在杨耕看来，交响乐与哲学密切相关，都是形而上的东西，"在欣赏交响乐过程中，我能得到一种形而上的领悟"。

"我选择了哲学，哲学也选择了我；哲学适合我，我也适合哲学，离开哲学我不知如何生活"，这就是杨耕，一个把哲学看作"安身立命"之根和"安心立命"之本的人。

出版缘：从偶入出版到激情出版

"我行走在哲学与出版的路途上"，这是身为北京师范大学出版集团董事长的杨耕经常讲的一句话。

从 1994 年一次偶然的机会，出任中国人民大学《教学与研究》杂志总编辑算起，杨耕进入出版行业已有 20 个年头了。从《教学与研究》杂志社总编辑到中国人民大学出版社总编辑，从北京师范大学出版社总编辑、社长到出版集团总经理、董事长，再到北京师范大学党委常委、副校长，岗位变了，但不变的是他对哲学和出版的钟爱与情怀。

杨耕记得，当年刚进入出版行业时，他连什么是铜版纸、什么是码洋都不知道。20年过去了，杨耕已是生产总值达25亿元的出版集团的掌门人。"我的出版实践受益于哲学研究，而我的哲学研究又受益于出版实践"，杨耕经常这么说。

在杨耕看来，哲学并不神秘，离人并不遥远，它就在人们的生活和工作中。人们当然不是按照哲学生活与工作，但生活与工作中确实有哲学，理与欲、福与祸、成与败、利与德、荣与辱……问题的关键就在于，哲学具有独到的眼界。正是这种独到的眼界，使我们能够从个别中看到一般，从对立中看到同一，从同一中看到对立……使我们懂得福祸可以转化，好事可能变成坏事，胜利可能导致失败，真理再往前走一步就会变成谬误……哲学总是以反思的精神和批判的态度理解生活、对待工作。哲学教会了杨耕如何思考、如何生活、如何工作。多年从事哲学研究的经历，始终无形地在影响着、渗透到他的出版工作。

可以说，自2007年北师大出版集团成立以来，任何一项重大改革、创新、发展措施的出台，在杨耕头脑中酝酿的时候，都自觉不自觉地与他的哲学思考融合在一起。这也是他为什么能在短短几年时间内，将一个单一教辅出版社，发展为一家导向正确、主业挺拔、管理规范、运行高效、核心竞争力强的现代出版集团的关键之所在。

杨耕一直认为，北师大出版集团是在文化体制改革大潮中成长起来的，没有文化体制改革这一大背景，没有北师大出版集团自身的改革，就没有北师大出版集团发展的新局面。在改革过程中，杨耕首先考虑的是，如何把改革的力度、发展的速度与员工的接受程度结合起来，并认为任何一项改革措施的出台必须具备思想成熟、条件成熟和时机成熟三个要素。这实际上与他的哲学思考密切相关。

从2007年北师大出版集团成立之日起，7年的强势改革，最成功的地方，就是稳定、改革和发展的有机结合、高度统一。在北师大出版集团的改革过程中，杨耕始终注意把出版发展规律、教育发展规律和市场发展规律结合起来，始终注意把改革的力度、发展的速度和员工可接受的程度结合起来，始终注意把思想成熟、条件成熟和时机成熟结合起来，始终注意把国家政策法规、出版发展趋势和北师大出版集团实际结合起来，顺势而为、循序渐进，全面推进、突出重点，抓住机遇、发展自己。因此，在改革进程中，北师大出版集团没有出现大的失误、大的曲折，没有出现大起大落，成效十分显著，业界有目共睹。

在改革进程中，杨耕始终注意把扩大生产规模、提高经济效益和改善员工的生活待遇结合起来。这同样与他的哲学思考密切相关。在杨耕看来，从哲学上讲，生产规模是客体，员工才是真正的主体。如果员工的正当利益不能满足，员工的生活不能改善，员工的素质不能提高，那么，他们为什么要为改革发展付出，为什么要为改革发展做贡献。在社会发展中，人们不能只享受不贡献，而且贡献要大于享受，否则，社会无法发展。这是一方面。

另一方面，人们也不能只贡献不享受，而且正当的利益、享受应当也必须得到满足，否则，人们就会失去为社会做贡献的动力。因此，在改革过程中，杨耕既考虑到改革的必然性，同时也考虑到改革的价值导向——以人为本，明确提出，要把扩大生产规模、提高经济效益和改善员工的生活待遇结合起来。正是在这一思想的引导下，北师大出版集团员工的积极性、创造性得到了极大的发挥，北师大出版集团也实现了稳定、改革和发展的高度统一。

在改革进程中，杨耕提出"全面推进、重点突破"思路，提出工作重心是突出图书结构转型。图书结构转型，成了北师大出版集团改革力度最大、难度最高的"凤凰涅槃"之举。这一思路，就是他自觉不自觉地把辩证法运用其中。

从 1980 年建社开始到 2000 年之前，北师大出版社基本是一家教辅出版社；2000 年之后，北师大出版社抓住了国家第七次基础教育改革暨课程改革的时机，直接参与课程改革并出版了国家审定的中小学教材，成为一家教育出版社。然而，此时的北师大出版社，图书结构、员工结构都存在很大的问题，除了大量的教辅、有限的中小学教材，高校教材、职教教材、学术著作、大众读物、少儿读物微乎其微。"如此，抗风险能力极低。中小学教材、教辅的出版、发行具有很强的政策性，政策一旦变化，出版社就可能陷入困境；更何况这样的出版社在学界是没有影响力的，在社会上是没有辐射力的，在市场中是没有竞争力的。"杨耕一直这样说。

北师大出版集团成立后，在巩固基础教育教材、提升教辅质量的基础上，重点发展职业教育教材、高等教育教材（后来加了大众读物、少儿读物），精心组织出版学术著作。杨耕给北师大出版集团定的目标是："以教育出版为主体，以大众出版和专业出版为两翼，以图书出版为主体、以音像电子网络出版和印刷产业为两翼。"杨耕给北师大出版社的图书定位是："主干的教育科学（包括心理科学）和人文科学，精干的社会科学和自然科学。"功夫不负有心人。北师大出版社的图书结构和员工结构转型按照预定计划完成。

2014 年，北师大出版社动销品种 6059 种，除中小学教材、教辅外，职业教育教材、高等教育教材、学术著作以及大众读物、少儿读物的品种占比达 80.3%，图书重印率达 72%。如此大的调整，实属不易。这样，北师大社才真正成为一家高校出版社，一家严格意义上的教育出版社，一家综合性的出版社。与图书结构转型完成的同时，员工结构转型完成。2014 年，北师大出版集团具有大学本科及以上学历的员工从成立之初的 42% 增加到 85%，其中，具有研究生学历的员工比例从成立之初的 26% 增加到 52%。

在进行图书结构、员工结构转型的同时，善于抓主要矛盾的杨耕，又不失时机、循序渐进地推动北师大出版集团转向营销体制重建。在杨耕看来，图书结构转型的价值能不能实现，要靠营销体制与之相适应，如果说编辑是创造价值的主体，那么，营销人员就是实现价值的主体，营销体制合理不合理，营销渠道畅通不畅通，这是关键所在。从图书结构的转型转向营销体制的重建，这一工作重心的转换，实际上也是杨耕将哲学中的主要矛盾转换理论巧妙运用到出版实践中的一个典型做法。

习惯用辩证法眼光看问题的杨耕，在北师大出版集团发展到一定程度，又适时提出"四个适时适度"理念，即"适时适度进行跨媒体经营，适时适度进行跨所有制经营，适时适度进行跨地区经营，适时适度进行多元化经营"。目前实现了前三项。实际上，这一理念的提出与实施，也是他习惯用辩证法眼光看待发展问题的结果。

向来重视哲学研究与出版实践相结合的杨耕，既高度关注出版的变革时代，又高度重视北师大出版集团的实际状况；既要使北师大出版集团与时俱进，又要避免人云亦云、丧失自我。这使他掌舵的北师大出版集团踏出了一条内涵发展、主业提升、彰显特色的发展道路，实现了跨越式发展。

内涵发展，成就高校出版首家出版集团，是高校第一家以教育出版为核心业务，集图书、期刊、音像、电子、网络、印刷、教育培训等多介质于一体的出版集团；主业挺拔，25亿元的生产总值均来自出版主业；破冰跨媒体经营，对北京师范大学音像出版社进行技术改造和人员重组，与科大讯飞股份有限公司合资组建北京京师讯飞教育科技有限公司，开拓数字资源开发；破冰跨所有制经营，与民营企业合资重组京师印务公司，成立京师普教文化传媒公司；破冰跨地区经营，与安徽大学合资重组安徽大学出版社，实现了高校出版社跨地区经营的突破，更是成为国内出版社跨区域重组唯一成功的一例；牢牢把握出版企业的双重属性，既进行市场运作，又确保正确的意识形态导向，经济效益和社会效益持续双丰收，北师大出版集团成为转企改制后出版业发展道路上的标杆型出版企业。

数字是最有说服力的。2014年，北师大出版集团经济效益持续上涨，生产总值 25 亿元，生产经营能力、资本运作能力、经济监控能力、可持续发展能力继续提高，总资产达到 15.26 亿元、净资产达到 11.32 亿元。主营业务收入、净利润提前超额完成预算，实现了国有资产的保值增值。长期股权投资、固定资产等长期资产项目占资产总额比例已超 50%，"轻资产"结构得到彻底改变。这组数字说明，北师大出版集团呈现出健康可持续的发展态势。

在杨耕的出版生涯中，像这样的事例还有很多。他认为，学哲学的人容易走进出版，从事出版的人也容易走进哲学。

尤其值得一提的是，从事出版工作 20 年，杨耕的学术水平不见"降"而见"长"。为什么？用鲁迅的话来说，那就是，他"把别人喝咖啡的时间"都用在关注现实问题、追踪学术前沿、扩大学术范围、深化学术研究上了。在杨耕看来，要求完善，这是对学者的刻薄；追求完善，则是学者的品格。所以，无论是学术研究，还是出版实践，杨耕都"追求完善，把事情做到极致"。

"我这一生注定与哲学、与出版结下了不解之缘"，这就是杨耕，一个把哲学和出版看作是自己生命活动的人。

企业缘：从试点企业到领军企业

对杨耕来说，踏上哲学研究之路，是偶然；走进出版行业，也属偶然；跻身出版企业家行列，更加出乎他的意料，同样属于偶然。

2007 年 7 月，北京师范大学出版社作为首批试点出版单位完成转企改制，并以其为核心企业，整合北师大音像出版社、京师印务公司、北师大出版科学研究院，成立了北师大出版集团，成为高校第一家集图书、音像、电子、网络等多介质于一体的现代出版集团，实现了跨媒体经营。

2010 年 3 月，北师大出版集团与安徽大学合资重组安徽大学出版社，使安大出版社成为高校第一家跨地区合资重组的大学出版社，实现了高校出版社跨地区经营的突破。

2010 年 6 月，北师大出版集团又借鉴影视剧制、播分离的模式，吸收 10 家民营书业公司，控股成立专事经营助学读物的北京京师普教文化传媒有限公司，是高校出版社成立的第一家控股公司，实现了跨所有制经营的突破。

在杨耕带领下，这一个个"第一"、一个个"突破"，让北师大出版集团在产业化、企业化、市场化的道路上走得更加坚实。2014年，北师大出版集团核心企业北师大社实现销售码洋 16.8 亿元，销售码洋、销售实洋、回款均创历史新高。合资重组后的安大出版社实现了边重组、边改革、边发展的目标，销售码洋由合资重组前的 4000 万元发展到 2014 年的 1.8 亿元，销售码洋、销售实洋、回款均创历史新高。京师普教公司资产总额同比增长 16％，净资产总额、盈利能力继续提升。京师印务公司数字印刷、制版增长较快，同比分别增长 138％、35％。2009 年，北师大出版集团获得"全国文化体制改革先进企业"称号，同时获得"全国百佳图书出版单位"称号，成为国家一级出版单位；2010 年，获得第二届中国出版政府奖先进出版单位奖；2014 年，获得第三届中国出版政府奖先进出版单位奖。而杨耕本人也因此在 2008 年被评为全国新闻出版行业领军人才，2009 年荣获"中国优秀出版企业家"称号，2010 年被评为中国出版政府奖优秀出版人物奖，2012 年被授予全国文化体制改革先进个人称号，2014 年荣获第十二届韬奋出版奖。

从出版社到出版集团，从试点企业到领军企业，背后其实发生的是实质性的变化。在杨耕看来，实质性变化有三：

其一，事业转企业。只有转企，才能真实实现自主经营；只有转企，才有追求经济利益最大化的动力；只有转企，才能制定自己的分配体制、激励机制，从而调动员工的积极性；只有转企，才能满足员工个人的合理的正当的利益。转企后的出版社，有了经营自主权，市场化程度更高，活力进一步得到激发。

其二，品牌资源得到整合，产品结构得以优化。北师大出版集团的产品，已由单一的纸质图书转变为包括纸质图书、音像、电子、网络、印刷、期刊在内的多种介质的产品，北师大出版社，已从一个传统意义上的教辅出版社转型为现代意义上的综合性的出版社。优化的产品结构，为今后实现大发展奠定了基石。

其三，体制创新。北师大出版集团成立以来，选题体制、编辑体制、运营体制、营销体制、分配体制、激励体制，都发生了重大变化，尤其是人事制度改革与创新，出台和修订了涉及招聘入职、岗位设置、干部管理、绩效考核、培训发展、薪酬福利等方面的制度和实施细则共 30 余项，为人力资源管理提供了完善的制度保障。同时，北师大出版集团还结合业务发展规划制定了人力资源发展规划，确保形成人力资源对业务发展的有效支持。北师大出版集团成立以来，人员规模的增长幅度远远低于企业经济规模的增长幅度，这标志着北师大出版集团的人均效能的较高水平。体制创新的结果，是激情迸发，活力显现，实力大增。

正是这些实质性的变化，给北师大出版集团带来了实实在在的效果。正应了那句话，早改早主动，不改没出路。用杨耕的话说，就是"晚改不如早改，半改不如全改"。

对上一轮转企改制带来的成果，杨耕有着自己的理解。他说，这一轮改革，空前激发了出版业的生产能力，空前增强了出版业的经济实力，空前提高了出版业的传播力，空前扩大了出版业的社会影响力，为出版业长足发展提供了一个广阔的空间。

在杨耕看来，转企改制实现的自主经营、自主发展，这在以前是不可能做到的事。北师大出版集团在转企改制中，在推动企业发展中，有这样 5 点经验或体会：一是妥善处理了稳定、改革和发展的关系，稳定在发展中才能实现，发展靠改革才能推动，改革的成果和可持续发展要靠制度才能保障；二是把改革的力度、发展的速度和员工的接受程度结合起来，否则，改革的经验、发展的成果无法推广实施；三是把扩大生产规模、提高经济效益和改善员工待遇结合起来，三者不能脱节，最终应以人为本；四是任何一项改革措施出台，力求做到思想成熟、条件成熟、时机成熟，哪一个条件不成熟，都可能适得其反；五是把出版规律、教育规律、市场规律有机地统一起来。

对于出版企业的发展，杨耕有着自己的判断。他认为，出版企业是特殊企业，既有产业属性，也有意识形态属性；既要创造利润，又要传承文化；既要塑造市场主体，又要提升民族精神，因此，出版企业做大做强做优的难度高于一般企业。

对于大学出版企业的发展，杨耕也一直有着清醒的认识。就大学出版社目前的实力和影响力而言，存在"三大三小"现象，即业内大业外小、国内大国外小、现在大未来小。因此，从1994年进入出版业以来，杨耕对如何做好高校出版的思考主要集中在四个方面：一是如何处理好出版业的意识形态属性与产业属性的关系；二是如何处理好出版业的传承文化与创造利润的关系；三是如何处理好为学校教学科研服务与塑造市场主体的关系；四是如何处理好熟悉学术出版与善于资本运作的关系。把握好上述四重关系之间的张力，破解发展难题，一直是杨耕苦思冥想、致力解决的。

总结"十二五"，谋划"十三五"。习惯用辩证法的眼光看待发展问题的杨耕，对北师大出版集团的未来发展有着明确的方向和思路。概括起来讲，就是要走好一步大棋，即进行新一轮综合改革。

时间进入2015年。已经实现体制、机制、制度系列变革，并收获长足发展的北师大出版集团，明确提出要进行"综合改革"。用杨耕的话来说就是，2015年为北师大出版集团综合改革的元年。这一次的改革，对于北师大出版集团来说，依旧是"生死攸关"。

从2007年北师大出版集团成立之日起就进行的改革，到了2014年，正面效应已经基本释放。站在今天回望，2007—2014年的改革是一项一项推进的，是递进式的改革。"7年来，改革总体很成功，但从系统性角度来说，尚有欠缺。"在杨耕看来，改革"红利"已然释放，而遗留问题、没有解决的矛盾逐步积累，同时，一些应该及时做的事没有及时做，一些应该做得更好的事没有做好，还有一些应该做的事没有做，这就需要进行新一轮改革。如果说2007—2014年北师大出版集团的改革是时间上的递进式改革，那么，从2015年起，改革将是空间并进的系统性改革。

如何进行综合改革？杨耕将之概括为"四力并举"：一是加强编辑、营销、管理这三支队伍的建设力，改进工作作风，做到上下联动、左右互动，形成合力；二是提高教材、助学读物和学术著作的协调发展力，强化品牌意识，坚持"主干的教育科学（包括心理科学）和人文科学，精干的社会科学和自然科学"的发展定位，坚持有所为、有所不为；三是推进传统出版与数字出版、传统媒体与新兴媒体的融合发展力，探索数字出版的商业模式，建构一种高效率、具有核心竞争力的运行系统，重点解决客户价值、赢利模式、关键资源、合理流程这四个关键问题；四是深化编辑体制、营销体制和运营体制的改革力，彰显改革的综合性，实现内部运营机制和外部协调机制的有效对接，内部机制要畅顺、外部环境要协调。

北师大社经济实力雄厚，经过集团化后的数年发展，各项经济指标更是达到单体出版社的巅峰，更勿论已在出版界、教育界、学术界、文化界积累的品牌和口碑。然而，杨耕始终胸怀忧患意识、危机意识。"看不到发展，那是一种'近视'；看不到快速发展中遗留、积累的问题，同样是一种'近视'"，"过去说'不进则退'，现在是'缓进都是退'"。杨耕感慨，"必须进行新一轮的改革，才能走出发展的沼泽地"。

在杨耕看来，大学出版社要有新的作为、新的发展，进入新的境界，就必须自觉地融入新一轮出版改革的潮流中，自觉地对自身进行新的改革，创造出适合自己的发展模式，靠改革"杀出一条血路"，靠发展闯出一条生路，否则，死路一条。对于北师大出版集团的这一轮综合改革以及未来发展，杨耕仍然坚定着信念、充满着信心。"打造国内一流、国际知名的现代出版集团、现代文化企业，这不仅是我们的目标，从某种意义上说，也是所有大学出版社今后发展必须要认真思考的问题。"杨耕如是说。

有心栽花花不开，无心插柳柳成荫。杨耕说，缘分是金，哲学缘、出版缘、企业缘，这三个偶来之"缘"，如今形成一种合力，对他具有一种不可遏制的吸引力，深深地吸引着他。

因为，这就是他生命的全部，他将会用毕生精力去追求，在推动社会发展的过程中求得个人发展，实现自我价值。

载《迈入出版家行列》，线装书局 2016 年版，
作者为中国新闻出版传媒集团副总编辑冯文礼。

哲学的力量

——评点《杨耕：书缘人生皆风景》

哲学是科学的世界观和方法论，是一种深沉的智慧，具有一种特殊的力量。当科学研究、实际工作甚至日常生活因为哲学的支持而取得进展时，人们就要说，这是哲学的力量。

1994 年，一个偶然的机会，杨耕教授以哲学家的身份进入出版业，先是学术期刊总编辑，接着是大学出版社总编辑、社长，继而成为北京师范大学出版集团总经理、董事长。整整 20 年的出版生涯，对他最具挑战性的还是主持北京师范大学出版集团组建、改革、发展的 7 年。而他的成功之处，正是在这个过程中始终进行哲学的思考。

在北师大出版集团改革发展中，他强调发展的规律性——出版规律、教育规律和市场规律是他须臾不曾忽视的客观对象；他强调各种事物之间的关联性——坚持把出版发展规律、教育发展规律和市场发展规律结合起来，把改革的力度、发展的速度和员工可接受的程度结合起来，把思想成熟、条件成熟和时机成熟结合起来，把国家政策法规、出版发展趋势和北师大出版集团实际结合起来。这些规律性、关联性的把握，使得北师大出版集团实现了改革、发展、稳定的有机结合、协调推进、高效运行，成为大学出版社改革发展的一面旗帜、全国出版业的一个标杆，全国文化体制改革的先进单位。

这，是哲学的力量。

杨耕的哲学思维还具体指导着北师大出版集团的图书结构转型和营销体制重建。

从1980年建社到2000年，北师大出版社基本是一家教辅出版社，2000年后，北师大出版社抓住了国家教育改革的机遇，发展成为一家教育出版社。北师大出版集团成立后，在巩固原有基础教育教材基础上，杨耕提出了图书结构转型的目标，经过数年"凤凰涅槃"，北师大出版集团终于实现了"以教育出版为主体、以大众出版和专业出版为两翼，以图书出版为主体，以音像电子网络出版和印刷产业为两翼"的结构调整目标，终于使得北师大出版社成为一家真正意义上的综合性大学出版社。

在图书结构转型基本结束之际，杨耕又提出了营销体制重建的构想，要求营销体制必须与图书结构转型相适应。这又是辩证法关于主要矛盾转换理论的一次巧妙运用。阅读杨耕大量的出版实践，我们会处处与哲学范畴相遇，譬如，主体与客体的关系，适时与适度的理念，全面推进与重点突破的策略，以人为本的价值观念，等等。"我的出版实践受益于哲学研究。"当这位哲学家获得我国出版业个人成就最高奖——韬奋出版奖的时候，他这么说。了解他的业内同人们当然是欣然赞同的。

"我的哲学研究又受益于出版实践。"当这位出版家以他丰厚的哲学研究著述向学术界汇报的时候，他这么说。了解他的所有人都会发出深深的感叹。事实上，他是在繁忙的出版业务之余，"把别人喝咖啡的时间"都用在深化和扩大学术研究上，这才有了他数百篇学术文章和十余种学术专著，有了他担任国务院学位委员会学科评议组（哲学）组长、教育部社会科学委员会学部委员、教育部长江学者特聘教授、中央实施马克思主义理论研究与建设工程首席专家等重要学术职务的实力和成就。

　　当然，这，更是哲学的力量了。

　　　　载《迈入出版家行列》，线装书局 2016 年版，
　　作者为韬奋基金会理事长、中国出版集团原总裁聂震宁。